D0671100

Johann Wolfgang Goethe, geboren am 28.8.1749 in Frankfurt am Main, ist am 23.3.1832 in Weimar gestorben.

»Im Winter 1774 auf 75 brannten in Deutschland viele Kerzen bei der Lektüre eines Buches herunter. Es hieß ›Die Leiden des jungen Werthers‹ und war auf der vergangenen Herbstmesse anonym in der Weygandschen Buchhandlung zu Leipzig erschienen.« [Walter Migge] Der Name des Verfassers blieb nicht lange verborgen. Das Buch trug seinen Namen in alle Welt. Selten hat ein Buch so den Nerv seiner Zeit getroffen. Sehr viele, vor allem junge Menschen, konnten sich mit dem Helden identifizieren.

Theodor Fontane schrieb 1876 über den ›Werther‹:

»›Alles, was der Mensch zu leisten unternimmt, es werde nun durch Tat oder Worte oder sonst hervorgebracht, muß aus sämtlichen vereinigten Kräften entspringen; alles Vereinzelte ist verwerflich.‹ [Goethe] Eine herrliche Maxime, aber schwer zu befolgen. Der dichterische Hauptinhalt des ›Werther‹ ist ein Kampf um die Verwirklichung dieser Maxime, ein Kampf gegen die äußeren und inneren Hindernisse ihrer Verwirklichung.« *Georg Lukács*

»... daß, kennte man nicht die Entstehungsgeschichte, niemand ein solches Zusammenweben aus ganz verschiedenen Teilen ahnen würde. Die ebenso leichte wie sichere Hand, die sich hierin zu erkennen gibt, bekundet so recht eigentlich den Genius ... Er hat alles wie durch Intuition und sagt über die großen und kleinen Geheimnisse der Menschennatur die sublimsten Dinge.«

Georg Lukács, geboren am 13.4.1885 in Budapest, ist am 4.6.1971 dort gestorben. Lukács studierte Philosophie und Geschichte in Budapest, Berlin und Heidelberg. Seit 1918 war Lukács Mitglied der ungarischen KP. 1933 Emigration nach Moskau. 1944 Rückkehr nach Ungarn. Professur für Ästhetik und Kulturphilosophie. 1956 Deportation; nach der Rückkehr 1957 emeritiert. Georg Lukács war einer der bedeutendsten Vertreter marxistischer Literaturtheorie. 1971 erhielt er den Goethe-Preis der Stadt Frankfurt.

Wichtigste Werke: »Die Theorie des Romans« (1920); »Geschichte und Klassenbewußtsein« (1923); »Goethe und seine Zeit« (1947); »Beiträge zur Geschichte der Ästhetik« (1954); »Probleme des Realismus« (1955); »Schriften zur Literatursoziologie« (1961); »Werke« 14 Bde. 1962 ff.

insel taschenbuch 25

Johann Wolfgang Goethe

Die Leiden des jungen Werther

Johann Wolfgang Goethe
Die Leiden des jungen Werther

Mit einem Essay von Georg Lukács
›Die Leiden des jungen Werther‹
Nachwort von Jörn Göres
›Zweihundert Jahre Werther‹
Mit zeitgenössischen Illustrationen von
Nikolaus David Chodowiecki
und anderen

Insel Verlag

insel taschenbuch 25
1. Auflage 1973
 Mit freundlicher Genehmigung des Hermann Luchterhand Verlags: Georg Lukács: Die Leiden des jungen Werther. Aus: Georg Lukács, Werke. Bd. 7. Deutsche Literatur in zwei Jahrhunderten. »Goethe und seine Zeit«. S. 53ff. Vertrieb durch den Suhrkamp Taschenbuch Verlag. Umschlag nach Entwürfen von Willy Fleckhaus. Satz: Passavia, Passau. Druck: Ebner, Ulm. Printed in Germany.

Die Leiden des jungen Werther

Was ich von der Geschichte des armen Werther nur habe auffinden können, habe ich mit Fleiß gesammelt, und lege es euch hier vor, und weiß, daß ihr mirs danken werdet. Ihr könnt seinem Geiste und seinem Charakter eure Bewunderung und Liebe, seinem Schicksale eure Tränen nicht versagen.

Und du, gute Seele, die du eben den Drang fühlst wie er, schöpfe Trost aus seinem Leiden, und laß das Büchlein deinen Freund sein, wenn du aus Geschick oder eigener Schuld keinen nähern finden kannst.

Erstes Buch

Am 4. Mai 1771.

Wie froh bin ich, daß ich weg bin! Bester Freund, was ist das Herz des Menschen! Dich zu verlassen, den ich so liebe, von dem ich unzertrennlich war, und froh zu sein! Ich weiß, du verzeihst mirs. Waren nicht meine übrigen Verbindungen recht ausgesucht vom Schicksal, um ein Herz wie das meine zu ängstigen? Die arme Leonore! Und doch war ich unschuldig. Konnt ich dafür, daß, während die eigensinnigen Reize ihrer Schwester mir eine angenehme Unterhaltung verschafften, daß eine Leidenschaft in dem armen Herzen sich bildete! Und doch – bin ich ganz unschuldig? Hab ich nicht ihre Empfindungen genährt? hab ich mich nicht an den ganz wahren Ausdrücken der Natur, die uns so oft zu lachen machten, so wenig lächerlich sie waren, selbst ergötzt, hab ich nicht – O was ist der Mensch, daß er über sich klagen darf! Ich will, lieber Freund, ich verspreche dirs, ich will mich bessern, will nicht mehr ein bißchen Übel, das uns das Schicksal vorlegt, wiederkäuen, wie ichs immer getan habe; ich will das Gegenwärtige genießen, und das Vergangene soll mir vergangen sein. Gewiß, du hast recht, Bester, der Schmerzen wären minder unter den Menschen, wenn sie nicht – Gott weiß, warum sie so gemacht sind – mit so viel Emsigkeit der Einbildungskraft sich beschäftigten, die Erinnerungen des vergangenen Übels zurückzurufen, eher als eine gleichgültige Gegenwart zu ertragen.

Du bist so gut, meiner Mutter zu sagen, daß ich ihr Geschäft bestens betreiben und ihr ehstens Nachricht

davon geben werde. Ich habe meine Tante gesprochen und bei weitem das böse Weib nicht gefunden, das man bei uns aus ihr macht. Sie ist eine muntere, heftige Frau von dem besten Herzen. Ich erklärte ihr meiner Mutter Beschwerden über den zurückgehaltenen Erbschaftsanteil; sie sagte mir ihre Gründe, Ursachen und die Bedingungen, unter welchen sie bereit wäre, alles herauszugeben, und mehr als wir verlangten – Kurz, ich mag jetzt nichts davon schreiben; sage meiner Mutter, es werde alles gut gehen. Und ich habe, mein Lieber, wieder bei diesem kleinen Geschäft gefunden, daß Mißverständnisse und Trägheit vielleicht mehr Irrungen in der Welt machen als List und Bosheit. Wenigstens sind die beiden letzteren gewiß seltener. Übrigens befinde ich mich hier gar wohl, die Einsamkeit ist meinem Herzen köstlicher Balsam in dieser paradiesischen Gegend, und diese Jahreszeit der Jugend wärmt mit aller Fülle mein oft schauderndes Herz. Jeder Baum, jede Hecke ist ein Strauß von Blüten, und man möchte zum Maikäfer werden, um in dem Meer von Wohlgerüchen herumschweben und alle seine Nahrung darin finden zu können.
Die Stadt selbst ist unangenehm, dagegen ringsumher eine unaussprechliche Schönheit der Natur. Das bewog den verstorbenen Grafen von M . ., seinen Garten auf einem der Hügel anzulegen, die mit der schönsten Mannigfaltigkeit sich kreuzen und die lieblichsten Täler bilden. Der Garten ist einfach, und man fühlt gleich bei dem Eintritte, daß nicht ein wissenschaftlicher Gärtner, sondern ein fühlendes Herz den Plan gezeichnet, das seiner selbst hier genießen wollte. Schon manche Träne hab ich dem Abgeschiedenen in dem verfallenen Kabinettchen geweint, das sein Lieblingsplätzchen war und auch meines ist. Bald

WERTHER

werde ich Herr vom Garten sein; der Gärtner ist mir zugetan, nur seit den paar Tagen, und er wird sich nicht übel dabei befinden.

Am 10. Mai.

Eine wunderbare Heiterkeit hat meine ganze Seele eingenommen, gleich den süßen Frühlingsmorgen, die ich mit ganzem Herzen genieße. Ich bin allein und freue mich meines Lebens in dieser Gegend, die für solche Seelen geschaffen ist wie die meine. Ich bin so glücklich, mein Bester, so ganz in dem Gefühle von ruhigem Dasein versunken, daß meine Kunst darunter leidet. Ich könnte jetzt nicht zeichnen, nicht einen Strich, und bin nie ein größerer Maler gewesen als in diesen Augenblicken. Wenn das liebe Tal um mich dampft und die hohe Sonne an der Oberfläche der undurchdringlichen Finsternis meines Waldes ruht und nur einzelne Strahlen sich in das innere Heiligtum stehlen, ich dann im hohen Grase am fallenden Bache liege und näher an der Erde tausend mannigfaltige Gräschen mir merkwürdig werden; wenn ich das Wimmeln der kleinen Welt zwischen Halmen, die unzähligen, unergründlichen Gestalten der Würmchen, der Mückchen näher an meinem Herzen fühle, und fühle die Gegenwart des Allmächtigen, der uns nach seinem Bilde schuf, das Wehen des All-liebenden, der uns in ewiger Wonne schwebend trägt und erhält; mein Freund! wenns dann um meine Augen dämmert und die Welt um mich her und der Himmel ganz in meiner Seele ruhn wie die Gestalt einer Geliebten – dann sehne ich mich oft und denke: ach könntest du das wieder ausdrücken, könntest du dem Papiere das einhauchen, was so voll, so warm in dir lebt; daß es würde der Spiegel deiner Seele, wie deine Seele ist der

Spiegel des unendlichen Gottes! – Mein Freund – Aber ich gehe darüber zugrunde, ich erliege unter der Gewalt der Herrlichkeit dieser Erscheinungen.

Am 12. Mai.

Ich weiß nicht, ob täuschende Geister um diese Gegend schweben, oder ob die warme himmlische Phantasie in meinem Herzen ist, die mir alles ringsumher so paradiesisch macht. Da ist gleich vor dem Orte ein Brunnen, ein Brunnen, an den ich gebannt bin wie Melusine mit ihren Schwestern. – Du gehst einen kleinen Hügel hinunter und findest dich vor einem Gewölbe, da wohl zwanzig Stufen hinabgehen, wo unten das klarste Wasser aus Marmorfelsen quillt. Die kleine Mauer, die oben umher die Einfassung macht, die hohen Bäume, die den Platz ringsumher bedecken, die Kühle des Ortes: das hat alles so was Anzügliches, was Schauerliches. Es vergeht kein Tag, daß ich nicht eine Stunde da sitze. Da kommen dann die Mädchen aus der Stadt und holen Wasser, das harmloseste Geschäft und das nötigste, das ehemals die Töchter der Könige selbst verrichteten. Wenn ich da sitze, so lebt die patriarchalische Idee so lebhaft um mich, wie sie alle, die Altväter, am Brunnen Bekanntschaft machen und freien, und wie um die Brunnen und Quellen wohltätige Geister schweben. O der muß nie nach einer schweren Sommertagswanderung sich an des Brunnens Kühle gelabt haben, der das nicht mitempfinden kann.

Am 13. Mai.

Du fragst, ob du mir meine Bücher schicken sollst? – Lieber, ich bitte dich um Gottes willen, laß mir sie vom Halse! Ich will nicht mehr geleitet, ermuntert, angefeuert sein, braust dieses Herz doch genug aus sich selbst; ich brauche Wiegengesang, und den habe ich in seiner Fülle gefunden in meinem Homer. Wie oft lull ich mein empörtes Blut zur Ruhe, denn so ungleich, so unstet hast du nichts gesehen als dieses Herz. Lieber! brauch ich dir das zu sagen, der du so oft die Last getragen hast, mich vom Kummer zur Ausschweifung, und von süßer Melancholie zur verderblichen Leidenschaft übergehen zu sehen? Auch halte ich mein Herzchen wie ein krankes Kind; jeder Wille wird ihm gestattet. Sage das nicht weiter; es gibt Leute, die mir es verübeln würden.

Am 15. Mai.

Die geringen Leute des Ortes kennen mich schon und lieben mich, besonders die Kinder. Wie ich im Anfange mich zu ihnen gesellte, sie freundschaftlich fragte über dies und das, glaubten einige, ich wollte ihrer spotten, und fertigten mich wohl gar grob ab. Ich ließ mich das nicht verdrießen; nur fühlte ich, was ich schon oft bemerkt habe, auf das lebhafteste: Leute von einigem Stande werden sich immer in kalter Entfernung vom gemeinen Volke halten, als glaubten sie durch Annäherung zu verlieren; und dann gibts Flüchtlinge und üble Spaßvögel, die sich herabzulassen scheinen, um ihren Übermut dem armen Volke desto empfindlicher zu machen.

Ich weiß wohl, daß wir nicht gleich sind, noch sein können; aber ich halte dafür, daß der, der nötig zu haben glaubt, vom sogenannten Pöbel sich zu entfernen, um den Respekt zu erhalten, ebenso tadelhaft ist als ein Feiger, der sich vor seinem Feinde verbirgt, weil er zu unterliegen fürchtet.

Letzthin kam ich zum Brunnen, und fand ein junges

Dienstmädchen, das ihr Gefäß auf die unterste Treppe gesetzt hatte und sich umsah, ob keine Kamerädin kommen wollte, ihr es auf den Kopf zu helfen. Ich stieg hinunter und sah sie an. – Soll ich Ihr helfen, Jungfer? sagte ich. – Sie ward rot über und über. – O nein, Herr! sagte sie. – Ohne Umstände! – Sie legte ihren Kringen zurecht, und ich half ihr. Sie dankte und stieg hinauf.

Den 17. Mai.

Ich habe allerlei Bekanntschaft gemacht, Gesellschaft habe ich noch keine gefunden. Ich weiß nicht, was ich Anzügliches für die Menschen haben muß; es mögen mich ihrer so viele und hängen sich an mich, und da tut mirs weh, wenn unser Weg nur eine kleine Strecke miteinander geht. Wenn du fragst, wie die Leute hier sind, muß ich dir sagen: wie überall! Es ist ein einförmiges Ding um das Menschengeschlecht. Die meisten verarbeiten den größten Teil der Zeit, um zu leben, und das bißchen, das ihnen von Freiheit übrig bleibt, ängstigt sie so, daß sie alle Mittel aufsuchen, um es loszuwerden. O Bestimmung des Menschen!

Aber eine recht gute Art Volks! Wenn ich mich manchmal vergesse, manchmal mit ihnen die Freuden genieße, die den Menschen noch gewährt sind, an einem artig besetzten Tisch mit aller Offen- und Treuherzigkeit sich herumzuspaßen, eine Spazierfahrt, einen Tanz zur rechten Zeit anzuordnen, und dergleichen, das tut eine ganz gute Wirkung auf mich; nur muß mir nicht einfallen, daß noch so viele andere Kräfte in mir ruhen, die alle ungenutzt vermodern und die ich sorgfältig verbergen muß. Ach, das engt das ganze Herz so ein – Und doch! mißverstanden zu werden, ist das Schicksal von unser einem.

Ach, daß die Freundin meiner Jugend dahin ist! ach, daß ich sie je gekannt habe! – Ich würde sagen: du bist ein Tor! du suchst, was hienieden nicht zu finden ist. Aber ich habe sie gehabt, ich habe das Herz gefühlt, die große Seele, in deren Gegenwart ich mir schien mehr zu sein, als ich war, weil ich alles war, was ich sein konnte. Guter Gott! blieb da eine einzige Kraft meiner Seele ungenutzt? Konnt ich nicht vor ihr das ganze wunderbare Gefühl entwickeln, mit dem mein Herz die Natur umfaßt? War unser Umgang nicht ein ewiges Weben von der feinsten Empfindung, dem schärfsten Witze, dessen Modifikationen, bis zur Unart, alle mit dem Stempel des Genies bezeichnet waren? Und nun! – Ach, ihre Jahre, die sie voraus hatte, führten sie früher ans Grab als mich. Nie werde ich sie vergessen, nie ihren festen Sinn und ihre göttliche Duldung.

Vor wenig Tagen traf ich einen jungen V.. an, einen offnen Jungen, mit einer gar glücklichen Gesichtsbildung. Er kommt erst von Akademieen, dünkt sich eben nicht weise, aber glaubt doch, er wisse mehr als andere. Auch war er fleißig, wie ich an allerlei spüre; kurz, er hat hübsche Kenntnisse. Da er hörte, daß ich viel zeichnete und Griechisch könnte (zwei Meteore hierzulande), wandte er sich an mich und kramte viel Wissen aus, von Batteux bis zu Wood, von de Piles zu Winckelmann, und versicherte mich, er habe Sulzers Theorie, den ersten Teil, ganz durchgelesen, und besitze ein Manuskript von Heynen über das Studium der Antike. Ich ließ das gut sein.

Noch gar einen braven Mann habe ich kennen lernen, den fürstlichen Amtmann, einen offenen, treuherzigen Menschen. Man sagt, es soll eine Seelenfreude sein, ihn unter seinen Kindern zu sehen, deren er neun hat;

besonders macht man viel Wesens von seiner ältesten Tochter. Er hat mich zu sich gebeten, und ich will ihn ehster Tage besuchen. Er wohnt auf einem fürstlichen Jagdhofe, anderthalb Stunden von hier, wohin er nach dem Tode seiner Frau zu ziehen die Erlaubnis erhielt, da ihm der Aufenthalt hier in der Stadt und im Amthause zu weh tat.
Sonst sind mir einige verzerrte Originale in den Weg gelaufen, an denen alles unausstehlich ist, am unerträglichsten ihre Freundschaftsbezeigungen.
Leb wohl! der Brief wird dir recht sein, er ist ganz historisch.

Am 22. Mai.

Daß das Leben des Menschen nur ein Traum sei, ist manchem schon so vorgekommen, und auch mit mir zieht dieses Gefühl immer herum. Wenn ich die Einschränkung ansehe, in welcher die tätigen und forschenden Kräfte des Menschen eingesperrt sind; wenn ich sehe, wie alle Wirksamkeit dahinaus läuft, sich die Befriedigung von Bedürfnissen zu verschaffen, die wieder keinen Zweck haben, als unsere arme Existenz zu verlängern, und dann, daß alle Beruhigung über gewisse Punkte des Nachforschens nur eine träumende Resignation ist, da man sich die Wände, zwischen denen man gefangen sitzt, mit bunten Gestalten und lichten Aussichten bemalt – das alles, Wilhelm, macht mich stumm. Ich kehre in mich selbst zurück, und finde eine Welt! Wieder mehr in Ahnung und dunkler Begier als in Darstellung und lebendiger Kraft. Und da schwimmt alles vor meinen Sinnen, und ich lächle dann so träumend weiter in die Welt.
Daß die Kinder nicht wissen, warum sie wollen, darin sind alle hochgelahrte Schul- und Hofmeister einig; daß aber auch Erwachsene gleich Kindern auf diesem

Erdboden herumtaumeln, und wie jene nicht wissen, woher sie kommen und wohin sie gehen, ebensowenig wahren Zwecken handeln, ebenso durch Biskuit und Kuchen und Birkenreiser regiert werden: das will niemand gern glauben, und mich dünkt, man kann es mit Händen greifen.

Ich gestehe dir gern, denn ich weiß, was du mir hierauf sagen möchtest, daß diejenigen die Glücklichsten sind, die gleich den Kindern in den Tag hineinleben, ihre Puppen herumschleppen, aus- und anziehen und mit großem Respekt um die Schublade umherschleichen, wo Mama das Zuckerbrot hineingeschlossen hat, und wenn sie das gewünschte endlich erhaschen, es mit vollen Backen verzehren und rufen: Mehr! – Das sind glückliche Geschöpfe. Auch denen ists wohl, die ihren Lumpenbeschäftigungen oder wohl gar ihren Leidenschaften prächtige Titel geben, und sie dem Menschengeschlechte als Riesenoperationen zu dessen Heil und Wohlfahrt anschreiben. – Wohl dem, der so sein kann! Wer aber in seiner Demut erkennt, wo das alles hinausläuft, wer da sieht, wie artig jeder Bürger, dem es wohl ist, sein Gärtchen zum Paradiese zuzustutzen weiß, und wie unverdrossen auch der Unglückliche unter der Bürde seinen Weg fortkeucht und alle gleich interessiert sind, das Licht dieser Sonne noch eine Minute länger zu sehen – ja, der ist still und bildet auch seine Welt aus sich selbst, und ist auch glücklich, weil er ein Mensch ist. Und dann, so eingeschränkt er ist, hält er doch immer im Herzen das süße Gefühl der Freiheit, und daß er diesen Kerker verlassen kann, wann er will.

Am 26. Mai.

Du kennst von altersher meine Art, mich anzubauen, mir irgend an einem vertraulichen Ort ein Hüttchen

aufzuschlagen und da mit aller Einschränkung zu herbergen.
Auch hier hab ich wieder ein Plätzchen angetroffen, das mich angezogen hat.
Ungefähr eine Stunde von der Stadt liegt ein Ort, den sie Wahlheim* nennen. Die Lage an einem Hügel ist sehr interessant, und wenn man oben auf dem Fußpfade zum Dorf herausgeht, übersieht man auf Einmal das ganze Tal. Eine gute Wirtin, die gefällig und munter in ihrem Alter ist, schenkt Wein, Bier, Kaffee; und was über alles geht, sind zwei Linden, die mit ihren ausgebreiteten Ästen den kleinen Platz vor der Kirche bedecken, der ringsum mit Bauerhäusern, Scheuern und Höfen eingeschlossen ist. So vertraulich, so heimlich hab ich nicht leicht ein Plätzchen gefunden, und dahin laß ich mein Tischchen aus dem Wirtshause bringen und meinen Stuhl, trinke meinen Kaffee da und lese meinen Homer. Das erste Mal, als ich durch einen Zufall an einem schönen Nachmittage unter die Linden kam, fand ich das Plätzchen so einsam. Es war alles im Felde, nur ein Knabe von ungefähr vier Jahren saß an der Erde, und hielt ein anderes, etwa halbjähriges, vor ihm zwischen seinen Füßen sitzendes Kind mit beiden Armen wider seine Brust, so daß er ihm zu einer Art von Sessel diente und, ungeachtet der Munterkeit, womit er aus seinen schwarzen Augen herumschaute, ganz ruhig saß. Mich vergnügte der Anblick: ich setzte mich auf einen Pflug, der gegenüberstand, und zeichnete die brüderliche Stellung mit vielem Ergötzen. Ich fügte den nächsten Zaun, ein Scheunentor und einige gebrochene Wagenräder bei, alles wie es hintereinander stand, und fand nach Verlauf einer

* Der Leser wird sich keine Mühe geben, die hier genannten Orte zu suchen; man hat sich genötigt gesehen, die im Originale befindlichen wahren Namen zu verändern.

Stunde, daß ich eine wohlgeordnete, sehr interessante Zeichnung verfertiget hatte, ohne das mindeste von dem Meinen hinzuzutun. Das bestärkte mich in meinem Vorsatze, mich künftig allein an die Natur zu halten. Sie allein ist unendlich reich, und sie allein bildet den großen Künstler. Man kann zum Vorteile der Regel viel sagen, ungefähr was man zum Lobe der bürgerlichen Gesellschaft sagen kann. Ein Mensch, der sich nach ihnen bildet, wird nie etwas Abgeschmacktes und Schlechtes hervorbringen, wie einer, der sich durch Gesetze und Wohlstand modeln läßt, nie ein unerträglicher Nachbar, nie ein merkwürdiger Bösewicht werden kann; dagegen wird aber auch alle Regel, man rede was man wolle, das wahre Gefühl von Natur und den wahren Ausdruck derselben zerstören! Sag du, das ist zu hart! sie schränkt nur ein, beschneidet die geilen Reben etc. – Guter Freund, soll ich dir ein Gleichnis geben? Es ist damit wie mit der Liebe. Ein junges Herz hängt ganz an einem Mädchen, bringt alle Stunden seines Tages bei ihr zu, verschwendet alle seine Kräfte, all sein Vermögen, um ihr jeden Augenblick auszudrücken, daß er sich ganz ihr hingibt. Und da käme ein Philister, ein Mann, der in einem öffentlichen Amte steht, und sagte zu ihm: Feiner junger Herr! lieben ist menschlich, nur müßt Ihr menschlich lieben! Teilet Eure Stunden ein, die einen zur Arbeit, und die Erholungsstunden widmet Eurem Mädchen. Berechnet Euer Vermögen, und was Euch von Eurer Notdurft übrig bleibt, davon verwehr ich Euch nicht, ihr ein Geschenk, nur nicht zu oft, zu machen, etwa zu ihrem Geburts- und Namenstage etc. – Folgt der Mensch, so gibts einen brauchbaren jungen Menschen, und ich will selbst jedem Fürsten raten, ihn in ein Kollegium zu setzen;

nur mit seiner Liebe ists am Ende, und wenn er ein Künstler ist, mit seiner Kunst. O meine Freunde! warum der Strom des Genies so selten ausbricht, so selten in hohen Fluten hereinbraust und eure staunende Seele erschüttert? – Liebe Freunde, da wohnen die gelassenen Herren auf beiden Seiten des Ufers, denen ihre Gartenhäuschen, Tulpenbeete und Krautfelder zugrunde gehen würden, die daher inzeiten mit Dämmen und Ableiten der künftig drohenden Gefahr abzuwehren wissen.

Am 27. Mai.

Ich bin, wie ich sehe, in Verzückung, Gleichnisse und Deklamation verfallen und habe darüber vergessen, dir auszuerzählen, was mit den Kindern weiter geworden ist. Ich saß, ganz in malerische Empfindung vertieft, die dir mein gestriges Blatt sehr zerstückt darlegt, auf meinem Pfluge wohl zwei Stunden. Da kommt gegen Abend eine junge Frau auf die Kinder los, die sich indes nicht gerührt hatten, mit einem Körbchen am Arm, und ruft von weitem: Philipps, du bist recht brav. – Sie grüßte mich, ich dankte ihr, stand auf, trat näher hin und fragte sie, ob sie Mutter von den Kindern wäre. Sie bejahte es, und indem sie dem ältesten einen halben Weck gab, nahm sie das kleine auf und küßte es mit aller mütterlichen Liebe. – Ich habe, sagte sie, meinem Philipps das Kleine zu halten gegeben, und bin mit meinem Ältesten in die Stadt gegangen, um Weißbrot zu holen und Zucker und ein irden Breipfännchen. – Ich sah das alles in dem Korbe, dessen Deckel abgefallen war. – Ich will meinem Hans (das war der Name des Jüngsten) ein Süppchen kochen zum Abende; der lose Vogel, der Große, hat mir gestern das Pfännchen zerbrochen, als er sich mit Philippsen um die Scharre des Breis zankte. – Ich fragte nach dem Ältesten, und sie hatte mir kaum gesagt, daß er auf der Wiese sich mit ein paar Gänsen herumjage, als er gesprungen kam und dem Zweiten eine Haselgerte mitbrachte. Ich unterhielt mich weiter mit dem Weibe und erfuhr, daß sie des Schulmeisters Tochter sei, und daß ihr Mann eine Reise in die Schweiz gemacht habe, um die Erbschaft eines Vetters zu holen. – Sie haben ihn drum betrügen wollen, sagte sie, und ihm auf seine Briefe nicht geantwortet; da ist er selbst hineingegangen. Wenn ihm nur kein Unglück widerfahren ist! ich höre nichts von ihm. – Es ward mir schwer, mich von dem Weibe loszumachen, gab jedem der Kinder einen Kreuzer, und auch fürs jüngste gab ich ihr einen, ihm einen Weck zur Suppe mitzubringen, wenn sie in die Stadt ginge, und so schieden wir von einander.

Ich sage dir, mein Schatz, wenn meine Sinnen gar nicht mehr halten wollen, so lindert all den Tumult der Anblick eines solchen Geschöpfs, das in glücklicher Gelassenheit den engen Kreis seines Daseins hingeht, von einem Tage zum andern sich durchhilft, die Blätter abfallen sieht und nichts dabei denkt, als daß der Winter kommt.

Seit der Zeit bin ich oft draußen. Die Kinder sind ganz an mich gewöhnt, sie kriegen Zucker, wenn ich Kaffee trinke, und teilen das Butterbrot und die saure Milch mit mir des Abends. Sonntags fehlt ihnen der Kreuzer nie, und wenn ich nicht nach der Betstunde da bin, so hat die Wirtin Ordre, ihn auszuzahlen.

Sie sind vertraut, erzählen mir allerhand, und besonders ergötze ich mich an ihren Leidenschaften und simpeln Ausbrüchen des Begehrens, wenn mehr Kinder aus dem Dorfe sich versammeln.

Viel Mühe hat michs gekostet, der Mutter ihre Besorgnis zu nehmen, sie möchten den Herrn inkommodieren.

Am 30. Mai.

Was ich dir neulich von der Malerei sagte, gilt gewiß auch von der Dichtkunst; es ist nur, daß man das Vortreffliche erkenne und es auszusprechen wage, und das ist freilich mit wenigem viel gesagt. Ich habe heut eine Szene gehabt, die, rein abgeschrieben, die schönste Idylle von der Welt gäbe; doch was soll Dichtung, Szene und Idylle? muß es denn immer gebosselt sein, wenn wir teil an einer Naturerscheinung nehmen sollen?

Wenn du auf diesen Eingang viel Hohes und Vornehmes erwartest, so bist du wieder übel betrogen; es ist nichts als ein Bauerbursch, der mich zu dieser lebhaften Teilnehmung hingerissen hat. – Ich werde, wie gewöhnlich, schlecht erzählen, und du wirst mich, wie gewöhnlich, denk ich, übertrieben finden; es ist wieder Wahlheim, und immer Wahlheim, das diese Seltenheiten hervorbringt.

Es war eine Gesellschaft draußen unter den Linden, Kaffee zu trinken. Weil sie mir nicht ganz anstand, so blieb ich unter einem Vorwande zurück.

Ein Bauerbursch kam aus einem benachbarten Hause und beschäftigte sich, an dem Pfluge, den ich neulich gezeichnet hatte, etwas zurechtzumachen. Da mir sein Wesen gefiel, redete ich ihn an, fragte nach seinen Umständen, wir waren bald bekannt und, wie mirs gewöhnlich mit dieser Art Leuten geht, bald vertraut. Er erzählte mir, daß er bei einer Witwe in Diensten sei und von ihr gar wohl gehalten werde. Er sprach so vieles von ihr und lobte sie dergestalt, daß ich bald merken konnte, er sei ihr mit Leib und Seele zugetan. Sie sei nicht mehr jung, sagte er, sie sei von ihrem ersten Mann übel gehalten worden, wolle nicht mehr heiraten, und aus seiner Erzählung leuchtete so merklich hervor, wie schön, wie reizend sie für ihn sei, wie sehr er wünsche, daß sie ihn wählen möchte, um das Andenken der Fehler ihres ersten Mannes auszulöschen, daß ich Wort für Wort wiederholen müßte, um dir die reine Neigung, die Liebe und Treue dieses Menschen anschaulich zu machen. Ja, ich müßte die Gabe des größten Dichters besitzen, um dir zugleich den Ausdruck seiner Gebärden, die Harmonie seiner Stimme, das heimliche Feuer seiner Blicke lebendig darstellen zu können. Nein, es sprechen keine Worte die Zartheit aus, die in seinem ganzen Wesen und Ausdruck war; es ist alles nur plump, was ich wieder vorbringen könnte. Besonders rührte mich, wie er fürchtete, ich möchte über sein Verhältnis zu ihr ungleich denken und an ihrer guten Aufführung zweifeln. Wie reizend es war, wenn er von ihrer Gestalt, von ihrem Körper sprach, der ihn ohne jugendliche Reize gewaltsam an sich zog und fesselte, kann ich mir nur in meiner innersten Seele wiederholen. Ich hab in meinem Leben die dringende Begierde und das heiße, sehnliche Verlangen nicht in dieser Reinheit gesehen, ja wohl kann ich sagen: in dieser Reinheit nicht gedacht und geträumt. Schelte mich nicht, wenn ich dir sage, daß bei der Erinnerung dieser Unschuld und Wahrheit mir die innerste Seele glüht, und daß mich das Bild dieser Treue und Zärtlichkeit überall verfolgt, und daß ich, wie selbst davon entzündet, lechze und schmachte.

Ich will nun suchen, auch sie ehstens zu sehn, oder vielmehr, wenn ichs recht bedenke, ich wills vermeiden. Es ist besser, ich sehe sie durch die Augen ihres Liebhabers; vielleicht erscheint sie mir vor meinen eignen Augen nicht so, wie sie jetzt vor mir steht, und warum soll ich mir das schöne Bild verderben?

Am 16. Junius.

Warum ich dir nicht schreibe? – Fragst du das und bist doch auch der Gelehrten einer. Du solltest raten, daß ich mich wohl befinde, und zwar – Kurz und gut, ich habe eine Bekanntschaft gemacht, die mein Herz näher angeht. Ich habe – ich weiß nicht.

Dir in der Ordnung zu erzählen, wie's zugegangen ist, daß ich eines der liebenswürdigsten Geschöpfe habe kennen lernen, wird schwer halten. Ich bin vergnügt und also kein guter Historienschreiber.

Einen Engel! – Pfui! das sagt jeder von der Seinigen, nicht wahr? Und doch bin ich nicht imstande, dir zu sagen, wie sie vollkommen ist, warum sie vollkommen ist; genug, sie hat allen meinen Sinn gefangen genommen.

So viel Einfalt bei so viel Verstand, so viele Güte bei so viel Festigkeit, und die Ruhe der Seele bei dem wahren Leben und der Tätigkeit. –

Das ist alles garstiges Gewäsch, was ich da von ihr sage, leidige Abstraktionen, die nicht einen Zug ihres Selbst ausdrücken. Ein andermal – Nein, nicht ein andermal, jetzt gleich will ich dirs erzählen. Tu ichs jetzt nicht, so geschäh es niemals. Denn, unter uns, seit ich angefangen habe zu schreiben, war ich schon dreimal im Begriffe, die Feder niederzulegen, mein Pferd satteln zu lassen und hinauszureiten. Und doch schwur ich mir heute früh, nicht hinauszureiten, und gehe doch alle Augenblick ans Fenster, zu sehen, wie hoch die Sonne noch steht. – – –

Ich habs nicht überwinden können, ich mußte zu ihr hinaus. Da bin ich wieder, Wilhelm, will mein Butterbrot zu Nacht essen und dir schreiben. Welch eine Wonne das für meine Seele ist, sie in dem Kreise der lieben muntern Kinder, ihrer acht Geschwister zu sehen! –

Wenn ich so fortfahre, wirst du am Ende so klug sein wie am Anfange. Höre denn, ich will mich zwingen, ins Detail zu gehen.

Ich schrieb dir neulich, wie ich den Amtmann S .. habe kennen lernen und wie er mich gebeten habe, ihn bald in seiner Einsiedelei, oder vielmehr seinem kleinen Königreiche zu besuchen. Ich vernachlässigte das und wäre vielleicht nie hingekommen, hätte mir der Zufall nicht den Schatz entdeckt, der in der stillen Gegend verborgen liegt.

Unsere jungen Leute hatten einen Ball auf dem Lande angestellt, zu dem ich mich denn auch willig finden ließ. Ich bot einem hiesigen guten, schönen, übrigens unbedeutenden Mädchen die Hand und es wurde ausgemacht, daß ich eine Kutsche nehmen, mit meiner Tänzerin und ihrer Base nach dem Orte der Lustbarkeit hinausfahren und auf dem Wege Charlotten S .. mitnehmen sollte. – Sie werden ein schönes Frauenzimmer kennen lernen, sagte meine Gesellschafterin, da wir durch den weiten ausgehauenen Wald nach dem Jagdhause fuhren. – Nehmen Sie sich in acht, versetzte die Base, daß Sie sich nicht verlieben! – Wie so? sagte ich. – Sie ist schon vergeben, antwortete jene, an einen sehr braven Mann, der weggereist ist, seine Sachen in Ordnung zu bringen, weil sein Vater gestorben ist, und sich um eine ansehnliche Versorgung zu bewerben. – Die Nachricht war mir ziemlich gleichgültig.

Die Sonne war noch eine Viertelstunde vom Gebirge, als wir vor dem Hoftore anfuhren. Es war sehr schwül, und die Frauenzimmer äußerten ihre Besorgnis wegen eines Gewitters, das sich in weißgrauen dumpfichten Wölkchen rings am Horizonte zusammenzuziehen schien. Ich täuschte ihre Furcht mit anmaßlicher Wetterkunde, ob mir gleich selbst zu ahnen anfing, unsere Lustbarkeit werde einen Stoß leiden.
Ich war ausgestiegen, und eine Magd, die ans Tor kam, bat uns, einen Augenblick zu verziehen, Mamsell Lottchen würde gleich kommen. Ich ging durch den Hof nach dem wohlgebauten Hause, und da ich die vorliegenden Treppen hinaufgestiegen war und in die Tür trat, fiel mir das reizendste Schauspiel in die Augen, das ich je gesehen habe. In dem Vorsaale wimmelten sechs Kinder, von eilf zu zwei Jahren, um ein Mädchen von schöner Gestalt, mittlerer Größe, die ein simples weißes Kleid, mit blaßroten Schleifen an Arm und Brust, anhatte. Sie hielt ein schwarzes Brot und schnitt ihren Kleinen ringsherum jedem sein Stück nach Proportion ihres Alters und Appetits ab, gabs jedem mit solcher Freundlichkeit, und jedes rufte so ungekünstelt sein: Danke! indem es mit den kleinen Händchen lange in die Höhe gereicht hatte, ehe es noch abgeschnitten war, und nun mit seinem Abendbrote vergnügt entweder wegsprang, oder nach seinem stillern Charakter gelassen davonging nach dem Hoftore zu, um die Fremden und die Kutsche zu sehen, darinnen ihre Lotte wegfahren sollte. – Ich bitte um Vergebung, sagte sie, daß ich Sie hereinbemühe und die Frauenzimmer warten lasse. Über dem Anziehen und allerlei Bestellungen fürs Haus in meiner Abwesenheit habe ich vergessen, meinen Kindern ihr Vesperbrot zu geben, und sie wollen von

Chodowiecki del. Geyser sc.

niemanden Brot geschnitten haben als von mir. – Ich machte ihr ein unbedeutendes Kompliment, meine ganze Seele ruhte auf der Gestalt, dem Tone, dem Betragen, und ich hatte eben Zeit, mich von der Überraschung zu erholen, als sie in die Stube lief, ihre Handschuhe und den Fächer zu holen. Die Kleinen sahen mich in einiger Entfernung so von der Seite an, und ich ging auf das jüngste los, das ein Kind von der glücklichsten Gesichtsbildung war. Es zog sich zurück, als eben Lotte zur Türe herauskam und sagte: Louis, gib dem Herrn Vetter eine Hand. – Das tat der Knabe sehr freimütig, und ich konnte mich nicht enthalten, ihn ungeachtet seines kleinen Rotznäschens herzlich zu küssen. – Vetter? sagte ich, indem ich ihr die Hand reichte, glauben Sie, daß ich des Glücks wert sei, mit Ihnen verwandt zu sein? – O, sagte sie mit einem leichtfertigen Lächeln, unsere Vetterschaft ist sehr weitläufig, und es wäre mir leid, wenn Sie der schlimmste drunter sein sollten. – Im Gehen gab sie Sophien, der ältesten Schwester nach ihr, einem Mädchen von ungefähr eilf Jahren, den Auftrag, wohl auf die Kinder achtzuhaben und den Papa zu grüßen, wenn er vom Spazierritte nach Hause käme. Den Kleinen sagte sie, sie sollten ihrer Schwester Sophie folgen, als wenn sie's selber wäre, das denn auch einige ausdrücklich versprachen. Eine kleine naseweise Blondine aber, von ungefähr sechs Jahren, sagte: Du bists doch nicht, Lottchen, wir haben dich doch lieber. – Die zwei ältesten Knaben waren auf die Kutsche geklettert, und auf mein Vorbitten erlaubte sie ihnen, bis vor den Wald mitzufahren, wenn sie versprächen, sich nicht zu necken und sich recht festzuhalten.

Wir hatten uns kaum zurechtgesetzt, die Frauenzimmer sich bewillkommet, wechselweise über den

Anzug, vorzüglich über die Hüte, ihre Anmerkungen gemacht und die Gesellschaft, die man erwartete, gehörig durchgezogen, als Lotte den Kutscher halten und ihre Brüder herabsteigen ließ, die noch einmal ihre Hand zu küssen begehrten, das denn der älteste mit aller Zärtlichkeit, die dem Alter von funfzehn Jahren eigen sein kann, der andere mit viel Heftigkeit und Leichtsinn tat. Sie ließ die Kleinen noch einmal grüßen, und wir fuhren weiter.
Die Base fragte, ob sie mit dem Buche fertig wäre, das sie ihr neulich geschickt hätte. – Nein, sagte Lotte, es gefällt mir nicht; Sie könnens wiederhaben. Das vorige war auch nicht besser. – Ich erstaunte, als ich fragte, was es für Bücher wären, und sie mir antwortete*: – Ich fand so viel Charakter in allem, was sie sagte, ich sah mit jedem Wort neue Reize, neue Strahlen des Geistes aus ihren Gesichtszügen hervorbrechen, die sich nach und nach vergnügt zu entfalten schienen, weil sie an mir fühlte, daß ich sie verstand.
Wie ich jünger war, sagte sie, liebte ich nichts so sehr als Romane. Weiß Gott, wie wohl mirs war, wenn ich mich Sonntags so in ein Eckchen setzen und mit ganzem Herzen an dem Glück und Unstern einer Miß Jenny teilnehmen konnte. Ich leugne auch nicht, daß die Art noch einige Reize für mich hat. Doch da ich so selten an ein Buch komme, so muß es auch recht nach meinem Geschmack sein. Und der Autor ist mir der liebste, in dem ich meine Welt wiederfinde, bei dem es zugeht wie um mich, und dessen Geschichte mir doch so interessant und herzlich wird als mein eigen häuslich Leben, das freilich kein Paradies,

* Man sieht sich genötigt, diese Stelle des Briefes zu unterdrücken, um niemand Gelegenheit zu einiger Beschwerde zu geben. Obgleich im Grunde jedem Autor wenig an dem Urteile eines einzelnen Mädchens und eines jungen unsteten Menschen gelegen sein kann.

aber doch im ganzen eine Quelle unsäglicher Glückseligkeit ist.

Ich bemühte mich, meine Bewegungen über diese Worte zu verbergen. Das ging freilich nicht weit: denn da ich sie mit solcher Wahrheit im Vorbeigehen vom Landpriester von Wakefield, vom –* reden hörte, kam ich ganz außer mich, sagte ihr alles, was ich mußte, und bemerkte erst nach einiger Zeit, da Lotte das Gespräch an die anderen wendete, daß diese die Zeit über mit offenen Augen, als säßen sie nicht da, dagesessen hatten. Die Base sah mich mehr als einmal mit einem spöttischen Näschen an, daran mir aber nichts gelegen war.

Das Gespräch fiel aufs Vergnügen am Tanze. – Wenn diese Leidenschaft ein Fehler ist, sagte Lotte, so gestehe ich Ihnen gern, ich weiß mir nichts übers Tanzen. Und wenn ich was im Kopfe habe und mir auf meinem verstimmten Klavier einen Contretanz vortrommle, so ist alles wieder gut.

Wie ich mich unter dem Gespräche in den schwarzen Augen weidete! wie die lebendigen Lippen und die frischen muntern Wangen meine ganze Seele anzogen! wie ich, in den herrlichen Sinn ihrer Rede ganz versunken, oft gar die Worte nicht hörte, mit denen sie sich ausdrückte! – davon hast du eine Vorstellung, weil du mich kennst. Kurz, ich stieg aus dem Wagen wie ein Träumender, als wir vor dem Lusthause stillehielten, und war so in Träumen rings in der dämmernden Welt verloren, daß ich auf die Musik kaum achtete, die uns von dem erleuchteten Saal herunter entgegenschallte.

* Man hat auch hier die Namen einiger vaterländischen Autoren ausgelassen. Wer teil an Lottens Beifall hat, wird es gewiß an seinem Herzen fühlen, wenn er diese Stelle lesen sollte, und sonst braucht es ja niemand zu wissen.

Die zwei Herrn Audran und ein gewisser N. N. – wer behält alle die Namen! – die der Base und Lottens Tänzer waren, empfingen uns am Schlage, bemächtigten sich ihrer Frauenzimmer, und ich führte das meinige hinauf.

Wir schlangen uns in Menuetts um einander herum; ich forderte ein Frauenzimmer nach dem andern auf, und just die unleidlichsten konnten nicht dazu kommen, einem die Hand zu reichen und ein Ende zu machen. Lotte und ihr Tänzer fingen einen Englischen an, und wie wohl mirs war, als sie auch in der Reihe die Figur mit uns anfing, magst du fühlen. Tanzen muß man sie sehen! Siehst du, sie ist so mit ganzem Herzen und mit ganzer Seele dabei, ihr ganzer Körper Eine Harmonie, so sorglos, so unbefangen, als wenn das eigentlich alles wäre, als wenn sie sonst nichts dächte, nichts empfände; und in dem Augenblicke gewiß schwindet alles andere vor ihr.

Ich bat sie um den zweiten Contretanz; sie sagte mir den dritten zu, und mit der liebenswürdigsten Freimütigkeit von der Welt versicherte sie mir, daß sie herzlich gern Deutsch tanze. – Es ist hier so Mode, fuhr sie fort, daß jedes Paar, das zusammengehört, beim Deutschen zusammenbleibt, und mein Chapeau walzt schlecht und dankt mirs, wenn ich ihm die Arbeit erlasse. Ihr Frauenzimmer kanns auch nicht und mag nicht, und ich habe im Englischen gesehen, daß Sie gut walzen; wenn Sie nun mein sein wollen fürs Deutsche, so gehen Sie und bitten sichs von meinem Herrn aus, und ich will zu Ihrer Dame gehen. – Ich gab ihr die Hand darauf, und wir machten aus, daß ihr Tänzer inzwischen meine Tänzerin unterhalten sollte. Nun gings an! und wir ergötzten uns eine Weile an mannigfaltigen Schlingungen der Arme. Mit welchem

Reize, mit welcher Flüchtigkeit bewegte sie sich! und da wir nun gar ans Walzen kamen und wie die Sphären um einander herumrollten, gings freilich anfangs, weils die wenigsten können, ein bißchen bunt durcheinander. Wir waren klug und ließen sie austoben, und als die Ungeschicktesten den Plan geräumt hatten, fielen wir ein und hielten mit noch einem Paare, mit Audran und seiner Tänzerin, wacker aus. Nie ist mirs so leicht vom Flecke gegangen. Ich war kein Mensch mehr. Das liebenswürdigste Geschöpf in den Armen zu haben und mit ihr herumzufliegen wie Wetter, daß alles ringsumher verging, und – Wilhelm, um ehrlich zu sein, tat ich aber doch den Schwur, daß ein Mädchen, das ich liebte, auf das ich Ansprüche hätte, mir nie mit einem andern walzen sollte als mit mir, und wenn ich drüber zugrunde gehen müßte. Du verstehst mich!

Wir machten einige Touren gehend im Saale, um zu verschnaufen. Dann setzte sie sich, und die Orangen, die ich beiseite gebracht hatte, die nun die einzigen noch übrigen waren, taten vortreffliche Wirkung, nur daß mir mit jedem Schnittchen, das sie einer unbescheidenen Nachbarin ehrenhalben zuteilte, ein Stich durchs Herz ging.

Beim dritten Englischen Tanz waren wir das zweite Paar. Wie wir die Reihe durchtanzten und ich, weiß Gott mit wieviel Wonne, an ihrem Arm und Auge hing, das voll vom wahresten Ausdruck des offensten, reinsten Vergnügens war, kommen wir an eine Frau, die mir wegen ihrer liebenswürdigen Miene auf einem nicht mehr ganz jungen Gesichte merkwürdig gewesen war. Sie sieht Lotten lächelnd an, hebt einen drohenden Finger auf und nennt den Namen Albert zweimal im Vorbeifliegen mit viel Bedeutung.

Wer ist Albert? sagte ich zu Lotten, wenns nicht Vermessenheit ist zu fragen. – Sie war im Begriff zu antworten, als wir uns scheiden mußten, um die große Achte zu machen, und mich dünkte einiges Nachdenken auf ihrer Stirn zu sehen, als wir so vor einander vorbeikreuzten. – Was soll ichs Ihnen leugnen, sagte sie, indem sie mir die Hand zur Promenade bot, Albert ist ein braver Mensch, dem ich so gut als verlobt bin. – Nun war mir das nichts Neues (denn die Mädchen hatten mirs auf dem Wege gesagt) und war mir doch so ganz neu, weil ich es noch nicht im Verhältnis auf sie, die mir in so wenig Augenblicken so wert geworden war, gedacht hatte. Genug, ich verwirrte mich, vergaß mich, und kam zwischen das unrechte Paar hinein, daß alles drunter und drüber ging, und Lottens ganze Gegenwart und Zerren und Ziehen nötig war, um es schnell wieder in Ordnung zu bringen.

Der Tanz war noch nicht zu Ende, als die Blitze, die wir schon lange am Horizonte leuchten gesehen, und die ich immer für Wetterkühlen ausgegeben hatte, viel stärker zu werden anfingen und der Donner die Musik überstimmte. Drei Frauenzimmer liefen aus der Reihe, denen ihre Herrn folgten; die Unordnung wurde allgemein, und die Musik hörte auf. Es ist natürlich, wenn uns ein Unglück oder etwas Schreckliches im Vergnügen überrascht, daß es stärkere Eindrücke auf uns macht als sonst, teils wegen des Gegensatzes, der sich so lebhaft empfinden läßt, teils und noch mehr, weil unsere Sinnen einmal der Fühlbarkeit geöffnet sind und also desto schneller einen Eindruck annehmen. Diesen Ursachen muß ich die wunderbaren Grimassen zuschreiben, in die ich mehrere Frauenzimmer ausbrechen sah. Die klügste setzte sich in eine Ecke, mit dem Rücken gegen das Fenster, und hielt die Ohren zu. Eine andere kniete vor ihr nieder und verbarg den Kopf in der ersten Schoß. Eine dritte schob sich zwischen beide hinein und umfaßte ihre Schwesterchen mit tausend Tränen. Einige wollten nach Hause; andere, die noch weniger wußten, was sie taten, hatten nicht so viel Besinnungskraft, den Keckheiten unserer jungen Schlucker zu steuern, die sehr beschäftigt zu sein schienen, alle die ängstlichen Gebete, die dem Himmel bestimmt waren, von den Lippen der schönen Bedrängten wegzufangen. Einige unserer Herren hatten sich hinabbegeben, um ein Pfeifchen in Ruhe zu rauchen; und die übrige Gesellschaft schlug es nicht aus, als die Wirtin auf den klugen Einfall kam, uns ein Zimmer anzuweisen, das Läden und Vorhänge hätte. Kaum waren wir da angelangt, als Lotte beschäftiget war, einen Kreis von Stühlen zu stellen, und, als sich die Gesellschaft auf ihre Bitte gesetzt hatte, den Vortrag zu einem Spiele zu tun.

Ich sah manchen, der in Hoffnung auf ein saftiges Pfand sein Mäulchen spitzte und seine Glieder reckte. – Wir spielen Zählens, sagte sie. Nun gebt acht! Ich geh im Kreis herum von der Rechten zur Linken, und so zählt ihr auch ringsherum, jeder die Zahl, die an ihn kommt, und das muß gehen wie ein Lauffeuer, und wer stockt oder sich irrt, kriegt eine Ohrfeige, und so bis tausend. – Nun war das lustig anzusehen. Sie ging mit ausgestrecktem Arm im Kreise herum. Eins, fing der erste an, der Nachbar zwei, drei der folgende, und so fort. Dann fing sie an, geschwinder zu gehen, immer geschwinder; da versahs einer, patsch! eine Ohrfeige, und über das Gelächter der folgende auch patsch! Und immer geschwinder. Ich selbst kriegte zwei Maulschellen und glaubte mit innigem Vergnügen zu bemerken, daß sie stärker seien, als sie sie den übrigen zuzumessen pflegte. Ein allgemeines Gelächter und Geschwärm endigte das Spiel, ehe noch das Tausend ausgezählt war. Die Vertrautesten zogen einander beiseite, das Gewitter war vorüber, und ich folgte Lotten in den Saal. Unterwegs sagte sie: Über die Ohrfeigen haben sie Wetter und alles vergessen! – Ich konnte ihr nichts antworten. – Ich war, fuhr sie fort, eine der Furchtsamsten, und indem ich mich herzhaft stellte, um den anderen Mut zu geben, bin ich mutig geworden. – Wir traten ans Fenster. Es donnerte abseitwärts, und der herrliche Regen säuselte auf das Land, und der erquickendste Wohlgeruch stieg in aller Fülle einer warmen Luft zu uns auf. Sie stand auf ihren Ellenbogen gestützt, ihr Blick durchdrang die Gegend, sie sah gen Himmel und auf mich, ich sah ihr Auge tränenvoll, sie legte ihre Hand auf die meinige und sagte: – Klopstock! – Ich erinnerte mich sogleich der herrlichen Ode, die ihr in Gedanken lag, und versank in dem Strome von Empfindungen, den sie in dieser Losung über mich ausgoß. Ich ertrugs nicht, neigte mich auf ihre Hand und küßte sie unter den wonnevollsten Tränen. Und sah nach ihrem Auge wieder – Edler! hättest du deine Vergötterung in diesem Blicke gesehen, und möchte ich nun deinen so oft entweihten Namen nie wieder nennen hören.

Am 19. Junius.

Wo ich neulich mit meiner Erzählung geblieben bin, weiß ich nicht mehr; das weiß ich, daß es zwei Uhr des Nachts war, als ich zu Bette kam, und daß, wenn ich dir hätte vorschwatzen können, statt zu schreiben, ich dich vielleicht bis an den Morgen aufgehalten hätte.

Was auf unserer Hereinfahrt vom Balle geschehen ist, habe ich noch nicht erzählt, habe auch heute keinen Tag dazu.

Es war der herrlichste Sonnenaufgang. Der tröpfelnde Wald, und das erfrischte Feld umher! Unsere Gesellschafterinnen nickten ein. Sie fragte mich, ob ich nicht auch von der Partie sein wollte? ihrentwegen sollt ich unbekümmert sein. – Solange ich diese Augen offen sehe, sagte ich und sah sie fest an, so lange hats keine Gefahr. – Und wir haben beide ausgehalten bis an ihr Tor, da ihr die Magd leise aufmachte und auf ihr Fragen versicherte, daß Vater und Kleine wohl seien und alle noch schliefen. Da verließ ich sie mit der Bitte, sie selbigen Tages noch sehen zu dürfen; sie gestand mirs zu, und ich bin gekommen; und seit der Zeit können Sonne, Mond und Sterne geruhig ihre Wirtschaft treiben, ich weiß weder, daß Tag noch daß Nacht ist, und die ganze Welt verliert sich um mich her.

Am 21. Junius.

Ich lebe so glückliche Tage, wie sie Gott seinen Heiligen ausspart; und mit mir mag werden, was will, so darf ich nicht sagen, daß ich die Freuden, die reinsten Freuden des Lebens nicht genossen habe. – Du kennst mein Wahlheim; dort bin ich völlig etabliert, von da habe ich nur eine halbe Stunde zu Lotten, dort fühl ich mich selbst und alles Glück, das dem Menschen gegeben ist.

Hätt ich gedacht, als ich mir Wahlheim zum Zwecke meiner Spaziergänge wählte, daß es so nahe am Himmel läge! Wie oft habe ich das Jagdhaus, das nun alle meine Wünsche einschließt, auf meinen weiten Wanderungen, bald vom Berge, bald von der Ebne über den Fluß gesehen!

Lieber Wilhelm, ich habe allerlei nachgedacht, über die Begier im Menschen, sich auszubreiten, neue Entdeckungen zu machen, herumzuschweifen; und dann wieder über den inneren Trieb, sich der Einschränkung willig zu ergeben, in dem Gleise der Gewohnheit so hinzufahren und sich weder um Rechts noch um Links zu bekümmern.

Es ist wunderbar: wie ich hierher kam und vom Hügel in das schöne Tal schaute, wie es mich ringsumher anzog. – Dort das Wäldchen! – Ach könntest du dich in seine Schatten mischen! – Dort die Spitze des Berges! – Ach könntest du von da die weite Gegend überschauen! – Die ineinandergeketteten Hügel und vertraulichen Täler! – O könnte ich mich in ihnen verlieren! – – Ich eilte hin und kehrte zurück und hatte nicht gefunden, was ich hoffte. O es ist mit der Ferne wie mit der Zukunft! Ein großes dämmerndes Ganze ruht vor unserer Seele, unsere Empfindung verschwimmt darin wie unser Auge, und wir sehnen uns, ach! unser ganzes Wesen hinzugeben, uns mit aller Wonne eines einzigen, großen, herrlichen Gefühls ausfüllen zu lassen – Und ach! wenn wir hinzueilen, wenn das Dort nun Hier wird, ist alles vor wie nach, und wir stehen in unserer Armut, in unserer Eingeschränktheit, und unserer Seele lechzt nach entschlüpftem Labsale.

So sehnt sich der unruhigste Vagabund zuletzt wieder nach seinem Vaterlande und findet in seiner Hütte, an der Brust seiner Gattin, in dem Kreise seiner Kinder, in den Geschäften zu ihrer Erhaltung die Wonne, die er in der weiten Welt vergebens suchte.

Wenn ich des Morgens mit Sonnenaufgange hinausgehe nach meinem Wahlheim und dort im Wirtsgarten mir meine Zuckererbsen selbst pflücke, mich hinsetze,

sie abfädne und dazwischen in meinem Homer lese; wenn ich in der kleinen Küche mir einen Topf wähle, mir Butter aussteche, Schoten ans Feuer stelle, zudecke und mich dazu setze, sie manchmal umzuschütteln: da fühl ich so lebhaft, wie die übermütigen Freier der Penelope Ochsen und Schweine schlachten, zerlegen und braten. Es ist nichts, das mich so mit einer stillen, wahren Empfindung ausfüllte als die Züge patriarchalischen Lebens, die ich, Gott sei Dank, ohne Affektation in meine Lebensart verweben kann.
Wie wohl ist mirs, daß mein Herz die simple harmlose Wonne des Menschen fühlen kann, der ein Krauthaupt auf seinen Tisch bringt, das er selbst gezogen, und nun nicht den Kohl allein, sondern all die guten Tage, den schönen Morgen, da er ihn pflanzte, die lieblichen Abende, da er ihn begoß und da er an dem fortschreitenden Wachstum seine Freude hatte, alle in Einem Augenblicke wieder mitgenießt.

Am 29. Junius.

Vorgestern kam der Medikus hier aus der Stadt hinaus zum Amtmann und fand mich auf der Erde unter Lottens Kindern, wie einige auf mir herumkrabbelten, andere mich neckten, und wie ich sie kitzelte und ein großes Geschrei mit ihnen erregte. Der Doktor, der eine sehr dogmatische Drahtpuppe ist, unterm Reden seine Manschetten in Falten legt und einen Kräusel ohne Ende herauszupft, fand dieses unter der Würde eines gescheiten Menschen; das merkte ich an seiner Nase. Ich ließ mich aber in nichts stören, ließ ihn sehr vernünftige Sachen abhandeln und baute den Kindern ihre Kartenhäuser wieder, die sie zerschlagen hatten. Auch ging er darauf in der Stadt herum und beklagte: des Amtmanns Kinder wären so

schon ungezogen genug, der Werther verderbe sie nun völlig.
Ja, lieber Wilhelm, meinem Herzen sind die Kinder am nächsten auf der Erde. Wenn ich ihnen zusehe und in dem kleinen Dinge die Keime aller Tugenden, aller Kräfte sehe, die sie einmal so nötig brauchen werden; wenn ich in dem Eigensinne künftige Standhaftigkeit und Festigkeit des Charakters, in dem Mutwillen guten Humor und Leichtigkeit, über die Gefahren der Welt hinzuschlüpfen, erblicke, alles so unverdorben, so ganz! – immer, immer wiederhole ich dann die goldenen Worte des Lehrers der Menschen: Wenn ihr nicht werdet wie eines von diesen! Und nun, mein Bester, sie, die unseresgleichen sind, die wir als unsere Muster ansehen sollten, behandeln wir als Untertanen. Sie sollen keinen Willen haben! – Haben wir denn keinen? Und wo liegt das Vorrecht? – Weil wir älter sind und gescheiter! – Guter Gott von deinem Himmel, alte Kinder siehst du und junge Kinder und nichts weiter; und an welchen du mehr Freude hast, das hat dein Sohn schon lange verkündigt. Aber sie glauben an ihn und hören ihn nicht, – das ist auch was Altes! – und bilden ihre Kinder nach sich und – Adieu, Wilhelm! Ich mag darüber nicht weiter radotieren.

Am 1. Julius.

Was Lotte einem Kranken sein muß, fühl ich an meinem eigenen armen Herzen, das übler dran ist als manches, das auf dem Siechbette verschmachtet. Sie wird einige Tage in der Stadt bei einer rechtschaffnen Frau zubringen, die sich nach der Aussage der Ärzte ihrem Ende naht und in diesen letzten Augenblicken Lotten um sich haben will. Ich war vorige Woche mit ihr, den Pfarrer von St.. zu besuchen; ein Örtchen, das eine Stunde seitwärts im Gebirge liegt. Wir kamen gegen vier dahin. Lotte hatte ihre zweite Schwester mitgenommen. Als wir in den mit zwei hohen Nußbäumen überschatteten Pfarrhof traten, saß der gute alte Mann auf einer Bank vor der Haustür, und da er Lotten sah, ward er wie neu belebt, vergaß seinen Knotenstock und wagte sich auf, ihr entgegen. Sie lief hin zu ihm, nötigte ihn, sich niederzulassen, indem sie sich zu ihm setzte, brachte viele Grüße von ihrem Vater, herzte seinen garstigen, schmutzigen jüngsten Buben, das Quakelchen seines Alters. Du hättest sie sehen sollen, wie sie den Alten beschäftigte, wie sie ihre Stimme erhob, um seinen halb tauben Ohren vernehmlich zu werden, wie sie ihm von jungen robusten Leuten erzählte, die unvermutet gestorben wären, von der Vortrefflichkeit des Karlsbades, und wie sie seinen Entschluß lobte, künftigen Sommer hinzugehen, wie sie fand, daß er viel besser aussähe, viel munterer sei als das letztemal, da sie ihn gesehn. Ich hatte indes der Frau Pfarrerin meine Höflichkeiten gemacht. Der Alte wurde ganz munter, und da ich nicht umhin konnte, die schönen Nußbäume zu loben, die uns so lieblich beschatteten, fing er an, uns, wiewohl mit einiger Beschwerlichkeit, die Geschichte davon zu geben. – Den alten, sagte er, wissen wir nicht, wer den gepflanzt hat: einige sagen dieser, andere jener Pfarrer. Der jüngere aber dort hinten ist so alt als meine Frau, im Oktober funfzig Jahr. Ihr Vater pflanzte ihn des Morgens, als sie gegen Abend geboren wurde. Er war mein Vorfahr im Amt, und wie lieb ihm der Baum war, ist nicht zu sagen; mir ist ers gewiß nicht weniger. Meine Frau saß darunter auf einem Balken und strickte, da ich vor siebenundzwanzig Jahren als ein armer Student zum ersten Male hier in den Hof kam. – Lotte

fragte nach seiner Tochter: es hieß, sie sei mit Herrn Schmidt auf die Wiese hinaus zu den Arbeitern, und der Alte fuhr in seiner Erzählung fort: wie sein Vorfahr ihn liebgewonnen und die Tochter dazu, und wie er erst sein Vikar und dann sein Nachfolger geworden. Die Geschichte war nicht lange zu Ende, als die Jungfer Pfarrerin mit dem sogenannten Herrn Schmidt durch den Garten herkam; sie bewillkommte Lotten mit herzlicher Wärme, und ich muß sagen, sie gefiel mir nicht übel: eine rasche, wohlgewachsene Brünette, die einen die kurze Zeit über auf dem Lande wohl unterhalten hätte. Ihr Liebhaber (denn als solchen stellte sich Herr Schmidt gleich dar), ein feiner, doch stiller Mensch, der sich nicht in unsere Gespräche mischen wollte, ob ihn gleich Lotte immer hereinzog. Was mich am meisten betrübte, war, daß ich an seinen Gesichtszügen zu bemerken schien, es sei mehr Eigensinn und übler Humor als Eingeschränktheit des Verstandes, der ihn sich mitzuteilen hinderte. In der Folge ward dies leider nur zu deutlich; denn als Friederike beim Spazierengehen mit Lotten und gelegentlich auch mit mir ging, wurde des Herrn Angesicht, das ohnedies einer bräunlichen Farbe war, so sichtlich verdunkelt, daß es Zeit war, daß Lotte mich beim Ärmel zupfte und mir zu verstehn gab, daß ich mit Friederiken zu artig getan. Nun verdrießt mich nichts mehr, als wenn die Menschen einander plagen, am meisten, wenn junge Leute in der Blüte des Lebens, da sie am offensten für alle Freuden sein könnten, einander die paar guten Tage mit Fratzen verderben und nur erst zu spät das Unersetzliche ihrer Verschwendung einsehen. Mich wurmte das, und ich konnte nicht umhin, da wir gegen Abend in den Pfarrhof zurückkehrten und an einem Tische Milch aßen, und das

Gespräch auf Freude und Leid der Welt sich wendete, den Faden zu ergreifen und recht herzlich gegen die üble Laune zu reden. – Wir Menschen beklagen uns oft, fing ich an, daß der guten Tage so wenig sind und der schlimmen so viel, und wie mich dünkt, meist mit Unrecht. Wenn wir immer ein offenes Herz hätten, das Gute zu genießen, das uns Gott für jeden Tag bereitet, wir würden alsdann auch Kraft genug haben, das Übel zu tragen, wenn es kommt. – Wir haben aber unser Gemüt nicht in unserer Gewalt, versetzte die Pfarrerin; wie viel hängt vom Körper ab! wenn einem nicht wohl ist, ists einem überall nicht recht. – Ich gestand ihr das ein. – Wir wollen es also, fuhr ich fort, als eine Krankheit ansehen und fragen, ob dafür kein Mittel ist? – Das läßt sich hören, sagte Lotte: ich glaube wenigstens, daß viel von uns abhängt. Ich weiß es an mir. Wenn mich etwas neckt und mich verdrießlich machen will, spring ich auf und sing ein paar Contretänze den Garten auf und ab, gleich ists weg. – Das wars, was ich sagen wollte, versetzte ich: es ist mit der üblen Laune völlig wie mit der Trägheit, denn es ist eine Art von Trägheit. Unsere Natur hängt sehr dahin, und doch, wenn wir nur einmal die Kraft haben, uns zu ermannen, geht uns die Arbeit frisch von der Hand, und wir finden in der Tätigkeit ein wahres Vergnügen. – Friederike war sehr aufmerksam, und der junge Mensch wandte mir ein, daß man nicht Herr über sich selbst sei und am wenigsten über seine Empfindungen gebieten könne. – Es ist hier die Frage von einer unangenehmen Empfindung, versetzte ich, die doch jedermann gerne los ist; und niemand weiß, wie weit seine Kräfte gehen, bis er sie versucht hat. Gewiß, wer krank ist, wird bei allen Ärzten herumfragen, und die größten Resignationen, die bittersten Arzeneien wird er nicht abweisen, um seine gewünschte Gesundheit zu erhalten. – Ich bemerkte, daß der ehrliche Alte sein Gehör anstrengte, um an unserm Diskurse teilzunehmen, ich erhob die Stimme, indem ich die Rede gegen ihn wandte. Man predigt gegen so viele Laster, sagte ich; ich habe noch nie gehört, daß man gegen die üble Laune vom Predigtstuhle gearbeitet hätte*. – Das müssen die Stadtpfarrer tun, sagte er, die Bauern haben keinen bösen Humor; doch könnte es auch zuweilen nicht schaden, es wäre eine Lektion für seine Frau wenigstens und für den Herrn Amtmann. – Die Gesellschaft lachte, und er herzlich mit, bis er in einen Husten verfiel, der unsern Diskurs eine Zeitlang unterbrach; darauf denn der junge Mensch wieder das Wort nahm: Sie nannten den bösen Humor ein Laster; mich deucht, das ist übertrieben. – Mitnichten, gab ich zur Antwort, wenn das, womit man sich selbst und seinem Nächsten schadet, diesen Namen verdient. Ist es nicht genug, daß wir einander nicht glücklich machen können, müssen wir auch noch einander das Vergnügen rauben, das jedes Herz sich noch manchmal selbst gewähren kann? Und nennen Sie mir den Menschen, der übler Laune ist und so brav dabei, sie zu verbergen, sie allein zu tragen, ohne die Freude um sich her zu zerstören! Oder ist sie nicht vielmehr ein innerer Unmut über unsere eigene Unwürdigkeit, ein Mißfallen an uns selbst, das immer mit einem Neide verknüpft ist, der durch eine törichte Eitelkeit aufgehetzt wird? Wir sehen glückliche Menschen, die *wir* nicht glücklich machen, und das ist unerträglich. – Lotte lächelte mich an, da sie die Bewegung sah, mit

* Wir haben nun von Lavatern eine treffliche Predigt hierüber, unter denen über das Buch Jonas.

der ich redete, und eine Träne in Friederikens Auge spornte mich fortzufahren. – Wehe denen, sagte ich, die sich der Gewalt bedienen, die sie über ein Herz haben, um ihm die einfachen Freuden zu rauben, die aus ihm selbst hervorkeimen. Alle Geschenke, alle Gefälligkeiten der Welt ersetzen nicht einen Augenblick Vergnügen an sich selbst, den uns eine neidische Unbehaglichkeit unsers Tyrannen vergällt hat.

Mein ganzes Herz war voll in diesem Augenblicke; die Erinnerung so manches Vergangenen drängte sich an meine Seele, und die Tränen kamen mir in die Augen.

Wer sich das nur täglich sagte, rief ich aus: du vermagst nichts auf deine Freunde, als ihnen ihre Freuden zu lassen und ihr Glück zu vermehren, indem du es mit ihnen genießest. Vermagst du, wenn ihre innere Seele von einer ängstigenden Leidenschaft gequält, vom Kummer zerrüttet ist, ihnen einen Tropfen Linderung zu geben?

Und wenn die letzte, bangste Krankheit dann über das Geschöpf herfällt, das du in blühenden Tagen untergraben hast, und sie nun daliegt in dem erbärmlichen Ermatten, das Auge gefühllos gen Himmel sieht, der Todesschweiß auf der blassen Stirne abwechselt, und du vor dem Bette stehst wie ein Verdammter, in dem innigsten Gefühl, daß du nichts vermagst mit deinem ganzen Vermögen, und die Angst dich inwendig krampft, daß du alles hingeben möchtest, dem untergehenden Geschöpfe einen Tropfen Stärkung, einen Funken Mut einflößen zu können.

Die Erinnerung einer solchen Szene, wobei ich gegenwärtig war, fiel mit ganzer Gewalt bei diesen Worten über mich. Ich nahm das Schnupftuch vor die Augen und verließ die Gesellschaft, und nur Lottens Stimme, die mir rief, wir wollten fort, brachte mich zu mir selbst. Und wie sie mich auf dem Wege schalt, über den zu warmen Anteil an allem, und daß ich drüber zugrunde gehen würde! daß ich mich schonen sollte! – O der Engel! Um deinetwillen muß ich leben!

Am 6. Julius.

Sie ist immer um ihre sterbende Freundin und ist immer dieselbe, immer das gegenwärtige, holde Geschöpf, das, wo sie hinsieht, Schmerzen lindert und Glückliche macht. Sie ging gestern abend mit Mariannen und dem kleinen Malchen spazieren; ich wußte es und traf sie an, und wir gingen zusammen. Nach einem Wege von anderthalb Stunden kamen wir gegen die Stadt zurück, an den Brunnen, der mir so wert und nun tausendmal werter ist. Lotte setzte sich aufs Mäuerchen, wir standen vor ihr. Ich sah umher, ach! und die Zeit, da mein Herz so allein war, lebte wieder vor mir auf. – Lieber Brunnen, sagte ich, seither hab ich nicht mehr an deiner Kühle geruht, hab in eilendem Vorübergehen dich manchmal nicht angesehn. – Ich blickte hinab und sah, daß Malchen mit einem Glase Wasser sehr beschäftigt heraufstieg. – Ich sah Lotten an und fühlte alles, was ich an ihr habe. Indem kommt Malchen mit einem Glase. Marianne wollt es ihr abnehmen – Nein! rief das Kind mit dem süßesten Ausdrucke, nein, Lottchen, *du* sollst zuerst trinken! – Ich ward über die Wahrheit, über die Güte, womit sie das ausrief, so entzückt, daß ich meine Empfindung mit nichts ausdrücken konnte, als ich nahm das Kind von der Erde und küßte es lebhaft, das sogleich zu schreien und zu weinen anfing. – Sie haben übel getan, sagte Lotte. – Ich war betroffen. – Komm, Malchen, fuhr sie fort, indem sie es bei der Hand nahm und die

D Chodowiecki f: 1787

Stufen hinabführte, da wasche dich aus der frischen Quelle, geschwind, geschwind, da tuts nichts. – Wie ich so dastand und zusah, mit welcher Emsigkeit das Kleine mit seinen nassen Händchen die Backen rieb, mit welchem Glauben, daß durch die Wunderquelle alle Verunreinigung abgespült und die Schmach abgetan würde, einen häßlichen Bart zu kriegen; wie Lotte sagte: es ist genug, und das Kind doch immer eifrig fortwuch, als wenn viel mehr täte als wenig – ich sage dir, Wilhelm, ich habe mit mehr Respekt nie einer Taufhandlung beigewohnt, und als Lotte heraufkam, hätte ich mich gern vor ihr niedergeworfen wie vor einem Propheten, der die Schulden einer Nation weggeweiht hat.
Des Abends konnte ich nicht umhin, in der Freude meines Herzens den Vorfall einem Manne zu erzählen, dem ich Menschensinn zutraute, weil er Verstand hat; aber wie kam ich an! Er sagte, das sei sehr übel von Lotten gewesen; man solle den Kindern nichts weismachen; dergleichen gebe zu unzähligen Irrtümern und Aberglauben Anlaß, wovor man die Kinder frühzeitig bewahren müsse. – Nun fiel mir ein, daß der Mann vor acht Tagen hatte taufen lassen, drum ließ ichs vorbeigehen und blieb in meinem Herzen der Wahrheit getreu: wir sollen es mit den Kindern machen, wie Gott mit uns, der uns am glücklichsten macht, wenn er uns in freundlichem Wahne so hintaumeln läßt.

Am 8. Julius.

Was man ein Kind ist! Was man nach so einem Blicke geizt! Was man ein Kind ist! – Wir waren nach Wahlheim gegangen. Die Frauenzimmer fuhren hinaus, und während unserer Spaziergänge glaubte ich in

Lottens schwarzen Augen – ich bin ein Tor, verzeih mirs! du solltest sie sehen, diese Augen! – Daß ich kurz bin (denn die Augen fallen mir zu vor Schlaf), siehe, die Frauenzimmer stiegen ein, da standen um die Kutsche der jungen W.., Selstadt und Audran und ich. Da ward aus dem Schlage geplaudert mit den Kerlchen, die freilich leicht und lüftig genug waren. – Ich suchte Lottens Augen; ach sie gingen von einem zum andern! Aber auf mich! mich! mich! der ganz allein auf sie resigniert dastand, fielen sie nicht! – Mein Herz sagte ihr tausend Adieu! Und sie sah mich nicht! Die Kutsche fuhr vorbei, und eine Träne stand mir im Auge. Ich sah ihr nach und sah Lottens Kopfputz sich zum Schlage herauslehnen, und sie wandte sich um zu sehen, ach! nach mir? – Lieber! In dieser Ungewißheit schwebe ich; das ist mein Trost: vielleicht hat sie sich nach mir umgesehen! Vielleicht! – Gute Nacht! O was ich ein Kind bin!

Am 10. Julius.

Die alberne Figur, die ich mache, wenn in Gesellschaft von ihr gesprochen wird, solltest du sehen! Wenn man mich nun gar fragt, wie sie mir gefällt – Gefällt! das Wort hasse ich auf den Tod. Was muß das für ein Mensch sein, dem Lotte gefällt, dem sie nicht alle Sinnen, alle Empfindungen ausfüllt! Gefällt! Neulich fragte mich einer, wie mir Ossian gefiele!

Am 11. Julius.

Frau M.. ist sehr schlecht; ich bete für ihr Leben, weil ich mit Lotten dulde. Ich sehe sie selten bei meiner Freundin, und heute hat sie mir einen wunderbaren Vorfall erzählt. – Der alte M.. ist ein geiziger, rangiger Filz, der seine Frau im Leben was rechts geplagt und eingeschränkt hat; doch hat sich die Frau immer durchzuhelfen gewußt. Vor wenigen Tagen, als der Arzt ihr das Leben abgesprochen hatte, ließ sie ihren Mann kommen – Lotte war im Zimmer – und redete ihn also an: Ich muß dir eine Sache gestehen, die nach meinem Tode Verwirrung und Verdruß machen könnte. Ich habe bisher die Haushaltung geführt, so ordentlich und sparsam als möglich: allein du wirst mir verzeihen, daß ich dich diese dreißig Jahre her hintergangen habe. Du bestimmtest im Anfange unsere Heirat ein geringes für die Bestreitung der Küche und anderer häuslichen Ausgaben. Als unsere Haushaltung stärker wurde, unser Gewerbe größer, warst du nicht zu bewegen, mein Wochengeld nach dem Verhältnisse zu vermehren; kurz, du weißt, daß du in den Zeiten, da sie am größten war, verlangtest, ich solle mit sieben Gulden die Woche auskommen. Die habe ich denn ohne Widerrede genommen und mir den Überschuß wöchentlich aus der Losung geholt, da niemand vermutete, daß die Frau die Kasse bestehlen würde. Ich habe nichts verschwendet und wäre auch, ohne es zu bekennen, getrost der Ewigkeit entgegengegangen, wenn nicht diejenige, die nach mir das Hauswesen zu führen hat, sich nicht zu helfen wissen würde und du doch immer darauf bestehen könntest, deine erste Frau sei damit ausgekommen.

Ich redete mit Lotten über die unglaubliche Verblendung des Menschensinns, daß einer nicht argwohnen soll, dahinter müsse was anders stecken, wenn eins mit sieben Gulden hinreicht, wo man den Aufwand vielleicht um zweimal so viel sieht. Aber ich habe selbst Leute gekannt, die des Propheten ewiges Ölkrüglein ohne Verwunderung in ihrem Hause angenommen hätten.

Am 13. Julius.

Nein, ich betrüge mich nicht! Ich lese in ihren schwarzen Augen wahre Teilnehmung an mir und meinem Schicksal! Ja ich fühle, und darin darf ich meinem Herzen trauen, daß sie – o darf ich, kann ich den Himmel in diesen Worten aussprechen? – daß sie mich liebt!

Mich liebt! – Und wie wert ich mir selbst werde, wie ich – dir darf ichs wohl sagen, du hast Sinn für so etwas – wie ich mich selbst anbete, seitdem sie mich liebt!

Ob das Vermessenheit ist oder Gefühl des wahren Verhältnisses? – Ich kenne den Menschen nicht, von dem ich etwas in Lottens Herzen fürchtete. Und doch – wenn sie von ihrem Bräutigam spricht, mit solcher Wärme, solcher Liebe von ihm spricht – da ist mirs wie einem, der aller seiner Ehren und Würden entsetzt und dem der Degen genommen wird.

Am 16. Julius.

Ach wie mir das durch alle Adern läuft, wenn mein Finger unversehens den ihrigen berührt, wenn unsere Füße sich unter dem Tische begegnen! Ich ziehe zurück wie vom Feuer, und eine geheime Kraft zieht mich wieder vorwärts – mir wirds so schwindlig vor allen Sinnen. – O! und ihre Unschuld, ihre unbefangne Seele fühlt nicht, wie sehr mich die kleinen Vertraulichkeiten peinigen. Wenn sie gar im Gespräch ihre Hand auf die meinige legt und im Interesse der Unterredung näher zu mir rückt, daß der himmlische Atem ihres Mundes meine Lippen erreichen kann – ich glaube zu versinken, wie vom Wetter gerührt. – Und, Wilhelm! wenn ich mich jemals unterstehe, diesen Himmel, dieses Vertrauen –! Du verstehst mich. Nein, mein Herz ist so verderbt nicht! Schwach! schwach genug! – Und ist das nicht Verderben? –

Sie ist mir heilig. Alle Begier schweigt in ihrer Gegenwart. Ich weiß nie, wie mir ist, wenn ich bei ihr bin; es ist, als wenn die Seele sich mir in allen Nerven umkehrte. – Sie hat eine Melodie, die sie auf dem Klaviere spielet mit der Kraft eines Engels, so simpel und so geistvoll! Es ist ihr Leiblied, und mich stellt es von aller Pein, Verwirrung und Grillen her, wenn sie nur die erste Note davon greift.

Kein Wort von der alten Zauberkraft der Musik ist mir unwahrscheinlich. Wie mich der einfache Gesang angreift! Und wie sie ihn anzubringen weiß, oft zur Zeit, wo ich mir eine Kugel vor den Kopf schießen möchte! Die Irrung und Finsternis meiner Seele zerstreut sich, und ich atme wieder freier.

Am 18. Julius.

Wilhelm, was ist unserem Herzen die Welt ohne Liebe! Was eine Zauberlaterne ist ohne Licht! Kaum bringst du das Lämpchen hinein, so scheinen dir die buntesten Bilder an deine weiße Wand! Und wenns nichts wäre als das, als vorübergehende Phantome, so machts doch immer unser Glück, wenn wir wie frische Jungen davorstehen und uns über die Wundererscheinungen entzücken.

Heute konnte ich nicht zu Lotten, eine unvermeidliche Gesellschaft hielt mich ab. Was war zu tun? Ich schickte meinen Diener hinaus, nur um einen Menschen um mich zu haben, der ihr heute nahe gekommen wäre. Mit welcher Ungeduld ich ihn erwartete, mit welcher Freude ich ihn wiedersah! Ich hätte ihn gern beim Kopfe genommen und geküßt, wenn ich mich nicht geschämt hätte.

Man erzählt von dem Bononischen Steine, daß er, wenn man ihn in die Sonne legt, ihre Strahlen anzieht und eine Weile bei Nacht leuchtet. So war mirs mit dem Burschen. Das Gefühl, daß ihre Augen auf seinem Gesichte, seinen Backen, seinen Rockknöpfen und dem Kragen am Surtout geruht hatten, machte mir das alles so heilig, so wert! Ich hätte in dem Augenblick den Jungen nicht um tausend Taler gegeben. Es war mir so wohl in seiner Gegenwart. – Bewahre dich Gott, daß du darüber lachest. Wilhelm, sind das Phantome, wenn es uns wohl ist?

Den 19. Julius.

Ich werde sie sehen! ruf ich morgens aus, wenn ich mich ermuntere und mit aller Heiterkeit der schönen Sonne entgegenblicke; ich werde sie sehen! Und da habe ich für den ganzen Tag keinen Wunsch weiter. Alles, alles verschlingt sich in dieser Aussicht.

Den 20. Julius.

Eure Idee will noch nicht die meinige werden, daß ich mit dem Gesandten nach *** gehen soll. Ich liebe die Subordination nicht sehr, und wir wissen alle, daß der Mann noch dazu ein widriger Mensch ist. Meine Mutter möchte mich gern in Aktivität haben, sagst du; das hat mich zu lachen gemacht. Bin ich jetzt nicht auch aktiv? und ists im Grunde nicht einerlei: ob ich Erbsen zähle oder Linsen? Alles in der Welt läuft doch auf eine Lumperei hinaus, und ein Mensch, der um anderer willen, ohne daß es seine eigene Leidenschaft, sein eigenes Bedürfnis ist, sich um Geld oder Ehre oder sonst was abarbeitet, ist immer ein Tor.

Am 24. Julius.

Da dir so sehr daran gelegen ist, daß ich mein Zeichnen nicht vernachlässige, möchte ich lieber die ganze Sache übergehen als dir sagen, daß zeither wenig getan wird.

Noch nie war ich glücklicher, noch nie war meine Empfindung an der Natur, bis aufs Steinchen, aufs Gräschen herunter, voller und inniger, und doch – Ich weiß nicht, wie ich mich ausdrücken soll, meine vorstellende Kraft ist so schwach, alles schwimmt und schwankt so vor meiner Seele, daß ich keinen Umriß packen kann; aber ich bilde mir ein, wenn ich Ton hätte oder Wachs, so wollte ichs wohl herausbilden. Ich werde auch Ton nehmen, wenns länger währt, und kneten, und solltens Kuchen werden!

Lottens Porträt habe ich dreimal angefangen und habe mich dreimal prostituiert; das mich um so mehr verdrießt, weil ich vor einiger Zeit sehr glücklich im Treffen war. Darauf habe ich denn ihren Schattenriß gemacht, und damit soll mir gnügen.

Am 26. Julius.

Ja, liebe Lotte, ich will alles besorgen und bestellen; geben Sie mir nur mehr Aufträge, nur recht oft. Um eins bitte ich Sie: keinen Sand mehr auf die Zettelchen, die Sie mir schreiben. Heute führte ich es schnell nach der Lippe, und die Zähne knisterten mir.

Am 26. Julius.

Ich habe mir schon manchmal vorgenommen, sie nicht so oft zu sehen. Ja wer das halten könnte! Alle Tage unterlieg ich der Versuchung und verspreche mir heilig: morgen willst du einmal wegbleiben, und wenn der Morgen kommt, finde ich doch wieder eine unwiderstehliche Ursache, und ehe ich michs versehe, bin ich bei ihr. Entweder sie hat des Abends gesagt: Sie kommen doch morgen? – Wer könnte da wegbleiben? Oder sie gibt mir einen Auftrag, und ich finde schicklich, ihr selbst die Antwort zu bringen; oder der Tag ist gar zu schön, ich gehe nach Wahlheim, und wenn ich nun da bin, ists nur noch eine halbe Stunde zu ihr! – Ich bin zu nah in der Atmosphäre – Zuck! so bin ich dort. Meine Großmutter hatte ein Märchen vom Magnetenberg: die Schiffe, die zu nahe kamen, wurden auf einmal alles Eisenwerks beraubt, die Nägel flogen dem Berge zu, und die armen Elenden scheiterten zwischen den übereinanderstürzenden Brettern.

Am 30. Julius.

Albert ist angekommen, und ich werde gehen; und wenn er der beste, der edelste Mensch wäre, unter den ich mich in jeder Betrachtung zu stellen bereit wäre, so wärs unerträglich, ihn vor meinem Angesicht im Besitz so vieler Vollkommenheiten zu sehen. – Besitz! – Genug, Wilhelm, der Bräutigam ist da! Ein braver, lieber Mann, dem man gut sein muß. Glücklicherweise war ich nicht beim Empfange! Das hätte mir das Herz zerrissen. Auch ist er so ehrlich und hat Lotten in meiner Gegenwart noch nicht ein einzig Mal geküßt. Das lohn ihm Gott! Um des Respekts willen, den er vor dem Mädchen hat, muß ich ihn lieben. Er will mir wohl, und ich vermute, das ist Lottens Werk mehr, als seiner eigenen Empfindung: denn darin sind die Weiber fein und haben recht: wenn sie zwei Verehrer in gutem Vernehmen miteinander erhalten können, ist der Vorteil immer ihr, so selten es auch angeht.

Indes kann ich Alberten meine Achtung nicht versagen. Seine gelassene Außenseite sticht gegen die Unruhe meines Charakters sehr lebhaft ab, die sich nicht verbergen läßt. Er hat viel Gefühl und weiß, was er an Lotten hat. Er scheint wenig üble Laune zu haben und du weißt, das ist die Sünde, die ich ärger hasse an Menschen als alle andere.
Er hält mich für einen Menschen von Sinn; und meine Anhänglichkeit an Lotten, meine warme Freude, die ich an allen ihren Handlungen habe, vermehrt seinen Triumph, und er liebt sie nur desto mehr. Ob er sie nicht manchmal mit kleiner Eifersüchtelei peinigt, das lasse ich dahingestellt sein, wenigstens würd ich an seinem Platze nicht ganz sicher vor diesem Teufel bleiben.
Dem sei nun wie ihm wolle! Meine Freude, bei Lotten zu sein, ist hin. Soll ich das Torheit nennen oder Verblendung? – Was brauchts Namen! erzählt die Sache an sich! – Ich wußte alles, was ich jetzt weiß, ehe Albert kam; ich wußte, daß ich keine Prätention auf sie zu machen hatte, machte auch keine – das heißt, insofern es möglich ist, bei so viel Liebenswürdigkeit nicht zu begehren. – Und jetzt macht der Fratze große Augen, da der andere nun wirklich kommt und ihm das Mädchen wegnimmt.
Ich beiße die Zähne aufeinander und spotte über mein Elend und spottete derer doppelt und dreifach, die sagen könnten, ich sollte mich resignieren, und weil es nun einmal nicht anders sein könnte – Schafft mir diese Strohmänner vom Halse! – Ich laufe in den Wäldern herum, und wenn ich zu Lotten komme und Albert bei ihr sitzt im Gärtchen unter der Laube und ich nicht weiter kann, so bin ich ausgelassen närrisch und fange viel Possen, viel verwirrtes Zeug an. – Um

Gottes willen, sagte mir Lotte heut, ich bitte Sie, keine Szene wie die von gestern abend! Sie sind fürchterlich, wenn Sie so lustig sind. – Unter uns, ich passe die Zeit ab, wenn er zu tun hat; wutsch! bin ich drauß, und da ist mirs immer wohl, wenn ich sie allein finde.

Am 8. August.

Ich bitte dich, lieber Wilhelm, es war gewiß nicht auf dich geredt, wenn ich die Menschen unerträglich schalt, die von uns Ergebung in unvermeidliche Schicksale fordern. Ich dachte wahrlich nicht daran, daß du von ähnlicher Meinung sein könntest. Und im Grunde hast du recht. Nur eins, mein Bester: in der Welt ist es sehr selten mit dem *Entweder-Oder* getan, die Empfindungen und Handlungsweisen schattieren sich so mannigfaltig, als Abfälle zwischen einer Habichts- und Stumpfnase sind.

Du wirst mir also nicht übelnehmen, wenn ich dir dein ganzes Argument einräume und mich doch zwischen dem *Entweder-Oder* durchzustehlen suche.

Entweder, sagst du, hast du Hoffnung auf Lotten, oder du hast keine. Gut, im ersten Fall suche sie durchzutreiben, suche die Erfüllung deiner Wünsche zu umfassen: im anderen Falle ermanne dich und suche einer elenden Empfindung loszuwerden, die alle deine Kräfte verzehren muß. – Bester! das ist wohl gesagt und – bald gesagt.

Und kannst du von dem Unglücklichen, dessen Leben unter einer schleichenden Krankheit unaufhaltsam allmählich abstirbt, kannst du von ihm verlangen, er solle durch einen Dolchstoß der Qual auf einmal ein Ende machen? Und raubt das Übel, das ihm die Kräfte verzehrt, ihm nicht auch zugleich den Mut, sich davon zu befreien?

Zwar könntest du mir mit einem verwandten Gleichnisse antworten: Wer ließe sich nicht lieber den Arm abnehmen, als daß er durch Zaudern und Zagen sein Leben aufs Spiel setzte? – Ich weiß nicht! – und wir wollen uns nicht in Gleichnissen herumbeißen. Genug – Ja, Wilhelm, ich habe manchmal so einen Augenblick aufspringenden, abschüttelnden Mutes, und da – wenn ich nur wüßte wohin? ich ginge wohl.

Abends.

Mein Tagebuch, das ich seit einiger Zeit vernachlässiget, fiel mir heut wieder in die Hände, und ich bin erstaunt, wie ich so wissentlich in das alles, Schritt vor Schritt, hineingegangen bin! Wie ich über meinen Zustand immer so klar gesehen und doch gehandelt habe wie ein Kind, jetzt noch so klar sehe, und es noch keinen Anschein zur Besserung hat.

Am 10. August.

Ich könnte das beste, glücklichste Leben führen, wenn ich nicht ein Tor wäre. So schöne Umstände vereinigen sich nicht leicht, eines Menschen Seele zu ergötzen, als die sind, in denen ich mich jetzt befinde. Ach so gewiß ists, daß unser Herz allein sein Glück macht. – Ein Glied der liebenswürdigen Familie zu sein, von dem Alten geliebt zu werden wie ein Sohn, von den Kleinen wie ein Vater, und von Lotten! – dann der ehrliche Albert, der durch keine launische Unart mein Glück stört; der mich mit herzlicher Freundschaft umfaßt; dem ich nach Lotten das Liebste auf der Welt bin – Wilhelm, es ist eine Freude, uns zu hören, wenn wir spazierengehen und uns einander von Lotten unterhalten: es ist in der Welt nichts Lächerlichers erfunden worden als dieses Verhältnis,

und doch kommen mir oft darüber die Tränen in die Augen.
Wenn er mir von ihrer rechtschaffenen Mutter erzählt: wie sie auf ihrem Todbette Lotten ihr Haus und ihre Kinder übergeben und ihm Lotten anbefohlen habe, wie seit der Zeit ein ganz anderer Geist Lotten belebt habe, wie sie, in der Sorge für ihre Wirtschaft und in dem Ernste, eine wahre Mutter geworden, wie kein Augenblick ihrer Zeit ohne tätige Liebe, ohne Arbeit verstrichen, und dennoch ihre Munterkeit, ihr leichter Sinn sie nie dabei verlassen habe. – Ich gehe so neben ihm hin und pflücke Blumen am Wege, füge sie sehr sorgfältig in einen Strauß und – werfe sie in den vorüberfließenden Strom und sehe ihnen nach, wie sie leise hinunterwallen. – Ich weiß nicht, ob ich dir geschrieben habe, daß Albert hierbleiben und ein Amt mit einem artigen Auskommen vom Hofe erhalten wird, wo er sehr beliebt ist. In Ordnung und Emsigkeit in Geschäften habe ich wenig seinesgleichen gesehen.

Am 12. August.

Gewiß, Albert ist der beste Mensch unter dem Himmel. Ich habe gestern eine wunderbare Szene mit ihm gehabt. Ich kam zu ihm, um Abschied von ihm zu nehmen; denn mich wandelte die Lust an, ins Gebirge zu reiten, von woher ich dir auch jetzt schreibe, und wie ich in der Stube auf und ab gehe, fallen mir seine Pistolen in die Augen. – Borge mir die Pistolen, sagte ich, zu meiner Reise. – Meinetwegen, sagte er, wenn du dir die Mühe nehmen willst, sie zu laden; bei mir hängen sie nur pro forma. – Ich nahm eine herunter, und er fuhr fort: Seit mir meine Vorsicht einen so unartigen Streich gespielt hat, mag ich mit dem Zeuge nichts mehr zu tun haben. – Ich war neugierig, die

Geschichte zu wissen. – Ich hielt mich, erzählte er, wohl ein Vierteljahr auf dem Lande bei einem Freunde auf, hatte ein paar Terzerolen ungeladen und schlief ruhig. Einmal an einem regnichten Nachmittage, da ich müßig sitze, weiß ich nicht, wie mir einfällt: wir könnten überfallen werden, wir könnten die Terzerolen nötig haben und könnten – du weißt ja, wie das ist. – Ich gab sie dem Bedienten, sie zu putzen und zu laden; und der dahlt mit den Mädchen, will sie erschrecken, und Gott weiß wie, das Gewehr geht los, da der Ladstock noch drinsteckt, und schießt den Ladstock einem Mädchen zur Maus herein an der rechten Hand und zerschlägt ihr den Daumen. Da hatte ich das Lamentieren und die Kur zu bezahlen obendrein, und seit der Zeit laß ich alles Gewehr ungeladen. Lieber Schatz, was ist Vorsicht? Die Gefahr läßt sich nicht auslernen! Zwar – Nun weißt du, daß ich den Menschen sehr liebhabe bis auf seine *Zwar;* denn versteht sichs nicht von selbst, daß jeder allgemeine Satz Ausnahmen leidet? Aber so rechtfertig ist der Mensch! wenn er glaubt, etwas Übereiltes, Allgemeines, Halbwahres gesagt zu haben, so hört er dir nicht auf, zu limitieren, zu modifizieren und ab- und zuzutun, bis zuletzt gar nichts mehr an der Sache ist. Und bei diesem Anlaß kam er sehr tief in Text: ich hörte endlich gar nicht weiter auf ihn, verfiel in Grillen, und mit einer auffahrenden Gebärde drückte ich mir die Mündung der Pistole übers rechte Auge an die Stirn. – Pfui! sagte Albert, indem er mir die Pistole herabzog, was soll das? – Sie ist nicht geladen, sagte ich. – Und auch so, was solls? versetzte er ungeduldig. Ich kann mir nicht vorstellen, wie ein Mensch so töricht sein kann, sich zu erschießen; der bloße Gedanke erregt mir Widerwillen.

Daß ihr Menschen, rief ich aus, um von einer Sache zu reden, gleich sprechen müßt: das ist töricht, das ist klug, das ist gut, das ist bös! Und was will das alles heißen? Habt ihr deswegen die inneren Verhältnisse einer Handlung erforscht? wißt ihr mit Bestimmtheit die Ursachen zu entwickeln, warum sie geschah, warum sie geschehen mußte? Hättet ihr das, ihr würdet nicht so eilfertig mit euren Urteilen sein.

Du wirst mir zugeben, sagte Albert, daß gewisse Handlungen lasterhaft bleiben, sie mögen geschehen, aus welchem Beweggrunde sie wollen.

Ich zuckte die Achseln und gabs ihm zu. – Doch, mein Lieber, fuhr ich fort, finden sich auch hier einige Ausnahmen. Es ist wahr, der Diebstahl ist ein Laster; aber der Mensch, der, um sich und die Seinigen vom gegenwärtigen Hungertode zu erretten, auf Raub ausgeht, verdient der Mitleiden oder Strafe? Wer hebt den ersten Stein auf gegen den Ehemann, der im gerechten Zorne sein untreues Weib und ihren nichtswürdigen Verführer aufopfert? gegen das Mädchen, das in einer wonnevollen Stunde sich in den unaufhaltsamen Freuden der Liebe verliert? Unsere Gesetze selbst, diese kaltblütigen Pedanten, lassen sich rühren und halten ihre Strafe zurück.

Das ist ganz was anders, versetzte Albert, weil ein Mensch, den seine Leidenschaften hinreißen, alle Besinnungskraft verliert und als ein Trunkener, als ein Wahnsinniger angesehen wird.

Ach ihr vernünftigen Leute! rief ich lächelnd aus. Leidenschaft! Trunkenheit! Wahnsinn! Ihr steht so gelassen, so ohne Teilnehmung da, ihr sittlichen Menschen! scheltet den Trinker, verabscheut den Unsinnigen, geht vorbei wie der Priester und dankt Gott wie der Pharisäer, daß er euch nicht gemacht hat wie einen von diesen. Ich bin mehr als einmal trunken gewesen, meine Leidenschaften waren nie weit vom Wahnsinn, und beides reut mich nicht: denn ich habe in meinem Maße begreifen lernen, wie man alle außerordentlichen Menschen, die etwas Großes, etwas Unmöglichscheinendes wirkten, von jeher für Trunkene und Wahnsinnige ausschreien mußte.

Aber auch im gemeinen Leben ists unerträglich, fast einem jeden bei halbweg einer freien, edlen, unerwarteten Tat nachrufen zu hören: der Mensch ist trunken. der ist närrisch! Schämt euch, ihr Nüchternen! Schämt euch, ihr Weisen!

Das sind nun wieder von deinen Grillen, sagte Albert, du überspannst alles und hast wenigstens hier gewiß unrecht, daß du den Selbstmord, wovon jetzt die Rede ist, mit großen Handlungen vergleichst: da man es doch für nichts anders als eine Schwäche halten kann. Denn freilich ist es leichter zu sterben, als ein qualvolles Leben standhaft zu ertragen.

Ich war im Begriff abzubrechen; denn kein Argument bringt mich so aus der Fassung, als wenn einer mit einem unbedeutenden Gemeinspruche angezogen kommt, wenn ich aus ganzem Herzen rede. Doch faßte ich mich, weil ichs schon oft gehört und mich öfter darüber geärgert hatte, und versetzte ihm mit einiger Lebhaftigkeit: Du nennst das Schwäche? Ich bitte dich, laß dich vom Anscheine nicht verführen. Ein Volk, das unter dem unerträglichen Joch eines Tyrannen seufzt, darfst du das schwach heißen, wenn es endlich aufgärt und seine Ketten zerreißt? Ein Mensch, der über dem Schrecken, daß Feuer sein Haus ergriffen hat, alle Kräfte gespannt fühlt und mit Leichtigkeit Lasten wegträgt, die er bei ruhigem Sinne kaum bewegen kann; einer, der in der Wut der Beleidigung es

mit sechsen aufnimmt und sie überwältigt, sind die schwach zu nennen? Und, mein Guter, wenn Anstrengung Stärke ist, warum soll die Überspannung das Gegenteil sein? – Albert sah mich an und sagte: Nimm mirs nicht übel, die Beispiele, die du da gibst, scheinen hieher gar nicht zu gehören. – Es mag sein, sagte ich, man hat mir schon öfters vorgeworfen, daß meine Kombinationsart manchmal an Radotage grenze. Laßt uns denn sehen, ob wir uns auf eine andere Weise vorstellen können, wie dem Menschen zumute sein mag, der sich entschließt, die sonst angenehme Bürde des Lebens abzuwerfen. Denn nur insofern wir mitempfinden, haben wir Ehre, von einer Sache zu reden. Die menschliche Natur, fuhr ich fort, hat ihre Grenzen: sie kann Freude, Leid, Schmerzen bis auf einen gewissen Grad ertragen und geht zugrunde, sobald *der* überstiegen ist. Hier ist also nicht die Frage, ob einer schwach oder stark ist, sondern ob er das Maß seines Leidens ausdauern kann – es mag nun moralisch oder körperlich sein; und ich finde es ebenso wunderbar zu sagen: der Mensch ist feige, der sich das Leben nimmt, als es ungehörig wäre, den einen Feigen zu nennen, der an einem bösartigen Fieber stirbt. Paradox! sehr paradox! rief Albert aus. – Nicht so sehr als du denkst, versetzte ich. Du gibst mir zu: wir nennen das eine Krankheit zum Tode, wodurch die Natur so angegriffen wird, daß teils ihre Kräfte verzehrt, teils so außer Wirkung gesetzt werden, daß sie sich nicht wieder aufzuhelfen, durch keine glückliche Revolution den gewöhnlichen Umlauf des Lebens wiederherzustellen fähig ist.
Nun, mein Lieber, laß uns das auf den Geist anwenden. Sieh den Menschen an in seiner Eingeschränktheit, wie Eindrücke auf ihn wirken, Ideen sich bei ihm

festsetzen, bis endlich eine wachsende Leidenschaft ihn aller ruhigen Sinneskraft beraubt und ihn zugrunde richtet.

Vergebens, daß der gelassene, vernünftige Mensch den Zustand des Unglücklichen übersieht, vergebens, daß er ihm zuredet! Ebenso wie ein Gesunder, der am Bette des Kranken steht, ihm von seinen Kräften nicht das geringste einflößen kann.

Alberten war das zu allgemein gesprochen. Ich erinnerte ihn an ein Mädchen, das man vor weniger Zeit im Wasser tot gefunden, und wiederholte ihm ihre Geschichte. – Ein junges Geschöpf, das in dem engen Kreise häuslicher Beschäftigungen, wöchentlicher bestimmter Arbeit herangewachsen war, das weiter keine Aussicht von Vergnügen kannte, als etwa Sonntags in einem nach und nach zusammengeschafften Putz mit ihresgleichen um die Stadt spazierenzugehen, vielleicht alle hohen Feste einmal zu tanzen, und übrigens mit aller Lebhaftigkeit des herzlichsten Anteils manche Stunde über den Anlaß eines Gezänkes, einer übeln Nachrede mit einer Nachbarin zu verplaudern – deren feurige Natur fühlt nun endlich innigere Bedürfnisse, die durch die Schmeicheleien der Männer vermehrt werden; ihre vorigen Freuden werden ihr nach und nach unschmackhaft, bis sie endlich einen Menschen antrifft, zu dem ein unbekanntes Gefühl sie unwiderstehlich hinreißt, auf den sie nun alle ihre Hoffnungen wirft, die Welt rings um sich vergißt, nichts hört, nichts sieht, nichts fühlt als ihn, den Einzigen, sich nur sehnt nach ihm, dem Einzigen. Durch die leeren Vergnügungen einer unbeständigen Eitelkeit nicht verdorben, zieht ihr Verlangen gerade nach dem Zweck, sie will die Seinige werden, sie will in ewiger Verbindung all das Glück antreffen, das ihr mangelt, die Vereinigung aller Freuden genießen, nach denen sie sich sehnt. Wiederholtes Versprechen, das ihr die Gewißheit aller Hoffnungen versiegelt, kühne Liebkosungen, die ihre Begierden vermehren, umfangen ganz ihre Seele; sie schwebt in einem dumpfen Bewußtsein, in einem Vorgefühl aller Freuden, sie ist bis auf den höchsten Grad gespannt, sie streckt endlich ihre Arme aus, all ihre Wünsche zu umfassen – und ihr Geliebter verläßt sie. – Erstarrt, ohne Sinne, steht sie vor einem Abgrunde; alles ist Finsternis um sie her, keine Aussicht, kein Trost, keine Ahnung! denn *der* hat sie verlassen, in dem sie allein ihr Dasein fühlte. Sie sieht nicht die weite Welt, die vor ihr liegt, nicht die Vielen, die ihr den Verlust ersetzen könnten, sie fühlt sich allein, verlassen von aller Welt – und blind, in die Enge gepreßt von der entsetzlichen Not ihres Herzens, stürzt sie sich hinunter, um in einem rings umfangenden Tode alle ihre Qualen zu ersticken. – Sieh, Albert, das ist die Geschichte so manches Menschen! und sag, ist das nicht der Fall der Krankheit? Die Natur findet keinen Ausweg aus dem Labyrinthe der verworrenen und widersprechenden Kräfte, und der Mensch muß sterben.

Wehe dem, der zusehen und sagen könnte: Die Törin! Hätte sie gewartet, hätte sie die Zeit wirken lassen, die Verzweiflung würde sich schon gelegt, es würde sich schon ein anderer sie zu trösten vorgefunden haben. – Das ist eben, als wenn einer sagte: Der Tor, stirbt am Fieber! Hätte er gewartet, bis seine Kräfte sich erholt, seine Säfte sich verbessert, der Tumult seines Blutes sich gelegt hätten: alles wäre gut gegangen, und er lebte bis auf den heutigen Tag!

Albert, dem die Vergleichung noch nicht anschaulich war, wandte noch einiges ein, und unter andern: ich hätte nur von einem einfältigen Mädchen gesprochen; wie aber ein Mensch von Verstande, der nicht so eingeschränkt sei, der mehr Verhältnisse übersehe, zu entschuldigen sein möchte, könne er nicht begreifen. – Mein Freund, rief ich aus, der Mensch ist Mensch, und das bißchen Verstand, das einer haben mag, kommt wenig oder nicht in Anschlag, wenn Leidenschaft wütet und die Grenzen der Menschheit einen drängen. Vielmehr – Ein andermal davon, sagte ich und griff nach meinem Hute. O mir war das Herz so voll – Und wir gingen auseinander, ohne einander verstanden zu haben. Wie denn auf dieser Welt keiner leicht den andern versteht.

Am 15. August.

Es ist doch gewiß, daß in der Welt den Menschen nichts notwendig macht als die Liebe. Ich fühls an Lotten, daß sie mich ungerne verlöre, und die Kinder haben keinen andern Begriff, als daß ich immer morgen wiederkommen würde. Heute war ich hinausgegangen, Lottens Klavier zu stimmen, ich konnte aber nicht dazu kommen, denn die Kleinen verfolgten mich um ein Märchen, und Lotte sagte selbst, ich sollte ihnen den Willen tun. Ich schnitt ihnen das Abendbrot, das sie nun fast so gern von mir als von Lotten annehmen, und erzählte ihnen das Hauptstückchen von der Prinzessin, die von Händen bedient wird. Ich lerne viel dabei, das versichre ich dich, und ich bin erstaunt, was es auf sie für Eindrücke macht. Weil ich manchmal einen Inzidentpunkt erfinden muß, den ich beim zweiten Mal vergesse, sagen sie gleich, das vorige Mal wär es anders gewesen, so daß ich mich jetzt übe, sie unveränderlich in einem singenden Silbenfall an einem Schnürchen weg zu rezitieren. Ich habe daraus gelernt, wie ein Autor durch eine zweite veränderte Ausgabe seiner Geschichte, und wenn sie poetisch noch so besser geworden wäre, notwendig seinem Buche schaden muß. Der erste Eindruck findet uns willig, und der Mensch ist gemacht, daß man ihn das Abenteuerlichste überreden kann; das haftet aber auch gleich so fest, und wehe dem, der es wieder auskratzen und austilgen will!

Am 18. August.

Mußte denn das so sein, daß das, was des Menschen Glückseligkeit macht, wieder die Quelle seines Elendes würde?

Das volle, warme Gefühl meines Herzens an der lebendigen Natur, das mich mit so vieler Wonne überströmte, das ringsumher die Welt mir zu einem Paradiese schuf, wird mir jetzt zu einem unerträglichen Peiniger, zu einem quälenden Geist, der mich auf allen Wegen verfolgt. Wenn ich sonst vom Felsen über den Fluß bis zu jenen Hügeln das fruchtbare Tal überschaute und alles um mich her keimen und quellen sah; wenn ich jene Berge, vom Fuße bis zum Gipfel, mit hohen dichten Bäumen bekleidet, jene Täler in ihren mannigfaltigen Krümmungen von den lieblichsten Wäldern beschattet sah, und der sanfte Fluß zwischen den lispelnden Rohren dahingleitete und die lieben Wolken abspiegelte, die der sanfte Abendwind am Himmel herüberwiegte; wenn ich dann die Vögel um mich den Wald beleben hörte, und die Millionen Mückenschwärme im letzten roten Strahle der Sonne mutig tanzten und ihr letzter zuckender Blick den summenden Käfer aus seinem Grase befreite und das Schwirren und Weben um mich her mich auf den Boden aufmerksam machte und das Moos, das meinem harten Felsen seine Nahrung abzwingt, und das Geniste, das den dürren Sandhügel hinunterwächst, mir das innere glühende, heilige Leben der Natur eröffnete: wie faßte ich das alles in mein warmes Herz, fühlte mich in der überfließenden Fülle wie vergöttert, und die herrlichen Gestalten der unendlichen Welt bewegten sich allbelebend in meiner Seele. Ungeheure Berge umgaben mich, Abgründe lagen vor mir, und Wetterbäche stürzten herunter, die Flüsse strömten unter mir, und Wald und Gebirg erklang; und ich sah sie wirken und schaffen ineinander in den Tiefen der Erde, alle die unergründlichen Kräfte; und nun über der Erde und unter dem Himmel wimmeln die Geschlechter der mannigfaltigen Geschöpfe. Alles, alles bevölkert mit tausendfachen Gestalten; und die Menschen dann sich in Häuslein zusammen sichern und sich annisten und herrschen in ihrem Sinne über die weite Welt! Armer Tor! der du alles so gering achtest, weil du so klein bist. – Vom unzugänglichen Gebirge über die Einöde, die kein Fuß betrat, bis ans Ende des unbekannten Ozeans weht der Geist des Ewigschaffenden und freut sich jedes Staubes, der ihn vernimmt und lebt. – Ach damals, wie oft habe ich mich mit Fittichen eines Kranichs, der über mich hinflog, zu dem Ufer des ungemessenen Meeres gesehnt, aus dem schäumenden Becher des Unendlichen jene schwellende Lebenswonne zu trinken und nur einen Augenblick, in der eingeschränkten Kraft meines Busens, einen Tropfen der Seligkeit des Wesens zu fühlen, das alles in sich und durch sich hervorbringt.

Bruder, nur die Erinnerung jener Stunden macht mir wohl. Selbst diese Anstrengung, jene unsäglichen Gefühle zurückzurufen, wieder auszusprechen, hebt meine Seele über sich selbst und läßt mich dann das

Bange des Zustandes doppelt empfinden, der mich jetzt umgibt.
Es hat sich vor meiner Seele wie ein Vorhang weggezogen, und der Schauplatz des unendlichen Lebens verwandelt sich vor mir in den Abgrund des ewig offenen Grabes. Kannst du sagen: *Das ist!* da alles vorübergeht? da alles mit der Wetterschnelle vorüberrollt, so selten die ganze Kraft seines Daseins ausdauert, ach! in den Strom fortgerissen, untergetaucht und an Felsen zerschmettert wird? Da ist kein Augenblick, der nicht dich verzehrte und die Deinigen um dich her, kein Augenblick, da du nicht ein Zerstörer bist, sein mußt; der harmloseste Spaziergang kostet tausend armen Würmchen das Leben, es zerrüttet Ein Fußtritt die mühseligen Gebäude der Ameisen und stampft eine kleine Welt in ein schmähliches Grab. Ha! nicht die große seltne Not der Welt, diese Fluten, die eure Dörfer wegspülen, diese Erdbeben, die eure Städte verschlingen, rühren mich; mir untergräbt das Herz die verzehrende Kraft, die in dem All der Natur verborgen liegt; die nichts gebildet hat, das nicht seinen Nachbar, nicht sich selbst zerstörte. Und so taumle ich beängstigt! Himmel und Erde und ihre webenden Kräfte um mich her: Ich sehe nichts, als ein ewig verschlingendes, ewig wiederkäuendes Ungeheuer.

Am 21. August.

Umsonst strecke ich meine Arme nach ihr aus, morgens, wenn ich von schweren Träumen aufdämmre, vergebens suche ich sie nachts in meinem Bette, wenn mich ein glücklicher unschuldiger Traum getäuscht hat, als säß ich neben ihr auf der Wiese und hielte ihre Hand und deckte sie mit tausend Küssen. Ach wenn ich dann noch halb im Taumel des Schlafes nach ihr tappe und drüber mich ermuntere – ein Strom von Tränen bricht aus meinem gepreßten Herzen, und ich weine trostlos einer finstern Zukunft entgegen.

Am 22. August.

Es ist ein Unglück, Wilhelm, meine tätigen Kräfte sind zu einer unruhigen Lässigkeit verstimmt, ich kann nicht müßig sein und kann doch auch nichts tun. Ich habe keine Vorstellungskraft, kein Gefühl an der Natur, und die Bücher ekeln mich an. Wenn wir uns selbst fehlen, fehlt uns doch alles. Ich schwöre dir, manchmal wünschte ich ein Tagelöhner zu sein, um nur des Morgens beim Erwachen eine Aussicht auf den künftigen Tag, einen Drang, eine Hoffnung zu haben. Oft beineide ich Alberten, den ich über die Ohren in Akten begraben sehe, und bilde mir ein, mir wäre wohl, wenn ich an seiner Stelle wäre! Schon etlichemal ist mirs so aufgefahren, ich wollte dir schreiben und dem Minister, um die Stelle bei der Gesandtschaft anzuhalten, die, wie du versicherst, mir nicht versagt werden würde. Ich glaube es selbst. Der Minister liebt mich seit langer Zeit, hatte lange mir angelegen, ich sollte mich irgendeinem Geschäfte widmen; und eine Stunde ist mirs auch wohl drum zu tun. Hernach, wenn ich wieder dran denke und mir die Fabel vom Pferde einfällt, das, seiner Freiheit ungeduldig, sich Sattel und Zeug auflegen läßt und zuschanden geritten wird, – ich weiß nicht, was ich soll – Und mein Lieber! ist nicht vielleicht das Sehnen in mir nach Veränderung des Zustandes eine innere unbehagliche Ungeduld, die mich überallhin verfolgen wird?

Am 28. August.

Es ist wahr, wenn meine Krankheit zu heilen wäre, so würden diese Menschen es tun. Heute ist mein Geburtstag, und in aller Frühe empfange ich ein Päckchen von Alberten. Mir fällt beim Eröffnen sogleich eine der blaßroten Schleifen in die Augen, die Lotte vorhatte, als ich sie kennen lernte, und um die ich seither etlichemal gebeten hatte. Es waren zwei Büchelchen in Duodez dabei, der kleine Wetsteinische Homer, eine Ausgabe, nach der ich so oft verlangt, um mich auf dem Spaziergange mit dem Ernestischen nicht zu schleppen. Sieh! so kommen sie meinen Wünschen zuvor, so suchen sie alle die kleinen Gefälligkeiten der Freundschaft auf, die tausendmal werter sind als jene blendenden Geschenke, wodurch uns die Eitelkeit des Gebers erniedrigt. Ich küsse diese Schleife tausendmal, und mit jedem Atemzuge schlürfe ich die Erinnerung jener Seligkeiten ein, mit denen mich jene wenigen, glücklichen, unwiederbringlichen Tage überfüllten. Wilhelm, es ist so, und ich murre nicht, die Blüten des Lebens sind nur Erscheinungen! Wie viele gehn vorüber, ohne eine Spur hinter sich zu lassen, wie wenige setzen Frucht an, und wie wenige dieser Früchte werden reif! Und doch sind deren noch genug da; und doch – O mein Bruder! – können wir gereifte Früchte vernachlässigen, verachten, ungenossen verfaulen lassen?

Lebe wohl! Es ist ein herrlicher Sommer; ich sitze oft auf den Obstbäumen in Lottens Baumstück mit dem Obstbrecher, der langen Stange, und hole die Birnen aus dem Gipfel. Sie steht unten und nimmt sie ab, wenn ich sie ihr herunterlasse.

Am 30. August.

Unglücklicher! Bist du nicht ein Tor? betrügst du dich nicht selbst? Was soll diese tobende endlose Leidenschaft? Ich habe kein Gebet mehr als an sie; meiner Einbildungskraft erscheint keine andere Gestalt als die ihrige, und alles in der Welt um mich her sehe ich nur im Verhältnis mit ihr. Und das macht mir denn so manche glückliche Stunde – bis ich mich wieder von ihr losreißen muß! Ach Wilhelm! wozu mich mein Herz oft drängt! – Wenn ich bei ihr gesessen bin, zwei, drei Stunden, und mich an ihrer Gestalt, an ihrem Betragen, an dem himmlischen Ausdruck ihrer Worte geweidet habe und nun nach und nach alle meine Sinnen aufgespannt werden, mir es düster vor den Augen wird, ich kaum noch höre und es mich an die Gurgel faßt wie ein Meuchelmörder, dann mein Herz in wilden Schlägen den bedrängten Sinnen Luft zu machen sucht und ihre Verwirrung nur vermehrt – Wilhelm, ich weiß oft nicht, ob ich auf der Welt bin! Und – wenn nicht manchmal die Wehmut das Übergewicht nimmt und Lotte mir den elenden Trost erlaubt, auf ihrer Hand meine Beklemmung auszuweinen, – so muß ich fort, muß hinaus! und schweife dann weit im Felde umher; einen jähen Berg zu klettern, ist dann meine Freude, durch einen unwegsamen Wald einen Pfad durchzuarbeiten, durch die Hecken, die mich verletzen, durch die Dornen, die mich zerreißen! Da wird mirs etwas besser! Etwas! Und wenn ich vor Müdigkeit und Durst manchmal unterwegs liegen bleibe, manchmal in der tiefen Nacht, wenn der hohe Vollmond über mir steht, im einsamen Walde auf einen krummgewachsenen Baum mich setze, um meinen verwundeten Sohlen nur einige Linderung zu verschaffen, und dann in einer ermatten-den Ruhe in dem Dämmerschein hinschlummre! O Wilhelm! die einsame Wohnung einer Zelle, das härene Gewand und der Stachelgürtel wären Labsale, nach denen meine Seele schmachtet. Adieu! Ich sehe dieses Elendes kein Ende als das Grab.

Am 3. September.

Ich muß fort! Ich danke dir, Wilhelm, daß du meinen wankenden Entschluß bestimmt hast. Schon vierzehn Tage gehe ich mit dem Gedanken um, sie zu verlassen. Ich muß fort. Sie ist wieder in der Stadt bei einer Freundin. Und Albert – und – ich muß fort!

Am 10. September.

Das war eine Nacht! Wilhelm! nun überstehe ich alles. Ich werde sie nicht wiedersehn! O daß ich nicht an deinen Hals fliegen, dir mit tausend Tränen und Entzückungen ausdrücken kann, mein Bester, die Empfindungen, die mein Herz bestürmen. Hier sitze ich und schnappe nach Luft, suche mich zu beruhigen, erwarte den Morgen, und mit Sonnenaufgang sind die Pferde bestellt.

Ach, sie schläft ruhig und denkt nicht, daß sie mich nie wiedersehen wird. Ich habe mich losgerissen, bin stark genug gewesen, in einem Gespräch von zwei Stunden mein Vorhaben nicht zu verraten. Und Gott, welch ein Gespräch!

Albert hatte mir versprochen, gleich nach dem Nachtessen mit Lotten im Garten zu sein. Ich stand auf der Terrasse unter den hohen Kastanienbäumen und sah der Sonne nach, die mir nun zum letzten Male über dem lieblichen Tale, über dem sanften Fluß unterging. So oft hatte ich hier gestanden mit ihr und ebendem herrlichen Schauspiele zugesehen, und nun – Ich ging in der Allee auf und ab, die mir so lieb war; ein geheimer sympathetischer Zug hatte mich hier so oft gehalten, ehe ich noch Lotten kannte, und wie freuten wir uns, als wir im Anfang unserer Bekanntschaft die wechselseitige Neigung zu diesem Plätzchen entdeckten, das wahrhaftig eins von den romantischsten ist, die ich von der Kunst hervorgebracht gesehen habe.

Erst hast du zwischen Kastanienbäumen die weite Aussicht – Ach, ich erinnere mich, ich habe dir, denk ich, schon viel davon geschrieben, wie hohe Buchenwände einen endlich einschließen und durch ein daran stoßendes Boskett die Allee immer düsterer wird, bis zuletzt alles sich in ein geschlossenes Plätzchen endigt, das alle Schauer der Einsamkeit umschweben. Ich fühle es noch, wie heimlich mirs ward, als ich zum ersten Male an einem hohen Mittage hineintrat; ich ahnete ganz leise, was für ein Schauplatz das noch werden sollte von Seligkeit und Schmerz.

Ich hatte mich etwa eine halbe Stunde in den schmachtend süßen Gedanken des Abscheidens, des Wiedersehens geweidet, als ich sie die Terrasse heraufsteigen hörte. Ich lief ihnen entgegen, mit einem Schauer faßte ich ihre Hand und küßte sie. Wir waren eben heraufgetreten, als der Mond hinter dem buschigen Hügel aufging; wir redeten mancherlei und kamen unvermerkt dem düstern Kabinette näher. Lotte trat hinein und setzte sich, Albert neben sie, ich auch; doch meine Unruhe ließ mich nicht lange sitzen; ich stand auf, trat vor sie, ging auf und ab, setzte mich wieder: es war ein ängstlicher Zustand. Sie machte uns aufmerksam auf die schöne Wirkung des Mondlichtes, das am Ende der Buchenwände die ganze Terrasse vor uns erleuchtete: ein herrlicher Anblick, der um so viel

frappanter war, weil uns rings eine tiefe Dämmerung einschloß. Wir waren still, und sie fing nach einer Weile an: Niemals gehe ich im Mondenlichte spazieren, niemals, daß mir nicht der Gedanke an meine Verstorbenen begegnete, daß nicht das Gefühl von Tod, von Zukunft über mich käme. Wir werden sein! fuhr sie mit der Stimme des herrlichsten Gefühls fort; aber Werther, sollen wir uns wiederfinden? wiedererkennen? was ahnen Sie? was sagen Sie?
Lotte, sagte ich, indem ich ihr die Hand reichte und mir die Augen voll Tränen wurden, wir werden uns wiedersehen! hier und dort wiedersehen! – Ich konnte nicht weiterreden – Wilhelm, mußte sie mich das fragen, da ich diesen ängstlichen Abschied im Herzen hatte! Und ob die lieben Abgeschiednen von uns wissen, fuhr sie fort, ob sie fühlen, wenns uns wohl geht, daß wir mit warmer Liebe uns ihrer erinnern? O! die Gestalt meiner Mutter schwebt immer um mich, wenn ich am stillen Abend unter ihren Kindern, unter meinen Kindern sitze und sie um mich versammelt sind, wie sie um sie versammelt waren. Wenn ich dann mit einer sehnenden Träne gen Himmel sehe und wünsche, daß sie hereinschauen könnte einen Augenblick, wie ich mein Wort halte, das ich ihr in der Stunde des Todes gab: die Mutter ihrer Kinder zu sein. Mit welcher Empfindung rufe ich aus: Verzeihe mirs, Teuerste, wenn ich ihnen nicht bin, was du ihnen warst. Ach! tue ich doch alles, was ich kann; sind sie doch gekleidet, genährt, ach, und was mehr ist als das alles, gepflegt und geliebt. Könntest du unsere Eintracht sehen, liebe Heilige! du würdest mit dem heißesten Danke den Gott verherrlichen, den du mit den letzten, bittersten Tränen um die Wohlfahrt deiner Kinder batest.

Sie sagte das! o Wilhelm, wer kann wiederholen, was sie sagte! Wie kann der kalte, tote Buchstabe diese himmlische Blüte des Geistes darstellen! Albert fiel ihr sanft in die Rede: Es greift Sie zu stark an, liebe Lotte! ich weiß, Ihre Seele hängt sehr nach diesen Ideen, aber ich bitte Sie – O Albert, sagte sie, ich weiß, du vergissest nicht die Abende, da wir zusammensaßen an dem kleinen runden Tischchen, wenn der Papa verreist war und wir die Kleinen schlafen geschickt hatten. Du hattest oft ein gutes Buch und kamst so selten dazu, etwas zu lesen – War der Umgang dieser herrlichen Seele nicht mehr als alles? die schöne, sanfte, muntere und immer tätige Frau! Gott kennt meine Tränen, mit denen ich mich oft in meinem Bette vor ihn hinwarf: er möchte mich ihr gleichmachen.

Lotte! rief ich aus, indem ich mich vor sie hinwarf, ihre Hand nahm und mit tausend Tränen netzte, Lotte! der Segen Gottes ruht über dir und der Geist deiner Mutter! – Wenn Sie sie gekannt hätten, sagte sie, indem sie mir die Hand drückte, – sie war wert, von Ihnen gekannt zu sein! – Ich glaubte zu vergehen. Nie war ein größeres, stolzeres Wort über mich ausgesprochen worden, – und sie fuhr fort: Und diese Frau mußte in der Blüte ihrer Jahre dahin, da ihr jüngster Sohn nicht sechs Monate alt war! Ihre Krankheit dauerte nicht lange; sie war ruhig, hingegeben, nur ihre Kinder taten ihr weh, besonders das kleine. Wie es gegen das Ende ging und sie zu mir sagte: Bringe mir sie herauf, und wie ich sie hereinführte, die kleinen, die nicht wußten, und die ältesten, die ohne Sinne waren, wie sie ums Bette standen, und wie sie die Hände aufhob und über sie betete und sie küßte nacheinander und sie wegschickte und zu mir sagte: Sei ihre Mutter! – Ich gab ihr die Hand drauf! – Du Ver-

LOTTE

sprichst viel, meine Tochter, sagte sie, das Herz einer Mutter und das Aug einer Mutter. Ich habe oft an deinen dankbaren Tränen gesehen, daß du fühlst, was das sei. Habe es für deine Geschwister, und für deinen Vater die Treue und den Gehorsam einer Frau. Du wirst ihn trösten. – Sie fragte nach ihm, er war ausgegangen, um uns den unerträglichen Kummer zu verbergen, den er fühlte, der Mann war ganz zerissen. Albert, du warst im Zimmer. Sie hörte jemand gehn und fragte und forderte dich zu sich, und wie sie dich ansah und mich, mit dem getrösteten, ruhigen Blicke, daß wir glücklich sein, zusammen glücklich sein würden – Albert fiel ihr um den Hals und küßte sie und rief: Wir sind es! wir werden es sein! – Der ruhige Albert war ganz aus seiner Fassung, und ich wußte nichts von mir selber.

Werther, fing sie an, und diese Frau sollte dahin sein! Gott, wenn ich manchmal denke, wie man das Liebste seines Lebens wegtragen läßt, und niemand als die Kinder das so scharf fühlt, die sich noch lange beklagten, die schwarzen Männer hätten die Mama weggetragen.

Sie stand auf, und ich ward erweckt und erschüttert, blieb sitzen und hielt ihre Hand. – Wir wollen fort, sagte sie, es wird Zeit. – Sie wollte ihre Hand zurückziehen, und ich hielt sie fester. – Wir werden uns wiedersehen, rief ich, wir werden uns finden, unter allen Gestalten werden wir uns erkennen. Ich gehe, fuhr ich fort, ich gehe willig, und doch, wenn ich sagen sollte auf ewig, ich würde es nicht aushalten. Leb wohl, Lotte! Leb wohl, Albert! Wir sehn uns wieder. – Morgen, denke ich, versetzte sie scherzend. – Ich fühlte das Morgen! Ach sie wußte nicht, als sie ihre Hand aus der meinen zog – Sie gingen die Allee hinaus, ich stand, sah ihnen nach im Mondscheine und warf mich an die Erde und weinte mich aus und sprang auf und lief auf die Terrasse hervor und sah noch dort unten im Schatten der hohen Lindenbäume ihr weißes Kleide nach der Gartentür schimmern, ich streckte meine Arme aus, und es verschwand.

Zweites Buch

Am 20. Oktober 1771.

Gestern sind wir hier angelangt. Der Gesandte ist unpaß und wird sich also einige Tage einhalten. Wenn er nur nicht so unhold wäre, wär alles gut. Ich merke, ich merke, das Schicksal hat mir harte Prüfungen zugedacht. Doch gutes Muts! Ein leichter Sinn trägt alles! Ein leichter Sinn? das macht mich zu lachen, wie das Wort in meine Feder kommt. O ein bißchen leichteres Blut würde mich zum Glücklichsten unter der Sonne machen. Was! da, wo andere mit ihrem bißchen Kraft und Talent vor mir in behaglicher Selbstgefälligkeit herumschwadronieren, verzweifle ich an meiner Kraft, an meinen Gaben? Guter Gott, der du mir das alles schenktest, warum hieltest du nicht die Hälfte zurück und gabst mir Selbstvertrauen und Genügsamkeit!

Geduld! Geduld! es wird besser werden. Denn ich sage dir, Lieber, du hast recht. Seit ich unter dem Volke alle Tage herumgetrieben werde und sehe, was sie tun und wie sie's treiben, stehe ich viel besser mit mir selbst. Gewiß, weil wir doch einmal so gemacht sind, daß wir alles mit uns und uns mit allem vergleichen, so liegt Glück oder Elend in den Gegenständen, womit wir uns zusammenhalten, und da ist nichts gefährlicher als die Einsamkeit. Unsere Einbildungskraft, durch ihre Natur gedrungen, sich zu erheben, durch die phantastischen Bilder der Dichtkunst genährt, bildet sich eine Reihe Wesen hinauf, wo wir das unterste sind und alles außer uns herrlicher erscheint, jeder andere vollkommner ist. Und das geht ganz

natürlich zu. Wir fühlen so oft, daß uns manches mangelt, und eben was uns fehlt, scheint uns oft ein anderer zu besitzen, dem wir denn auch alles dazugeben, was *wir* haben, und noch eine gewisse idealische Behaglichkeit dazu. Und so ist der Glückliche vollkommen fertig, das Geschöpf unserer selbst.
Dagegen wenn wir mit all unserer Schwachheit und Mühseligkeit nur gerade fortarbeiten, so finden wir gar oft, daß wir mit unserm Schlendern und Lavieren es weiter bringen als andere mit ihrem Segeln und Rudern – und – das ist doch ein wahres Gefühl seiner selbst, wenn man andern gleich- oder gar vorläuft.

Am 26. November.

Ich fange an, mich insofern ganz leidlich hier zu befinden. Das beste ist, daß es zu tun genug gibt; und dann die vielerlei Menschen, die allerlei neuen Gestalten machen mir ein buntes Schauspiel vor meiner Seele. Ich habe den Grafen C.. kennen lernen, einen Mann, den ich jeden Tag mehr verehren muß, einen weiten, großen Kopf, und der deswegen nicht kalt ist, weil er viel übersieht; aus dessen Umgange so viel Empfindung für Freundschaft und Liebe hervorleuchtet. Er nahm teil an mir, als ich einen Geschäftsauftrag an ihn ausrichtete und er bei den ersten Worten merkte, daß wir uns verstanden, daß er mit mir reden konnte wie nicht mit jedem. Auch kann ich sein offenes Betragen gegen mich nicht genug rühmen. So eine wahre warme Freude ist nicht in der Welt, als eine große Seele zu sehen, die sich gegen einen öffnet.

Am 24. Dezember.

Der Gesandte macht mir viel Verdruß, ich habe es vorausgesehen. Er ist der pünktlichste Narr, den es

nur geben kann; Schritt vor Schritt und umständlich wie eine Base; ein Mensch, der nie mit sich selbst zufrieden ist, und dem es daher niemand zu Danke machen kann. Ich arbeite gern leicht weg, und wie es steht, so steht es: da ist er imstande, mir einen Aufsatz zurückzugeben und zu sagen: Er ist gut, aber sehen Sie ihn durch, man findet immer ein besseres Wort, eine reinere Partikel. – Da möchte ich des Teufels werden. Kein Und, kein Bindewörtchen darf außenbleiben, und von allen Inversionen, die mir nachmal entfahren, ist er ein Todfeind; wenn man seinen Perioden nicht nach der hergebrachten Melodie heraborgelt, so versteht er gar nichts drin. Das ist ein Leiden, mit so einem Menschen zu tun zu haben.
Das Vertrauen des Grafen von C.. ist noch das einzige, was mich schadlos hält. Er sagte mir letzthin ganz aufrichtig, wie unzufrieden er mit der Langsamkeit und Bedenklichkeit meines Gesandten sei. Die Leute erschweren es sich und andern; doch, sagte er, man muß sich darein resignieren, wie ein Reisender, der über einen Berg muß; freilich, wäre der Berg nicht da, so wäre der Weg viel bequemer und kürzer; er ist nun aber da, und man soll hinüber! –
Mein Alter spürt auch wohl den Vorzug, den mir der Graf vor ihm gibt, und das ärgert ihn, und er ergreift jede Gelegenheit, Übels gegen mich vom Grafen zu reden: ich halte, wie natürlich, Widerpart, und dadurch wird die Sache nur schlimmer. Gestern gar brachte er mich auf, denn ich war mitgemeint: zu so Weltgeschäften sei der Graf ganz gut, er habe viele Leichtigkeit zu arbeiten und führe eine gute Feder, doch an gründlicher Gelehrsamkeit mangle es ihm wie allen Belletristen. Dazu machte er eine Miene, als ob er sagen wollte: Fühlst du den Stich? Aber es tat

bei mir nicht die Wirkung; ich verachtete den Menschen, der so denken und sich so betragen konnte. Ich hielt ihm stand und focht mit ziemlicher Heftigkeit. Ich sagte, der Graf sei ein Mann, vor dem man Achtung haben müsse, wegen seines Charakters sowohl als wegen seiner Kenntnisse. Ich habe, sagt ich, niemand gekannt, dem es so geglückt wäre, seinen Geist zu erweitern, ihn über unzählige Gegenstände zu verbreiten und doch diese Tätigkeit fürs gemeine Leben zu behalten. – Das waren dem Gehirne spanische Dörfer, und ich empfahl mich, um nicht über ein weiteres Deraisonnement noch mehr Galle zu schlucken. Und daran seid ihr alle schuld, die ihr mich in das Joch geschwatzt und mir so viel von Aktivität vorgesungen habt. Aktivität! Wenn nicht der mehr tut, der Kartoffeln legt und in die Stadt reitet, sein Korn zu verkaufen, als ich, so will ich zehn Jahre noch mich auf der Galeere abarbeiten, auf der ich nun angeschmiedet bin.

Und das glänzende Elend, die Langeweile unter dem garstigen Volke, das sich hier nebeneinander sieht! die Rangsucht unter ihnen, wie sie nur wachen und aufpassen, einander ein Schrittchen abzugewinnen; die elendesten, erbärmlichsten Leidenschaften, ganz ohne Röckchen. Da ist ein Weib, zum Exempel, die jedermann von ihrem Adel und ihrem Lande unterhält, so daß jeder Fremde denken muß: das ist eine Närrin, die sich auf das bißchen Adel und auf den Ruf ihres Landes Wunderstreiche einbildet. – Aber es ist noch viel ärger: eben das Weib ist hier aus der Nachbarschaft eine Amtschreiberstochter. – Sieh, ich kann das Menschengeschlecht nicht begreifen, das so wenig Sinn hat, um sich so platt zu prostituieren.

Zwar ich merke täglich mehr, mein Lieber, wie töricht

man ist, andere nach sich zu berechnen. Und weil ich so viel mit mir selbst zu tun habe und dieses Herz so stürmisch ist – ach, ich lasse gern die andern ihres Pfades gehen, wenn sie mich nur auch könnten gehen lassen.

Was mich am meisten neckt, sind die fatalen bürgerlichen Verhältnisse. Zwar weiß ich so gut als einer, wie nötig der Unterschied der Stände ist, wie viel Vorteile er mir selbst verschafft: nur soll er mir nicht eben gerade im Wege stehen, wo ich noch ein wenig Freude, einen Schimmer von Glück auf dieser Erde genießen könnte. Ich lernte neulich auf dem Spaziergange ein Fräulein von B.. kennen, ein liebenswürdiges Geschöpf, das sehr viel Natur mitten in dem steifen Leben erhalten hat. Wir gefielen uns in unserem Gespräche, und da wir schieden, bat ich sie um Erlaubnis, sie bei sich sehen zu dürfen. Sie gestattete mir das mit so vieler Freimütigkeit, daß ich den schicklichen Augenblick kaum erwarten konnte, zu ihr zu gehen. Sie ist nicht von hier und wohnt bei einer Tante im Hause. Die Physiognomie der Alten gefiel mir nicht. Ich bezeigte ihr viel Aufmerksamkeit, mein Gespräch war meist an sie gewandt, und in minder als einer halben Stunde hatte ich so ziemlich weg, was mir das Fräulein nachher selbst gestand: daß die liebe Tante in ihrem Alter Mangel an allem, kein anständiges Vermögen, keinen Geist und keine Stütze hat als die Reihe ihrer Vorfahren, keinen Schirm als den Stand, in den sie sich verpalisadiert, und kein Ergetzen, als von ihrem Stockwerk herab über die bürgerlichen Häupter wegzusehen. In ihrer Jugend soll sie schön gewesen sein und ihr Leben weggegaukelt, erst mit ihrem Eigensinne manchen armen Jungen gequält und in den reiferen Jahren sich unter den Gehorsam eines alten Offiziers geduckt haben, der gegen diesen Preis und einen leidlichen Unterhalt das eherne Jahrhundert mit ihr zubrachte und starb. Nun sieht sie im eisernen sich allein und würde nicht angesehn, wär ihre Nichte nicht so liebenswürdig.

Den 8. Januar 1772.

Was das für Menschen sind, deren ganze Seele auf dem Zeremoniell ruht, deren Dichten und Trachten jahrelang dahin geht, wie sie um einen Stuhl weiter hinauf bei Tische sich einschieben wollen! Und nicht, daß sie sonst keine Angelegenheit hätten: nein, vielmehr häufen sich die Arbeiten, eben weil man über den kleinen Verdrießlichkeiten von Beförderung der wichtigen Sachen abgehalten wird. Vorige Woche gab es bei der Schlittenfahrt Händel, und der ganze Spaß wurde verdorben.

Die Toren, die nicht sehen, daß es eigentlich auf den Platz gar nicht ankommt, und daß der, der den ersten hat, so selten die erste Rolle spielt! Wie mancher König wird durch seinen Minister, wie mancher Minister durch seinen Sekretär regiert! Und wer ist denn der Erste? der, dünkt mich, der die anderen übersieht und so viel Gewalt oder List hat, ihre Kräfte und Leidenschaften zu Ausführung seiner Pläne anzuspannen.

Am 20. Januar.

Ich muß Ihnen schreiben, liebe Lotte, hier in der Stube einer geringen Bauernherberge, in die ich mich vor einem schweren Wetter geflüchtet habe. Solange ich in dem traurigen Neste D.., unter dem fremden, meinem Herzen ganz fremden Volke herumziehe, habe ich keinen Augenblick gehabt, keinen, an dem mein Herz mich geheißen hätte, Ihnen zu schreiben;

und jetzt in dieser Hütte, in dieser Einsamkeit, in dieser Einschränkung, da Schnee und Schloßen wider mein Fensterchen wüten, hier waren Sie mein erster Gedanke. Wie ich hereintrat, überfiel mich Ihre Gestalt, Ihr Andenken, o Lotte! so heilig, so warm! Guter Gott! der erste glückliche Augenblick wieder. Wenn Sie mich sähen, meine Beste, in dem Schwall von Zerstreuung! wie ausgetrocknet meine Sinnen werden; nicht Einen Augenblick der Fülle des Herzens, nicht Eine selige Stunde! nichts! nichts! Ich stehe wie vor einem Raritätenkasten und sehe die Männchen und Gäulchen vor mir herumrücken und frage mich oft, ob es nicht optischer Betrug ist. Ich spiele mit, vielmehr ich werde gespielt wie eine Marionette und fasse manchmal meinen Nachbar an der hölzernen Hand und schaudere zurück. Des Abends nehme ich mir vor, den Sonnenaufgang zu genießen, und komme nicht aus dem Bette; am Tage hoffe ich, mich des Mondscheins zu erfreuen, und bleibe in meiner Stube. Ich weiß nicht recht, warum ich aufstehe, warum ich schlafen gehe.

Der Sauerteig, der mein Leben in Bewegung setzte, fehlt; der Reiz, der mich in tiefen Nächten munter erhielt, ist hin, der mich des Morgens aus dem Schlafe weckte, ist weg.

Ein einzig weibliches Geschöpf habe ich hier gefunden, eine Fräulein von B.., sie gleicht Ihnen, liebe Lotte, wenn man Ihnen gleichen kann. Ei! werden Sie sagen, der Mensch legt sich auf niedliche Komplimente! Ganz unwahr ist es nicht. Seit einiger Zeit bin ich sehr artig, weil ich doch nicht anders sein kann, habe viel Witz, und die Frauenzimmer sagen: es wüßte niemand so fein zu loben als ich (und zu lügen, setzen Sie hinzu, denn ohne das geht es nicht ab, verstehen Sie?). Ich wollte von Fräulein B.. reden. Sie hat viel Seele, die voll aus ihren blauen Augen hervorblickt. Ihr Stand ist ihr zur Last, der keinen der Wünsche ihres Herzens befriedigt. Sie sehnt sich aus dem Getümmel, und wir verphantasieren manche Stunde in ländlichen Szenen von ungemischter Glückseligkeit; ach! und von Ihnen! Wie oft muß sie Ihnen huldigen; muß nicht, tut es freiwillig, hört so gern von Ihnen, liebt Sie. –

O säß ich zu Ihren Füßen in dem lieben vertraulichen Zimmerchen, und unsere kleinen Lieben wälzten sich miteinander um mich herum, und wenn sie Ihnen zu laut würden, wollte ich sie mit einem schauerlichen Märchen um mich zur Ruhe versammeln.

Die Sonne geht herrlich unter über der schneeglänzenden Gegend, der Sturm ist hinübergezogen, und ich – muß mich wieder in meinen Käfig sperren – Adieu! Ist Albert bei Ihnen? Und wie – ? Gott verzeihe mir diese Frage!

Den 8. Februar.

Wir haben seit acht Tagen das abscheulichste Wetter, und mir ist es wohltätig. Denn solang ich hier bin, ist mir noch kein schöner Tag am Himmel erschienen, den mir nicht jemand verdorben oder verleidet hätte. Wenns nun recht regnet und stöbert und fröstelt und taut – ha! denk ich, kanns doch zu Hause nicht schlimmer werden, als es draußen ist, oder umgekehrt, und so ists gut. Geht die Sonne des Morgens auf und verspricht einen feinen Tag, erwehr ich mir niemals auszurufen: da haben sie doch wieder ein himmlisches Gut, worum sie einander bringen können. Es ist nichts, worum sie einander nicht bringen. Gesundheit, guter Name, Freudigkeit, Erholung! Und meist aus Albernheit, Unbegriff und Enge, und, wenn man sie anhört, mit der besten Meinung. Manchmal möcht ich sie auf den Knieen bitten, nicht so rasend in ihre eigenen Eingeweide zu wüten.

Am 17. Februar.

Ich fürchte, mein Gesandter und ich halten es zusammen nicht lange mehr aus. Der Mann ist ganz und gar unerträglich. Seine Art, zu arbeiten und Geschäfte zu treiben, ist so lächerlich, daß ich mich nicht enthalten kann, ihm zu widersprechen und oft eine Sache nach meinem Kopf und meiner Art zu machen, das ihm denn, wie natürlich, niemals recht ist. Darüber hat er mich neulich bei Hofe verklagt, und der Minister gab mir einen zwar sanften Verweis, aber es war doch ein Verweis, und ich stand im Begriffe, meinen Abschied zu begehren, als ich einen Privatbrief* von ihm erhielt, einen Brief, vor dem ich niedergekniet und den hohen, edlen, weisen Sinn angebetet habe. Wie er meine allzugroße Empfindlichkeit zurechtweiset, wie er meine überspannten Ideen von Wirksamkeit, von Einfluß auf andere, von Durchdringen in Geschäften als jugendlichen guten Mut zwar ehrt, sie nicht auszurotten, nur zu mildern und dahin zu leiten sucht, wo sie ihr wahres Spiel haben, ihre kräftige Wirkung tun können. Auch bin ich auf acht Tage gestärkt und in mir selbst einig geworden. Die Ruhe der Seele ist ein herrliches Ding und die Freude an sich selbst. Lieber Freund, wenn nur das Kleinod nicht ebenso zerbrechlich wäre, als es schön und kostbar ist.

* Man hat aus Ehrfurcht für diesen trefflichen Herrn gedachten Brief und einen andern, dessen weiter hinten erwähnt wird, dieser Sammlung entzogen, weil man nicht glaubte, eine solche Kühnheit durch den wärmsten Dank des Publikums entschuldigen zu können.

Am 20. Februar.

Gott segne euch, meine Lieben, gebe euch alle die guten Tage, die er mir abzieht!

Ich danke dir, Albert, daß du mich betrogen hast: ich wartete auf Nachricht, wann euer Hochzeittag sein würde, und hatte mir vorgenommen, feierlichst an demselben Lottens Schattenriß von der Wand zu nehmen und ihn unter andere Papiere zu begraben. Nun seid ihr ein Paar, und ihr Bild ist noch hier! Nun so soll es bleiben! Und warum nicht? Ich weiß, ich bin ja auch bei euch, bin dir unbeschadet in Lottens Herzen, habe, ja ich habe den zweiten Platz darin und will und muß ihn behalten. O, ich würde rasend werden, wenn sie vergessen könnte – Albert, in dem Gedanken liegt eine Hölle. Albert, leb wohl! Leb wohl, Engel des Himmels! Leb wohl, Lotte!

Den 15. März.

Ich habe einen Verdruß gehabt, der mich von hier wegtreiben wird. Ich knirsche mit den Zähnen! Teufel! er ist nicht zu ersetzen, und ihr seid doch allein schuld daran, die ihr mich sporntet und triebt und quältet, mich in einen Posten zu begeben, der nicht nach meinem Sinne war. Nun habe ichs! nun habt ihrs! Und daß du nicht wieder sagst, meine überspannten Ideen verdürben alles, so hast du hier, lieber Herr, eine Erzählung, plan und nett, wie ein Chronikenschreiber das aufzeichnen würde.

Der Graf von C.. liebt mich, distinguiert mich, das ist bekannt, das habe ich dir schon hundertmal gesagt. Nun war ich gestern bei ihm zu Tafel, eben an dem Tage, da abends die noble Gesellschaft von Herrn und Frauen bei ihm zusammenkommt, an die ich nie gedacht habe, auch mir nie aufgefallen ist, daß wir

Subalternen nicht hineingehören. Gut. Ich speise bei dem Grafen, und nach Tische gehn wir in dem großen Saal auf und ab, ich rede mit ihm, mit dem Obristen B.., der dazukommt, und so rückt die Stunde der Gesellschaft heran. Ich denke, Gott weiß, an nichts. Da tritt herein die übergnädige Dame von S.. mit Ihrem Herrn Gemahle und wohlausgebrüteten Gänslein Tochter, mit der flachen Brust und niedlichem Schnürleibe, machen en passant ihre hergebrachten hochadeligen Augen und Naslöcher, und wie mir die Nation von Herzen zuwider ist, wollte ich mich eben empfehlen und wartete nur, bis der Graf vom garstigen Gewäsche frei wäre, als meine Fräulein B.. hereintrat. Da mir das Herz immer ein bißchen aufgeht, wenn ich sie sehe, blieb ich eben, stellte mich hinter ihren Stuhl und bemerkte erst nach einiger Zeit, daß sie mit weniger Offenheit als sonst, mit einiger Verlegenheit mit mir redete. Das fiel mir auf. Ist sie auch wie alle das Volk, dachte ich, und war angestochen und wollte gehen, und doch blieb ich, weil ich sie gerne entschuldigt hätte und es nicht glaubte und noch ein gut Wort von ihr hoffte und – was du willst. Unterdessen füllt sich die Gesellschaft. Der Baron F.. mit der ganzen Garderobe von den Krönungszeiten Franz des Ersten her, der Hofrat R.., hier aber in qualitate Herr von R.. genannt, mit seiner tauben Frau etc., den übelfournierten J.. nicht zu vergessen, der die Lücken seiner altfränkischen Garderobe mit neumodischen Lappen ausflickt, das kommt zuhauf, und ich rede mit einigen meiner Bekanntschaft, die alle sehr lakonisch sind. Ich dachte – und gab nur auf meine B.. acht. Ich merkte nicht, daß die Weiber am Ende des Saales sich in die Ohren flüsterten, daß es auf die Männer zirkulierte, daß Frau von S.. mit dem Grafen redete (das

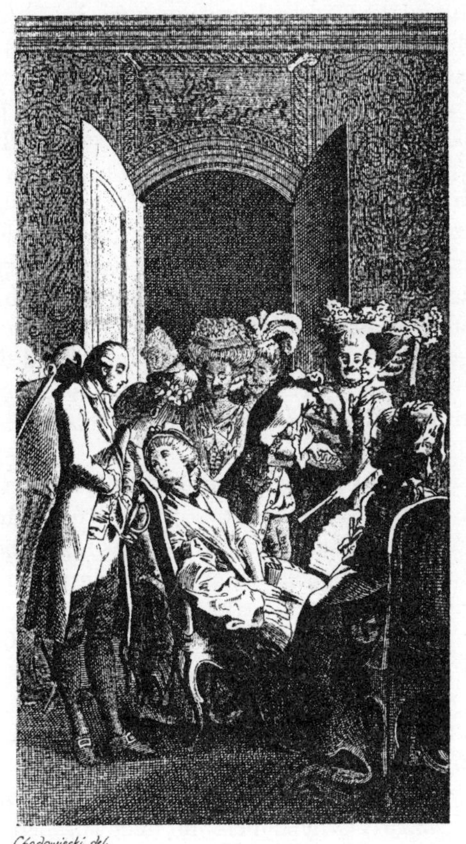

Chodowiecki del.

alles hat mir Fräulein B.. nachher erzählt), bis endlich der Graf auf mich losging und mich in ein Fenster nahm. – Sie wissen, sagte er, unsere wunderbaren Verhältnisse; die Gesellschaft ist unzufrieden, merke ich, Sie hier zu sehen; ich wollte nicht um alles – Ihro Exzellenz, fiel ich ein, ich bitte tausendmal um Verzeihung; ich hätte eher dran denken sollen, und ich weiß, Sie vergeben mir diese Inkonsequenz; ich wollte schon vorhin mich empfehlen, ein böser Genius hat mich zurückgehalten, setzte ich lächelnd hinzu, indem ich mich neigte. – Der Graf drückte meine Hände mit einer Empfindung, die alles sagte. Ich strich mich sacht aus der vornehmen Gesellschaft, ging, setzte mich in ein Kabriolett und fuhr nach M.., dort vom Hügel die Sonne untergehen zu sehen und dabei in meinem Homer den herrlichen Gesang zu lesen, wie Ulyß von dem trefflichen Schweinhirten bewirtet wird. Das war alles gut.

Des Abends komme ich zurück zu Tische, es waren noch wenige in der Gaststube; die würfelten auf einer Ecke, hatten das Tischtuch zurückgeschlagen. Da kommt der ehrliche A.. hinein, legt seinen Hut nieder, indem er mich ansieht, tritt zu mir und sagt leise: Du hast Verdruß gehabt? – Ich? sagte ich. – Der Graf hat dich aus der Gesellschaft gewiesen. – Hole sie der Teufel! sagt ich, mir wars lieb, daß ich in die freie Luft kam. – Gut, sagte er, daß du es auf die leichte Achsel nimmst. Nur verdrießt michs, es ist schon überall herum. – Da fing mich das Ding erst an zu wurmen. Alle, die zu Tische kamen und mich ansahen, dachte ich, die sehen dich darum an! Das gab böses Blut.

Und da man nun heute gar, wo ich hintrete, mich bedauert, da ich höre, daß meine Neider nun triumphieren und sagen: da sähe mans, wo es mit den Übermütigen hinausginge, die sich ihres bißchen Kopfs überhöben und glaubten, sich darum über alle Verhältnisse hinaussetzen zu dürfen, und was des Hundegeschwätzes mehr ist – da möchte man sich ein Messer ins Herz bohren; denn man rede von Selbständigkeit, was man will, den will ich sehen, der dulden kann, daß Schurken über ihn reden, wenn sie einen Vorteil über ihn haben; wenn ihr Geschwätze leer ist, ach, da kann man sie leicht lassen.

Am 16. März.

Es hetzt mich alles. Heute treffe ich die Fräulein B.. in der Allee, ich konnte mich nicht enthalten, sie anzureden und ihr, sobald wir etwas entfernt von der Gesellschaft waren, meine Empfindlichkeit über ihr neuliches Betragen zu zeigen. – O Werther, sagte sie mit einem innigen Tone, konnten Sie meine Verwirrung so auslegen, da Sie mein Herz kennen? Was ich gelitten habe um Ihrentwillen, von dem Augenblicke an, da ich in den Saal trat! Ich sah alles voraus, hundertmal saß mirs auf der Zunge, es Ihnen zu sagen. Ich wußte, daß die von S.. und T.. mit ihren Männern eher aufbrechen würden, als in Ihrer Gesellschaft zu bleiben; ich wußte, daß der Graf es mit ihnen nicht verderben darf – und jetzo der Lärm! – Wie, Fräulein? sagte ich und verbarg meinen Schrecken; denn alles, was Adelin mir ehegestern gesagt hatte, lief mir wie siedend Wasser durch die Adern in diesem Augenblicke. – Was hat mich es schon gekostet! sagte das süße Geschöpf, indem ihr die Tränen in den Augen standen. – Ich war nicht Herr mehr von mir selbst, war im Begriffe, mich ihr zu Füßen zu werfen. – klären Sie sich, rief ich. – Die Tränen liefen ihr die Wangen herunter. Ich war außer mir. Sie trocknete sie ab, ohne sie verbergen zu wollen. – Meine Tante kennen Sie, fing sie an; sie war gegenwärtig und hat, o, mit was für Augen hat sie das angesehen! Werther, ich habe gestern nacht ausgestanden, und heute früh eine Predigt über meinen Umgang mit Ihnen, und ich habe müssen zuhören Sie herabsetzen, erniedrigen, und konnte und durfte Sie nur halb verteidigen.

Jedes Wort, das sie sprach, ging mir wie ein Schwert durchs Herz. Sie fühlte nicht, welche Barmherzigkeit es gewesen wäre, mir das alles zu verschweigen, und nun fügte sie noch dazu, was weiter würde geträtscht werden, was eine Art Menschen darüber triumphieren würde. Wie man sich nunmehr über die Strafe meines Übermuts und meiner Geringschätzung anderer, die sie mir schon lange vorwerfen, kitzeln und freuen würde. Das alles, Wilhelm, von ihr zu hören, mit der Stimme der wahresten Teilnehmung – Ich war zerstört und bin noch wütend in mir. Ich wollte, daß sich einer unterstünde, mir es vorzuwerfen, daß ich ihm den Degen durch den Leib stoßen könnte; wenn ich Blut sähe, würde mir es besser werden. Ach, ich habe hundertmal ein Messer ergriffen, um diesem gedrängten Herzen Luft zu machen. Man erzählt von einer edlen Art Pferde, die, wenn sie schrecklich erhitzt und aufgejagt sind, sich selbst aus Instinkt eine Ader aufbeißen, um sich zum Atem zu helfen. So ist mirs oft, ich möchte mir eine Ader öffnen, die mir die ewige Freiheit schaffte.

Am 24. März.

Ich habe meine Entlassung vom Hofe verlangt und werde sie, hoffe ich, erhalten, und ihr werdet mir verzeihen, daß ich nicht erst Erlaubnis dazu bei euch geholt habe. Ich mußte nun einmal fort, und was ihr zu sagen hattet, um mir das Bleiben einzureden, weiß ich alles, und also – Bringe das meiner Mutter in einem Säftchen bei, ich kann mir selbst nicht helfen, und sie mag sich gefallen lassen, wenn ich ihr auch nicht helfen kann. Freilich muß es ihr wehe tun. Den schönen Lauf, den ihr Sohn gerade zum Geheimenrat und Gesandten ansetzte, so auf einmal Halte zu sehen, und rückwärts mit dem Tierchen in den Stall! Macht nun daraus, was ihr wollt, und kombiniert die möglichen Fälle, unter denen ich hätte bleiben können und sollen; genug, ich gehe; und damit ihr wißt, wo ich hinkomme, so ist hier der Fürst**, der vielen Geschmack an meiner Gesellschaft findet; der hat mich gebeten, da er von meiner Absicht hörte, mit ihm auf seine Güter zu gehen und den schönen Frühling da zuzubringen. Ich soll ganz mir selbst gelassen sein, hat er mir versprochen, und da wir uns zusammen bis auf einen gewissen Punkt verstehn, so will ich es denn auf gut Glück wagen und mit ihm gehen.

Zur Nachricht. *Am 19. April.*

Danke für deine beiden Briefe. Ich antwortete nicht, weil ich dieses Blatt liegen ließ, bis mein Abschied vom Hofe da wäre; ich fürchtete, meine Mutter möchte sich an den Minister wenden und mir mein Vorhaben erschweren. Nun aber ist es geschehen, mein Abschied ist da. Ich mag euch nicht sagen, wie ungern man mir ihn gegeben hat, und was mir der Minister schreibt – ihr würdet in neue Lamentationen ausbrechen. Der Erbprinz hat mir zum Abschiede fünfundzwanzig Dukaten geschickt, mit einem Worte, das mich bis zu Tränen gerührt hat; also brauche ich von der Mutter das Geld nicht, um das ich neulich schrieb.

Am 5. Mai.

Morgen gehe ich von hier ab, und weil mein Geburtsort nur sechs Meilen vom Wege liegt, so will ich den auch wiedersehen, will mich der alten, glücklich verträumten Tage erinnern. Zu eben dem Tore will ich hineingehn, aus dem meine Mutter mit mir herausfuhr, als sie nach dem Tode meines Vaters den lieben, vertraulichen Ort verließ, um sich in ihre unerträgliche Stadt einzusperren. Adieu, Wilhelm, du sollst von meinem Zuge hören.

Am 9. Mai.

Ich habe die Wallfahrt nach meiner Heimat mit aller Andacht eines Pilgrims vollendet, und manche unerwarteten Gefühle haben mich ergriffen. An der großen Linde, die eine Viertelstunde vor der Stadt nach S.. zu steht, ließ ich halten, stieg aus und hieß den Postillion fortfahren, um zu Fuße jede Erinnerung ganz neu, lebhaft, nach meinem Herzen zu kosten. Da stand ich nun unter der Linde, die ehedem, als Knabe, das Ziel und die Grenze meiner Spaziergänge gewesen. Wie anders! Damals sehnte ich mich in glücklicher Unwissenheit hinaus in die unbekannte Welt, wo ich für mein Herz so viele Nahrung, so vielen Genuß hoffte, meinen strebenden, sehnenden Busen auszufüllen und zu befriedigen. Jetzt komme ich zurück aus der weiten Welt – o, mein Freund, mit wie viel fehlgeschlagenen Hoffnungen, mit wie viel zerstörten Planen! – Ich sah das Gebirge vor mir liegen, das so tausendmal der Gegenstand meiner Wünsche gewesen war. Stundenlang konnt ich hier sitzen und mich hinübersehnen, mit inniger Seele mich in den Wäldern, den Tälern verlieren, die sich meinen Augen so freundlichdämmernd darstellten; und wenn ich dann um die bestimmte Zeit wieder zurückmußte, mit welchem Widerwillen verließ ich nicht den lieben Platz! – Ich kam der Stadt näher, alle die alten bekannten Gartenhäuschen wurden von mir gegrüßt, die neuen waren mir zuwider, so auch alle Veränderungen, die man sonst vorgenommen hatte. Ich trat zum Tor hinein und fand mich doch gleich und ganz wieder. Lieber, ich mag nicht ins Detail gehn; so reizend, als es mir war, so einförmig würde es in der Erzählung werden. Ich hatte beschlossen, auf dem Markte zu wohnen, gleich neben unserem alten Hause. Im Hingehen bemerkte ich, daß die Schulstube, wo ein ehrliches altes Weib unsere Kindheit zusammengepfercht hatte, in einen Kramladen verwandelt war. Ich erinnerte mich der Unruhe, der Tränen, der Dumpfheit des Sinnes, der Herzensangst, die ich in dem Loche ausgestanden hatte. – Ich tat keinen Schritt, der nicht merkwürdig war. Ein Pilger im heiligen Lande trifft nicht so viele Stätten religiöser Erinnerungen an, und seine Seele ist schwerlich so voll heiliger Bewegung. – Noch eins für tausend. Ich ging den Fluß hinab, bis an einen gewissen Hof; das war sonst auch mein Weg, und die Plätzchen, wo wir Knaben uns übten, die meisten Sprünge der flachen Steine im Wasser hervorzubringen. Ich erinnerte mich so lebhaft, wenn ich manchmal stand und dem Wasser nachsah, mit wie wunderbaren Ahnungen ich es verfolgte, wie abenteuerlich ich mir die Gegenden vorstellte, wo es nun hinflösse, und wie ich da so bald Grenzen meiner Vorstellungskraft fand; und doch mußte das weitergehen, immer weiter, bis ich mich ganz in dem Anschauen einer unsichtbaren Ferne verlor. – Sieh, mein Lieber, so beschränkt und so glücklich waren die herrlichen Altväter! so kindlich ihr Gefühl, ihre Dichtung!

Wenn Ulyß von dem ungemeßnen Meer und von der unendlichen Erde spricht, das ist so wahr, menschlich, innig, eng und geheimnisvoll. Was hilft michs, daß ich jetzt mit jedem Schulknaben nachsagen kann, daß sie rund sei? Der Mensch braucht nur wenige Erdschollen, um drauf zu genießen, weniger, um drunter zu ruhen. Nun bin ich hier auf dem fürstlichen Jagdschloß. Es läßt sich noch ganz wohl mit dem Herrn leben, er ist wahr und einfach. Wunderliche Menschen sind um ihn herum, die ich gar nicht begreife. Sie scheinen keine Schelmen und haben doch auch nicht das Ansehen von ehrlichen Leuten. Manchmal kommen sie mir ehrlich vor, und ich kann ihnen doch nicht trauen. Was mir noch leid tut, ist, daß er oft von Sachen redet, die er nur gehört und gelesen hat, und zwar aus eben dem Gesichtspunkte, wie sie ihm der andere vorstellen mochte.

Auch schätzt er meinen Verstand und meine Talente mehr als dies Herz, das doch mein einziger Stolz ist, das ganz allein die Quelle von allem ist, aller Kraft, aller Seligkeit und alles Elendes. Ach, was ich weiß, kann jeder wissen – mein Herz habe ich allein.

Am 25. Mai.

Ich hatte etwas im Kopfe, davon ich euch nichts sagen wollte, bis es ausgeführt wäre: jetzt, da nichts draus wird, ist es ebenso gut. Ich wollte in den Krieg; das hat mir lange am Herzen gelegen. Vornehmlich darum bin ich dem Fürsten hierher gefolgt, der General in ***schen Diensten ist. Auf einem Spaziergang entdeckte ich ihm mein Vorhaben; er widerriet mir es, und es müßte bei mir mehr Leidenschaft als Grille gewesen sein, wenn ich seinen Gründen nicht hätte Gehör geben wollen.

Am 11. Junius.

Sage, was du willst, ich kann nicht länger bleiben. Was soll ich hier? die Zeit wird mir lang. Der Fürst hält mich, so gut man nur kann, und doch bin ich nicht in meiner Lage. Wir haben im Grunde nichts gemein mit einander. Er ist ein Mann von Verstande, aber von ganz gemeinem Verstande; sein Umgang unterhält mich nicht mehr, als wenn ich ein wohlgeschriebenes Buch lese. Noch acht Tage bleibe ich, und dann ziehe ich wieder in der Irre herum. Das beste, was ich hier getan habe, ist mein Zeichnen. Der Fürst fühlt in der Kunst und würde noch stärker fühlen, wenn er nicht durch das garstige wissenschaftliche Wesen und durch die gewöhnliche Terminologie eingeschränkt wäre. Manchmal knirsche ich mit den Zähnen, wenn ich ihn mit warmer Imagination an Natur und Kunst herumführe und er es auf einmal recht gut zu machen denkt, wenn er mit einem gestempelten Kunstworte dreinstolpert.

Am 16. Junius.

Ja wohl bin ich nur ein Wandrer, ein Waller auf der Erde! Seid ihr denn mehr?

Am 18. Junius.

Wo ich hin will? das laß dir im Vertrauen eröffnen. Vierzehn Tage muß ich doch noch hier bleiben, und dann habe ich mir weisgemacht, daß ich die Bergwerke im **schen besuchen wollte; ist aber im Grunde nichts dran, ich will nur Lotten wieder näher, das ist alles. Und ich lache über mein eignes Herz – und tu ihm seinen Willen.

Am 29. Julius.

Nein, es ist gut! es ist alles gut! – Ich – ihr Mann!

O Gott, der du mich machtest, wenn du mir diese Seligkeit bereitet hättest, mein ganzes Leben sollte ein anhaltendes Gebet sein. Ich will nicht rechten, und verzeihe mir diese Tränen, verzeihe mir meine vergeblichen Wünsche! – Sie meine Frau! Wenn ich das liebste Geschöpf unter der Sonne in meine Arme geschlossen hätte – Es geht mir ein Schauder durch den ganzen Körper, Wilhelm, wenn Albert sie um den schlanken Leib faßt.

Und, darf ich es sagen? Warum nicht, Wilhelm? Sie wäre mit mir glücklicher geworden als mit ihm! O, er ist nicht der Mensch, die Wünsche dieses Herzens alle zu füllen. Ein gewisser Mangel an Fühlbarkeit, ein Mangel – nimm es, wie du willst; daß sein Herz nicht sympathetisch schlägt bei – oh! – bei der Stelle eines lieben Buches, wo mein Herz und Lottens in Einem zusammentreffen; in hundert andern Vorfällen, wenn es kommt, daß unsere Empfindungen über eine Handlung eines Dritten laut werden. Lieber Wilhelm! – Zwar er liebt sie von ganzer Seele, und so eine Liebe, was verdient die nicht! –

Ein unerträglicher Mensch hat mich unterbrochen. Meine Tränen sind getrocknet. Ich bin zerstreut. Adieu, Lieber.

Am 4. August.

Es geht mir nicht allein so. Alle Menschen werden in ihren Hoffnungen getäuscht, in ihren Erwartungen betrogen. Ich besuchte mein gutes Weib unter der Linde. Der älteste Junge lief mir entgegen, sein Freudengeschrei führte die Mutter herbei, die sehr niedergeschlagen aussah. Ihr erstes Wort war: Guter Herr, ach mein Hans ist mir gestorben! – Es war der jüngste ihrer Knaben. Ich war stille. – Und mein Mann, sagte sie, ist aus der Schweiz zurück und hat nichts mitgebracht, und ohne gute Leute hätte er sich herausbetteln müssen, er hatte das Fieber unterwegs gekriegt. – Ich konnte ihr nichts sagen und schenkte dem Kleinen was, sie bat mich, einige Äpfel anzunehmen, das ich tat, und den Ort des traurigen Andenkens verließ.

Am 21. August.

Wie man eine Hand umwendet, ist es anders mit mir. Manchmal will wohl ein freudiger Blick des Lebens wieder aufdämmern, ach! nur für einen Augenblick! – Wenn ich mich so in Träumen verliere, kann ich mich des Gedankens nicht erwehren: wie, wenn Albert stürbe? Du würdest! ja, sie würde – und dann laufe ich dem Hirngespinste nach, bis es mich an Abgründe führet, vor denen ich zurückbebe.

Wenn ich zum Tor hinausgehe, den Weg, den ich zum ersten Mal fuhr, Lotten zum Tanze zu holen, wie war das so ganz anders! Alles, alles ist vorübergegangen! Kein Wink der vorigen Welt, kein Pulsschlag meines damaligen Gefühles. Mir ist es, wie es einem Geiste sein müßte, der in das ausgebrannte, zerstörte Schloß zurückkehrte, das er als blühender Fürst einst gebaut und, mit allen Gaben der Herrlichkeit ausgestattet, sterbend seinem geliebten Sohne hoffnungsvoll hinterlassen hätte.

Am 3. September.

Ich begreife manchmal nicht, wie sie ein anderer lieb haben *kann*, lieb haben *darf*, da ich sie so ganz allein, so innig, so voll liebe, nichts anders kenne, noch weiß, noch habe als sie!

Am 4. September.

Ja, es ist so. Wie die Natur sich zum Herbste neigt, wird es Herbst in mir und um mich her. Meine Blätter werden gelb, und schon sind die Blätter der benachbarten Bäume abgefallen. Hab ich dir nicht einmal von einem Bauerburschen geschrieben, gleich da ich herkam? Jetzt erkundigte ich mich wieder nach ihm in Wahlheim; es hieß, er sei aus dem Dienste gejagt worden, und niemand wollte was weiter von ihm wissen. Gestern traf ich ihn von ungefähr auf dem Wege nach einem andern Dorfe, ich redete ihn an, und er erzählte mir seine Geschichte, die mich doppelt und dreifach gerührt hat, wie du leicht begreifen wirst, wenn ich dir sie wiedererzähle. Doch wozu das alles, warum behalt ich nicht für mich, was mich ängstigt und kränkt? warum betrüb ich noch dich? warum geb ich dir immer Gelegenheit, mich zu bedauern und mich zu schelten? Sei's denn, auch das mag zu meinem Schicksal gehören!

Mit einer stillen Traurigkeit, in der ich ein wenig scheues Wesen zu bemerken schien, antwortete der Mensch mir erst auf meine Fragen; aber gar bald offner, als wenn er sich und mich auf einmal wieder erkennte, gestand er mir seine Fehler, klagte er mir sein Unglück. Könnt ich dir, mein Freund, jedes seiner Worte vor Gericht stellen! Er bekannte, ja er erzählte mit einer Art von Genuß und Glück der Wiedererinnerung, daß die Leidenschaft zu seiner Hausfrau sich in ihm tagtäglich vermehrt, daß er zuletzt nicht gewußt habe, was er tue, nicht, wie er sich ausdrückte, wo er mit dem Kopfe hin gesollt. Er habe weder essen noch trinken noch schlafen können, es habe ihm an der Kehle gestockt, er habe getan, was er nicht tun sollen, was ihm aufgetragen worden, hab er vergessen, er sei als wie von einem bösen Geist verfolgt gewesen, bis er eines Tags, als er sie in einer obern Kammer gewußt, ihr nachgegangen, ja vielmehr ihr nachgezogen worden sei; da sie seinen Bitten kein Gehör gegeben, hab er sich ihrer mit Gewalt bemächtigen wollen; er wisse nicht, wie ihm geschehen sei, und nehme Gott zum Zeugen, daß seine Absichten gegen sie immer redlich gewesen, und daß er nichts sehnlicher gewünscht, als daß sie ihn heiraten, daß sie mit ihm ihr Leben zubringen möchte. Da er eine Zeitlang geredet hatte, fing er an zu stocken, wie einer, der noch etwas zu sagen hat und sich es nicht herauszusagen getraut; endlich gestand er mir auch mit Schüchternheit, was sie ihm für kleine Vertraulichkeiten erlaubt, und welche Nähe sie ihm vergönnet. Er brach zwei-, dreimal ab und wiederholte die lebhaftesten Protestationen, daß er das nicht sage, um sie schlecht zu machen, wie er sich ausdrückte, daß er sie liebe und schätze wie vorher, daß so etwas nicht über seinen Mund gekommen sei und daß er es mir nur sage, um mich zu überzeugen, daß er kein ganz verkehrter und unsinniger Mensch sei. – Und hier, mein Bester, fang ich mein altes Lied wieder an, das ich ewig anstimmen werde: könnt ich dir den Menschen vorstellen, wie er vor mir stand, wie er noch vor mir steht! Könnt ich dir alles recht sagen, damit du fühltest, wie ich an seinem Schicksale teilnehme, teilnehmen muß! Doch genug, da du auch mein Schicksal kennst, auch mich kennst, so weißt du nur zu wohl, was mich zu allen Unglücklichen, was mich besonders zu diesem Unglücklichen hinzieht.

Da ich das Blatt wieder durchlese, seh ich, daß ich das Ende der Geschichte zu erzählen vergessen habe, das sich aber leicht hinzudenken läßt. Sie erwehrte sich sein; ihr Bruder kam dazu, der ihn schon lange gehaßt, der ihn schon lange aus dem Hause gewünscht hatte, weil er fürchtet, durch eine neue Heirat der Schwester werde seinen Kindern die Erbschaft entgehn, die ihnen jetzt, da sie kinderlos ist, schöne Hoffnungen gibt; dieser habe ihn gleich zum Hause hinausgestoßen und einen solchen Lärm von der Sache gemacht, daß die Frau, auch selbst wenn sie gewollt, ihn nicht wieder hätte aufnehmen können. Jetzo habe sie wieder einen andern Knecht genommen, auch über den, sage man, sei sie mit dem Bruder zerfallen, und man behaupte für gewiß, sie werde ihn heiraten, aber er sei fest entschlossen, das nicht zu erleben.

Was ich dir erzähle, ist nicht übertrieben, nichts verzärtelt, ja ich darf wohl sagen: schwach, schwach hab ichs erzählt, und vergröbert hab ichs, indem ichs mit unsern hergebrachten sittlichen Worten vorgetragen habe.

Diese Liebe, diese Treue, diese Leidenschaft ist also keine dichterische Erfindung. Sie lebt, sie ist in ihrer größten Reinheit unter der Klasse von Menschen, die wir ungebildet, die wir roh nennen. Wir Gebildeten – zu Nichts Verbildeten! Lies die Geschichte mit Andacht, ich bitte dich. Ich bin heute still, indem ich das hinschreibe; du siehst an meiner Hand, daß ich nicht so strudele und sudele wie sonst. Lies, mein Geliebter, und denke dabei, daß es auch die Geschichte deines Freundes ist. Ja, so ist mirs gegangen, so wird mirs gehn, und ich bin nicht halb so brav, nicht halb so entschlossen als der arme Unglückliche, mit dem ich mich zu vergleichen mich fast nicht getraue.

Am 5. September.

Sie hatte ein Zettelchen an ihren Mann aufs Land geschrieben, wo er sich Geschäfte wegen aufhielt. Es fing an: Bester, Liebster, komme, sobald du kannst, ich erwarte dich mit tausend Freuden. – Ein Freund, der hereinkam, brachte Nachricht, daß er wegen gewisser Umstände so bald noch nicht zurückkehren würde. Das Billett blieb liegen und fiel mir abends in die Hände. Ich las es und lächelte; sie fragte worüber? – Was die Einbildungskraft für ein göttliches Geschenk ist, rief ich aus, ich konnte mir einen Augenblick vorspiegeln, als wäre es an mich geschrieben. – Sie brach ab, es schien ihr zu mißfallen, und ich schwieg.

Am 6. September.

Es hat schwer gehalten, bis ich mich entschloß, meinen blauen einfachen Frack, in dem ich mit Lotten zum ersten Male tanzte, abzulegen, er ward aber zuletzt gar unscheinbar. Auch habe ich mir einen machen lassen ganz wie den vorigen, Kragen und Aufschlag, und auch wieder so gelbe Weste und Beinkleider dazu.
Ganz will es doch die Wirkung nicht tun. Ich weiß nicht – Ich denke, mit der Zeit soll mir der auch lieber werden.

Am 12. September.

Sie war einige Tage verreist, Alberten abzuholen. Heute trat ich in ihre Stube, sie kam mir entgegen, und ich küßte ihre Hand mit tausend Freuden.
Ein Kanarienvogel flog von dem Spiegel ihr auf die Schulter. – Einen neuen Freund, sagte sie und lockte ihn auf ihre Hand, er ist meinen Kleinen zugedacht. Er tut gar zu lieb! Sehen Sie ihn! Wenn ich ihm Brot gebe, flattert er mit den Flügeln und pickt so artig. Er küßt mich auch, sehen Sie!
Als sie dem Tierchen den Mund hinhielt, drückte es

sich so lieblich in die süßen Lippen, als wenn es die Seligkeit hätte fühlen können, die es genoß.
Er soll Sie auch küssen, sagte sie und reichte den Vogel herüber. – Das Schnäbelchen machte den Weg von ihrem Munde zu dem meinigen, und die pickende Berührung war wie ein Hauch, eine Ahnung liebevollen Genusses.
Sein Kuß, sagte ich, ist nicht ganz ohne Begierde, er sucht Nahrung und kehrt unbefriedigt von der leeren Liebkosung zurück.
Er ißt mir auch aus dem Munde, sagte sie. – Sie reichte ihm einige Brosamen mit ihren Lippen, aus denen die Freuden unschuldig teilnehmender Liebe in aller Wonne lächelten.
Ich kehrte das Gesicht weg. Sie sollte es nicht tun! sollte nicht meine Einbildungskraft mit diesen Bildern himmlischer Unschuld und Seligkeit reizen und mein Herz aus dem Schlafe, in den es manchmal die Gleichgültigkeit des Lebens wiegt, nicht wecken! – Und warum nicht? – Sie traut mir so! sie weiß, wie ich sie liebe!

Am 15. September.

Man möchte rasend werden, Wilhelm, daß es Menschen geben soll ohne Sinn und Gefühl an dem Wenigen, was auf Erden noch einen Wert hat. Du kennst die Nußbäume, unter denen ich bei dem ehrlichen Pfarrer zu St.. mit Lotten gesessen, die herrlichen Nußbäume! die mich, Gott weiß, immer mit dem größten Seelenvergnügen füllten! Wie vertraulich sie den Pfarrhof machten, wie kühl! und wie herrlich die Äste waren! und die Erinnerung bis zu den ehrlichen Geistlichen, die sie vor so vielen Jahren pflanzten. Der Schulmeister hat uns den einen Namen oft genannt, den er von seinem Großvater gehört hatte; und so ein braver Mann soll er gewesen sein, und sein Andenken war mir immer heilig unter den Bäumen. Ich sage dir, dem Schulmeister standen die Tränen in den Augen, da wir gestern davon redeten, daß sie abgehauen worden – Abgehauen! Ich möchte toll werden, ich könnte den Hund ermorden, der den ersten Hieb dran tat. Ich, der ich mich vertrauern könnte, wenn so ein paar Bäume in meinem Hofe stünden und einer davon stürbe vor Alter ab, ich muß zusehen. Lieber Schatz, eins ist doch dabei! Was Menschengefühl ist! Das ganze Dorf murrt, und ich hoffe, die Frau Pfarrerin soll es an Butter und Eiern und übrigem Zutrauen spüren, was für eine Wunde sie ihrem Orte gegeben hat. Denn *sie* ist es, die Frau des neuen Pfarrers (unser alter ist auch gestorben), ein hageres, kränkliches Geschöpf, das sehr Ursache hat, an der Welt keinen Anteil zu nehmen, denn niemand nimmt Anteil an ihr. Eine Närrin, die sich abgibt, gelehrt zu sein, sich in die Untersuchung des Kanons meliert, gar viel an der neumodischen moralisch-kritischen Reformation des Christentumes arbeitet und über Lavaters Schwärmereien die Achseln zuckt, eine ganz zerrüttete Gesundheit hat und deswegen auf Gottes Erdboden keine Freude. So einer Kreatur war es auch allein möglich, meine Nußbäume abzuhauen. Siehst du, ich komme nicht zu mir! Stelle dir vor, die abfallenden Blätter machen ihr den Hof unrein und dumpfig, die Bäume nehmen ihr das Tageslicht, und wenn die Nüsse reif sind, so werfen die Knaben mit Steinen darnach, und das fällt ihr auf die Nerven, das stört sie in ihren tiefen Überlegungen, wenn sie Kennikot, Semler und Michaelis gegen einander abwiegt. Da ich die Leute im Dorfe, besonders die alten, so unzufrieden sah, sagte ich: Warum habt ihr es gelitten? – Wenn der Schulze will, hierzulande, sagten sie, was kann man machen? – Aber eins ist recht geschehen. Der Schulze und der Pfarrer, der doch auch von seiner Frauen Grillen, die ihm ohnedies die Suppen nicht fett machen, was haben wollte, dachten es mit einander zu teilen; da erfuhr es die Kammer und sagte: hier herein! denn sie hatte noch alte Prätentionen an den Teil des Pfarrhofes, wo die Bäume standen, und verkaufte sie an den Meistbietenden. Sie liegen! O wenn ich Fürst wäre! ich wollte die Pfarrerin, den Schulzen und die Kammer – Fürst! – Ja, wenn ich Fürst wäre, was kümmerten mich die Bäume in meinem Lande!

Am 10. Oktober.

Wenn ich nur ihre schwarzen Augen sehe, ist mir es schon wohl! Sieh, und was mich verdrießt, ist, daß Albert nicht so beglückt zu sein scheinet, als er – hoffte – als ich – zu sein glaubte – wenn – Ich mache nicht gern Gedankenstriche, aber hier kann ich mich nicht anders ausdrücken – und mich dünkt, deutlich genug.

Am 12. Oktober.

Ossian hat in meinem Herzen den Homer verdrängt. Welch eine Welt, in die der Herrliche mich führt! Zu wandern über die Heide, umsaust vom Sturmwinde, der in dampfenden Nebeln die Geister der Väter im dämmernden Lichte des Mondes hinführt. Zu hören vom Gebirge her, im Gebrülle des Waldstroms, halb verwehtes Ächzen der Geister aus ihren Höhlen und die Wehklagen des zu Tode sich jammernden Mädchens um die vier moosbedeckten, grasbewachsenen Steine des Edelgefallnen, ihres Geliebten. Wenn ich ihn dann finde, den wandelnden grauen Barden, der auf der weiten Heide die Fußstapfen seiner Väter sucht und ach! ihre Grabsteine findet, und dann jammernd nach dem lieben Sterne des Abends hinblickt, der sich ins rollende Meer verbirgt, und die Zeiten der Vergangenheit in des Helden Seele lebendig werden, da noch der freundliche Strahl den Gefahren der Tapferen leuchtete und der Mond ihr bekränztes siegrückkehrendes Schiff beschien; wenn ich den tiefen Kummer auf seiner Stirn lese, den letzten verlaßnen Herrlichen in aller Ermattung dem Grabe zuwanken sehe, wie er immer neue, schmerzlich glühende Freuden in der kraftlosen Gegenwart der Schatten seiner Abgeschiedenen einsaugt und nach der kalten Erde, dem hohen, wehenden Grase niedersieht und ausruft: Der Wanderer wird kommen, kommen, der mich kannte in meiner Schönheit, und fragen: Wo ist der Sänger, Fingals trefflicher Sohn? Sein Fußtritt geht über mein Grab hin, und er fragt vergebens nach mir auf der Erde. – O Freund! ich möchte gleich einem edlen Waffenträger das Schwert ziehen, meinen Fürsten von der zückenden Qual des langsam absterbenden Lebens auf einmal befreien und dem befreiten Halbgott meine Seele nachsenden.

Am 19. Oktober.

Ach, diese Lücke! diese entsetzliche Lücke, die ich hier in meinem Busen fühle! – Ich denke oft: wenn du sie nur einmal, nur einmal an dieses Herz drücken könntest, diese ganze Lücke würde ausgefüllt sein.

Am 26. Oktober.

Ja, es wird mir gewiß, Lieber! gewiß und immer gewisser, daß an dem Dasein eines Geschöpfes wenig gelegen ist, ganz wenig. Es kam eine Freundin zu Lotten, und ich ging herein ins Nebenzimmer, ein Buch zu nehmen, und konnte nicht lesen, und dann nahm ich eine Feder, zu schreiben. Ich hörte sie leise reden; sie erzählten einander unbedeutende Sachen, Stadtneuigkeiten: wie diese heiratet, wie jene krank, sehr krank ist. – Sie hat einen trocknen Husten, die Knochen stehn ihr zum Gesicht heraus, und kriegt Ohnmachten; ich gebe keinen Kreuzer für ihr Leben, sagte die eine. Der N. N. ist auch so übel dran, sagte Lotte. Er ist schon geschwollen, sagte die andere. – Und meine lebhafte Einbildungskraft versetzte mich ans Bett dieser Armen; ich sah sie, mit welchem Widerwillen sie dem Leben den Rücken wandten, wie sie – Wilhelm! und meine Weibchen redeten davon, wie man eben davon redet – daß ein Fremder stirbt. – Und wenn ich mich umsehe und sehe das Zimmer an und rings um mich Lottens Kleider und Alberts Skripturen und diese Möbeln, denen ich nun so befreundet bin, sogar diesem Tintenfasse, und denke: Siehe, was du nun diesem Hause bist! Alles in allem. Deine Freunde ehren dich! du machst oft ihre Freude, und deinem Herzen scheint es, als wenn es ohne sie nicht sein könnte, und doch – wenn du nun gingst, wenn du aus diesem Kreise schiedest? würden sie, wie lange würden sie die Lücke fühlen, die dein Verlust in ihr Schicksal reißt? wie lange? – O, so vergänglich ist der Mensch, daß er auch da, wo er seines Daseins eigentliche Gewißheit hat, da, wo er den einzigen wahren Eindruck seiner Gegenwart macht, in dem Andenken, in der Seele seiner Lieben, daß er auch da verlöschen, verschwinden muß, und das so bald!

Am 27. Oktober.

Ich möchte mir oft die Brust zerreißen und das Gehirn einstoßen, daß man einander so wenig sein kann. Ach, die Liebe, Freude, Wärme und Wonne, die ich nicht hinzubringe, wird mir der andere nicht geben, und mit einem ganzen Herzen voll Seligkeit werde ich den andern nicht beglücken, der kalt und kraftlos vor mir steht.

Abends.

Ich habe so viel, und die Empfindung an ihr verschlingt alles; ich habe so viel, und ohne sie wird mir alles zu nichts.

Am 30. Oktober.

Wenn ich nicht schon hundertmal auf dem Punkte gestanden bin, ihr um den Hals zu fallen! Weiß der große Gott, wie einem das tut, so viele Liebenswürdigkeit vor einem herumkreuzen zu sehen und nicht zugreifen zu dürfen; und das Zugreifen ist doch der natürlichste Trieb der Menschheit. Greifen die Kinder nicht nach allem, was ihnen in den Sinn fällt? – Und ich?

Am 3. November.

Weiß Gott! ich lege mich so oft zu Bette mit dem Wunsche, ja manchmal mit der Hoffnung, nicht wieder zu erwachen: und morgens schlage ich die Augen auf, sehe die Sonne wieder und bin elend. O daß ich launisch sein könnte, könnte die Schuld aufs Wetter, auf einen Dritten, auf eine fehlgeschlagene Unternehmung schieben, so würde die unerträgliche Last des Unwillens doch nur halb auf mir ruhen. Wehe mir! ich fühle zu wahr, daß an mir allein alle Schuld liegt, –

nicht Schuld! Genug, daß in mir die Quelle alles Elendes verborgen ist, wie ehemals die Quelle aller Seligkeiten. Bin ich nicht noch eben derselbe, der ehemals in aller Fülle der Empfindung herumschwebte, dem auf jedem Tritte ein Paradies folgte, der ein Herz hatte, eine ganze Welt liebevoll zu umfassen? Und dies Herz ist jetzt tot, aus ihm fließen keine Entzückungen mehr, meine Augen sind trocken, und meine Sinnen, die nicht mehr von erquickenden Tränen gelabt werden, ziehen ängstlich meine Stirn zusammen. Ich leide viel, denn ich habe verloren, was meines Lebens einzige Wonne war, die heilige belebende Kraft, mit der ich Welten um mich schuf; sie ist dahin! – Wenn ich zu meinem Fenster hinaus an den fernen Hügel sehe, wie die Morgensonne über ihn her den Nebel durchbricht und den stillen Wiesengrund bescheint und der sanfte Fluß zwischen seinen entblätterten Weiden zu mir herschlängelt, – o! wenn da diese herrliche Natur so starr vor mir steht wie ein lackiertes Bildchen und alle die Wonne keinen Tropfen Seligkeit aus meinem Herzen herauf in das Gehirn pumpen kann und der ganze Kerl vor Gottes Angesicht steht wie ein versiegter Brunn, wie ein verlechter Eimer. Ich habe mich oft auf den Boden geworfen und Gott um Tränen gebeten, wie ein Ackersmann um Regen, wenn der Himmel ehern über ihm ist und um ihn die Erde verdürstet.

Aber ach! ich fühle es, Gott gibt Regen und Sonnenschein nicht unserm ungestümen Bitten, und jene Zeiten, deren Andenken mich quält, warum waren sie so selig? als weil ich mit Geduld seinen Geist erwartet und die Wonne, die er über mich ausgoß, mit ganzem, innig dankbarem Herzen aufnahm.

Am 8. November.

Sie hat mir meine Exzesse vorgeworfen! ach, mit so viel Liebenswürdigkeit! Meine Exzesse, daß ich mich manchmal von einem Glase Wein verleiten lasse, eine Bouteille zu trinken. – Tun Sie es nicht! sagte sie, denken Sie an Lotten! – Denken! sagte ich, brauchen Sie mir das zu heißen? Ich denke! – ich denke nicht! Sie sind immer vor meiner Seele. Heute saß ich an dem Flecke, wo Sie neulich aus der Kutsche stiegen – Sie redete was anders, um mich nicht tiefer in den Text kommen zu lassen. Bester, ich bin dahin! sie kann mit mir machen, was sie will.

Am 15. November.

Ich danke dir, Wilhelm, für deinen herzlichen Anteil, für deinen wohlmeinenden Rat, und bitte dich, ruhig zu sein. Laß mich ausdulden, ich habe bei aller meiner Müdseligkeit noch Kraft genug durchzusetzen. Ich ehre die Religion, das weißt du, ich fühle, daß sie manchem Ermatteten Stab, manchem Verschmachtenden Erquickung ist. Nur – kann sie denn, muß sie denn das einem jeden sein? Wenn du die große Welt ansiehst, so siehst du Tausende, denen sie es nicht war, Tausende, denen sie es nicht sein wird, gepredigt oder ungepredigt, und muß sie mir es denn sein? Sagt nicht selbst der Sohn Gottes, daß die um ihn sein würden, die ihm der Vater gegeben hat? Wenn ich ihm nun nicht gegeben bin? wenn mich nun der Vater für sich behalten will, wie mir mein Herz sagt? – Ich bitte dich, lege das nicht falsch aus; sieh nicht etwa Spott in diesen unschuldigen Worten; es ist meine ganze Seele, die ich dir vorlege; sonst wollte ich lieber, ich hätte geschwiegen: wie ich denn über alles das, wovon jedermann so wenig weiß als ich, nicht gern ein Wort verliere. Was ist es anders als Menschenschicksal, sein Maß auszuleiden, seinen Becher auszutrinken? – Und ward der Kelch dem Gott vom Himmel auf seiner Menschenlippe zu bitter, warum soll ich großtun und mich stellen, als schmeckte er mir süß? Und warum sollte ich mich schämen, in dem schrecklichen Augenblick, da mein ganzes Wesen zwischen Sein und Nichtsein zittert, da die Vergangenheit wie ein Blitz über dem finstern Abgrunde der Zukunft leuchtet und alles um mich her versinkt und mit mir die Welt untergeht – Ist es da nicht die Stimme der ganz in sich gedrängten, sich selbst ermangelnden und unaufhaltsam hinabstürzenden Kreatur, in den innern Tiefen ihrer vergebens aufarbeitenden Kräfte zu knirschen: Mein Gott! mein Gott! warum hast du mich verlassen? Und sollt' ich mich des Ausdruckes schämen, sollte mir es vor dem Augenblicke bange sein, da ihm der nicht entging, der die Himmel zusammenrollt wie ein Tuch?

Am 21. November.

Sie sieht nicht, sie fühlt nicht, daß sie ein Gift bereitet, das mich und sie zugrunde richten wird; und ich mit voller Wollust schlürfe den Becher aus, den sie mir zu meinem Verderben reicht. Was soll der gütige Blick, mit dem sie mich oft – oft? – nein, nicht oft, aber doch manchmal ansieht, die Gefälligkeit, womit sie einen unwillkürlichen Ausdruck meines Gefühles aufnimmt, das Mitleiden mit meiner Duldung, das sich auf ihrer Stirne zeichnet?

Gestern, als ich wegging, reichte sie mir die Hand und sagte: Adieu, lieber Werther! – Lieber Werther! Es war das erste Mal, daß sie mich Lieber hieß, und es ging mir durch Mark und Bein. Ich habe es mir hundertmal wiederholt, und gestern Nacht, da ich zu Bette gehen wollte und mit mir selbst allerlei schwatzte, sagte ich so auf einmal: Gute Nacht, lieber Werther! und mußte hernach selbst über mich lachen.

Am 22. November.

Ich kann nicht beten: Laß mir sie! und doch kommt sie mir oft als die Meine vor. Ich kann nicht beten: Gib mir sie! denn sie ist eines andern. Ich witzle mich mit meinen Schmerzen herum; wenn ich mirs nachließe, es gäbe eine ganze Litanei von Antithesen.

Am 24. November.

Sie fühlt, was ich dulde. Heute ist mir ihr Blick tief durchs Herz gedrungen. Ich fand sie allein; ich sagte nichts, und sie sah mich an. Und ich sah nicht mehr in ihr liebliche Schönheit, nicht mehr das Leuchten des trefflichen Geistes; das war alles vor meinen Augen verschwunden. Ein weit herrlicherer Blick wirkte auf mich, voll Ausdruck des innigsten Anteils, des süßesten Mitleidens. Warum durfte ich mich nicht ihr zu Füßen werfen? warum durfte ich nicht an ihrem Halse mit tausend Küssen antworten? Sie nahm ihre Zuflucht zum Klavier und hauchte mit süßer, leiser Stimme harmonische Laute zu ihrem Spiele. Nie habe ich ihre Lippen so reizend gesehen; es war, als wenn sie sich lechzend öffneten, jene süßen Töne in sich zu schlürfen, die aus dem Instrument hervorquollen, und nur der heimliche Widerschall aus dem reinen Munde zurückklänge – Ja wenn ich dir das so sagen könnte! – Ich widerstand nicht länger, neigte mich und schwur: nie will ich es wagen, einen Kuß euch aufzudrücken, Lippen! auf denen die Geister des Himmels schweben – Und doch – ich will – Ha! siehst du, das steht wie eine Scheidewand vor meiner Seele – diese Seligkeit – und dann untergegangen, diese Sünde abzubüßen – Sünde?

Am 26. November.

Manchmal sag ich mir: Dein Schicksal ist einzig; preise die übrigen glücklich – so ist noch keiner gequält worden. Dann lese ich einen Dichter der Vorzeit, und es ist mir, als säh ich in mein eignes Herz. Ich habe so viel auszustehen! Ach, sind denn Menschen vor mir schon so elend gewesen?

Am 30. November.

Ich soll, ich soll nicht zu mir selbst kommen! wo ich hintrete, begegnet mir eine Erscheinung, die mich aus aller Fassung bringt. Heute! o Schicksal! o Menschheit!

Ich gehe an dem Wasser hin in der Mittagsstunde, ich hatte keine Lust zu essen. Alles war öde, ein naßkalter Abendwind blies vom Berge, und die grauen Regenwolken zogen das Tal hinein. Von fern sah ich einen Menschen in einem grünen schlechten Rocke, der zwischen den Felsen herumkrabbelte und Kräuter zu suchen schien. Als ich näher zu ihm kam und er sich auf das Geräusch, das ich machte, herumdrehte, sah ich eine interessante Physiognomie, darin eine stille Trauer den Hauptzug machte, die aber sonst nichts als einen geraden guten Sinn ausdrückte; seine schwarzen Haare waren mit Nadeln in zwei Rollen gesteckt, und die übrigen in einen starken Zopf geflochten, der ihm den Rücken herunterhing. Da mir seine Kleidung einen Menschen von geringem Stande zu bezeichnen schien, glaubte ich, er würde es nicht übelnehmen, wenn ich auf seine Beschäftigung aufmerksam wäre, und daher fragte ich ihn, was er suchte? – Ich suche, antwortete er mit einem tiefen Seufzer, Blumen – und finde keine. – Das ist auch die Jahreszeit nicht, sagte ich lächelnd. – Es gibt so viele Blumen, sagte er, indem er zu mir herunterkam. In meinem Garten sind Rosen und Jelängerjelieber zweierlei Sorten, eine hat mir mein Vater gegeben, sie wachsen wie Umkraut; ich suche schon zwei Tage darnach und kann sie nicht finden. Da haußen sind auch immer Blumen, gelbe und blaue und rote, und das Tausendgüldenkraut hat ein schönes Blümchen. Keines kann ich finden. – Ich merkte was Unheimliches, und drum fragte ich durch einen Umweg: Was will Er denn mit den Blumen? – Ein wunderbares, zuckendes Lächeln verzog sein Gesicht. – Wenn Er mich nicht verraten will, sagte er, indem er den Finger auf den Mund drückte, ich habe meinem Schatz einen Strauß versprochen. – Das ist brav, sagte ich. – O, sagte er, sie hat viel andere Sachen, sie ist reich. – Und doch hat sie Seinen Strauß lieb, versetzte ich. – O! fuhr er fort, sie hat Juwelen und eine Krone. – Wie heißt sie denn? – Wenn mich die Generalstaaten bezahlen wollten, versetzte er, ich wär ein anderer Mensch! Ja, es war einmal eine Zeit, da mir es so wohl war! Jetzt ist es aus mit mir. Ich bin nun – Ein nasser Blick zum Himmel drückte alles aus. – Er war also glücklich? fragte ich. – Ach, ich wollte, ich wäre wieder so! sagte er. Da war mir es so wohl, so lustig, so leicht wie einem Fisch im Wasser! – Heinrich! rief eine alte Frau, die den Weg herkam, Heinrich, wo steckst du? wir haben dich überall gesucht, komm zum Essen! – Ist das Euer Sohn? fragt ich, zu ihr tretend. – Wohl, mein armer Sohn! versetzte sie. Gott hat mir ein schweres Kreuz aufgelegt. – Wie lange ist er so? fragte ich. – So stille, sagte sie, ist er nun ein halbes Jahr. Gott sei Dank, daß er nur so weit ist, vorher war er ein ganzes Jahr rasend, da hat er an Ketten im Tollhause gelegen. Jetzt tut er niemand nichts, nur hat er immer mit Königen und Kaisern zu schaffen. Es war ein so guter, stiller Mensch, der mich ernähren half, seine schöne Hand schrieb, und auf einmal wird er tiefsinnig, fällt in ein hitziges Fieber, daraus in Raserei, und nun ist er, wie Sie ihn sehen. Wenn ich Ihm erzählen sollte, Herr – Ich unterbrach den Strom ihrer Worte mit der Frage: Was war denn das für eine Zeit, von der er rühmt, daß er so glücklich, so wohl darin gewesen sei? – Der törichte Mensch! rief sie mit mitleidigem Lächeln, da meint er die Zeit, da er von sich war, das rühmt er immer; das ist die Zeit, da er im Tollhause war, wo er nichts von sich wußte – Das fiel mir auf wie ein Donnerschlag, ich drückte ihr ein Stück Geld in die Hand und verließ sie eilend.

Da du glücklich warst! rief ich aus, schnell vor mich hin nach der Stadt zu gehend, da dir es wohl war wie einem Fisch im Wasser! – Gott im Himmel! hast du das zum Schicksale der Menschen gemacht, daß sie nicht glücklich sind, als ehe sie zu ihrem Verstande kommen und wenn sie ihn wieder verlieren! – Elender! und auch wie beneide ich deinen Trübsinn, die Verwirrung deiner Sinne, in der du verschmachtest! Du gehst hoffnungsvoll aus, deiner Königin Blumen zu pflücken – im Winter – und trauerst, da du keine findest, und begreifst nicht, warum du keine finden kannst. Und ich – und ich gehe ohne Hoffnung, ohne Zweck heraus und kehre wieder heim, wie ich gekommen bin. – Du wähnst, welcher Mensch du sein würdest, wenn die Generalstaaten dich bezahlten. Seliges Geschöpf! das den Mangel seiner Glückseligkeit einer irdischen Hindernis zuschreiben kann. Du fühlst nicht! du fühlst nicht, daß in deinem zerstörten Herzen, in deinem zerrütteten Gehirne dein Elend liegt, wovon alle Könige der Erde dir nicht helfen können.

Müsse der trostlos umkommen, der eines Kranken spottet, der nach der entferntesten Quelle reist, die seine Krankheit vermehren, sein Ausleben schmerzhafter machen wird! der sich über das bedrängte Herz erhebt, das, um seine Gewissensbisse loszuwerden und die Leiden seiner Seele abzutun, eine Pilgrimschaft nach dem heiligen Grabe tut. Jeder Fußtritt, der seine Sohlen auf ungebahntem Wege durchschneidet, ist ein Linderungstropfen der geängsteten Seele, und mit jeder ausgedauerten Tagereise legt sich das Herz um viele Bedrängnisse leichter nieder. – Und dürft ihr das Wahn nennen, ihr Wortkrämer auf euren Polstern? – Wahn! – O Gott! du siehst meine Tränen! Mußtest du, der du den Menschen arm genug erschufst, ihm auch Brüder zugeben, die ihm das bißchen Armut, das bißchen Vertrauen noch raubten, das er auf dich hat, auf dich, du All-liebender! Denn das Vertrauen zu einer heilenden Wurzel, zu den Tränen des Weinstockes, was ist es als Vertrauen zu dir, daß du in alles, was uns umgibt, Heil- und Linderungskraft gelegt hast, der wir so stündlich bedürfen? Vater! den ich nicht kenne! Vater! der sonst meine ganze Seele füllte und nun sein Angesicht von mir gewendet hat! rufe mich zu dir! schweige nicht länger! dein Schweigen wird diese dürstende Seele nicht aufhalten – Und würde ein Mensch, ein Vater zürnen können, dem sein unvermutet rückkehrender Sohn um den Hals fiele und riefe: Ich bin wieder da, mein Vater! Zürne nicht, daß ich die Wanderschaft abbreche, die ich nach deinem

Willen länger aushalten sollte. Die Welt ist überall einerlei, auf Mühe und Arbeit Lohn und Freude; aber was soll mir das? mir ist nur wohl, wo du bist, und vor deinem Angesichte will ich leiden und genießen. – Und du, lieber himmlischer Vater, solltest ihn von dir weisen?

Am 1. Dezember.

Wilhelm! der Mensch, von dem ich dir schrieb, der glückliche Unglückliche, war Schreiber bei Lottens Vater, und eine Leidenschaft zu ihr, die er nährte, verbarg, entdeckte und worüber er aus dem Dienst geschickt wurde, hat ihn rasend gemacht. Fühle, bei diesen trocknen Worten, mit welchem Unsinne mich die Geschichte ergriffen hat, da mir sie Albert ebenso gelassen erzählte, als du sie vielleicht liesest.

Am 4. Dezember.

Ich bitte dich – Siehst du, mit mir ists aus, ich trag es nicht länger! Heute saß ich bei ihr – saß, sie spielte auf ihrem Klavier, mannigfaltige Melodieen, und all den Ausdruck! all! – all! – Was willst du? – Ihr Schwesterchen putzte ihre Puppe auf meinem Knie. Mir kamen die Tränen in die Augen. Ich neigte mich, und ihr Trauring fiel mir ins Gesicht – meine Tränen flossen – Und auf einmal fiel sie in die alte himmelsüße Melodie ein, so auf einmal, und mir durch die Seele gehn ein Trostgefühl und eine Erinnerung des Vergangenen, der Zeiten, da ich das Lied gehört, der düstern Zwischenräume, des Verdrusses, der fehlgeschlagenen Hoffnungen, und dann – Ich ging in der Stube auf und nieder, mein Herz erstickte unter dem Zudringen. – Um Gottes willen, sagte ich, mit einem heftigen Ausbruch hin gegen sie fahrend, um Gottes willen hören

Sie auf! – Sie hielt und sah mich starr an. – Werther, sagte sie, mit einem Lächeln, das mir durch die Seele ging, Werther, Sie sind sehr krank, Ihre Lieblingsgerichte widerstehen Ihnen. Gehen Sie! Ich bitte Sie, beruhigen Sie sich. – Ich riß mich von ihr weg, und – Gott! du siehst mein Elend und wirst es enden.

Am 6. Dezember.

Wie mich die Gestalt verfolgt! Wachend und träumend füllt sie meine ganze Seele! Hier, wenn ich die Augen schließe, hier in meiner Stirne, wo die innere Sehkraft sich vereinigt, stehn ihre schwarzen Augen. Hier! ich kann dir es nicht ausdrücken. Mache ich meine Augen zu; so sind sie da; wie ein Meer, wie ein Abgrund ruhen sie vor mir, in mir, füllen die Sinne meiner Stirn.

Was ist der Mensch, der gepriesene Halbgott! Ermangeln ihm nicht eben da die Kräfte, wo er sie am nötigsten braucht? Und wenn er in Freude sich aufschwingt oder im Leiden versinkt, wird er nicht in beiden eben da aufgehalten, eben da zu dem stumpfen, kalten Bewußtsein wieder zurückgebracht, da er sich in der Fülle des Unendlichen zu verlieren sehnte?

Der Herausgeber an den Leser.

Wie sehr wünscht' ich, daß uns von den letzten merkwürdigen Tagen unseres Freundes so viel eigenhändige Zeugnisse übrig geblieben wären, daß ich nicht nötig hätte, die Folge seiner hinterlaßnen Briefe durch Erzählung zu unterbrechen.

Ich habe mir angelegen sein lassen, genaue Nachrichten aus dem Munde derer zu sammeln, die von seiner Geschichte wohl unterrichtet sein konnten; sie ist einfach, und es kommen alle Erzählungen davon bis auf wenige Kleinigkeiten miteinander überein; nur über die Sinnesarten der handelnden Personen sind die Meinungen verschieden und die Urteile geteilt.

Was bleibt uns übrig, als dasjenige, was wir mit wiederholter Mühe erfahren können, gewissenhaft zu erzählen, die von dem Abscheidenden hinterlaßnen Briefe einzuschalten und das kleinste aufgefundene Blättchen nicht geringzuachten; zumal da es so schwer ist, die eigensten, wahren Triebfedern auch nur einer einzigen Handlung zu entdecken, wenn sie unter Menschen vorgeht, die nicht gemeiner Art sind.

Unmut und Unlust hatten in Werthers Seele immer tiefer Wurzel geschlagen, sich fester untereinander verschlungen und sein ganzes Wesen nach und nach eingenommen. Die Harmonie seines Geistes war völlig zerstört, eine innerliche Hitze und Heftigkeit, die alle Kräfte seiner Natur durcheinanderarbeitete, brachte die widrigsten Wirkungen hervor und ließ ihm zuletzt nur eine Ermattung übrig, aus der er noch ängstlicher emporstrebte, als er mit allen Übeln bisher gekämpft hatte. Die Beängstigung seines Herzens zehrte die übrigen Kräfte seines Geistes, seine Lebhaftigkeit, seinen Scharfsinn auf, er ward ein trauriger Gesellschafter, immer unglücklicher, und immer ungerechter, je unglücklicher er ward. Wenigstens sagen dies Alberts Freunde; sie behaupten, daß Werther einen reinen, ruhigen Mann, der nun eines lang gewünschten Glückes teilhaftig geworden, und sein Betragen, sich dieses Glück auch auf die Zukunft zu erhalten, nicht habe beurteilen können, er, der gleichsam mit jedem Tage sein ganzes Vermögen verzehrte, um an dem Abend zu leiden und zu darben. Albert, sagen sie, hatte sich in so kurzer Zeit nicht verändert, er war noch immer derselbige, den Werther so vom Anfang her kannte, so sehr schätzte und ehrte. Er liebte Lotten über alles, er war stolz auf sie und wünschte sie auch von jedermann als das herrlichste Geschöpf anerkannt zu wissen. War es ihm daher zu verdenken, wenn er auch jeden Schein des Verdachtes abzuwenden wünschte, wenn er in dem Augenblicke mit niemand diesen köstlichen Besitz auch auf die unschuldigste Weise zu teilen Lust hatte? Sie gestehen ein, daß Albert oft das Zimmer seiner Frau verlassen, wenn Werther bei ihr war, aber nicht aus Haß noch Abneigung gegen seinen Freund, sondern nur, weil er gefühlt habe, daß dieser von seiner Gegenwart gedrückt sei.

Lottens Vater war von einem Übel befallen worden, das ihn in der Stube hielt; er schickte ihr seinen Wagen, und sie fuhr hinaus. Es war ein schöner Wintertag, der erste Schnee war stark gefallen und deckte die ganze Gegend.

Werther ging ihr den andern Morgen nach, um, wenn Albert sie nicht abzuholen käme, sie hereinzubegleiten. Das klare Wetter konnte wenig auf sein trübes Gemüt wirken, ein dumpfer Druck lag auf seiner Seele, die traurigen Bilder hatten sich bei ihm festgesetzt, und sein Gemüt kannte keine Bewegung als von einem schmerzlichen Gedanken zum andern.

Wie er mit sich in ewigem Unfrieden lebte, schien ihm auch der Zustand andrer nur bedenklicher und verworrener, er glaubte, das schöne Verhältnis zwischen Albert und seiner Gattin gestört zu haben, er machte sich Vorwürfe darüber, in die sich ein heimlicher Unwillen gegen den Gatten mischte.

Seine Gedanken fielen auch unterwegs auf diesen Gegenstand. Ja, ja, sagte er zu sich selbst mit heimlichem Zähneknirschen: das ist der vertraute, freund-

liche, zärtliche, an allem teilnehmende Umgang, die ruhige, dauernde Treue! Sattigkeit ists und Gleichgültigkeit! Zieht ihn nicht jedes elende Geschäft mehr an als die teure, köstliche Frau? Weiß er sein Glück zu schätzen? Weiß er sie zu achten, wie sie es verdient? Er hat sie, nun gut, er hat sie – Ich weiß das, wie ich was anders auch weiß, ich glaube an den Gedanken gewöhnt zu sein, er wird mich noch rasend machen, er wird mich noch umbringen – Und hat denn die Freundschaft zu mir Stich gehalten? Sieht er nicht in meiner Anhänglichkeit an Lotten schon einen Eingriff in seine Rechte, in meiner Aufmerksamkeit für sie einen stillen Vorwurf? Ich weiß es wohl, ich fühl es, er sieht mich ungern, er wünscht meine Entfernung, meine Gegenwart ist ihm beschwerlich.
Oft hielt er seinen raschen Schritt an, oft stand er stille und schien umkehren zu wollen; allein er richtete seinen Gang immer wieder vorwärts und war mit diesen Gedanken und Selbstgesprächen endlich gleichsam wider Willen bei dem Jagdhause angekommen.
Er trat in die Tür, fragte nach dem Alten und nach Lotten, er fand das Haus in einiger Bewegung. Der ältste Knabe sagte ihm, es sei drüben in Wahlheim ein Unglück geschehn, es sei ein Bauer erschlagen worden! – Es machte das weiter keinen Eindruck auf ihn. – Er trat in die Stube und fand Lotten beschäftigt, dem Alten zuzureden, der ungeachtet seiner Krankheit hinüber wollte, um an Ort und Stelle die Tat zu untersuchen. Der Täter war noch unbekannt, man hatte den Erschlagenen des Morgens vor der Haustür gefunden, man hatte Mutmaßungen: der Entleibte war Knecht einer Witwe, die vorher einen andern im Dienste gehabt, der mit Unfrieden aus dem Hause gekommen war.

Da Werther dieses hörte, fuhr er mit Heftigkeit auf. – Ists möglich! rief er aus, ich muß hinüber, ich kann nicht einen Augenblick ruhn. – Er eilte nach Wahlheim zu, jede Erinnerung ward ihm lebendig, und er zweifelte nicht einen Augenblick, daß jener Mensch die Tat begangen, den er so manchmal gesprochen, der ihm so wert geworden war.
Da er durch die Linden mußte, um nach der Schenke zu kommen, wo sie den Körper hingelegt hatten, entsetzt' er sich vor dem sonst so geliebten Platze. Jene Schwelle, worauf die Nachbarskinder so oft gespielt hatten, war mit Blut besudelt. Liebe und Treue, die schönsten menschlichen Empfindungen, hatten sich in Gewalt und Mord verwandelt. Die starken Bäume standen ohne Laub und bereift, die schönen Hecken, die sich über die niedrige Kirchhofmauer wölbten, waren entblättert, und die Grabsteine sahen mit Schnee bedeckt durch die Lücken hervor.
Als er sich der Schenke näherte, vor welcher das ganze Dorf versammelt war, entstand auf einmal ein Geschrei. Man erblickte von fern einen Trupp bewaffneter Männer, und ein jeder rief, daß man den Täter herbeiführe. Werther sah hin und blieb nicht lange zweifelhaft. Ja! es war der Knecht, der jene Witwe so sehr liebte, den er vor einiger Zeit mit dem stillen Grimme, mit der heimlichen Verzweiflung umhergehend angetroffen hatte.
Was hast du begangen, Unglücklicher! rief Werther aus, indem er auf den Gefangenen losging. – Dieser sah ihn still an, schwieg und versetzte endlich ganz gelassen: Keiner wird sie haben, sie wird keinen haben. – Man brachte den Gefangnen in die Schenke, und Werther eilte fort.
Durch die entsetzliche, gewaltige Berührung war alles,

was in seinem Wesen lag, durcheinandergeschüttelt worden. Aus seiner Trauer, seinem Mißmut, seiner gleichgültigen Hingegebenheit wurde er auf einen Augenblick herausgerissen; unüberwindlich bemächtigte sich die Teilnehmung seiner, und es ergriff ihn eine unsägliche Begierde, den Menschen zu retten. Er fühlte ihn so unglücklich, er fand ihn als Verbrecher selbst so schuldlos, er setzte sich so tief in seine Lage, daß er gewiß glaubte, auch andere davon zu überzeugen. Schon wünschte er für ihn sprechen zu können, schon drängte sich der lebhafteste Vortrag nach seinen Lippen, er eilte nach dem Jagdhause und konnte sich unterwegs nicht enthalten, alles das, was er dem Amtmann vorstellen wollte, schon halb laut auszusprechen.

Als er in die Stube trat, fand er Alberten gegenwärtig, dies verstimmte ihn einen Augenblick; doch faßte er sich bald wieder und trug dem Amtmanne feurig seine Gesinnungen vor. Dieser schüttelte einigemal den Kopf, und obgleich Werther mit der größten Lebhaftigkeit, Leidenschaft und Wahrheit alles vorbrachte, was ein Mensch zur Entschuldigung eines Menschen sagen kann, so war doch, wie sichs leicht denken läßt, der Amtmann dadurch nicht gerührt. Er ließ vielmehr unsern Freund nicht ausreden, widersprach ihm eifrig und tadelte ihn, daß er einen Meuchelmörder in Schutz nehme! er zeigte ihm, daß auf diese Weise jedes Gesetz aufgehoben, alle Sicherheit des Staats zugrund gerichtet werde, auch setzte er hinzu, daß er in einer solchen Sache nichts tun könne, ohne sich die größte Verantwortung aufzuladen, es müsse alles in der Ordnung, in dem vorgeschriebenen Gang bleiben.

Werther ergab sich noch nicht, sondern bat nur, der

Amtmann möchte durch die Finger sehn, wenn man dem Menschen zur Flucht behülflich wäre! Auch damit wies ihn der Amtmann ab. Albert, der sich endlich ins Gespräch mischte, trat auch auf des Alten Seite; Werther wurde überstimmt, und mit einem entsetzlichen Leiden machte er sich auf den Weg, nachdem ihm der Amtmann einigemal gesagt hatte: Nein, er ist nicht zu retten!

Wie sehr ihm diese Worte aufgefallen sein müssen, sehn wir aus einem Zettelchen, das sich unter seinen Papieren fand, und das gewiß an dem nämlichen Tage geschrieben worden:

Du bist nicht zu retten, Unglücklicher! ich sehe wohl, daß wir nicht zu retten sind.

Was Albert zuletzt über die Sache des Gefangenen in Gegenwart des Amtmanns gesprochen, war Werthern höchst zuwider gewesen: er glaubte einige Empfindlichkeit gegen sich darin bemerkt zu haben, und wenn gleich bei mehrerem Nachdenken seinem Scharfsinne nicht entging, daß beide Männer recht haben möchten, so war es ihm doch, als ob er seinem innersten Dasein entsagen müßte, wenn er es gestehen, wenn er es zugeben sollte.

Ein Blättchen, das sich darauf bezieht, das vielleicht sein ganzes Verhältnis zu Albert ausdrückt, finden wir unter seinen Papieren:

Was hilft es, daß ich mirs sage und wieder sage, er ist brav und gut, aber es zerreißt mir mein inneres Eingeweide; ich kann nicht gerecht sein.

Weil es ein gelinder Abend war und das Wetter anfing, sich zum Tauen zu neigen, ging Lotte mit Alberten zu Fuße zurück. Unterwegs sah sie sich hier und da um, eben als wenn sie Werthers Begleitung vermißte. Albert fing von ihm an zu reden, er tadelte ihn, indem er ihm Gerechtigkeit widerfahren ließ. Er berührte seine unglückliche Leidenschaft und wünschte, daß es möglich sein möchte, ihn zu entfernen. – Ich wünsch es auch um unsertwillen, sagt' er, und ich bitte dich, fuhr er fort, siehe zu, seinem Betragen gegen dich eine andere Richtung zu geben, seine öftern Besuche zu vermindern. Die Leute werden aufmerksam, und ich weiß, daß man hier und da drüber gesprochen hat. – Lotte schwieg, und Alberten schien ihr Schweigen empfunden zu haben; wenigstens seit der Zeit erwähnte er Werthers nicht mehr gegen sie, und wenn sie seiner erwähnte, ließ er das Gespräch fallen oder lenkte es wo·anders hin.

Der vergebliche Versuch, den Werther zur Rettung des Unglücklichen gemacht hatte, war das letzte Auflodern der Flamme eines verlöschenden Lichtes; er versank nur desto tiefer in Schmerz und Untätigkeit; besonders kam er fast außer sich, als er hörte, daß man ihn vielleicht gar zum Zeugen gegen den Menschen, der sich nun aufs Leugnen legte, auffordern könnte. Alles, was ihm Unangenehmes jemals in seinem wirksamen Leben begegnet war, der Verdruß bei der Gesandtschaft, alles, was ihm sonst mißlungen war, was ihn je gekränkt hatte, ging in seiner Seele auf und nieder. Er fand sich durch alles dieses wie zur Untätigkeit berechtigt, er fand sich abgeschnitten von aller Aussicht, unfähig, irgend eine Handhabe zu ergreifen, mit denen man die Geschäfte des gemeinen Lebens anfaßt, und so rückte er endlich, ganz seiner wunderbaren Empfindung, Denkart und einer endlosen Leidenschaft hingegeben, in dem ewigen Einerlei eines traurigen Umgangs mit dem liebenswürdigen

und geliebten Geschöpfe, dessen Ruhe er störte, in seine Kräfte stürmend, sie ohne Zweck und Aussicht abarbeitend, immer einem traurigen Ende näher.
Von seiner Verworrenheit, Leidenschaft, von seinem rastlosen Treiben und Streben, von seiner Lebensmüde sind einige hinterlaßne Briefe die stärksten Zeugnisse, die wir hier einrücken wollen:

Am 12. Dezember.

Lieber Wilhelm, ich bin in einem Zustande, in dem jene Unglücklichen gewesen sein müssen, von denen man glaubte, sie würden von einem bösen Geiste umhergetrieben. Manchmal ergreift michs; es ist nicht Angst, nicht Begier – es ist ein inneres unbekanntes Toben, das meine Brust zu zerreißen droht, das mir die Gurgel zupreßt! Wehe! wehe! und dann schweife ich umher in den furchtbaren nächtlichen Szenen dieser menschenfeindlichen Jahreszeit.
Gestern abend mußte ich hinaus. Es war plötzlich Tauwetter eingefallen, ich hatte gehört, der Fluß sei übergetreten, alle Bäche geschwollen und von Wahlheim herunter mein liebes Tal überschwemmt! Nachts nach eilfe rannte ich hinaus. Ein fürchterliches Schauspiel, vom Fels herunter die wühlenden Fluten in dem Mondlichte wirbeln zu sehen, über Äcker und Wiesen und Hecken und alles, und das weite Tal hinauf und hinab Eine stürmende See im Sausen des Windes! Und wenn dann der Mond wieder hervortrat und über der schwarzen Wolke ruhte und vor mir hinaus die Flut in fürchterlich herrlichem Widerschein rollte und klang: da überfiel mich ein Schauer und wieder ein Sehnen! Ach, mit offnen Armen stand ich gegen den Abgrund und atmete hinab! hinab! und verlor mich in der Wonne, meine Qualen, mein Leiden da hinab-

zustürmen! dahinzubrausen wie die Wellen! Oh! – und den Fuß vom Boden zu heben vermochtest du nicht und alle Qualen zu enden! – Meine Uhr ist noch nicht ausgelaufen, ich fühle es! O Wilhelm! Wie gern hätte ich mein Menschsein drum gegeben, mit jenem Sturmwinde die Wolken zu zerreißen, die Fluten zu fassen! Ha! und wird nicht vielleicht dem Eingekerkerten einmal diese Wonne zuteil? –
Und wie ich wehmütig hinabsah auf ein Plätzchen, wo ich mit Lotten unter einer Weide geruht, auf einem heißen Spaziergange, – das war auch überschwemmt, und kaum daß ich die Weide erkannte! Wilhelm! Und ihre Wiesen, dachte ich, die Gegend um ihr Jagdhaus! wie verstört jetzt vom reißenden Strome unsere Laube! dacht ich. Und der Vergangenheit Sonnenstrahl blickte herein wie einem Gefangenen ein Traum von Herden, Wiesen und Ehrenämtern! Ich stand! – Ich schelte mich nicht, denn ich habe Mut zu sterben. – Ich hätte – Nun sitze ich hier wie ein altes Weib, das ihr Holz von Zäunen stoppelt und ihr Brot an den Türen, um ihr hinsterbendes freudeloses Dasein noch einen Augenblick zu verlängern und zu erleichtern.

Am 14. Dezember.

Was ist das, mein Lieber? Ich erschrecke vor mir selbst! Ist nicht meine Liebe zu ihr die heiligste, reinste, brüderlichste Liebe? Habe ich jemals einen strafbaren Wunsch in meiner Seele gefühlt? – Ich will nicht beteuern – Und nun, Träume! O wie wahr fühlten die Menschen, die so widersprechende Wirkungen fremden Mächten zuschrieben! Diese Nacht! ich zittere, es zu sagen, hielt ich sie in meinen Armen, fest an meinen Busen gedrückt, und deckte ihren liebelispelnden

Mund mit unendlichen Küssen; mein Auge schwamm in der Trunkenheit des ihrigen! Gott! bin ich strafbar, daß ich auch jetzt noch eine Seligkeit fühle, mir diese glühenden Freuden mit voller Innigkeit zurückzurufen? Lotte! Lotte! – Und mit mir ist es aus! meine Sinnen verwirren sich, schon acht Tage habe ich keine Besinnungskraft mehr, meine Augen sind voll Tränen. Ich bin nirgend wohl und überall wohl. Ich wünsche nichts, ich verlange nichts. Mir wäre besser, ich ginge.

Der Entschluß, die Welt zu verlassen, hatte in dieser Zeit, unter solchen Umständen in Werthers Seele immer mehr Kraft gewonnen. Seit der Rückkehr zu Lotten war es immer seine letzte Aussicht und Hoffnung gewesen; doch hatte er sich gesagt, es solle keine übereilte, keine rasche Tat sein, er wolle mit der besten Überzeugung, mit der möglichst ruhigen Entschlossenheit diesen Schritt tun.

Seine Zweifel, sein Streit mit sich selbst blicken aus einem Zettelchen hervor, das wahrscheinlich ein angefangener Brief an Wilhelm ist und ohne Datum unter seinen Papieren gefunden worden:

Ihre Gegenwart, ihr Schicksal, ihre Teilnehmung an dem meinigen preßt noch die letzten Tränen aus meinem versengten Gehirne.

Den Vorhang aufzuheben und dahinterzutreten! Das ist alles! Und warum das Zaudern und Zagen? Weil man nicht weiß, wie es dahinten aussieht? und man nicht wiederkehrt? Und daß das nun die Eigenschaft unseres Geistes ist, da Verwirrung und Finsternis zu ahnen, wovon wir nichts Bestimmtes wissen. –

Endlich ward er mit dem traurigen Gedanken immer mehr verwandt und befreundet, und sein Vorsatz fest und unwiderruflich, wovon folgender zweideutige Brief, den er an seinen Freund schrieb, ein Zeugnis abgibt:

Am 20. Dezember.

Ich danke deiner Liebe, Wilhelm, daß du das Wort so aufgefangen hast. Ja, du hast recht: mir wäre besser, ich ginge. Der Vorschlag, den du zu einer Rückkehr zu euch tust, gefällt mir nicht ganz; wenigstens möchte ich noch gern einen Umweg machen, besonders da wir anhaltenden Frost und gute Wege zu hoffen haben. Auch ist mir es sehr lieb, daß du kommen willst, mich abzuholen; verziehe nur noch vierzehn Tage und erwarte noch einen Brief von mir mit dem Weiteren. Es ist nötig, daß nichts gepflückt werde, ehe es reif ist. Und vierzehn Tage auf oder ab tun viel. Meiner Mutter sollst du sagen: daß sie für ihren Sohn beten soll und daß ich sie um Vergebung bitte wegen alles Verdrusses, den ich ihr gemacht habe. Das war nun mein Schicksal, die zu betrüben, denen ich Freude schuldig war. Leb wohl, mein Teuerster! Allen Segen des Himmels über dich! Leb wohl!

Was in dieser Zeit in Lottens Seele vorging, wie ihre Gesinnungen gegen ihren Mann, gegen ihren unglücklichen Freund gewesen, getrauen wir uns kaum mit Worten auszudrücken, ob wir uns gleich davon, nach der Kenntnis ihres Charakters, wohl einen stillen Begriff machen können und eine schöne weibliche Seele sich in die ihrige denken und mit ihr empfinden kann. Soviel ist gewiß, sie war fest bei sich entschlossen, alles zu tun, um Werthern zu entfernen, und wenn sie zauderte, so war es eine herzliche, freundschaftliche Schonung, weil sie wußte, wie viel es ihm kosten, ja

daß es ihm beinahe unmöglich sein würde. Doch ward sie in dieser Zeit mehr gedrängt, Ernst zu machen; es schwieg ihr Mann ganz über dies Verhältnis, wie sie auch immer darüber geschwiegen hatte, und um so mehr war ihr angelegen, ihm durch die Tat zu beweisen, wie ihre Gesinnungen der seinigen wert seien.
An demselben Tage, als Werther den zuletzt eingeschalteten Brief an seinen Freund geschrieben, es war der Sonntag vor Weihnachten, kam er abends zu Lotten und fand sie allein. Sie beschäftigte sich, einige Spielwerke in Ordnung zu bringen, die sie ihren kleinen Geschwistern zum Christgeschenke zurechtgemacht hatte. Er redete von dem Vergnügen, das die Kleinen haben würden, und von den Zeiten, da einen die unerwartete Öffnung der Tür und die Erscheinung eines aufgeputzten Baumes mit Wachslichtern, Zukkerwerk und Äpfeln in paradiesische Entzückung setzte. – Sie sollen, sagte Lotte, indem sie ihre Verlegenheit unter ein liebes Lächeln verbarg, Sie sollen auch beschert kriegen, wenn Sie recht geschickt sind; ein Wachsstöckchen und noch was. – Und was heißen Sie geschickt sein? rief er aus; wie soll ich sein? wie kann ich sein? beste Lotte! – Donnerstag abend, sagte sie, ist Weihnachtsabend, da kommen die Kinder, mein Vater auch, da kriegt jedes das seinige, da kommen Sie auch – aber nicht eher. – Werther stutzte. – Ich bitte Sie, fuhr sie fort, es ist nun einmal so, ich bitte Sie um meiner Ruhe willen, es kann nicht, es kann nicht so bleiben. – Er wendete seine Augen von ihr und ging in der Stube auf und ab und murmelte das: ›Es kann nicht so bleiben!‹ zwischen den Zähnen. Lotte, die den schrecklichen Zustand fühlte, worein ihn diese Worte versetzt hatten, suchte durch allerlei Fragen seine Gedanken abzulenken, aber vergebens. –

Nein, Lotte, rief er aus, ich werde Sie nicht wiedersehen! – Warum das? versetzte sie, Werther, Sie können, Sie müssen uns wiedersehen, nur mäßigen Sie sich. O, warum mußten Sie mit dieser Heftigkeit, dieser unbezwinglich haftenden Leidenschaft für alles, was Sie einmal anfassen, geboren werden! Ich bitte Sie, fuhr sie fort, indem sie ihn bei der Hand nahm, mäßigen Sie sich! Ihr Geist, Ihre Wissenschaften, Ihre Talente, was bieten die Ihnen für mannigfaltige Ergetzungen dar! Sein Sie ein Mann! Wenden Sie diese traurige Anhänglichkeit von einem Geschöpf, das nichts tun kann als Sie bedauern. – Er knirrte mit den Zähnen und sah sie düster an. Sie hielt seine Hand: Nur einen Augenblick ruhigen Sinn, Werther! sagte sie. Fühlen Sie nicht, daß Sie sich betrügen, sich mit Willen zugrunde richten! Warum denn mich, Werther? just mich, das Eigentum eines andern? just das? Ich fürchte, ich fürchte, es ist nur die Unmöglichkeit, mich zu besitzen, die Ihnen diesen Wunsch so reizend macht. – Er zog seine Hand aus der ihrigen, indem er sie mit einem starren, unwilligen Blick ansah. – Weise! rief er, sehr weise! hat vielleicht Albert diese Anmerkung gemacht? Politisch! sehr politisch! – Es kann sie jeder machen, versetzte sie drauf. Und sollte denn in der weiten Welt kein Mädchen sein, das die Wünsche Ihres Herzens erfüllte? Gewinnen Sie's über sich, suchen Sie darnach, und ich schwöre Ihnen, Sie werden sie finden; denn schon lange ängstet mich, für Sie und uns, die Einschränkung, in die Sie sich diese Zeit her selbst gebannt haben. Gewinnen Sie es über sich! eine Reise wird Sie, muß sie zerstreuen! Suchen Sie, finden Sie einen werten Gegenstand Ihrer Liebe und kehren Sie zurück, und lassen Sie uns zusammen die Seligkeit einer wahren Freundschaft genießen.

Das könnte man, sagte er mit einem kalten Lachen, drucken lassen und allen Hofmeistern empfehlen. Liebe Lotte! lassen Sie mir noch ein klein wenig Ruh, es wird alles werden! – Nur das, Werther, daß Sie nicht eher kommen als Weihnachtsabend! – Er wollte antworten, und Albert trat in die Stube. Man bot sich einen frostigen Guten Abend und ging verlegen im Zimmer neben einander auf und nieder. Werther fing einen unbedeutenden Diskurs an, der bald aus war, Albert desgleichen, der sodann seine Frau nach gewissen Aufträgen fragte und, als er hörte, sie seien noch nicht ausgerichtet, ihr einige Worte sagte, die Werthern kalt, ja gar hart vorkamen. Er wollte gehen, er konnte nicht und zauderte bis acht, da sich denn sein Unmut und Unwillen immer vermehrte, bis der Tisch gedeckt wurde und er Hut und Stock nahm. Albert lud ihn zu bleiben, er aber, der nur ein unbedeutendes Kompliment zu hören glaubte, dankte kalt dagegen und ging weg.

Er kam nach Hause, nahm seinem Burschen, der ihm leuchten wollte, das Licht aus der Hand und ging allein in sein Zimmer, weinte laut, redete aufgebracht mit sich selbst, ging heftig die Stube auf und ab und warf sich endlich in seinen Kleidern aufs Bette, wo ihn der Bediente fand, der es gegen eilfe wagte hineinzugehen, um zu fragen, ob er dem Herrn die Stiefeln ausziehen sollte? das er denn zuließ und dem Bedienten verbot, den andern Morgen ins Zimmer zu kommen, bis er ihm rufen würde.

Montags früh, den einundzwanzigsten Dezember, schrieb er folgenden Brief an Lotten, den man nach seinem Tode versiegelt auf seinem Schreibtische gefunden und ihr überbracht hat und den ich absatzweise hier einrücken will, so wie aus den Umständen erhellet, daß er ihn geschrieben habe.

Es ist beschlossen, Lotte, ich will sterben, und das schreibe ich dir ohne romantische Überspannung, gelassen, an dem Morgen des Tages, an dem ich dich zum letzten Male sehen werde. Wenn du dieses liesest, meine Beste, deckt schon das kühle Grab die erstarrten Reste des Unruhigen, Unglücklichen, der für die letzten Augenblicke seines Lebens keine größere Süßigkeit weiß, als sich mit dir zu unterhalten. Ich habe eine schreckliche Nacht gehabt und ach! eine wohltätige Nacht. Sie ist es, die meinen Entschluß befestigt, bestimmt hat: ich will sterben! Wie ich mich gestern von dir riß, in der fürchterlichen Empörung meiner Sinnen, wie sich alles das nach meinem Herzen drängte und mein hoffnungsloses, freudeloses Dasein neben dir in gräßlicher Kälte mich anpackte – ich erreichte kaum mein Zimmer, ich warf mich außer mir auf meine Knie, und o Gott! du gewährtest mir das letzte Labsal der bittersten Tränen! Tausend Anschläge, tausend Aussichten wüteten durch meine Seele, und zuletzt stand er da, fest, ganz, der letzte, einzige Gedanke: ich will sterben! – Ich legte mich nieder, und morgens, in der Ruhe des Erwachens, steht er noch fest, noch ganz stark in meinem Herzen: ich will sterben! – Es ist nicht Verzweiflung, es ist Gewißheit, daß ich ausgetragen habe und daß ich mich opfere für dich. Ja, Lotte! warum sollte ich es verschweigen? Eins von uns dreien muß hinweg, und das will ich sein! O meine Beste! in diesem zerrissenen Herzen ist es wütend herumgeschlichen, oft – deinen Mann zu ermorden! – dich! – mich! – So sei es! – Wenn du hinaufsteigst auf den Berg, an einem schönen

Sommerabende, dann erinnere dich meiner, wie ich so oft das Tal heraufkam, und dann blicke nach dem Kirchhofe hinüber nach meinem Grabe, wie der Wind das hohe Gras im Scheine der sinkenden Sonne hin- und herwiegt – Ich war ruhig, da ich anfing; nun, nun weine ich wie ein Kind, da alles das so lebhaft um mich wird. –

Gegen zehn Uhr rief Werther seinem Bedienten, und unter dem Anziehen sagte er ihm: wie er in einigen Tagen verreisen würde, er solle daher die Kleider auskehren und alles zum Einpacken zurechtmachen; auch gab er ihm Befehl, überall Kontos zu fordern, einige ausgeliehene Bücher abzuholen und einigen Armen, denen er wöchentlich etwas zu geben gewohnt war, ihr Zugeteiltes auf zwei Monate voraus zu bezahlen.

Er ließ sich das Essen auf die Stube bringen, und nach Tische ritt er hinaus zum Amtmanne, den er nicht zu Hause antraf. Er ging tiefsinnig im Garten auf und ab und schien noch zuletzt alle Schwermut der Erinnerung auf sich häufen zu wollen.

Die Kleinen ließen ihn nicht lange in Ruhe, sie verfolgten ihn, sprangen an ihm hinauf, erzählten ihm: daß, wenn morgen, und wieder morgen, und noch ein Tag wäre, sie die Christgeschenke bei Lotten holten, und erzählten ihm Wunder, die sich ihre kleine Einbildungskraft versprach. – Morgen! rief er aus, und wieder morgen! und noch ein Tag! – und küßte sie alle herzlich und wollte sie verlassen, als ihm der Kleine noch etwas in das Ohr sagen wollte. Der verriet ihm, die großen Brüder hätten schöne Neujahrswünsche geschrieben, *so* groß! und einen für den Papa, für Albert und Lotte einen und auch einen für Herrn

Werther; die wollten sie am Neujahrstage früh überreichen. Das übermannte ihn, er schenkte jedem etwas, setzte sich zu Pferde, ließ den Alten grüßen und ritt mit Tränen in den Augen davon.
Gegen fünf kam er nach Hause, befahl der Magd, nach dem Feuer zu sehen und es bis in die Nacht zu unterhalten. Den Bedienten hieß er Bücher und Wäsche unten in den Koffer packen und die Kleider einnähen. Darauf schrieb er wahrscheinlich folgenden Absatz seines letzten Briefes an Lotten:

Du erwartest mich nicht! du glaubst, ich würde gehorchen und erst Weihnachtsabend dich wiedersehn. O, Lotte! heut oder nie mehr. Weihnachtsabend hältst du dieses Papier in deiner Hand, zitterst und benetzest es mit deinen lieben Tränen. Ich will, ich muß! O, wie wohl ist es mir, daß ich entschlossen bin. –

Lotte war indes in einen sonderbaren Zustand geraten. Nach der letzten Unterredung mit Werthern hatte sie empfunden, wie schwer es ihr fallen werde, sich von ihm zu trennen, was er leiden würde, wenn er sich von ihr entfernen sollte.
Es war wie im Vorübergehn in Alberts Gegenwart gesagt worden, daß Werther vor Weihnachtsabend nicht wiederkommen werde, und Albert war zu einem Beamten in der Nachbarschaft geritten, mit dem er Geschäfte abzutun hatte und wo er über Nacht ausbleiben mußte.
Sie saß nun allein, keins von ihren Geschwistern war um sie, sie überließ sich ihren Gedanken, die stille über ihren Verhältnissen herumschweiften. Sie sah sich nun mit dem Mann auf ewig verbunden, dessen Liebe und Treue sie kannte, dem sie von Herzen zu-

getan war, dessen Ruhe, dessen Zuverlässigkeit recht vom Himmel dazu bestimmt zu sein schien, daß eine wackere Frau das Glück ihres Lebens darauf gründen sollte; sie fühlte, was er ihr und ihren Kindern auf immer sein würde. Auf der andern Seite war ihr Werther so teuer geworden, gleich von dem ersten Augenblick ihrer Bekanntschaft an hatte sich die Übereinstimmung ihrer Gemüter so schön gezeigt, der lange dauernde Umgang mit ihm, so manche durchlebten Situationen hatten einen unauslöschlichen Eindruck auf ihr Herz gemacht. Alles, was sie Interessantes fühlte und dachte, war sie gewohnt mit ihm zu teilen, und seine Entfernung drohete in ihr ganzes Wesen eine Lücke zu reißen, die nicht wieder ausgefüllt werden konnte. O, hätte sie ihn in dem Augenblick zum Bruder umwandeln können! wie glücklich wäre sie gewesen! – hätte sie ihn einer ihrer Freundinnen verheiraten dürfen, hätte sie hoffen können, auch sein Verhältnis gegen Albert ganz wieder herzustellen!

Sie hatte ihre Freundinnen der Reihe nach durchgedacht und fand bei einer jeglichen etwas auszusetzen, fand keine, der sie ihn gegönnt hätte.

Über allen diesen Betrachtungen fühlte sie erst tief, ohne sich es deutlich zu machen, daß ihr herzliches heimliches Verlangen sei, ihn für sich zu behalten, und sagte sich daneben, daß sie ihn nicht behalten könne, behalten dürfe; ihr reines, schönes, sonst so leichtes und leicht sich helfendes Gemüt empfand den Druck einer Schwermut, dem die Aussicht zum Glück verschlossen ist. Ihr Herz war gepreßt, und eine trübe Wolke lag über ihrem Auge.

So war es halb sieben geworden, als sie Werthern die Treppe heraufkommen hörte und seinen Tritt, seine

Stimme, die nach ihr fragte, bald erkannte. Wie schlug ihr Herz, und wir dürfen fast sagen zum ersten Mal, bei seiner Ankunft. Sie hätte sich gern vor ihm verleugnen lassen, und als er hereintrat, rief sie ihm mit einer Art von leidenschaftlicher Verwirrung entgegen: Sie haben nicht Wort gehalten. – Ich habe nichts versprochen, war seine Antwort. – So hätten Sie wenigstens meiner Bitte stattgeben sollen, versetzte sie, ich bat Sie um unser beider Ruhe.

Sie wußte nicht recht, was sie sagte, ebensowenig was sie tat, als sie nach einigen Freundinnen schickte, um nicht mit Werthern allein zu sein. Er legte einige Bücher hin, die er gebracht hatte, fragte nach andern, und sie wünschte, bald daß ihre Freundinnen kommen, bald daß sie wegbleiben möchten. Das Mädchen kam zurück und brachte die Nachricht, daß sich beide entschuldigen ließen.

Sie wollte das Mädchen mit ihrer Arbeit in das Nebenzimmer sitzen lassen; dann besann sie sich wieder anders. Werther ging in der Stube auf und ab, sie trat ans Klavier und fing eine Menuett an, sie wollte nicht fließen. Sie nahm sich zusammen und setzte sich gelassen zu Werthern, der seinen gewöhnlichen Platz auf dem Kanapee eingenommen hatte.

Haben Sie nichts zu lesen? sagte sie. – Er hatte nichts. – Da drin in meiner Schublade, fing sie an, liegt Ihre Übersetzung einiger Gesänge Ossians; ich habe sie noch nicht gelesen, denn ich hoffte immer, sie von Ihnen zu hören; aber zeither hat sichs nicht finden, nicht machen wollen. – Er lächelte, holte die Lieder, ein Schauer überfiel ihn, als er sie in die Hände nahm, und die Augen standen ihm voll Tränen, als er hineinsah. Er setzte sich nieder und las:

Stern der dämmernden Nacht, schön funkelst du in Westen, hebst dein strahlend Haupt aus deiner Wolke, wandelst stattlich deinen Hügel hin. Wornach blickst du auf die Heide? Die stürmenden Winde haben sich gelegt; von ferne kommt des Gießbachs Murmeln; rauschende Wellen spielen am Felsen ferne; das Gesumme der Abendfliegen schwärmt übers Feld. Wornach siehst du, schönes Licht? Aber du lächelst und gehst, freudig umgeben dich die Wellen und baden dein liebliches Haar. Lebe wohl, ruhiger Strahl. Erscheine, du herrliches Licht von Ossians Seele!

Und es erscheint in seiner Kraft. Ich sehe meine geschiedenen Freunde, sie sammeln sich auf Lora, wie in den Tagen, die vorüber sind. – Fingal kommt wie eine feuchte Nebelsäule; um ihn sind seine Helden, und, siehe! die Barden des Gesanges: Grauer Ullin! stattlicher Ryno! Alpin, lieblicher Sänger! und du, sanft klagende Minona! – Wie verändert seid ihr, meine Freunde, seit den festlichen Tagen auf Selma, da wir buhlten um die Ehre des Gesanges, wie Frühlingslüfte den Hügel hin wechselnd beugen das schwach lispelnde Gras.

Da trat Minona hervor in ihrer Schönheit, mit niedergeschlagenem Blick und tränenvollem Auge, schwer floß ihr Haar im unsteten Winde, der von dem Hügel herstieß. – Düster wards in der Seele der Helden, als sie die liebliche Stimme erhob; denn oft hatten sie das Grab Salgars gesehen, oft die finstere Wohnung der weißen Colma. Colma, verlassen auf dem Hügel, mit der harmonischen Stimme; Salgar versprach zu kommen; aber ringsum zog sich die Nacht. Höret Colmas Stimme, da sie auf dem Hügel allein saß.

Colma:

Es ist Nacht! – ich bin allein, verloren auf dem stürmischen Hügel. Der Wind saust im Gebirge. Der Strom heult den Felsen hinab. Keine Hütte schützt mich vor dem Regen, mich Verlaßne auf dem stürmischen Hügel.

Tritt, o Mond, aus deinen Wolken! erscheinet, Sterne der Nacht! Leite mich irgendein Strahl zu dem Orte, wo meine Liebe ruht von den Beschwerden der Jagd, sein Bogen neben ihm abgespannt, seine Hunde schnobend um ihn! Aber hier muß ich sitzen allein auf dem Felsen des verwachsenen Stroms. Der Strom und der Sturm saust, ich höre nicht die Stimme meines Geliebten.

Warum zaudert mein Salgar? Hat er sein Wort vergessen? – Da ist der Fels und der Baum und hier der rauschende Strom! Mit einbrechender Nacht versprachst du hier zu sein; ach! wohin hat sich mein Salgar verirrt? Mit dir wollt ich fliehen, verlassen Vater und Bruder! die Stolzen! Lange sind unsere Geschlechter Feinde, aber wir sind keine Feinde, o Salgar!

Schweig eine Weile, o Wind! still eine kleine Weile, o Strom! daß meine Stimme klinge durchs Tal, daß mein Wanderer mich höre. Salgar! ich bins, die ruft! Hier ist der Baum und der Fels! Salgar! mein Lieber! hier bin ich; warum zauderst du zu kommen?

Sieh, der Mond erscheint, die Flut glänzt im Tale, die Felsen stehen grau den Hügel hinauf; aber ich seh ihn nicht auf der Höhe, seine Hunde vor ihm her verkündigen nicht seine Ankunft. Hier muß ich sitzen allein.

Aber wer sind, die dort unten liegen auf der Heide? – Mein Geliebter? Mein Bruder? – Redet, o meine

Freunde! Sie antworten nicht. Wie geängstet ist meine Seele! – Ach sie sind tot! Ihre Schwerter rot vom Gefechte! O mein Bruder, mein Bruder! warum hast du meinen Salgar erschlagen? O mein Salgar! warum hast du meinen Bruder erschlagen? Ihr wart mir beide so lieb! O du warst schön an dem Hügel unter Tausenden! Er war schrecklich in der Schlacht. Antwortet mir! hört meine Stimme, meine Geliebten! Aber ach! sie sind stumm! stumm auf ewig! kalt, wie die Erde, ist ihr Busen!

O, von dem Felsen des Hügels, von dem Gipfel des stürmenden Berges, redet, Geister der Toten! redet! mir soll es nicht grausen! – Wohin seid ihr zur Ruhe gegangen? in welcher Gruft des Gebirges soll ich euch finden! – Keine schwache Stimme vernehme ich im Winde, keine wehende Antwort im Sturme des Hügels. Ich sitze in meinem Jammer, ich harre auf den Morgen in meinen Tränen. Wühlet das Grab, ihr Freunde der Toten, aber schließt es nicht, bis ich komme. Mein Leben schwindet wie ein Traum, wie sollt' ich zurückbleiben. Hier will ich wohnen mit meinen Freunden an dem Strome des klingenden Felsens – Wenns Nacht wird auf dem Hügel und Wind kommt über die Heide, soll mein Geist im Winde stehn und trauern den Tod meiner Freunde. Der Jäger hört mich aus seiner Laube, fürchtet meine Stimme und liebt sie; denn süß soll meine Stimme sein um meine Freunde, sie waren mir beide so lieb!

Das war dein Gesang, o Minona, Tormans sanft errötende Tochter. Unsere Tränen flossen um Colma, und unsere Seele ward düster.

Ullin trat auf mit der Harfe und gab uns Alpins Gesang – Alpins Stimme war freundlich, Rynos Seele ein

Feuerstrahl. Aber schon ruhten sie im engen Hause, und ihre Stimme war verhallet in Selma. Einst kehrte Ullin zurück von der Jagd, ehe die Helden noch fielen. Er hörte ihren Wettegesang auf dem Hügel. Ihr Lied war sanft, aber traurig. Sie klagten Morars Fall, des ersten der Helden. Seine Seele war wie Fingals Seele, sein Schwert wie das Schwert Oskars – Aber er fiel, und sein Vater jammerte, und seiner Schwester Augen waren voll Tränen, Minonas Augen waren voll Tränen, der Schwester des herrlichen Morars. Sie trat zurück vor Ullins Gesang, wie der Mond in Westen, der den Sturmregen voraussieht und sein schönes Haupt in eine Wolke verbirgt. – Ich schlug die Harfe mit Ullin zum Gesange des Jammers.

Ryno:

Vorbei sind Wind und Regen, der Mittag ist so heiter, die Wolken teilen sich. Fliehend bescheint den Hügel die unbeständige Sonne. Rötlich fließt der Strom des Berges im Tale hin. Süß ist dein Murmeln, Strom; doch süßer die Stimme, die ich höre. Es ist Alpins Stimme, er bejammert den Toten. Sein Haupt ist vor Alter gebeugt, und rot sein tränendes Auge. Alpin! trefflicher Sänger! warum allein auf dem schweigenden Hügel? warum jammerst du wie ein Windstoß im Walde, wie eine Welle am fernen Gestade?

Alpin:

Meine Tränen, Ryno, sind für den Toten, meine Stimme für die Bewohner des Grabs. Schlank bist du auf dem Hügel, schön unter den Söhnen der Heide. Aber du wirst fallen wie Morar, und auf deinem Grabe der Trauernde sitzen. Die Hügel werden dich vergessen, dein Bogen in der Halle liegen ungespannt.

Du warst schnell, o Morar, wie ein Reh auf dem Hügel, schrecklich wie die Nachtfeuer am Himmel. Dein Grimm war ein Sturm, dein Schwert in der Schlacht wie Wetterleuchten über der Heide. Deine Stimme glich dem Waldstrome nach dem Regen, dem Donner auf fernen Hügeln. Manche fielen vor deinem Arm, die Flamme deines Grimms verzehrte sie. Aber wenn du wiederkehrtest vom Kriege, wie friedlich war deine Stirne! dein Angesicht war gleich der Sonne nach dem Gewitter, gleich dem Monde in der schweigenden Nacht, ruhig deine Brust wie der See, wenn sich des Windes Brausen gelegt hat.

Eng ist nun deine Wohnung! finster deine Stätte! mit drei Schritten meß ich dein Grab, o du! der du ehe so groß warst! vier Steine mit moosigen Häuptern sind dein einziges Gedächtnis, ein entblätterter Baum, langes Gras, das im Winde wispelt, deutet dem Auge des Jägers das Grab des mächtigen Morars. Keine Mutter hast du, dich zu beweinen, kein Mädchen mit Tränen der Liebe. Tot ist, die dich gebar, gefallen die Tochter von Morglan.

Wer auf seinem Stabe ist das? Wer ist es, dessen Haupt weiß ist vor Alter, dessen Augen rot sind von Tränen? Es ist dein Vater, o Morar! der Vater keines Sohnes außer dir. Er hörte von deinem Ruf in der Schlacht, er hörte von zerstobenen Feinden; er hörte Morars Ruhm! Ach! nichts von seiner Wunde? Weine, Vater Morars! weine! aber dein Sohn hört dich nicht. Tief ist der Schlaf der Toten, niedrig ihr Kissen von Staube. Nimmer achtet er auf die Stimme, nie erwacht er auf deinen Ruf. O, wann wird es Morgen im Grabe, zu bieten dem Schlummerer: Erwache!

Lebe wohl! edelster der Menschen, du Eroberer im Felde! Aber nimmer wird dich das Feld sehen! Nimmer der düstere Wald leuchten vom Glanze deines Stahls. Du hinterließest keinen Sohn, aber der Gesang soll deinen Namen erhalten, künftige Zeiten sollen von dir hören, hören von dem gefallenen Morar.

Laut war die Trauer der Helden, am lautesten Armins berstender Seufzer. Ihn erinnerte es an den Tod seines Sohnes, er fiel in den Tagen der Jugend. Carmor saß nah bei dem Helden, der Fürst des hallenden Galmal. Warum schluchzet der Seufzer Armins? sprach er, was ist hier zu weinen? Klingt nicht Lied und Gesang, die Seele zu schmelzen und zu ergetzen? sie sind wie sanfter Nebel, der steigend vom See aufs Tal sprüht, und die blühenden Blumen füllet das Naß; aber die Sonne kommt wieder in ihrer Kraft, und der Nebel ist gegangen. Warum bist du so jammervoll, Armin, Herrscher des seeumflossenen Gorma?

Jammervoll! Wohl, das bin ich, und nicht gering die Ursache meines Wehs. – Carmor, du verlorst keinen Sohn, verlorst keine blühende Tochter; Colgar, der Tapfere, lebt, und Annira, die schönste der Mädchen. Die Zweige deines Hauses blühen, o Carmor; aber Armin ist der Letzte seines Stammes. Finster ist dein Bett, o Daura! dumpf ist dein Schlaf im Grabe – Wann erwachst du mit deinen Gesängen, mit deiner melodischen Stimme? Auf! ihr Winde des Herbstes! auf! stürmt über die finstere Heide! Waldströme, braust! heult, Stürme, im Gipfel der Eichen! Wandle durch gebrochene Wolken, o Mond, zeige wechselnd dein bleiches Gesicht! Erinnre mich der schrecklichen Nacht, da meine Kinder umkamen, da Arindal, der Mächtige, fiel, Daura, die Liebe, verging.

Daura, meine Tochter, du warst schön! schön wie der Mond auf den Hügeln von Fura, weiß wie der gefallene Schnee, süß wie die atmende Luft! Arindal, dein

Bogen war stark, dein Speer schnell auf dem Felde, dein Blick wie Nebel auf der Welle, dein Schild eine Feuerwolke im Sturme!

Armar, berühmt im Kriege, kam und warb um Dauras Liebe; sie widerstand nicht lange. Schön waren die Hoffnungen ihrer Freunde.

Erath, der Sohn Odgals, grollte, denn sein Bruder lag erschlagen von Armar. Er kam, in einen Schiffer verkleidet. Schön war sein Nachen auf der Welle, weiß seine Locken vor Alter, ruhig sein ernstes Gesicht. Schönste der Mädchen, sagte er, liebliche Tochter von Armin, dort am Felsen, nicht fern in der See, wo die rote Frucht vom Baume herblinkt, dort wartet Armar auf Daura; ich komme, seine Liebe zu führen über die rollende See.

Sie folgt' ihm und rief nach Armar; nichts antwortete als die Stimme des Felsens. Armar! mein Lieber! mein Lieber! warum ängstest du mich so? Höre, Sohn Arnaths! höre! Daura ists, die dich ruft!

Erath, der Verräter, floh lachend zum Lande. Sie erhob ihre Stimme, rief nach ihrem Vater und Bruder: Arindal! Armin! Ist keiner, seine Daura zu retten?

Ihre Stimme kam über die See. Arindal, mein Sohn, stieg vom Hügel herab, rauh in der Beute der Jagd, seine Pfeile rasselten an seiner Seite, seinen Bogen trug er in der Hand, fünf schwarzgraue Doggen waren um ihn. Er sah den kühnen Erath am Ufer, faßte und band ihn an die Eiche, fest umflocht er seine Hüften, der Gefesselte füllte mit Ächzen die Winde.

Arindal betritt die Wellen in seinem Boote, Daura herüberzubringen. Armar kam in seinem Grimme, drückt' ab den graubefiederten Pfeil, er klang, er sank in dein Herz, o Arindal, mein Sohn! Statt Erath, des Verräters, kamst du um, das Boot erreichte den Felsen, er sank dran nieder und starb. Zu deinen Füßen floß deines Bruders Blut, welch war dein Jammer, o Daura! Die Wellen zerschmetterten das Boot. Armar stürzte sich in die See, seine Daura zu retten oder zu sterben. Schnell stürmte ein Stoß vom Hügel in die Wellen, er sank und hob sich nicht wieder.

Allein auf dem seebespülten Felsen hörte ich die Klagen meiner Tochter. Viel und laut war ihr Schreien, doch konnte sie ihr Vater nicht retten. Die ganze Nacht stand ich am Ufer, ich sah sie im schwachen Strahle des Mondes, die ganze Nacht hörte ich ihr Schreien, laut war der Wind, und der Regen schlug scharf nach der Seite des Berges. Ihre Stimme ward schwach, ehe der Morgen erschien, sie starb weg wie die Abendluft zwischen dem Grase der Felsen. Beladen mit Jammer starb sie und ließ Armin allein! Dahin ist meine Stärke im Kriege, gefallen mein Stolz unter den Mädchen.

Wenn die Stürme des Berges kommen, wenn der Nord die Wellen hoch hebt, sitze ich am schallenden Ufer, schaue nach dem schrecklichen Felsen. Oft im sinkenden Monde sehe ich die Geister meiner Kinder, halb dämmernd wandeln sie zusammen in trauriger Eintracht. ––

Ein Strom von Tränen, der aus Lottens Augen brach und ihrem gepreßten Herzen Luft machte, hemmte Werthers Gesang. Er warf das Papier hin, faßte ihre Hand und weinte die bittersten Tränen. Lotte ruhte auf der andern und verbarg ihre Augen ins Schnupftuch. Die Bewegung beider war fürchterlich. Sie fühlten ihr eignes Elend in dem Schicksale der Edlen, fühlten es zusammen, und ihre Tränen vereinigten sie. Die Lippen und Augen Werthers glühten an Lottens Arme; ein Schauer überfiel sie; sie wollte sich entfernen, und Schmerz und Anteil lagen betäubend wie Blei auf ihr. Sie atmete, sich zu erholen, und bat ihn schluchzend, fortzufahren, bat mit der ganzen Stimme des Himmels! Werther zitterte, sein Herz wollte bersten, er hob das Blatt auf und las halb gebrochen:

Warum weckst du mich, Frühlingsluft? Du buhlst und sprichst: Ich betaue mit Tropfen des Himmels! Aber die Zeit meines Welkens ist nahe, nahe der Sturm, der meine Blätter herabstört! Morgen wird der Wanderer kommen, kommen der mich sah in meiner Schönheit, ringsum wird sein Auge im Felde mich suchen und wird mich nicht finden. –

Die ganze Gewalt dieser Worte fiel über den Unglücklichen. Er warf sich vor Lotten nieder in der vollsten Verzweiflung, faßte ihre Hände, drückte sie in seine Augen, wider seine Stirn, und ihr schien eine Ahnung seines schrecklichen Vorhabens durch die Seele zu fliegen. Ihre Sinnen verwirrten sich, sie drückte seine Hände, drückte sie wider ihre Brust, neigte sich mit einer wehmütigen Bewegung zu ihm, und ihre glühenden Wangen berührten sich. Die Welt verging ihnen. Er schlang seine Arme um sie her, preßte sie an seine Brust und deckte ihre zitternden, stammelnden Lippen mit wütenden Küssen. – Werther! rief sie mit erstickter Stimme, sich abwendend, Werther! – und drückte mit schwacher Hand seine Brust von der ihrigen; – Werther! rief sie mit dem gefaßten Tone des edelsten Gefühles. – Er widerstand nicht, ließ sie aus seinen Armen und warf sich unsinnig vor sie hin. Sie riß sich auf, und in ängstlicher Verwirrung, bebend zwischen Liebe und Zorn, sagte sie: Das ist das letzte Mal! Werther! Sie sehn mich nicht wieder. – Und mit dem vollsten Blick der Liebe auf den Elenden eilte sie ins Nebenzimmer und schloß hinter sich zu. Werther streckte ihr die Arme nach, getraute sich nicht, sie zu halten. Er lag an der Erde, den Kopf auf dem Kanapee, und in dieser Stellung blieb er über eine halbe Stunde, bis ihn ein Geräusch zu sich selbst rief. Es war das Mädchen, das den Tisch decken wollte. Er ging im Zimmer auf und ab, und da er sich wieder allein sah, ging er zur Türe des Kabinetts und rief mit leiser Stimme: Lotte! Lotte! nur noch Ein Wort! ein Lebewohl! – Sie schwieg. Er harrte und bat und harrte; dann riß er sich weg und rief: Lebe wohl, Lotte! auf ewig lebe wohl!

Er kam ans Stadttor. Die Wächter, die ihn schon gewohnt waren, ließen ihn stillschweigend hinaus. Es stiebte zwischen Regen und Schnee, und erst gegen eilfe klopfte er wieder. Sein Diener bemerkte, als Werther nach Hause kam, daß seinem Herrn der Hut fehlte. Er getraute sich nicht, etwas zu sagen, entkleidete ihn, alles war naß. Man hat nachher den Hut auf einem Felsen, der an dem Abhange des Hügels ins Tal sieht, gefunden, und es ist unbegreiflich, wie er ihn in einer finstern, feuchten Nacht, ohne zu stürzen, erstiegen hat.

Er legte sich zu Bette und schlief lange. Der Bediente fand ihn schreibend, als er ihm den andern Morgen auf sein Rufen den Kaffee brachte. Er schrieb folgendes am Briefe an Lotten:

Zum letzten Male denn, zum letzten Male schlage ich diese Augen auf. Sie sollen, ach, die Sonne nicht mehr sehen, ein trüber neblichter Tag hält sie bedeckt. So traure denn, Natur! dein Sohn, dein Freund, dein Geliebter naht sich seinem Ende. Lotte, das ist ein

Gefühl ohnegleichen, und doch kommt es dem dämmernden Traum am nächsten, zu sich zu sagen: das ist der letzte Morgen. Der letzte! Lotte, ich habe keinen Sinn für das Wort: der letzte! Stehe ich nicht da in meiner ganzen Kraft, und morgen liege ich ausgestreckt und schlaff am Boden. Sterben! was heißt das? Siehe, wir träumen, wenn wir vom Tode reden. Ich habe manchen sterben sehen; aber so eingeschränkt ist die Menschheit, daß sie für ihres Daseins Anfang und Ende keinen Sinn hat. Jetzt noch mein, dein! dein, o Geliebte! Und einen Augenblick – getrennt, geschieden – vielleicht auf ewig? – Nein, Lotte nein – Wie kann ich vergehen? wie kannst du vergehen? Wir *sind* ja! – Vergehen! – Was heißt das? Das ist wieder ein Wort! ein leerer Schall! ohne Gefühl für mein Herz. – – Tot, Lotte! eingescharrt der kalten Erde, so eng! so finster! – Ich hatte eine Freundin, die mein Alles war meiner hülflosen Jugend; sie starb, und ich folgte ihrer Leiche und stand an dem Grabe, wie sie den Sarg hinunterließen und die Seile schnurrend unter ihm weg- und wieder heraufschnellten, dann die erste Schaufel hinunterschollerte und die ängstliche Lade einen dumpfen Ton wiedergab, und dumpfer und immer dumpfer, und endlich bedeckt war! – Ich stürzte neben das Grab hin – ergriffen, erschüttert, geängstet, zerrissen mein Innerstes, aber ich wußte nicht, wie mir geschah – wie mir geschehen wird – Sterben! Grab! ich verstehe die Worte nicht!

O vergib mir! vergib mir! Gestern! Es hätte der letzte Augenblick meines Lebens sein sollen. O du Engel! zum ersten Male, zum ersten Male ganz ohne Zweifel durch mein innig Innerstes durchglühte mich das Wonnegefühl: Sie liebt mich! sie liebt mich! Es brennt noch auf meinen Lippen das heilige Feuer, das von den deinigen strömte; neue warme Wonne ist in meinem Herzen. Vergib mir! vergib mir!

Ach ich wußte, daß du mich liebtest, wußte es an den ersten seelenvollen Blicken, an dem ersten Händedruck, und doch, wenn ich wieder weg war, wenn ich Alberten an deiner Seite sah, verzagte ich wieder in fieberhaften Zweifeln.

Erinnerst du dich der Blumen, die du mir schicktest, als du in jener fatalen Gesellschaft mir kein Wort sagen, keine Hand reichen konntest? o ich habe die halbe Nacht davor gekniet, und sie versiegelten mir deine Liebe. Aber ach! diese Eindrücke gingen vorüber, wie das Gefühl der Gnade seines Gottes allmählich wieder aus der Seele des Gläubigen weicht, die ihm mit ganzer Himmelsfülle in heiligen sichtbaren Zeichen gereicht ward.

Alles das ist vergänglich, aber keine Ewigkeit soll das glühende Leben auslöschen, das ich gestern auf deinen Lippen genoß, das ich in mir fühle! Sie liebt mich! Dieser Arm hat sie umfaßt, diese Lippen haben auf ihren Lippen gezittert, dieser Mund hat an dem ihrigen gestammelt. Sie ist mein! du bist mein! ja, Lotte, auf ewig.

Und was ist das, daß Albert dein Mann ist? Mann! Das wäre denn für diese Welt – und für diese Welt Sünde, daß ich dich liebe, daß ich dich aus seinen Armen in die meinigen reißen möchte? Sünde? Gut, und ich strafe mich dafür; ich habe sie in ihrer ganzen Himmelswonne geschmeckt, diese Sünde, habe Lebensbalsam und Kraft in mein Herz gesaugt. Du bist von diesem Augenblicke mein! mein, o Lotte! Ich gehe voran! gehe zu meinem Vater, zu deinem Vater. Dem will ichs klagen, und er wird mich trösten, bis du kommst, und ich fliege dir entgegen und fasse dich

und bleibe bei dir vor dem Angesichte des Unendlichen in ewigen Umarmungen.
Ich träume nicht, ich wähne nicht! nahe am Grabe wird mir es heller. Wir werden sein! wir werden uns wiedersehen! Deine Mutter sehen! ich werde sie sehen, werde sie finden, ach und vor ihr mein ganzes Herz ausschütten! Deine Mutter, dein Ebenbild. –

Gegen eilfe fragt Werther seinen Bedienten, ob wohl Albert zurückgekommen sei? Der Bediente sagte: ja, er habe dessen Pferd dahinführen sehen. Drauf gibt ihm der Herr ein offenes Zettelchen des Inhalts:
Wollten Sie mir wohl zu einer vorhabenden Reise Ihre Pistolen leihen? Leben Sie recht wohl!

Die liebe Frau hatte die letzte Nacht wenig geschlafen; was sie gefürchtet hatte, war entschieden, auf eine Weise entschieden, die sie weder ahnen noch fürchten konnte. Ihr sonst so rein und leicht fließendes Blut war in einer fieberhaften Empörung, tausenderlei Empfindungen zerrütteten das schöne Herz. War es das Feuer von Werthers Umarmungen, das sie in ihrem Busen fühlte? war es Unwille über seine Verwegenheit? war es eine unmutige Vergleichung ihres gegenwärtigen Zustandes mit jenen Tagen ganz unbefangener freier Unschuld und sorglosen Zutrauens an sich selbst? Wie sollte sie ihrem Manne entgegengehen? wie ihm eine Szene bekennen, die sie so gut gestehen durfte und die sie sich doch zu gestehen nicht getraute? Sie hatten so lange gegen einander geschwiegen, und sollte sie die erste sein, die das Stillschweigen bräche und eben zur unrechten Zeit ihrem Gatten eine so unerwartete Entdeckung machte? Schon fürchtete sie, die bloße Nachricht von Werthers Besuch werde ihm einen unangenehmen Eindruck

machen, und nun gar diese unerwartete Katastrophe! Konnte sie wohl hoffen, daß ihr Mann sie ganz im rechten Lichte sehen, ganz ohne Vorurteil aufnehmen würde? und konnte sie wünschen, daß er in ihrer Seele lesen möchte? Und doch wieder, konnte sie sich verstellen gegen den Mann, vor dem sie immer wie ein kristallhelles Glas offen und frei gestanden war und dem sie keine ihrer Empfindungen jemals verheimlicht noch verheimlichen können? Eins und das andre machte ihr Sorgen und setzte sie in Verlegenheit; und immer kehrten ihre Gedanken wieder zu Werthern, der für sie verloren war, den sie nicht lassen konnte, den sie leider! sich selbst überlassen mußte und dem, wenn er sie verloren hatte, nichts mehr übrig blieb.
Wie schwer lag jetzt, was sie sich in dem Augenblick nicht deutlich machen konnte, die Stockung auf ihr, die sich unter ihnen festgesetzt hatte! So verständige, so gute Menschen fingen wegen gewisser heimlicher Verschiedenheiten unter einander zu schweigen an, jedes dachte seinem Recht und dem Unrechte des andern nach, und die Verhältnisse verwickelten und verhetzten sich dergestalt, daß es unmöglich ward, den Knoten eben in dem kritischen Moment, von dem alles abhing, zu lösen. Hätte eine glückliche Vertraulichkeit sie früher wieder einander näher gebracht, wäre Liebe und Nachsicht wechselweise unter ihnen lebendig worden und hätte ihre Herzen aufgeschlossen, vielleicht wäre unser Freund noch zu retten gewesen.

Noch ein sonderbarer Umstand kam dazu. Werther hatte, wie wir aus seinen Briefen wissen, nie ein Geheimnis daraus gemacht, daß er sich, diese Welt zu verlassen, sehnte. Albert hatte ihn oft bestritten, auch war zwischen Lotten und ihrem Mann manchmal die

Rede davon gewesen. Dieser, wie er einen entschiedenen Widerwillen gegen die Tat empfand, hatte auch gar oft mit einer Art von Empfindlichkeit, die sonst ganz außer seinem Charakter lag, zu erkennen gegeben, daß er an dem Ernst eines solchen Vorsatzes sehr zu zweifeln Ursach finde, er hatte sich sogar darüber einigen Scherz erlaubt und seinen Unglauben Lotten mitgeteilt. Dies beruhigte sie zwar von einer Seite, wenn ihre Gedanken ihr das traurige Bild vorführten, von der andern aber fühlte sie sich auch dadurch gehindert, ihrem Manne die Besorgnisse mitzuteilen, die sie in dem Augenblicke quälten.

Albert kam zurück, und Lotte ging ihm mit einer verlegnen Hastigkeit entgegen, er war nicht heiter, sein Geschäft war nicht vollbracht, er hatte an dem benachbarten Amtmanne einen unbiegsamen, kleinsinnigen Menschen gefunden. Der üble Weg auch hatte ihn verdrießlich gemacht.

Er fragte, ob nichts vorgefallen sei, und sie antwortete mit Übereilung: Werther sei gestern abends dagewesen. Er fragte, ob Briefe gekommen, und er erhielt zur Antwort, daß ein Brief und Pakete auf seiner Stube lägen. Er ging hinüber, und Lotte blieb allein. Die Gegenwart des Mannes, den sie liebte und ehrte, hatte einen neuen Eindruck in ihr Herz gemacht. Das Andenken seines Edelmuts, seiner Liebe und Güte hatte ihr Gemüt mehr beruhigt, sie fühlte einen heimlichen Zug, ihm zu folgen, sie nahm ihre Arbeit und ging auf sein Zimmer, wie sie mehr zu tun pflegte. Sie fand ihn beschäftigt, die Pakete zu erbrechen und zu lesen. Einige schienen nicht das Angenehmste zu enthalten. Sie tat einige Fragen an ihn, die er kurz beantwortete, und sich an den Pult stellte, zu schreiben.

Sie waren auf diese Weise eine Stunde nebeneinander gewesen, und es ward immer dunkler in Lottens Gemüt. Sie fühlte, wie schwer es ihr werden würde, ihrem Mann, auch wenn er bei dem besten Humor wäre, das zu entdecken, was ihr auf dem Herzen lag: sie verfiel in eine Wehmut, die ihr um desto ängstlicher ward, als sie solche zu verbergen und ihre Tränen zu verschlucken suchte.

Die Erscheinung von Werthers Knaben setzte sie in die größte Verlegenheit; er überreichte Alberten das Zettelchen, der sich gelassen nach seiner Frau wendete und sagte: Gib ihm die Pistolen. – Ich lasse ihm glückliche Reise wünschen, sagte er zum Jungen. – Das fiel auf sie wie ein Donnerschlag, sie schwankte aufzustehen, sie wußte nicht, wie ihr geschah. Langsam ging sie nach der Wand, zitternd nahm sie das Gewehr herunter, putzte den Staub ab und zauderte und hätte noch lange gezögert, wenn nicht Albert durch einen fragenden Blick sie gedrängt hätte. Sie gab das unglückliche Werkzeug dem Knaben, ohne ein Wort vorbringen zu können, und als der zum Hause hinaus war, machte sie ihre Arbeit zusammen, ging in ihr Zimmer, in dem Zustande der unaussprechlichsten Ungewißheit. IhrHerz weissagte ihr alle Schrecknisse. Bald war sie im Begriffe, sich zu den Füßen ihres Mannes zu werfen, ihm alles zu entdecken, die Geschichte des gestrigen Abends, ihre Schuld und ihre Ahnungen. Dann sah sie wieder keinen Ausgang des Unternehmens, am wenigsten konnte sie hoffen, ihren Mann zu einem Gange nach Werthern zu bereden. Der Tisch ward gedeckt, und eine gute Freundin, die nur etwas zu fragen kam, gleich gehen wollte – und blieb, machte die Unterhaltung bei Tische erträglich; man zwang sich, man redete, man erzählte, man vergaß sich.

Der Knabe kam mit den Pistolen zu Werthern, der sie ihm mit Entzücken abnahm, als er hörte, Lotte habe sie ihm gegeben. Er ließ sich Brot und Wein bringen, hieß den Knaben zu Tische gehen und setzte sich nieder, zu schreiben:

Sie sind durch deine Hände gegangen, du hast den Staub davon geputzt, ich küsse sie tausendmal, du hast sie berührt: und du, Geist des Himmels, begünstigst meinen Entschluß! und du, Lotte, reichst mir das Werkzeug, du, von deren Händen ich den Tod zu empfangen wünschte und ach! nun empfange. O ich habe meinen Jungen ausgefragt. Du zittertest, als du sie ihm reichtest, du sagtest kein Lebewohl! – Wehe! wehe! kein Lebewohl! – Solltest du dein Herz für mich verschlossen haben, um des Augenblicks willen, der mich ewig an dich befestigte? Lotte, kein Jahrtausend vermag den Eindruck auszulöschen! und ich fühle es, du kannst den nicht hassen, der so für dich glüht.

Nach Tische hieß er den Knaben alles vollends einpacken, zerriß viele Papiere, ging aus und brachte noch kleine Schulden in Ordnung. Er kam wieder nach Hause, ging wieder aus, vors Tor, ungeachtet des des Regens, in den gräflichen Garten, schweifte weiter in der Gegend umher und kam mit anbrechender Nacht zurück und schrieb:

Wilhelm, ich habe zum letzten Male Feld und Wald und den Himmel gesehen. Lebe wohl auch du! Liebe Mutter, verzeiht mir! Tröste sie, Wilhelm! Gott segne euch! Meine Sachen sind alle in Ordnung. Lebt wohl! wir sehen uns wieder und freudiger.
Ich habe dir übel gelohnt, Albert, und du vergibtst mir. Ich habe den Frieden deines Hauses gestört, ich

habe Mißtrauen zwischen euch gebracht. Lebe wohl! ich will es enden. O daß ihr glücklich wäret durch meinen Tod! Albert! Albert! mache den Engel glücklich! Und so wohne Gottes Segen über dir! –

Er kramte den Abend noch viel in seinen Papieren, zeriß vieles und warf es in den Ofen, versiegelte einige Päcke mit den Adressen an Wilhelm. Sie enthielten kleine Aufsätze, abgerissene Gedanken, deren ich verschiedene gesehen habe; und nachdem er um zehn Uhr Feuer hatte nachlegen und sich eine Flasche Wein geben lassen, schickte er den Bedienten, dessen Kammer wie auch die Schlafzimmer der Hausleute weit hinten hinaus waren, zu Bette, der sich dann in seinen Kleidern niederlegte, um frühe bei der Hand zu sein; denn sein Herr hatte gesagt, die Postpferde würden vor sechse vors Haus kommen.

Nach Eilfe.

Alles ist so still um mich her, und so ruhig meine Seele. Ich danke dir, Gott, der du diesen letzten Augenblicken diese Wärme, diese Kraft schenkest.
Ich trete an das Fenster, meine Beste! und sehe, und sehe noch durch die stürmenden, vorüberfliehenden Wolken einzelne Sterne des ewigen Himmels! Nein, ihr werdet nicht fallen! der Ewige trägt euch an seinem Herzen, und mich. Ich sehe die Deichselsterne des Wagens, des liebsten unter allen Gestirnen. Wenn ich nachts von dir ging, wie ich aus deinem Tore trat, stand er gegen mir über. Mit welcher Trunkenheit habe ich ihn oft angesehen! oft mit aufgehobenen Händen ihn zum Zeichen, zum heiligen Merksteine meiner gegenwärtigen Seligkeit gemacht! und noch – O Lotte, was erinnert mich nicht an dich! umgibst du

mich nicht! und habe ich nicht, gleich einem Kinde, ungenügsam allerlei Kleinigkeiten zu mir gerissen, die du Heilige berührt hattest!

Liebes Schattenbild! Ich vermache dir es zurück, Lotte, und bitte dich, es zu ehren. Tausend, tausend Küsse habe ich drauf gedrückt, tausend Grüße ihm zugewinkt, wenn ich ausging oder nach Hause kam.

Ich habe deinen Vater in einem Zettelchen gebeten, meine Leiche zu schützen. Auf dem Kirchhofe sind zwei Lindenbäume, hinten in der Ecke nach dem Felde zu; dort wünsche ich zu ruhen. Er kann, er wird das für seinen Freund tun. Bitte ihn auch. Ich will frommen Christen nicht zumuten, ihren Körper neben einen armen Unglücklichen zu legen. Ach ich wollte, ihr begrübt mich am Wege, oder im einsamen Tale, daß Priester und Levit vor dem bezeichneten Steine sich segnend vorübergingen und der Samariter eine Träne weinte.

Hier, Lotte! Ich schaudere nicht, den kalten, schrecklichen Kelch zu fassen, aus dem ich den Taumel des Todes trinken soll! Du reichtest mir ihn, und ich zage nicht. All! all! So sind alle die Wünsche und Hoffnungen meines Lebens erfüllt! So kalt, so starr an der ehernen Pforte des Todes anzuklopfen.

Daß ich des Glückes hätte teilhaftig werden können, für *dich* zu sterben! Lotte, für *dich* mich hinzugeben! Ich wollte mutig, ich wollte freudig sterben, wenn ich dir die Ruhe, die Wonne deines Lebens wieder schaffen könnte. Aber ach! das ward nur wenigen Edeln gegeben, ihr Blut für die Ihrigen zu vergießen und durch ihren Tod ein neues hundertfältiges Leben ihren Freunden anzufachen.

In diesen Kleidern, Lotte, will ich begraben sein, du hast sie berührt, geheiligt; ich habe auch deinen Vater

D Chodowiecki del. D. Berger Sculpsit.

*da*rum gebeten. Meine Seele schwebt über dem Sarge. Man soll meine Taschen nicht aussuchen. Diese blaßrote Schleife, die du am Busen hattest, als ich dich zum ersten Male unter deinen Kindern fand – O küsse sie tausendmal und erzähle ihnen das Schicksal ihres unglücklichen Freundes. Die Lieben! sie wimmeln um mich. Ach wie ich mich an dich schloß! seit dem ersten Augenblicke dich nicht lassen konnte! – Diese Schleife soll mit mir begraben werden. An meinem Geburtstage schenktest du mir sie! Wie ich das alles verschlang! – Ach ich dachte nicht, daß mich der Weg hierher führen sollte! – – Sei ruhig! ich bitte dich, sei ruhig! – Sie sind geladen – Es schlägt zwölfe! So sei des denn! – Lotte! Lotte, lebe wohl! lebe wohl! –

Ein Nachbar sah den Blitz vom Pulver und hörte den Schuß fallen; da aber alles stille blieb, achtete er nicht weiter drauf.

Morgens um sechse tritt der Bediente herein mit dem Lichte. Er findet seinen Herrn an der Erde, die Pistole und Blut. Er ruft, er faßt ihn an; keine Antwort, er röchelte nur noch. Er läuft nach den Ärzten, nach Alberten. Lotte hört die Schelle ziehen, ein Zittern ergreift alle ihre Glieder. Sie weckt ihren Mann, sie stehen auf, der Bediente bringt heulend und stotternd die Nachricht, Lotte sinkt ohnmächtig vor Alberten nieder.

Als der Medikus zu dem Unglücklichen kam, fand er ihn an der Erde ohne Rettung, der Puls schlug, die Glieder waren alle gelähmt. Über dem rechten Auge hatte er sich durch den Kopf geschossen, das Gehirn war herausgetrieben. Man ließ ihm zum Überfluß eine Ader am Arme, das Blut lief, er holte noch immer Atem. Aus dem Blut auf der Lehne des Sessels konnte man schließen, er habe sitzend vor dem Schreibtische die

Tat vollbracht, dann ist er heruntergesunken, hat sich konvulsivisch um den Stuhl herumgewälzt. Er lag gegen das Fenster entkräftet auf dem Rücken, war in völliger Kleidung, gestiefelt, im blauen Frack mit gelber Weste.

Das Haus, die Nachbarschaft, die Stadt kam in Aufruhr. Albert trat herein. Werthern hatte man auf das Bette gelegt, die Stirn verbunden, sein Gesicht schon wie eines Toten, er rührte kein Glied. Die Lunge röchelte noch fürchterlich, bald schwach, bald stärker; man erwartete sein Ende.

Von dem Weine hatte er nur ein Glas getrunken. Emilia Galotti lag auf dem Pulte aufgeschlagen.

Von Alberts Bestürzung, von Lottens Jammer laßt mich nichts sagen.

Der alte Amtmann kam auf die Nachricht hereingesprengt, er küßte den Sterbenden unter den heißesten Tränen. Seine ältesten Söhne kamen bald nach ihm zu Fuße, sie fielen neben dem Bette nieder im Ausdrucke des unbändigsten Schmerzens, küßten ihm die Hände und den Mund, und der ältste, den er immer am meisten geliebt, hing an seinen Lippen, bis er verschieden war und man den Knaben mit Gewalt wegriß. Um zwölfe mittags starb er. Die Gegenwart des Amtmannes und seine Anstalten tuschten einen Auflauf. Nachts gegen eilfe ließ er ihn an die Stätte begraben, die er sich erwählt hatte. Der Alte folgte der Leiche und die Söhne, Albert vermochts nicht. Man fürchtete für Lottens Leben. Handwerker trugen ihn. Kein Geistlicher hat ihn begleitet.

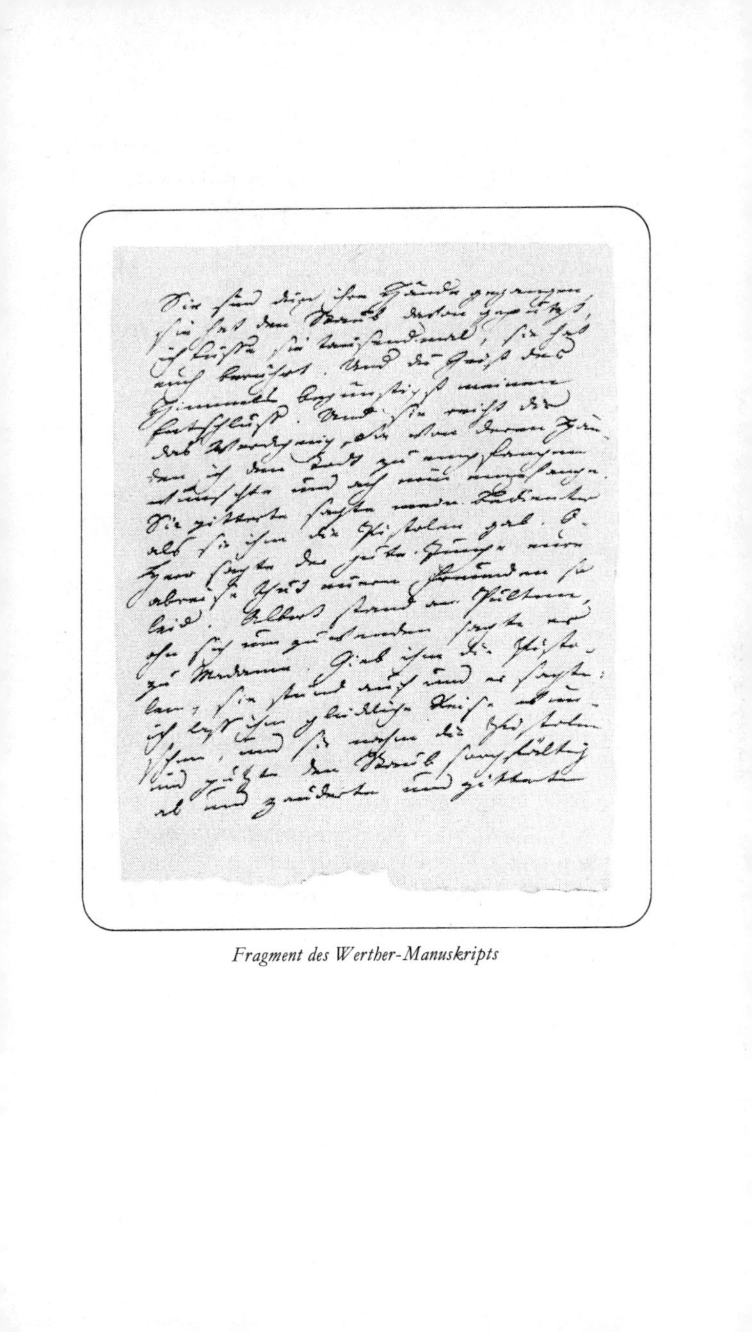

Fragment des Werther-Manuskripts

Die Leiden

des

jungen Werthers.

Erster Theil.

Leipzig,

in der Weygandschen Buchhandlung.

1774.

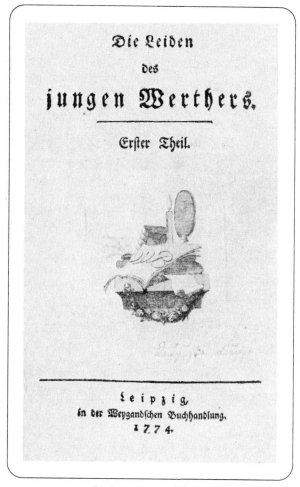

Die Leiden des jungen Werthers
Leipzig 1774. Erstausgabe

Die Leiden

des

jungen Werthers.

Erster Theil.

Jeder Jüngling sehnt sich so zu lieben,
Jedes Mädgen so geliebt zu seyn,
Ach, der heiligste von unsern Trieben,
Warum quillt aus ihm die grimme Pein?

Zweyte ächte Auflage.

Leipzig,

in der Weygandschen Buchhandlung.

1775.

Die Leiden des jungen Werthers
Leipzig 1775. 2. Auflage

Johann Christian Kestner

Charlotte Kestner, geb. Buff

Ansicht von Wetzlar

Das deutsche Haus in Wetzlar

Werther am Schreibpult

Lotte verteilt das Brot an ihre Geschwister

Lolotte et Werther

Charlotte at the Tomb of Werter

The first Interview of Werter and Charlotte

Charlotte's Visit to the Vicar

Albert, Charlotte and Werter

Georg Lukács
Die Leiden des jungen Werther

Das Erscheinungsjahr des »Werther« – 1774 – ist ein wichtiges Datum, nicht nur für die deutsche Literaturgeschichte, sondern auch für die Weltliteratur. Die kurze, aber außerordentlich bedeutungsvolle philosophische und literarische Hegemonie Deutschlands, die zeitweilige Ablösung Frankreichs von der ideologischen Führung auf diesen Gebieten tritt mit dem Welterfolg des »Werther« zum erstenmal offenkundig zutage. Freilich hat die deutsche Literatur schon vor dem »Werther« Werke von weltliterarischer Bedeutung hervorgebracht. Es genügt, an Winckelmann, an Lessing, an Goethes »Götz von Berlichingen« zu erinnern. Die außerordentlich weite und tiefe Wirkung des »Werther« in der ganzen Welt hat aber diese führende Rolle der deutschen Aufklärung klar ins Licht gestellt.

Der deutschen Aufklärung? Hier stutzt der Leser, der an den Literaturlegenden der bürgerlichen Geschichte und der von ihnen abhängigen Vulgärsoziologie »geschult« wurde. Ist es ja ein Gemeinplatz sowohl der bürgerlichen Literaturgeschichte wie der Vulgärsoziologie, daß Aufklärung und »Sturm und Drang«, insbesondere der »Werther«, in ausschließendem Gegensatz zueinander stehen. Diese Literaturlegende beginnt bereits mit dem berühmten Buch der Romantikerin Frau von Staël über Deutschland. Sie wird dann auch von den bürgerlich-progressiven Literaturhistorikern übernommen und dringt durch die Vermittlung der bekannten Schriften von Georg Brandes in die pseudomarxistische Vulgärsoziologie ein. Es ist selbstverständlich, daß bürgerliche Literaturhistoriker der imperialistischen Periode, wie Gundolf, Korff, Strich usw., an dieser Legende begeistert weiterbauen. Ist sie doch das beste ideologische Mittel, eine chinesische Mauer zwischen Aufklärung und deutscher Klassik aufzurichten, die Aufklärung zugunsten der späteren reaktionären Tendenzen in der Romantik herabzusetzen.

Ist für eine Geschichtslegende ein so tiefes ideologisches Bedürfnis vorhanden wie der Haß der reaktionären Bourgeoisie gegen die revolutionäre Aufklärung, so ist es klar, daß die Zusammenklitterer solcher Geschichtslegenden sich überhaupt nicht um die offenkundigen Tatsachen der Geschichte kümmern, daß es ihnen ganz gleichgültig ist, wenn ihre Legenden den primitivsten Tatsachen ins Gesicht schlagen. Dies ist in der Werther-Frage ganz offenkundig der Fall. Denn auch die bürgerliche Literaturgeschichte ist gezwungen, in Richardson und Rousseau literarische Vorläufer des »Werther« anzuerkennen. Freilich ist es für das geistige Niveau der bürgerlichen Literaturhistoriker bezeichnend, daß die Feststellung des literarischen Zusammenhanges zwischen Richardson, Rousseau und Goethe unvermittelt neben der Behauptung des diametralen Gegensatzes zwischen »Werther« und der Aufklärung bestehen kann.

Die intelligenteren Reaktionäre spüren freilich etwas von diesem Widerspruch. Sie wollen aber die Frage dadurch lösen, daß sie bereits Rousseau in einen ausschließenden Gegensatz zur Aufklärung bringen, aus ihm einen Ahnherrn der reaktionären Romantik machen. Bei Richardson selbst versagt aber auch diese »Weisheit«. Richardson ist ein typischer bürgerlicher

Aufklärer gewesen. Sein großer europäischer Erfolg spielte sich gerade in der progressiven Bourgeoisie ab; die ideologischen Vorkämpfer der europäischen Aufklärung, wie Diderot und Lessing, waren die begeisterten Verkünder seines Ruhmes.

Was ist nun der ideologische Inhalt dieser Geschichtslegende? Welches ideologische Bedürfnis der Bourgeoisie des 19. Jahrhunderts soll sie befriedigen? Dieser Inhalt ist außerordentlich dürftig und abstrakt, mag er in einzelnen Darlegungen mit noch so pompösen Phrasen aufgeputzt sein. Es handelt sich darum, daß die Aufklärung angeblich nur den »Verstand« berücksichtige. Der deutsche »Sturm und Drang« sei dagegen eine Revolte des »Gefühls«, des »Gemüts«, des »Triebes« gegen die Tyrannei des Verstandes. Diese kahle und leere Abstraktion dient dazu, die irrationalistischen Tendenzen der bürgerlichen Dekadenz zu verherrlichen, jede Tradition der revolutionären Periode der bürgerlichen Entwicklung zu verschütten. Bei liberalen Literaturhistorikern vom Typus Brandes' erscheint diese Theorie noch in einer eklektischen, kompromißhaften Weise: die ideologische Überlegenheit der nicht mehr revolutionären Bourgeoisie des 19. Jahrhunderts über die revolutionäre Periode soll darin aufgezeigt werden, daß die spätere Entwicklung »konkreter« sei, daß sie auch das »Gemüt« usw. berücksichtige. Die offenen Reaktionäre wenden sich bereits ohne jeden Vorbehalt gegen die Aufklärung, verleumden sie mit offener Schamlosigkeit.

Worin bestand das Wesen des berüchtigten »Verstandes« in der Aufklärung? Klarerweise in einer rücksichtslosen Kritik der Religion, der theologisch verseuchten Philosophie, der Institutionen des Feudalabsolutismus, der feudalreligiösen Gebote der Moral usw. Daß dieser rücksichtslose Kampf der Aufklärer für die reaktionär gewordene Bourgeoisie ideologisch untragbar geworden ist, ist leicht zu verstehen. Folgt aber daraus, daß die Aufklärer, die als ideologische Avantgarde der revolutionären Bourgeoisie in Wissenschaft, Kunst und Leben nur das anerkannten, was einer Prüfung durch den menschlichen Verstand, einer Konfrontierung mit den Tatsachen des Lebens standhielt, irgendeine Verachtung oder Unterschätzung des menschlichen Gefühlsleben zeigte? Wir glauben, daß bereits die deutlich gestellte Frage die Abstraktheit und Unhaltbarkeit solcher reaktionären Konstruktionen klar bezeugt. Nur vom Standpunkt des nachrevolutionären Legitimismus, für welchen jede royalistische Tradition eine sentimentale, verlogene Gefühlsbetontheit erhält, bei welchem sich die unvolkstümlichen Traditionen der Aufklärung mit dieser unwahren Sentimentalität verschmelzen, nur von diesem Standpunkt aus scheint eine solche Konstruktion einleuchtend. Im Gegensatz zur bürgerlichen Literaturgeschichte und Vulgärsoziologie, die etwa Chateaubriand von Rousseau und Goethe herleitet, spricht Marx über »... diesen Schönschreiber, der aufs widerlichste den vornehmen Skeptizismus und Voltairianismus des 18. Jahrhunderts mit dem vornehmen Sentimentalismus und Romantizismus des 19. vereint«.

In der Aufklärung selbst steht die Frage vollkommen anders. Wenn – um nur ein Beispiel zu wählen, da unser Raum zur breiten Auseinandersetzung viel zu beschränkt ist – Lessing gegen die Theorie und Praxis des Tragikers Corneille kämpft, von welchem Standpunkt tut er es? Er geht gerade davon aus, daß die

Konzeption des Tragischen bei Corneille unmenschlich ist, daß Corneille das menschliche Gemüt, das menschliche Gefühlsleben nicht berücksichtigt, daß er, befangen in den höfisch-adeligen Konventionen seiner Zeit, tote und rein verstandesmäßige Konstruktionen bietet. Der große literaturtheoretische Kampf solcher Aufklärer, wie Diderot und Lessing, ging gegen die adeligen Konventionen. Sie bekämpfen diese auf der ganzen Linie, sowohl ihre verstandesmäßige Kälte wie ihre Vernunftwidrigkeit. Zwischen Lessings Kampf gegen diese Kälte der tragédie classique und seiner Proklamierung der Rechte des Verstandes, etwa in der Frage der Religion, besteht nicht der geringste innere Widerspruch. Denn jede große gesellschaftlich-geschichtliche Umwälzung bringt einen *neuen Menschen* hervor. In den ideologischen Kämpfen handelt es sich also um den Kampf für diesen konkreten neuen Menschen, gegen den alten Menschen der versinkenden und verhaßten alten Gesellschaftsordnung. Niemals aber geht es in Wirklichkeit (nur in der apologetischen Phantasie reaktionärer Ideologen) um den Kampf einer abstrakten und isolierten Eigenschaft des Menschen gegen eine andere isolierte und abstrakte Eigenschaft (Trieb gegen Verstand).

Erst die Zerstörung solcher Geschichtslegenden, solcher in der Wirklichkeit nie existierenden Widersprüche eröffnet den Weg zur Erkenntnis der wirklichen inneren Widersprüche der Aufklärung. Diese sind die ideologischen Widerspiegelungen der Widersprüche der bürgerlichen Revolution, ihres sozialen Inhalts und ihrer treibenden Kräfte, der Widersprüche der Entstehung, des Wachstums und der Entfaltung der bürgerlichen Gesellschaft selbst. Und diese Wider-

sprüche sind im gesellschaftlichen Leben selbst natürlich nicht starr und ein für allemal gegeben. Sie tauchen vielmehr in außerordentlich ungleichmäßiger Weise, der Ungleichmäßigkeit der gesellschaftlichen Entwicklung entsprechend, auf, erhalten für eine bestimmte Entwicklungsstufe eine scheinbar befriedigende Lösung, um bei Weiterentwicklung der Gesellschaft auf höherer Stufe in verstärkter Form wieder zu erscheinen. Jene literarischen Polemiken unter den Aufklärern, jene Kritiken der Belletristik der Aufklärungszeit von den Aufklärern selbst, aus deren abstrahierender Entstellung die reaktionäre Literaturgeschichte ihre »Argumente« schöpft, sind also nur Spiegelbilder der Widersprüche der gesellschaftlichen Entwicklung selbst, Kämpfe einzelner Strömungen innerhalb der Aufklärung, Kämpfe einzelner Stufen der Aufklärung.
Mehring hat als erster die reaktionären Geschichtslegenden über den Charakter von Lessings Kampf gegen Voltaire zerstört. Er hat überzeugend nachgewiesen, daß Lessing von einer höheren Stufe der Aufklärung die zurückgebliebenen, kompromißhaften Züge Voltaires kritisiert hat. Besonders interessant ist diese Frage in bezug auf Rousseau. Bei Rousseau treten nämlich die ideologischen Seiten der plebejischen Durchführung der bürgerlichen Revolution zum erstenmal in dominierender Weise hervor und sind, der inneren Dialektik dieser Bewegung entsprechend, oft mit kleinbürgerlich-reaktionären Zügen vermischt; oft tritt der soziale Inhalt der Revolution diesem unklaren Plebejertum gegenüber in den Hintergrund. Die Kritiker Rousseaus unter den Aufklärern (Voltaire, d'Alembert usw., auch Lessing) sind also Rousseau gegenüber völlig im Recht, wenn sie

auf die Reinheit dieses sozialen Gehalts bestehen, sie gehen aber in dieser Polemik oft an dem wertvollen Neuen bei Rousseau, an seinem Plebejertum, an dem beginnenden dialektischen Herausarbeiten der Widersprüche der bürgerlichen Gesellschaft achtlos vorbei. Das belletristische Schaffen Rousseaus ist aufs engste mit diesen seinen Grundtendenzen verbunden. Dadurch erhebt er die Richardsonsche Darstellung der Innerlichkeit des bürgerlichen Alltags und seiner Konflikte denkerisch wie dichterisch auf eine viel höhere Stufe. Und wenn Lessing hier oft Protest erhebt und – im Einverständnis mit Mendelssohn – an Richardson gegen Rousseau festhält, so hat er sehr wesentliche Züge der neuen, höheren, widerspruchsvolleren Stufe der Aufklärung übersehen.

Das Schaffen des jungen Goethe ist eine *Weiterführung* der Rousseauschen Linie. Freilich in einer deutschen Weise, wodurch wieder eine Reihe von neuen Widersprüchen entsteht. Die besondere deutsche Note ist untrennbar mit der ökonomisch-gesellschaftlichen Zurückgebliebenheit Deutschlands, mit der deutschen Misere verknüpft. So scharf man auf diese deutsche Misere hinzuweisen hat, so sehr muß vor ihrer vulgarisierenden Vereinfachung gewarnt werden. Selbstverständlich fehlt dieser deutschen Literatur die politisch-soziale Zielklarheit und Festigkeit der Franzosen, die dichterische Widerspiegelung einer entwickelten, reich entfalteten bürgerlichen Gesellschaft der Engländer. Selbstverständlich trägt diese Literatur viele Muttermale der Kleinlichkeit des Lebens im unentwickelten und zerstückelten Deutschland an sich. Andrerseits darf aber nicht vergessen werden, daß die Widersprüche der bürgerlichen Entwicklung nirgends in einer solchen Leidenschaftlichkeit und

Plastik ausgedrückt worden sind wie gerade in der deutschen Literatur des 18. Jahrhunderts. Man denke nur an das bürgerliche Drama. Entstanden in England und Frankreich, hat es doch weder sozial-inhaltlich noch künstlerisch-formal in diesen Ländern eine solche Höhe erreicht wie schon in der »Emilia Galotti« Lessings, wie insbesondere in den »Räubern«, in »Kabale und Liebe« des jungen Schiller.

Freilich ist der junge Goethe kein Revolutionär, auch nicht im Sinne des jungen Schiller. Aber in einem breiten historischen Sinne, im Sinne der innigen Verknüpftheit mit den Grundproblemen der bürgerlichen Revolution bedeuten die Werke des jungen Goethe einen revolutionären Gipfelpunkt der europäischen Aufklärungsbewegung, der ideologischen Vorbereitung der Großen Französischen Revolution.

Im Mittelpunkt des »Werther« steht das große Problem des bürgerlich-revolutionären Humanismus, das Problem der freien und allseitigen Entfaltung der menschlichen Persönlichkeit. Feuerbach sagt: »Unser Ideal sei kein kastriertes, entleibtes, abgezogenes Wesen, unser Ideal sei der ganze, wirkliche, allseitige, vollkommene, ausgebildete Mensch.« Lenin, der diesen Satz in seine philosophischen Exzerpte einfügt, sagt darüber, dieses Ideal ist das »der vorgeschrittenen bürgerlichen Demokratie oder der revolutionären bürgerlichen Demokratie«.

Die Tiefe und Vielseitigkeit in der Problemstellung des jungen Goethe beruht darauf, daß er den Gegensatz zwischen Persönlichkeit und bürgerlicher Gesellschaft nicht nur in bezug auf den halbfeudalen Duodez-Absolutismus Deutschlands seiner Zeit sieht, sondern in bezug auf die bürgerliche Gesellschaft im allgemeinen. Selbstverständlich richtet sich der Kampf des jungen Goethe gegen jene konkreten Formen der Unterdrückung und der Verkümmerung der menschlichen Persönlichkeit, die das Deutschland seiner Tage hervorbringt. Aber die Tiefe seiner Auffassung zeigt sich darin, daß er nicht bei einer Kritik der bloßen Symptome, bei einer polemischen Darstellung der augenfälligen Erscheinungsweisen stehenbleibt. Er gestaltet vielmehr das Alltagsleben seiner Zeit mit einem so tiefen Verständnis der bewegenden Kräfte, der grundlegenden Widersprüche, daß die Bedeutung seiner Kritik weit über eine Kritik der Zustände des zurückgebliebenen Deutschlands hinausgeht. Die begeisterte Aufnahme, die der »Werther« in ganz Europa fand, zeigt, daß die Menschen der kapitalistisch entwickelten Länder im Schicksal Werthers sofort erleben mußten: tua res agitur.

Der Gegensatz von Persönlichkeit und Gesellschaft wird beim jungen Goethe sehr breit und verwickelt verstanden. Goethe beschränkt sich nicht darauf, die unmittelbar gesellschaftlichen Hemmungen der Persönlichkeitsentwicklung aufzuzeigen. Diesen ist selbstverständlich ein breiter und wesentlicher Teil seiner Darstellung gewidmet. Goethe sieht in der feudalen Standesschichtung, in der feudalen Abschließung der Stände voneinander, ein unmittelbares und wesentliches Hindernis der Entfaltung der menschlichen Persönlichkeit und kritisiert dementsprechend die Gesellschaftsordnung mit bitterer Satire.

Er sieht aber zugleich, daß die bürgerliche Gesellschaft, deren Entwicklung eigentlich das Problem der Persönlichkeitsentfaltung mit solcher Vehemenz in den Vordergrund gestellt hat, ihr selbst ununterbrochen Hindernisse entgegensetzt. Dieselben Gesetze,

Institutionen usw., die der Persönlichkeitsentfaltung im engen Klassensinne der Bourgeoisie dienen, die die Freiheit des Laisser-faire hervorbringen, sind gleichzeitig unbarmherzige Würger der sich wirklich entfaltenden Persönlichkeit. Die kapitalistische Arbeitsteilung, auf deren Grundlage erst jene Entwicklung der Produktivkräfte vor sich gehen kann, die die materielle Basis der entfalteten Persönlichkeit bilden, unterwirft sich zugleich den Menschen, zerstückelt seine Persönlichkeit zu einem leblosen Spezialistentum usw. Es ist klar, daß dem jungen Goethe die ökonomische Einsicht in diese Zusammenhänge fehlen mußte. Um so höher muß seine dichterische Genialität eingeschätzt werden, mit der an menschlichen Schicksalen die wirkliche Dialektik dieser Entwicklung darstellen konnte.

Da Goethe von konkreten Menschen, von konkreten menschlichen Schicksalen ausgeht, faßt er alle diese Probleme in jener konkreten Verwickeltheit und Vermitteltheit, in der sie sich im persönlichen Schicksal einzelner Menschen zeigen. Da er in seinem Helden einen außerordentlich differenzierten, innerlichen Menschen gestaltet, zeigen sich diese Probleme in einer sehr komplizierten, tief in die Ideologie hineinreichenden Weise. Aber der Zusammenhang ist überall sichtbar, wird sogar überall vom Bewußtsein der handelnden Menschen in irgendeiner Weise erfaßt. So sagt z.B. Werther über das Verhältnis von Natur und Kunst: »Sie (die Natur) allein ist unendlich reich, und sie allein bildet den großen Künstler. Man kann zum Vorteile der Regeln viel sagen, ungefähr was man zum Lobe der bürgerlichen Gesellschaft sagen kann.« Das zentrale Problem bleibt immer die einheitliche und allumfassende Entfaltung der menschlichen Persönlichkeit. In seiner Darstellung der eigenen Jugend, die der alte Goethe in »Dichtung und Wahrheit« gab, geht er ausführlich auf die prinzipiellen Grundlagen dieses Kampfes ein. Er analysiert das Denken Hamanns, der neben Rousseau und Herder seine Jugendentwicklung am stärksten beeinflußt hat, und spricht mit eigenen Worten jenes Grundprinzip aus, dessen Verwirklichung das Hauptbestreben nicht nur seiner Jugend gewesen ist: »Alles, was der Mensch zu leisten unternimmt, es werde nun durch Tat oder Wort oder sonst hervorgebracht, muß aus sämtlichen vereinigten Kräften entspringen; alles Vereinzelte ist verwerflich. Eine herrliche Maxime, aber schwer zu befolgen.«

Der dichterische Hauptinhalt des »Werther« ist ein Kampf um die Verwirklichung dieser Maxime, ein Kampf gegen die äußeren und inneren Hindernisse ihrer Verwirklichung. Ästhetisch bedeutet dies den Kampf gegen die »Regeln«, von dem wir bereits gehört haben. Auch hier muß man sich davor hüten, mit metaphysischen, starren Gegensätzen zu arbeiten. Werther und mit ihm der junge Goethe sind Feinde der »Regeln«. Aber die »Regellosigkeit« bedeutet für Werther einen leidenschaftlichen großen Realismus, bedeutet die Verehrung von Homer, Klopstock, Goldsmith, Lessing.

Noch energischer und leidenschaftlicher ist die Rebellion gegen die Regeln der Ethik. Die Grundlinie der bürgerlichen Entwicklung verlangt an Stelle der ständischen und lokalen Privilegien einheitliche nationale Rechtssysteme. Diese große historische Bewegung muß sich auch in der Ethik als Verlangen nach einheitlichen allgemeingültigen Gesetzen des menschlichen Handelns widerspiegeln. Im Laufe der späteren deutschen Entwicklung erreicht diese gesellschaftliche Tendenz ihren hohen philosophischen Ausdruck in der idealistischen Ethik von Kant und Fichte. Die Tendenz dazu ist aber – im konkreten Leben selbstverständlich oft in philiströser Weise erscheinend – lange vor Kant und Fichte vorhanden.

Aber so notwendig diese Entwicklung auch historisch sei, was sie hervorbringt, ist zugleich ein Hindernis der Entwicklung der Persönlichkeit. Die Ethik im Kant-Fichteschen Sinne will ein einheitliches System der Regeln, ein widerspruchsloses System der Vorschriften für eine Gesellschaft auffinden, deren bewegendes Grundprinzip der Widerspruch selbst ist. Das Individuum, das in dieser Gesellschaft handelt, das notgedrungenerweise das System der Regeln im allgemeinen, im Prinzip, anerkennt, muß im konkreten Fall ununterbrochen in Widerspruch mit diesen Prinzipien geraten. Und zwar nicht so, wie es sich Kant vorstellt, daß bloß die niedrigen, egoistischen Triebe des Menschen den hohen ethischen Maximen widersprechen. Der Widerspruch entspringt vielmehr sehr häufig und in den hier allein maßgebenden Fällen aus den besten und edelsten Leidenschaften des Menschen. Erst viel später gelingt es der Hegelschen Dialektik – freilich in idealistischer Weise –, ein einigermaßen adäquates Bild über die widerspruchsvolle Wechselwirkung zwischen menschlicher Leidenschaft und gesellschaftlicher Entwicklung gedanklich zu erfassen.

Aber auch die beste gedankliche Erfassung kann keinen real existierenden Widerspruch in der Wirklichkeit selbst aufheben. Und die Generation des jungen Goethe, die diesen lebendigen Widerspruch tief erlebt hat, wenn sie auch seine Dialektik gedanklich nicht begriff, rennt mit wütender Leidenschaft gegen dieses Hindernis der freien Persönlichkeitsentwicklung an.

Der Jugendfreund Goethes, Friedrich Heinrich Jacobi, hat in einem offenen Brief an Fichte diese Rebellion auf dem Gebiet der Ethik vielleicht in der klarsten Weise ausgedrückt. Er sagt: »Ja, ich bin der Atheist und Gottlose, der... lügen will, wie Desdemona sterbend log, lügen und betrügen will wie der für Orest sich darstellende Pylades, morden will wie Timoleon, Gesetz und Eid brechen wie Epaminondas, wie Johann de Witt, Selbstmord beschließen wie Otho, Tempelraub begehen wie David – ja, Ähren ausraufen am Sabbat, auch nur darum, weil mich hungert und das Gesetz um des Menschen willen gemacht ist, nicht der Mensch um des Gesetzes willen.« Und diese Rebellion nennt Jacobi »das *Majestätsrecht* des Menschen, das Siegel seiner Würde«.

Die ethischen Probleme des »Werther« spielen sich alle im Zeichen dieser Rebellion ab, einer Rebellion, in der sich zum erstenmal in der Weltliteratur die inneren Widersprüche des revolutionären bürgerlichen Humanismus in großer dichterischer Darstellung zeigen. Goethe legt die Handlung in diesem Roman außerordentlich sparsam an. Aber er wählt fast ausnahmslos solche Figuren und solche Geschehnisse aus, in denen diese Widersprüche, die Widersprüche zwischen menschlicher Leidenschaft und gesellschaftlicher Gesetzlichkeit, zutage treten. Und zwar ausnahmslos zwischen Leidenschaften, in denen an und für sich nichts Niedriges, nichts Asoziales oder Antisoziales enthalten ist, und Gesetzen, die nicht an und für sich als sinnlos und die Entwicklung hemmend verworfen werden (wie die Ständescheidungen der feudalen Gesellschaft), sondern die nur die allgemeinen Beschränktheiten aller Gesetze der bürgerlichen Gesellschaft an sich tragen.

Mit bewundernswerter Kunst stellt Goethe in wenigen Zügen, in einigen kurzen Szenen das tragische Geschick des verliebten jungen Knechts dar, dessen Mord an seiner Geliebten und seinem Rivalen das tragische Gegenstück zu Werthers Selbstmord bildet. In seiner bereits angeführten späten Darstellung der Werther-Zeit erkennt noch der alte Goethe den rebellisch-revolutionären Charakter in der Forderung des moralischen Rechtes zum Selbstmord. Es ist sehr interessant und für die Beziehung des »Werther« zur Aufklärung wiederum sehr lehrreich, daß er sich hier auf Montesquieu beruft. Werther selbst hat zur Verteidigung dieses Rechtes eine noch revolutionärer klingende Begründung. Noch lange vor seinem Selbstmord, lange bevor er konkret diesen Entschluß gefaßt hatte, führt er über den Selbstmord ein theoretisches Gespräch mit dem Bräutigam seiner Geliebten, mit Albert. Dieser ruhige Bürger leugnet selbstverständlich ein jedes derartiges Recht. Werther führt unter anderem aus: »Ein Volk, das unter dem unerträglichen Joch eines Tyrannen seufzt, darfst du das schwach heißen, wenn es endlich aufgärt und seine Ketten zerreißt?«

Dieser tragische Kampf um die Verwirklichung der humanistischen Ideale ist beim jungen Goethe aufs engste mit der *Volkstümlichkeit* seiner Bestrebungen verknüpft. Der junge Goethe ist gerade in dieser Hinsicht ein Fortführer Rousseauscher Tendenzen im Gegensatz zum vornehmen Aristokratismus Voltaires, dessen Erbe für den späteren, vielfach enttäuschten und resignierten Goethe wichtig werden wird. Die kulturelle und literarische Linie Rousseaus läßt sich am klarsten mit Marxens Worten über den Jakobinismus aussprechen: es ist *»eine plebejische Manier, mit den Feinden der Bourgeoisie,* dem Absolutismus, dem Feudalismus und dem Spießbürgertum, fertig zu werden«. Wir wiederholen: der junge Goethe war politisch kein revolutionärer Plebejer, auch nicht innerhalb des in Deutschland Möglichen, auch nicht im Sinne des jungen Schiller. Das Plebejische erscheint also bei ihm nicht in politischer Form, sondern als Gegensatz der humanistisch-revolutionären Ideale sowohl zur ständischen Gesellschaft des Feudalabsolutismus wie zum Spießbürgertum. Der ganze »Werther« ist ein glühendes Bekenntnis zu jenem neuen Menschen, der im Laufe der Vorbereitung der bürgerlichen Revolution entsteht, zu jener Menschwerdung, zu jener Erwekkung der allseitigen Tätigkeit des Menschen, die die Entwicklung der bürgerlichen Gesellschaft hervorbringt – und zugleich tragisch zum Untergang verurteilt. Die Gestaltung dieses neuen Menschen geschieht also in ununterbrochener dramatischer Kontrastierung zur ständischen Gesellschaft und zum Spießbürgertum. Immer wieder wird diese neu entstehende menschliche Kultur der Verbildung, der Unfruchtbarkeit, der Unkultiviertheit der »höheren Stände« und dem toten, erstarrten, kleinlich egoistischen Leben der Spießbürger gegenübergestellt. Und jede dieser Gegenüberstellungen ist ein flammender Hinweis darauf, daß wirkliches, lebendiges Erfassen des Lebens, lebendiges Verarbeiten seiner Probleme ausschließlich beim Volke selbst zu finden sind. Nicht nur Werther steht als lebendiger Mensch, als Repräsentant des Neuen der toten Erstarrung der Aristokratie und des Philistertums gegenüber, sondern auch immer wieder Figuren aus dem Volke. Werther ist immer Repräsentant des volkstümlichen Lebendigen dieser Erstarrung gegenüber. Und die sehr reichlich eingearbeiteten Bildungselemente (Hinweise auf die Malerei, auf Homer, Ossian, Goldsmith usw.) bewegen sich immer in dieser Richtung: Homer und Ossian sind für Werther und für den jungen Goethe große volkstümliche Dichter, dichterische Widerspiegelungen und Ausdrücke des produktiven Lebens, das einzig und allein im arbeitenden Volke vorhanden ist. Mit dieser Richtung, mit diesem Inhalt seiner Gestaltung proklamiert der junge Goethe – obwohl er persönlich weder Plebejer noch politischer Revolutionär gewesen ist – die volkstümlich-revolutionären Ideale der bürgerlichen Revolution. Seine reaktionären Zeitgenossen haben auch diese Tendenz des »Werther« sofort erkannt und entsprechend gewertet. Der aus der Polemik mit Lessing berüchtigte orthodoxe Pfarrer Goeze schreibt z. B., daß Bücher wie der »Werther« Mütter des Ravaillac (des Mörders von Henri IV.), des Damiens (des Attentäters auf Ludwig XV.) seien. Und viele Jahrzehnte später attackiert ein Lord Bristol Goethe, weil er durch den »Werther« so viele Menschen unglücklich gemacht habe. Es ist sehr interessant, daß der sonst so höfisch feine und zurückhaltende alte Goethe auf diese Anklage mit einer wohltuenden derben Grobheit antwortet und dem erstaunten Lord alle Sünden der herrschenden Klassen vorwirft. Solche Bewertungen stellen den »Werther« auf eine Stufe mit den offen-revolutionären Jugenddramen Schillers. Über diese hat der alte Goethe ebenfalls eine außerordentlich charakteristische Feindesäußerung aufbewahrt. Ein deutscher Fürst sagte ihm einmal, daß, wenn er der liebe Gott wäre und gewußt hätte, die Erschaffung der Welt würde auch das Entstehen von Schillers »Räubern« zur Folge haben, er die Welt niemals geschaffen hätte. Diese Äußerungen aus feindlichen Lagern umschreiben die wirkliche Bedeutung der großen Produkte des »Sturm und Drang« weit besser als die späteren apologetischen Erklärungen der bürgerlichen Literaturgeschichte. Die volkstümlich-humanistische Revolte im »Werther« ist eine der wichtigsten revolutionären Äußerungen der bürgerlichen Ideologie in der Vorbereitungszeit der Französischen Revolution. Sein Welterfolg ist der eines revolutionären Werkes. Im »Werther« kulminierten die Kämpfe des jungen Goethe um den freien und allseitig entwickelten Menschen, jene Tendenzen, die er im »Götz«, im »Prometheus«-Fragment, in den ersten Entwürfen zum »Faust« usw. ebenfalls ausgedrückt hat.

Es wäre eine falsche Einengung der Bedeutung des »Werther«, in ihm bloß die Gestaltung einer vorübergehenden, übersteigerten, sentimentalen Stimmung zu sehen, die Goethe selbst rasch überwunden hätte. Es ist richtig: Goethe hat kaum drei Jahre nach dem »Werther« eine übermütig lustige Parodie auf das Werthertum geschrieben, den »Triumph der Empfindsamkeit«. Die bürgerliche Literaturgeschichte beachtet nur, daß Goethe dort Rousseaus Heloïse und seinen eigenen »Werther« als »Grundsuppe« der Sentimentalität bezeichnet. Sie geht aber achtlos an der Tatsache vorbei, daß Goethe hier eben die adelig-höfische, ins Widernatürliche entartete Parodie der Wertherei verspottet. Werther selbst flüchtet zur Natur und zum Volk vor der toten Verbildung der adeligen Gesellschaft. Der Held der Parodie schafft sich aus Kulissen eine künstliche Natur, fürchtet sich vor der wirklichen, hat in seiner spielerischen Sentimentalität nichts mit den lebendigen Kräften des Volkes zu tun. »Der Triumph der Empfindsamkeit« unterstreicht also gerade die volkstümliche Grundlinie des »Werther«, ist eine Parodie auf dessen unbeabsichtigte Wirkung bei den »Gebildeten«, nicht aber auf angebliche »Überstiegenheiten« des Werkes selbst. Der Welterfolg des »Werther« ist ein literarischer Sieg der Linie der bürgerlichen Revolution. Die künstlerische Grundlage dieses Erfolges beruht darauf, daß der »Werther« eine künstlerische Vereinigung der großen realistischen Tendenzen des 18. Jahrhunderts bietet. Der junge Goethe führt die Linie Richardson-Rousseau künstlerisch hoch über seine Vorgänger hinaus. Er übernimmt von ihnen die Thematik: die Darstellung der gefühlvollen Innerlichkeit des bürgerlichen Alltagslebens, um in dieser Innerlichkeit die Umrisse des entstehenden neuen Menschen im Gegensatz zur feudalen Gesellschaft zu zeichnen. Aber während noch bei Rousseau die äußere Welt, mit Ausnahme der Landschaft, sich in eine subjektive Stimmungshaftigkeit auflöst, ist der junge Goethe zugleich der Erbe der objektiv klaren Gestaltungsweise der äußeren Welt, der Welt der Gesellschaft und der Natur; er setzt nicht nur Richardson und Rousseau, sondern auch Fielding und Goldsmith fort.

Äußerlich technisch angesehen, ist der »Werther« ein Gipfelpunkt der subjektivistischen Tendenzen der zweiten Hälfte des 18. Jahrhunderts. Und dieser Subjektivismus ist im Roman keine Äußerlichkeit, sondern der adäquate künstlerische Ausdruck der humanistischen Revolte. Aber alles, was in dieser Welt des »Werther« vorkommt, ist von Goethe mit einer unerhörten, an den großen Realisten geschulten Plastik und Einfachheit objektiviert. Nur in der Stimmung

Werthers verdrängt am Schluß die Nebelhaftigkeit Ossians die klare Plastik des volkstümlich verstandenen Homer. Der junge Goethe bleibt als Gestalter im ganzen Werk ein Schüler dieses Homer.

Goethes großer Jugendroman geht aber nicht nur in dieser künstlerischen Hinsicht über seine Vorgänger hinaus. Er tut es auch dem Inhalt nach. Er ist, wie wir gesehen haben, nicht nur die Proklamierung der Ideale des revolutionären Humanismus, sondern zugleich die vollendete Gestaltung des tragischen Widerspruches dieser Ideale. »Werther« ist also nicht nur ein Gipfelpunkt der großen bürgerlichen Literatur des 18. Jahrhunderts, sondern zugleich der erste große Vorläufer der großen realistischen Problemliteratur des 19. Jahrhunderts. Wenn die bürgerliche Literaturgeschichte in Chateaubriand und seinem Anhang die literarische Nachfolge des »Werther« sieht, so setzt sie dessen Bedeutung tendenziös herab. Nicht die reaktionären Romantiker, sondern die großen Gestalter des tragischen Untergangs der humanistischen Ideale im 19. Jahrhundert, Balzac und Stendhal, setzen die wirklichen Tendenzen des »Werther« fort.

Werthers Konflikt, seine Tragödie ist bereits die des bürgerlichen Humanismus, zeigt schon den unlösbaren Gegensatz der freien und allseitigen Entwicklung der Persönlichkeit mit der bürgerlichen Gesellschaft selbst. Diese erscheint natürlich in ihrer vorrevolutionären, deutschen, halbfeudalen, kleinstaatlich-absolutistischen Gestalt. In dem Konflikt selbst sind aber sehr klar die Umrisse der später deutlicher hervortretenden Gegensätze sichtbar. Und an diesen geht Werther letzten Endes tatsächlich zugrunde. Freilich gestaltet Goethe nur diese durchschimmernden Umrisse der später offenbar gewordenen großen

Tragödie. Darum kann er sein Thema in einen extensiv so engen Rahmen spannen; sich thematisch auf die Darstellung einer fast idyllisch-abgeschlossenen kleinen Welt à la Goldsmith und Fielding beschränken. Aber die Gestaltung dieser äußerlich engen und abgeschlossenen Welt ist bereits von jener inneren Dramatik erfüllt, die nach Balzacs Ausführungen das wesentlich Neue des Romans des 19. Jahrhunderts ausmacht. Der »Werther« wird allgemein als ein Liebesroman aufgefaßt. Und das zu Recht: der »Werther« ist einer der bedeutendsten Liebesromane der Weltliteratur. Aber – wie jede poetisch wirklich große Gestaltung der Tragödie der Liebe – gibt auch der »Werther« viel mehr als eine bloße Liebestragödie.

Dem jungen Goethe gelingt es, in diesen Liebeskonflikt alle großen Probleme des Kampfes um die Persönlichkeitsentwicklung organisch einzubeziehen. Die Liebestragödie des Werther ist eine tragische Explosion aller Leidenschaften, die sonst im Leben verteilt, partikular, abstrakt auftreten, hier aber im Feuer der Liebesleidenschaft zu einer einheitlichen glühenden und leuchtenden Masse verschmolzen werden.

Wir können hier nur einige der wesentlichen Momente hervorheben. Erstens machte Goethe aus der Liebe Werthers zu Lotte einen dichterisch gesteigerten Ausdruck der volkstümlichen, antifeudalen Lebenstendenzen des Helden. Goethe selbst sagt später über die Beziehung Werthers zu Lotte, daß sie ihm den Alltag vermittelt. Noch wichtiger ist aber die Komposition des Werkes selbst. Der erste Teil ist der Darstellung der entstehenden Liebe Werthers gewidmet. Als Werther den unlösbaren Konflikt seiner Liebe sieht, will er ins praktische Leben, in die Tätigkeit, fliehen und nimmt einen Posten bei einer Gesandtschaft an. Trotz seiner dort anerkannten Begabung scheitert dieser Versuch an den Schranken, die die adelige Gesellschaft dem Bürgerlichen gegenüber aufrichtet. Erst nachdem Werther hier gescheitert ist, kommt es zur tragischen Wiederbegegnung mit Lotte.

Es ist vielleicht nicht uninteressant, zu erwähnen, daß einer der größten Verehrer dieses Romans, Napoleon Bonaparte, der den »Werther« auch auf den ägyptischen Feldzug mitnahm, die Einbeziehung des gesellschaftlichen Konflikts in die Liebestragödie Goethe gegenüber getadelt hat. Der alte Goethe bemerkt mit seiner höfisch feinen Ironie, daß der große Napoleon den »Werther« zwar sehr aufmerksam studiert habe, jedoch so, wie ein Kriminalrichter seine Akten. Die Kritik Napoleons verkennt offensichtlich den breiten und umfassenden Charakter der Werther-Frage. Natürlich wäre der »Werther« auch als Tragödie einer Liebe eine große typische Gestaltung des Problems der Periode gewesen. Goethes Absichten gingen aber tiefer. Er zeigt in der Gestaltung der leidenschaftlichen Liebe den unlösbaren Widerspruch zwischen Persönlichkeitsentwicklung und bürgerlicher Gesellschaft. Und dazu war notwendig, daß wir diesen Konflikt auf allen Gebieten der menschlichen Tätigkeit miterleben können. Die Kritik Napoleons ist eine – von ihm aus verständliche – Ablehnung dieser Allgemeingültigkeit des tragischen Konflikts im »Werther«.

Durch diesen scheinbaren Umweg kommt das Werk zur Katastrophe. Bei der Katastrophe selbst muß noch darauf hingewiesen werden, daß Lotte Werther wiederliebt und durch die Explosion seiner Leidenschaft zum Bewußtsein dieser Liebe gebracht wird. Gerade dies bringt aber die Katastrophe hervor: Lotte ist eine bürgerliche Frau, die an ihrer Ehe mit dem tüchtigen und geachteten Mann instinktiv festhält und vor der eigenen Leidenschaft erschreckt zurücktaumelt. Die Werther-Tragödie ist also nicht nur die Tragödie der unglücklichen Liebesleidenschaft, sondern die vollendete Gestaltung des inneren Widerspruchs der bürgerlichen Ehe: sie ist auf individuelle Liebe basiert, mit ihr entsteht historisch die individuelle Liebe – ihr ökonomisch-soziales Dasein steht aber in unlösbarem Widerspruch zur individuellen Liebe.

Die sozialen Pointen dieser Liebestragödie unterstreicht Goethe ebenso deutlich wie diskret. Nach einem Zusammenstoß mit der feudalen Gesellschaft der Gesandtschaft fährt Werther ins Freie und liest jenes Kapitel des Odyssee, in welchem der heimkehrende Odysseus sich mit dem Schweinehirten menschlich und kameradschaftlich unterhält. Und in der Nacht des Selbstmordes ist das letzte Buch, das Werther liest, der bisherige Gipfelpunkt der revolutionären bürgerlichen Literatur, die »Emilia Galotti« Lessings.

»Werthers Leiden« ist einer der größten Liebesromane der Weltliteratur, weil Goethe das ganze Leben seiner Periode mit allen ihren Konflikten in diese Liebestragödie konzentriert hat.

Eben darum geht die Bedeutung des »Werther« über die treffende Schilderung einer bestimmten Periode hinaus und gewinnt eine Wirkung, die weit ihre Zeit überdauert. Der alte Goethe sagt in einem Gespräch mit Eckermann über die Gründe dieser Wirkung folgendes: »Die vielbesprochene Werther-Zeit gehört, wenn man es näher betrachtet, freilich nicht dem Gang der Weltkultur an, sondern dem Lebensgange jedes einzelnen, der mit angeborenem freiem Natursinn sich in die beschränkenden Formen einer veralteten Welt finden und schicken lernen soll. Gehindertes Glück, gehemmte Tätigkeit, unbefriedigte Wünsche sind nicht Gebrechen einer besonderen Zeit, sondern jedes einzelnen Menschen, und es müßte schlimm sein, wenn nicht jeder einmal in seinem Leben eine Epoche haben sollte, wo ihm der ›Werther‹ käme, als wäre er bloß für ihn geschrieben.«

Goethe übertreibt hier ein wenig den »zeitlosen« Charakter des »Werther«, er verschweigt, daß jener individuelle Konflikt, in welchem nach seiner Auffassung die Bedeutung seines Romans liegt, eben der Konflikt von Persönlichkeit und Gesellschaft in der bürgerlichen Gesellschaft ist. Er betont aber gerade durch diese Einseitigkeit die tiefe Allgemeinheit des »Werther« für den ganzen Bestand der bürgerlichen Gesellschaft.

Als der alte Goethe eine Rezension über sich in der französischen Zeitschrift »Globe« las, in welcher sein »Tasso« ein »gesteigerter Werther« genannt wurde, hat er dieser Bezeichnung begeistert zugestimmt. Mit Recht. Denn der französische Kritiker hat sehr richtig die Verbindungsfäden aufgezeigt, die vom »Werther« über Goethes spätere Produktion in das 19. Jahrhundert führen. Im »Tasso« sind die Probleme des »Werther« gesteigert, energischer auf die Spitze getrieben, aber gerade darum erhält der Konflikt bereits eine weit weniger reine Lösung. Werther zerschellt an dem Widerspruch zwischen menschlicher Persönlichkeit und bürgerlicher Gesellschaft, er geht aber rein tragisch zugrunde, ohne seine Seele durch Kompromisse mit der schlechten Wirklichkeit der bürgerlichen Gesellschaft zu beschmutzen.

Die Tragödie des Tasso leitet insofern die große

Romandichtung des 19. Jahrhunderts ein, als hier bereits die tragische Lösung des Konflikts weniger eine heroische Explosion als ein Ersticken in Kompromissen ist. Die Linie des »Tasso« wird dann zu einem leitenden Thema des großen Romans des 19. Jahrhunderts von Balzac bis zu unseren Tagen. Von einer sehr großen Anzahl der Helden dieser Romane läßt sich – freilich nicht in einer mechanisch-schematischen Weise – sagen, daß sie »gesteigerte Werther« sind. Sie gehen an denselben Konflikten zugrunde wie Werther. Ihr Untergang ist aber weniger heroisch, unrühmlicher, durch Kompromisse, durch Kapitulationen beschmutzter. Werther tötet sich, gerade weil er von seinen humanistisch-revolutionären Idealen nichts aufgeben will, weil er in diesen Fragen keine Kompromisse kennt. Diese Gradlinigkeit und Ungebrochenheit seiner Tragik verleiht seinem Untergang jene strahlende Schönheit, die auch heute den unverwelkbaren Zauber dieses Buches bildet.

Diese Schönheit ist nicht bloß das Resultat der Genialität des jungen Goethe. Sie rührt daher, daß der »Werther«, obwohl sein Held an einem allgemeinen Konflikt der ganzen bürgerlichen Gesellschaft zugrunde geht, doch das Produkt der vorrevolutionären heroischen Periode der bürgerlichen Entwicklung ist. So wie die Helden der Französichen Revolution, von heroischen, geschichtlich notwendigen Illusionen erfüllt, heldenhaft strahlend in den Tod gingen, so geht Werther in der Morgenröte der heroischen Illusionen des Humanismus vor der Französischen Revolution tragisch unter.

Goethe hat nach übereinstimmender Darstellung seiner Biographen die Werther-Periode bald überwunden. Das ist eine unbestreitbare Tatsache. Und es

steht außer Frage, daß die spätere Entwicklung Goethes vielfach weit über den Horizont des »Werther« hinausgeht. Goethe hat den Zerfall der heroischen Illusionen der vorrevolutionären Periode erlebt und in einer eigenartigen Weise trotzdem an den humanistischen Idealen festgehalten, sie in einer anderen, umfassenderen und reicheren Weise im Konflikt mit der bürgerlichen Gesellschaft dargestellt.
Aber das Gefühl für das Unverlierbare dessen, was an Lebensgehalt im »Werther« gestaltet war, ist in ihm stehts lebendig geblieben. Er hat den »Werther« nicht in jenem vulgären Sinne überwunden, wie dies die meisten seiner Biographen meinen, in dem Sinne, wie der klug gewordene, mit der Wirklichkeit sich abfindende Bürger seine »Jugendtorheiten« überwindet. Als er fünfzig Jahre nach dem Erscheinen des »Werther« ein neues Vorwort zu ihm schreiben wollte, schrieb er das ergreifende erste Stück der »Trilogie der Leidenschaft«. In diesem Gedicht spricht er das Verhältnis zum Helden seiner Jugend so aus:

»Zum Bleiben ich, zum Scheiden du erkoren,
Gingst du voran – und hast nicht viel verloren.«

Diese melancholische Stimmung des alten und reifen Goethe zeigt am klarsten die Dialektik seiner Überwindung des »Werther«. Die gesellschaftliche Entwicklung ist über die Möglichkeit der ungebrochenen reinen Tragik des »Werther« hinweggeschritten. Der große Realist Goethe bestreitet diese Tatsache nicht. Die tiefe Erfassung des Wesens der Wirklichkeit ist ja immer die Grundlage seiner großen Poesie. Aber er fühlt zugleich, was er, was die Menschheit mit dem Vergehen jener heroischen Illusionen verloren hat. Er fühlt, daß die strahlende Schönheit des »Werther«

eine nie wiederkehrende Periode der Menschheitsentwicklung bezeichnet, jene Morgenröte, auf die der Sonnenaufgang der Großen Französischen Revolution gefolgt ist.

[1936]

Aus: Georg Lukács: Werke. Bd. 7. Deutsche Literatur in zwei Jahrhunderten. Goethe und seine Zeit. Hermann Luchterhand Verlag: Berlin/Neuwied 1964. S. 53ff.

Jörn Göres
Zweihundert Jahre Werther

Die Situation des erstmals zur Michaelismesse im September 1774 erschienenen Romans von den ›Leiden des jungen Werthers‹ charakterisierte als einer der ersten Rezensenten Christoph Martin Wieland in seinem ›Teutschen Merkur‹ vom Dezember 1774 mit einem einzigen Satz: »Unzufriedenheit mit dem Schicksal ist eine der allgemeinen Leidenschaften ...« Wieland bezeichnete damit sowohl die Verhältnisse des unglücklichen Romanhelden und die Ursache der begeisterten Aufnahme des Werkes bei den Zeitgenossen – als auch die dem Roman zugrunde liegenden biographischen Begebenheiten. Diese sind schnell in die Erinnerung zurückgerufen:

Am 25. Mai 1772 trägt sich Goethe in die Matrikel der Rechtspraktikanten am Reichskammergericht in Wetzlar ein, um in seiner juristischen Ausbildung fortzufahren.

Am 9. Juni 1772 lernt Goethe im Deutschordenshaus in Wetzlar Charlotte Buff, die zweitälteste Tochter des Ordensamtmannes, kennen, um sie auf einen Ball im nahen Volpertshausen zu begleiten.

Zu welcher Leidenschaft die Begegnung mit diesem einem anderen – dem Gesandtschaftssekretär Johann Christian Kestner – schon so gut wie versprochenen jungen Mädchen entflammte, belegt die Tatsache, daß Goethe sein damals bereits wiederholt erprobtes und später noch oftmals angewendetes Rezept zur Bewahrung seiner Existenz befolgte, indem er am

11. September 1772 die Flucht ergriff und ohne Abschied Wetzlar verließ.
Sieben Wochen später, am 30. Oktober 1772, begeht dort ein junger Mann die Verzweiflungstat, mit der Goethe sich nur getragen hatte: Der braunschweigische Gesandtschaftssekretär am Reichskammergericht, Carl Wilhelm Jerusalem, erschießt sich. – Die Voraussetzungen und Umstände dieses Selbstmordes wirken auf Goethe gespenstisch: Jerusalem war ein hochintelligenter, feinsinniger, Kunst und Wissenschaften gegenüber aufgeschlossener, ja selber schriftstellerisch tätiger junger Mensch. Seine empfindsame Natur wendete sich durch Differenzen mit dem Vorgesetzten, Verkennen seiner Fähigkeiten und gesellschaftliche Kränkung zu Melancholie und Pessimismus. Der Jerusalems Tat zuletzt auslösende Vorfall war das Hausverbot, das ihm der Geheime Sekretär Herd erteilte, um eine Schwärmerei für seine Gattin Elisabeth zu unterbinden.
Jerusalem schickte zu dem ahnungslosen Kestner – Lottes Verlobten – mit der Bitte, ihm »zu einer vorhabenden Reise« seine Pistolen zu leihen. (Wir zeigen Ihnen als Leihgabe der Nationalen Forschungs- und Gedenkstätten der klassischen deutschen Literatur in Weimar ein Faksimile dieses makabren Billetts, weil das Original – ob aus nachträglichem Entsetzen über die wahre Bedeutung seiner Worte, wissen wir nicht – in zwei Teile zerrissen wurde und sich solcherweise in einem sehr anfälligen Zustand befindet.)
Jerusalems Schicksal findet in Goethe einen Teilnehmenden – nicht von der Art des achselzuckenden Bedauerns, sondern des geheimen Bewußtwerdens, daß dieses Schicksal auch ihm möglich wäre.
Zum Handeln führt Goethe allerdings erst die Wieder-

holung seines eigenen Wetzlarer Erlebnisses: Auf der Flucht eilte er im September 1772 lahnabwärts nach Ehrenbreitstein zu seiner mütterlichen Freundin Sophie La Roche und – wendete sich deren Tochter Maximiliane zu. Im August 1773 kommen Mutter und Tochter nach Frankfurt. Nur wenige Monate später, am 9. Januar 1774, heiratet Maximiliane den kurtrierischen Residenten Peter Anton Brentano. Betroffen von Brentanos Eifersucht, zieht sich Goethe zurück und greift – nicht wie Jerusalem zur Pistole, sondern – zur Feder!

Innerhalb nur weniger Wochen schreibt Goethe jetzt den Roman von den »Leiden des jungen Werthers« nieder und befolgt damit ein zweites Rezept, das er – wie das der existenzbewahrenden Flucht – von früh an übte und bis zum Ende seines Lebens anwendete: »Nämlich«, wie er in »Dichtung und Wahrheit« bekennt, »dasjenige, was mich erfreute oder quälte, oder sonst beschäftigte, in ein Bild, ein Gedicht zu verwandeln und darüber mit mir selbst abzuschließen, um sowohl meine Begriffe von den äußeren Dingen zu berichtigen, als mich im Innern deshalb zu beruhigen.«

Was Goethes »Begriffe von den äußeren Dingen« betraf, so war nun Gelegenheit, den Roman nicht nur zum Gegenstand einer tragischen Liebesgeschichte zu machen, sondern diese vielmehr zum Spiegel der Verhältnisse ihrer Zeit zu nutzen. Die geistesgeschichtlichen und politischen Regungen einer Generation, ästhetische und philosophische, theologische und gesellschaftliche Fragen drängen sich in diesem wie konkav wirkenden Spiegel zusammen und bündeln sich zu einem Brennpunkt, der die damaligen Leser zu Pro und Contra gestimmter Leidenschaft steigerte.

In unserer Ausstellung zeigen wir Ihnen sowohl Zeugnisse der Hauptströmungen jener Zeit als auch Zeugnisse der leidenschaftlichen Auseinandersetzungen um den ›Werther‹-Roman selber.
Gerade weil alle diese Zeitfragen sich zum Schicksal Werthers verdichten, fühlten sich alle Zeitgenossen angesprochen, unter welchem Gesichtspunkt und auf welcher Ebene auch immer. »Die Leiden des jungen Werthers« wurden im Hinblick auf ihre Ursache wie auf ihre Folgen von den Gebildeten der Aufklärung, der Empfindsamkeit und der Orthodoxie ebenso diskutiert, befürwortet und bekämpft, wie sie die einfachen – oder soll man sagen: »unverbildeten«? – Kreise erlebten.
Und das war nicht nur in deutschen Landen so: 1775 fertigte der Weimarer Kammerherr Siegmund Freiherr von Seckendorff die erste französische Übersetzung an, die in Frankreich nicht nur rasche Aufnahme fand, sondern das Interesse in einem Maße weckte, daß schon 1776 und 1777 jeweils neue, nun von Franzosen geleistete Übersetzungen folgen konnten. – In England kam die erste Übersetzung 1779 auf den Markt. Wenig später beschäftigten sich gleich zwei Italiener mit ›Werther‹-Übersetzungen, die aber erst 1796 erschienen. Dagegen datiert die erste russische Übersetzung schon von 1781, die erste niederländische von 1790, eine schwedische von 1796, die erste spanische von 1803, und schließlich folgt mit weitem Abstand 1820 die erste dänische, obgleich der Übersetzer beteuert, daß er sein Werk schon 1814 abgefaßt habe, ihm aber die Druckerlaubnis verweigert worden wäre auf Grund eines Gutachtens, das der Hof eigens von der Theologischen Fakultät zu Kopenhagen eingeholt hatte und das da lautete: »Dieser Roman muß für eine

Schrift angesehen werden, welche die Religion bespottet, das Laster beschönigt, Herz und gute Sitten verderben kann; für unschuldige und nicht feste Menschen um so gefährlicher, als der Verfasser sich Mühe genug gegeben hat, alles in schönem Stil und in blühender Sprache vorzubringen.« –

Das war nun endlich auf Regierungsebene das, was sich der Hamburger Hauptpastor Goeze – bekannt durch seine Auseinandersetzung mit Lessing – in einer Streitschrift wider den ›Werther‹ zur Erhaltung der guten Sitten schon 1775 gewünscht hatte: »Man hat mir sagen wollen« – eiferte Goeze damals – »daß die Leiden des jungen Werthers in Leipzig confiscirt, und bey hoher Strafe verboten wären. Wie sehr ist zu wünschen, daß diese Nachricht Grund haben möge! Solte dieses auch nicht seyn, so wäre es doch zu wünschen, daß alle Obrigkeiten diesen Schluß noch fassen, und solchen auf die eclatanteste Art die möglich ist, vollziehen möchten. Ich weis zwar wol, daß dieses Mittel nicht zureicht, dieses, so weit ausgestreute giftige Unkraut, auszurotten; allein die Wirkung würde es doch haben, daß dadurch die Vorstellungen, welche durch diese so giftige Schrift in vielen, sonderlich jungen Gemüthern, veranlasset worden sind, kräftig alteriert und den leichtsinnigen Recensenten Zaum u. Gebis angelegt würden, daß sie es sich nicht ferner unterstehen würden, ihre Posaunen zum Lobe solcher Schriften zu erheben.«

Nun, gewiß: Der Herr Hauptpastor ereiferte sich wieder einmal. Aber das Problematische des Romans hatte er erkannt. Nur verstand er die Wirkung als Ursache: Er hielt den Spiegel für den Schuldigen und nicht das, was sich an Fragwürdigem der Zeitverhältnisse darinnen abzeichnete. Aber auch in seinem Verlangen, das Spiegelbild auszulöschen, hatte er so unrecht nicht, denn in der Tat gab es Fälle, daß sich junge Leute mit diesem identifizierten – bis zur letzten Konsequenz: So wissen wir von einem Fräulein von Laßberg, das sich aus unglücklicher Liebe mit dem ›Werther‹-Roman in der Rocktasche in der Ilm ertränkte. Auch andere tragische Fälle, die mit der ›Werther‹-Lektüre in Zusammenhang standen, sind bekannt. Solches voraussetzend, hatte Lessing schon 1774 geraten: »Ein Paar Winke hinterher, wie Werther zu einem so abentheuerlichen Charakter gekommen; wie ein anderer Jüngling, dem die Natur eine ähnliche Anlage gegeben, sich davor zu bewahren habe. Denn ein solcher dürfte die poetische Schönheit leicht für die moralische nehmen und glauben, daß der gut gewesen seyn müsse, der unsre Theilnehmung so stark beschäftigt.« Lessing hatte die Identifizierung von ästhetischen und ethischen Gesichtspunkten richtig vorausgesehen.

Diese Identifizierung war die eigentliche Ursache des damals ausbrechenden »Werther-Fiebers«. Aber die von diesem Fieber Befallenen wiesen das von Lessing gemeinte Heilmittel entschieden ab. So schrieb der mit Goethe gleichaltrige Heinse in beider Freundes Jacobi Frauenzeitschrift »Iris«: »Für diejenigen Damen, die das edle volle Herz des unglücklichen Werthers bey Lotten für die jugendliche unwahrscheinliche Schüchternheit, und seinen Selbstmord mit einigen Philosophen für unmöglich halten, ist das Büchlein nicht geschrieben.« Heinse plädierte damit entschieden für das »Herz« gegenüber dem »Kopf« und damit für das Erleben statt des Räsonierens.

Aufgeregt von dem bis dahin unerhörten Geschehen des Romans, kam es zu tränenfeuchten Nachdichtungen und – im Gegenzug – zu alle Empfindungen erstickenden und – wirksamer noch –: entlarvenden Parodien. In der gehobenen wie in der trivialen Literatur rangierte das Werther-Thema bald in den Vordergrund, wobei nicht selten Lotte zur Titelheldin wurde: »Die Leiden der jungen Wertherinn« ist ein Buch überschrieben, mit dem schon 1775 sein anonymer Verfasser (August Cornelius Stockmann) parallel den Briefen Werthers Lottes Briefe von der ersten Begegnung mit Werther bis zu ihrem Tode vorführt. Ähnliche Abwandlungen des Themas gibt es in der Folge in England und Frankreich. Die Grundtendenz aller dieser Nach- und Umdichtungen ist die Übersteigerung, weil man sich von der Intensivierung dessen, was die Empfindung anging, einen noch größeren Erfolg versprach. In der Regel führte das zur unfreiwilligen Parodie. Die bewußten Parodien sind dagegen meistens als Theaterstücke abgefaßt – schon weil auf dem Theater mit Hilfe der Gestik die Umwandlung des Tragischen ins Groteske anschaulich werden konnte – oder man hat die Parodien in Gedichtform geschrieben, wobei denn in der Form des Bänkelsängerliedes ein merkwürdiger Zwitter entstand; dergestalt, daß der Autor eine Parodie schrieb, der Sänger aber glaubte, eine wirkliche Schauerbegebenheit vorzutragen. So schrieb Bretschneider an Nicolai über seine Verse ›Eine entsetzliche Mordgeschichte von dem jungen Werther ...‹: »Ich habe mich verführen lassen, die Leiden des jungen Werthers schlecht genug zu travestieren. Der preußische Legationssekretär Ganz schickte mir zum Spaß einen Bänkelsänger hierher nach Usingen, der mich um eine Mordgeschichte bitten mußte; ich setzte ihm das Ding auf, das er gewiß in künftiger Messe zu Frankfurt öffentlich absingen wird. Denn der Mann weiß nichts von Goethe und Werther ...«

Dagegen waren ein ›Werther‹-Ballett und ein ›Werther‹-Feuerwerk ganz ernst gemeint, obwohl uns heute schwerfällt, uns besonders das letztere von beiden überzeugend vorzustellen.
Ein anderes Kapitel der ›Werther‹-Aufnahme ist das Verlangen nach Illustrationen: Das Erlebnisbedürfnis forderte – damals wie heute – Anschauung. Verständlicherweise konzentrierten sich demgemäß die Illustrationen auf die einzelnen Höhe- und Wendepunkte des Romans, wodurch es sehr bald zu einer verhältnismäßig strengen Überlieferung kam, die am Ende zum Klischee verflachte. Das ist besonders anschaulich an einer Folge englischer Kupferstiche, die sich ihrer betonten, in der Tradition der Empfindsamkeit des englischen Romans stehenden Rührseligkeit wegen größter Beliebtheit erfreuten und eben deshalb einem regen Nachdruck unterworfen waren.
Wie in England die empfindsame Darstellung ins Extrem gesteigert worden war, so erscheint es nur natürlich, daß in England auch das Pendel am weitesten nach der entgegengesetzten Seite ausschlug und es hier zu den krassesten ›Werther‹-Karikaturen kam.
Überhaupt spiegeln sich in den nach Ländern unterscheidbaren ›Werther‹-Illustrationen die Nationalcharaktere: Zum Beispiel gewinnen die französischen Darstellungen auch den dramatischsten Momenten immer noch eine elegante Bewegung ab; so etwa, wenn die Szene der Pistolenübergabe Lotte trotz aller Erregung in graziöser Haltung zeigt und noch etwa ein Schoßhündchen hinzuspringt, von dem im Roman gar keine Rede ist.
Dagegen halten sich die deutschen Illustrationen auch im Detail konsequent an die Textvorlage. Sie beschränken sich in der Regel auf bildliche Registrierung

der Szenen und strahlen nur in Ausnahmefallen wie Chodowiecki und Ramberg etwas über die reine Darstellung Hinausgehendes aus. In der Mehrheit interessierten sich die Zeitgenossen nur für die Liebesgeschichte. So wurden denn neben der als authentisch angesehenen Silhouette Lottens besonders die Idealporträts des Paares, wie sie Chodowiecki dem Himburgischen Raubdruck vorangestellt hatte, zum Inbegriff des ›Werther‹-Kultes. Unser wertvollstes Zeugnis in dieser Hinsicht ist die im Auftrage eines nicht bekannten ›Werther‹-Enthusiasten als Einzelstück angefertigte Ziertasse der Meißener Porzelanmanufaktur, deren Untertasse das Bildnis Lottens und deren Obertasse das Werthers trägt, während den Deckel als Zugabe Amor ziert, der in der Betrachtung zweier vor ihm am Boden liegenden Herzen versunken ist.

Von dieser Ziertasse ist es nur noch ein Schritt zur Verwendung der ›Werther‹-Motive im täglichen Gebrauch: Goethe selber hatte seinerzeit den Anfang gemacht, als er und seine Freunde in ›Werther‹-Tracht – blauer Rock, gelbe Hose und Stiefel mit braunen Stulpen – zur ersten Reise in die Schweiz aufbrachen. Nach Goethes Ankunft in Weimar kleidete sich sogar der junge Herzog so, und der für Überlieferung von Weimarer Klatsch berüchtigte Carl August Böttiger schreibt in seinen Erinnerungen: »Alle Welt mußte damals im Wertherfrack gehen ... und wer sich keinen schaffen konnte, dem ließ der Herzog einen machen.« – Lottens Aufmachung – weißes Kleid mit blaßroten Schleifen – findet ihren Niederschlag noch auf einer als Anregung gedachten Abbildung im »Journal des Luxus und der Moden« vom Januar 1787! Für Damen hielt der Handel Fächer mit ›Werther‹-Motiven von der Art bereit, wie die Ausstellung ein nachträglich auf Seide gedrucktes Muster von Chodowiecki zeigt. Ja, wir haben Zeugnisse dafür, daß ›Werther‹-Motive sogar hauswirtschaftliches Gerät zierten. – Man sieht: Es gab auch damals schon findige Geschäftsleute, die sich mit der uns heute ganz vertrauten Methode einen besseren Verkauf ihrer Ware versprachen.

Doch Erfolg versprach das alles nur deshalb, weil der ›Werther‹ zuvor im Allgemeinbewußtsein einen festen Platz eingenommen hatte: Von diesem Allgemeinbewußtsein zeugt, daß man die inzwischen in Almanachen und Taschenbüchern mit Notenbeilagen (!) erschienenen Lieder Lottens – die im Roman nur erwähnt werden – sang, daß man Werther in Stammbüchern zitierte, dort auch Chodowieckis Vignette der herzbewegenden Szene vor dem Kanapee zum Zeichen des damals bereits nicht mehr geheimen Einvernehmens kopierte und den ›Werther‹-Ton sogar im privaten Briefstil nachahmte – womit denn auf ganz unerwartete, aber durchaus logische Weise vom Höhepunkt der Entwicklungsgeschichte des Briefromans auf deren Ursprung zurückgegriffen wurde.

Denn am Anfang dieser im 18. Jahrhundert so überaus erfolgreichen Romangattung stand ein Verlegerauftrag, der lautete, eine Sammlung beispielhafter Briefe für alle jene abzufassen, »die nicht fähig sind, sich selbständig auszudrücken«. – Der Beauftragte wollte sich aber zu einer zusammenhanglosen Anzahl von Stilübungen nicht verstehen, sondern ordnete sie zu einer Folge, indem er den Musterbriefen eine gleichfalls beispielhafte moralische Handlung unterlegte. So entstand 1740 Richardsons »Pamela oder die belohnte Tugend« – ein Werk, das sich alsbald größter Beliebt-

heit erfreute und ganze Generationen von Briefromanen – auch in Deutschland – nach sich zog.
Der berühmteste Enkel dieser moralischen Großmutter – Werther – war jedoch gar nicht moralisch im hergebrachten Sinne; und eben das war es ja, was man ihm vorwarf. Schon seine – Statur, wenn man im Bilde der Familie bleiben will, fiel aus der Erblinie: Denn machte bisher den Briefroman die Korrespondenz, der Briefwechsel aus, so sind es im ›Werther‹ nur noch die Briefe einer Seite, die Briefe Werthers allein, die wir zu lesen bekommen, während der Briefpartner – Wilhelm – allenfalls einmal indirekt durch Werthers Antwortschreiben in Erscheinung tritt. Diese und andere entscheidende Charakterzüge – wie die Parallelität von jahreszeitlichem Geschehen und Werthers seelischer Entwicklung – entdeckte bereits 1775 Friedrich von Blanckenburg in seiner Berühmtheit verdienenden, aber offenbar schon von seinen Zeitgenossen wenig gelesenen ›Werther‹-Rezension.
Blanckenburgs Entdeckung – die wir Ihnen, wie alles, was ich hier erwähne, in der Ausstellung vorführen – ist deshalb so wichtig, weil sie den konsequenten Subjektivismus als Werthers Eigentümlichkeit – und Krankheit diagnostiziert: Indem nur Werthers Briefe mitgeteilt werden, schränkt sich der ursprüngliche Briefwechsel zum Monolog ein und ermöglicht eine ununterbrochene Folge subjektiver Mitteilungen. Diese Subjektivität ergreift im Roman nicht nur die Jahreszeiten, um sich darin zu spiegeln und auszuleben, sondern sie eignet sich auch eine Fülle literarischer Zeugnisse an, womit deutlich wird, daß der Roman des ›armen Werthers‹ keine naive Natur, sondern einen höchst belesenen Menschen darstellt. – So werden Szenen aus Homers Odyssee und Ilias ange-

führt und gleichsam zu Werthers Subjektivismus umfunktioniert; literarische Topoi – in der Überlieferung feststehende Bedeutung von Redeformen und Bildzusammenhängen – werden eingeschmolzen und als scheinbar ursprüngliche Äußerungen wieder produziert, um Werthers Subjektivität perspektivisch zu vertiefen (ein Verfahren übrigens, das, durch die objektivierende Schule der klassischen Jahre gegangen, als »wiederholte Spiegelungen« noch Goethes Altersstil charakterisiert). Schließlich leitet die Katastrophe der Romanhandlung ein subjektivierender Kunstgriff ein, der zum Raffiniertesten literarischer Techniken überhaupt gehört: Werther zitiert seinen eigenen Autor! In ihrer Beklemmung über Werthers wider die Absprache begangenen Besuch fragt Lotte: »Haben Sie nichts zu lesen?« – »Er hatte nichts«, vermerkt der Autor, um sogleich Lotte fortfahren zu lassen: »Da drin in meiner Schublade... liegt Ihre Übersetzung einiger Gesänge Ossians; ich habe sie noch nicht gelesen, denn ich hoffte immer, sie von Ihnen zu hören...« Und so liest Werther als letzte Aufgipfelung seines und ihres süßen Schmerzes Lotte seine Übersetzung der von James Macpherson durch gälische Mundart künstlich altgemachten und Ossian zugeschriebenen Gesänge vor – die keine andere ist als die, welche Goethe 1771 für seine Sesenheimer Freundin Friederike Brion anfertigte, für das Mädchen, gegenüber dem Goethe – wie er bekennt – zum ersten Male schuldig wurde.

Sie werden diese – biographisch wie literarisch – schicksalsträchtigen vierzehn mit einem blauen Faden zusammengehaltenen Seiten aus Friederikens Nachlaß sehen.

Doch, meine sehr verehrten Damen und Herren, was

soll uns das alles: diese nun an 200 Jahre alten empfindsamen Ausbrüche einer sich zu ihrer Subjektivität bekennenden Existenz und die ebenso alte erregte Diskussion darum samt den in der Mehrheit kuriosen Begleit- und Folgeerscheinungen? – Wir leben in einer nüchternen Zeit, die vom Verstand regiert wird. Wir unterwerfen uns gewissen gesellschaftlichen Dogmen, richten uns, ohne viel darüber nachzudenken, in ihnen ein, sehen zu, möglichst wenig Anstoß zu erregen, um auf diese Weise unser Auskommen und wo möglich noch manches darüber hinaus zu finden, das uns dann ein Höchstmaß an Freizeit ermöglicht – mit der am Ende mancher nichts anzufangen weiß.

Genau diese Momente sind es aber, die auch Werthers Zeit und Zeitgenossen charakterisieren! Denn 1771/72, auf welche Jahre die Romanbriefe datiert sind, ist die Zeit der – sagen wir einmal: – profanen Aufklärung; das heißt, die Zeit, in der die rationalen Leistungen der Aufklärung so weit Allgemeingut geworden waren, daß sie von der Menge zu einem entseelten Verhaltensschema vereinfacht praktiziert wurden. Dagegen lief Werther Sturm und drang auf einen Ausweg. – Aber hören wir ihn selber: »Man kann zum Vorteil der Regeln viel sagen, ungefähr, was man zum Lobe der bürgerlichen Gesellschaft sagen kann. Ein Mensch, der sich nach ihnen bildet, wird nie etwas Abgeschmacktes und Schlechtes hervorbringen, wie einer der sich durch Gesetz und Wohlstand modeln läßt, nie ein unerträglicher Nachbar, nie ein merkwürdiger Bösewicht werden kann; dagegen wird aber auch alle Regel, man rede, was man wolle, das wahre Gefühl von Natur und den wahren Ausdruck derselben zerstören!«

Den Medicus der Stadt nennt Werther demgemäß

wegen dessen konventioneller Grundsätze »eine sehr dogmatische Drahtpuppe«. Und von den Bürgern ganz allgemein berichtet er: »Die meisten arbeiten den größten Teil der Zeit, um zu leben, und das bißchen, das ihnen von Freiheit übrigbleibt, ängstigt sie so, daß sie alle Mittel aufsuchen, um es loszuwerden.«
Wie modern sich das anhört! – Freilich arbeiten heute bei uns die meisten den größten Teil der Zeit nicht, um zu leben, sondern um besser zu leben. Und die in unserer Zeit eigentlich erreichte Arbeitszeitverkürzung ist ein so ernstes Problem geworden, daß sich eine ganze Anzahl Institutionen mit ihr befaßt – nicht, um den Arbeitsausfall aufzuholen, sondern um die gewonnene Freizeit zu gestalten!

Die von Werther bezeichnete Angst vor der Leere der freien Zeit ist eines der gewichtigsten sozialen Probleme unserer Jahre geworden. Mancher stürzt sich auf der Flucht vor seiner freien Zeit kopfüber in neue Arbeit und wälzt damit die Frage, wozu das alles am Ende gut sei, nur ein weiteres Mal vor sich her.

Angesichts solcher Situation reflektiert Werther: »Wenn ich die Einschränkung ansehe, in welcher die tätigen und forschenden Kräfte des Menschen eingesperrt sind; wenn ich sehe, wie alle Wirksamkeit da hinausläuft, sich die Befriedigung von Bedürfnissen zu verschaffen, die wieder keinen Zweck haben, als unsere arme Existenz zu verlängern, und dann, daß alle Beruhigung über gewisse Punkte des Nachforschens nur eine träumende Resignation ist, da man sich die Wände, zwischen denen man gefangen sitzt, mit bunten Gestalten und lichten Aussichten bemalt. – Das alles, Wilhelm, macht mich stumm. Ich kehre in mich selbst zurück, und finde eine Welt! Wieder mehr in Ahnung und dunkler Begier als in Darstellung und lebendiger Kraft. Und da schwimmt alles vor meinen Sinnen, und ich lächle dann so träumend weiter in die Welt.«

Es ist dies eine Art innerer Emigration aus der Betriebsamkeit der »bürgerlichen Gesellschaft (ein Begriff, der also schon im ›Werther‹ vorkommt und nicht erst ein Terminus technicus des Marxismus ist!) Die eben erläuterte »innere Emigration« ist geeignet, den von Werther verkörperten Subjektivismus zu rechtfertigen, sofern Werther in sich selber eine andere Welt findet, wenngleich auch »mehr in Ahnung und dunkler Begier«. Werther sieht die »fatalen bürgerlichen Verhältnisse« – wie er sich ausdrückt im Brief vom 24. XII. [71] –; er hat das »glänzende Elend, die Langeweile unter dem garstigen Volke« kennengelernt samt Standesdünkel. Sein Subjektivismus erscheint unter diesem gesellschaftlichen Aspekt als Protest gegen die bestehenden Verhältnisse. Die Werther am nächsten stehenden Jahrgänge unter den zeitgenössischen Lesern faßten das Buch auch direkt so auf; und selbst die vielen, die dann das Buch allein der empfindsam-tragischen Liebesgeschichte wegen lasen und sich mit ihr mehr oder weniger konsequent identifizierten, taten das doch nur deshalb, weil sie unbewußt seine Grundhaltung teilten. Der protestbedingte Subjektivismus des Buches ist zugleich die Erklärung dafür, warum – wie Lessing voraussah – die »poetische Schönheit« für eine »moralische« genommen wurde: denn der Subjektivismus erscheint zwar als »poetische Schönheit«, aber seine Ursache ist der »moralische« Protest.

Indem somit Werthers Problem auf seinen Kern reduziert ist, offenbart es sich als Problem der jungen Generationen überhaupt. Sie haben sich zu allen Zeiten dann gegen die bestehenden Verhältnisse aufgelehnt, wenn diese nicht mehr ausreichten, ihnen die Bestätigung ihrer wie auch immer gekennzeichneten moralischen Ideale zu sein. Die Emigration aus den bestehenden Verhältnissen in eine eigene Welt, die dann freilich immer »mehr in Ahnung und dunkler Begier« als in exakter Gestaltung erlebt wird, ist die Reaktion. Die Zeit seit Werther lehrt das am Beispiel der »Burschenschaft« während der »Restaurationszeit« nach 1815, der »Jugendbewegung« in den wohlsituierten Jahren zu Anfang unseres Jahrhunderts, in denen die in Konventionen erstarrten Lebensformen als unecht empfunden wurden – und sie lehrt es zuletzt am Beispiel unserer eigenen jungen Generation gegenüber den etablierten Gesellschaftsverhältnissen der Gegenwart.

Die oftmals mit gekränkt-verärgertem Unterton zu hörende Frage, warum sich denn die jungen Leute – gelinde gesagt: – so eigenwillig gebärdeten, wo doch unsere Zeit es auf allen Gebieten so herrlich weit gebracht habe, erinnert im Vergleich mit dem ›Werther‹-Roman an die Aufklärung, die nicht begreifen konnte, daß es gerade die entseelende Perfektion war, die eine ganze Generation zum Ausbruch trieb.

Die damals von Werther und seinen jungen Zeitgenossen gewählte Emigration in eine eigene und andere Welt zeigt verblüffende Parallelen zum Verhalten unserer jungen Generation:

Wie Werther schon in einem seiner frühesten Briefe der Klage über den Jammer des in seine Verhältnisse eingeschränkten Menschen die Gewißheit eröffnet, »daß er diesen Kerker verlassen kann, wann er will«, und damit bereits am Anfang des Romans – vor Beginn aller Liebesgeschichte – das Selbstmordmotiv leise

präludiert, so sinnen viele unserer jungen Leute darauf, wenn auch nicht ein für allemal, doch zeitweilig, und nicht mit Pulver und Blei, sondern mit Hilfe von Drogen, aus den ihren Empfindungen und Vorstellungen nicht gemäßen Verhältnissen und Bedingnissen unserer Welt auszusteigen. In der Rauschgiftbekämpfung ist man sich längst darüber klar, daß gerade die entseelte Perfektion unserer Verhältnisse einer der wesentlichen Faktoren in der Motivation jugendlicher Rauschgiftsucht ist.
Aber es gibt auch ganz harmlose Parallelen bei den Generationen von ›Werther‹-Zeit und Gegenwart. Das beginnt mit der Kleidung: Was damals die ›Werther‹-Mode war, wurde in unserer Zeit etwa der ›Schiwago‹-Look: Beide Male handelt es sich um Kreationen aus einem Roman; und beide Male wurden sie von den jungen Menschen aufgenommen, um ihrer eigenen Welt Ausdruck zu geben. – Oder: Eine ähnliche Teilnahme, wie sie einst der ›Werther‹-Roman erfuhr, gilt in unseren Tagen der ›Love-Story‹. Damals sang man Lottens im Roman überhaupt nicht ausgeführte Lieder – heute hört man allenthalben die im Roman ›Love-Story‹ ebenfalls nicht enthaltene, sondern erst durch die Verfilmung des Buches hinzugekommene Leitmelodie!
Diese Vergleiche haben Ihnen, meine Damen und Herren, vielleicht zuviel Gefälle: nicht aber den jungen Leuten, von denen diese Assoziationen stammen. So wurde mir von einem Düsseldorfer Unterprimaner, der zu mir kam, um sich als neues Mitglied der Goethe-Gesellschaft anzumelden, kürzlich erzählt, daß man auf seine und seiner Freunde Anregung hin mit der Klasse ›Werther‹ gelesen habe und daß bei der gleichzeitigen Besprechung des Romans die Schüler mehr-

fach ›Love-Story‹ als Vergleich herangezogen und allen Ernstes dafür plädiert hätten, dieses Werk gleich anschließend auch noch »durchzunehmen«, wie der schreckliche Fachausdruck heißt. Allerdings kam es dazu nicht, weil den jungen Leuten während der ›Werther‹-Lektüre der Qualitätsunterschied selber deutlich wurde.

Belächeln wir diese Primaner-Vergleiche nicht: Außer dem, daß hier mit Hilfe des ›Werther‹ ein Qualitätsbewußtsein geweckt wurde, hatten die jungen Leute auch ein ganz richtiges Gespür dafür, daß in beiden Fällen, wenngleich mit Qualitätsunterschied, ihre Welt berührt wird, soweit es sich dabei um die der Empfindsamkeit handelt, in die sie aus der ebenso ernüchterten wie ernüchternden realen Welt unserer Tage emigrieren.

Freilich läßt sich die eine Welt mit der anderen so wenig übereinstimmen wie das Ideal mit der Wirklichkeit. Und die Subjektivität als Möglichkeit einer anderen Welt charakterisiert deshalb gleichermaßen Glück und Unglück der jungen Menschen. Es ist ein Moment tragischer Ironie, als Werther unter umgekehrtem Vorzeichen seinen Freund belehrt: »in der Welt ist es sehr selten mit dem Entweder-Oder getan; die Empfindungen und Handlungsweisen schattieren so mannigfaltig, als Abfälle [– im Sinne von Gefälle –] zwischen einer Habichts- und Stumpfnase sind.« Um tragische Ironie handelt es sich bei dieser Reflexion, weil es Werther nicht gelingt, seine eigenen Argumente zu befolgen, ja, er sie im Grunde nur anführt, um das Gegenteil zu erreichen, sofern seine junge Natur ganz auf das »Entweder-Oder« angelegt ist und sich bereits für eines von beiden entschieden hat. Daß ihm nämlich seine eigene Argumentation nicht geheuer ist, verrät die Wortwahl, mit der er eine aus seiner Reflexion als Folgerung gezogene Möglichkeit bezeichnet: Er will sehen, sich zwischen dem »Entweder-Oder« »durchzustehlen«! – Sich »durchstehlen« ist kein ehrenwertes Unterfangen, und so empfindet es auch Werther. Ihn charakterisiert die im Denken und Handeln junger Menschen waltende Ausschließlichkeit. Ihr unkompliziertes, noch von keinem Wenn und Aber der Erfahrung kompliziertes Moralempfinden orientiert sich an ebenso einfachen, klarumrissenen Idealen. Sie verlangen darum absolute, durch keine Bedingungen relativierte Entscheidungen; und alle Relativierung im Hinblick auf Gegebenheiten erscheint ihnen als unmoralisch. Dies erweist sich immer wieder als Kern des Konfliktes der jungen Generation mit den Verhältnissen ihrer Zeit. Werther ist, aufs Ganze seines Romanes gesehen, an der konsequenten Ausspielung solchen Mißverhältnisses zugrunde gegangen.

Die angeführten Einlassungen in das Verhältnis Werthers zu seiner Zeit im Vergleich mit unserer jungen Generation und der Stellung zu ihrer Zeit hatten zweierlei Absicht: Einerseits sollte mit den Beispielen aus dem Verhalten der gegenwärtigen jungen Menschen deutlich werden, daß die ›Leiden des jungen Werthers‹ trotz der historischen Kostümierung nicht außerhalb der Zeit liegen: Was uns zunächst wie der pathologische Zustand einer zurückliegenden Epoche anmutet, offenbart sich bei näherer Betrachtung als durchaus aktuell.

Andererseits erscheinen die Verhaltensweisen der gegenwärtigen jungen Generation nicht mehr so bestürzend einmalig, wenn man sie mit denen der jungen Menschen früherer Zeiten vergleicht. In unserer Zeit begeht man den Irrtum zu meinen, daß alles, was in ihr geschieht, erstmalig sei. Tritt man indessen aus der Unmittelbarkeit des Miterlebens zurück und vergleicht unter Reduzierung auf jeweilige Motivationen das eigene Geschehen mit dem früherer Epochen, so entdeckt man, daß kaum etwas so neu ist, als daß es nicht in anderer Erscheinung schon einmal da war. In solcher Funktion können frühere Geschehnisse zur Klärung der gegenwärtigen beitragen.

Goethe, der sich – wie er sagte – im Alter selber historisch zu werden begann, hat bei entsprechenden Gelegenheiten sein eigenes Leben zu solchen rückblickenden Vergleichen herangezogen: Nachdem er im September 1823 der Hoffnung auf die Hand der jungen Ulrike von Levetzow schmerzlich entsagen mußte, hatte er noch einmal eine seiner ›Werther‹-Zeit vergleichbare Krise durchgestanden, die er dann im März 1824 mit dem der Jubiläumsausgabe seines Romans vorangestellten Gedicht »An Werther« in ein klärendes Verhältnis setzte.

Die letzte Strophe dieses dann mit der »Marienbader Elegie« und »Aussöhnung« zur »Trilogie der Leidenschaften« vereinten Gedichts beginnt:

»Du lächelst, Freund! Gefühlvoll, wie sich's ziemt:
Ein gräßlich Scheiden machte Dich berühmt,
Wir feierten Dein kläglich Mißgeschick,
Du ließest uns zu Wohl und Weh zurück;...«

Diese Verse haben denn auch in unserem Jahre der zweihundertsten Wiederkehr der Wetzlarer Begebenheiten ihren Sinn nicht verloren.

Vortrag zur Eröffnung einer Ausstellung des Goethe-Museums Düsseldorf (Anton-und-Katharina-Kippenberg-Stiftung) »Die Leiden des jungen Werthers. Goethes Roman im Spiegel seiner Zeit.«

Zeittafel zum Werther

25. Mai 1772
Eintragung Goethes in die Matrikel der Rechtspraktikanten beim Reichskammergericht in Wetzlar
Umgang mit Gotter, Goué, Kielmannsegg, Kestner und Jerusalem

26. Mai 1772
Erste nachweisbare Rezension Goethes in den ›Frankfurter gelehrten Anzeigen‹

9. Juni 1772
Goethe lernt im Deutschordenshaus Charlotte Buff kennen und besucht mit ihr den Ball in Volpertshausen

18./19. August 1772
Besuch mit Johann Heinrich Merck bei Professor Höpfner in Gießen

11. September 1772
Goethe verläßt Wetzlar ohne Abschied, wandert zu Fuß durch das Lahntal nach Bad Ems und fährt von dort per Schiff nach Ehrenbreitstein, wo er Sophie von La Roche und deren Tochter Maximiliane aufsucht

19. September 1772
Goethe wieder in Frankfurt

22. September 1772
Carl August von Hardenberg und Kestner treffen Goethe in Frankfurt

30. Oktober 1772
Selbstmord Jerusalems in Wetzlar

6. bis 10. November 1772
Reise Goethes nach Wetzlar in Begleitung von Johann Georg Schlosser

4. April 1773
Hochzeit Kestners mit Charlotte Buff, kurz darauf deren Übersiedlung nach Hannover

August 1773
Sophie und Maximiliane von La Roche in Frankfurt

9. Januar 1774
Peter Anton Brentano heiratet Maximiliane

Anfang Februar bis Mai 1774
Niederschrift der ersten Fassung des ›Werther‹

23. Juni 1774
Ankunft Johann Caspar Lavaters in Frankfurt; Goethe liest ihm aus dem ›Werther‹ vor

28. Juni 1774
Goethe mit Lavater und dem Zeichner Schmoll nach Wiesbaden, Bad Schwalbach, Bad Ems; Lavater liest unterwegs im ›Werther‹-Manuskript

30. Juni 1774
Goethe kehrt allein für kurze Zeit nach Frankfurt zurück

15. Juli 1774
Goethe wieder in Bad Ems; er bringt den zweiten Teil der ›Werther‹-Handschrift mit, die Lavater sofort liest

18. Juli bis 12. August 1774
Reise mit Lavater, Schmoll und dem Pädagogen Basedow lahn- und rheinabwärts nach Neuwied, Koblenz, Köln, Düsseldorf

September 1774
Erstausgabe der ›Leiden des jungen Werthers‹ zur Michaelismesse

Oktober 1774
Erste literarische Rezensionen; Anfang 1775 erscheint Nicolais parodistische Fortsetzung ›Freuden des jungen Werthers‹, der sich eine Fülle von Gegenschriften anschließt

Oktober 1774
Kestners in Hannover zeigen sich peinlich berührt und äußern ihre Befürchtungen, man werde sie mit den Romanfiguren identifizieren

14. Mai 1775
Goethe reist mit den Grafen Christian und Friedrich Leopold zu Stolberg und Christian August von Haugwitz in die Schweiz; alle tragen ›Werthertracht‹

1775
Zweite Auflage der ›Leiden des jungen Werthers‹ mit den Mottoversen

7. November 1775
Goethes Ankunft in Weimar

1776
Erste französische Übersetzung des ›Werther‹, der bald weitere Auflagen folgen

1779
Erste englische ›Werther‹-Übersetzung

1780
Goethe liest seinen Roman das erstemal, seit er gedruckt ist, ganz

1781
Erste italienische und erste russische Übersetzung

1782
Goethe nimmt den ›Werther‹ wieder vor und plant eine Überarbeitung, die 1786 abgeschlossen ist

1786 bis 1788
Goethes italienische Reise; er wird überall als der Autor des ›Werther‹ angesprochen und mit Fragen nach dem realen Hintergrund des Romans belästigt

1787
Erstdruck der zweiten Fassung der ›Leiden des jungen Werthers‹

2. Oktober 1808
Goethes Gespräch mit Napoleon, für den er der Dichter des ›Werther‹ ist, über das Werk

1812/13
Niederschrift des 12. und 13. Buches von *Dichtung und Wahrheit*, in denen sich Goethe ausführlich mit der Wetzlarer Zeit und der Entstehung des ›Werther‹ beschäftigt

31. August 1815
Bericht August Kestners über seinen Besuch bei Goethe auf der Gerbermühle der Willemers

22. September 1816
Mehrwöchiger Besuch Charlotte Kestners in Weimar, am 25. erstes Wiedersehen mit Goethe

1824
Jubiläumsausgabe zum 50. Jahrestag der Erstausgabe des ›Werther‹ mit dem von Goethe an Stelle einer Einleitung verfaßten Gedicht *An Werther*

Bildnachweis

Die Stiche auf den Seiten 11, 27, 29, 43, 49, 79, 93, 159, 163, 165 sowie das Umschlagmotiv stammen von Nikolaus David Chodowiecki.

Illustrationen der Seiten 167–180

Fragment des Werther-Manuskripts
Einzig erhaltenes Blatt der eigenhändigen Niederschrift Goethes. (Foto: Goethe-Schiller-Archiv, Weimar)

Die Leiden des jungen Werthers
Leipzig 1774. Erstausgabe. Exemplar aus dem Besitz und mit eigenhändigem Namenszug der Auguste Gräfin Stolberg auf dem Titelblatt (Foto:Goethe-Museum)

Die Leiden des jungen Werthers
Zweyte ächte Auflage. Leipzig 1775. Titelblatt. (Foto: Goethe-Museum)

Johann Christian Kestner (1741–1800)
Brustbild im Profil nach rechts, darunter Unterschrift in Faksimile. Lithographie von Julius Giere (Foto: Goethe-Museum)

Charlotte Kestner, geb. Buff (1753–1828)
Brustbild, halb nach links, mit Faksimile der Unterschrift.
Lithographie von Julius Giere nach Schröder. (Foto: Goethe-Museum)

Ansicht von Wetzlar
Kolorierter Kupferstich von Friedrich Christian Reinermann. Entstanden zwischen 1811 und 1818. (Foto: Goethe-Museum)

Das deutsche Haus in Wetzlar
Stahlstich. (Foto: Goethe-Museum)

Werther am Schreibpult, die Pistolen in der Hand
Aquarell von unbekannter Hand. (Foto: Goethe-Museum)

Lotte verteilt das Brot an ihre Geschwister
Aquarellierte Bleistift- und Sepiatuschzeichnung, bezeichnet: *Donat.* 1792 (Johann Daniel Donat). (Foto: Goethe-Museum)

Lolotte et Werther
Lotte am Klavier. Farbstich von Morange nach S. Amand. (Foto: Goethe-Museum)

Charlotte at the Tomb of Werter
Kupferstich im Röteldruck von J. R. Smith, London 1783 (Foto: Goethe-Museum)

The first Interview of Werter and Charlotte
Kupferstich in Röteldruck von W. H. Bunbury, London 1782 (Foto: Goethe-Museum)

Charlotte's Visit to the Vicar
Kupferstich, in Sepia gedruckt, von Ogborne nach Stothard, London 1785. (Foto: Goethe-Museum)

Albert, Charlotte and Werter
Kupferstich im Röteldruck von C. Knight, London 1782 (Foto: Goethe-Museum)

Inhalt

it 12
Choderlos de Laclos
Schlimme Liebschaften
Ein Briefroman
Mit 15 zeitgenössischen Illustrationen
Übertragen und eingeleitet von Heinrich Mann

Verführung heißt das Thema dieses berühmten Romans, der die Sitten und die Verderbtheiten der guten Gesellschaft vor dem Ausbruch der Französischen Revolution zeigt. Der Vicomte de Valmont und die Marquise de Merteuil, die Hauptakteure, zählen zu den abgefeimtesten Charakteren der Weltliteratur. Heinrich Mann schreibt: »Die Liebe ist das herrschende Gesellschaftsspiel, unglaublich prickelnd, weil es immer im Begriff steht, ernst zu werden und den Kopf zu kosten.«

it 13
Märchen deutscher Dichter
Herausgegeben von Elisabeth Borchers
Band 1

Eine Sammlung »Märchen deutscher Dichter« unseres Jahrhunderts, chronologisch angelegt: ein Kompendium des Phantastischen und Rätselhaften, geheimer Wünsche und Träume und Spiele; Fragen nach Glück und Unglück, nach Reichtum, nach Liebe und Befreiung von Not, nach Schönheit. Dauer und Vergänglichkeit. Das gilt nicht nur als Ansammlung von ›Wunderbarem‹ – es sind auch die Zeichen der Zeit, in der die Märchen entstehen.

it 14
Die Nibelungen
Mit Jugendstilillustrationen von C. O. Czeschka
Nachwort von Helmut Brackert

»Weder die alten Götter noch der christliche Gott, nur das Schicksal ist im Nibelungenlied die alles beherrschende Macht ... Die großenn Szenen des Nibelungenliedes gleichen denen der alten germanischen Heldenlieder, einigen Liedern der Edda, den großen Szenen der isländischen Saga, sie gleichen auch mancher Szene Shakespeares und Heinrich von Kleists.«

Friedrich von der Leyen

»Das Klassische nenne ich das Gesunde, und das Romantische das Kranke. Und da sind die Nibelungen klassisch wie der Homer ...« *Goethe*

it 15
Sophokles
König Ödipus
Übertragung, Kommentar und Deutungen
von Wolfgang Schadewaldt
Illustrationen, Wirkungsgeschichte
und Bibliographie

Das erste Ödipus-Drama des klassischen griechischen Tragikers Sophokles (497/96–406/05) wurde gegen 425 aufgeführt. Man könnte es als das Zentrum des Sophokleischen Werks bezeichnen. Die Schuld des Ödipus, des tragischen Menschen par excellence, ist mit Aristoteles, der sie als Verfehlung bezeichnet, so zu verstehen, daß Ödipus subjektiv unschuldig aber objektiv schuldig ist. Die neue Übertragung von Wolfgang Schadewaldt wird durch Kommentare, die Wirkungsgeschichte und eine ausführliche Bibliographie dem Leser erschlossen.

it 16
Wladimir Majakowski
Werke: Band I Gedichte
Herausgegeben von Leonhard Kossuth
Aus dem Russischen von Hugo Huppert

War Lenin der politische Begründer der Sowjetunion, so war W. Majakowski ihr poetischer. Die Wirkung Majakowskis war, wie die der Revolution, spektakulär:

kaum eine Dichterschule der ersten Jahrhunderthälfte hat sich seinem hämmernden Einfluß entziehen können. Futuristen und Surrealisten, Expressionisten und sozialistische Realisten: keiner, der sich nicht auf ihn als den großen Anreger berief und heute noch beruft. Der Band I leitet eine fünfbändige Werkausgabe ein.

it 17
Johann Peter Hebel
Kalendergeschichten
Mit einem Nachwort von
Ernst Bloch

»Ein früher, alter Ton kommt herüber, bleibt bei uns. Er erzählt, aber wie, Hebel ist leicht, lebhaft, dicht, spannend, bedächtig in einem. Seine Form ist bekannt, die der Kurzgeschichte, doch auch so, daß sie nicht eilt«, schreibt Ernst Bloch in seinem Nachwort. Hebels Kalendergeschichten sind geschrieben von einem Anwalt der Armen und Verleumdeten, einem Freund der Französischen Revolution und der Aufklärung. Er ist mitnichten nur der Hausfreund und biederbeschauliche Erzähler.

it 18
Leo N. Tolstoj
Die großen Erzählungen
Mit einem Nachwort von Thomas Mann
Aus dem Russischen von Gisela Drohla

»Niemand hat der ›literarischen‹ Seite der Literatur so viel Aufmerksamkeit geschenkt wie Tolstoj. Er war, weit mehr als andere russische Schriftsteller, ein Meister, und man merkte sehr oft, wie er es genoß, ein Meister zu sein.« *Jurij Oleša*

»Das größte und einzige Genie des heutigen Europa, der größte Stolz Rußlands, ein Mann, dessen bloßer Name Wohllaut ist, ein Schriftsteller von höchster Reinheit, lebt unter uns.« *Alexander Block*

it 19/20
Gespräche mit Marx und Engels
Gesammelt und herausgegeben
von Hans Magnus Enzensberger
2 Bde.

Die Berichte zeigen nicht nur Karl Marx und Friedrich Engels von kaum bekannten und oft überraschenden Seiten. Sie zeugen auch von einer verblüffenden Kontinuität der Argumente, die für und wider den Marxismus seit über hundert Jahren vorgebracht werden. Viele der Auseinandersetzungen hören sich an, als wären sie von heute. Die Sammlung beruht auf langwierigen Recherchen; das Material ist teilweise seit seiner Erstveröffentlichung verschollen. Der Umfang des Buches erklärt sich aus der Absicht, möglichst alle erreichbaren Quellen auszuwerten. Ein Quellenverzeichnis und ein Register erschließen die Sammlung.

it 21
Petr Kropotkin
Memoiren eines Revolutionärs
Aus dem Russischen
von Max Pannwitz
Mit einem Nachwort
von George Woodcock

Von den großen Vier des russischen Anarchismus – Bakunin, Herzen, Kropotkin, Tolstoj – ist Fürst Kropotkin heute der unbekannteste. Das ist um so erstaunlicher, als er eine Autobiographie veröffentlicht hat, die zu den eindrucksvollsten der Weltliteratur zählt. Kaum ein Werk dieser Gattung ist reicher an dramatischer Abwechslung. Es ist das authentische Porträt einer ganzen Epoche. In Kropotkins Memoiren wird Geschichte aktuell. Notwendigkeit und Voraussehbarkeit einer Umwälzung stehen bei ihm außer jedem Zweifel.

it 24

Marian Brandys

Maria Walewska

Napoleons große Liebe

Aus dem Polnischen von Klaus Staemmler

Wer war diese Frau, die Napoleon die Treue hielt, die auf Elba sein Gast war? Wer war sie, die Mutter des Grafen Alexandre Walewski, des späteren Außenministers Napoleons III.? Auf diese Frage gibt der polnische Biograph Marian Brandys Antwort, soweit das heute noch möglich ist. Aus allem ergibt sich ein Porträt der jungen Marie Łączyńska (1786–1817), die, 1805 mit dem alternden Grafen Walewski verheiratet, 1807 Napoleons Geliebte wurde und erst, als der Kaiser nach St. Helena verbannt war, den General Ornano (1816) heiratete.

it 25

Johann Wolfgang Goethe

Die Leiden des jungen Werthers

Mit dokumentarischen Illustrationen und einem Essay von Georg Lukács, Die Leiden des jungen Werthers

»Im Winter 1774 auf 75 brannten in Deutschland viele Kerzen bei der Lektüre eines Buches herunter. Es hieß ›Die Leiden des jungen Werthers‹ und war auf der vergangenen Herbstmesse anonym in der Weygandschen Buchhandlung zu Leipzig erschienen . . .«, schreibt Walther Migge in einem Aufsatz über Entstehung und Wirkung des »Werthers«. Der Name des Verfassers blieb nicht lange verborgen. Das Buch trug seinen Namen in alle Welt. Selten hat ein Buch so den Nerv seiner Zeit getroffen. Sehr viele, vor allem junge Menschen, konnten sich mit dem Helden identifizieren. Eine Werthermode begann sich durchzusetzen, am Weimarer Hof trug selbst der Herzog den blauen Wertherfrack zu gelben Kniehosen. Mit der literatur- und geistesgeschichtlichen Bedeutung des Buches setzt sich der berühmte Essay von Georg Lukács auseinander. Das Buch erscheint rechtzeitig zum 200. Geburtstag des Goetheschen Romans im Jahr 1974.

"YOU SAID YOU'D
WILLINGLY TO ME,"
HE REMINDED HER.

"I'd have you kiss me."

"Aye."

The word was little more than a whisper. Slowly, as though she were in a trance, she raised her lips to his, feeling the softness of his breath as she touched him.

This time, when Giles of Moray's arms closed around her, there was no possibility of drawing back from him, of stopping him. She stood very still, letting his lips move on her, parting hers for his kiss. He tasted freely, taking her in until her senses reeled. She had to clasp his arms to keep her knees from buckling beneath the force of his embrace. His arms were as hard as if he wore mail.

"An author who, like fine wine,
only seems to get better with time."
—*Affaire de Coeur*

SIGNET **ONYX (0451)**

FLAMING PASSION

☐ **FOLLOW THE HEART by Anita Mills.** Even when handsome Captain Adam Hastings was sent over the seas to help tame the American wilderness, the flaming intensity of Sarah's love for Adam welded her to him, for better, for worse, for ever. . . . (402146—$4.95)

☐ **HEARTS OF FIRE by Anita Mills.** Their flaming passion lit their perilous path of love. Fiery-haired Gilliane de Lacey's love for Richard of Rivaux ignited in her a burning need, but Richard was honor-bound to wed another. Yet nothing—not royal wrath or dangerous conflict—could stop Gilliane and Richard from risking all for love, giving all to desire. (401352—$4.50)

☐ **FOREVER MY LOVE by Lisa Kleypas.** Their fiery embrace sparked love's eternal flame . . . Beautiful Mira Germain was only eighteen when she made her bargain with the wealthy, powerful, elderly Lord Sackville, and she tried to keep her word, even when she met the handsome Duke, Alec Faulkner. But in Alec's arms, desire was more powerful than any promise or pledge. . . . (401263—$4.50)

Buy them at your local bookstore or use this convenient coupon for ordering.

NEW AMERICAN LIBRARY
P.O. Box 999, Bergenfield, New Jersey 07621

Please send me the books I have checked above. I am enclosing $__________ (please add $1.00 to this order to cover postage and handling). Send check or money order— no cash or C.O.D.'s. Prices and numbers are subject to change without notice.

Name______________________________

Address____________________________

City ______________ State __________ Zip Code __________

Allow 4-6 weeks for delivery.

This offer, prices and numbers are subject to change without notice.

The Fire and the Fury

Anita Mills

ONYX
Published by the Penguin Group
Penguin Books USA Inc., 375 Hudson Street,
New York, New York 10014, U.S.A.
Penguin Books Ltd, 27 Wrights Lane,
London W8 5TZ, England
Penguin Books Australia Ltd, Ringwood,
Victoria, Australia
Penguin Books Canada Ltd, 2801 John Street,
Markham, Ontario, Canada L3R 1B4
Penguin Books (N.Z.) Ltd, 182-190 Wairau Road,
Auckland 10, New Zealand

Penguin Books Ltd, Registered Offices:
Harmondsworth, Middlesex, England

First published by Onyx, an imprint of New American Library,
a division of Penguin Books USA Inc.

First Printing, July, 1991
10 9 8 7 6 5 4 3 2 1

Printed in the United States of America

For Hilary, who has great patience

Prologue

Dunashie, Scotland:
September 28, 1127

The night was starless, the moon hazy behind a ceiling of clouds on this, the eve of Michaelmas. The column of mounted soldiers, their oddly assorted arms and mail bearing testimony to their mercenary service on both sides of the border, followed their youthful leader northward across the Cheviot Hills. Behind them, the iron-sheathed wooden wheels of two carts rumbled and rattled in the narrow ruts that passed for a road, and a dozen archers trod silently in their wake.

Ahead, the keep of Dunashie rose from the crest of an ancient mound that had been in place ever since the Romans bribed a Celtic chieftain to build it. Now it stood, an aged fortress upon the rubble, with but a single thatch-roofed tower executed in stone behind its timbered walls. The stagnant water of the surrounding ditch reflected the shadowy moon amid its scum.

The leader of the strange band, a tall, black-haired boy but one month and one day past his sixteenth birthday, raised his hand to signal a halt. Leaning forward in his stirrups, he drank in the hulking shadow of his disputed patrimony, the less than majestic symbol of his blood, then turned to the red-haired giant who rode at his side. Despite the dimness of the night, his black eyes glittered with an almost unholy light.

"The fools sleep," he noted with grim satisfaction. "They know not we are come."

"Aye." William of Dunashie surveyed the boy he'd

served and protected through a life of exile and attempted assassination with an equal grimness. "And may Hamon of Blackleith die knowin' 'twas ye as takes his life."

The boy's jaw hardened with the remembered insult of Lord Hamon's spittle on his face. Even now, more than a month later, the usurper's taunts rang in his ears. He'd been a fool to sue in King David's court for what was his, for there was none to listen to the boy against the man. Hamon of Blackleith owed twenty knights in service, while the dispossessed Giles of Moray had naught to offer. Never again, he reflected bitterly, would he go before lord or king to beg justice. Justice was taken, not given, by those who would fight for it.

He looked up to the clouds that traveled across the moon, then back to where the carts had rolled to a stop. "We have God's blessing, for He stays the rain," he decided.

"Aye."

The boy twisted in his saddle to address those behind him. "Every man will take two brands unlit," he ordered tersely. "Archers, soak your wrapped arrows." His gaze moved down the motley line to where a man prepared to fire the vats of pitch in the carts, and he shook his head. "Nay, I'd have all in readiness first, Hob. I'd not give them time to raise a defense once we are seen. We are not enough to stand and fight," he reminded the toothless one. Nudging his horse now to ride back amongst his men, he kept his voice low. "Lang Gib," he addressed one, "I'd have you cover the archers whilst they take to the trees above. 'Twill be Wat's task to supply the arrows. And Willie and Evan will ride beneath, holding their brands high to light them."

He spoke quickly, issuing orders throughout the line as seasoned warriors watched and listened, nodding their assent. The plan had been proposed and settled earlier, but Giles meant to leave nothing to chance. Swift execution was everything—to hesitate would ensure defeat.

One by one, the men dipped the wrapped ends of their torches into the thick pitch. Led by Hob, the archers moved silently to the trees that spread nearly to the malodorous moat. Leaves rustled as they climbed to posts within firing distance of the wooden wall. It was not until the toothless one gave the raven's call that the rest moved into place.

Two columns of mounted men separated to ring the wall, while a small group led by the bastard Will of Dunashie positioned themselves in the trees just beyond the raised drawbridge, ready to cut down any who would flee. Above, along the timbered walk, a lone sentry carried a horn lantern, its flame flickering like a distant star, to peer over the side. It was as though they held a collective breath until he moved toward the other end.

Finally the boy nodded, and Willie rode back to where the hot coals were held within the vented iron kettle. Lifting the lid, he thrust his brand within, holding it until the pitch caught. At the same time, an archer's unwrapped arrow hit its target and the sentry fell, his feeble cry muted by the splash as he hit the foul water.

Within two minutes the trees were alight with flaming arrows. The boy spurred his horse, shouting loudly, clearly to the sleeping keep, "Hamon of Blackleith, 'tis Giles of Moray come to claim Dunashie!" It was the signal to loose the hail of fire into the thatch roofs within.

Grasping his own torch, Giles rode the length of the wall, to where Willie had said the animals were kept. Rising in his stirrups, he flung the burning brand over the side. The mercenaries who followed him threw theirs also, until the curling smoke revealed a dozen or more fires started within. They circled and yelled, giving an impression of greater numbers than they were.

On the other side, the straw in the animal pens caught almost immediately, giving rise to the frightened bleating of sheep and the neighing of horses caught behind a fast-rising sheet of fire. Already the thatch had caught on nearly every roof from granary to tower. Angry shouts mingled with frantic screams as those within scrambled from their pallets, some to fight the blazes, others to mount a hasty defense.

The pitch carts moved closer and a villein dipped brands and fired them, passing them to those who rode by. The flaming torches arched through air to fall behind the walls, and soon the night was filled with smoke and noise. The few valiant defenders who struggled to the wall walks were either cut down or forced to retreat in the face of the flaming brands.

Amid the cries and shouts, the drawbridge began to creak downward as men mounted hastily within. Above the awful din Giles called to Hob, "Now!"

The cart rolled forward as though it would cross the bridge to meet those coming out, and just as the wooden platform struck the iron pilings that supported it, Hob pushed the vat over, spilling the pitch onto the bridge. Willie leaned from his horse to fire it, and those who would ride out faced flames that shot several feet upward. Panicked horses reared while men cursed.

Giles recognized Hamon of Blackleith, his huge girth outlined in the hot orange wall. He rode to the edge of the burning bridge, taunting the usurper, shouting, "Behold the boy you dispossessed is become a man! Use your spit to put out the fire!"

The older man's face contorted with rage, and in his fury he spurred his horse to leap the flames. His sword flashed, its blade catching the glow of the disintegrating bridge. For a moment the animal appeared to lose its footing, but in its fright it managed to scramble onto the bank. Hamon, leaning from his saddle, swung so wide he nearly unseated himself, but the boy managed to sway away as he lifted his borrowed shield. The blow glanced off.

Sweat and soot streaked the older man's face beneath his helmet, but his eyes betrayed his contempt for Giles of Moray. "Ye'll not live to take it!" he snarled. "Ye've built yer funeral pyre!"

But even as he spoke the bridge behind him collapsed, cutting off any aid. "Nay, you'll not live to keep it," Giles countered. " 'Tis you and I, Hamon of Blackleith—there is no king here to rule for you." He rode closer and spat into the older man's face. "I return what you gave me, Hamon, and take what is mine."

"Whoreson cur!" Hamon rose, leaning forward in his saddle to slash at the boy furiously. "I paid gold to see you dead!"

He'd misjudged Giles' reach. As the boy lifted his shield over his left arm, he counterswung the broad-axe he favored with his right, catching the older man below the rib cage, cutting him cleanly from his side to his belly. A bellow of rage died in a scream as Hamon of Blackleith fell from his horse.

Giles dismounted to stand over the man who'd stolen his patrimony. Hamon's face exposed his agony and his fear as Giles' eyes moved to the gaping wound. There was no question that he would die within the hour from it.

"I'd be shriven," he gasped. "I'd have God's mercy. In the name of the Virgin, I'd have a priest."

For answer, Giles picked up the fallen man's sword, placed it over his breastbone, and drove it home. Hamon's body seemed to stiffen, then fell limp, and his head lolled. A trickle of blood drooled from his mouth. For a long moment Giles looked downward. "Nay, Hamon," he said softly, " 'tis all the mercy you will have of me. I'd see your soul in hell ere I'd call a priest for you."

When he turned around, Willie was watching. Wordlessly, Giles turned into his embrace, clasping him with bloody hands. Tears streamed down the giant's face when Giles looked into it.

"I have brought you home, Will—Dunashie is ours."

"I never doubted ye would—never." The bastard of Dunashie stepped back to smile crookedly at the boy he'd served for sixteen years. " 'Tis yers, my lord."

"Aye." Giles swung around to survey the flames

that licked the night sky. "And there'll be none to want it now."

" 'Tis a lesson fer ye—when ye build it again, make it stone."

The archers had ceased firing, and the riders had gathered silently to watch the ancient fortress disintegrate into an inferno. The shouts and the frantic screams of the people caught within had ceased, and now the only sounds were the crackling flames and the settling of charred logs.

Lang Gib prodded several sullen people, their faces grimed with soot, forward toward Giles of Moray. A young girl of twelve or so years, her wet clothes scorched, cringed before him, her eyes betraying her terror.

"They jumped through the flames into the ditch, my lord," Gib told him. "Tis all as survives."

Giles faced the girl grimly. "You are of Hamon's family?"

She shook her head mutely, then covered her soot-streaked face with small hands, as she began to shake uncontrollably. A man behind her shouted furiously at Giles.

"They be all dead—Lady Margaret—aye, and her bairns with her! Burned in their beds by ye! May ye perish in hell fer it!"

Despite the surge of remorse he felt, Giles' jaw hardened. As though he could justify what he had done, he turned again to the girl. "Nay, demoiselle, but he took what was mine." But she would not look at him. Looking to another survivor, he asked curtly, "How many were inside?"

"Forty—nay, forty-one. There was a man of Creighton here also." The man's eyes accused him. "But we are all now."

"Any of his blood?"

"Ye've murdered all, may God take ye fer it."

Despite the mud and soot that clung to the girl, she was more than passably pretty. Giles reached a hand to lift the wet hair that clung to her face. "If you are not of his family, why are you here, demoiselle?" he asked gently.

"She was betrothed ter Dunashie's heir," the man behind her answered for her. "But the boy perished also."

The girl choked back a sob as she raised her eyes to Giles. "Do you k-kill m-me also?"

"Nay. 'Tis done with Hamon, and I'd send you back to your father." He started to turn away, then swung back abruptly. "How are you called, demoiselle?"

"Aveline—Aveline de Guelle."

"If you mourn Hamon's son, I am sorry for it."

"Nay, but I mourn them all," she answered in little more than a whisper.

The elation of victory faded as his eyes traveled to the burning wall. The stench of cooked flesh brought home the enormity of what he'd done. Had there been another way, he would have taken it. For a moment, his face betrayed the guilt that already weighed on his soul.

The giant that knew his thoughts better than any reached a comforting hand to his shoulder. "The guilt is Hamon's, may God curse him, fer 'twas he as stole Dunashie from ye."

Giles nodded grimly, then squared his shoulders manfully. "Willie, we will have to sleep without. I pray you will make a tent to shelter Lady Aveline, and on the morrow I will send her home. As for the others, let them go where they will."

He walked away, leaving them to stare after him. As Willie led the girl away, he heard one of those who survived raise his voice to him. "Butcher!" the fellow spat out. "Art naught but a butcher! May ye burn in hell for this!"

And it was as though something broke inside of Giles. He swung around. "Will," he said evenly, "hang him."

"Nay!" the man cried. "Ye've no cause! King David—"

Giles' black eyes went cold. "You fought against your rightful lord—'tis reason enough."

Hours later, as he walked the smoking ruin of his patrimony, the boy tried not to think of those who'd died there. Despite the fact that they'd already been buried in a hastily dug pit beneath what had been the chapel floor, the awful smell was still in the air. And that, coupled with the charred carcasses of sheep and horses, was more than he could bear. His throat tightened painfully as he saw what he had done.

The stone tower still stood, its wooden floors gone save for the burnt ends of the supporting beams. And the sky shone through a blackened fringe of thatch. He walked within and looked upward, seeing the crucifix still affixed to what must have been Lady Margaret's private chapel. His boots crushed the rubble beneath his feet. He looked down and saw the carved ivory figure of Christ in his mother's arms. Stooping, he rubbed the greasy soot from the Virgin Mary's face, then he laid it gently again amid the smouldering refuse.

Walking outside again, he crossed the blackened courtyard to the main chapel, where all that remained was, oddly enough, the soot-covered altar rail and part of the cabinet that had held the host. The ground over the newly made graves was soft beneath his feet. He knelt, his knees sinking into the dirt, and tried to pray in the eerie emptiness, but there were no words capable of expressing the pain he felt. In his anger, he'd burned his own keep rather than let another man hold it. And innocent ones, those who served without choice, had died unshriven in the flames.

What had the man said? *May God consign you to hell for it.* He closed his eyes, his mouth forming the words of contrition, but no sound came, possibly because he could find no regret for Hamon of Blackleith. There was still a bitter gall within him that could not forgive the usurper of his birthright, there was still the damning knowledge that, despite the terrible cost, he'd do it again for the satisfaction of seeing Lord Hamon dead at his feet.

Finally, he looked down at the common grave

beneath his knees. "Father, receive the innocents into your care—'tis all I ask," he said before he rose.

Outside, Willie waited for him. "I sent Lang Gib and two others ter take the girl ter her father."

"Aye."

"There's much to be done," the giant offered soberly.

"Aye."

"But ye be lord of Dunashie, and there's none alive as can dispute it. 'Tis yer birthright."

"Aye, 'tis my patrimony, and I mean to keep it," Giles agreed grimly. "As long as I breathe, I'll not yield it. No matter what I win for myself, no matter what I hold, Will—I am lord of Dunashie above all else."

"I brought ye his sword. I thought mayhap ye'd be knighted with it." As he spoke, Willie held it up.

Giles took it, balancing the weight in his hand, testing the golden, wire-wrapped grip. "Aye," he answered. Lifting it above him so that the tang and quillon formed the Cross before the sun, he swore, "Afore God, I will raise Dunashie again on this place, for myself and for mine heirs, that it will stand again in stone."

Bold words for a youth whose tattered woolen tunic belied any worth at all, and yet as Willie watched him his eyes misted. Nay, he was going to have to stop thinking of Giles like that, for the fire that had consumed Dunashie had in truth made the boy a man.

Chapter One

Castle of Rivaux, Normandy:
Christmas Day, 1137

"I, Richard of Rivaux, Lord of Celesin, of my own free will take thee, Gilliane de Lacey of Beaumaule, to wife—to have, to hold in joy and adversity so long as we both shall live. I so swear."

His voice carried richly, strongly throughout the chapel, drowning out the storm that raged without. His flecked brown eyes were warm as they looked upon the girl who stood beside him. Smiling through a mist of tears, she nodded, then responded in kind.

Facing the chaplain just inside the chapel door, she spoke, her voice shaking with suppressed emotion. "I, Gilliane de Lacey, Lady of Beaumaule, take thee, Richard of Rivaux, for my husband, to have and to honor, to love and to keep, until the end of my life. I so swear."

"Father, I'd ask God's blessing on this marriage," Richard murmured, reminding the priest of his duty.

As Father Gervase raised his hands, they knelt at his feet: the tall, splendid young lord, his black hair gleaming beneath the hastily lit candles, and the richly gowned girl, her copper hair spread over her shoulders as though she came to him a maid.

Elizabeth of Rivaux watched them with an uncharacteristic lump in her throat, her own thoughts harkening to another very different wedding years before. While her brother and Gilly wed hastily and without benefit of the banns being cried, she herself had married Ivo, heir to the Count of Eury, with as much pomp and splendor as befitted the daughter of Count Guy of Rivaux. Yet as she witnessed Richard's and Gilly's obvious happiness in each other, Elizabeth could not suppress the pang of envy she felt.

Her brother had dared much to wed where he loved, and Gilliane had paid dearly for loving him, more than any beyond their family would ever know. There would be many unable to understand how he, Rivaux of Celesin, heir to one of the wealthiest families in Normandy and England, could have taken a knight's daughter. By rights, he should have wed into another landholding family as she herself had done.

For a moment Elizabeth dared to wonder what it must be like to be loved like that, what it must be like to have a husband who would defy King and Church to share her bed. And then she dismissed the thought, for it did not bear thinking. It was Eleanor of Nantes or Catherine of the Condes or Gilliane de Lacey who wed where they were loved. Not Elizabeth.

Her own marriage had been so very different—a hell from which she'd escaped gratefully. No, there had been no love between her and Ivo, and his open disgust of her had humiliated her pride, turning her hopes into nothing less than hatred for him and his family. Oh, how Ivo's father had misled hers in his eagerness for that bond of blood with the family of Rivaux. Aye, he'd been all smiles and flattery to her, allowing her parents to think she'd be as valued at Eury as her mother was at Rivaux. And all the while, he'd known. Even if she could have forgiven all else, she would never forgive that. He'd *known*.

Instead, she'd been a homesick fifteen-year-old girl, who'd discovered too late the secret that even now, a full seven years later, she'd been too ashamed to share with anyone. But she had escaped from Eury, thanks to her only brother, for when news had arrived of Ivo's death Richard had ridden out forthwith to bring her home. And Count Reyner, despite his protests of great affection for his "dear daughter of Rivaux," had

had to let her go. His "dear daughter," she thought bitterly—'twas a cruel jest at best.

And now she lived in her father's house a widow, supposedly barren. She was neither wife nor maid, the object of much speculation and, she suspected, more than a little pity. It did not matter, she told herself fiercely—she was Guy of Rivaux's daughter, and naught could ever change that. In her veins flowed the best blood to be had in Normandy and England, blood good enough to mingle with that of the highest families.

The babe in her lap stirred restlessly, reaching out to where Richard and Gilly now sat listening to their wedding Mass. Elizabeth smoothed the bright copper hair and whispered, "Be still, little one, 'twill soon be done."

The child looked up with eyes as green as her own, then turned to pull at Elizabeth's baudekin veil. Richard ought to have legitimatized this babe born of his love, but Elizabeth knew full well why he did not. To have done so would have brought further shame to Gilliane, and little Amia of Beaumaule already bore another man's name. Still, it was a pity that the beautiful child could never be fully acknowledged as bearing the blood of Rivaux.

Amia fretted, squirming to be set down, drawing curious stares from those who crowded the small chapel, a host of Normandy's magnates and Count Guy's lesser vassals come to his Christmas court and table. What tales they would carry home this time—that Guy had renounced his oath to King Stephen—and that his heir had surprised them all by wedding the widow of a lowly liege man. And there would be those who were not pleased with either choice.

Guy reached for the babe, who squealed in Elizabeth's arms, but Elizabeth shook her head. Rising, she carried Amia outside. Let her papa savor Richard's happiness with him, let him celebrate not only the wedding, but also the newfound understanding between father and son. Too soon they would have to leave, to fight, mayhap to die in support of England's rightful queen. But for now, 'twas Christmas, and they were all together, a family united at last.

As the cold wind hit their faces, Amia shrieked in protest. "Nay, poppet," Elizabeth spoke against the babe's ear, "you and I shall discover a honey cake ere they are all eaten."

The snow swirled in the courtyard, veiling the villeins who huddled around small, sheltered fires. The wind caught the baudekin veil, whipping it from her head, sending it skimming lightly over the snow. A toothless villein scampered after it, then caught up to her, holding out the shimmering gossamer in his dirty hands.

"My lady . . ." He dropped to his knees, scarce daring to raise his eyes to her.

Others left their fires to crowd around her, many bending deep in the snow to offer their obeisance. She nodded graciously, taking her veil from the man's outstretched hands.

"I give you my thanks," she said, shifting Amia to reach into the pouch that hung from her golden girdle. Taking out a small silver coin, she pressed it into his palm. He kissed the hem of her gown where it brushed over the snow, and a murmur of approval spread through the courtyard.

This was what it meant to be born of the blood of Rivaux—this was the due of her birthright. There was not a man in all of Normandy who did not love, admire, or fear Guy of Rivaux. Even those who thought he'd grown too powerful still acknowledged the greatness of what he had done, for had not he been the one to capture the hated Robert of Belesme? And although it had been a quarter of a century since, they still honored Count Guy and his family for the deed.

Shivering against the cold, she held Amia closer and made her way to the hall. Like the courtyard, it too was crowded with those who came to share Christmas with their overlord. It was, Elizabeth reflected, as though they sensed 'twould perhaps be the last one of any peace in Stephen's troubled lands.

Once inside, she set the child down whilst she stamped her feet and shook the snow from her rich, deep-blue samite gown. It was then that she noted Count Reyner watching her, his eyes taking in the gold and jewelry she wore, and a chill of apprehension sliced through her. Reminding herself that she was at Rivaux rather than Eury, she stopped to scoop Amia into her arms, then with head held high, she sought to pass him without so much as a nod.

He stepped in front of her, making it impossible to ignore him. "Would you not acknowledge your father by marriage?" he demanded. "Here now—how's this? A kiss of peace at the least, daughter."

"The bond of blood between us died with Ivo, my lord," she answered coldly.

"Nay, but I'd not think it so. Four years you spent in my house, Elizabeth."

He spoke for the benefit of those around them, and she knew it. Even now, there was a certain malevolence in his eyes that gave the lie to his words. Yet as tempted as she was to speak her mind, she somehow managed to hold her tongue. He was, after all, much to her displeasure, a guest at Rivaux. And he was also a count of Normandy, and the Empress would need a levy of him also.

"Alas, my lord, but you find me surprised you are come here," she answered.

"The alliance between our families is of long standing, my lady, and if Guy has need of me, I do not mean to let past differences divide us."

The past differences were her dowry and her return to Rivaux. After the four years of her marriage to his son, he'd been able to keep nothing of the dowry, not that he had not tried. Ivo had not been laid beneath the chapel floor ere he'd tried to push her into his nephew's arms.

"You will fight for the Empress?" she asked with chill politeness.

"As to that, I am uncertain." He bent his grizzled head closer and smiled to reveal blackened teeth. "My nephew Ralph sends his greetings, saying he would see you again at Eury. I'd support a dispensation and affirm the bond of blood again between us."

"Nay, I am content here."

For a moment his light brown eyes were almost yellow, reminding her of an old but still dangerous wolf. Amia looked at him, then tightened her arms about Elizabeth's neck. He stepped back, smiling still. "Then 'tis our task to persuade your father, is it not?"

"I do not wed again, my lord," she responded stiffly. "You forget we are agreed that I am barren."

His smile faded quickly. "I forget nothing, Elizabeth. Nothing."

It was not until she was well past him that she realized her palms were damp. Shivering from more than the cold, she hastened toward the tower stairs. And as she reached them, she could hear him confide to someone in a much lower voice, "My son was wont to say she was as useless as a gelding for breeding: overtall, overweening, ill-tempered—and fruitless withall."

Years of bitterness made the bile rise into her throat. Holding Amia more closely, she forced herself to continue up the stairs. If Reyner of Eury did not hold his tongue, his would not be the only one to wag, she promised herself. But even as she thought it, she knew it was not true. If she could not even bring herself to confess her shame to a priest, she did not think she could tell anyone of Ivo.

It was a strange Christmas feast, remarkable both for those who stayed away and for those who came. Some of the greatest magnates in Normandy, those who'd broken their oaths to Mathilda rather than stomach her Angevin husband, now stood ready to take up her standard. And full half of those in attendance at Rivaux came to plot rebellion against the usurper who sat on England's throne. But for now the given reason for the company, should Stephen hear of it, would be Richard's rather hasty wedding.

Elizabeth shared a trencher with William d'Evreux, a short, solidly built man, who was obviously very much in awe of her, for he stared openly. She retaliated by ignoring him, turning her attention instead to her brother.

"Do you take Gilly to Celesin?"

Richard shook his head. "Nay, I'd leave her here with Maman, for Rivaux is the stronger keep." Even as he spoke, his hand stroked his wife's copper hair. "When it becomes known I have renounced Stephen, there will be many to challenge me."

"Aye."

For a moment Gilliane's eyes betrayed her fear, then she turned away. "I'd speak not of war on my wedding day, Richard."

Instantly, Elizabeth was sorry she'd reminded either of them of the coming conflict. 'Twas a time for rejoicing rather than sadness, after all, for he'd arrived home but that morning. Instead, she leaned in front of her brother to speak to Gilly, teasing her.

"There'll be no need for mulled wine to warm your blood this night, I'll warrant."

The younger girl blushed.

"Liza . . ."

"Well, you have not been kept awake whilst she turns, Richard. I vow she has scarce slept for a fortnight, first because she thought you'd come, then because she feared you would not." Elizabeth's green eyes warmed as she smiled. "Aye—'twill be the first rest I have had since Papa rode in without you this last time."

On the other side of William d'Evreux, Joanna looked up hopefully. "Maman said I could share your bed if Gilly left it."

"Well, Maman did not have the right of that," Elizabeth retorted. "Tonight I sleep alone."

"But Maman—"

"Nay."

"But Eleanor is all elbows!" the girl wailed. "And she makes noise when she sleeps."

"When you are the eldest left at home, then you may have a bed to yourself."

"As if 'twill ever happen! Hawise says you will shrivel and die here." Joanna's hand flew to her mouth as she realized what she'd said. "Your pardon, Liza . . . I did not mean . . ."

But Elizabeth merely shrugged. "Better to die at Rivaux than elsewhere."

"Nay, lady, 'tis the lot of a woman to be a wife," William protested. "And you are yet young enough to—"

"Be a brood sow?" she finished for him contemptuously. "Nay, I think not. Besides, who's to have a barren wife?"

"Mayhap the fault was Ivo of Eury's," he ventured hopefully. "Your father—"

"Gives me choice in the matter."

"But you mourn overlong, Lady Elizabeth. Ivo died three years and more ago, and—"

"And you think I mourn him?" she demanded with an incredulous lift of one black brow. "Nay, I was glad he died."

He stared into green eyes that had grown as cold as shards of glass, and a shiver went through him. For a moment he almost believed she meant what she said. She was a strange woman, Elizabeth of Rivaux—like none he'd ever seen. Yet, try as he would, he could not help watching her, drawn to her incredible beauty despite what was said of her.

Deliberately, she turned her attention to the food on their trencher, stabbing at a piece of venison with her knife, ignoring him. He leaned back, and tried to listen to the discussion that raged between two of Rivaux's liege men over whether the greed of the Empress's Angevin husband was preferable to Stephen's misrule.

But he found his attention returning almost immediately to the girl at his side. At twenty-two she ought to have been well past her youth, but she was not. Unlike so many who'd wed at twelve or thirteen, borne babes yearly and thickened, she was still slender and lithe.

And long-limbed. Aye, she was taller than any female of his memory—taller than most men in Normandy. But her features were as fine and straight as her beautiful mother's, and her hair was as black as Guy of Rivaux's—as black as a raven's wing, the bards claimed when they wrote songs of her. Even as he noted it, it shimmered in the torchlight and spilled over her rich gown like a mantle of black silk. It was so beautiful that it did not matter that she wore it unbound like a maiden's. He drank deeply of his wine and allowed himself to imagine it spilling over a pillow. His eyes traveled lower to where her gown clung to the curve of her breasts, and he wondered if her body was as flawless as her face.

His mouth was so dry he had to drink again, and still he could not tear his eyes from her. And he wondered how she could possibly be barren. Aye, there was the rub. Even if Count Guy would give her, even if she brought gold and land, he'd not be able to keep it if she did not breed. And still he'd have her, for there was none to compare. Besides, Avisa had presented him with two strong sons ere she passed from this earth before her time. So he could afford the gamble.

As if she knew his thoughts, Elizabeth reached for the cup they were supposed to share, and looking over the rim, her green eyes met his. "Do not think to wed with me, my lord," she told him coldly. "I'd give you grief." Draining the cup she set it down, then arose, nodding to Richard and Gilliane, saying quite deliberately, "He puts me off my food with his gaping."

"Your pardon, my lady, but—" William's breath was wasted, for she'd brushed past him, leaving him to a filled trencher. "Jesu, but what ails her?" he asked her brother.

"She'd not wed again," Richard answered.

"Yet she is in need of a husband—Count Guy cannot live forever. She should have a man to master that tongue of hers," William protested.

For a moment, Richard of Rivaux's strange flecked eyes were more gold than brown. And a slow, lazy smile warmed his face as he turned to watch his sister pass from the great hall. "Elizabeth is not like any other," he said simply. "She is more Cat than our mother."

"Still, I'd take her."

"He will not give her where she is not willing."

William's gaze followed his. "Have any asked?" he wanted to know.

"Every widower with a son has approached my father."

"These are troubled times, my lord," William reminded him. "Count Guy will have need of allies, and there can be no greater surety than a bond of blood between families."

"Elizabeth would give you no peace."

"I'd beat that tongue out of her."

Richard's flecked eyes darkened. Very deliberately, he speared a chunk of meat with his knife. "Nay, you would not. Even Ivo dared not beat her." His gaze held William's, sending a shiver down his spine. "I'd kill the man who would harm Elizabeth—and so would my father."

Chapter Two

"What think you of William d'Evreux?" Catherine of the Condes asked casually.

Elizabeth looked up guiltily, caught in straining to hear the heated dispute below. "I think him short and stupid," she answered her mother. "Why?"

"He asks your father for you."

"Then he is a fool also."

Catherine viewed her daughter with a mixture of sympathy and exasperation. "Liza, one husband is not necessarily like another. If you would have a household and children of your own—"

"What did Papa say?" Elizabeth asked shortly.

"He said the choice was yours."

"And you think I should like a witless man a full head shorter than I?"

"He is besotted enough to overlook your tongue," her mother responded, "and that is something, you must admit."

"I'd not have him."

"I did not think you would, but I said I would ask you."

"The fool could do aught but stare," Elizabeth noted contemptuously. "God's bones, but he has the manners of a lout, Maman."

Catherine sighed and laid aside her needlework. " 'Tis no life for you here, Liza. You ought to have a husband and children. You deserve to be chatelaine in your own lord's keep."

"Nay."

"There may come a time when Guy will have need of an alliance through blood," Cat continued gently.

Her daughter sat very still, trying not to betray the panic she felt, but Cat knew. "Liza, we face a war beyond that which Normandy and England have seen since the Conqueror joined them. If you would be a dutiful daughter, you will not ask Guy to forgo another marriage for you."

"Maman . . ."

"Nay, I'd have you listen to me. When Guy raises his standard beside the Empress his enemies will increase, and there will be those who think to take what we have by siding with Stephen. But we do what we believe to be right, whatever the sacrifice."

"I will not take William d'Evreux for husband, Maman," Elizabeth stated flatly. "I'd sooner take the veil. Why can it not be Joanna who must wed? Or Eleanor? I did my duty once," she reminded her mother.

"As does Isabella, for her husband's family sides with us in this. And Joanna is to be betrothed to Clifford's son. Would you have Eleanor given ere her courses are begun?"

"Nay, but—"

"Besides, you are the eldest and therefore the most desirable to many."

"Tell them I am barren. Surely—"

"There are those whose heirs are secured," Catherine reminded her. "They can afford the risk for the privilege of calling Guy of Rivaux kinsman. If not Evreux, perhaps William de Tracy—or Bernard d'Aubigny. Both have asked of your father, and neither is too old to please."

"*You* wed where you loved, Maman! Why is it that I must be given where I cannot?" Elizabeth cried. 'Nay, but I'll not do it! Ivo was enough!"

"I loved where I wed," Catherine told her daughter mildly. "And if you had an inclination in the matter, I am sure that Guy—"

"My inclination is to remain unwed!"

Elizabeth rose, letting the rich silk she'd been embroidering slip from her lap. Clasping and unclasping her hands to control the panic that threatened to overwhelm her, she walked to the narrow window and unhooked the shutter. The cold, icy wind hit her face. Turning back, she managed to keep her voice calm.

"For the love Papa bears me, I'd ask to stay here, Maman."

"For the love you bear Guy, I'd ask you to accept another marriage, Liza." Cat stood also and moved to stand behind her daughter. Reaching upward to lay a hand on Elizabeth's shoulder, she was silent for a moment, then said softly, "There are those who will waver when the war goes ill, Liza. You could be the difference for Guy. We also serve your father's cause by our sacrifices."

"Papa swore—"

"And he will not force you to take another husband," Cat admitted. "But I am asking you to consider the matter for his sake. Take a strong man, one who will mayhap give you children of your own, for I have never believed you barren, and—"

"Children who will stand below my lord's other sons," Elizabeth retorted bitterly. "Nay, I could not bear it." She pulled away from her mother's hand. "Nay, I'd not do it." Swinging around, she dared to face Catherine. "After all, you did not wed Robert of Caen for your sire, did you?"

"If I did not, 'twas because my father's overlord gave me to Guy ere 'twas done. And the result has been a happy one, Liza."

"Well, mine own marriage was not, and I'd not—"

"What was there about Ivo that gives you such bitterness, daughter? Was he unkind? All you have ever said was that he did not beat you."

"I'd not speak of him now." Elizabeth moved past her mother toward the door. "I do not believe Papa would wish this. There must be another, less miserable duty."

It had not gone as Catherine would have wished, not at all, and yet she had sown the seed, she supposed. "As your father's daughter, you will do what is asked, Elizabeth. Think on that, I pray you."

Elizabeth met her youngest sister on the steep, winding stairs. "What ails you, Liza?" the child complained as she brushed by. "Is Maman . . . ?"

"You'd best prepare yourself to wed," Elizabeth snapped, "for I will not."

Eleanor of Rivaux turned to stare, wide-eyed, as the older girl continued down the steps. "Has Papa found a husband for me?" she called out before Elizabeth disappeared.

"William d'Evreux!"

"But he's short!" the child wailed.

"Tell Maman that!"

For a moment Eleanor appeared ready to cry, then she brightened. "I'll outlive him, I swear it!"

Elizabeth stopped and looked up. "Nay, lovey, but 'twas my wicked tongue. You are overyoung to be given to anyone."

"Well, I don't want anyone but Papa or Richard," the little girl decided, relieved.

"Neither do I."

The tower stairs ended at one corner of Rivaux's great hall, and as she emerged from them she could see Richard coming out of her father's council. By the looks of it the meeting was not going well at all. His face was flushed and his dark hair was tousled, as though he'd been running his fingers through it. He'd been arguing, and it appeared he'd lost.

"They do not follow him?" she asked cautiously.

"Most follow him—save me," he answered, betraying bitterness.

"What? Richard, I would you made sense. I thought you stood with the Empress also."

"Much good it does me." His dark eyes met hers. "But you do not appear pleased yourself."

She started to deny it, but changed her mind. If he were angered also, he would be a formidable ally. "Aye. William d'Evreux has asked Papa for me."

" 'Tis not unexpected."

"And Maman dares to think I should take him. Nay, but I will not!"

Despite her strong words, she looked ready to

weep. And when she allowed him to slip a comforting arm about her shoulders, he knew she truly despaired. "Art overwrought, Liza. Papa would never give you where you would not," he murmured soothingly.

"Maman says 'tis my duty to wed again, if not to d'Evreux, then to another."

"There is some truth to that, and well you know it." Nonetheless, he stroked her hair as he was wont to stroke Gilly's. "Nay, but 'tis not so much she asks, for—"

"Richard!" she fairly shrieked, pulling away.

"Well, he can give Papa one hundred men at arms, and unless Gloucester chooses soon, we shall need every one of them," he pointed out practically. "Besides, you ought to have a husband: 'tis unnatural to deny what God has made you, Liza. There are many good men who would count themselves fortunate to call you wife."

"I am not like others," she retorted. "I cannot be content a chattel in my husband's house. Ivo was enough for me, brother, and I'd not have another."

He sighed heavily. "Aye. It matters not to me, I suppose, for I am sent to Harlowe."

"To Harlowe?" Elizabeth's voice rose incredulously. "Why? Do we not fight in Normandy also? I'd think we'd stand where the Angevin stands, for is he not an ally to be watched? Methinks he wants Normandy more than he wants England's crown for his wife."

"Oh, make no mistake about it, Liza—Papa means to stand here." His mouth twisted, and his eyes betrayed his disappointment. "He is to conquer whilst I defend. 'Tis the cost of being the only son, is it not? By the time Stephen receives Papa's renunciation, I am safely behind Harlowe's walls."

"But Maman could hold Harlowe," she protested. "It cannot be taken once preparations are made for siege."

"Aye, but when he does not go to Stephen's court on Epiphany, it will be forfeit. He does not fear for Rivaux or the Condes—they are Norman, and much of Normandy will stand against Stephen, he says. But there's naught but our grandmother to hold Harlowe, Liza," he answered tiredly. "And she grows old."

"Brian FitzHenry . . ."

"Brian holds his own castles, and they are far more vulnerable than Harlowe. When Papa rebels, Brian becomes suspect also. And Papa will not ask him to risk losing his own lands for my inheritance. Think you I have not asked these things, Liza? Jesu, but I'd not do this! 'Tis naught but defense, and so I have argued to no avail, I tell you!"

"But—"

" 'Ask me to take my levies into the field—ask me to meet Stephen in battle,' I said to him, but he would not listen! 'Tis still the same—he would protect me beneath *his* sword and buckler, Liza! So you will not be the only one asked to do that which you would not," he finished glumly.

"Richard, he'd not ask it if there was anyone else to send. But Harlowe belonged to our grandsire—aye, and to his father before him—and, God be willing, 'twill be yours also."

"I am of his blood, Liza—I was born to lead men into battle! Any but a fool could hold Harlowe, and well he knows it!" For a moment, she thought he meant to choke on the injustice of it, but then he went on, "And so I am to sit. Jesu, but who leads the men of Celesin into battle? Or the men of Ardwyck? 'Tis my right to fight beneath mine own standard, is it not?"

Elizabeth noted the tightness of her brother's jaw and knew that he would not be appeased. And she sympathized with him. For far too long he had chafed under the weight of being Guy of Rivaux's only son, and the burden was as onerous as being neither wife nor maid in her father's house. *It was as onerous as being asked to wed again.*

And in that moment she knew what she could do. So she must be useful to her father, must she? "Richard, if you will support me against a marriage, I will stand with you on this," she decided abruptly. "Aye, I'd speak with Papa for you."

"Nay, but I see not how." Then, perceiving that she was already walking toward the end of the hall where Guy held his council, he started after her. "Liza, you cannot go there. Jesu, but . . . I'd not hide behind your skirts either, sister."

"Stand with me, Richard—'tis all I ask," she answered over her shoulder. "We will serve each other."

The council was over, but several Norman nobles remained in the room, some still disputing amongst themselves over the wisdom of moving against Stephen now, others waiting to speak individually with Guy of Rivaux. Elizabeth smoothed the deep green samite of her gown over her hips, then reached to straighten the baudekin veil over her hair, before she entered the reception area. As she approached her father's carved chair she moved with a confidence she did not feel, for the Count of Eury stood but a few feet away.

Ignoring him, she dropped to her knees before Guy. "Papa, I'd speak with you," she said clearly. "I am come to seek your favor."

She'd intruded where many considered a woman unwelcome, and even her father lifted his scar-divided eyebrow in surprise. Nonetheless, he nodded. "Rise, daughter, for you have always had it."

The room was suddenly silent, save for the blazing fire that popped and crackled loudly at the end of the room. Even those who'd lingered in speech turned to watch curiously as the tall, graceful woman rose to stand before her sire.

"What would you of me?" he prompted when she said nothing.

She ought to have sought him out when he was alone, and she realized it. As it was, he appeared tired from arguing with his vassals. With a start, it came home to her that Guy of Rivaux was no longer young. All of her life, she'd expected him to somehow live forever—to be greater than other, more mortal men.

But he was past fifty now, and yet he embarked on the most perilous course of his life.

"My lord father . . ."

His eyebrow lifted further at the formality, and his flecked eyes were wary. "I am to assume 'tis a matter of some import then?"

"Aye. 'Tis the matter of Harlowe, my lord."

" 'Tis not like Richard to send anyone to plead his cause, Elizabeth," he noted gently.

"Nay, but he would not go. Papa, consider: as it stands between Stephen and Anjou—and the Empress—you have need of him here. He can command men, whilst—"

"Nay, daughter, Normandy needs me more, I think, for there are those who will follow Guy of Rivaux where Richard could not lead them."

Behind her she could hear Reyner of Eury mutter to another, " 'Tis overmuch—the woman is too bold. Were I Count Guy, I'd send her to the nuns."

"My lord . . . Papa . . ."

"When I do not renew my oath, Stephen will hold Harlowe forfeit, Elizabeth," he reminded her quietly. "I must move quickly to see that it is not betrayed. As there is none other I can send, Richard has not the luxury of choice." He looked past her to where her brother now stood in the door. "And so I have said to you, my son."

"So you have said, my lord father."

There was bitter resignation written on Richard's face, and Elizabeth understood it well. All of his life her brother had lived as son to a great man, struggling for recognition in his own right. Too often it had been a source of rancor between them, but lately they'd reconciled. They were the two men she loved above all others, and she'd not see them estranged again. Sucking in her breath, she dared to offer herself. She exhaled slowly to gain courage.

"Papa, I'd go."

The Count of Eury gave a derisive snort, prompting Elizabeth to stand even taller as she met Guy's gaze soberly. "Aye, Papa. You would have one of Eleanor of Nantes' blood there, would you not? And 'tis a defensive position, is it not? I swear I'll not yield if King Stephen besieges the keep himself."

"Nay, Elizabeth, 'tis too far, and I cannot send an army with you."

"But you have the greater need of Richard here, I think, for there are those who would follow Rivaux of Celesin also, Papa."

"Liza, 'tis war," Guy protested. "In peace, aye, but . . . 'tis not even safe to travel the roads since Stephen is king."

"The greater reason to offer Richard's sword with yours: the Empress will expect it. Aye, and I also am born of the blood of Rivaux," she added passionately. "Papa, there is more of you in me than in any but Richard. I can hold Harlowe, I can see it does not surrender to Stephen."

There was truth in that, and he knew it. She was so unlike her mother or her sisters, he conceded, but she was still a woman. He shook his head. "Aye, I doubt you not, but what if you should fall into the hands of mine enemies? What if you cannot reach Harlowe?"

" 'Twould be the same as if Richard did."

"You know not the men."

"Neither does Richard."

"If there were any to defy Liza, she'd hang them." Moving to stand beside her, her brother added his argument to hers. "With your writ, there'll be none to gainsay her, I'll warrant—not overlong, anyway." Favoring her with a grin, he nodded. "Aye, there's not many to stand before her tongue."

"I'd hold Harlowe for you, Papa," she pleaded. "I fear nothing of King Stephen. Nay, I fear no one, for I am Rivaux. I bear the blood you have given me, Papa. There is much of you in me."

The way she said it sent a shiver down Guy's spine, and as he looked into those green eyes of hers he saw something that startled him. Always fearing the blood he'd given his son, could he have somehow have overlooked what he'd given her? It was as though the years fell away and he looked once again into the face of his own father. Had he missed seeing it before because she was a girl?

"I am naught of use here," she argued. "As you said, you have Maman to see to Rivaux. Send me to Harlowe, and I swear I will hold it—I swear it, Papa!"

"Elizabeth . . ."

"The woman's gone daft, my lord!" Count Reyner objected. "Harlowe is too valuable to the Empress to give into the Lady Elizabeth's keeping. Let a liege man defend it for you—let one whose oath you have hold it."

"Would you have me swear to you also, Papa?" Before Guy could answer, she dropped to her knees in front of him and thrust her hands between his. "I'd give you mine oath, if 'twould persuade you."

His hands closed around hers, but he shook his head. " 'Tis not seemly, Elizabeth. A woman—"

"You swore to the Empress and received her oath in return," Richard reminded him. "Nay, but I believe Liza would hold Harlowe—and ease our grandmother's grief also."

Not to be denied, Elizabeth looked up at her father, beginning the age-old words of fealty in a clear, strong voice before he could stop her: "I promise by my faith that from this time forward, I, Elizabeth of Rivaux, will serve Guy, Count of Rivaux, Earl of Harlowe, and Lord of the Condes and lesser domains, that I will maintain toward him my homage entirely and against every man."

"My lord, 'tis folly!" Reyner protested loudly.

" 'In good faith and without deception,' " Richard spoke up, supplying the words.

"In good faith and without deception," she repeated.

" 'Save in matters that conflict with my sovereign,' " he added, finishing the oath.

"Nay, to Guy of Rivaux only." Her eyes still on Guy's, she continued. "I so swear—may God strike me dead if I bear false witness this day, Papa." Her homage said, she dropped her head and waited, scarce able to breathe.

Sometimes Guy wondered if God had made a mistake in her, if he'd not intended her to be his second son. Over her head he looked to Richard, then to the disapproving faces of those allies and vassals yet in attendance. But his family was in truth unlike any other, bound together not only by love but also by the secret that could still destroy all of them. His fingers tightened on his daughter's hands, gripping them, as he looked down on her bent head, daring to see what he'd so long denied.

Richard could almost see his father's thoughts. "Nay, Papa, she is but her father's daughter—she is as you are."

"So be it then," Guy said finally, clearing his throat of its sudden huskiness. "Elizabeth of Rivaux, I hereby charge you with the defense of Harlowe in my name and against every man." Raising her, he gave her the customary kiss of peace between them, first on one cheek, then on the other. "God aid you to keep your oath to me."

"Well, Liza, you are like no other woman now," Richard teased behind her. "You are become your father's liege man before you are his daughter."

"Nay, she is my flesh first," Guy said softly, embracing her. "Always that."

Her green eyes brimming, Elizabeth managed to smile and whisper, "My thanks, Papa—I'll give you no cause for regret. I will hold Harlowe so long as you wish it."

"I think all of you mad," Reyner snapped. "She is but a woman, after all."

Turning to the count, Guy's eyes went hard. "She is daughter to me, my lord."

And the way Guy said it chilled the lord of Eury. His eyes traveled over Elizabeth of Rivaux, seeing once again the girl who'd failed in her duty to his son, who'd failed him. Reyner nonetheless hid his hatred for both of them and nodded. "If it pleases you, Count Guy, then there's naught else to be said."

Chapter Three

Pacing the narrow, flagstoned floor of the abbot's chamber, Elizabeth sought to control her temper. Before her Rannulf de Coucy, captain of her escort, and Brother Amyas, her host, argued against traveling further. It was, they insisted, too dangerous, for 'twas said the roads were beset by bands of brigands.

"Nay, but we go," she cut in coldly.

"Gentle lady . . ." the abbot began, then, quailing beneath the incredulous look she gave him, he finished lamely, " 'tis but for your safety. I'd not see harm come to Count Guy's daughter."

"By robbers? Jesu, but they'd not dare!" Her samite gown swished against the stone floor as she turned imperiously to face him. "By your leave—or without it even—I mean to depart for Harlowe at first light on the morrow. Now, do you provision my men for the journey or not?"

"Lady . . ."

"And if you are too craven to accompany me, Sir Rannulf, I shall continue to Harlowe alone," she interrupted him coldly. "Well, Brother Amyas, I await." To demonstrate her impatience, she tapped the toe of her kid slipper against the flagstones.

Thinking Elizabeth of Rivaux must be much like the Empress herself, the abbot shook his head, wondering how to dissuade her. Surely her father could not want him to let her go on. "Nay, but you cannot— That is to say, you must not . . ." Once again, his voice trailed off beneath her angry stare. Holy Mary, but whence came such a woman, he asked himself. "Lady, 'tis to your husband or father you must look for protection, and I'd not—"

"I have no husband," she answered sharply, "and 'tis my father who charges me to go. Rannulf, you will take what you need, and I will leave sufficient gold to pay for it." Her green eyes met the abbot's, holding them until he had to look down. "Aye, and there will be enough beyond the cost to pay for Masses for my grandsire of Harlowe's soul."

"Lady, 'tis for your safety," Rannulf protested. "Surely—"

"You are to follow me and none other," she reminded him. "I am sworn to my father that I will defend Harlowe for him—and afore God I will! Now, do you come with me, or would you go back to Guy of Rivaux?"

Both men stared at her with open dislike, but she cared not. She'd meant what she said: if she had to order Rannulf de Coucy back to Normandy and go on without him, she would.

It was not meet for a woman to lead, Rannulf reflected bitterly, and it was not right for Count Guy to have sent him with her. Jesu, but she thought herself as good as a man! Yet when he looked into those eyes of hers, a chill went through him that he could not explain. While she was possessed of her mother's fiery temper, she had her father's steel—and more. There was little softness in this daughter of Rivaux, little of that weakness that was woman. Nay, but this one was cold enough to see him dead if he did not obey. Sighing heavily, he turned toward the fire that popped in the brazier.

"Aye," he said finally. "But let it be said I go unwilling. I count it folly still."

"Indeed, once 'tis known Count Guy did not renew his oath to the king, his lands here are forfeit," Abbot Amyas reminded her. "King Stephen—"

"Stephen will have to take Harlowe, and that he will not do as long as my father and brother yet breathe."

"Aye, but we are not speaking only of keeps, my

lady—we are speaking of your person. There are those who would close their castle gates against you if you are attacked—or else they will seek a ransom for you. Count Guy cannot guarantee your safety now in England."

The captain nodded agreement. "Aye, what of de Mandeville? He raids with impunity, saying he destroys Stephen's enemies."

"There's been none since Robert of Belesme to destroy so much," Amyas pointed out. "And de Mandeville is not the only one who seeks to profit."

Sucking in his breath before daring again to meet those hostile green eyes, Rannulf nodded. "And thirty men are not enough, lady—'twould but invite attack."

"And for a woman such as yourself—a widow—there is the thought that you could be dowered with Count Guy's forfeited lands," the abbot added.

She moved away, walking to the window that fronted the enclosed courtyard. Unhooking the shutters, she looked silently out into the cold mist. Nay, but she'd not traveled across Normandy and the South of England, through sleet and rain and mud, to fail. Neither her father nor her grandsire before her would have turned back, and she knew it. Aye, and neither would Richard. Her back to Rannulf and the abbot, she squared her shoulders. "I go as a nun then, taking but two men for escort. Choose one you would trust to go with us, Rannulf. Surely not even the worst brigand would jeopardize his immortal soul by making war against a poor nun on pilgrimage." Ignoring their shocked gasps, she leaned into the cold air. "All must be ready at first light."

" 'Tis sacrilege!" Brother Amyas protested.

She swung around, fixing him with those strange, cold eyes again. "God gives me leave to tend to mine own soul, I think." Looking down at him, she added, "I'd have the longest robe that can be found. Still, if 'tis too short 'twill not be noted whilst I ride."

"Nay, but—"

"I leave you and the reverend mother one hundred silver marks for your kindness."

He gaped at the amount, then capitulated also, knowing further argument would only cost him the money. "Aye." As a slow smile of triumph curved her mouth, he nodded. "Aye," he repeated grudgingly. " 'Twill be as you ask, lady. No doubt Lord Geoffrey does not raid this far, and it can be hoped the others will respect the veil."

"Rannulf?"

The captain exhaled heavily, grumbling, " 'Twould be more fitting to dress you as a monk, but aye—I choose Hugh. His horse has speed, and I'd not tarry on the road."

"So be it then. I will see the Reverend Mother myself."

Once again the stiff silk of her skirts brushed over the cold floor purposefully. The two men watched her leave with relief, for it was disquieting to see a mere woman carry herself so.

"She has not the meekness nor the piety required of her sex," the abbot observed sourly. "How can such a one be daughter to Guy of Rivaux?"

"There are those who think her a changeling," Rannulf de Coucy answered slowly, reflecting that he faced a miserable journey to Harlowe. "Count Reyner was said to call her 'God's mistake.' "

Amyas shook his head. "Nay, but He makes no mistakes, my lord." Then, considering Elizabeth again, Amyas sighed. " 'Tis a pity, is it not? God makes her beautiful, yet her tongue chases her beauty from a man's thoughts. 'Tis a wonder that Lord Ivo did not beat meekness into her."

"He dared not. Three castles and five thousand marks of silver went to Eury for her dowry. Even Reyner feared to harm her lest Count Guy should demand any of it back." The captain's mouth twisted wryly. "And in the end he lost it, for she proved barren."

"Nay, a royal princess is not worth so much," the abbot protested. "Surely—"

"Count Guy values his daughters as though they were sons—and this daughter he loves most of all. I know: he charged me to protect her with my life." Rannulf stared at the doorway as though he looked into his future, then shook his head. "And as grievous as I find the task, I will."

The sun rose higher in the sky, lifting the early mist with it. The morning, while still chill, was bright after days of sleet and rain, easing Elizabeth's strained temper somewhat. Even the coarse woolen habit she wore did not weigh on her spirits, for she expected to reach Harlowe within two days' ride. She'd see her grandmother again, and together they'd mourn Earl Roger.

A lump formed in her throat as she remembered the tall, straight grandsire of her childhood. Aye, but he'd been as powerful a lord as her father, having once bested Robert of Belesme himself in single combat. 'Twas little wonder that the bards still sang of them, Earl Roger and Count Guy, for they'd been the only two men to face Belesme and live to tell the tale—or so 'twas said. It seemed strange that her grandsire had done it, for he had always appeared a much gentler man than Guy. What had her father said of him? That his gentleness hid a fierce heart. That there'd been none other he'd have accompanied to take Belesme, none other he'd trusted half so well, and together they'd brought Count Robert low.

And now her father faced another, more desperate war, for this time if he lost he lost everything. Yet he'd dared to renew his fealty to Henry's daughter, to the Empress everyone said had an arrogance to match her own. Forcing her thoughts from her fears, she wondered if Mathilda too found her temper a sword and buckler against those who thought a woman weak? By all accounts Geoffrey of Anjou was an unsatisfactory husband to the woman who'd once been Holy Roman Empress. Nay, but he could not be as unsatisfactory as Ivo of Eury, she reasoned.

She sympathized with Mathilda greatly, seeing herself in what she'd heard of Henry's daughter. For had not the Empress also been returned childless to her father's house? The difference had been the welcome: Guy was kinder than the king had been, for he'd let Elizabeth stay, while King Henry had wed his widowed heiress to a quarrelsome boy, putting policy above her wishes. The union was indisputably an unhappy one, for the Empress had left her young husband more than once, each time being sent back until she'd borne three sons to Anjou.

Well, that would not happen to Elizabeth. She was going to Harlowe, where she would show a worth of a different sort. She would prove her value to her father by holding the greatest of all his possessions for his heirs. And hopefully he would give no further thought to a second marriage for her.

"God's blood, lady!"

Brought up short from her reverie by the panic in Hugh of Liseux's voice, she looked up to see a column of armed men bearing down on them. And by the looks of it her habit was no protection at all, for their leader charged them, his mace swinging on its stout chain.

"Sweet Jesu, but we are attacked!" Rannulf shouted at her while drawing his sword. "Flee for your life!"

She needed no second warning. Spurring violently, she wheeled to run for the safety of the forest. The frightened animal reared, then bolted toward the trees, jarring her bones brutally. But she held her seat, outdistancing a cursing pursuer.

For a time it looked as though she and her two men would escape, but then archers, their bodies unhampered by the weight of mail, broke away and sped after them, loosing their bows. One arrow glanced off Rannulf de Coucy's shoulder, but another struck his horse, unseating him. Elizabeth saw him fall, jerked her reins to turn, and circled back for her captain, ready to take him up. Disentangling himself, he waved and shouted for her to run.

"Save yourself, lady!"

"Nay!" she yelled. "Ride with me!"

But before she could reach the fallen man, one of the mesnie bore down on him with upraised battle-axe, and Rannulf had only time to lift his shield over his face.

Hugh of Liseux, who'd seen her turn back, wheeled also, leaning to grab for her reins. "There's no time!" he shouted at her. "Leave him!"

"Nay!"

Before he could stop her, she tore the mace handle from the loop behind his saddle and swung it. For a moment he thought she meant to strike him, and he dropped her reins. Using her knees, she urged her horse toward one of the attackers, shouting he was a coward. Swinging the heavy spiked ball as she'd seen her brother do in practice, she landed a glancing blow to his helmet. He reeled but kept his seat.

Rannulf crouched, his sword braced, then as he was charged again he plunged his blade into the destrier's unprotected chest. The animal screamed in terror, then fell, crushing his master beneath him. Rannulf scrambled toward her, grasping for her outstretched hand.

"Up! There's no time! God's bones, Rannulf, but you tarry overlong!" Elizabeth leaned toward him, trying to balance herself as he swung his body up. An arrow pierced his mail, lodging in it. He tried to dodge an axe-wielding knight and he lost his grip, slipping from her hand and rolling free of the horses as they were surrounded.

Not ready to die tamely, she wielded the mace menacingly and sidestepped her horse to keep her attackers at bay, shouting as she evaded them, "Miscreants! Bastards all! How dare you attack a bride of Christ? Knaves! Thieves!" Landing a blow that unseated one who sought to disarm her, she taunted, "Who else tempts hell this day? Afore God, but you shall be punished!"

Hugh of Liseux, who'd seen Rannulf fall, knew she would be taken, and in that moment decided to ride on. At best, he might discover someone to aid her; at worst, she would have to wait for Eleanor of Nantes to ransom her. He prayed she had the good sense to declare her birth ere they made sport of her, for it did not appear that her veil would aid her now. If anything saved her, it would have to be Count Guy's gold.

Chapter Four

The small mesnie rode northward at a good pace toward Wycklow, the first of Lord Giles' keeps this side of the Scottish border. And, despite the fact that this once they'd come into England in peace, there was an uneasiness amongst the men, an uncertainty whether Stephen's safe conduct would aid them if they should be discovered. Nay, but too many of the English would rather see Giles of Moray's head on a pike than his presence in the king's council.

To a man, his borderers had favored ignoring King Stephen's call to pay homage for the lands Moray had taken and held in England. But he'd gone, traveling through enemy lands, taking with him a small, unimpressive escort, hoping that Stephen's price for recognition would not be high. Like King David of Scotland, Giles would hold his English lands legitimately if he could.

But the result had been a mixed one, for Stephen had not been fooled by his pretense of poverty. After all, did not the Lord of Dunashie also hold the keeps of Kilburnie, Wraybourn, and Blackleith, not to mention lesser manors, of King David? While he confirmed Giles' lordship, the English king had asked a levy of thirty archers, fifty armed foot soldiers, and twenty mounted knights in service—half as much as Giles owed David for the greater lands he'd won in Cumbria and Lothian.

And now he had two liege lords certain to quarrel with each other over the disputed English succession. Aye, for already King David appeared ready to support his niece the Empress against Stephen the Usurper.

It was a bad business as far as the borderers were concerned, for they had little taste for fighting side by side with the English. And the sentiment was mutual, for in the north, there were those who'd far rather see Giles of Moray's head gaping above a gate than consider him an ally.

But Moray kept his own counsel, leading his disguised escort to London to kneel at Stephen's feet, saying only that Christ had ordered the rendering unto Caesar that which was Caesar's. It made no sense to Willie, for why must they grovel for what they'd already taken? Sometimes there was no understanding his young lord. Did he somehow think that a king's kiss gave him what his birth had not? Did he think the English baronage would accept him as an equal among them? A Scot born of a border brigand and his stolen high-born wife? Nay, but they would not.

Willie was the first to see Hugh of Liseux. "By the beard of God!" he exclaimed, raising his bow and taking aim at the rider racing toward them. "The fool comes straightway to us!"

"Nay!" Giles barked. "Stay your hand! Dead English pay no ransom!"

Reluctantly, his man eased the gut off the nock of the bolt, releasing the quarrel harmlessly into the hand that held the horn-ended bow. "Och, and I thought I had me one," he complained mournfully. "I could've taken him ere he reached yon rock."

A ripple of agreement passed down the line behind them. It had been too long since they'd enjoyed the sport of war, and many were restless. But Giles signaled a halt to the column, reined in, and waited. Behind him, Willie and the others rested their hands on their weapons, ready to take their prisoner. Someone amongst them voiced the hope it was a rich Englishman. Something ought to make the journey worthwhile.

Still intent on escaping from the ambush, and fearing pursuit, Hugh was unaware of the other mounted mesnie awaiting him. It wasn't until he saw the sun reflected off the dozen or more old-fashioned pot helmets that he realized his error. His eyes took in the assortment of tattered tunics and mended mail that marked them for mercenaries at best and outlaws at worst, and he wheeled to flee from this new danger. A giant, his red hair streaming from beneath his helm like a Viking, spurred after his already tired mount, catching him ere he crested the hill again. The others followed, and Hugh knew he could not outdistance them.

Uttering a quick prayer, he dodged the big man and made for the one he hoped was the leader, shouting breathlessly, "God aid us, messires! We are beset! They ravish a bride of Christ!" He came to a halt before the tall one whose mail appeared more polished than the others, and his flesh crawled as he looked into black eyes as cold as his mistress's. Those eyes narrowed briefly.

"Where?"

"No more than half a league back, my lord!" Hugh gasped.

"And you fled, leaving a helpless nun?" One black eyebrow rose behind the steel, and there was a hint of sarcasm in the voice.

For a moment Hugh's temper flared at the contempt he perceived. "We were but two men and one woman against thieves, my lord—I rode to seek relief for the others." Then he mastered himself, and dared again to meet those cold eyes. "Your aid, sir knight, I beg in the name of God and Saint Agnes."

Ordinarily, Giles of Moray would have been more inclined to take his prisoner, but even for him it was no light matter to abandon a religious. "Who allows a sister to travel in these times?" he demanded. " 'Tis folly."

Aware that the other man watched him intently, suspiciously, Hugh shook his head. " 'Twas thought her habit protected her."

"How many attack?"

"Twenty—no more than that surely."

Turning to the giant who'd returned to his side, Giles' mouth curved into a faint, wry smile. "What say you, Willie? Is saving a bride of Christ fair penance for your sins today?"

"Aye," the red-haired man answered, grinning. "I'd nae mind sporting wi' the bastards, I'd nae." And as he spoke he reached for the axe that hung from his saddle, fingering it lovingly. "Peace wearies me. Aye, I'd nae see a holy lady harmed," he added piously as an afterthought.

"Aye then," his lord murmured as a shout of approval went up behind him. "You will ride in front," he told Hugh. "I'd not be taken by treachery. And if 'tis a ruse, you will be the first to fall."

Looking once again to the knight's face, then back to the plain buckler he carried, Hugh nodded. As if the man read his thoughts, even the faint smile faded. "In England, mine enemies are many," he said abruptly. "Lead the way, else we are too late."

It was not until they were joined in a bone-jarring pace that Hugh recognized the strange way he'd pronounced "Willie," for although he spoke as a Norman, he'd said "Wullie." Once before when Hugh had come with Count Guy into England he'd heard such speech—from a marauding Scot. And he wondered if he delivered Elizabeth of Rivaux from one danger to another.

It was hopeless, and Elizabeth knew it, but she would not die easily. Her stubborn pride in her blood would not let her surrender meekly—afore God, but she'd take more than one of them to hell with her. They circled her now, staying just beyond the range of the deadly mace as she taunted them. Out of the corner of her eye, she saw their leader raise his sword above Rannulf, and she challenged him loudly.

"Art so great a warrior you would kill a disarmed man? Nay, but you cannot even take one poor woman, can you? Does King Stephen know 'tis cowards who do his bidding?" Even as she taunted she ducked low, swinging the mace at the knees of a horse who came too close. The animal screamed as its legs buckled beneath it.

"Take her!" he shouted, stung by her insults. Leaving Rannulf, he rode angrily for her. "She is but one!"

"Aye! Take me and your souls rot in hell!" She saw some of them hesitate as her voice rose. "Come on—do you think I will die unavenged? I am born of the blood of—"

Her words were lost in the ensuing din as riders thundered over the hillock above them, scattering those who had been circling her. For a moment they tried to regroup, but the newcomers were upon them, their battle-axes raised, shouting at them in a mixture of Norman French, Saxon, and the Scots tongue. As Elizabeth wielded her mace with renewed fury, a knight bore down on her tormenters, spraying her with the blood of one, then leaned in his saddle to reach for her. She fought him off, swinging wildly, glancing a blow off his heavy shield. But he was quick for a big man, and despite his mail he lunged to catch her wrist, wresting the mace handle from her hand. She lost her balance, and for an awful moment feared to be trampled beneath flailing hooves.

He saw the panic in her eyes as she went down and he shouted, "Roll free!"

She hit the ground hard and tumbled away from her rearing horse, her legs tangled in the heavy wool of her habit. The man above her dismounted quickly, standing over her with his drawn broadsword, holding it before him with both hands, ready to defend her. Behind him a giant swung a heavy axe, decapitating a horse in a single blow.

The battle was fierce and short, the newcomers falling on the surprised attackers with an almost barbaric ferocity. Wild, eerie battle cries rose above the din as the Scots hacked brutally with broadaxes, splitting shields and cleaving bodies from shoulder to breastbone. The leader of her attackers broke off from the melee and tried to flee. Furious, Elizabeth scrambled for the axe of a dying man, picked it up, and swung it at one of the riders. She missed her mark but his horse shied, dumping the enemy onto the ground beside her. Before she could swing again his comrades in arms rode over him, trampling him beneath their horses' hooves. He screamed, jerked violently, then was still.

The tall knight who'd unseated her backed up to her, shielding her with his body, shouting for her to cease, that her tormenters were routed. Thinking it a ruse she brandished the axe, ready to cut him down.

"Nay! Come no closer!"

"Have done!" he yelled over the din. "You are safe enough!" Ducking quickly beneath the arc of the battle-axe, he caught her arm, holding it.

"Bastard!" she spat at him, still struggling.

"Holy Jesu, but art warlike for Christ's bride," he complained under his breath. "I tell you—they flee." As he forced her to drop the weapon she began to shake, and he thought she did so from fear. "Nay," he said more gently, sliding an arm about her for support. "I'd not harm you."

He'd expected her to weep and clutch at him like other women, but she twisted away. "You let them escape!" she screamed at him. "They go unpunished!"

"Art overwrought," he muttered, grasping her arm more firmly and shaking her lightly. "I tell you you are safe."

"Safe?" she fairly howled, kicking at him. "Look not to me—after them! I'd see them dead for the insult they have offered me!"

His grip loosened briefly, then as she lunged free he caught her from behind, dragging her back. "Nay, 'tis enough of this, I think," he told her curtly. "I have not the men to pursue them, sister." He waited for her to acknowledge the truth of that before he released her. "Jesu, but art strong for a woman," he observed when finally he let her go. "Had I not felt otherwise, I'd take you for a man." As she whirled to face him, a brief smile twisted his mouth, then disappeared.

Her retort died on her lips, for he was one of the biggest men she'd ever seen. His broken and mended mail seemed to have been stretched to cover a body that was both exceedingly tall and proportionately broad. It was the first time she'd stood before a man and felt as though she were less than a giantess herself. He was, she judged, at least as tall as her father, and where his cloak fell away from his shoulders she could tell he was thicker, more powerfully built than either her father or her brother. The image of a great black bear came to mind. For a moment, she gaped.

" 'Tis strange arts they teach in convents, madame." He bent to retrieve the blood-stained battleaxe. "I had supposed nuns spent their days praying for the repose of dead men's souls rather than dispatching them to hell."

She started to deny, then recalled herself before the stranger. Whereas he'd rescued a nun, he might well seek ransom for the daughter of Guy of Rivaux, for by the looks of him he was no better than a thief himself, and not a very prosperous one at that. "Aye, but I have a brother," she explained quickly. "I was used to watch him practice. I was not always in the nunnery, my lord."

He straightened and his black eyes traveled the length of her, taking in her unusual height. For a long moment he considered her, and the thought crossed his mind that she was the most uncommon female of his memory. Despite her coarse woolen habit she carried herself as though she thought she were the Empress, and those eyes of hers met his with an assurance that matched his own. Somewhere, he was certain, there was an abbess glad enough to see her gone.

"The life would scarce seem to suit you, but then I suppose 'tis as it is for a man—if they've nowhere else for you, 'tis the Church. Alas, but the custom makes bishops and abbesses of doubtful piety."

"Aye."

His gaze moved to her face, and he noted the fine, straight profile and the extraordinary green of her eyes. And he knew it was wrong to give her to the Church. A woman like that ought to belong to a man. It was a waste that made him almost angry.

Unused to the open appraisal of a lowly knight,

Elizabeth bristled. "Art done gaping?" she snapped. "Jesu, but you have forgotten Norman manners in this forsaken land!"

His jaw tightened perceptibly, and his eyes went hard and cold. "Nay, you mistake me, madame. I am Scots born."

God's blood. Her eyes widened as his words took on meaning for her. Even in her father's Norman keeps there were tales of the bloodthirsty Scots, of the terrible raids, the burnings, and the destruction they inflicted on their English neighbors. Her father called them a lawless breed.

The revulsion in her expression angered him. Tattered tunic, mended mail, and dented helmet withall, he was still the one whose service had saved her. "Aye," he said bitterly, "there are those who name me Butcher. As for manners, do you always count it your due when men risk their lives for you, sister?" As he spoke, he ran gloved fingertips over the sharp edge of the axe, checking the bloody blade for damage, before he looked at her again.

She flushed at the censure in his voice. "Nay. For that I give you thanks."

It was not enough. There was still that impersonal tone in her voice that rankled. "Tell me, was there no dowry for you—or did your temper outweigh your lands?" he asked suddenly. He cocked his head, measuring her height against his own. "Or mayhap you were overtall for a husband," he decided. "I suppose most would wish for a wife smaller than themselves."

"Mayhap I chose the veil," she retorted coldly. "Mayhap the choice was mine."

"Nay, you did not." Abruptly, he turned back to where his men counted the fallen. "Well, Will, was it worth the battle?" he called out to his giant who walked amongst the dead.

"Nay. None to ransom, and but seven dead," Willie answered in disgust. " 'Twas better for our souls than our purses." He jerked his thumb toward the corpses they stripped, then spat at the ground. "Mercenaries."

While his attention was diverted Elizabeth brushed

past him to where Rannulf lay still on the ground, his face pale against the dark mud, and a sense of foreboding stole over her. In her folly, she'd cost her captain his life. Hot, angry tears welled in her eyes as she dropped to the ground beside him. Turning her face away that they could not see her weakness, she mumbled a quick prayer. Then she leaned over him, laying her head close to listen for the rush of his breath, but heard nothing. Swallowing, she looked up. Hugh of Liseux moved forward.

"Lady, I—"

"You! Coward! Get you away from me!" she spat at him.

Giles saw the color drain from the man-at-arms' face and realized the nun was of some import. His heavy boots broke dead twigs as he came up behind her. "Your man rode for aid, sister. But then I forget: you are not overgiven to gratitude, are you?"

Despite the heavy mail he wore, he dropped to his knees beside Rannulf and pushed her away. Drawing off a glove with his teeth, he felt along the fallen man's jawline with his fingers, seeking and finding life. "You fear for naught—he is but stunned." As he spoke he pulled the captain up against his knee, then delivered a quick blow between the man's shoulder blades.

Rannulf coughed, then roused, opening his eyes, blinking his confusion. "Wha . . . ?" Obvious relief flooded over him when he saw her, and he tried to speak.

"Nay, I nearly cost your life," she cut in quickly. "Rest you until you have regained your wits." She looked up at the knight beside her significantly. "We are saved by . . . ?" she asked, hoping the Scot's identity would warn Rannulf.

" 'Tis of no matter," Giles answered curtly. Rising, he wiped his bare hand on the heavy wool surcoat that covered his mailed chest and thighs. "I am but passing this way."

Reaching upward, he twisted the polished helm he wore, dislodging it and lifting it from his head, revealing a strong, well-chiseled face made harsh by high cheekbones and squared jaw. Had it not been for the coldness of eyes so black she could not see the pupils he would have been a handsome man. But as it was there was a distance there that set him apart, that made him less handsome than either her father or her brother. The winter sun shone on thick, curling hair as black as hers. And as he dropped the battered helm to the ground at his feet, she glimpsed the wide scars on the palms of his hands.

Nodding toward the dead men, he asked her, "Art too weak-stomached to look, or would you see if you know them?"

There was a certain contempt in the way he said it, as though he expected her to quail before the sight. "Nay." Despite the heavy skirt of the habit, she managed to rise unaided. "Though I would doubt I know them. In the convent, there is no discourse with men save the priest."

"A pity," he muttered dryly, standing aside.

She walked a few paces until she stood over the now nearly naked corpses of her erstwhile attackers. And despite her resolve to show no weakness before the lowly Scot, she flinched when she looked down. The scene was ugly rather than glorious, a reality far removed from the songs of the bards. Nudging one gingerly with the toe of her shoe, she managed to lift a face still contorted by the agony of his death. What she saw sent a shiver of apprehension through her. She sucked in her breath and let it out slowly as the Scot watched her. "Nay," she lied, "I know them not."

" 'Tis strange they would attack a nun."

"Aye, but the times are perilous, are they not?"

His eyes narrowed. "And still they would let you travel? Where is it that you risk your limbs to go?"

She considered lying about that also, but decided 'twould serve no purpose to do so. "Harlowe."

"Harlowe? 'Tis many leagues!" he responded with disbelief. "And 'tis a fortress rather than a nunnery."

"I am charged to travel there, my lord—for my

abbess," she added beneath his incredulous stare. "I am to see the countess." Aware that he watched her closely, she sought a plausible explanation, hoping that he would be satisfied. Her mind racing, she reached beneath her mantle to draw out the small leather pouch that hung from her girdle. Although she had little patience with such things, she'd allowed her mother's tiring woman to give her a purported relic for Eleanor, and there was no reason it should not be useful now. Opening the pouch, she gave him a glimpse of darkened bone.

"The Countess Eleanor gives an endowment to Saint Agnes for Earl Roger's soul, and I am commanded to deliver a relic to her in return, that it may be placed above his tomb," she explained. When he made no move to inspect it she added, " 'Tis St. Catherine's finger bone, blessed by the archbishop at Rouen."

"Jesu!" he snorted derisively. "Another saintly marvel? Nay, but 'twould take a thousand hands to provide bones for the chapels that claim them in England alone."

"God in His Wisdom and Mercy makes wondrous works," she murmured, trying to sound very pious. " 'Tis not for us to doubt."

"The only greater fraud is the True Cross, sister," he retorted cynically. "Aye, else Our Blessed Saviour must have carried a timber as long as Jerusalem itself."

" 'Tis blasphemy you utter, my lord! Your words imperil your very soul!"

"If would you ask, there are many to tell you I have none to imperil," he countered. "But believe what you will. Willie," he called out, "are we again ready to ride? We are for Harlowe!"

As a ripple of disbelief spread amongst his men, Elizabeth felt a sense of unease. Did he think to raid and burn the rich fields there? Or would he seek to use her to gain admittance to the keep itself? "My lord, there is no need," she said hastily. "As the danger is past, we shall but go on ourselves. Rannulf and Hugh accompany me."

"As they saw you here?" he countered sarcastically. " 'Tis not safe for any on the roads, as well you have seen."

"Sir, I cannot allow—"

"Nay?" This time, when the eyebrow lifted, the black eyes betrayed a hint of amusement. "We are twelve armed men and you are but two knights and one woman. I'd not tell me what you will or will not do, *gentle* sister."

She did not fail to note the irony as he emphasized the word gentle. "Nay," she maintained stubbornly, "the Countess Eleanor might mistake the matter and think we came not in peace."

"How are you called, sister?" he asked suddenly.

"Elizabeth." Then, knowing that 'twas not a common name, she added, "For the mother of John the Baptist."

"It does not suit you."

"Alas, but when one christens a babe, one cannot know that," she answered sweetly. "My temper has little to do with the name."

"Sister Elizabeth," he continued with the pained patience usually reserved for a child, "I seldom am moved to do much good in this world. Were I you, I should merely accept my escort." He smoothed his hair with his roughened palms, then bent to retrieve his helmet. "Did they never teach you in the convent that obedience serves best?"

For a moment, his arrogance left her speechless. Nay, but the sons of counts would not address her thus, and yet this lowly Scot spoke as her master. She would have liked to put him in his place, but dared not. As she watched, her face mirroring her chagrin, he jammed his helm on his head and walked away.

"Wait."

He swung around impatiently. "God's bones, madame, but I have not the time to tarry whilst you argue. 'Tis a long ride to Harlowe, and even longer beyond for me. Tell your men to mount."

"Mine is not the only ill temper here," she snapped. Then, as he took a step toward her, she decided conciliation was the better choice just then. "I'd know who you are ere I ride," she finished lamely. " 'Butcher' does not suffice."

One corner of his mouth turned upward in a semblance of a smile. "I am christened Giles."

"Sir Giles? Art a knight?"

"Aye."

"From where?" she persisted.

"I was born at Moray."

The place name was not unknown, even in Normandy, for had not Scotland's king claimed lineage there? Her gaze took in his worn tunic. "But you are not of the earl's family, I think."

"But distantly," he answered brusquely, angered again by the expression in her eyes. "I am not claimed as kinsman there."

"Your pardon—'twas not my meaning."

"Aye, 'twas, but no matter. My fortunes depend not on your goodwill, Sister Elizabeth."

He did not speak again to her until they were mounted and riding the ancient road. Lost in her own thoughts, she was jarred to hear him say, " 'Tis a pity there was none to wed you, for you would have borne fierce sons for your lord."

The last thing she would have of a tattered knight was his pity. "Nay, you mistake the matter," she answered coldly. "If I have taken the veil, 'twas not for my temper nor for lack of a dowry. I was widowed."

"And you eased your grief on your knees? Did you not discover that the veil does not warm cold bones?"

"It is enough that it saves me from another husband," she retorted, spurring her horse ahead of his. "And I thank God for the deliverance."

She was a proud, beautiful woman, unlike any he'd met before. He watched her thoughtfully, daring to admire her openly, and again it angered him that someone like her would rather wed Christ than man. He glanced down to where his scarred hands held the reins, seeing the flattened links of his hauberk where it met his wrists beneath the plain woolen overtunic. Well, she could not entirely be blamed for thinking he was of no worth, he supposed. She could not know he held thousands of hides of blood-soaked land on either side of the border. Then he wondered why she'd wanted him to know the choice to remain unwed was her own. And his anger faded to amusement. She was, underneath that coarse habit, yet a woman after all.

She sat with unwonted stiffness, her face set, angered with herself that she'd bothered to exchange words with a man such as Giles of Moray. It had been unworthy of her to justify herself to him. He was, she supposed, but a bastard born to a woman in the earl's keep.

It was as though he knew her thoughts, for he spoke again behind her. "My patrimony is Dunashie, Elizabeth—all else I have, I have taken."

"Not enough, 'twould seem," she muttered.

"Aye, but I am not done. When the war comes, I mean to profit."

Chapter Five

Neither Giles of Moray nor his men spoke much as they rode, leaving Elizabeth to the company of Rannulf and Hugh, each of whom mistrusted their escort. The big Scot seemed, they whispered, little better than the mercenaries he'd routed, and they wondered if perhaps his willingness to accompany her to Harlowe was less a matter of piety than of opportunity. After all, no keep was invulnerable even to a small band once inside. And if he should discover he now had Guy of Rivaux's daughter in his grasp . . . well, he might use that to gain entry.

"Nay, he suspects nothing," she hissed back, her eyes intent on the borderer, who rode ahead of them.

"Still, I would he went not to Harlowe," Rannulf muttered low. " 'Twould have been better had we returned to St. Agnes. I mislike the man."

"Aye," Hugh agreed. "We are like to be murdered when we sleep. If King Henry's peace meant little to the Scots, Stephen's means naught at all."

"The Scots are thieves all, my lady—'tis as a contest between them to see who can rob and pillage the most. Nay, but 'twould have been better to have returned for the rest of your escort."

"I have not the time to waste," she snapped in exasperation, for 'twas at least the tenth time he'd said the same. "God's bones, Sir Captain, but how long do you think Stephen will give us when 'tis known my father does not renew his oath? How long do you think 'twill be before he is at Harlowe's gates?"

"And so you would lead these thieves there. Holy Jesu, but I cannot like it, lady—at best he is Stephen's man also, for did he not come from London?" Hugh protested.

"With but twelve men, he is not like to do much harm at Harlowe. You are like old women—you fear too much."

They fell silent and stared morosely at Giles of Moray. Hugh shifted his weight uneasily in his saddle, then sighed. He'd have done better to have followed Lord Richard into battle—at least then he'd have known what to expect.

As Elizabeth watched him, the Scot removed his helm yet again and let the wind whip his black hair. From the back he looked much like Richard, save that instead of fur-lined velvet, rough brown wool covered his broad, strong shoulders. Aye, he had the look of a fighting man, the build of one skilled in war.

Idly, she wondered how it was that one like that had not risen further. Had he served her father he'd have led more than eleven men by now, for Guy valued those who wielded axe and sword well. Aye, more than one had risen in favor simply by virtue of bravery, prowess, and loyalty. And the man before her possessed at least two of the three.

Jesu, but she'd not forget how he had stood over her, his broadsword supported by both hands. And it was a good, well-kept weapon, which showed that he knew his business well. Rather than the thong-wrapped hilt common amongst men-at-arms, his had been covered with circling gold wire. And the pommel was pewter banded in gold. It was a weapon worthy of one far better than he. She had not a doubt he'd taken it from someone else, probably in a border raid.

Had he not been a Scot, probably one attached to a lesser lord, she would have considered offering him service at Harlowe, that he might rise in her father's favor. But from all she'd ever heard the Scots were a savage, despised lot, overgiven to violence and pillage, who lived more on booty than barter.

But he was of Moray, and she'd heard of that. Had not a Scottish king been earl there? And was the family not of Norman descent, from the de Maurais? Or was it the de Moravias? But he was not of them, he'd said. He'd merely chanced to be born there. Or had he? He carried himself with far more arrogance than the man-at-arms he was. Mayhap he was bastard-born and had been left to rise on his own. Mayhap 'twas the source of his bitterness.

Sweet Mary, but how could he stand to ride bareheaded on such a day? The sun had withdrawn behind clouds, and the wind that flapped their cloaks was sharp and full of unshed rain, suddenly making it seem quite cold. She shivered beneath her habit and plain mantle, thinking that were she a nun she'd complain of what they were given.

Suddenly the Scot called a halt, stopping to confer with the giant he kept at his side. Then he wheeled his horse, riding back down the column toward them.

"I like not the looks of the road ahead," he explained tersely. "We wait until Willie returns."

Elizabeth rose in her stirrups, straining to look into the damp, misty air. "I see nothing, my lord," she protested impatiently. "Nay, I'd ride on."

A grim smile twisted his mouth as his black eyes met hers. "But you have not the ordering of us, Sister Elizabeth, and I'd not fight my way back to Dunashie else I must."

As she watched curiously the huge man dismounted and, armed only with his short bow, slipped into the bare forest. " 'Tis like sending a belled bear," she said sourly. "You need someone smaller and darker."

Moray's gaze followed hers. "Nay, you mistake the matter—they'll not see him. Despite his size, he moves like a cat after prey."

Hugh snorted derisively, and one of the borderers edged his horse close, favoring him with a gaping, toothless grin. "I'd nae laugh at Wee Willie—else yer lights'll be in yer lap. Willie," he added significantly, "is skilled wi' his dagger."

"Wee Willie! God's bones, but you jest," Hugh retorted.

Elizabeth rubbed her arms beneath her cloak,

prompting Moray to turn his attention back to her. "Art cold, sister?"

"Nay," she lied, unwilling to show weakness.

" 'Tis as well—I have not a blanket to spare you." It was as though he could not admit to kindness. She found his roughness both irritating and intriguing, particularly since most of her life, save during her marriage to Ivo, the men about her had been respectful and courteous to Rivaux's daughter. This Giles, on the other hand, was arrogant far above his station.

"Do you truly believe we will suffer an attack?"

"I know not, but I have not lived six and twenty years by being a fool," he answered, his eyes again on the road ahead. "They wait for something."

"But why would they wait for you?"

The way she said it betrayed that she believed him utterly unimportant, and despite the fact that 'twas her intent, her words rankled. " 'Tis England," he answered shortly.

"And yet you have journeyed here."

He squinted as though to make out some distant thing. "Aye."

"What is it that you fear?" she asked, trying to see what he saw.

"Nothing."

"And yet we stop to avoid that which you do not fear?"

"Aye."

"God's bones, but you are a surly lout," she muttered. " 'Tis a knight's duty to learn to discourse pleasantly. Did none teach you beyond 'aye' and 'nay'?"

"Aye." He half turned in his saddle to look at her, and a faint smile lifted the corners of his mouth. "But I did not think you would wish to have speech with a lout such as I."

"I'd hear more than you say," she retorted. "I see nothing at all."

"I see steel." He edged his horse closer to hers and leaned until his mailed arm brushed against her cloak.

Lifting her hand and pointing so that she could follow his direction, he showed her. "Look you there."

" 'Tis but rocks."

"Mayhap—or mud smeared on helmets to conceal them." As he released her hand, his smile broadened. "Is there aught else you would know of this lout?"

"Nay . . . aye," she conceded. "Why do you come into England if 'tis too dangerous to your skin? 'Tis many leagues to the border, I think."

"I attended Stephen's court."

She raised an eyebrow in disbelief. "You?"

"When war comes, even a border lout is welcomed, madame. You behold twelve mounted men, do you not?"

"And he will pay you to bear arms for him." Her eyes traveled again to his mended mail. "I hope you were promised better for your service."

"I was."

"And so you will fight against Henry's daughter."

"I fight for myself, sister. I care not who wears England's crown."

"How can you say such? Jesu, but there is the matter of right!" she protested.

"Right is battle-axe and broadsword, sister—no more and no less."

"There were oaths given, fealty sworn. Surely—"

"And you think that makes a difference? Nay, but it does not, not when there are priests to absolve the oath-breakers," he continued cynically. "Do not speak to me of oaths, sister, for they are nigh useless. 'Tis the sword rather than the word that rules."

"But she is King Henry's daughter!"

" 'Tis naught to me. I had no love for him."

"Then you have no honor!" she snapped angrily.

His eyes went hard and his mouth drew into a thin, bitter line. "Nay."

"God's pity on you if you believe that, sir."

"Save God's pity for those who need it, sister, and do not prate to me of that which you do not know."

"Stephen is a usurper!" she spat angrily.

He shrugged. " 'Tis treason you speak, but no matter." His gaze dropped to where the heavy crucifix hung between her breasts. "If you will not bear babes as God intended, then practice your piety with your silence," he recommended.

"Art a fool who will fall, sir," she said stiffly.

"Do you pray for my soul if I do?" he retaliated.

"Nay, I pray for honorable men."

"Alas, but you spare your knees then, for they are few."

Abruptly, he spurred his horse, returning to the front of the column, leaving her to stare after him. "Insolent dolt!" she muttered.

Hugh, who'd drawn back during her speech with Moray, nudged his horse forward even with hers. "The landless are dangerous, my lady, for they covet that which they do not have. And so it must be with him. I'd not trust him."

"Aye. I do not."

They waited, the tension increasing as the time passed, with Moray's few archers notching arrows to their bows and the others choosing weapons. Their leader sat still and silent, his eyes on the road ahead, his hand resting on the scarred handle of his battle-axe. Finally he said something to the toothless one, who in turn rode back to address Elizabeth.

"My lord bids ye keep to the rear, sister, that ye may flee. I am to tell ye there is a small abbey nae twelve leagues west of here—ye have but to follow the sun."

She glanced up at the grey sky irritably. "Tell him there is no sun."

"Then ye'd best follow the light." His gruesome grin widened. "And I'd nae gainsay him, madame. Had ye nae been in Orders, he'd nae bothered wi' ye. Aye—and if Willie'd nae been spoilin' t' fight."

"In Normandy, the villein does not rule," she observed acidly.

"Nay, Wee Willie is nae—"

"Hob!" Moray spoke sharply, and the toothless one returned instantly to him, leaving her to wonder what he'd been about to say. It did not matter, she supposed, for once she was safe at Harlowe she would not see Giles of Moray again.

"Aye, my lord?" Hob answered him.

"I mislike the wait. If Willie comes not soon, we retreat to a narrower place. I'd choose ground that favors me if 'tis to be a battle. When they see we do not come, mayhap they'll move this way."

"Aye."

Overhead, a lone goshawk soared, circled, then swooped to attack a fleeing sparrow. There was a cry, a furious flapping of wings, then the hawk rose again and the hapless sparrow fell lifeless to the earth. Slowly now, the bigger bird glided in to land over its prey for the feast.

It was something that Elizabeth, who'd hunted much of her life, still could not watch without feeling a pang of regret for the vanquished. But it was, as her brother had often pointed out to her, the order of life that one thing should prey on another. She pulled her mantle closer over the rough habit and shivered visibly.

Willie returned as silently as he'd left, with only the sound of his boots crunching the dead leaves that littered the forest floor to betray him. Elizabeth strained to hear what he said to Moray.

" 'Tis the same mesnie as we routed," the big man reported.

"Jesu! How many this time?"

"Nae but twenty or so."

Moray gave vent to anger in a dialect she could not understand, then he drew several of the others closer to confer in low tones. Finally he nodded, and turned to address Rannulf.

"While there is still time, you will take the sister to safety. There is a Cistercian abbey you can reach ere nightfall, where she will be welcomed."

"Nay, I'd not go," Elizabeth protested.

Without looking at her, Moray continued speaking to her captain. "Perhaps when 'tis safer they will send her on her way."

Her man-at-arms glanced back uneasily, noting the

set of her jaw and the flash of her eyes, and prayed she would hold her tongue. It was a futile hope. "Sir Giles," she cut in icily, "if you are unprepared to provide the escort you have promised, we shall continue to Harlowe alone. We do not seek a refuge that will delay us."

"Sister Elizabeth, for some reason, you would appear to have an enemy," he answered with obviously strained patience. "If I am to secure your safety, I have not the time to dispute with you."

"I do not go."

"Lady . . ." Rannulf warned her.

"I can give you two knights, sir, knights trained in the arts of war far better than"—her eyes scanned the ill-assorted soldiers in his train before she finished—"than yours. We do not flee."

"Take her reins and lead her," Moray ordered Hob. "And if she argues overmuch silence her with a blow."

"You have not the time to waste making me do your bidding, my lord," she reminded him sweetly. "And if he dares touch my bridle I'll trample him."

"Holy Jesu, lady," Hugh breathed low behind her. "Nay."

Moray's black eyes met hers and held. "Were you not Christ's bride I'd be sorely tempted to beat you for that tongue."

"Nay, you would not dare."

"Lady!" Rannulf choked. "Good sir, I pray you will not heed her. The journey has been long, and—"

"Twas you who insisted on accompanying me to Harlowe, my lord," she reminded the borderer evenly. "Is the word of Giles of Moray truly worth nothing at all?

His eyes betrayed a flash of temper and his jaw tightened, but his voice when he spoke was cold. "There are but twelve of us against twenty or more, and—"

"Fourteen," she corrected. "And you needed no more before."

"I had the advantage of surprise."

"Art a coward then?" she gibed.

"Sir, she has been cloistered," Hugh babbled. "She knows not what she says. I pray you—"

"Lady, there is not man nor woman born who has called me craven and lived."

This time there was no mistaking the fury in those black eyes. Knowing she'd pressed too far, she sought to placate him. "I know you not, my lord, but—"

"Nay, you do not."

"My lord, they move already—there is no time," Willie interrupted hastily.

With a curse, Giles jammed his scarred pot helmet onto his head and jerked his reins savagely, pulling away. Over his shoulder he ordered tersely, "See that she keeps to the rear—I have not the men to waste defending her. Aye, and if she falls into their hands, I am acquitted."

"God's bones, lady!" Rannulf exploded when he was gone. "If you have no care for your skin, I pray you will consider mine! Let us begone!"

"You forget yourself, sir," she responded coldly, drawing the mantle about her again. "Follow him. Hugh will stay with me, where he will not risk so much."

With Hugh muttering something about the folly of a woman, they fell in behind the retreating Scots, retracing the road back to where it climbed over a hill, dipped down into a rocky ford, then rose again at an angle through woods so dense that even without leaves, the dead, twisted brambles obscured much. Giles reined in and looked back down on the road, measuring the distance from the wet, slippery rocks to the trees. His anger mastered now, he turned to Willie, and frowned.

" 'Tis here we stand. After you send the archers up, I mean to take the others over the hill. Hold your arrows until they are upon you, for I'd surprise them as best we may. When I hear Dunashie's cry, we'll attack. You"—he called to Rannulf—"ready yourself if you would stay."

"Aye," the captain agreed glumly.

Briefly Moray's eyes rested on her again, and his

face hardened. "Mistake me not, sister—if you are taken, I do not come after you again."

She nodded.

"So be it then. God grant you the sense to flee if we are overrun. For now, you'd best hide yourself amongst the overgrown brush." The black eyes dropped lower to the habit she wore. "Mayhap the color will hide you."

He turned his attention back to his men, watching as a boy ran among them, collecting the archer's mounts. One by one, their bows slung over their backs, four bowmen chose their trees and began to climb. Apparently satisfied, the Scot led the remaining seven over the crest of the hill to lie in wait.

Elizabeth followed him closely. " 'Tis cowardly to hide, my lord—I'd not shame my blood."

"Jesu! What manner of foolish creature are you?" he demanded angrily. " 'Tis no tourney you would watch."

"Mayhap I could aid—I could show myself and lead them to you, or—"

" 'Tis a wonder your husband did not strangle you ere he died, madame, for I'll warrant he was sorely tried," he growled. "Nay, you will wait beyond the hill, else I will throttle you myself."

"But—"

"If you would aid me, pray for rain enough to make the way up the hill slick." His eyes again met hers, warning her against further argument. " 'Tis to be hoped you wear a hair shirt under your habit in penance for your shrewish tongue." Shifting his gaze to Hugh of Liseux, he ordered brusquely, "Take her deeper into the trees and wait with her."

Reluctantly, she dismounted to lead her horse into the overgrown forest. Behind her, the man-at-arms drew his sword and followed, his heavy boots crunching the dead twigs and leaves. Even in winter the branches of underbrush were so dense that they tore at the black wool of her habit and tugged at her veil. Finally, she dropped to sit on a rotted log.

As they waited the mist turned to drizzle, then

finally to an outright rain that rattled the few dead leaves above them. Her cloak, already damp, clung to her shoulders without providing much warmth. Hugh hunched miserably against a tree trunk, his body shaking. She thought of her brother's tales of what it was like to ride fully mailed in rain and snow, encased in cold metal, and she felt a stab of sympathy for the knight.

"When I get to Harlowe I will see you have a warmer mantle," she announced suddenly.

He turned baleful eyes toward her. "If we get to Harlowe."

"Nay, we will."

"Lady, I'd ride on whilst we may. I'd not wait for Moray." Clearing his throat, he spat on the ground. "I'd not rely on a murdering thief to save me."

"Nay." Then, noting the doubt in his eyes, she added more reasonably, "Better twelve thieves than none to stand between us and our enemies."

The rain increased, falling rhythmically on the sodden, musty leaves at their feet. Suddenly the eerie battle cry of the borderers echoed through the trees, followed by shouts of dismay as the Scots poured over the hill. The clash of steel against steel blended into the howling wind, lending an eerie quality to the brief battle. Then it was over. Horses broke through the forest, passing within fifty feet of her, as the band of knights fled in disorder. The gleeful, triumphant shouts of the Scots followed them, carrying over the cries of the wounded and dying.

Despite Hugh's protests, Elizabeth rose from her hiding place to look over the hill. She saw Wee Willie moving among the dead, collecting weapons, while others salvaged helmets and mail. Giles of Moray was still mounted, his blood-spattered shield over his left arm. He was alone above the carnage, strangely aloof from it, yet his torn and soaked surcoat gave proof he'd been in the thick of the fight.

"Did you get their leader?" she shouted, gaining his attention.

"Nay, I think not." He swung down, speaking to

a borderer who scavenged over the bodies. Then he dislodged his helmet with an effort, forcing it from his head. "Nay," he repeated. The water coursed over his black hair and dripped from his face. Looking upward into the rain, he grimaced. "Now you can pray for it to stop."

"My lord, but three men of Dunashie are hurt and none sorely," Hob reported gleefully. " 'Tis one dead and one dying of them—och, but the rest fled."

Moving stiffly, Giles walked to where the one who yet lived lay twitching in the shallow ford. The rocks were slick and the red water eddied beneath him. Giles drew his sword and bent low over the man, speaking with him, as Elizabeth tried to listen. Whatever the fellow said, Moray nodded, then delivered the death blow.

The wool of her skirts heavy with water now, she walked with an effort, conscious of the wooden crucifix at her breast, where it pressed from the weight of her sodden cloak. As she reached Moray, he rose and sheathed his sword, staring at her with renewed interest. A shiver of apprehension stole down her spine, and her fingers crept beneath her cloak to touch the Cross.

"Why do they want you?" he demanded harshly.

"I know not."

"I asked why, and unless that poor soul went to hell with a lie on his lips, 'tis you they want. I'd know why I have lost three men wounded for you."

" 'Tis folly—he knows me not," she protested.

"Where is this relic you carry, sister?"

Her cold fingers fumbled with the purse that hung from her waist, then drew out the small pouch. He caught one of his heavy gloves in his teeth, pulled it off, and held out his bared palm. She dropped the pouch into it.

"Open it—mine hands are bloodied."

"Surely—"

"Open it."

"Aye." With an effort, she managed to untie the thongs and loosen them. She held it where he could see it. The bone, grown brown with age, fell into his scarred palms.

" 'Tis all you carry?"

"Aye."

"Why would they wish a relic?"

"I know not. Mayhap he thought to rob me, mayhap he thought 'twas a jewel I carried, but I cannot think . . ." Her voice trailed off as her mind raced, for she dared not let him discover her worth. "Well, he knew not who I was," she lied again. "They mistake me for another mayhap."

"Who are you?"

"A poor nun of Saint Agnes."

"And your family?"

Once again, a shiver coursed through her as his eyes betrayed his suspicion, but she answered him calmly, "My father served King Henry in Normandy, my lord—I doubt you would know of him. He comes little into England."

Before he could ask further she reached out to take the relic from his palm, and felt the hard scars. Her fingers touched the lines lightly. "Your hand—'twas wounded sorely. How had you this?"

" 'Tis nothing." He drew away. "You'd best keep that safe."

"It looks as though you have been burned."

"I was. How long have you been a widow, sister?" he asked with a suddenness that startled her.

"It has been three years, my lord."

"And you have taken your final vows so soon?"

New apprehension prickled her skin and traveled her spine. "I received a dispensation," she lied again.

"A dispensation? Sweet Jesu, but you must be a woman of worth then, for most poor souls cannot afford the bribes." The bitterness in his voice was again unmistakable, making her wonder if perhaps his sins had set the Church against him.

"Nay. My priest interceded for me, and as my father did not object, 'twas done."

"How old are you?"

"Two and twenty."

" 'Tis overyoung to wither, sister." Apparently satisfied, he started to turn away, then stopped. Once again, her heart thudded painfully beneath the heavy wooden crucifix. "Did you bear your lord any sons?" he asked.

"Nay, I was barren. My husband's family returned me to my father's house, and as I have sisters . . ." She let her voice trail off, hoping to give him the impression that she had been little dowered.

He did not respond to that. Instead, he pushed back his wet hair and reset his helmet. Water dripped from his lashes, his cheeks, and his chin. "If you are ready to ride, I'd not tarry here. I'd reach Harlowe on the morrow. Too long I have been from Dunashie, sister, and my land needs me."

Not for a moment did she believe he held this Dunashie or any lands thereof, but she did not dispute him. It didn't matter what a lowly knight thought of her, she told herself. Once she reached Harlowe she'd send word to her father, telling him of Reyner's perfidy. Nay, but the Count of Eury would not have risked harming her unless he had joined Stephen's cause.

Chapter Six

For two days they rode, stopping only to eat loaves of hard bread and chunks of cheese by the wayside, to relieve themselves in the dense, leafless woods, and to sleep no more than a few hours rolled into blankets on the hard ground. He'd fought twice and, given that three men were wounded, he'd not fight again ere he reached Dunashie, Moray told her tersely when Elizabeth complained of the pace.

They were a strange band, this Scot and his men. Where he was cold and hard, they were lighthearted and jovial. The toothless one often rode beside her, telling her of the others, men who seemed to have been named for sport. There was the red-headed giant called oddly "Wee Willie" and pronounced like "Wullie," not to mention the tall, thin one referred to as "Lang Gib," which she took to mean he actually had been christened Gilbert. And upon questioning, her toothless spokesman admitted to "Hob," then revealed he'd actually been "kirked" as Robert. The others he pointed out as "Auld Sim," "Will's Johnnie," "Wat," "Feir Jock," and "Saft Launcie." Only Osbert, Hervé, and Ewan had names that were not alien to her ears. And yet, for all the strange appellations, they appeared to enjoy a singularly non-feudal relationship with their lord, approaching him at will in ways none would have dared with her father. It confirmed her suspicion that he was no more than the leader of a band of mercenaries, and probably only he had the right to wear mail at all. The others had surely stolen theirs.

Still, Moray puzzled her. From time to time, out of

boredom, she attempted speech with him, but he seemed wary, answering shortly. Finally, when she told Hob that his master had no manners, the fellow merely grinned, saying something incomprehensible. It took several repeats to glean that Giles of Moray had little use for women beyond the obvious. And somehow it offended him that she was a nun.

"Then why did he fight the first time?" she demanded in exasperation.

"Och, but he nae knew ye then," Hob answered.

The last time she'd spoken to Moray, she'd merely asked if it rained as much in Scotland as in England. That elicited the comment that if she wished to know she ought to go there. Finally, she could stand it no longer.

"My vocation ought to gain me better," she snapped.

He leaned forward in his saddle, easing his tired back, before responding. "If you would have my opinion, madame, I think you hide behind your crucifix. And an unwilling bride, even for Christ, is no bride at all."

"You belittle God's calling?" she demanded incredulously.

"Nay. I belittle those who are given where there is no calling. 'Tis a plague that infests the Church."

"You speak contempt for that which you do not know," she told him stiffly.

"Aye?" One black eyebrow rose to disappear behind the steel. "Then how is it that you have not prayed since we are met?" When she did not answer, he favored her with a twisted smile. "Nay, but 'tis wrong to be that which God did not intend."

"Jesu! And you think you know God's intent in all things?" she asked sarcastically.

"He did not make you for this." His black eyes met hers for a long moment. " 'Tis too great a waste."

There was that in his gaze that disconcerted. "You know not of what you speak," she muttered.

"Nay? Art neither a virgin nor old, madame—'tis wrong that you have not been given again."

"I was barren."

His dark eyes moved from her face downward, lingering on the swell of her breasts beneath the cloak. "Art sure? Mayhap 'twas that they gave you to the wrong man."

"There was no right one," she retorted, turning her horse back. "I know not why I seek speech with you."

Unable to suppress his grin, he watched her retreat to the safety of her men. She was in truth a magnificent woman, but overgiven to intemperate words. His smile faded abruptly with the realization that, whatever the reason she'd given herself to the Church, she was beyond his reach. And he felt a sharp, unexpected regret. It was no justice that gave a man a weeping woman like Aveline and let one like the fair Elizabeth go to a nunnery.

After that she ignored him, keeping instead to the company of Rannulf and Hugh. From time to time, when she glanced Moray's way, she caught him watching her, but his eyes betrayed nothing of his thoughts. And yet she could not help puzzling over him, wondering how it was that he had not risen before the world, wondering what had made him so bitter, wondering how he came to bear those awful scars on his hands. It did not matter: in a matter of hours she would not have to think of him at all, she told herself resolutely.

The cold winter sun had waxed high in the sky ere they reached Harlowe. Her whole body ached, and she felt tired and incredibly dirty. Beside her Rannulf rode in stony silence, while Hugh still complained of the pace they kept. Directly in front of her Giles of Moray sat straight in his saddle, as though impervious to the journey's toll. Suddenly the toothless one gave a shout, bringing all of them to a halt.

But it was the red-haired giant who gave voice to their thoughts. "Och, I never beheld the like, my lord." He spoke in the low, hushed tones of awe.

Moray stared upward with the eyes of one used to making war, taking in the high walls that rose above the water. Situated on a bend in the river that had been damned and excavated until it created the island, Harlowe was a masterpiece of design that commanded his admiration. For much of his life he'd heard of it, but this was the first time he'd actually seen the legendary keep the Old Conqueror had bestowed on the Brione family.

That it had been the patrimony of Roger de Brione made it doubly inspiring, for the old earl's exploits had been sung at many a winter hearth, including Dunashie's. That Earl Roger had fought the Scots for his king had not diminished his stature, but rather had enhanced it. Besides, had he not also fought the Devil of Belesme and won? But he'd been unable to vanquish that last great foe, Death, when it had come for him, and 'twas said the final battle had been a painful one. Now Giles could not look upon the fortress without feeling regret that he'd never actually met the old earl, for in the *Chanson Roger* he sometimes heard something of himself. Like Brione, he too had risen above his birth.

"Only treachery could take it," he observed aloud. " 'Twould have to be done from the inside, for 'tis too difficult to bridge the river—a few defenders could drown an army."

Elizabeth followed his gaze. And even though she'd seen Harlowe in her childhood, she could not help the rush of pride she now felt, a pride so great it made her forget the terrible fatigue in her bones.

This great stone castle was as much a symbol of her father's power as Rivaux itself—nay, 'twas more, for in it she could see the rise of her family, she could feel the power of the blood of Rivaux and Brione united. She stared at the back of Giles of Moray's head, wondering if he felt it also. Her fingers tightened on her reins exultantly. Aye, but he'd have treated her far differently had he known her for Guy of Rivaux's daughter.

Forcing himself into action, Giles ordered, "Sound the approach, Hob." As the toothless one raised the horn to his lips, Moray turned to her. "I'd have you ride in front lest they think we do not come in peace."

"Aye."

The sound of the horn split the air, prompting a flurry of activity on the walls. The late winter's sun caught the glint of steel-tipped arrows bristling from dozens of archer's slits. Above them the gatekeeper peered out curiously, then shouted for them to identify themselves. Elizabeth held her breath as Wee Willie called back, "We seek a bed in peace! Aye, and we bring a nun bearing a relic to ye!"

"A nun?" One of the sentries leaned over the side of the wall to see.

Elizabeth rose in her stirrups and waved, shouting, "I am come to see the Countess Eleanor!"

"Sit you down, else they think you a man in habit," Giles muttered tersely. "Art overtall for a woman, and I'd not have them think I come in treachery."

Her temper rose on the instant at the perceived insult, and she bristled. "Nay, but they would not fear a small band of nithings," she retorted.

Even as she spoke, the iron water gate creaked upward and a small boat slid into the water, rowed by a fellow whose overtunic bore the black hawk of Rivaux. Coming ashore, he bobbed a quick obeisance to the Scots leader. "Alas, sir, but the countess is away, and I cannot—"

"I pray you will let us in," Elizabeth interrupted him impatiently. "I bring greetings from the priory at St. Agnes to the Countess and people of Harlowe." Turning to her captain, she directed, "Rannulf, you will accompany him inside that you may present the letter to the seneschal—aye, and give him this," she added, reaching for the pouch at her waist, lest she arouse Moray's suspicion.

"But the countess—"

"The letter will explain."

"God's bones!" Willie grumbled under his breath. "I'd nae tarry overlong out here—I'd have a bath and a dry pallet ere we journey to Dunashie on the morrow."

"Aye, and so you will have both," Giles answered,

"for I have heard the Countess Eleanor is generous with her hospitality."

"Then may St. Catherine's relic gain us a better welcome than I see now," the huge man muttered.

Stretching in his saddle, his master tensed tired, sore leg muscles, and flexed arms still bruised from battle. "We come in peace, Will," he responded shortly.

"Aye, I'd have a wench bathe and salve me this day," Hob chortled. "I mean to sleep dry tonight."

Sitting back, Giles reached to push the heavy, conical helmet from his head, then tossed it to Hob. Removing one glove, he combed through his thick, black hair with his fingers, reminding Elizabeth of Richard. Her eyes caught the scars on his palm again, then traveled to his face, seeing the deep imprint where the nasal had pressed against his stubbled cheeks. The thought crossed her mind that he looked older, harsher, than his six-and-twenty years.

For a moment, in his fatigue, his black eyes were unguarded. He smiled briefly, wryly almost. " 'Tis not a comely countenance, sister, but it serves me."

Caught, she retorted, "Nay, 'tis not, but it matches the man within."

The wariness returned immediately, and he nodded curtly. "Aye, I am not a gentle man."

"A pity for your lady."

"Prayers serve better, sister, for they are both dead."

"You have buried two wives?"

"Aye." He shifted his weight to ease the stiffness again, then favored her with a twisted smile that did not warm his cold eyes. "One departed this earth ere she was bedded, the other found me little to her liking."

"And she perished in your tender care," Elizabeth ventured acidly.

His jaw tightened visibly, and it was some time before he answered. Looking up at the high walls of Harlowe again, he spoke low, his voice betraying his bitterness. "Aye, if you have the tale of her family, I poisoned her." He jerked the reins of his horse almost savagely, pulling away. "I have yet to see any of the dowry she was to have brought me, so 'twas all for naught, anyway. I no longer look to a woman to bring me what I would have—instead, my sword buys me what I want."

She stared at the set of his shoulders, feeling anger for the unnamed bride as the old hurt washed over her again. She knew what it was to be wed for her dowry, to be wed to a man who did not want her, to be despised in her husband's house. And in that moment she hated the man beside her. "Your wants must be few, then," she snapped furiously, "for your sword has not bought you overmuch."

"I have what I need."

Shortly after Rannulf de Coucy was ferried inside a crowd gathered on the wall, waving red silk banners that gave flight to the black hawks blazoned on them. This time, when the water gate opened, a barge decked with red silk cushions and canopied with silk and cloth-of-gold emerged. And following it there were boats pulling the floating bridge.

Willie grinned and shook his head. " 'Tis a fine welcome for the nun, my lord. The countess must be verra pious."

"Aye."

It was to Elizabeth that the red-robed man, carrying the keys of his office, bowed low as he stepped from the barge. She cast him a warning look, then nodded toward Moray. "I bid you greet Sir Giles, who seeks lodging here."

The official's eyes traveled over the strange mesnie warily. "Sir, 'tis custom here to enter unarmed."

Moray nodded. "Willie . . ."

"Och, but—" the big man started to protest, but thought better of it. Reluctantly, he handed his stained axe and his bow to one of the servants who'd come off one of the boats. When the fellow still waited expectantly, he sighed and reached for the dagger that hung at his belt. "The pallet best be saft and the wench comely," he said, winking at him.

"And you, sir . . ."

Giles nodded and drew his broadsword, balancing the blade in his hand before he proferred it hilt-first. " 'Tis not Roger de Brione's Avenger, but it has served me well enough. Aye, and you can take the mace and broad-axe," he added, dismounting with far greater ease than he felt.

As the rest of the borderers disarmed, Elizabeth breathed a sigh of relief. No longer did she have to fear discovery—she was safe at Harlowe. She moved quickly to take her seat on the barge. And Moray, seemingly unaware that he belonged in one of the small boats, followed her.

" 'Tis a grand greeting the old countess gives me," he observed, dropping his tall body onto one of the seats. Looking upward at the rich carvings and the exquisitely hung canopy, he shook his head. "I'd not expected even Earl Roger to live like this."

"Aye, 'tis fine," she answered icily. "My—" She stopped, aware that his eyes were on her now rather than the barge itself. And his gaze, bold that it was, did nothing to improve her temper. "Did none tell you not to gape? God's bones, Sir Scot, but where did you foster, that you were allowed to stare at your betters? The rules of courtesy—"

"My training was overshort," he admitted as his faint smile broadened. "Have you always been possessed of such temper?" As her color heightened dangerously, his black eyes seemed to mock her. "Your tongue, I think, has been sharpened by the lack of anyone to warm your bones. Aye," he drawled lazily, " 'tis what ails you, and you would admit it."

"I admit nothing!" Then, perceiving how she must sound, she drew in her breath. "Impertinent lout," she muttered, looking away.

For a long moment he studied her fine profile, thinking she was in truth the most beautiful woman of his memory, and once again he felt an impotent anger that she was beyond his reach. Unlike Aveline, this woman would never have cowered in his bed. But when she turned back her expression was cold. Knowing that soon she'd be gone from his presence forever he could not resist one last gibe, for he'd see the fire in those emerald eyes again.

"I was wrong, sister—'twas not your uncommon size nor your lack of dowry that spared you a second husband." He paused as color rose in her face, then nodded. "Aye, 'twas your temper, Elizabeth. But had I been there, I'd have taken you despite it." His gaze moved over her. "Had you been mine, I'd have broken you to ride. You'd have borne strong, fierce sons for me."

His insolence was too much to be borne. Something deep within her snapped. For a long moment she stared, her eyes betraying rising fury, then her temper exploded. Heedless of the water gate ahead, she stood, towering over him, and pulled at the veil that covered her head, ripping it off. The wind caught her black hair as it tumbled over her shoulders. When she spoke, her voice shook with rage.

"Nay, but you'd not have dared, fool—you'd not have dared raise your eyes to me, you heathen savage! My father would have scourged you for the insults you have offered me. 'Tis to Elizabeth of Rivaux you would speak thus, sir, and afore God you will answer for every word!" Her voice dropped, low and husky, as she leaned over him. "Aye, I am born of the blood of counts, daughter to this earl, Sir Scot. 'Twas to the son of a count I was wed."

"Nay, you lie." But even as he said it he knew otherwise, for it explained the arrogance too well.

She'd expected him to cower but he did not, and for some reason that fueled her fury. "Nay, I'd not have mixed my blood with the likes of you, sir!"

She looked up, seeing that they were now within the outer wall. Above her the people were shouting, "For God and St. Agnes! For Rivaux!" Heedless of the winter's cold, she removed her cloak, letting them see her, acknowledging their cheers. Then, as the barge slipped into its moorings, she walked to the front, ordering those who waited, "Arrest him." Turning back briefly, she met his gaze with disdain. "You, sir, are my prisoner—may Harlowe teach you the manners you lack."

Armed men surrounded the barge. Before Giles could lunge for her, she stepped ashore. As Harlowe's seneschal bowed low before her, she told him, "Sir Walter, see to the Scottish lout. I'd have him held until his overlord ransoms him."

The older man glanced to Giles, his surprise evident. "Nay, lady, but he does not look worth it."

"He has sworn to Stephen—or so he says. Mayhap he has value there. And if there's none to ransom him, he can rot here."

"Who is he?" the seneschal asked, betraying curiosity.

"He calls himself Giles of Moray, but he is not of the earl's family," she explained. "A by-blow, more like."

"Nay, but . . ." The officer looked to where Giles stood, now surrounded by guards. "Nay, but 'tis not he," he protested. "The Butcher of Dunashie would not journey thus. The fellow lies."

"I care not who he is," she answered tiredly. "I'd have food and a bath, for I have ridden since St. Agnes. Butcher or no, he'll stay in the prisoner's tower."

"Nay!" Wee Willie, who'd come ashore in one of the boats, saw the drawn swords around his master. He started forward, ready to do battle with his bare hands. " 'Tis the lying English as calls him that!" Grabbing a bargeman's pike, he swung it around before him, knocking a stout knight down. In an instant, a dozen mailed men circled him. "Nay, you'll nae take us!"

" 'Tis enough, Will—I'd have you live to fight again!" His black eyes betraying his contempt of her, Moray addressed Elizabeth. " 'Tis poor coin you pay me, lady—I should have let your enemies have you."

Ignoring him, she moved away, telling Walter of Meulan, "I'd hear how my grandmother fares, sir, that I may write my father of it. And later I would inspect the defenses, for I'd be prepared for siege. Stephen is not like to be pleased to hear that Guy of Rivaux repudiates him."

Giles of Moray watched her go, passing him with no more concern than if he'd ceased to exist. And in that moment he swore to himself he'd have revenge: he'd see Elizabeth of Rivaux beg at his feet. He'd see fear in those green eyes ere he was done with her. No man or woman living had dared hold him—not since King Henry.

"Unhand me, ye Saxon dung!" Hob snarled at the red-shirted man who reached out to him. " 'Tis more worthy than ye I am!" Looking up at Giles, he forced a smile. "Och, what now, my lord?"

Moray surveyed the inner bailey grimly, then shook his head. "We await the Countess Eleanor," he said simply.

"Aye, but Dunashie'll be beset when 'tis known yer held here."

"Nay. Mine enemies know I'll kill a man for every hide they take." Squaring his shoulders, Giles addressed one whose badge marked him for the captain of guards. "For now, I'd have a bath and food also."

The fellow moved back warily, lifting his sword. "Art truly the lord of Dunashie?" he asked cautiously.

"Dolt!" Willie snorted.

"Aye," Giles answered.

A disquieting murmur spread through the men around them, with more than one furtively signing the Cross as though he would be protected from the beast before him. And as he followed the captain of the guard he could hear someone behind him hiss low, " 'Tis Giles of Moray, whose soul is as black as his hair. 'Tis said he burned his own people."

"Aye," another whispered, " 'tis said he was even tried for murder by the heathen Scots."

"Sweet Jesu! By combat?"

"Nay, there was none to meet him. 'Twas ordeal."

Willie watched his master's jaw tighten and saw his hands clench. And he wished he had the means to comfort him, but there was none. There never had been. "Och, but they dinna know," he muttered under his breath. "They dinna know."

Chapter Seven

The messenger arrived, breathless from the furious ride to Rothesay, Brian FitzHenry's shell keep. Ushered immediately into the main hall, he approached Eleanor of Nantes and dropped to his knee before her, holding out Walter of Meulan's letter. A liveried page scampered to carry it to the old woman who sat, a tiny, almost birdlike figure, upon the center chair. She turned to hand it to the woman at her side.

"Mine eyes are not what I would have them, Linn—I pray you will read it to me."

Aislinn of the Condes, second daughter to Earl Roger and the countess, broke the seal and scanned the parchment quickly, her eyes traveling down the page in disbelief. Brian FitzHenry leaned forward.

" 'Tis ill news?"

Aislinn reread the first few sentences grimly. "Aye. Guy sends Elizabeth to defend Harlowe."

"Nay, you must not think I mind it," her husband hastened to reassure her. " 'Tis agreed I am more use on the field."

"She may hold the Butcher prisoner there."

"The Butcher?" Eleanor asked, frowning. "Nay, but . . ." For a moment, she was at a loss, then she was stunned. "Does he say 'tis the Butcher of Dunashie?" she demanded. "Surely it cannot be . . . we are too far . . ." Her voice trailed off as she tried to assimilate the possibility. The Butcher. In these troubled times, mayhap there was yet another so called. "Nay, but he comes not to Harlowe," she decided finally. "We have had no trouble with the Scots, for the distance is too great."

Aislinn nodded. "Walter writes that she has arrested one who calls himself Giles of Moray, and she holds him for Stephen's ransom."

"Dunashie?" Brian gaped momentarily. "Nay, she does not! Not even Elizabeth would be such a fool," he declared flatly, reaching for the letter.

But Aislinn held it firmly, her dark eyes moving down the page. Finally, she read aloud,

> To my most worshipful lady, the dowager Countess Eleanor, I give greetings of Harlowe, from Walter of Meulan, your seneschal and servant.
>
> The Lady Elizabeth is arrived from Rivaux, bearing Earl Guy's writ, which names her ruler here in his stead, subject only to your wishes. And though I know 'tis importune to send to you at this time, I feel I must discover your wishes in the matter of a prisoner she has taken and now holds here. He is said to be Giles of Moray of Dunashie, as is called Butcher by many.
>
> I know not if 'tis he, for he is arrived with but a poor mesnie of eleven, seven men-at-arms and four archers, with three wounded, none sorely. And none are fitted with more than serviceable mail, including the one who may be the lord of Dunashie. But the mounts are good ones, and his sword of Spanish steel, so we know not what to think.
>
> If it should prove that he is in truth the Butcher of Dunashie, he will not be appeased, for he was disarmed and taken by treachery, having brought the Lady Elizabeth here in good faith. I am told by both Rannulf de Coucy and Hugh of Liseux, who are sent also by Lord Guy, that 'twas these same Scots as twice saved her, and if 'tis so, 'twould seem they are ill-served. And yet I am loath now to release him, for I'd not risk his certain wrath.

"Sweet Mary," Eleanor breathed.

"Holy Jesu!" Brian muttered under his breath. "Nay, but surely 'tis not he." He reread Walter's words over his wife's shoulder. "The Butcher would not have so few," he reassured himself aloud. "Nay, but he would come down with fifty mounted knights and twenty archers beneath his banner, and he would come not in peace. Black Giles would raid."

"But would the lord of Dunashie journey this far?" Aislinn questioned. " 'Tis too great a distance to come to steal."

He shook his head. "He could have come from Wycklow, for he holds that now, and in these troubled times . . . Well, I'd not think it, but I suppose he could," he admitted slowly. "But not with a poor mesnie. . . . Nay, 'tis not he, I'd say. His pride and arrogance are said to be great."

"I cannot think any other would claim to be he," Eleanor mused. "His repute is not that which any would wish."

"Well, if 'tis in truth he, Elizabeth gains us an enemy I'd not have," Aislinn muttered. "Sweet Mary, but 'tis said he has soaked the borders between Dunashie and Wycklow with blood. Does she forget the raids at Glenochil and Breston, and those into Northumbria? I cannot think that even Elizabeth . . . Sweet Mary, he even burned his own people."

"She would not know of that," her husband cut in impatiently. "But if 'tis thought he may be lord of Dunashie, I'd best ride to Harlowe in hopes of mending the matter ere greater harm is done. Jesu! As David of Scotland sides with the Empress also, 'twill be difficult to explain how 'tis we hold his liege man."

Eleanor shook her head. "I'd not ask it, Brian, for you are not yet well yourself."

"Maman . . ."

"Nay, Linn, I have ruled at Harlowe these twenty-seven years and more, in Roger's name and in mine own. 'Twould be better were it I who sees to the matter," the old woman decided. "And if 'tis indeed he, I will release him in Guy's name, offering him Harlowe's hospitality ere he goes."

"What of Elizabeth? If Guy gives her command . . ."

"Elizabeth is not a fool. Once she realizes what she has done, I expect she will agree."

" 'Twould have been better had Guy given her

again in marriage," Brian said sourly. " 'Tis not meet that she remain unwed when there are alliances to be made."

"Nay, but she is barren," Aislinn reminded him. "And who knows why he has sent her? Mayhap Rivaux had not room for both she and Cat."

"You wrong her, I think," Eleanor chided her daughter. "She was a sweet child ere she went to Eury."

"But ever headstrong. I have long thought Guy watched the wrong one. Who's to say she will bend to your will, Maman? If Guy gives her his writ—"

"She knows that if Elizabeth should be unbearable, she is welcome to return here," Brian interrupted her. "Aye, you are, you know," he added, turning to Eleanor. "Rothesay is your home any time you wish it."

"I have been fortunate in you and Guy," the old woman murmured, her dark eyes misting. "My daughters gave me the sons I could not bear." She leaned forward to beckon Walter's messenger. "I carry my answer myself—aye, we return together."

Long before Elizabeth finished her bath, her anger had eased and her conscience told her she'd been wrong. Sir Giles, whoever he might be, had in truth probably saved her life not once but twice. And his words had never been directed at Elizabeth of Rivaux but rather to a nun, she mused as she soaked. But they were still offensive in the extreme, she argued within herself, for there'd been utter disrespect for Holy Church also in his remarks. And as the journey had progressed his manner toward her had changed markedly.

She closed her eyes, hearing him again. *Had you been mine, I'd have broken you to ride.* She could see in her mind the way he'd looked at her when he'd said it, and her face flamed, for there was no mistaking what he'd meant. *'Twas your temper, Elizabeth. But had I been there, I'd have taken you despite it.* And for all that she would have despised him, it was somehow gratifying that he'd said it when he knew not who she was.

Resolutely, she put him from her mind, turning instead to the puzzle of Reyner's attack. Why had he done it? Did he think to deliver her to Stephen as hostage against her father? Did he hope to ransom her? Or did he still fear what she could tell of Ivo? Surely after her years of silence, he would know she could not speak of him. Nay, 'twas more like that he meant to see her dead, for the dead spoke not at all. Mayhap he'd thought her disappearance would be blamed on the lawless bands of brigands that roamed Stephen's troubled realm.

But try as she would she could not forget what Giles of Moray had done for her, the way he'd stood over her, ready to defend her with his broadsword. His Scots had given no quarter, killing with ferocity any who did not flee, routing more than twice their number easily. *Nay, I'd not harm you.* Again she could feel the support of his arm beneath hers, could see his black eyes glitter above the nasal of his helm.

Nay, you mistake me, madame. I am Scots born. He'd said it as though that could explain his lack of manners. At first he'd not given her his name, saying he was but passing that way. Then, *I am christened Giles.* She'd had to pull his birthplace from him. What had he said of himself? That the English called him "Butcher," that they said he had no soul?

The tug of the tiring woman lifting her hair jarred her from her thoughts. "Tell me," she asked casually, "what know you of this Giles of Moray?"

The woman let her hair fall. "The Border Butcher? Nay, but I know naught of him, save what is said."

"Jesu," Elizabeth muttered at the woman's stupidity, "and what is that?"

"He murders innocents in their beds, my lady. 'Tis said English land is black from the fires, and the waters run red with blood where he raids. They say he has no soul, for 'tis given to the devil. 'Tis said he burned his own people at Dunashie."

"But he holds lands?"

"Aye, he is lord to much, and his purse is full of other men's gold."

Then Sir Giles could not be the Butcher of Dunashie, for obviously he was poor. Elizabeth relaxed, leaning back in the scented water. Nay, but there was more than one Giles born at Moray, and this one was not in truth the Butcher.

And now that she was safe at Harlowe she could afford to be generous to the lout. In thanks for his earlier service she'd release him, and send him on his way with a few marks for his trouble. And then she would never have to think of him again.

Her mind thus resolved, she finished her bath, then dressed. 'Twas a pity she was so tall that naught suitable could be found to fit her, she reflected as she stood for the woman to draw one of her grandsire's long, ankle-length tunics over her head. But as there was not so very great a difference in fashion, she supposed most would not note just whose clothes she wore. Impatient with the tiring woman's slowness, she turned back the wide sleeves to reveal the crimson undertunic that came down over her wrists. Girding herself with a golden chain, clasping it tightly about her slender waist, she had to be satisfied that she looked presentable.

When at last she emerged from her grandmother's solar, she crossed the open courtyard toward the tower opposite. She faced the unpleasant task of releasing her prisoner. It went against her pride to do it, but there was enough of her father's blood in her that she knew 'twas right. Nay, but she would be distantly courteous to Sir Giles, whoever he was. And by the morrow she'd have him gone, with a few coins in his purse for his trouble.

"Och, look at her, will ye?" Willie said, looking down from the narrow slit.

"Who?" Giles asked, casting his dice aimlessly onto the small, rough table.

"The widow of Eury."

"The witch, you mean." Nonetheless, Giles rose to watch her, seeing her black hair spread over the shoulders, shimmering in the winter sun like a great satin mantle. "The witch of Rivaux," he repeated softly under his breath.

Willie looked over his shoulder. "Aye—I've nae seen her like," he agreed.

She stopped beneath them and glanced up, seeing him. And to Giles, it seemed as though her strange green eyes mocked him. A faint smile curved her mouth, then she looked away.

Giles leaned into the slit further, watching her disappear directly below them. "Aye," he admitted grimly, "I'd see the fair Elizabeth beneath me, Willie—and afore God, the day will come when I will, I swear it. Before I am done, she will call me lord."

"Guy of Rivaux would hang us for yer thoughts, my lord."

"Mayhap." Giles pushed away from the narrow opening and swung around. "But he'll have to come across my lands to get me."

"Nay, 'tis best to forget the lying witch," Willie insisted with the impunity of one who'd long served his lord. " 'Tis only grief she'd bring ye. And more to the point, she's barren, Hugh of Liseux tells me."

A horn sounded beyond the curtain, then repeated, causing a flurry of activity on the walls. This time there was no challenge, as someone shouted recognition. But Giles was no longer attending, his eyes instead on a guard, breathless from climbing the steep, winding stairs, who announced, "The Lady Elizabeth awaits you below, my lord."

So she'd come to him, had she? Had someone finally recognized him? It did not matter—he'd have her wait ere he saw her. He'd have her know that Giles of Moray was no nithing to be held for naught. He'd show her that he had a pride to match her own.

"Tell her I am unfit to receive her," he answered.

At first the fellow misunderstood his meaning, for he shook his head. "Nay, she would have you come down to her."

But Giles merely rubbed the dark stubble on his

chin. "Alas, but lacking a blade or a barber, I think it not meet she should come to me ere I am shaved."

"Nay, but you mistake. . . ."

A broad grin of understanding spread over Wee Willie's face. "Art deaf, knave? The lord of Dunashie will nae see her." Moving to tower over the guard, he hooked his thumbs in his belt. "When he is barbered she may come up, but nae before."

"Aye, and I'd have a proper bath rather than those buckets you give the squires," Giles added with a straight face. " 'Tis my right to be attended at the tub by the chatelaine also. I'd be bathed by gentler hands than those of a kitchen knave."

"But the Lady Eleanor . . . Nay, my lord, but—"

"Out wi' ye, dolt! He'll nae see her, I tell ye!"

Despite the fact that he was armed and the big Scot was not, the guard backed onto the stairs. Looking past Willie, he appealed to Giles. "My Lord, she'll not be pleased. . . ."

"Out! God's bones, yer lor'ship, but the men of Harlowe be daft and deaf!" Willie roared to Giles. Reaching out, he jabbed thick fingers into the fellow's red overtunic. "Aye, and tell 'er the lord of Dunashie'd have clean linen for his bath and his bed! He demands the due of his rank!"

Mumbling something to the effect that Lady Elizabeth would have them all in chains, the guard disappeared into the deep tower stairwell.

Below, she waited, composing what she would say to the Scot. She even toyed with saying she'd been mistaken, that 'twas her accursed temper that made her less than properly grateful for the service he'd given her. But she was not sure she could say that. Mayhap she simply ought to tell him he could go. Later, after they'd supped, she'd give him fifty marks and wish him godspeed on the morrow. Noting that the points of her shoes were slightly crooked, she bent to adjust them.

As she straightened the guard returned, pausing hesitantly on the lower steps. "My lady, he does not come down to you."

"Did you tell him I bade him attend me?" she demanded in disbelief.

Having already heard Rannulf de Coucy's tales of her temper, the fellow looked away. "I did as you asked, gracious lady."

"And what did he answer?"

He shifted his weight uneasily, wondering how much he ought to repeat, then blurted out, "He says he is unfit to receive you."

For a moment she was not certain she'd heard him aright. "To receive me? You were to bring him down to me, and well you knew it. 'Tis I who receives him."

"Aye, but he would not come."

"He had not the choice!" she retorted. "God's bones, but he is the prisoner! If he would—" She stopped, recalling her intent to be done with the Scot. "Nay, but you will tell him again."

Fearing her anger would be directed at him, the guard hastened to assure her, "So I told him, my lady, but he denied me. He said until he was shaved and bathed, he'd not receive you."

"Jesu! He had the bath he asked, did he not?"

"Aye. Gerbod took him to the stalls beyond the kitchens, and Helewise gave him soap." He dared to look up momentarily. "He says 'tis his right to be attended at the tub by the chatelaine, my lady. He said he was entitled to more than the buckets."

She stared, unable to believe the arrogance of Moray's words. "Whoreson bastard!" she swore under her breath. "As if I'd bathe a Scots dog!" She started to brush past him, then realized what she did. Nay, but Moray would come to her. "How are you called?" she asked suddenly, turning back to face the guard.

"Gervase, my lady."

"Gervase. So he would have more water, would he?" She tapped the curled toe of her shoe against the stone floor, trying to control her anger. "Well, he shall have it, then. Gervase, you will see he is thrown into the river—aye, and the soap after him." Her mouth curved into a smile that warmed neither her eyes nor her face. "Aye, and when he is dried, bring him into my presence."

" 'Tis winter!" the guard protested. "And what if he should prove to be the Butcher of Dunashie? Nay, but—"

One black eyebrow lifted. "In either case he is Scots, is he not? I am told they are used to the cold."

"Aye, but—"

"Gervase, I will not be gainsaid in my father's keep."

They were interrupted by excited pounding on the tower door. "My lady," someone shouted, " 'tis the Countess Eleanor come home!"

"Sweet Mary—now?"

"Aye, they cross the bridge."

"Then God be praised she is returned safe."

The vexatious Scot momentarily forgotten, Elizabeth hastened eagerly into the open courtyard to greet the grandmother she'd not seen since her marriage to Ivo. As she emerged into the chill, damp air, the silk-hung barge glided into land. Pages still wearing Roger de Brione's blue and grey scurried to unroll the woven reed carpet, covering the muddy ground between the dock and the cobbled courtyard.

There was no mistaking Eleanor of Nantes. Aided by two of her tiring women, the tiny woman rose and waited patiently for the boys to finish their task. Her dark eyes scanned the assembled household briefly, then came to rest on Elizabeth. For a long moment they stared at each other, then Eleanor smiled, opening her arms.

"Art even comelier than my memory of you. Come give me a kiss of welcome, child."

It was as though the intervening years had rolled away, and Elizabeth was once again the small girl come to visit Harlowe. They hugged each other, Elizabeth clasping the frail woman tightly against her breast, feeling both an intense love and a sadness, for it was obvious that age now weighed heavily on Eleanor of Nantes. The reality that she carried more than sixty-four years on her delicate bones whilst far sturdier women seldom lived past fifty came home to Elizabeth as she held her.

"You are well, Grandmere?" she asked anxiously.

"Aye." The old woman's face clouded as she nodded. "God keeps me here alone. I'd not expected it, you know."

"Aye, I miss him also," Elizabeth murmured. "Papa can scarce bear to come here now that he is gone."

Eleanor stepped back and forced a smile. "Nay, but he is earl to Harlowe now. God willing, the house of Rivaux will rule here long after we are both gone from this earth."

"God willing," Elizabeth agreed.

"And so they are both well? Guy and my Cat?"

"Aye. Maman would have come, but she must hold Rivaux and the Condes both in Papa's name."

"And Richard—he is in truth wed?"

"To Gilliane de Lacey."

"Aye," Eleanor sighed. "Guy told me he would have no other, so 'tis well. God grant him sons to hold all he will have."

"God grant that we keep it for them," Elizabeth amended fervently. " 'Tis why I am come—Papa would have me hold Harlowe should Stephen declare it forfeit."

" 'Tis war then?"

"Of a certainty. Papa did not renew his oath, and 'tis said Gloucester means to repudiate Stephen also. All Normandy waits for the Empress to move."

"Does Anjou support her?"

"Count Geoffrey raids in Normandy, taking what he can, but whether 'tis in her cause or his own is not yet known. Papa meets with Anjou even now."

Eleanor sighed unhappily. " 'Twill be a bloody contest, I fear, but there is no help for it. I'd see Henry's daughter crowned ere I die."

A tiring woman moved forward, holding one of Eleanor's lap robes. "My lady, you must not tarry in the cold."

"Oh, aye." Elizabeth moved back guiltily. "I'd not

have you sicken whilst I am here." Then, remembering where Eleanor had been, she remembered to ask, "And how left you my aunt and uncle?"

"Linn is well, and Brian recovers from his fever. The physician would have it he partook of too many herring, and a purge was prescribed. He is weak, but he is able to sit his horse again." Clasping Elizabeth's arm, she began walking toward the main house. "Tell me," she asked almost casually, "is the lord of Dunashie in truth here?"

Elizabeth stopped guiltily. "Where had you that?"

"It does not matter, Liza—I'd know if 'tis he."

"I know not." She met Eleanor's dark eyes briefly, then looked away, sighing heavily. "In my anger, I have taken a mercenary, Grandmere, holding him for words that stung my pride rather than my honor."

Eleanor breathed a sigh of relief. "Then 'tis not the one who is lord to Dunashie?"

"He says he is," Elizabeth answered truthfully. "But surely there must be another, for his mail is mended, his tunic plain and mean, and his mesnie fares worse than he."

"But you are uncertain?"

"Nay." Perceiving displeasure in the way her grandmother questioned her, Elizabeth grew defensive. "It matters not, does it?"

Eleanor appeared to consider, then sighed again, this time in resignation. "It matters not who he is now, I suppose. If he came in war, you are right to hold him—but if he came in peace, he must be released. 'Tis a matter of Roger's honor and mine own," she declared flatly. "We can hope 'tis not the one as is called Butcher of Dunashie."

"Even if he is, I fear him not."

Eleanor gazed up at her tall granddaughter, seeing in her green eyes that which she'd nearly forgotten. "Aye, you are too like your grandsire for your own peace," she said low, looking away.

"I am proud to be born of Roger de Brione's blood," Elizabeth answered.

"Nay, 'twas the other one I meant. But there is no

help for that, after all." The old woman squared her shoulders resolutely. "So—would you tell this Sir Giles that he is free, or would you that I did so?"

"Nay, I'd not see him—he puts me out of temper with his unwarranted arrogance."

"Then I will speak with him. I pray you will be all that is civil when he sups with us." Eleanor dropped her arm and nodded to Walter of Meulan. "I'd see this Giles now. And may God aid us if 'tis the lord of Dunashie, for he'll not forget the insult, I fear," she predicted tiredly.

Chapter Eight

Elizabeth stared in disbelief as Eleanor gathered the towels and soap from Helewise. It was outside of enough that her grandmother had asked Moray's pardon, but for him to demand to be bathed beyond that—well, 'twas not to be borne.

"You cannot mean to do it—nay, you shall not!"

"He is guest here," Eleanor answered mildly.

"Jesu! 'Tis not meet—you have but to look at his mesnie to know he is of no worth."

Eleanor's lips drew into a thin line of disapproval. "He was of enough import that you held him here," she reminded her granddaughter.

"Because he was insolent to me!"

"Mayhap he considered himself provoked," the old woman observed dryly. "In any case, I would make amends." Carefully folding back the wide sleeves of her gown, she proceeded to lay the drying sheets over her fitted undersleeves. "He tells me he leaves on the morrow, Liza, and until then he is Harlowe's guest," she repeated. Her dark eyes met Elizabeth's. "If you cannot be glad of the life you owe him, I am."

"And if he is this Butcher?"

"That does not outweigh the other. Besides, I'd not have him burn Guy's fields as he goes. God knows we shall have enough need of them when the war comes to Harlowe."

"Then let Helewise bathe him! God's blood, but you would have us feed his high opinion of himself," Elizabeth muttered, looking down. "You are Eleanor of Nantes, Grandmere, and 'tis not meet that you do this."

"As lord of Dunashie, he sits in King David's council."

"And swears to Stephen! God's bones, but 'twas whence he came when we were met!"

"Roger swore to Curthose for that which he held in Normandy and to Rufus for that in England," Eleanor pointed out patiently. "The Scots do the same. Aye, even David himself swears to Stephen for his Huntingdon lands." Brushing past her granddaughter, the stiff skirt of her overgown rustling against the woven rushes, Eleanor moved toward the door.

"This man is naught but a border thief, Grandmere. 'Tis not seemly for the Countess of Harlowe to do this."

The old woman stopped, but did not turn back. "Lest you forget, the Lord Jesus himself was not above washing the feet of other, less worthy men."

She was so small, so frail in appearance, that the thought of her bending over Giles of Moray to tend him shamed Elizabeth. For a long moment the younger woman struggled within herself, then exhaled sharply, goaded.

"Nay, if he is to be attended, I should do it—the fault is mine that he is here."

"I do not ask it of you."

" 'Tis more seemly, for you are Eleanor of Nantes. I am but the widow of Ivo of Eury."

"And Guy of Rivaux's proud daughter," Eleanor reminded her.

"Have done—I have said I will do it." Walking to where her grandmother waited, Elizabeth reached out for the soap and drying sheets. "You are very like Maman, you know: she is not above shaming me also."

After she left, Eleanor unrolled her wide sleeves. "Ah, Helewise, if I am not to bathe this man, I'd pass the time with tables. Get you the dice that we may play."

The tiring woman opened one of the carved chests that lined the wall. "Do you think 'tis truly the

Butcher, my lady?" she asked as she rummaged within.

"Aye. He has aught to gain and much to lose should he lie. I can think of no reason to admit what can only cost him here."

Helewise stopped to sign the Cross over her breast, but her mistress shook her head. "That he is a strong man who holds his lands in these troubled times does not make him any worse than others. The Scots are no more like to respect weakness than we are, when you think on it. And I have heard he was provoked."

Her sense of ill-usage increasing with every step, Elizabeth forced herself to climb the tower stairs. "And if you would smile, dolt, I'll see you are beaten," she muttered as she passed the guard Gervase. At the top, she rapped sharply to gain admittance.

As the heavy oak-planked door swung inward on its iron hinges, the one called Wee Willie stepped aside. Giles of Moray turned to face her and, his eyes traveling over her, taking in the towel and the plain woolen sheet she'd wrapped around her velvet gown, he bowed slightly.

"Lady Elizabeth, you honor me."

She knew he mocked her. Her fingers closed more tightly on the chunk of tallow soap as she fought the urge to hurl it in his face. "Nay, I'd not see my grandmother humble herself before you. She is Eleanor of Nantes, dowager countess to Harlowe, lady of the Condes, and I'd not have her do this."

"Leave us," he ordered the big man.

"Nay, I'd have him stay."

"Art afraid of me, Elizabeth of Rivaux?" he gibed, moving across the room toward her. "You have but to cry out for a score to come."

"I'd have him undress you that we may be done."

"I undress myself." He lifted his arms and held them away from his body. " 'Tis not as though I would be divested. And you behold no mail, no gambeson—and no weapons," he added pointedly.

"Are you this Butcher?" she demanded. "Are you

in truth this lord of Dunashie? Or are you but a mercenary it pleases to lie?"

"Are you a nun of St. Agnes?" he countered.

Her chin came up. " 'Twas safer to journey so for me."

He nodded. "And so 'twas for me. I had no wish to fight my way from Dunashie to London and back again," he admitted. "There are too many who would hang my head above their gates and boast of it. And had I come with a large enough escort to insure mine own safety, King Stephen would have beggared me in the determination of my levies."

"You might have told me."

"Would it have made a difference? One man's sword ought to be as good as another's if it saves you."

To her discomfiture he came closer, moving between her and the door. The thought crossed her mind again that he was as big as her brother or her father. His body seemed to fill the small, narrow room, blocking out much of the light from the narrow arrow slit. Telling herself that he was but a man like any other, she turned to the wooden tub, noting that the water still steamed in the chill air.

"Then I pray you will hasten," she muttered to hide her discomfiture. "I'd not tarry at this. I find it distasteful that I should be asked to bathe a Scot."

Her manner amused rather than angered him, and he found it difficult to suppress the smile that twitched at the corners of his mouth. "Nay, Elizabeth, but I am Norman also—where think you we border louts are come? My father's grandsire gained Dunashie for himself after Hastings, you know, for he served in the Conqueror's train—as did your grandsire's father. The difference between us is but that your family was given Harlowe."

The fact that he spoke to her as an equal goaded her further. "God's bones, but you are an insolent oaf!" she snapped. "None of my family is called Butcher!" She swung around to face him again. "There is no honor in such a name!"

His smile vanished and his face grew hard. "My sire was murdered when I was born, and mine enemies were many," he told her harshly. "I crawled out of arrow slits and broke the ice to swim moats in winter, Elizabeth of Rivaux, to keep my skin whole, and when I was grown I took back what they had taken from me. If 'tis butchery then butcher I am, and I'll not ask any pardon for it—not from David of Scotland, King Stephen, or God. Behold that I have prevailed! All that I am I have made, Elizabeth."

His face was but inches from hers, and there was that in his black eyes that frightened her, yet she would not back away. "And what of the innocent ones? How many of those have perished at your hands?" she demanded, trying to fight her fear with anger.

"Innocent? Sweet Jesu, but you prate of what you know not! 'Twas my blood or Hamon of Blackleith's, and if others perished between us, there was no other way." He reached out, then dropped his hands. "But you who were born to great wealth, to whom this is but another keep, you cannot know how 'twas. You had not to fight for every hide of land, and neither did Guy of Rivaux."

"My father lost all he had in Robert Curthose's cause," she answered him coldly. "For years he endured King Henry's exile."

"And repaired his fortunes with his marriage," he sneered.

"Nay, 'twas why he lost his lands. King Henry wanted my mother for his son."

"Yet he recovered them easily enough, did he not?"

She knew she owed him no answer, but she could not let his words pass unchallenged. "Because Robert of Belesme had burned them until they were worthless! Nay, but whatever my father is, *he* has made himself also, my lord. He came back to Normandy and to my mother penniless, with naught but a title and a ruined patrimony to sustain it. But my father won great lands and honor—my father brought down Robert of Belesme," she told him proudly.

"I have heard the tale. Aye, who has not? But then 'twas not the same for me, Elizabeth of Rivaux, for mine enemies had a king's favor, whilst 'twas I who was the outcast. But I have learned that even kings can be brought to accept that which they have not the power to change." His black eyes bore into hers. "Aye, Elizabeth, when Hamon's heirs died with him, David confirmed my claim."

The room was far too small. Despite her resolve to show no weakness she moved behind the tub, distancing herself from him. "Ever has my father fought with honor, my lord, for right more than for gain. Aye, and he will risk all again, my lord, for he'll not serve Stephen against Henry's heiress."

"A woman who carries herself as though she were a man!" he scoffed.

"The rightful Queen—the one nigh every baron swore to uphold!"

"It is enough that she is Henry's daughter to put me against her," he retorted. "Nay, I had no love for him. For years he held me from mine lands, as but a hostage in his household." Abruptly, he moved away, walking toward a low bench drawn near the brazier fire. "My water grows cold whilst you quarrel." Sitting, he leaned forward to remove his shoes. "Did you bring any oil?"

"Nay."

" 'Tis as well. I'd not smell like one of King Henry's whores."

Whilst she watched him, he unwrapped the worn leather cross-garters that smoothed his chausses against his calves, and again she was struck by his powerful legs. "You must have walked overmuch," she noted acidly.

He looked up from the task. "The breadth of Scotland more than once. When your enemies would seek you on horseback, 'tis sometimes safer to hide as a freeman on foot."

" 'Tis cowardice."

"Aye?" One black eyebrow lifted as he cocked his

head. "At least I never hid myself behind the Cross, Sister Elizabeth."

Ignoring the barb, she asked shortly, "Are you not ready yet? 'Twill be time to sup ere you are done."

"If you would hurry, you have but to help."

" 'Tis enough that I soap you."

"Did none of your husband's guests complain of you?" he wondered aloud.

"I did not bathe them."

"Ivo of Eury was a jealous man?"

"I did not bathe him either—he had others for the task. And if you do not make haste, my lord, I will go."

But he showed no inclination to hurry as he stood to pull off the plain woolen overtunic he wore. His voice was muffled as he spoke. "This Ivo was an overly tolerant husband, 'twould seem."

"I'd not speak of him."

"Did none ever dare to tell you have the temper of an alewife?" he asked conversationally as he dropped the woolen garment to the floor. "Were you mine, I'd teach you patience—I'd be no Ivo of Eury."

Before she could discover a rejoinder he reached for the neck of his linen undertunic, and leaned forward to draw it over his head, ruffling his black hair. And for a moment, he again reminded her of her brother. But the man who faced her was broader and more powerfully built than Richard, something she'd once not believed possible. She stared at his bared shoulders, seeing the well-defined muscles. And her mouth went dry with the realization that he'd soon be naked before her. She would be expected to touch his skin, and she was not at all certain she could do it, for despite his resemblance to Richard she was all too aware that he was not her brother.

He looked up and saw the hesitation in her eyes. "What ails you? Art still afraid of me? Nay, but you have no need to be. I am not such a fool as would ravish Rivaux's daughter in his house."

"I am not afraid," she lied.

"Nay?" He dropped the undertunic beside the

other, then moved closer until only the tub separated them. Her green eyes were wide and wary. "Then how is it you look at me like a maid about to be taken after battle? Were you not a widow, I'd think you a virgin seeing your first man." As he spoke, he reached to untie his chausses at his waist. He pushed them down, stepped out of them, then straightened. "You behold I am ready. Would you soap me standing or sitting down?"

She'd been unprepared for the rush of blood to her face. Turning away, she answered quickly, "Sitting."

Easing himself into the water, he leaned back in the seat and closed his eyes. "Tell me—who bathed the guests in your husband's household if you did not?"

Her hand, which had been about to part his hair in search of nits, stopped in midair. "At Eury, 'twas the tiring women, and at Rienne they bathed each other," she admitted baldly, hoping he would ask no more.

"Your guests were doused in the stalls? Jesu, but 'tis no wonder you would put me there. And I'd thought you punished me."

His hair was thick beneath her fingers, but it was not greasy as she'd expected, nor was there any sign of lice. Still, it had the strong, sharp odor of male sweat. "You stink," she muttered, wetting it.

"I had not the patience to stand in the cold whilst stable boys poured buckets of dirty water over me," he admitted. "I did not take the time to wash my hair. There is something about freezing that encourages haste."

"Art soft then."

"At Dunashie, even the scullery boys use the tub in winter. I'd not ask them to stand outside when they can be near the fire. I lose fewer to sickness thus."

She looked down on his head and his shoulders, seeing the water streak over his skin, and she could not help contrasting him to Ivo. Where her husband had been fair and handsome, Giles of Moray was dark and fierce-looking even without the accoutrements of war. There was nothing about him that bespoke softness or weakness.

"Are you not afraid of spotting your gown?" he asked as she rubbed the soap into his scalp, sudsing it.

"I'll not get that close to you," she promised grimly.

The soap coursed in white rivulets over the harsh planes of his face and mingled with water that dripped from his head onto the dark, curling hairs on his chest. The odd thought occurred to her that, broad as he was, he was lean and not at all given to fat. Tearing her eyes away from him, she turned to find the ewer on the floor. Picking it up, she poured the water over his head to rinse.

He choked and sputtered as he leaned forward. "God's blood, but you could blind a babe like that!" Groping for a towel, he caught the hem of her undergown and wiped his eyes. "Have a care."

"I have no babe," she said through gritted teeth, pulling her skirt away. "Nor am I like to have one."

" 'Twould improve your temper if you did." His reddened eyes traveled slowly upward, bring a fresh rush of blood to her face. "Aye, Elizabeth of Rivaux," he said more softly, "I know what ails you. Three years of lying alone have been too much."

"Nay, you mistake the matter, my lord," she answered coldly. "I'd lie alone the rest of my life."

"You lie to yourself and you believe that."

"Jesu! If you'd have me finish, you'll cease speaking nonsense to me."

He leaned back again and half closed his eyes. As she resoaped the cloth and began wiping his shoulders, he studied her through veiled lashes. In his six and twenty years, he'd thought he'd encountered enough females to give him a contempt of the sex, but she was unlike any other. It was as though she would deny what she was. She leaned over him, her glossy black hair brushing his bare skin, sending thoughts that would hang him through his mind. The soft, faint scent of rose petals swirled around him, nearly intoxicating him. She leaned further, until he could see the swell of her breasts beneath her gown, and his heart pounded in his chest. And then she drew back, tossing the cloth into the water, disappointing him.

"I am done."

"Nay, you are not."

"The rest of you will have to soak." She picked up a second ewer and dashed it over him. "I have washed what I will touch."

"Custom demands that I be dried," he reminded her. His gaze moved upward slowly, deliberately. "Besides, I like the feel of your touch," he added lazily. "It pleases me greatly."

"I am not a tiring woman—dry yourself, Sir Scot."

Picking up one of the woolen sheets, she flung it at him and turned to leave. It missed and sank into the water. He came out of the tub, showering the floor, and lunged to bar her way.

"I said you were not done, Lady Elizabeth," he told her evenly. His black eyes met hers and held. "I believe I asked to be dried."

"Call for your man, then—I am not a servant."

"For a widow returned to her father's house, 'twould seem you overvalue yourself. I'd say you are in need of someone to teach you a woman's place, Elizabeth of Rivaux."

"Let me pass."

"Nay."

"If you dare to touch me I'll cry out, and fifty men, not twenty, will come at my bidding, sir. Aye, you'd not live to sup this day."

He was but a handspan from her, so close that despite the chill of the air she could feel the heat of his body. And once again she realized she was not his match in strength. Moreover, there was that in those black eyes that sent a shiver of apprehension down her spine.

"Art afraid of me, Elizabeth of Rivaux?" he asked again, this time so softly that the words seemed to float.

"I'll dry you," she whispered through suddenly parched lips. "I'd not have your hands on me."

"You lie." Nonetheless, he moved back, giving her room to pass him.

Her hands trembled as she bent to pick up the other towel. She hoped he would not note it as she shook the rough cloth out before her. "Get you before the fire ere we both freeze—you've soaked my gown, you Scottish savage."

"I told you: I am as Norman as you are."

"I was born there," she retorted, throwing the sheet of wool over him. Eager to be done, she rubbed his back vigorously with the cloth. "Turn around."

He had closed his eyes, savoring the feel of her hands on his body, and the desire that rose within nearly overwhelmed him. If he turned around, she'd know the effect she'd had on him. "Nay. Get my tunic—Willie has laid it out."

She started to refuse but thought better of it, for it gave her the opportunity to move away from him. "This?" she asked in surprise, holding it up.

"Aye. 'Tis the one I wore at Stephen's court."

" 'Tis finer than I expected."

"There is velvet to be had on the borders."

"Did you steal it?" she asked tartly, unaware he'd turned again to look at her.

"Not that one. I had it of a Flemish merchant."

He walked to where she stood, the towel wrapped at his waist to hide his aroused body. "Hold the neck open that it does not spot." His voice sounded strange even to his own ears.

" 'Twill be a riddance when you leave on the morrow," she muttered as she lifted the garment high. "Do you not wear a *shert* beneath?"

"I have none clean. You forget I had not planned to tarry between London and Dunashie."

"It matters not to me," she decided, shrugging. " 'Tis one less thing to put on you."

He bent his head for her to slip it over, then straightened as she pulled it down over his damp body. Even through the tunic her hands burned him. The rich, deep-blue velvet fell nearly to his knees. The gold embroidery and the pearls on his chest caught the flickering firelight, holding it. As the towel slipped from beneath the overgarment, she stepped back, still wary of him.

"Did you think I swore to Stephen in rags, Elizabeth of Rivaux?" he asked low, his strange smile warming even his black eyes. "Did you think he would have had a poor man come so far?"

"I thought not at all on the matter, my lord," she responded coldly. Yet even as she spoke, she could not quite still the thudding of her heart. "You will have to manage the rest, I think. I count my part done."

"Not quite."

To her horror, his hand reached to cup her chin, forcing it upward, as he moved nearer, bending his face to hers. The reflected firelight in his eyes made her think of the devil. Her whole body stiffened when his arms closed around her, and yet she did not struggle.

There was no gentleness in his kiss, nor was it tentative as Ivo's few had been. His lips were hard against hers, crushing, demanding, and when she would cry out, he took possession of her mouth. She closed her eyes to deny the wave of desire that washed over her. And yet her whole body seemed to tremble with the awareness of his.

He'd meant to humble her, to shame her in payment for her arrogance to him, but he'd not considered what she could do to him. The taste of her lips sent his blood rushing through him, taking his breath. For a moment she was soft and pliant against him, and somewhere deep in the recesses of his mind he dared to wonder what it would be like to take her, what it would be like to lie with Elizabeth of Rivaux. And he was sorely tempted.

His hands moved over her shoulders, her back, and smoothed the soft wool of her gown against her hips. And everywhere he touched her her body went hot. She clenched her fists at her sides, willing herself to deny her body, to stand still and impassive within his arms, hoping he could not know how he affected her, how much her traitorous body wanted a man's embrace.

Abruptly, he released her and stepped back. His black eyes glittered and his voice was hoarse. "Cry out to your men, Elizabeth of Rivaux, for now I have given you cause."

She stood rooted to the floor, her face flaming, and inhaled deeply to master the tumult in her breast. "Nay," she said finally, "I'd not have them know you dared to touch me. I'd not have them know my shame."

A slow smile of triumph curved his mouth as he shook his head. "For all your airs and tempers, Lady Elizabeth, you are but the woman God made you."

Choosing not to reply, she turned on her heel and strode for the door, calling, "Willie! To your lord!" And as she passed the big man on the stairs, she ordered curtly, "Tend your master, for I am done."

It was not until she reached the bottom that she realized she still shivered. Then, hugging her arms across her breasts, she hurried across the courtyard toward the main hall, telling herself it was but the cold. Above her, Giles of Moray appeared to watch but did not see as he undressed her in his mind.

" 'Tis glad enough ye'll be to be done with her," Willie muttered, rummaging among the packs for Giles' clean chausses. "Aye, a better welcome awaits ye at Dunashie."

Giles shrugged, turning away from the slitted window as she disappeared. Nay, he was not done with Elizabeth of Rivaux yet, and mayhap he never would be. She was so unlike Aveline and the other women he'd known. Beneath that arrogance he was sure there was fire, and he would have it burn for him.

Chapter Nine

The hall at Harlowe was richly hung, its walls covered with billowing tapestries to lessen the drafts from tall, narrow windows shuttered against the winter wind. In the huge fireplace on the side logs crackled and popped, spitting live coals, as they were consumed by voracious, licking flames. At intervals between the tapestries, heavy iron sconces had replaced the torch rings, but not even fresh coats of whitewash could completely hide the streaks where pitch-soaked brands had once burned. Now only thick tallow candles sputtered and smoked, a testimony to the wealth of the absent earl.

At the high table jeweled goblets winked and gleamed against the shimmering cloth, whilst silver spoons, polished steel knives, mazers, and salt dishes sparkled in contrast to the oiled wooden trenchers. Unlike those who sat below, those on the dais were spared the hard bread that provided the common plates. Before the earl's silk-canopied chair, two cook's assistants worked carefully to fan out the magnificent tail feathers of a stuffed peacock, while the confectioner placed tiny red banners at the turrets of a marzipan Harlowe. In the corner of the huge room musicians softly tuned their lutes, vieles, and a harp, while a host of servingmen, all wearing the short-sleeved tunics of Rivaux red over long-sleeved undertunics of Harlowe blue, moved about setting the trestle tables that served the household.

Ushered in before the household mesnie, Giles of Moray and his men started for seats below the high table. Walter of Meulan hurried forward, bowing.

"Nay, my lord, 'tis the Countess Eleanor's wish that since there are no bishops or other lords present you will be seated with her."

It was a signal honor that brought a lift to his eyebrows. "Nay, 'tis not meet to partake of her trencher," he protested.

"You will share with the Lady Elizabeth, my lord."

"Tell the countess she honors me," Giles murmured, wondering if any had yet dared to tell Rivaux's proud daughter.

As Moray followed Walter to the dais, two trumpeters raised their horns, signaling the need for haste to the table. Heavy doors swung open at both ends of the hall, admitting everyone from the lowest man-at-arms to Harlowe's chaplain. As they filed in, seeking places on low benches, those attending the high table moved forward, carrying snowy linens over silk-clad arms. Willie parted from Giles to take his seat, hissing under his breath, " 'Tis far grander than King David's table, is it not?"

But Giles had ceased attending, for the crimson and black curtains had parted behind the platform, admitting Eleanor of Nantes and her granddaughter. It was difficult not to stare like a moonling youth in the throes of his first passion. Elizabeth of Rivaux, her head held proudly, towered over Eleanor, totally eclipsing the woman the bards had called the Helen of Normandy. Her hair, the shining black of a raven's wing, was parted in the center and bound not in braids, but in two shimmering tubes fashioned of cloth-of-gold that fell forward to rest, one over each well-defined breast. A gold circlet set with large green cabuchon stones rested on her forehead, drawing attention to her unusually fine green eyes. Her face, illuminated by the light of a dozen huge candles, reminded him again of a perfectly carved statue.

The thought crossed his mind that she could not be mortal, and yet he'd seen her, held her, and kissed her scarce an hour before. He'd felt her breathe against him.

The clothing she wore must have cost Guy of

Rivaux the year's rents from a lesser demesne. Her knee-length overtunic was fashioned of cloth-of-gold, embroidered with red roses and green leaves twined around twinkling stones. It was laced beneath her arms, the golden cords drawing the fabric smooth over her breasts, outlining the high, firm shape of them. Beneath it, her undertunic of deep-green samite covered all but the tips of her soft Spanish-leather slippers. And over it, her short mantle was of crimson velvet lined in purest white miniver. Only the wealthiest could afford to wear that shade of red, and yet it seemed the whole household was filled with it. The room grew so quiet that he could hear the stiff embroidered hem of her undertunic brush against the chair as she took her seat.

To his surprise, 'twas the dowager countess rather than Lady Elizabeth who occupied the canopied chair, despite the fact that Harlowe came to Rivaux now. By the right of it, upon her widowhood she ought to have retired to her dower lands or to a nunnery. But she was Eleanor of Nantes, he reminded himself, forcing himself to consider that she was not in truth like any other either. And apparently Guy of Rivaux honored the women in his family far more than was customary.

"My lord of Dunashie," she addressed him clearly, "we await you."

He'd hesitated, certain that Elizabeth of Rivaux would not welcome his presence beside her, but now there was no help for it. She sat still as stone as he took his seat.

He'd felt as fine as the peacock before him until he'd seen her, and now the tunic that he'd thought rich enough for Stephen's court seemed poor. But Eleanor of Nantes did not appear to note his lack. She leaned past Elizabeth to murmur to him, "I'd not have you leave Harlowe on an empty stomach, my lord. Indeed, but I have ordered food for you to carry with you on the morrow."

"My thanks, gentle lady," he managed to respond

graciously, scarce able to tear his eyes from her granddaughter.

" 'Tis little enough for the service you have given us, my lord. Aye, and I'd offer our amends for the manner of your arrival."

Even though his shoulder was several inches from hers, he could feel Elizabeth of Rivaux stiffen. Aye, how it must gall her overweening pride to hear her grandmother apologize yet again for what she'd done.

Harlowe's chaplain, a stout fellow in white silk robes, rose and extended his hands to bless the assemblage. From the countess to the lowest serving boy heads bowed as he spoke, but Giles could not help stealing yet another glance at the woman beside him. There was no sign of the Elizabeth who'd stood trembling against him, who'd fought her desire and won. Aye, she was a strong woman, cold and arrogant, and yet beneath all her finery, beneath that perfect, almost alabaster skin, he still knew she hid fire. Too many times he'd felt that same awakening tremble in a woman not to recognize it. He'd been right: it had been too long since Elizabeth of Rivaux had lain with a man.

"You gape as though you'd never seen a woman, Sir Scot," she hissed angrily. "Is Dunashie naught but men?"

Before he could answer, a low murmur of appreciation spread through the crowd as the priest ended grace and the food procession began. The pantler, the butler, and a host of serving boys approached the high table bearing first the bread and butter, then the wine, followed by the stews, pasties, joints, and vegetables. Each dish was presented on bended knee to the dowager countess for approval, whilst Walter of Meulan stood behind her, ready to order anything she did not like back to the kitchen.

As the steaming plates and bowls were then placed on the linen tablecloth, pages brought forth silver bowls filled with scented water, setting one before each person. Ignoring Giles, Elizabeth dipped her fingers, rinsing them, then took the small linen towel to dry them. Giles followed suit and handed the towel back to the boy who hovered behind him.

"Nay, keep it until you are done," Elizabeth muttered. "I'd not have your greasy fingers in my trencher. We are civilized here."

His jaw tightened, but he retrieved the towel. Out of the corner of her eye, she could see that her worst fears were unfounded: his hands were still clean, his nails neatly pared. They were strong, sinewy hands, not overlarge, with long fingers. A healing slash still puckered red against his wrist, reminding her of the scars on his palm, and again she wondered how he'd gotten them. Once more, she stifled the desire to ask.

As before, she was acutely aware of his size, for not since she'd shared a trencher with Richard had she been next to anyone whose shoulder rose above hers. Aye, he was one of the few men she'd met who stood taller than she. For a moment the memory of his arms holding her, of his lips on hers, washed over her, flooding her with embarrassment. She closed her eyes to still the sudden rush of blood. When she opened them again she realized he watched her yet.

" 'Twould have been a pity had you taken the veil," he observed lazily. "Aye, 'tis lovely you are in your finery."

"Nay, I did not consider it," she answered coldly, deliberately turning her shoulder to him. "And the clothes were my grandsire's—I did but lace them more tightly."

"Two and twenty is overyoung to wither," he reminded her again.

"I am content," she managed between clenched teeth. "And if you do not mean to carve, we shall starve," she added pointedly.

"I'd thought mayhap I put you off your food."

"You do, but I'd not have my grandmother know of it, for then she would ask why."

It was a hearty repast, much like Stephen's banquet at Windsor, with more to choose from than he'd expected. Reluctantly, he turned his attention to the haunch of venison, the boar's head in herb sauce, the legs of mutton, the roasted rabbit, and the elaborately bedecked peacock, wondering where she would have him begin.

"What pleases you?" he asked politely.

"The stag."

He cut it expertly, slicing it and carrying it to the trencher they shared. In keeping with custom he divided it, holding it by two fingers and a thumb as he plied his knife, and he placed the best piece on her side. At his elbow a server poured hippocras into the goblet. Elizabeth sipped as Giles continued choosing and carving from the different meats, always giving her the choicest part.

The hall took on a festive air, much like Dunashie during the Christmas feasts, with jongleurs playing and singing whilst the meal was served. Conversation lulled as knives and spoons were plied eagerly. Even Elizabeth appeared to ease her wary posture as she began to eat.

Giles picked up the goblet, turning it to where the spiced wine still beaded and trickled. Deliberately, he drank from the same place in the manner of a lover. She ignored the gesture.

" 'Tis custom to entertain one's guest with speech," he chided after wiping his lips.

"If you would be amused, you have but to listen to the jongleurs," she retorted. "Or you may wait to see the tumblers. I'm told there is one amongst them who walks on her hands, showing her legs to all. Mayhap if she sees you in your finery, you can entice her to your pallet." Her cold green eyes met his as she added, "She might not be above lying with a Scot, if you have enough money."

She was taunting him, and he knew it. "Do you always hide your mistakes with your tongue?" he asked, stabbing at a chunk of venison with his knife. "Had I been Ivo of Eury, you'd have learned to hold it else you'd have starved."

"Is that what happened to your lady?"

Eleanor choked on a bite of pasty. "Liza!"

"He is a widower, Grandmere—I did but inquire,"

Elizabeth protested innocently. "He spoke of Ivo and I spoke of his wife. 'Twas fair exchange, I think."

"Aveline de Guelle died at Eastertide some three years past, Lady Elizabeth. She took a fever and with it an inflammation of the stomach from which she did not recover," he answered evenly. "Three times those who call themselves physicians bled her, but to no avail."

"And her family thought you poisoned her," she recalled.

"Elizabeth . . ." The old woman cast her a warning look, but said no more.

"Aye. Giffard de Guelle accused me to King David and was denied recompense."

Scarce able to believe her granddaughter's rudeness, Eleanor cast about for the means to divert him. "Would you partake of the roasted apples, my lord? We make a sauce of sorrel and honey here that was much favored by my husband."

But Elizabeth was not done. "And so he kept her dowry? Could not one of the Butcher's reputation have taken it?"

The muscles in his jaws tightened visibly and his fingers tensed on his knife. Stabbing viciously at the last piece of venison remaining on the trencher, he looked into her eyes. "Nay. He loved his gold more than his life."

Hiding the shiver that ran down her spine, she appeared to toy with their cup. "What was she like—this Aveline de Guelle, I mean?"

He carried the meat to his mouth and chewed it, his gaze still on her. Swallowing, he reached for the goblet. "She was too weak to live. Water flowed in her veins."

She felt a pity for the helpless girl, obviously unloved by her fierce husband, and yet she could not help asking, "Was she comely?"

The goblet paused in midair for a moment, then he took a sip without answering her at first. And when he finally spoke he stared unseeing across the crowded hall. "Aye, I thought her comely when we wed."

"Did you beat her?"

"Elizabeth, 'tis enough," Eleanor interrupted her firmly. "My lord, do you play the lute?"

"Nay." He looked down upon his scarred palms and shook his head. "My fingers move not so easily since . . ." His voice trailed off as Elizabeth strained to hear more. "Nay," he finished abruptly, "I am too clumsy for the strings." Lifting the cup again, he turned back to the younger woman. "Like Ivo of Eury, I beat her not enough."

Ignoring the barb, Elizabeth persisted. "Was she fair or dark?"

"If he would not speak of her . . ." Eleanor began, becoming even more ill-at-ease at the barbs cast between them. "Nay, Liza, have done."

He set down the cup and picked up his knife, balancing it across the puckered lines on his palm. "Aveline de Guelle was small and fair, with hair of gold and eyes the color of a summer sky." Flipping the blade over with a quickness that belied his earlier words about his hands, he drove it into the trencher with such force that the knife stood, vibrating. "Mayhap she deserved better than she got of me."

"You were a hard husband." It was a statement rather than a question.

"Aye. But not as you would think."

Again, the firelight reflected in his black eyes, giving them an eeriness that made her look away. "She has my pity," she said low.

"She is beyond the pity of any, Lady Elizabeth. And now 'tis my turn, my lady—I'd hear of Lord Ivo."

"I'd not—"

"Nay, if you would pry, you will answer." The edge in his voice was unmistakable.

She looked again to his hands, fixing her gaze on the still-angry scar at his wrist. For a moment it was as though the world had gone silent about her while he waited. "I despised him for his weaknesses, my lord," she answered simply. "He was no husband to me."

He'd meant to bait her, to probe as she had done, but he could tell he touched a wound that still festered. "Have done, Lady Elizabeth. Unlike you, I'd know no more."

They lapsed into silence as servants moved amongst the lower tables to take the soaked bread trenchers for distribution to the poor. The empty trestles were then stood on end along the walls and the benches moved to the edges of the room. As the high table was cleared and the wooden dishes removed, Giles poured himself more of the spiced wine. The music, which had been soft, grew louder amid shouts for the acrobats. Eleanor, grateful the meal had ended, nodded to Walter of Meulan, signaling for the entertainment to begin. Elizabeth rinsed her hands in the silver bowl and wiped them on a fresh towel. Half the candles were doused, throwing much of the room into shadows, while great iron braces holding thick tallow pillars were moved to ring the cleared area. Six boys with brooms hastened to sweep the rushes to one side, then scampered to seats along the wall.

With a flourish of trumpets, tumblers cartwheeled across the now-bare floor and presented themselves before the high table. As Eleanor acknowledged them, Elizabeth selected an apple and leaned back.

They were as good a troupe as Giles had ever seen. Lithe, long-limbed boys somersaulted and vaulted into pyramids, then dropped again, rolling like human balls in rhythm. Household knights threw King Henry's pennies in approval when they were done, whilst pages and squires cheered in hopes they'd do it all again.

Then the flutes began to play, accompanied by the clash of cymbals and the rhythmic clatter of castanets, as a slim girl, her body barely concealed in layers of silver-shot baudekin, twirled across the floor, her swirling veils floating like shining clouds about her head. Dancing the famed dance of Salomé, she whirled feverishly around the room, enticing the men by drawing the gossamer veils across their faces while arching her body before them. A drunken knight tried to follow her but was pulled back by his fellows.

Elizabeth stole a glance at the man beside her and was disconcerted to discover that he still watched her instead of the girl. Again she turned her back on him, but she could not escape the feel of his eyes on her. God's bones, but he was bold beyond his station. Did he not know that if there'd been any barons present, he'd have sat below them? And yet, try as she might to deny it, this savage border lord's admiration intrigued her, for it gave her a sense of power over him.

In the subdued light she was like a shimmering shadow, her pale, creamy skin shining like alabaster against the darkness, her proud profile as finely chiseled as if it had been done by a master sculptor. But it was more than her beauty that drew him, and he knew it. It was her strength, it was her pride that made her different from any other. It was that she was Guy of Rivaux's daughter—not the wealth and power of Rivaux, but the blood. 'Twas her blood that made her what she was. A woman like her would bring forth strong sons, he was sure of that, no matter what she said about barrenness. Aye, she could give a man sons able to hold whatever could be won for them. She'd be no Aveline de Guelle.

And what fire there would be in the coupling. Even looking at her, he could see 'twould be very different from the weeping duty he'd had of Aveline. Elizabeth of Rivaux would do nothing half-heartedly, whether she loved or she fought. Aye, she was a woman a man could be proud of. With as much certainty as he'd sworn over Aveline's grave that he'd take no other wife, he knew now that he wanted Count Guy's daughter, that he wanted her blood in his sons.

But the very things that made him want her made her unattainable. She *was* Elizabeth of Rivaux, daughter to a Norman count and a belted earl, granddaughter to Roger de Brione. Her blood was the best to be had amongst the nobility of Normandy and England. And no matter how many lands nor how much wealth he possessed, he could not match her in that. To her—

and to her family—he'd be naught but a borderer, useful in war, despised in peace. Nay, Count Guy would deny him, and she would laugh in his face. But he knew also that he would prevail.

Reluctantly, he turned his attention to the dancing girl whirling seductively before him. The scent of perfumed oil, warmed by the heat of her body, floated over him with her veil. As the music ended, she thrust her body forward, giving him a fair view of her breasts, and then she slid gracefully to the floor, bowing low at his feet.

" 'Twould seem your Scots blood matters not at all to her," Elizabeth muttered dryly. "You won't even need the money. Then mayhap you will cease looking like a rutting boar."

"Mayhap," he answered noncomittally.

A daughter of one of the lesser lords, sent with many others to Harlowe for the prestige of being in the dowager countess's household, approached the dais shyly, her eyes on Giles of Moray. "Gracious lady," she addressed Eleanor of Nantes, "would it displease you if we danced?" Looking downward now, she added, "Gervase and Adela and the others bade me ask."

"Nay, 'twould not displease me, child."

It was as though the musicians already knew her answer, for they began anew, this time the more sedate music of the dance of the chaplet. The girl looked up at Giles again, hesitated, then blurted out, "My lord, would you honor me?"

" 'Twould surprise me if you knew the dance," Elizabeth gibed at him.

"Aye." He rose, towering over them, and bowed at the blushing maid. "The honor is mine."

As he followed the girl onto the cleared floor, household knights and squires sought out giggling maidens, pulling them after them to form circles of couples. He could hear Elizabeth ask the age of his partner. Eleanor answered she was fourteen and betrothed.

"And overbold for a maid, 'twould seem," Elizabeth observed acidly.

The girl danced well enough, moving gracefully through the steps across from him, obviously taking great pride in his partnering her. Every time they neared others she smiled, as though she'd been chosen Queen of Tournament. For his part he kept the rhythm of the viols, and managed not to disgrace himself. As the music ended he clasped both of the girl's hands, pulling her forward for the customary kiss, and the little vixen managed to turn her cheek so that he brushed her lips. The thought crossed his mind that Eleanor of Nantes ought to insist she be wed ere she was disgraced.

He'd just gotten back to the dais as the viols were joined by the castanets, indicating a round. Instead of taking his seat, he reached boldly for Elizabeth of Rivaux's hand. "You owe me this at least."

"You've had too much wine," she protested, trying to pull away.

"Afraid?" he taunted, knowing she'd take the challenge.

"Nay."

It had been years since she'd danced, not since her wedding, and yet his eyes dared her more than his words. She stood, letting her fine velvet mantle slide to her chair, and stepped back. A slow smile curved her mouth.

"I've partaken of too much wine also, my lord, else I'd not do it."

"I'll not let you fall."

" 'Tis the least of my thoughts."

She cast a hesitant look at her grandmother, but Eleanor of Nantes nodded, drumming out the music with her fingers on the carved arms of her chair. "Aye, I see no harm."

The floor was already full of couples, their faces flushed from food and drink, dancing in wide circles with the abandon of youth. Taking both of Elizabeth's hands, he stood opposite her and waited to count out the measure, then he pulled her into one of the sets.

His fingers were warm and strong on hers, and she could not help contrasting them to Ivo's. And try as she might, she could not quite blot out how it had felt when he'd kissed her. Even now, as his hands held hers, her body grew hot with the memory. She had to will herself to concentrate on the music and her feet.

For one so tall he was surprisingly graceful, managing to avoid treading on the hem of her gown. The tempo increased as he swung her in ever faster circles until they reached the end, then he pulled her beneath the arch of others' hands whilst those who watched clapped loudly. She had to admit that for the first time in years she was enjoying herself immensely.

She was breathing rapidly from the exertion, and loosened tendrils of her hair clung damply to her temples. Her usually cold green eyes sparkled with pleasure, telling him that for the moment she'd forgotten her antipathy. She was warm, she was alive, and she was far more beautiful than he'd thought any woman could be.

At the urging of the spectators, the musicians never missed a beat as they played out another round. Emboldened by the sight of Guy of Rivaux's haughty daughter swirling before them with abandon, many took up chanting the chorus of the song whilst they clapped, adding to the excitement of the moment.

Too soon the end came, and as the last notes were drawn out, instead of leaning forward to brush his lips across her cheek, he grasped her by the waist, lifting her high to cheers. And as he brought her down, he let her slide against his body before kissing her full on her lips. The crowd gasped collectively, then the room was silent with unease.

Her face flamed and her body went rigid at the perceived insult. "Were you not leaving, I'd see you cast into the pit and forgotten," she muttered through clenched teeth as he released her. "As 'tis, I say 'tis a good riddance, my lord." Turning on her heel, her head held high to hide her acute embarrassment, she walked stiffly back to her seat, leaving him standing there.

He waited for the floor to clear before approaching Eleanor. Bowing before her, he raised his eyes to hers, seeing her disapproval. "Gracious lady, I'd retire that I may make ready for my journey on the morrow." Then turning to Elizabeth, he favored her with a wry smile. "Alas, much as I would tarry in your exalted company, Lady Elizabeth, I cannot."

"We wish you godspeed, my lord," Eleanor murmured, grateful for his departure, for her granddaughter looked as though she'd skewer him with her knife.

At the nod of Walter of Meulan, the jongleurs resumed their play, and a troubadour traveling with them stepped forward to sing an old and well-loved chanson. Eleanor sat back, watching Giles of Moray thread his way through those who stood along the wall.

"I know not what has passed between you and the lord of Dunashie, but I'd tell you what my nurse said to me more than an age ago, Liza. Aye, 'tempt not where you would not,' Herleva said, and 'twas good counsel."

Elizabeth's eyes followed him, seeing that he stood a full head above all but his giant, feeling again the strength it had taken to lift her. Then, denying the thoughts that came to mind, she shook her head.

"Nay, I'd not dishonor my name and my blood with the lord of Dunashie, Grandmere," she answered finally.

Eleanor's eyes swept over her, lingering meaningfully on the finery she'd chosen to wear. "You mistake me," the old woman murmured. "I'd have you think on Herleva's words. If you'd not have him, you'd best not entice him. For he will come again to Harlowe."

For a moment, Elizabeth gaped at her. "Nay, he'd not dare think I'd have him—he'd not dare!" But even as she said it, she was not certain 'twas the truth. "He'd not dare look so high as Rivaux," she repeated, this time to convince herself.

"A strong man dares anything," Eleanor declared, looking again to where he'd disappeared. "Aye, he would."

Later, after Eleanor had retired to her solar, after her snowy hair had been brushed until it shimmered, after her tiring women had taken to their pallets, she sat alone, staring into the blaze in the brazier. Only the occasional pop of burning sap broke the silence, and yet she still felt his presence.

"Ah, Roger," she whispered sadly, "there is too much of Robert in her, I fear. For all we'd not wish it, she has his pride." Then, as she continued to watch the flickering flames, she took more comfort. "But she has not his madness, and for that I give thanks." For a time she closed her eyes, her thoughts gone back to another time, and she saw again Robert of Belesme's strange green eyes. "Sweet Mary, but this Giles of Moray reminds me of him also, Roger. I am afraid for her, for they are both strong-willed, and I believe he means to have her."

He did not answer, but in her heart she knew he heard. In this, as in all things that had passed before, she'd shared her thoughts with him. Feeling somehow unburdened of fears she dared not confide to another, she rose and moved slowly to her bed.

Chapter Ten

Upon his return to Dunashie, it took Giles less than a fortnight of threatening his neighbors to gain back the stock his peasants had lost in his absence, but slowly all his sheep and cattle that had not been roasted trickled back onto his lands. And as word of the return of the Butcher spread through the border, his vassals hastened to assure him of their continuing loyalty with gifts and messages of goodwill. And the English, ever wary of him, restocked their larders and brought their own animals closer to their castle walls. That he had sworn to Stephen had little meaning for them, for did he not sit on land he'd soaked with English blood? Whether his claim to his castle and manors in England was upheld by royal writ or no, they'd not trust him. Too many were still ready to repeat the tale of how he'd retaken his own keep at Dunashie.

Neither the approbation nor the fear of his neighbors made any difference to him now, for his attention was taken with the matter of Elizabeth of Rivaux. Once his house was in order he traveled to his other possessions, studying the records his bailiffs kept, figuring his worth. Despite what the Lady Elizabeth had thought him, he considered himself wealthy enough to cast his eyes where he would; and despite the cloud of Aveline's death, more than one father had tried to gain his interest by dangling a goodly dowry and a comely lass his way. But until now, there was none he would have.

Surveying his lands with the pride of one who'd won them, he could almost laugh at the contempt she'd shown him—almost. But the way she'd spoken to him, the treachery she'd used in taking him, still rankled. And sometimes he wondered if his reason for wanting her was revenge, or if 'twas because she was Guy of Rivaux's daughter. But then he'd see her in the memories he carried of her, he'd see again her extraordinary beauty, and he'd remember the feel of her in his arms. And his desire to punish would fade in the face of his desire to possess her.

The late February rains came, drenching the winter-weary fields, flooding the burns, and making the roads treacherous, but King David's messenger managed to catch Giles shortly after he returned to Dunashie. Sitting on his own high chair in his three-storied hall, Giles broke the sealing wax on the case and withdrew the parchment. The summons was not unexpected, for all of England and Scotland acknowledged 'twas but a matter of time until the Empress's adherents rose up in revolt against Stephen.

According to David's writ of attendance, that time had come. "We bid you in all haste to meet with us that we may determine your obligation to us in the matter of England." Jesu, but David himself held the earldom of Huntingdon and claimed Northumberland of Stephen, not to mention the dozen or so English villages that paid him taxes. Did he fault his liege man for swearing fealty to Stephen as he himself had done? And despite his oath, had not David laid his hands on every English border castle except Bamborough? Did he think Giles' oath made him any less willing to defend his keeps?

In late January, whilst Giles had been at Harlowe, there had been skirmishes and much blustering between the two sovereigns but little had come of it. Stephen had retired southward to deal with his own anarchy, and Scotland was left unharmed. But the peace, such as it was, was going to be of short duration. Frowning, Giles read on.

Earl Robert of Gloucester writes us, renouncing his oath to Stephen of Blois in favor of his oath to the Countess Mathilda of Anjou, daughter to

> Henry of England, once Empress to the Germans, saying that he owes her the higher claim for he was sworn to her first. In support of my niece, the same Mathilda, to whom we are also sworn, we call every baron to our council that we may prepare for her coming into England.

No matter what words he used to couch it, the message was that David meant to go again to war, and that meant an invasion. As Giles finished the king's writ, he saw a very real possibility that his response could gain him Elizabeth of Rivaux. Saying he would respond by letter, he sent David's messenger back to Glasgow. Then he considered how best to pressure King David.

Less than two days later word came from the crowned king of England, asking for his levies against a reported Angevin invasion, verifying David's intelligence. Giles looked over the table of tallies before him, knowing he was in a new position of power. One of the two monarchs might well be persuaded to give him Rivaux's daughter.

Choosing his words carefully, he wrote to David first, assuring him of his loyalty "in all matters Scots." Then, with a boldness that surprised even himself, he went on to ask for David's intercession with Guy of Rivaux,

> . . . for he has a daughter Elizabeth, a widow still though well past mourning, that I would take for wife. I ask Your Grace's good office in the matter, and beseech you to tell Count Guy that I would willingly fight in his train in support of yourself and the Empress.

This he sealed and dispatched to Glasgow first, then he turned his attention to Stephen, penning an acknowledgment of the call to arms, but hedging, saying,

> . . . While I am conscious of my obligation to you as sovereign lord of all I hold of England, I cannot

> in conscience bear arms against my sworn overlord of Scotland. Rather than take the field of battle for either, I am willing to send to you that which I have sworn save myself, that being the knights and foot soldiers owed you from my English lands.

Dipping his quill again, for he'd not have anyone else see what he wrote, he continued,

> . . . If you claim wardship of Elizabeth, daughter to Count Guy of Rivaux, in his absence, I would have her for wife. As she is a widow and childless, I am willing to accept her without dowry from you in consideration of a later claim to the honor of Harlowe in her name.

What he did not write was more speaking than the words on the parchment: he was letting Stephen think that he could be bought with Elizabeth. And the message would not be lost on the English king, he was certain. Wedding Elizabeth of Rivaux without her father's consent would put Giles firmly in Stephen's camp, and then there could be no more reluctance to lead his own troops into battle.

The two letters left Dunashie but hours apart, leaving Giles to await answers. But even as he bided his time, he was not idle. Dunashie's moat was widened and the peel tower walls were fortified with a three-foot-thick addition of crushed stone on the inside. His eight-foot-high barmekin he ordered raised to ten feet, despite the grumbling of those who saw it as unnecessary.

And his own calls went out to his vassals, asking them to fill their larders and prepare for war whilst he prayed and examined his conscience in the matter of which sovereign had the better claim to his service. It was nearly a jest, for all of them had long experience with the pragmatic approach to politics on the border: the better claim was always determined to be that of the likely victor.

In the weeks that followed he also began improvements that set his retainers scratching their heads. His cavernous hall was whitewashed and swept clean, the floor was sweetened with lime-water, and new torch rings replaced old ones. But he did not stop there: the lord's chamber was emptied to the bare walls, new cabinets and chests were made and painted, the bedstead was elevated and a new carved bed ordered and fitted with a goose-feather mattress over stout ropes. With a show of great confidence, he drew out in his own hand a design for bed hangings and dispatched them in haste to the Flemish cloth dealers lately set up under the patronage of the Scottish king.

After hearing much grumbling from the household, Wee Willie could stand it no longer. Possessed of the audacity of one who'd served his lord through exile, who'd shared his lord's blood and lot willingly, he approached Giles.

"My lord, I'd have speech wi' ye," he began, slipping into the room where Giles sat brooding over the tally sticks.

"Aye."

"I brought ye a flagon o' mead," he offered, "and I'd have a drop wi' ye."

Giles stood, flexing tired shoulders, and nodded. His mind and his body were strained from the hours of counting the notches, but he'd had to know his worth lest Guy of Rivaux should inquire of him. And the result had not been entirely promising, for while he could reasonably expect the daughter of a lesser baron, he doubted his wealth or his blood would satisfy a belted earl or a Norman count. Too much of what he held was disputed land, too little actual gold filled his coffers, and far too many of his ancestors had fought in household mesnies. Oh he was not poor, by any estimate, but he certainly did not possess what Guy of Rivaux would expect for his daughter.

Willie sat down, taking care not to disturb the sticks, and poured two cups of the sweet mead. Drinking deeply, he smacked his lips, then pushed the other toward Giles.

"There's them as says yer lordship's gone daft since

ye went to the English court," he explained. Seeing the lift of one black brow, he hastened to add, "Nae me. I say 'tis but time to clean the hall. God knows, with the Lady Aveline gone, and yer lordship not minding the state of things here, we been lax in the matter."

"Aye."

"And 'tis time for a new bed, since ye ain't had one as fits ye."

"Overlong," Giles agreed, sipping from his cup.

"And 'tisna that ye can nae afford new hangings. Aye, ye got the gold t' do yer will." When Giles said nothing, the big man stared down at the tally sticks. "I don't mind the new *sherts*, fer God knows I could make use of them. But it seems ter me ye are wishful of showing yer wealth to those as doubts it."

"Go on."

"And there wasna' a man amongst us as did nae need new mail. As fer the wall, I been prayin' to St. Andrew for a thicker one, ye know. Aye, and none can deny we were needing a wider, deeper moat."

"Willie . . ."

"Thing is, my lord . . . we all been wondering if ye mean to go t' war or wed?" he blurted out finally.

"I did not know the matter was of such concern to you," Giles murmured, laying aside his cup.

"The lord's lot is our lot, ye know. And what with the blood between us, I've got a care fer ye."

"Then suppose I were to say 'twas both?"

A broad grin split the huge man's face. "I'd be fair glad of it, my lord. Aye, I'd thought after— Well, I'd feared ye were the last of yer blood at Dunashie." He lifted his cup to Giles, then drank deeply. "To an new lady: may she prove fruitful to ye."

"I have asked King David to intercede on my behalf, asking Guy of Rivaux for his daughter."

Willie strangled, coughing until tears came to his eyes. "Nae!" he protested when he caught his breath. "She's barren! I'd thought ye'd fergotten her, I swear it."

"I expect he will dower her well, Willie."

For a moment, the big man thought Giles jested with him. "If ye get no bairns, ye'll not keep it. Nae, ye don't mean it." Then, recalling Elizabeth of Rivaux, he felt better. "Besides, she'll nae have ye. Best look to a Scots bride this time."

"We fight for the overlord who gives her to me."

It was then that Willie knew he meant what he said. He stared morosely into the dregs in his cup, shaking his head. "Ye'll want her strangled within the year, my lord. Ye'd be better advised to take Dunster's daughter—aye, or Kinnock's. God's bones, but what can Elizabeth of Rivaux give ye but an end to yer peace?"

"Willie . . ." The warning in Giles' voice was unmistakable. "I believe the choice is mine own."

"Och, take her then. 'Tis but that—"

"I'd have her and none other."

The big man made a silent promise to redouble his prayers not only to St. Andrew, but to the Blessed Virgin also, begging that Count Guy would not give his daughter. There'd be not a man nor woman in Dunashie as could stomach Elizabeth of Rivaux, he was sure of that. Aloud, he sighed heavily. "If it be yer lordship's will, then—"

"It is."

" 'Tis not my right to ask," Willie admitted, "but why the Lady Elizabeth? Unless they be too fat or too thin, ye can nae tell one from the other in the dark. Forgive the insolence, my lord, but revenge is nae a good reason to wed, I'm thinking."

" 'Tis enough that I would have her, Will. Jesu, art so blind you cannot see the fierce sons she'd give me?"

"If she gives you any," the big man muttered. "Aye, they'd be fierce if she bore them, I'll warrant—the kind as rises against their sire," he predicted grimly. "God's blood, my lord, but"—he shivered visibly, remembering her strange, cold eyes—"I'd not want to see *what* she'd give you."

"Think you I cannot be master in mine own house?" Giles asked softly.

For a moment Willie dared meet his eyes, then he had to look away. In the twenty-six years since Giles' birth, he'd seen him rise above every enemy, finally destroying those who would destroy him. Not one of those who'd sought his life yet lived. "Aye, I'll not doubt ye," he conceded. "But that's nae to say she'd make ye happy."

"I want no more weak women, Willie—I'd not have another with water in her veins. I'd not have another to weep and cringe when I seek her bed."

" 'Twas that the Lady Aveline was small, my lord. She feared ye, and she could nae help it."

" 'Twas that she could not forget what I'd done," Giles countered. "Well, Elizabeth of Rivaux is neither small nor afraid of me—not like that."

"My lord"—The timid voice was accompanied by a knock upon the chamber door— "there comes a messenger from the king."

Giles did not bother asking which king. His pulse racing in anticipation, he rose from the counting table and took the stairs two at a time, striding across the windswept courtyard with an eagerness that made Willie pray as he hurried after him. The spray of rain spattered the roofs of the sheds like hail, and the big man took that for an ill omen. " 'Tis for his own good and the good of all that I ask ye ter deny him, Father in Heaven, for she'll cut up his peace and ours," he whispered desperately as they reached the hall.

The waiting rider went down on bended knee, holding out the parchment case. There was no need to ask: as Giles took the cylinder, he saw from the seal that it had come from King David. Not waiting for a knife, Giles broke the wax with his thumbnail, pulled out the letter and began to read, scanning until he reached the part that he'd awaited.

> . . . Count Guy does not offer his daughter, the widow of Eury, saying she remains unwed of her choice and with his blessing. Further, though he speaks with courtesy, the matter is plain that no less than a count or earl's son would be accepted

were she willing. We cannot aid you against his will as we are all sworn to the Empress Mathilda, and it is not our wish to press one who is our ally just now.

So David thought he'd dangled a small bit of hope with the word "now," did he? Giles' jaw tightened as he held back the angry words that came to mind. How many times had he fought willingly for his king—and after David had denied him Dunashie until 'twas done? And yet David would not support him in this. He looked down at his scarred hands, remembering another time when his king had nearly failed him, when he'd had to prove his innocence by ordeal.

"Leave us that I may consider my answer," he ordered the messenger curtly.

" 'Tis nae what ye wished, my lord?" Willie asked, trying hard to hide the surge of elation he felt. "Mayhap King Stephen . . ." he offered in consolation.

"Stephen of Blois is more cowardly than David of Scotland!" Giles snapped.

"Och, 'tis sorry I am, but—"

"Nay. We ride for Harlowe, and this time we do not go like beggars. I want fifty mounted men in the best mail to be found—aye, and in silk surcoats all alike. This time, when I go into England, I care not what Stephen of Blois thinks! My levies are already determined—he cannot demand more of me now." He rose, pacing the newly limed boards, his mind racing.

"Ye'll need an army if ye cross again into England, my lord," Willie reminded him. "There's them as remembers Wycklow, and ye've not answered King Stephen aye yet."

"We ride beneath my pennon, mine enemies be damned!"

"And ye can nae refuse to answer King David, can ye? What do ye tell him, I ask ye?"

For a moment, Giles stopped. "Aye. I send word to my sovereign lord that I mean to wed. If he will not aid me in getting her, we will see if he will help me keep her."

"They'll not let us in Harlowe again, my lord—not if 'tis Rivaux's daughter as decides."

"Aye, they will." A tight smile twisted Giles' mouth. "We come in peace to ask of the Lady Elizabeth herself."

"And ye think she will take ye?" Willie demanded incredulously. "Nay, I'd not believe it."

"It matters not. She'll come if I have to drag her from there." Turning to the household officials who hovered curiously a few feet away, he ordered Alan of Roxwell, his seneschal, "Lay in enough beyond what we need: I'll hold a wedding feast with my vassals ere they go to join King David."

To his credit, Alan did not even blink. "When would you have them come, my lord?"

"David asks their presence by mid-month. I'd see them here on"—Giles calculated the time it would take him to reach Harlowe and return, then added an extra day for persuasion—"on the sixth. Aye, I'd let them carry the tale with them when they join King David."

"Begging yer lordship's pardon for asking, but for whom is it that the men of Dunashie will fight?" Willie asked.

"We fight for ourselves."

The big man exhaled heavily, then turned to Alan. "Whilst ye be a-laying in the feast, ye'd best be salting down a fair number of beasts for the siege, I'm thinking."

"One day, Will, you will go too far," Giles predicted grimly.

"Och, but ye mistake me!" Willie protested. "I'll give me last breath in yer service, and well ye know it. When all's said, I'll not ferget my sire's charge to have a care fer ye."

Chapter Eleven

Brought to Harlowe's walls by the sound of the horn, Elizabeth strained to make out the pennons of the approaching mesnie. The black silk unfurled and flapped in the raw wind and still she could not tell who came. But the size of the escort marked it for a person of some import, for she'd counted more than thirty, and still they rode over the hill, the steel of their helmets and mail shining in the rare sunshine.

"My lady, there are at least fifty," Walter of Meulan guessed.

"Think you they come in peace?"

Now that it had become known that Gloucester and Rivaux had repudiated their oaths to Stephen, it was a fair question. Walter shook his head. "I know not."

"Then I'd have the archers in place ere they are into range. Aye, and the pitch vats readied also."

"They are too few to attempt an assault. If they come not in peace, they come for siege."

"Nay. I see no pack animals. And they are not equipped to wait," she murmured, studying the distant train. "Still, I'd have you give my grandmother word that someone comes."

"They could but await others," Walter reminded her. "They could be but the first."

She studied the moving mesnie for a moment, then shook her head. "If so, then 'tis vanity, for they are fitted too fine for fighting. 'Tis more like they travel to Stephen." Turning back to Meulan, she added, "But we must be wary, for now 'tis known my father chooses the Empress. No matter what their reason for coming, even if they cry peace, none carries any weapon inside." Her eyes traveled up the corner tower appreciatively. "We have only to fear treachery, Walter, for we are readied for siege."

In the two months she'd been at Harlowe, the seneschal had gained considerable respect for her. Where he'd once thought that Guy had merely sent her for company to the dowager, he now realized Rivaux had truly entrusted the defense of this, his greatest English possession, to her.

And despite her uneven temper she'd set about the task efficiently. The storehouses were filled, the sheep pens stocked, the garderobes cleaned and their discharge pipes grated on the inside to prevent entry from below, and the well covered to prevent poisoning by a dead animal catapulted over the walls. In her desire to be prepared, there was not a weapon in all of Harlowe that she had not inspected for repair. And despite their grumbling, the armorer and his assistants had worked long hours under her direction, while the smith had kept his forge burning to turn out barrels full of barbs for arrows. Under her orders, ten men had had to cut ash shafts for them.

Sometimes, when she walked the walls with him, speaking knowledgeably of such diverse things as siege machines, earthworks, quicklime for blinding besiegers, and the need to make sure that the river flow did not undermine the south tower and weaken its foundation, he forgot she was a woman. Nay, he told those who still doubted, Elizabeth of Rivaux had the mind of a master builder combined with that of a warrior. 'Twas the blood of Guy of Rivaux that gave her strength above her sex, he supposed.

The mesnie drew nearer, collecting into an orderly formation, and this time the trumpeter rode ahead, coming almost into arrow range. Below her, Elizabeth could hear an archer fit the nock of his quarrel and tighten the spring of his arbalest in readiness should he be ordered to take the rider down. She waited, prepared to give that order.

Black silk points decorated the horn, blowing in the wind, as the herald gained their attention with another shrill blast. Then he rose in his stirrups, shouting, " 'Tis the lord of Dunashie come in peace to the Countess Eleanor!" And as he looked upward Elizabeth could scarce believe her eyes, for the richly clad fellow was Hob.

Her eyes turned once again to the riders, and as she watched, Giles of Moray removed his helmet and smoothed his hair just as she'd seen him do those months before. She told herself that she ought to have known him anyway, for who else could sit that tall? 'Twas the fineness of his mesnie that had misled her. As though he knew she watched, he reined in and raised a gloved hand in salute. She drew back, hiding her agitation from her seneschal.

"What would you have me do, lady?" Walter asked.

Emotions warred in her breast, for part of her wanted to see him again, and part of her still feared what his presence could do to her. She stood transfixed, her green wool mantle whipping about her, staring unseeing at the bright sky. Nay, he could not come back, not now. Surely 'twas God's jest that he came, for she'd only lately banished him from her mind, and it had taken her far too long to do it.

"Lady?"

If she gave the word, Harlowe's archers would cut Hob down. She drew a deep breath and let it out slowly, hoping she could still the pounding that threatened her composure. 'Twas not right or fair that the Scot should come back to plague her. Knowing that Walter waited, she turned to him.

"He says he is come to see my grandmother," she said finally. " 'Tis her right to decide."

"Aye. Send to the countess," he ordered a guard on the wall. "Tell her that the lord of Dunashie is returned, and we know not why."

Elizabeth clasped her cloak about her more tightly, telling herself 'twas the wind that made her shiver, and waited for Eleanor's reply. It still did not seem possible, not even since she'd seen him with her own eyes, for the man who led the mesnie came dressed as fine as a great Norman lord—nay, finer than many.

Yet Giles of Moray himself was naught but a borderer, lord to some stinking pile of border stone. He must have beggared himself to come back like this, she decided, and she wondered if 'twas because she'd touched his pride, if he'd wanted to show her he could. Or if he was merely on his way again to King Stephen.

They did not have long to wait. Eleanor sent a page down into the courtyard below with the order to admit him. The water gate creaked upward, drawn by the heavy pulleys, and the barge that had carried him in before bounced on the choppy water again. Elizabeth watched him give his arms to the red-shirted Harlowe man who went ashore first, much as he'd done when she'd taken him prisoner by ruse. Leaving all but a squire and Wee Willie behind, he stepped onto the bobbing barge. The polemen dipped their long poles to push off from the bank, bringing the barge directly beneath where she stood. As she looked down, the canopy flipped over in the wind, affording her a clear view of his ruffling black hair. His finely embroidered black surcoat flapped about him as he stood, ready to come ashore. Blazoned on the front a gold bear stood, its teeth bared in menace.

"Do you go to greet him?" Walter asked.

"Nay." She hugged her arms still more closely and shook her head. "He is come to see Eleanor of Nantes." Despite the cold that reddened her cheeks and gave her sniffles, she added, "I'd walk longer upon the wall. But 'tis your duty to greet him, and I'd not keep you."

She turned to look again to the glittering mesnie gathered across the river that waited to be ferried inside. Aye, she was a coward, and he'd know why she did not come, but she'd not let him cut up her peace again. Even now, when she closed her eyes she could see again the intensity of those black eyes, and she could feel again the way she'd felt when he held her. To put him from her mind at night, she had to force herself to remember how it had been with Ivo.

And that she could not stand. Ridding herself of his mocking memory had been too painful.

The barge landed scarce fifty feet below her, and she was drawn to look down again. Jesu, but he was a fine-looking man in the flesh. A fine-looking Butcher, she reminded herself fiercely—aye, that was what he was. She forced her thoughts away from the man himself to wonder why he'd come. Pride did not seem to be enough to make a man ride for days amongst his enemies. She drew deeply of the chill spring air, then exhaled slowly. Nay, it mattered not to her why he had come. Turning away, she walked deliberately along the twenty-foot-wide wall toward the guard tower.

He'd expected the dowager to receive him in the hall, but Walter of Meulan escorted him to the solar. Pretty maids, including the girl he'd danced with before, looked up from their needlework curiously as he entered the well-appointed room. Eleanor stood when she saw him and nodded dismissal to the maids. They passed him, their eyes lowered demurely, then he could hear them whispering and giggling on the stairs.

He approached her, dropping down on bended knee in front of her. "Gracious lady," he murmured. "Your pardon for coming into your presence thus."

"Nay, sit you down that we may speak, my lord. I own I'd thought Dunashie far from here, but perhaps you journey once again to Stephen's court?"

"Nay." He rose awkwardly, encumbered by the heavy mail, and took the cushioned bench she indicated. "I am come for Elizabeth," he admitted baldly. "I'd wed her."

For a moment Eleanor stared, then she recovered. "For revenge?" she asked quietly. "Or is it that you'd have her for herself?"

"Because I'd have no other." He'd half expected the old woman to laugh in his face, but her expression was quite sober. "You must think me a fool," he added when she said nothing.

"Nay. She is very comely, my lord."

"Like none other."

"I have not the giving of her."

"Her father is not here."

Despite everything she knew of him, Eleanor felt drawn to Giles of Moray. While she doubted not he was a hard man, she now sensed a surprising vulnerability behind those black eyes. Despite his fearsome reputation, there was a determination about him that somehow reminded her of Roger. But he'd come for naught, she knew. Aye, both Elizabeth and her father would be certain to refuse him.

"Guy would not force her to take another husband even if he could be brought to favor your suit, my lord. He leaves the choice to her."

" 'Tis why I am come. I'd know if she'd have me also."

She hesitated, wondering whether frankness would serve both of them best. Choosing her words carefully, she tried to explain Elizabeth to him. "She has a distaste of marriage. While she does not speak of him, I am certain you know her lord displeased her greatly. There was not that between them that she expected, I suppose." Her dark eyes met his again. "Unless they sing not on the border, you must know my husband loved me greatly, and for me there was no other."

"Aye, who has not heard that he fought Belesme for you?" he answered, smiling.

"And so it is between Guy of Rivaux and my Cat, my lord." She hesitated again, sighing softly. "Thus Elizabeth had reason to expect to be valued, and I think she was not. I doubt she can be persuaded to take another husband, not even one who could match her in birth. I fault Ivo of Eury for many things, I think, but most of all for Elizabeth's high temper. Ere she wed with him, she was a pleasant girl, one any lord should have counted himself content to have had." She stared unseeing, her eyes distant, remembering the young girl who'd departed for Eury with such hope, then she looked back to Giles. "Nay, neither Guy nor Cat—nor I—would see her harmed further, my lord."

Despite her words he sensed a certain sympathy in her dark eyes, and he decided to speak frankly, gambling for her support. "Lady Eleanor, I know not what you know of me, but 'tis true I have been twice wed, once to a girl who died ere she was bedded, and I mourned her for what she could have been to me." He exhaled slowly, heavily, before going on. "The second time I wed Aveline de Guelle for the dowry her father offered. Between the night I took Dunashie and the day we were wed, I saw her but once, but I was pleased enough. She was small and comely—I could span her waist with mine hands." His mouth twisted into a bitter smile as he shook his head. "Alas, but she was afraid of me. 'Twas her father that would have her wed me."

"I am sorry."

"Nay, the fault was mine. The deed was done, and there was no help for it. I tried to discover blood between us within the forbidden degree, that we might be freed from each other, but her sire would not hear of it. Like me, he saw naught but the land between us." Drawing another deep breath, he went on. "Any heirs I would have, I had to get of her or my house would die ere 'twas founded. 'Twas that or that I live as a monk, which I would not do."

"Lord Giles . . ."

"Nay, you may hear the tale anyway, and I would that you heard it of me," he interrupted her, his voice flat and toneless. "She died shortly after she conceived, and there were those who said 'twas by my hand, Lady Eleanor."

"Sweet Mary."

"God forgive me, but I did not grieve for her. In the end she gave me no sons, and I gave her no kindness. The fault was mine," he repeated low. "But I swear to you that I did not kill her." He held out his hands, the scarred palms open for her to see. "I was tried by ordeal, my lady, and judged innocent of her death." Looking down at the ugly marks, he shook his head. "They did not fester until after I left David's court."

"Did you tell Elizabeth?" she asked, knowing he hadn't.

"A man does not tell a woman that his last wife quaked and wept at the sight of him—or that if he did not kill her, he was at least guilty of wishing her dead. In penance, I have taken no other since, and I will lie with none unwilling."

"Nay, I suppose you could not." Eleanor sighed. "But why do you tell me this, my lord?"

"This time I would have more than that."

"From Elizabeth? Nay, but—"

"It is not in Elizabeth of Rivaux to fear, and she is not small." His black eyes were intent, his voice earnest as he leaned forward. "I am not a poor man, Lady Eleanor—I hold five castles and eight manors of Scotland and England."

"Still . . ."

"I cannot match her in birth, 'tis true, but I can give her that which she lacks. I can give her sons and daughters of her blood." He searched her face, hoping she understood what he asked. "I'd have your support with Guy of Rivaux."

"Sweet Mary, but I cannot answer you, my lord. She—"

"As you have said, her temper is not the best," he added in understatement. "But I am willing to take her as she is."

"She bore no children to Ivo, and—"

He raised a hand to still her. "I am not Ivo. Aye, I expect her to deny me. I did but want you to know why I offer." The corners of his mouth drew up into a rare smile. "If 'tis nay she says, I'll not accept it. I mean to have her, Lady Eleanor."

His words, though courteously said, reminded her of Belesme. But there was no madness in his eyes. "Guy will not allow it," she said flatly. "He'll not see her wed where she does not wish."

"I'd ask her—I'd see her, and have her tell me herself." He rose, facing her. An earnest, almost boyishly confident smile lightened the harshness of his face and warmed his eyes. "I mean to win her by whatever means it takes me."

She knew not how or why, but suddenly there was that again which reminded her of Roger. 'Twas the determination, or mayhap 'twas that he said he wished to win Elizabeth, but for whatever reason, in that moment, she liked him. It was time that Elizabeth learned there was more to a man than his supposed lineage. Aye, and if he even suspected the blood that flowed in her veins . . . She dared not think it.

He took her silence for denial and dropped his hands at his side. "I'd still see her," he repeated heavily.

"Aye," she answered finally. But it would be a rough wooing, and for once she was glad that Guy was far away. "I will send for her, my lord."

To Elizabeth it seemed as though she had walked for hours, her arms tightly clasped before her, wishing he'd go away and knowing he meant to stay. Finally, when she could stand the cold spring wind no longer, she started down the outside stairs of one of the rear towers.

"My lady?"

She looked up, seeing one of Eleanor's pages come upon the wall to find her. She waited for him to catch up. He hurried down the steps as fast as he dared, blurting out breathlessly, "You are bid by your grandmother to come."

"Jesu! I'd not see the whore's son, I'd not!"

He hung back, unsure of himself. "Would you have me say you do not come?" he asked nervously, afraid she meant to shout at him. "She did but say—"

The thought crossed her mind that she had no reason to fear him, that she was in truth in her father's keep, surrounded by Harlowe's men-at-arms. And she had no right to be a coward—she was Guy of Rivaux's daughter.

"Nay. I come."

And yet as she crossed the courtyard she could not help thinking she looked little better than one of the tiring women, for she wore none of her finery. Climbing the winding stairs to Eleanor's solar, she paused to comb her tangled hair back from her face with her nearly numb fingers. To make matters worse, her nose ran from the cold. Sweet Mary, but she'd not have him see her like this.

Giles turned around as she entered the long room, stopping his conversation in mid-sentence. Her long black hair streamed in wild disorder over her shoulders, and her eyes were even greener than he remembered. And despite the wildness of her appearance, she was more beautiful than the memory his mind had carried of her.

Ignoring him, she walked to Eleanor and made her obeisance gracefully. "You bade my attendance, Grandmere?" she asked politely.

"Aye," she answered. "Lord Giles desires speech with you."

"Nay, he cannot—I—" Her heart thudded painfully beneath her ribs, and her breath caught as she looked at him. An unreasonable anger welled deep within. He had not the right to do this to her.

"Lady Elizabeth, I'd walk apart with you, and it please you," he cut in quickly.

"It does not! Jesu, but what brings you back?" she demanded querulously. "Does Dunashie not require your attention? Have you no other place to be?"

"Aye." He looked to Eleanor. "I did but beg to be heard ere I go."

"There's naught that you—"

"Liza, I have said you will listen," her grandmother interrupted her. "And I'd leave you alone that he may speak. My lord, I wish you well." The old woman rose quickly lest the girl should argue the matter.

Elizabeth did not want to be left with him, but her pride would not let her betray the unease she felt. Moving to the narrow window she unlatched the shutter, opening it to breathe in the cold spring air. As her grandmother's last footsteps sounded on the stairs she swung around to face him, parting her suddenly overwarm mantle to hook her thumbs in the plain girdle that held her gown at her hips.

"Why are you come back, my lord? It cannot be that you expected a welcome of me."

He'd meant to be more conciliatory, but her tone gave him her answer. "I'd wed with you, Elizabeth of Rivaux," he said simply. And as those green eyes widened in disbelief, he nodded. "Aye."

"*What*? Holy Jesu, art mad?" she choked. "Have your brains baked in your helmet? Nay, afore God, I'd not hear this!"

She started to brush past him, but he caught her arm and held it. "Aye, you will listen—I did not ride four days for naught."

His black eyes had gone hard, and for a moment what she saw in them frightened her. And once again she used anger to shield that which she would not have him see. "Do you dare to think yourself a match for Rivaux's daughter? Nay, but you are not! A lord of Dunashie? 'Tis as naught in my father's eyes! God's blood, but you would aim high for yourself, Sir Scot!" she hissed scornfully. "I was wed to the heir of a county as was my right, do you hear? And you would think I'd mingle my blood with yours?" She jerked her arm, trying to get away from him.

His fingers tightened almost cruelly for a moment, revealing the surge of anger he felt, but his voice was even. "Nay, Elizabeth, but I am not done with you—you'll hear me civilly ere you answer. I did not come all this way for naught—I'd have you know what 'tis I offer you."

But she was determined not to listen. "Loose me lest I call for aid! I ought to have you hanged for the insult you offer me!"

There was no help for it, then. He'd not wanted it to be this way, not at all, but he knew that if he left without her he'd not be welcomed again at Harlowe. Telling himself that she gave him no choice in the matter, he relaxed his grip enough to slip the knife he'd concealed from his sleeve. She twisted and lunged free, breaking his hold briefly.

But before she could flee he caught her again, and this time she felt the cold steel where it pressed against her throat. The hair at the nape of her neck prickled with fear. She ceased struggling and stood very still.

"You could not let me do this rightly and honorably—you could not make this easier for either of us, could you?" he demanded, his voice harsh behind her ear. "Jesu, but you have chosen the difficult path." It was as though he spoke to stone. "You mistake me, Elizabeth—I am no Ivo."

"You came unarmed," she whispered lamely.

"Think you are the only one who can lie?" he gibed as his other arm slid around her, pinning her back against him. "One ruse is deserving of another, don't you think? 'Tis no worse than taking prisoner one who has aided you."

"You'll not leave Harlowe alive, I swear it."

"Either way you go with me—to Dunashie or Hell." As she stiffened he leaned closer, until his breath sent a very different shiver down her spine. "Whether you choose to believe it or not, 'tis more than your father's wealth that I would have, Elizabeth—'tis you that I desire."

She had to close her eyes, even though he could not see them. "Mother of God, my lord, but I'd not do this. I cannot," she whispered, swallowing.

"I would that I had the time to dispute with you, but I have not. We tarry when we ought to ride, for 'tis a long way back across the border."

"Nay."

"Aye."

He backed toward the door, his knife at her throat, then slowly turned around to put her before him on the stairs. "To me! To me! To Rivaux!" she cried out before he covered her mouth with his other hand.

"God's bones, but you are a stubborn wench," he muttered as a dozen men started up the winding steps. "Nay, and you love your lady, you'll go back down!" he shouted. "Any who would come up watches Rivaux's daughter bleed!"

They retreated as he half pushed, half carried her down to the hall below. At the bottom he faced Walter of Meulan, ordering, "I'd have the barge, and the first man who moves against me or my men has the blood of Rivaux on his soul."

"Do not listen—he'd not dare!"

His hand, which had slipped, covered her mouth again, silencing her. The guard Gervase moved forward—and Elizabeth stiffened as the knife blade pricked her skin. A thin, red trickle ran from beneath her jaw. The man-at-arms went white and stepped back.

"My lord, I'd not have you take her thus. Nay, but if you would but wait. . . ." Eleanor of Nantes' dark eyes were troubled as they met his. "Guy will not rest until you are dead."

"Tell him I'll not harm her further." He glanced around the room at the silent, sullen men, then to the cowering women at the end. "I'd take a woman to serve her. I'd not have her alone amongst naught but men."

She knew he'd gone too far to turn back. If he released Elizabeth now he'd not leave Harlowe alive. "Aye. Helewise will go. Get your cloak," she directed the tiring woman.

It came home to Elizabeth then that he was in truth taking her with him, and that there was none who dared stop him. He held her against the hard links of his mail, one hand still clamped tightly over her mouth, his arm blocking her shoulder, while the other kept the knife blade resting cold against her flesh. Once the woman Helewise returned, he again moved to where Willie held the heavy door.

Unable to watch where she trod, Elizabeth stumbled on the cobbled stones. Cursing low, he swung her up into his arms and carried her toward the barge. Desperate now, she sank her teeth into the flesh between his thumb and forefinger and held on, tasting the salt of his blood. He did not so much as miss a step.

"Turn loose," he growled as he stepped onto the rocking vessel. "I'd not want to hurt you." When she did not comply, he eased her down with her teeth still embedded. Then, tossing the knife to Willie, he slapped her with the open palm of his other hand. When she cried out in surprise, he jerked away. Blood dripped from the bite. "Art a witch, Elizabeth of Rivaux," he told her. Incredibly, he was smiling on her.

"You cut me!"

"And we are even." Pushing her onto one of the seat cushions, he sucked on his hand, then spit the blood into the water. "I'd not be poisoned," he explained. He leaned over her to tear a piece of silk from one of the billowing hangings. "Spit on this." he ordered.

"Nay."

" 'Tis my spittle or yours," he murmured, shrugging. To demonstrate, he spat onto the corner, then lifted her hair to wash the blood from her neck. "Tis but a scratch, and I am sorry for it, but you made it impossible to get you out without drawing blood."

"You could have killed me," she muttered, pushing his hand away.

"I was careful."

"I'd not go," she argued desperately as the barge was slipped from its mooring. "Leave me, and I'll see you are not followed."

"You have not the choice."

"Jesu! My father will send you to Hell for this!" she spat at him. "Do you know you cannot escape his wrath?"

Dropping down beside her, he looked over to the poleman, who stared curiously at him. "Tell the countess that if Count Guy would have his daughter safe, he'll not come for her." He leaned back, stretching his long legs before him. "Aye, and tell her also that if the firstborn is a girl, I mean to call her Eleanor."

"God's bones, but you are a fool! You have imperiled yourself for naught, for I am barren."

"Mayhap," he agreed cheerfully. "But you'll hold your tongue else you'll ride over my saddle like my kill. I don't favor an intemperate woman."

"You'll hang for this—your head will gape over Harlowe's gate."

"I'm told 'tis hard to carp when your mouth lies below your limbs overlong," he countered.

The borderers cheered as the barge eased into the slip on the other side. Without waiting for the pole-man to tie it to its moorings, Giles pulled her up and lifted her onto the bank, steadying her as her soft-soled shoes slipped on the mud. Wee Willie gave a hand to the frightened Helewise.

A man brought Moray's big black forward. "Well, Elizabeth, which is it to be?" Giles asked her. "Would you ride with your feet or your head down?"

"My lord, I cannot leave here," she pleaded. "I gave mine oath to defend Harlowe, and now that my father repudiates Stephen, I cannot go. I am sworn to stay."

"God will absolve you—I gave you not the choice."

Cupping his hands, he waited for her to step into them. "I'd not want to beat you," he warned when she still hesitated. "I am not a gentle man, Elizabeth. I'd treat you well, but you try me sorely."

She looked around her, seeing the mounted retinue that gathered into formation. And beneath the polished helms there was not a face that betrayed the least pity for her. She caught Giles of Moray's arm to steady herself as she raised her muddy slipper to his hands. As tall as she was, he had no difficulty throwing her in front of his saddle. He caught the high-banked pommel and swung up behind her.

" 'Tis as well we are not to be followed," he observed as he settled his body into the saddle. " 'Tis the most weight my horse has carried."

She looked down at the muddy hem of her mantle where it lifted to her knees. "And I have naught so much as another gown," she muttered bitterly. "I'll warrant there's no robe at this Dunashie as will fit me."

"Then I suppose you will wear mine until the matter is remedied," he told her, slipping his arms around her to take the reins. Nodding to Willie, he said, "We are for Wycklow first, for 'tis closer."

"I'd nae tarry in England," the big man protested. "There's too many—"

" 'Tis Wycklow, Will."

"Aye."

Willie walked toward the back to retrieve his mount. "So he did it," Hob chortled, coming up behind him. "God's bones, but he stole her out of Harlowe itself—I'd nae believed it, but he did."

"Aye, may he nae live to rue the day," Willie answered sourly.

"He'll tame her—aye, he will."

The big man looked to where Elizabeth sat stonily before Giles on his horse. Swinging up into his own saddle, he shook his head. "Ye be as daft as he then, and ye believe it. 'Tis each other they'll have to tame. And," he added grimly, "God spare us the temper of either of 'em ere they are done."

Chapter Twelve

As if to make Elizabeth's life worse, the sun had fled but a few leagues beyond Harlowe, and the clouds had moved in, bringing a steady, dreary rain that had dogged the ride northward. Giles, fearing pursuit despite his warnings, had pushed them almost beyond endurance in his haste to reach the safety of Wycklow, his English stronghold, if it could in truth be called such. They had arrived after nightfall on the second day, but even then she could see 'twas a mean place compared to Harlowe.

She was bone-weary, hungry, cold, and soaked to the skin, and her temper was already strained beyond bearing by the time she surveyed the hole in the wall that Willie had led her into. Her face flushed ominously as one of the Wycklow retainers rolled out a straw pallet into the space, which was too small for standing.

"Afore God," she declared, drawing herself up to her full height, "I'll not sleep here, you misbegotten heathen! I'd have a bed, a fire, and a bath, sir—and I'd have them now! Aye, and you have my leave to tell your master I'd eat also! One chunk of cheese does not fill my stomach!" Looking past him to the chamber without, she saw men moving about setting up a bed and a wooden partition to shelter a tub drawn close to the fire there. "Nay, but you are mistaken," she decided, relieved. "You have shown me what you give Helewise. My bath awaits."

"The woman sleeps at yer feet," he grunted. "There." Again, he pointed to the tiny, cut-out chamber.

"Art deaf, fool? I said I'd have the bed!"

"An ye do, ye'll not sleep alone," he countered, his face breaking into a grin. "Aye, 'tis Moray as sleeps abed as lord here. As for the food, we came too late to sup, but I heard him order a loaf of bread and some mead fer ye."

Her eyes traveled contemptuously over the damp, moss-streaked stones, and she shivered anew. "Tell your master," she managed to repeat evenly, "that I require a bed, a fire, and a bath. Aye, and I'd have some meat, else I'll not sleep for the rumbling of my stomach." She turned to face him, willing herself to calm. "Jesu, but he cannot expect me to stay in this, else I'll not live to reach the walls of this Dunashie." Moving to where the pallet had been laid, she lifted a corner with the muddied toe of her ruined slipper. "And I do not sleep with vermin."

He shrugged and turned to leave. "Aye, I'll tell him, lady, but I'd nae want to hear what he'll say. 'Tis the devil's own temper he's got, what with a-riding all the way from Harlowe. Is there aught else ye'd have me ask of him?"

"Aye," she snapped. "I'd have a comb and dry clothes also."

" 'Tis further than ye he's ridden, for we are come from Dunashie to Harlowe also," he muttered. " 'Tis nigh six days in the saddle we've spent fer ye, Lady Elizabeth."

"I don't thank him for it," she retorted.

After he'd left she started into the large chamber, then thought better of it. Were she to speak to Giles of Moray himself, she'd not be responsible for her tongue this night. Instead she sat down on the small, lone stool and waited for the fellow to return with his answer.

She knew not when she'd been so cold or so tired. God's bones, but she knew not how any of them had stood the pace he'd set, for they'd traveled with bone-jarring haste, covering the leagues between Harlowe and this awful place as though they fled from the portals of hell. Long after his men began to grumble he'd kept in the saddle, riding ever northward until they'd arrived in deep fog before Wycklow's gates. She closed her eyes and saw again the grim keep rising out of the mists, a great black heap eerily shrouded in a swirling darkness.

She'd begun to think the border lord lacked the weaknesses of a mortal man, for he'd stopped neither to eat, to relieve himself, nor to rest until she'd protested that she could go no further. And then it had been but long enough to hand her a piece of hard cheese and direct her into a clump of trees for privacy, with the admonition not to tarry else he'd leave her to the wolves. And then back into the saddle again, to stay there until her body was numb and her mind too tired to think.

Looking down to where her gown sagged wetly about her knees, she bitterly regretted the day she'd taken him prisoner. If she could relive the winter, she'd not do it again. Now he was having his revenge by humbling her, by taking her away from Harlowe. Now she would not keep her oath to her father. A sick, hard knot tightened in her stomach with the realization that she'd failed: she'd not be there to defend Harlowe in Guy of Rivaux's name.

She had not long to wait. She heard heavy bootsteps, first on the winding, sloping stone stairs, then crossing the wooden floor of the chamber without. She sat very still as he drew near, for 'twas Giles of Moray himself who came.

The tiny room was too small for him to enter standing, so he stood just outside. To her surprise, he carried a heavy blanket.

"You sent for me, I believe."

"My lord, I've not been in such a mean place before," she grumbled. "Even the walls seep."

"For this you would speak with me?"

His face was hard, his eyes cold. Clasping her hands tightly in her lap to still her shivering, she shook her head, speaking with as much dignity as she could muster. "I sent your man to tell you that I cannot stay here, my lord. 'Tis wet and I do not sleep on straw."

Despite his forbidding expression, she raised her eyes to his. "Else you would have me ill, I'd have a bath, dry clothes, food, and a bed," she repeated more civilly than she'd spoken to Willie. "Aye, and a fire."

"Nay."

"Nay?" Her voice rose incredulously. "This is not fit for a serving wench!"

"You have not the ordering of my keep—yet."

"Jesu! You cannot mean to keep me here—you cannot! I cannot sleep in such a place!"

"Alas, but the only bed to be had is mine, Elizabeth." He favored her with a faint, mocking smile. "And you have made it plain that you have no wish to share it." His eyes traveled over her soggy gown without a trace of sympathy. " 'Tis late, but I suppose I could have the chaplain roused for a change of your mind."

"I'd as lief lie with a dog!" she replied crossly.

"As for the fire, the only vent is in my chamber, and I'd not be smoked out of my bed," he went on, ignoring her outburst. "Now—what else was it you wished?"

"A comb and a bath and a dry gown," she gritted out through clenched teeth. "And someday you will pay for the service you do me, my lord."

"Ask Willie for his comb."

As much as it galled her to say it, she shook her head and replied, "Nay, I'd have yours, my lord—you appear to have no lice."

"As you wish it."

"I wish myself back at Harlowe," she snapped, goaded by his manner. "But despite that, I'd still have my bath. Riding hours with one who stinks makes me want to cleanse myself."

Still he did not acknowledge the barb. "I have ordered my tub by the fire, Elizabeth. When I have soaked the cold from my bones you may use the water also."

It was an insult beyond bearing. "Nay, 'tis my right to go first!"

"You are not in Normandy, my lady," he answered

coldly. "And at Wycklow 'tis I who rules." Then, moving closer, he blocked the door. "Give thanks that I do not hand you a bucket of cold water and expect you to stand naked outside. You are fortunate I am not a heartless man," he added significantly. "Aye, and you wished it, I'd even bathe *you* willingly enough."

"Nay, but you would not dare!"

"Leave us," he ordered Helewise curtly.

Elizabeth's mouth went dry and the blood drained from her face. Involuntarily, she licked her lips to wet them. "Nay, I'd have you stay," she told the woman.

Helewise looked from one to the other, then hastily slipped past him, disappearing into the outer room. Elizabeth rose, considering her chances of escape, and her heart sank with the realization that there were none. Rubbing damp palms against her wet skirt, she tried to still the thudding in her chest as he reached out to her. His hand caught her chin, forcing her to look into those cold black eyes. The muscles in her throat constricted painfully, and she swallowed visibly, hoping he could not see the fear she felt.

"I dare, Elizabeth—aye, I dare."

Though his voice was little more than a whisper, the force in it sent a new shiver slicing through her. His face was but inches from hers, so close that every feature save his eyes blurred before her, and for a moment she feared he would kiss her again. But instead he warned her, "Do not dare me for what you would not have, Elizabeth."

"Unhand me," she said coldly.

Abruptly, he released her and stepped back, disappointing her. "I have a temper to match your own, you know," he added, turning for the door. "Warm yourself with the blanket, for I'd hear no more."

"Sweet Mary," she whispered to herself after he'd left, "God aid me."

When Helewise did not return forthwith she picked up the blanket and wrapped it around her, then lay upon the straw pallet, trying to get warm. The greater humiliation was not what he'd said but that, as much as she told herself she despised him, she'd wanted him to kiss her. She'd wanted him to hold her. It was as though only her mind could recognize him for the enemy.

Passing Willie in the hall below, Hob grinned his wide-gapped grin. "And how fares Rivaux's fine daughter now, Will? D'ye think she'll have him?"

" 'Tis a while ere she's broken to ride," the big man answered tersely. "Meself, I'd nae have her e'en if she were King David's daughter." Then, leaning closer, he spoke for Hob's ears alone. "Ye'd best pray he don't get her, an ye have a son of Lord Giles t' rule Dunashie."

There was no light, for the candle flame had long since died, and the keep was silent save for the dripping of rain from the roof onto the stone courtyard below. And still Elizabeth huddled miserably within the blanket, unable to sleep. In the other room a man snored. She wondered if 'twas Giles of Moray. And her sense of ill-usage increased as the night wore on, so much so that had she a dagger she gladly would have used it on him.

He'd had his bath and his bread before his fire, whilst she'd gnawed on her tough crust alone in the cold, damp hole cut into the castle wall. And he lay upon a featherbed—for that she hated him the most—aye, that and the fire. Every time she shifted her aching body she smelled the dust from the straw in the sack beneath her, and it nearly choked her. Finally she gave up any attempt at sleep, devoting her thoughts instead to revenge. There in the darkest hours of night, she considered and discarded a dozen means of killing him, deciding none of them would punish him enough for what he did to her.

In the comfort and warmth of his curtained bed he tried hard to sleep, telling himself that she would in time accept his suit. But he was not now so certain as he'd been when he'd carried her from Harlowe. If naught else could be said of her she was a stubborn woman, far more strong-willed than any he'd known before. And far more beautiful. Aye, what mayhap had begun as revenge, as a desire to humble, had long since passed to something more. Mayhap 'twas his pride, mayhap 'twas his vanity that had first conceived taking Rivaux's daughter for wife, but now, whether Count Guy could be brought to dower her or not, he wanted Elizabeth of Rivaux more than anything.

But she would not be easily mastered—nay, she might never be mastered at all, he reminded himself. For she *was* different from the rest of her sex. Whether 'twas her blood or whether 'twas the tempering of the unhappy marriage, she was strong. Nay, but she would not cower beneath the bedsheets, white-faced and quaking, nor would she turn away and weep when 'twas over as Aveline had done. It was not in Elizabeth's nature to admit fear.

Aveline. Her death must have been a release for her, for how often had she remarked that in heaven there were no lusts of the flesh? Even now he could remember the hair shirts she wore in penance, not because she'd sinned so much but rather because she believed she had. How else could God have allowed her to be given to him? Poor Aveline. Too many nights he'd waited for her to finish her prayers, certain she petitioned God to free her from him. And every time he'd come home from battle he could see the disappointment in her eyes. Nay, but she would far rather have wrapped herself in widow's weeds.

Yet he had lain with her long after he'd ceased to hope they could love each other, for did a man not have to get a son? He could still remember praying that she'd conceive so that he need never again see the revulsion in her face. But she'd cheated him in that also, for her woman told him later that Aveline had practiced her simples to bring forth her bloody flux. And now he was not so certain that 'twas not her horror of bearing his child that had caused her death. When the flow had not come the last time she had brewed a far stronger concoction, or so her woman had said.

Staring into the darkness he could see her, he could

see her fear of him, and he could hear her whimper that he hurt her as she lay beneath him. Mayhap God had in truth made her too small. The guilt he felt washed over him anew, reminding him again that his hands had festered for what he'd done to her. He closed his palms, clenching the scars that proved he was damned. Aye, if he'd not done the deed he'd wished her dead, and 'twas the same. And had not David pronounced him innocent too soon, the world would have called him murderer. But David had been loath to sacrifice a loyal vassal for a woman already dead. As in the matter of Dunashie itself, the Scots king had proven to be a practical man. It mattered not to him that his liege man now had two stains on his soul.

Nay, he'd not still be haunted, Giles told himself fiercely, rousing on his elbow to stare into the dying fire. With Elizabeth, 'twould be different—she'd not fear him. If she could but be brought to wed him, 'twould be a union of great passion, a union certain to produce sons strong enough to hold all he could win for them. For he did not believe she was in truth barren. Nay, if she'd not conceived, he'd almost wager Dunashie the fault lay not in her but this Ivo.

And for a moment he again wondered what it would be like to lie with a woman unafraid of him. Thus far only whores had writhed and panted beneath him, and they'd been paid for the service. And more than one of them had made crude jests about his size, as though they had not expected that to match the rest of him.

But Elizabeth was not a woman he could just take. The fact remained that, Lord Ivo's widow or no, she was still Guy of Rivaux's daughter. She had to come to him lawfully, she had to say the words that bound her to him. And he knew not how to make her do it. His treatment of her thus far had left her uncowed. She was still as defiant as a cornered animal, still ready to fight him rather than concede defeat.

He listened for a sign that she slept, but heard only the snores of Willie and the woman Helewise. Nay, but she lay in sullen silence, no doubt still too angered for sleep. Finally he could stand it no longer.

She heard the faint scraping sound as he rose, and she supposed someone searched for the chamber pot. There was a mumbled curse, followed by the rustling of clothes. Resolutely she rolled over, hugging her knees to her chest for warmth and trying not to weep, for she despised weakness. On the morrow she would be better, she promised herself. On the morrow she'd make him rue the day he'd thought to take her from Harlowe.

At first she thought 'twas Helewise who moved above her, but then he spoke, startling her from her thoughts.

"Get up."

"Nay, I'd not leave yet—it cannot be time to go," she protested. " 'Tis dark still."

"Get up," he repeated, leaning over to grasp her arm. "Jesu, you are wet."

"I have never dried," she answered evenly, jerking away.

"You'll sicken."

"Aye, and if I die, my father and my brother will hunt you down like the dog you are, and they will kill you," she muttered with some satisfaction. "There cannot be enough land in Scotland to hide you from Rivaux's wrath."

"Get you from those wet clothes and into bed."

She stared, trying to make out his face in the darkness. "As much as you would tempt me, I'd not be dishonored. Jesu, but you cannot think . . ."

"Nay, I go to the hall below." He caught her beneath her arm again and lifted her. "There are still some hours ere the sunrise, and I'd let you sleep."

She staggered as her legs, stiff and sore from the ride from Harlowe, refused to hold her. "Sweet Mary, but I ache," she muttered, clutching his arm for support, as he pulled her into the chamber.

"You should have taken the bath. 'Twould have eased you."

"I get in no one's dirty water," she retorted. Before

she knew he meant to do it, he'd stripped the blanket from around her. "Nay, I freeze." And then she felt his fingers on the lacing beneath her arms. "You do not dare," she protested, stiffening too late. But he pushed her forward over his arm, and pulled the wet wool roughly over her head. When his hands went to the linen undershift she struggled furiously, twisting and kicking at his legs to no avail. Pinning her against him with one arm he stopped to slap her hard, and as tears stung her eyes he growled, "Do not be a fool, Elizabeth." And as tall and strong as she was, she was no match for him. Even as she tried to scratch at his eyes she heard the linen tear and the seam give way, and then she was naked.

"I'll fight," she promised, panting.

Deep shadows chased across her face and her eyes reflected the light eerily. His eyes traveled from her face downward hungrily, taking in what he would have. Her body gleamed like alabaster, illuminated by the faint orange glow of the waning fire. His mouth went dry as his body warred with his rational mind, demanding the ease of his desire. Blood pounded in his ears as the heat flooded through him. With an effort, he forced his gaze away. His voice, when he spoke, was strained, betraying the turmoil within him.

"Nay, I'll not harm you—I've taken none but Aveline unwilling, and I'd take none other like that." He released her, pushing her toward the bed. "You'd best sleep, for 'tis another long ride to Dunashie, and I'd not be late to my wedding feast."

"If you take no woman unwilling, you wed alone," she taunted as she scrambled beneath the warmth of his covers.

"Do you never get lonely with naught but your bad temper to warm your bones?" he countered.

"Never," she lied.

It was not until she heard his footsteps fade in the stairwell that she saw the glow from the fire, and she knew what he'd seen. It did not matter, she told herself, for at least she now had the bed. Still shivering, she burrowed into the depths of the feather mattress, feeling the warmth left from his body. And for that a traitorous gratitude crept over her.

Although the chill ebbed from her bones, she was still slow to sleep. With naught but Willie's snoring and an occasional pop from a green log to break the silence, she lay on her side, staring long into the fire. He had no right to do this to her—he was but lord of some pile called Dunashie, whilst she was daughter to Guy of Rivaux. Even if she would—which she would not—she could not wed him. She owed her blood more than that.

And yet as she absorbed the heat left by his body, she could not deny the aching loneliness she felt. She could not deny that there was that within her that longed for a man's embrace, there was that that envied Gilliane de Lacey Richard's love. But such passion had been denied her, and she was no longer a little maid filled with foolish dreams. Nay, but Giles of Moray was no Richard. There was no tenderness in him, no gentleness to temper the hard man without.

Resolutely, she tried to remember Ivo, to see again the young man she'd wed. He was too comely for a man, her mother had said in jest—sweet Mary, but she wished now they had listened. Aye, he was too comely, she remembered viciously. As painful as it was she forced herself to recall how it had been—how he'd vomited when his father made him do his duty to her. The marriage had been Reyner's wish, not his, he'd told her in the beginning. But for Reyner the dowry was not enough—there had to be an heir. And the more he pushed his son the more Ivo had turned against her, making her the symbol of all that was wrong in his life. Reyner made his son miserable, and Ivo transferred that misery to her. But in the end 'twas Ivo who had warned her that his father meant to get a child on her if Ivo did not. It was Ivo who'd sent her to the chapel the night Reyner meant to come to her. Even Ivo had his pride.

Nay, she could not find any sympathy for her young husband—she'd not forget how he'd given her bride gifts to those strutting peacocks he called "friends," how he'd ignored her, not for willing women, but for men. Jesu, but she could have suffered a mistress better. Even now, the barbs he'd flung at her still wounded: she was overtall—"the great mare of Rivaux," he'd called her whilst his favorites laughed at her. And she, a lonely girl, homesick and far from Rivaux, had lain awake nights afraid of Reyner, wishing she were a man. Nay, the passing of years could not dim the humiliation of her marriage to Ivo.

But as the fatigue in her body gradually overtook the agitation of her mind, it was neither Ivo nor Reyner who plagued her. As she finally slipped into sleep, it was the borderer's black eyes that mocked her and his strong arms that held her. And 'twas the heat he'd left in his bed that warmed her. In the end she wrapped her arms around his pillow, feeling again the hardness of his body against hers.

Chapter Thirteen

She came awake slowly, only dimly aware that 'twas morning. Lying on her side, her eyes still closed, she remembered where she was with sinking heart. Wycklow, they called it, when in truth 'twas little better than hell. And today they rode on toward Dunashie, some dreary, forsaken pile of stone on the border between the heathen Scots and the English.

But as her mind groped to orient itself to her situation, she sensed with a start that she slept not alone. The steady, rhythmic breathing she heard was not her own, and for a moment, she supposed Helewise had dared to creep into the featherbed for warmth. Ah, well . . . she would not punish her, not after what she herself had endured—and not when she was grateful for the heat the woman provided. Aye, she did not want to rise, to leave the soft mattress for the cold room. And she'd not face Giles of Moray again any sooner than she had to.

"Helewise," she finally murmured, "I'd have you seek a gown for me, for mine is ruined."

There was no pause in the even breathing, and for a moment Elizabeth considered rising to get her discarded wool dress, but then she remembered that Giles of Moray had ripped her undergown. Nay, 'twould have to be Helewise who asked, for she'd beg nothing of him. She rolled over to waken the woman, and her heart almost stopped.

His black hair curled against the pillow and his face was young, boyish, as he slept. His eyes, closed beneath faintly purple lids, were fringed by his thick black lashes. Dark stubble followed his jawline and circled a well-formed mouth. His breath was soft, almost caressing, where it touched her face. And without the mocking smile, without the coldness in his eyes or the hard set to his jaw, he was as handsome as any she'd seen—aye, as handsome as her brother. 'Twas the hardness that marred his looks when he was awake, she realized. Now there was no sign of the Butcher—only of a flesh and blood man.

And she felt oddly drawn to him, as though she would touch him, but she dared not, for the harsh lord she knew would return when he waked. For a long moment she studied him, and dared to wonder what it would be like to lie with him. Nay, but the man who lay beside her was no Ivo, no boy with a taste for men. Her eyes traveled the length of him, measuring the body that pinned the covers beneath his clothes. He was in truth one of the biggest men she'd ever seen. Here was a man whose own height made hers less marked. Here was a man stronger than she. Here was a man who could make her afraid, not of him so much as of herself. And it was that fear that angered her.

"Get up," she muttered. "Would you have your household see that you have dishonored Rivaux's daughter?"

The black eyes flew open, followed by a smile that did not mock her. " 'Twas too cold to stay below in the hall, and your pallet was still damp from your gown." His eyes lingered where the covers slipped from her bare shoulder. "And as tempting as 'twas, I did not crawl between the sheets," he added, yawning. "I put another log on the fire instead."

"Jesu, but what is everyone to think?" she hissed, trying to move beneath the pinned coverlet. " 'Twill be said you make me your leman!"

"None were here but Willie and Helewise. And"—he rose up on one elbow to lean over her, favoring her with a wicked grin—"and I know not how Ivo did the deed, but I would expect the noise we would make to waken them." Then, seeing her face redden, he relented. "Nay, Elizabeth, they know I did not take you." Reluctantly, he rolled to sit on the edge of the rope-hung bed. "Sometimes I wonder if Ivo did the deed at all, for you are as skittish as a virgin." When she did not answer he rose and stretched sore, tired muscles. "God's bones, but I would that we did not have to ride today."

"I'll not sleep in that hole tonight," she snapped.

"Nay, I'd not ask you." He swung around suddenly, and his expression had grown serious. "Elizabeth, I know I am not what you would have—nay, hear me before you speak—I am a hard man, and I admit it freely. But if you would wed with me, I'd honor you, I swear it. And whether you believe me or no, I tell you that you would want for naught."

"Nay, I—"

He raised his scarred hands in a gesture of silence. "I'd finish ere you answer," he interrupted her. "While I cannot pretend to the power of your father or to Rivaux of Celesin, I am not without wealth, Elizabeth. And a war comes now, a war where the rewards can be great. I mean to win for my blood whatever I can—I ask you to believe that."

"Fighting for Stephen!"

"Fighting for myself—I care not who sits on England's throne. I care more what I leave my sons, what I send with my daughters." Moving closer, he looked down where she held the covers against her breasts, and his voice grew earnest. "Elizabeth of Rivaux, I can give you those sons and daughters—between us, we can make fierce sons and proud, willful daughters for Dunashie. You do not need to wither and die without issue, Elizabeth. You do not need to be pitied for what Ivo of Eury did not give you. You do not need to sit a widow in your father's house. Dare to be what God made you—let Him make of you and me more than either of us alone." He stopped, aware of the fear in her green eyes, and he dropped his hands to his sides. "Nay, if you are afraid of me . . ."

" 'Tis not you I fear," she answered simply. "And if I am to ride, I'd rise and dress. You promised me a robe of yours, I think."

"Aye." She'd evaded him, not answering his suit this time, but neither had she denied it. He stepped back, unwilling to press her further, unwilling to force her to tell him nay again. "Helewise may get what you have need of from my boxes. I keep clothes here for when I am come." Settling his shoulders to ease the tension he felt, he turned to leave. "Think on what I have said, Elizabeth—wed with me and I will give you fire. You'll not need a blaze in the hearth to warm your bones and your blood at night. And if 'tis your barrenness you fear," he added, "I can only say again that I am not Ivo of Eury. If the fault was his, then we shall make sons. If 'tis you, I'll accept that also."

After he'd left she sat very still, her covers still clutched to her breasts. And for the first time since her bitter disappointment of Ivo she wanted to believe she could be loved, she wanted to know the strength of a man's arms holding her.

You do not need to be pitied for what Ivo of Eury did not give you. You do not need to sit a widow in your father's house. His words echoed in her mind, touching again the nearly forgotten pain, the humiliation of her marriage and her subsequent return to Rivaux, where many thought she'd merely failed in her duty to her lord.

It was as though this hard, battle-scarred man had seen what she'd kept hidden these last years. And she did not want to wither, dear God, she did not . . . but neither did she want to put herself wholly in the power of a man again. And yet there was that within her that longed to be as other women, that part too long denied. There was that in her that envied her mother and Gilly for what they had. There was that in her that wished for a babe of her own to hold and to cherish. She closed her eyes and saw Amia of Beaumaule at Gilly's breast, heard Gilly's soft voice singing to her daughter. And even as she saw them again, her brother bent over them, his expression warm with love for both.

Nay, but she could not—would not—think this way.

She dared not dream again—not now. She was sworn to defend Harlowe, not to go to some distant keep. Besides, he was naught but a petty baron, and she was the daughter of Guy of Rivaux and Catherine of the Condes. In her veins flowed the blood of Brione, of Rivaux, of Nantes. She was too far above him in birth to give her body to him, to give his sons her blood. It was an outrage to even think such a thing. Elizabeth of Rivaux could not be as a chattel in Giles of Moray's poor border keep. It was unthinkable. She knew naught of whence he had come. He was not even of the Earl of Moray's blood—or if he was, 'twas through bastardy, she'd warrant.

"My lady?" The tiring woman peered timidly around the landing. "His lordship sent me away," she tried to explain. "Now he would have me come back."

"Aye."

"He did not harm you?"

"Nay."

Helewise appeared relieved as she moved into the room. "I did not want to anger him."

"Nay, 'tis all right." Elizabeth swung her legs over the side, touching her feet to the cold floor. "Jesu, but he ought to have ordered a new fire." Then, nodding toward the carved boxes that lined one wall, she directed the woman, "Look in those and discover something for me to wear. I'd have a long tunic, an undertunic, and a belt. Aye, and stockings also, if there be any." Then, seeing Helewise hesitate, she shook her head. "Nay, but he said I could wear his clothes." Looking down at her long, bare legs, she added ruefully, "Indeed, but there's naught else to fit me here."

"Aye, my lady." The plump woman moved to open the boxes, peering inside curiously, fingering the garments that lay wrapped between silk tissue. "What would you favor?"

"Anything warm. I'd not freeze again."

To Elizabeth it seemed she waited overlong, but she held her tongue, knowing that poor Helewise could not have slept much either. Finally, the woman came back bearing a long tunic of soft blue-dyed camlet, banded at the neck, hem, and wide sleeves with embroidered silk. It was the sort that he would wear at home when there was no need for mail. On her other arm Helewise carried an undertunic of white linen.

"You found no stockings?" Elizabeth queried as she examined the clothes.

"Nay, but I hung yours to dry."

Satisfied that neither Willie nor his master lingered nearby, Elizabeth stood, letting the bedclothes fall from her naked body. And as cold as it was she looked down again, this time seeing the firm, well-rounded breasts set high, and the flat belly, wondering despite herself what he would think of her. Slowly she reached for the undertunic, pulling it over her head and letting it fall over her hips. Then she bent to allow Helewise to lift the robe over her head. As it enveloped her, she had the satisfaction for once of wearing something too big. It was larger even than her grandsire's. Holding her hands out, she waited for the woman to turn back the sleeves to reveal the fine linen underneath. And she wondered if he'd ever worn the clothes she wore now.

"His lordship's temper is improved," Helewise remarked as she worked to even the cuffs.

"Alas, but I cannot take credit for that," Elizabeth murmured in answer.

Moving to a low bench, she sat for the woman to do her hair and stared unseeing across the dim room, her thoughts still on Giles of Moray. Unlike those others who paid her lavish compliments to gain her hand, he'd been straightforward. And he wanted her—as much as that frightened her, she could see it in his eyes. It was as it had been when she was but a child too small to remember much else, but she could recall the fascination, mixed with fear, she'd had with fire. Aye, so it was with her fear of him. It was odd that he'd said he would give her fire, for he could not have known what that meant to her.

She clasped her hands tightly in her lap and leaned

forward as Helewise worked the comb through the tangled mane. What she feared most, she admitted to herself, was that she was not as other females, for had not Ivo turned away from her in disgust? Aye, that and the fact that she could not let any man humiliate her again. She'd not see pity in the eyes of her own servants again. Nay, if she went to a man, she'd go on her terms.

Suddenly, it was as though the answer came to her with astonishing clarity. And if Moray accepted the impossible plan that she would propose, she need not cease to be her father's daughter, she need not fail her oath, and yet she would know what it was to lie with a man. And she would use her rank to save her from humiliation.

Abruptly, Elizabeth pulled away. "Nay, 'tis all right. I'd finish the combing myself, for 'tis so tangled you give me tears. I'd have you find the one called Willie and ask that his lord attend me. Later, when all else is settled, I'd have you plait my hair ere we ride."

"I don't—" the woman began nervously.

"Aye, he'll come." Elizabeth moved restlessly to the closed arrow slit, but did not unlatch the shutter that covered it. Her body and mind were both so taut that she feared to break into pieces. "Go on," she urged Helewise, knowing that if the woman did not hurry, she could well lose her resolve.

"What shall I tell him?"

"Tell him I have his answer."

When she was alone, she wondered what she was doing. To hide her agitation even from herself she crossed her arms, sliding her hands into the wide sleeves to hold herself, and paced the rush-strewn floor. She hoped he would come quickly—ere she found herself unable to do it.

And when at last she heard his footsteps on the stone stairs, her hands and feet went cold. Her palms were damp, her mouth dry as he came through the arched doorway. He stopped, watching her almost warily. The thought crossed her mind that he would not make this easier for her.

"My lord," she began in a voice that sounded alien to her own, "in the absence of my father, I'd negotiate my marriage." Then, before he could speak, she hastened on. "There is much to what you have said to me, and I accept it for the truth. I will take you for my husband, Giles of Moray—on condition."

He stood, rooted to the floor, scarce able to believe what he'd heard. But she faced him, her head held high, her green eyes fixed on his face, waiting. And he knew there was none to compare with her, not in Scotland nor in England—nor anywhere else on earth, he was certain of that. And whatever she cost him, he'd pay it gladly to have her for his wife. He breathed deeply to clear his head before walking across the room to her, hoping her words were more than a ruse to effect her escape.

"Name your conditions."

He'd stopped but two English feet from her, and there was nothing lover-like in his voice or his mien to encourage her. Her heart pounded loudly in her breast, its beat reverberating in the pulse at her temple so loudly that she scarce could think. She sucked in her breath, then plunged ahead with her preposterous offer.

"I will wed with you if you will allow me to return to Harlowe."

" 'Tis a trick," he retorted harshly. "Nay."

"My lord, I am sworn—"

" '*My lord, I am sworn,*' " he mimicked. "Jesu, but you must take me for a fool, Elizabeth! What do you think to do? Would you plead you were forced?" he gibed. "Nay, but you will stay with me. I'd not let you go to hear you have appealed to Holy Church to set your vows aside."

Her chin came up. "If I conceive, I'd bear my babe there, my lord—I'd be with my grandmother then."

"Why?"

"Because he will be born of the blood of Harlowe

and Brione, of Rivaux and the Condes," she answered proudly.

"But he will rule Dunashie, Elizabeth. Where he is born cannot change that."

"Aye, but he will be of Harlowe at least—I can give him that."

" 'Tis the only reason?"

"Nay," she admitted, "I'd keep my oath to my father."

"Jesu!"

"My lord, I can do no less." Her eyes met his steadily. "I knelt and swore to be my father's man in this."

"And what am I to do? Wait for this accursed war to end?" he demanded. "Do you come back to me then?"

"Aye."

"This is your condition?"

"One of them."

"And the others?"

She passed her tongue over her dry lips, wetting them. "I'd be treated as my rank demands, my lord—I'd be treated as befits Rivaux's daughter."

"I said I would treat you well," he reminded her. "There will be none at Dunashie to deny my lady her due—and none to forget that you are born of the blood of Rivaux. Nay, but they will honor you for it."

"Aye, but I would have an agreement between us. I'd have a marriage contract written. 'Tis not a mere knight's daughter you would wed, my lord. I'd have my rights—I'd sit in your house according to my birth rather than my marriage."

His jaw worked as he sought to hold his temper. "You would have me write that you may leave me—aye, and that you will sit above me ere you do? Jesu, but you overvalue yourself, Lady Elizabeth! Do you also mean to have it written when I may come to your bed?" he asked sarcastically.

"Nay," she answered soberly. "I will lie with you at your will, but when 'tis determined I have conceived I'd go to do my duty to Harlowe." She moved closer, so close she could discern the pupils in his black eyes. "And when Stephen loses his crown, I will return to you. I will write that also."

"You take me for a fool!"

"If I ask Holy Church to dissolve the marriage, I make my own child a bastard. Nay, but I will return. Or if you wish, you may come to me there."

"I have mine own lands to defend," he reminded her. "And if you prove to be barren?"

"I give you two months to discover it—two months to get a babe of me. And whether I conceive or not, when this war is done, I will still return if you wish it."

"Anything else?"

"Aye. I'd have bride clothes, for I am given no time to prepare for my wedding. I'd ask that you provide them in my father's absence."

Despite his anger at her, he realized what it had taken her to make the offer. And he did not want to force her to his bed without the marriage. "And if I agree, you come willing to me?" he said finally.

"Aye."

"You will lie willing for me?"

" 'Tis the same, is it not?"

"Nay. In the one, you take my name, and in the other, you take me. Aveline would have one without the other."

"I am not Aveline, my lord."

"Say it then."

"Sweet Mary, but I know not the difference! If I have said I will bear your sons, I—" The intensity in his black eyes stopped her. She nodded, and despite the rush of blood to her face, she answered as he asked. "I will lie with you willingly, my lord. Now, do you accept my terms or not?"

"Aye."

"Then naught's to be done but to send for parchment and pen, is there?" she asked, feeling both relieved and yet afraid at what she'd done.

"There are the words to be spoken." He held out

his hand, scarred palm up. "And I'd hear them ere I sign."

Drawing in a deep breath, she exhaled slowly in an attempt to calm her pounding heart, then laid her palm across his. Looking away, speaking with a strength she did not feel, she gave him her betrothal vow: "I, Elizabeth of Rivaux, plight my troth to you, Giles of Moray, lord of Dunashie, so help me God."

"And I, Giles of Moray of Dunashie, promise to wed you, Elizabeth of Rivaux, as God is my witness."

It was done then. As surely as if she'd stood in the cathedral at Rouen and exchanged her vows before the archbishop, she was tied to this man by a betrothal bond that could not be broken in this life. The marriage words that would follow would merely confirm this pledge. In the eyes of God, Church, and King, she was now as good as wed. She looked down self-consciously, feeling the warmth of his hand as he squeezed hers.

" 'Tis over," she murmured, pulling away to hide the sudden shyness she felt.

"Nay. There is the matter of the betrothal kiss."

The way he said it made her mouth go dry and her heart pause. She clenched her hands until her nails dug into her palms to still the rising panic she felt for what she had done.

"You said you'd come willing to me," he reminded her. "I'd have you kiss me."

"Aye."

The word was little more than a whispered croak. Slowly, as though she were in a trance, she raised her lips to his, feeling the softness of his breath as she touched him. And that was the only softness in him.

This time when his arms closed around her there was no possibility of drawing back from him, of stopping him from doing what he would. She stood very still, letting his lips move on hers, parting her lips for his kiss. But again there was no gentleness in him. He tasted freely, plundering with his tongue, taking, until her senses reeled. She had to clasp his arms to keep her knees from buckling beneath the force of his embrace. And those arms were as hard and solid as if he wore his mail.

When he released her she steadied herself against him, before she dared to meet the unmistakable passion in his eyes. "Sweet Mary," she whispered.

"I'd wed as soon as we reach Dunashie," he told her. "I'd not wait."

"Aye," she managed despite her thudding heart.

His eyes traveled over his robe appreciatively. " 'Twould seem it fits you better than me." Then, realizing she shivered, he added, "At least the sun comes out, so 'twill not be so cold to ride. How soon can you be ready to leave?"

"I have but to plait my hair, my lord."

"Then we ride within the hour—you'd best break your fast ere we go, for 'tis as hard a journey as the last."

"But surely now—"

A harsh laugh escaped him. "I'd make you a wife ere you become again a widow, Elizabeth. Nay, but I'd still take no chances lest we are followed." He turned to leave, saying over his shoulder, "Send word through your woman when you are ready."

Even as he walked away from her he still seemed to fill the room. At the doorway to the stairwell he stopped and swung around to face her, a faint, sardonic smile curving his mouth. "Let us hope you breed, for you come dear to me, Elizabeth of Rivaux."

"Nay, I will not beggar you for my bride clothes."

"The bride clothes matter not—'tis my pride I'd hoped to keep." Shrugging his shoulders, he turned again away, murmuring as much to himself as to her, "But then I am not a gentle man, so we are deserving of each other."

As his footsteps faded on the stairs she stood listening, waiting for Helewise to return. Then, moving to the narrow slit, she unhooked the shutters to watch him cross the small, brown, grassy yard. It had ceased raining, and his black hair gleamed in the early morning sun. Her eyes traveled upward, over the rough-hewn stones of the old-fashioned square tower, to where the golden bear stood on black silk, its teeth still bared in defiance.

Involuntarily she touched her swollen lips, feeling again the demand of his mouth on hers. Sweet Mary, but what had she done? "*I am a hard man*" echoed in her mind. She hugged her arms against her and closed her eyes for a moment to still the qualms that rose in her breast. Aye, he was a hard man, but he was no Ivo, she consoled herself. He would give her sons and daughters of her body.

Chapter Fourteen

Owing to the rain-swollen burns they were a day late in arriving at Dunashie, and already the keep teemed with vassals come to witness Giles of Moray's third wedding. That his bride was Guy of Rivaux's eldest daughter heightened the curiosity of those who waited. Ragtag peasants lined the road between the wattle and daub houses of the small village and the castle that rose above, and visitors and household alike gathered above the gaily festooned gate to watch them ride in.

It was not nearly so mean a place as she'd imagined it, for the keep itself rose in stone, centered on a mound above a thick curtain wall. The barmekin, Willie called it. And the hillside was divided into two baileys, one sloping gently to the outer wall, its greening grass dotted with ewes nearly ready to lamb, the other terraced and ready for planting between the second wall and the keep. Heavy iron gates placed within the walls themselves were protected from above by murder holes, and as she rode beneath Elizabeth could look up and see the pitch vats. The only complaint she could make from the outside was that Dunashie lacked the natural defenses of Harlowe, Rivaux, or the Condes. It could be taken, if an enemy were willing to risk a great loss of men.

It was as though he knew her thoughts, for he leaned over his saddle to murmur, "Dunashie sits on an ancient site—'twas said to have been a pagan mound, and from what I have seen in the digging, it lays much as a Viking stronghold. But mayhap the Danes built on what they found, for the ground is not filled beneath. 'Twill take more than one siege machine to breach the wall. And we are not overgiven to sieges here—enemies raid and leave."

" 'Tis larger than I expected," she admitted.

"And stone," he pointed out proudly. "When it came to me, 'twas naught but the peel tower and a charred ruin."

" 'Tis not your patrimony then?"

"Aye, 'twas, but Harmon was slow to surrender it. A boy with a weak guardian was thought powerless to hold his inheritance." His mouth drew into a bitter, hard line for a moment, then his expression cleared. " 'Twas folly on his part, Elizabeth, for a boy will grow to be a man."

"And so you appealed to King David?"

That brought forth a derisive snort. "Nay, I tired of waiting for a court to rule: when they would not yield my patrimony to me, I burned it."

"Jesu!" She half turned to stare at him. "You burned your own keep?" she asked incredulously.

"Aye. Many perished in their beds." His black eyes were sober when they met hers. "I did penance for the innocent and damned the rest. And when the complaints were done, David of Scotland confirmed Dunashie to me."

"And you have built this?"

"Aye. Almost ten years it has taken me, but 'tis nearly done."

Ten years. He'd been but sixteen then. She looked upward again, much impressed. "You were young to have done so much."

"Aye, I have fought as a man since I was fourteen, Elizabeth. I had not the choice—I was not born to Guy of Rivaux."

"My father fought for his patrimony when he was seventeen, and his sire knighted him for it. And my grandsire of Harlowe served in the Conqueror's train when he was but fifteen, I think."

"You are fortunate in your blood. My sire was murdered as I was born. I am said to favor my mother," he added significantly. " 'Twas she who was born to the Maurais. They have been in Scotland since the Old

Conqueror ruled England." He smiled faintly. "As I told you, you are not alone in your Norman blood."

"But you bear your mother's family name."

"Aye." He clicked his reins, nudging his horse forward onto the planked bridge over the freshly dredged ditch, and the din of the crowd when they saw him go beneath drowned out anything she could say. For a moment she wondered again if he was bastard-born, then dismissed the thought. It didn't matter now—she was pledged to him, whatever he should prove to be. But there was so much that she did not know of this man she'd promised to wed, she recalled uneasily.

They rode into the courtyard, a narrow, cobblestoned area already filled with milling vassals, ladies, household knights, and servants. A dozen boys ran out to take their reins, but before any could aid her Giles had dismounted and turned to lift her down. And it was a far different welcome than she'd had at Wycklow, for this time she'd ridden a horse alone, this time she'd come into Dunashie as his betrothed, wearing a robe that, while it did not entirely fit her, still bespoke wealth. His wealth.

His hands caught her at the waist, lifting her easily, setting her lightly on the ground. And his arm slid around her, supporting her whilst she gained her legs after the long hours of riding. She steadied herself, leaning into the circle of his arm, feeling the strength beneath the mail. Never in her life had she been so aware of a man. Not even when Ivo had come to Rivaux to claim her had it been like that. But then Ivo had been but a boy of seventeen.

His black eyes gleamed with amusement, and she wondered if he knew how much he was in her thoughts. Coloring with sudden embarrassment, she stepped away. He raised his hands to dislodge the heavy helmet from his head. The deep imprint of his nasal, where it had pressed against his cheek, gave him the appearance of fatigue. But there was nothing tired about the way he tossed the helmet and his gloves to his squire, nor was there anything tired about the way he suddenly caught her again at the waist and lifted her high before the crowd.

"Behold Elizabeth of Rivaux!" he shouted above the din. "My lady!" There was a sudden silence, then a new roar.

"Sweet Mary," she muttered, "I would you put me down."

Ignoring her protest, he called out again, "I'd have you rouse the priest that I may wed!"

"Now?" she gasped.

"Aye." He let her down slowly, sliding her body the length of his. "Two days already I have fed them, and I'd prefer to have enough left for siege. Besides, this night I'd not sleep alone."

"Nay, but—"

"Tomorrow will be no different from today, save we'll be poorer for the feasting." A smile curved his mouth and warmed his eyes. "Art still afraid of me, Elizabeth of Rivaux?"

"Nay," she lied, trying to match his smile. "I did but wish for a bath and a fresh gown."

"There will be time for that between the wedding and the feast," he promised. "For this I'd not wait."

Her heart pounded painfully beneath her ribs and the pulse beat so loudly in her ears that she could scarce hear. As his fingers closed over hers, her stomach knotted. She tried to protest 'twas too soon, but her mouth was too dry for speech. It did not matter whether 'twas now or then, she told herself, for she had already bound herself to him. And she'd not have him know her for the coward she felt this day.

"Aye," she croaked, her voice barely audible.

Holding her hand, he walked the length of the courtyard, gathering visitors and household behind them until they reached the small chapel built against the hall. The crowd swelled so much that the priest had to yell, "Make way, good people! Make way!" in order to pass through to the door. There he turned to face them, addressing Giles and Elizabeth loudly, "Why are you come here this day?"

"To wed and hear Mass," Moray answered.

"And she is of like mind?" the chaplain asked.

A hush fell, broken only by the grunts of those who still elbowed to see. Giles' hand clasped hers more tightly, reassuring her. Elizabeth drew a deep breath and let it out slowly, then nodded. "Aye."

"And there are no impediments? No blood within the forbidden degrees?"

It was Giles who answered again. "Nay." Turning to Elizabeth, he intoned solemnly: "I, Giles of Moray, lord of Dunashie, take thee, Elizabeth, to wife—to have and to hold, to honor and protect in all adversity, until death shall part us. So I swear, so help me God."

And now the turn was hers. Looking down to where his fingers twined with hers, she spoke so low that none but Giles and the priest could hear her. "I, Elizabeth, daughter to Count Guy of Rivaux and Catherine of the Condes, take thee, Giles of Moray, for husband. God grant—"

She faltered, and the chaplain, presuming she knew not what to say, prompted her. "Nay—you will honor and obey," he reminded her in a low undervoice.

Her chin shot up almost defiantly before she finished her vows. Meeting Giles' eyes, she added more loudly, "I will honor you and have a care for you so long as we both may live, my lord, as God is my witness."

Before the priest could protest, Giles answered, "So be it then."

The old man shrugged. As there was no set oath when the banns were not cried, only the pledging between a man and his wife, if Lord Giles was satisfied there was little else to be said. A man's wishes were law to his wife, anyway. He made the sign of the Cross over each forehead, then stood on tiptoe to spread his hands above them, "Having sworn before Almighty God and these witnesses, you are now man and wife in His eyes. May He bless your union in all ways, making you fruitful and prosperous. Amen."

A chorus of murmured "amens" rippled through the assemblage as Giles turned, holding Elizabeth's hand high before them. "I give you your lady!" he called out. "Her honor is mine own!"

A lump formed in her throat, tightening it, for his meaning was clear: he'd brook no insult to her from anyone. There would be no mocking favorites to shame her before his people. In that moment, she almost loved him.

As the priest threw open the chapel door, Giles leaned closer to her, whispering, "If the rest of you is as cold as your hands, we'll both freeze tonight."

She leaned back against the wet wood, savoring the warmth of the scented water and the fire that blazed beside her, trying not to think of later. And yet wherever she focused her thoughts they seemed always to return to Giles, and she wondered in exasperation if he spent half so much time thinking of her. But, try as she might, she could not deny to herself that she was afraid. There were no more days to delay him, no more nights to lie alone. For pride or whatever other reason she had wed him—the deed was irrevocably done. She belonged to him in name if not yet in fact.

And what that would bring her, she knew not. Aye, she scarce knew him. Looking down to where the water streaked her breasts, she wondered if he would find her pleasing—or if he would turn away in disgust as Ivo had done. And what if she were in truth barren? Would he hate her for it despite what he'd said? Surely her years with Ivo could not be proof, for he had not lain with her above five times, and then only to satisfy his father. And she knew not which of them had been more disgusted of the other, she or Ivo.

But what if she disappointed this man? Would he taunt her as her young husband had done? Would he fault her for knowing nearly nothing of the deed? The deed. Aside from Ivo's reluctant efforts, she had no other notion of what to expect.

Nay, but whatever befell her at Dunashie, it could not be half so bad as what she'd endured at Eury. And this time, God willing, she'd have a babe for solace. Aye, and if he proved a bad husband she'd spend her life at Harlowe, putting him off with promises to return later, she decided.

"My lady, if you do not hurry your lord will be displeased," Helewise reminded her. "Already the feast begins late."

"Have you seen Lord Giles—my husband?" Elizabeth asked, embarrassed by the awkward way the words tumbled from her tongue. "Does he send for me already?"

"Nay, but his guests grumble—or so the one called Willie says. A wedding feast should last all day, and ere you are down the sun is halfway to setting."

"Ah, Helewise, but we rode overlong. Sweet Mary, but my backside aches," she murmured, rising from the tub.

The woman held up a thick woolen sheet, ready to rub her dry. "I'd not tell a husband that, my lady."

"He ought to know it," Elizabeth snapped peevishly. "He rode from Harlowe also." She stood still, allowing the tiring woman to envelop her in the towel. "I'd thought to wait some days ere I wed."

"Aye, but 'tis eager he is to have you."

"Nay, you are mistaken—'twas his fear of depleting his larder," Elizabeth muttered. "Or so he said to me."

Helewise paused from her rubbing. "Then why came he to Harlowe?"

"Twas his pride that spurred him."

"Was it?"

"Jesu! What else am I to think? You behold a childless widow, one reported to be barren, overold to wed a man without heirs. Nay, had I not pricked his pride, he'd have taken another." But even as she said it she wanted Helewise to dispute it.

Instead, the woman shrugged. "It matters not now—the words are said. Now 'tis but a question of one pleasing the other."

"Aye."

Somehow Elizabeth managed to endure Helewise's ministrations, despite the fact that she felt as taut as a drawn bowstring. Under other circumstances she would have told herself it would pass, but she knew it wouldn't. She'd married the Butcher, and now she would have to live with him—at least until she conceived his child.

One of the girls sent up from the hall brought forth two robes for her inspection, one a bright blue sendal embroidered with a fanciful tree, the other a plain green velvet. Neither was suited to a woman, but there was naught else to be had. Despite her resolve, a momentary sense of desolation stole over Elizabeth: she celebrated her wedding feast with a lord she scarce knew, in a place far from her home, without so much as her family or her things about her. And despite the contract between them, in truth she was at his mercy, she was his to do with as he would until she went again to Harlowe.

But she was in no worse case than many another, she reminded herself sternly. Aye, so many girls went to wed old, fat, ugly, and often cruel men only to satisfy the ambitions of family or sovereign. At least Giles of Moray was well-favored and clean. And despite the way he'd abducted her, he'd asked her consent to wed. There were those who would have taken first then forced the marriage.

Aye, but what if he should prove to be as false as Ivo? What if he'd only wed her because she was Rivaux's daughter? Or worse even, what if 'twas for revenge? Her hands shook as she took a linen undergown. For whatever reason, 'twas done, and it served naught but to overset her to ponder on the reason why. This time, she told herself, she was no little maid filled with foolish dreams of love. Aye, never again would she let a man crush her pride. Giles of Moray, if he should think to rule her, would have a battle to fight in his house.

Helewise smoothed the linen against her bared skin, then reached for Elizabeth's borrowed stockings. Sitting down, the girl pulled them on and tied the garters at her knees. " 'Tis a pity I cannot wear his shoes," she muttered.

"Nay, but they will not show."

She stood again, letting Dunashie's maids slip Moray's green velvet robe over Elizabeth's head and turn back the too-long sleeves. Then one of them produced a girdle, holding it up. " 'Twas the Lady Aveline's," she explained, holding out the golden chain.

"Did you serve her?"

"Nay. Her women were sent whence they came, for Lord Giles wouldna have those who gave evidence against him in his house."

Elizabeth longed to ask still more of Giles' wife, but it was unseemly to gossip with serving maids. So instead she held her tongue, hoping the girl would tell her, but she did not. Finally she could stand it no longer. Using the girdle as an excuse, she asked, "She was small, the Lady Aveline?"

"Aye. Like a golden bird, she was—and of about as much good to him." The girl slid the chain around Elizabeth's waist and shook her head. "She wasna as broad as ye, my lady—there'll nae be so much to hang."

"She was comely?" Elizabeth could not help asking.

"Aye." The maid stepped back to decide if one end was too short, and apparently was satisfied. "Looked the way the priest would ha us think o' angels." Then, pausing to look up at her new mistress, she smiled, "But ye need nae worry, lady, for she hated him, and he knew it. Aye, if she'd spent half so much time on her back as on her knees, she'd ha' bred for Dunashie."

"Surely she cannot be faulted for piety."

"Piety!" the girl sniffed. "Nay, ye mistake my meaning. More than once I heard the priest confess her, for she prayed he'd nae come home to her. And then she prayed he'd nae come near her."

"Holy Mary—do you tell me she wished him dead?"

"Lady," Helewise warned, " 'tis not meet. . . ."

But neither of them heeded her, for the maid nodded. "There was nae pleasure in lying with him," she answered darkly. "She said 'twas like breeding with the devil."

"No doubt 'twas her size," Elizabeth murmured, sitting for Helewise to begin her hair.

The girl shrugged. "Mayhap, but he's nae lain with any of us to know of it." Her task done, she bobbed a hasty obeisance, and hurried from the room.

"My lady, you must not—" Helewise began.

Her nerves strained already to the breaking point, Elizabeth turned on the woman furiously. "Do you think I am afraid? It matters not what he is now, for the wedding is done."

"Is she ready?"

The hairs prickled on Elizabeth's neck at the sound of his voice, and her throat was suddenly too tight for speech. As he moved into the room it was Helewise who answered, "I have but to plait her hair."

"Nay, let her wear it down this once," he told her curtly. "She can cover it with a veil."

Elizabeth sat woodenly while he crossed the floor to stand behind her. And, as his hands lifted her heavy hair, she could not suppress the shiver that traveled down her spine. It was as though there was none in the room but he.

"If you would know of her, I'd have you ask me, Elizabeth. They knew naught beyond what she said to them."

"It does not matter, my lord," she lied. "Ere I prayed for you to die, I'd do the deed myself."

His fingers lingered caressingly on her neck, touching her skin lightly, tracing the bones of her shoulder. " 'Tis why I'd have you," he murmured, bending to brush his lips across the place he bared. "This time, 'tis a marriage of likes." She closed her eyes to hide her response to his touch, afraid if he could see what he did to her, he'd gloat. Abruptly, he drew away, and reached for her hand.

"If we do not hurry, they will already have fallen upon the food." Then, as his fingers possessed hers, he chided, "Every time I feel your hand, 'tis colder than the last."

" 'Tis the northern clime," she retorted, rising.

Chapter Fifteen

Despite the fact that the feast lasted some six hours, Elizabeth, seated in the great, high-backed chair, ate little. One place lower, Giles watched the traveling troupe he'd hired as they performed their human pyramids whilst they juggled brightly colored balls. If her position at his table rankled he gave no sign, but she was sure others remarked it. Indeed, Willie had had to be silenced when she took her seat, and there had been a low murmur of disbelief. But she'd held her head high, as befitted Rivaux's daughter, and brazened it through.

From time to time she allowed her gaze to rest on her new husband, covertly studying him whilst he sat there, his fingers drumming out the rhythm of the cymbals and castanets. The orange glow from the pitch torches cast strange shadows on his face, giving him an eerie aspect, and the serving maid's words came to mind. *She said 'twas like breeding with the devil.* And as she saw the firelight reflected in his black eyes, she could almost believe it. And then she thought of her father and her brother. They were fierce, proud men also, and certainly neither her mother nor Gilly had minded. Mayhap Lady Aveline had been much like Cicely of Lincoln, and she'd never gotten over her fear of a fiery husband, she considered judiciously. Indeed, that fear had sent Cicely to the convent ere she could be forced to take Richard.

His fingers stopped drumming and he reached to cover hers where they rested upon the table. And even though his touch was light, she was once again acutely aware of the strength of him. He leaned back, watching her now, and she felt the flush of the wine she'd drunk.

"I think," he murmured lazily, " 'tis overtime to retire. I'd not have your hands get any colder."

"Aye, I'll warrant 'tis so," she answered, trying to match his tone. Then, betraying her misgiving, she added, "My lord, I'd have Helewise ready me for bed."

"Nay, there is no—" He stopped, seeing the hesitation in her eyes. "Aye."

He rose then, towering over her, and lifted his cup of mead. And as he was noted a hush moved over the assembled baronage and household, until only a lone viol played. The musician looked around in embarrassment and it too ceased. In full view of all Giles turned to her, proclaiming loudly enough for many to hear. "I give you Rivaux's daughter and ask you to honor her as Dunashie's lady! May we provide sons and daughters of our blood!" His eyes on hers, he added for her ears alone, "Aye, and may we honor each other, Elizabeth." Raising the cup to his lips, he drank of it. Cheers mingled with ribald toasts as she stood to take the silver goblet. Very carefully she turned it, placing her lips where his had been, and she too sipped of the sweet liquid.

He nodded to Willie at the table below, and the big man rose to approach her, bowing. "My lady."

"Willie will see you through the hall lest any think to touch Rivaux's daughter," Giles told here. "I give you the length of Roland's song ere I come."

" 'Tis not long."

"How long would you need to take off your clothes and get into bed?" he countered.

"I'd have my hair braided that it does not tangle."

"As there are several hundred verses, you should have time enough."

"Aye."

His free hand brushed her baudekin veil back from her face, and his smile turned his mouth down at one corner. "Alas, but your eagerness overwhelms me, Elizabeth," he murmured sardonically. "Console yourself that this time your bedding does not have to be witnessed."

A lone troubadour carried his bench to the center of the hall and bowed. Using the low seat as a footstool, he struck several notes on his lute and waited for the attention of his audience. Serving boys moved about, removing pitch torches from their rings, leaving only the area about the singer lit. And under the cover of darkness Elizabeth followed Willie from the hall.

The big man took one of the torches to light her way up the narrow, winding stone stairs to his lord's chamber, and walking slowly before her, said nothing. It was not until they'd reached the top of the steps that she stopped him.

"You mislike me, do you not?"

One of his eyebrows lifted slightly as he turned back to her. " 'Tis nae me as weds ye, Lady Elizabeth."

"I'll brook no insolence from any, Willie."

"My only wish for ye is that ye'll give Dunashie an heir of his blood—aye, 'tis all any here ask."

" 'Tis in the hands of God."

He started down the stairs past her, then stopped before he reached the landing with the cutout arrow slit. "But if ye'd nae shame him before us, there's those amongst us as would welcome ye better, my lady. Aye, 'tis nae right for a woman to sit above her husband."

" 'Tis my right," she snapped. "I am—"

"Aye," he cut her off, "ye be born of the blood of Rivaux, and there's none here as hasna heard of Count Guy, but our lord is Giles of Moray. But I pray for ye—aye, I pray for the both of ye."

Helewise was waiting alone for her. "I'd not have you hear more of their foolish gossip," she said, stretching to lift the filmy veil from Elizabeth's head. "And 'tis as well you do not."

"I wanted to know of her."

"Aye." The other woman sighed as she folded the baudekin over her arm. "But what passed between Lord Giles and this Aveline is naught anymore. What ought to matter is his manner to you."

"Do you think me a fool for wedding him?"

"Nay. But we've not the time to speak of what's done, my lady." She waited for Elizabeth to lean down so she could pull the green velvet over her head. "I'd lay another log on the fire and brush your hair ere he is come."

"They sing Roland."

"I'd still have you abed as is meet."

His undertunic bagged beneath her arms and hung to her knees. When Helewise removed it also, Elizabeth tried not to think of him. Moving closer to the warmth, she sank naked upon a low bench, staring into the licking flames and waiting for the woman to brush her hair. And as the boar bristles stroked the length of the glossy black mane, lifting it until it crackled, Elizabeth's thoughts turned to that night nearly eight years before.

She'd been but a month short of her fifteenth birthday—her father'd wanted to wait until she'd reached sixteen, but 'twas argued that she was big enough to wed. As she remembered it, Ivo's father had been impatient of the delay. And she, foolish child that she was, had been blinded by Ivo of Eury's beauty so much that she'd begged to go to him. That wedding had been a glorious affair, with archbishop and even King Henry in attendance. And then there had been the bedding. Sweet Mary, but if she'd known how it would be, she'd have sooner taken the veil like Cicely—and with far more reason. She closed her eyes and swallowed, trying to calm her churning stomach. Nay, she'd not remember that.

Giles of Moray watched from the doorway hungrily, scarce able to believe Elizabeth of Rivaux now belonged to him, that she'd come to him of her own will. In all his life he'd never possessed anything half so beautiful, not even Aveline, for where the girl had been weak and fragile the woman was truly magnificent. And the unease he'd felt sitting below her faded when he looked on her. He moved silently into the room and motioned for Helewise to leave.

The brushing had stopped, but then it began anew,

this time more awkwardly. Elizabeth turned to complain to Helewise—and she faced him. It was as though her blood turned to ice. Her heart pounded with the force of moving it.

"I decided I'd heard the story too many times," he murmured, bending low over her. "Sweet Jesu, but 'tis like silk beneath my fingers."

"You startled me, my lord," she muttered, pulling away.

His eyes took in her pale skin where it gleamed beneath her hair, and his mouth went dry with his desire. "I'd have you stand, Elizabeth—I'd see you." His words were somewhere between a whisper and a croak.

There was no delaying, there was no more time to wait. Steeling herself, she rose and turned to face him, with naught but the bench between. And as his eyes devoured her she cried out desperately, "Have me then, and be done! I cannot stand this game between us!"

As beautiful as she was, he was again unprepared for the effect she'd have on him. He stared, every fiber of his being alive to what he saw. It was as though a master sculptor had carved her body, then blushed it with softest rose. Her ebony hair spread over her shoulders like a silk mantle, falling down her back well past her waist. She was high-breasted, and her waist was narrow above the smooth, flat plain of a belly that dipped to black thatch below. And behind her, the firelight haloed her body, making it glow against the dimness of the room.

She held her head up, watching him warily, her whole body held taut to still its trembling. At first he thought she was cold, then he recognized the fear. And for an awful moment he could see Aveline in those green eyes. But the woman before him did not weep or cower.

"Art afraid of me, Elizabeth?" he asked softly, moving closer.

"Nay." Then perceiving he meant to touch her now, she whispered, "Aye."

" 'Tis not that you do not know what I am about," he murmured, enveloping her stiff, cold body in his arms. "You cannot be virgin still."

"Nay. I bled on my marriage bed."

Her voice was so low that had he not held her, he'd not have heard it. "Nay, Elizabeth," he whispered against her ear, "you've naught to fear of me. I do not mean to hurt you."

His breath, soft as it was, sent a shiver down her spine. She closed her eyes and waited, telling herself 'twould soon be done. And she would that he hurried lest she lose courage.

He bent his head to kiss her cold, unresponsive lips, playing on them gently, then more insistently. And he could feel the shudder go through her. The heat left his body, replaced by anger.

"You said you would come willing to me, Elizabeth—you said you would lie willing for me—and afore God you shall! I'd not be lied to again!" Half pushing, half carrying her, he parted the curtains and thrust her upon the bed, then stood over her, panting. "I'd not be cheated again, Elizabeth of Rivaux!"

Her green eyes were wide open now, the pupils dilated, making them seem even stranger. And her blood had risen to flush her face. "Have me then!" she shouted. "I do not deny you!"

"You come not willing!" He pulled his overtunic off and flung it across the room, narrowly missing the fire. "Jesu! Do you think a man wants a woman who looks at him like that? Do you think a man can be satisfied with stone?"

And it was as though she faced Ivo, hearing again that she disgusted him. Angry tears of humiliation stung her eyes and spilled onto her cheeks, making her furious with herself and with him. "Mayhap I'd not lie with the devil!"

For a moment the look in his eyes was almost murderous, then very slowly he pulled off his undertunic, dropping it at his feet, and reached to untie his chausses. "You took me of your own free will, Elizabeth, and now you will give me what you promised. Devil or no, I am your lawful husband from this day."

She had to calm her fear of him, and she knew it. Holding the sheet to her chin she sat still, watching him, telling herself that he was not Ivo, that he was a man ready to do his duty to her. Even his body was different—where Ivo's had been boyish, this man's was powerful. His shoulders and arms bore testimony to his strength, and the scars he'd taken in battle were visible in the faint light. Her eyes traveled over hips that were lean, yet corded with sinew, to thighs and calves that bespoke vigor also.

Her eyes were huge against her white face when he turned again to her. And he was as angered with himself as with her, for he'd been a fool again. Rolling into the rope-hung bed, he pulled her roughly into his arms, forcing her into the mattress. His mouth came down hard on hers as his body pinned her beneath him.

She was suffocating, she was drowning as his tongue forced its way into her mouth, and because there was no gentleness, she knew how it was going to be between them. She willed herself not to fight, hoping 'twould not hurt so much. She went slack beneath him, telling herself that if she lay still 'twould soon be over.

Abruptly, he rolled off and lay beside her, trying to master his silent wrath. "I swore I'd take no other woman unwilling," he said finally. His jaw worked in the darkness as he tried to give words to his thoughts. "When I wed you, Elizabeth, I did not know that this Ivo would lie between us in my marriage bed. If you were as cold to him, 'tis not a wonder that you did not conceive." And when she did not answer, he rose from the bed to walk across the room to the window slit. Flinging open the shutters with such force that they banged against their hinges, he stared into the starlit night.

She could see his rigid body outlined against the window, and she could feel his anger, and that which had been drawn so tightly within her broke. She was no longer Elizabeth of Rivaux, the proud daughter of a great house, but once again she was the rejected wife. Unable to bear it, she rolled into a tight ball, clutched the coverlet to her face and cried with an intensity unlike any since her first wedding night.

The night wind cooled his flesh and his fury, leaving him almost empty of feeling. And then he heard her anguish. And it was as if he listened to Aveline again. Mayhap he'd expected too much, mayhap a man ought to look for passion only where he paid. As her sobs intensified, he could not stand it. He would have left her then but they still feasted in the hall, and he'd not hear the coarse jests again, he'd not have them know him for the fool that he was. With resignation, he turned again to the bed and went to her.

Sitting down beside her, he leaned over to touch her hair, and as his scarred palm brushed over her wet cheek, his heart ached. "Nay, Elizabeth," he whispered, "it does not have to be tonight. We are both overweary—mayhap we should sleep." Easing his body the length of hers, he lay there listening to the racking sobs that shook the mattress beneath him. His hand stroked her hair against her back, smoothing it. "I know not what he did to you, Elizabeth, but if he yet lived, I'd kill Ivo of Eury for it."

His words and his hands were oddly comforting. "He took me," she choked out, "and . . . and then said I g-gave him a disgust of m-me! Sweet Jesu, but he brought up his s-supper after!"

His jaw worked again to suppress the impotent anger he felt, not at her this time, but at the fool who'd wed her. "His memory is not worth the pain it gives you," he said gently, curving his body against her back, holding her close. "I'd have you forget him, Elizabeth."

"I cannot!"

"Aye, you can." His arm settled around her rib cage, and his hand rested beneath her breast. "Think you I have no regrets for Aveline also? Too many nights she lay weeping beside me for what I would have of her, Elizabeth. She lived in fear she would conceive to bear a babe that would tear her asunder." She lay very still within his arm now, listening. "God forgive me, but at first I thought 'twas but that she was a maid, and then in my anger I took her because 'twas my right. She hated me for what I wanted, Elizabeth." His other hand smoothed the crown of her hair beneath his chin. "She hated me so much that she practiced her simples that she would not conceive. And for it, she died."

The remorse in his voice was unmistakable. And yet Elizabeth could not forbear asking, "How was it that she died?"

"She made her women hate me," he answered slowly, "so the tale they gave was that I poisoned her." His hand stopped stroking her hair. "But one of the maids here claims she brewed a strong potion that she might rid herself of her babe. There was too much henbane in it."

"Sweet Mary," she whispered, "and you said naught when they accused you?"

"Her father would not have believed me. And I'd not tell my king that my wife poisoned herself out of hate for me."

"The fault was not yours, my lord."

"I got the child on her."

"As was your right. Nay, but the fault was hers for being weak and foolish."

As her body warmed against his, he felt anew the intense longing. " 'Tis strange to hear such from you, for did you not hate Ivo for taking you?"

He could feel her tense for a moment, then she sighed. "Nay, 'twas not for that, my lord—'twas that I could be nothing to him."

"Then he was a great hinny, Elizabeth," he murmured, pulling her yet closer. "I'd value you greatly."

"I should not have wed again—'twas not right."

The hand beneath her breast moved gently to trace her rib cage, and his breath caressed her ear. "Elizabeth," he whispered, "it does not have to be like that between us. Aye"—he eased his body still closer, until she could feel the hardness of him against her back, and she held her breath—"aye—I'd love you."

She lay very still, afraid again, as his palm slid lightly over her bare skin. Easing his arm from beneath her hair, he propped himself up behind her and leaned to brush her ear with his lips. "I'd make you forget Ivo of Eury."

A very different shiver coursed down her spine in waves. His mouth left her ear to trace light, nibbling kisses along her bare shoulder, and his hand moved upward to touch her breast, skimming over it, and again she felt so taut she feared to break. The scars on his hand tantalized her nipples, hardening them, while his mouth grew more insistent against her skin.

Heat spread through her as though it emanated from his touch. The hand that played upon her breast slid lower, moving over her hip and her belly, kindling fire deep within her. Even though he could not see her face, she closed her eyes and swallowed, afraid to give in to her desire. But whatever he did, she did not want him to stop. She wanted him to feed the intense hunger of her body.

He could feel the gooseflesh beneath his fingertips, and it exhilarated him to know it came not from cold but from heat. Despite the fact that reason told him to go slowly, his hand moved with more insistence to the softness below, stroking the silk. Her hands caught his, and something akin to a sob came from within her. "Nay, sweeting," he whispered against her ear, "I'd touch you."

New shivers of anticipation overrode modesty. She felt the sudden dampness as his fingers stroked, then slid inside. Gasping "Sweet Mary," she slackened her legs, giving herself up to the exquisite sensation he gave her. It was as though the center of her being was there, and her hot body could not have enough of what he did to her. Moaning low, she twisted against his hand and tried to turn toward him.

She was willing, even eager, and his desire rose to match hers. Turning her to lie beneath him, he could hear her anguished protest as his hand left her. Her head twisted against the pillow and her body moved restlessly beneath his, demanding ease of him. Stilling her head with a deep, intense kiss, he covered her with his body. There was no resistance, only a deep, guttural groan of pleasure when he entered her.

She wanted nothing beyond what he did to her—there was no other time, no other place beyond this. The world centered in the union of their bodies. She clasped him greedily, moving against him, trying to hold him within her legs, demanding more of what he did to her.

Spurred on by her response to him, he rode hard and fast for release, straining against her, only dimly aware that her fingernails dug into his back, only dimly aware of her gasping cries until he exploded, then floated back to earth to collapse in her arms.

She felt the bursting warmth of his seed and knew contentment. Her fingers caressed his damp, tousled hair as she caught her breath, then she cradled him against her breast, holding him. Gratitude washed over her, for in this one night at least, he'd conquered her fear.

"I was wrong," he croaked between gasps, "the fire was yours."

Her arms tightened around him. "Nay," she whispered back, "the fire was ours. Sweet Mary, but I knew not 'twould be like this."

Chapter Sixteen

For a long time, Giles lay awake listening to the even breathing of the woman beside him. And the exultation he felt was tempered by fear—a cold, deep, painful fear that he would be punished for taking Elizabeth of Rivaux for wife—that God would exact a terrible price for this attempt at happiness.

Forcing his thoughts away from the nightmares that would haunt him, he eased his body against Elizabeth's, feeling again the warmth of her, remembering her fire. Her breath, where it brushed against his bare arm, sent a surge of renewed desire through him.

Telling himself that she could not be but exhausted from the journey, he nonetheless allowed himself the luxury of touching her, of proving in the darkness that she was in truth there in the flesh, that he had possessed Guy of Rivaux's proud daughter. His hand moved over her bare skin lightly, tracing again the curve of her breast. The nipple hardened against his palm as he brushed over it, and his mouth went dry with the remembered taste of her.

She was so very beautiful, far lovelier than any memory he could carry of her, and yet he lay there in the darkness trying to see her again in his mind. Twice he'd had her, twice he'd heard her moan low as her desire had risen to match his own, and still 'twas not enough. Aye, he was enough of a beast that he'd take her again ere he slept. He'd ease his body even if there was no help for his soul.

His hand skimmed lower, brushing over her rib cage, feeling the smooth, nearly flat plane of her belly, moving to the softness below. Her breath caught for a moment, then she turned beneath his hand, sighing in her sleep, shaming him. Aveline had been right—he was no better than a rutting boar.

Reluctantly, he drew his hand back. 'Twas better to burn than to give Elizabeth a disgust of him, he told himself forcefully. Besides, he'd not have her conceive too soon, for then she'd leave him. Taking care not to waken her, he rolled away. The bed ropes creaked as he rose to search for the wineskin. He shivered as the cold night air enveloped him, lessening the heat of his desire.

After pouring himself a full cup, he carried it to the low bench on the other side of the brazier, where he wrapped his naked body in one of the drying sheets and sat. For a time, he stared into the few valiant coals that remained of a dying fire. Jesu, but he chilled. With one hand he shifted a half-burnt log onto them, then as it popped and settled to catch anew, he leaned back with his cup.

He drank deeply, trying to forget Aveline, trying to forget the nameless ones who had screamed for mercy as the flames engulfed them, and he knew God had not forgiven him yet. His gaze dropped from the fire to his scarred hands, and he saw again the proof that he was damned. He had not the right to take Elizabeth of Rivaux, he had not the right to expect any happiness in this life or the next. But it did not matter—for now, he had her. For now, he would sleep with her rather than alone with his demons. And for that he would have bargained with the devil.

Elizabeth came awake first with the awareness that she was cold, and then she remembered where she was. Dunashie. Sweet Mary, but she had wed Giles of Moray. For good or ill, she'd wed the Butcher of the Border—and without the consent of her father. For a moment, she panicked at what she'd done. But she'd had little real choice in the matter, she told herself, for had not Giles taken her from Harlowe against her will? She had but negotiated the best agreement she could for herself, marrying Moray on her terms at least. But had she?

Even as she recalled what had passed between them, she was grateful that none could see the blood that rushed to her face. Aye, but once she'd given herself to him she'd done so with the abandon of a wanton, she was certain. How she could ever face him on the morrow . . Jesu, but what he must think. . . .

She stretched her body, then realized with a start that she was alone. And the humiliation of her marriage to Ivo washed over her again. This husband, like the last, had not bothered to stay the night in her bed. And when Helewise came in the morning she would pity her for her inability to hold a husband even one night. What a fool she would appear. She rolled over and parted the bed hangings, peering out into the nearly dark room.

"My lord . . . ?" she whispered tentatively, knowing he would not be there.

She startled him. The bench he'd been leaning up against the cold stone wall came down heavily, scraping against the floor. "Aye," he answered in a voice not quite his own. "I feared to waken you when I could not sleep."

Relief flooded through her. "I thought you had gone," she admitted, her low voice momentarily betraying her fear.

"Nay." He rose, stretching the tired muscles in his back and shoulders as the drying sheet fell away, then he moved to stand over her, blocking the faint, rosy glow of the coals. "Where would I go?"

"I know not. Ivo—"

"Nay, I'd not hear it," he interrupted harshly. "I'd hear no more of him, for I am not Ivo of Eury."

She could barely see him beyond the eerie outline of his naked body silhouetted by the waning firelight. "Nay, you are not." Grateful that he could not see her blush for the thoughts that came to mind, she nonetheless looked away. "The cold wakened me," she said lamely.

"Would you that I mulled you some wine? Mine own bones are chilled also."

"Aye."

He searched about in the shadows for the cabinet hasp, fumbled with it, then found the honey pot and the containers of spices. "Would you have ginger in it?" he asked as he shaved a little of the precious cinnamon into each heavy cup.

For some reason, it surprised her that he would have spices beyond those required for the kitchen. "Aye."

After pouring the honey and wine over the cinnamon and ginger, he carried the cups to where the poker rested on the fire. Setting them down, he picked up the rod and blew the ashes away, then he dipped the hot metal into the mixture, stirring it. It sizzled, and the smell of smoke permeated the air. Dropping the poker back onto the coals, he picked up the cups and brought them to the bed.

She took one and sipped the hot liquid, letting it slide down her throat. The faint light played on her face, making her green eyes dark against the paleness of her skin. His eyes dropped lower to where the bed hangings cast a dark shadow over one bared breast, as though she wore the harlequin costume of a jester, and his mouth was almost too parched for swallowing.

The expression on his face sent a new shiver down her spine. "You do not drink," she chided, trying to still the racing of her heart.

He lifted his cup then, pausing before he touched it to his lips. Looking over the rim, his eyes met hers and held. "To the bride of Dunashie." He drank deeply, letting one heat fire the other within him.

"May she give you sons of your body," she whispered as her gaze lowered to the black, curling hairs on his chest, then below. "Sweet Mary," she murmured, embarrassed.

"Nay, 'tis enough that she comes willing to me," he managed, reaching to take her cup. His hands shaking, he set both vessels on the small table beside the bedstead, then eased his body down into the depths of the feather mattress. The ropes creaked from his weight. Slowly, deliberately, he bent his head to hers. "I'd taste fire again, Elizabeth," he said softly.

Her lips parted eagerly beneath his, giving him possession of her mouth, and she tasted of the spiced wine she'd drunk. And although his skin was cold from the air, there was heat between them wherever it touched hers. The thought crossed her mind that she was as tinder before the flame, and it no longer mattered that she was of Rivaux and he but of Dunashie, not when there was this fire ready to consume them.

It was as though her whole body answered his, returning kiss for kiss, caress for caress. But this time he wanted more than before: this time he wanted her to cry out, to show him what he did to her. He wanted more than coupling between them—he wanted union. Despite her protest, he left her mouth to nuzzle her hair where it spilled its rosy scent over the pillow. Her restless hands stroked his head, urging a return to her lips. Instead he eased downward, resting his ear against one breast while his scarred palm lightly brushed the other. Her breath caught like a sob as the nipple went rigid under his hand, and her body trembled beneath his head. He could hear her heart pound more loudly than a workman's hammer.

She tried to twist, to turn her body against his. Sweet Mary, but did he not know she was ready for more than this? That she would have the other and be done?

But he was not to be denied the exploration, the awakening that came with the exquisite wait. Even as her fingers tightened in the thick waves of his hair, he turned his head to her breast, darting his tongue to tease it before he tasted. His hand moved over her ribs to rest lightly on her belly. As his mouth possessed her nipple, he could feel her stomach tauten. He sucked, letting his fingertips stroke the smooth satin of her skin, tracing ever lower until she could stand it no longer.

The heat flooded her body almost unbearably, and it was as though every sense she possessed was centered beneath his mouth and hand. She moved restlessly, twisting under him, teasing him with what she would have of him until finally his hand found her. She moaned as her legs opened to give him access to her body.

He'd meant to go on, to stroke until she fell slack beneath his hand, but his own body would not be further denied. 'Twould have to be the next time that he showed her how good it could be between them.

Her moan heightened to a cry as he entered her, and from there it seemed he had no mind. There was no Aveline, no past to forget, and no future to worry over. There was only the woman beneath him, there was only the fiery melding of flesh against flesh, the ceaseless ride to ecstasy as she writhed and bucked against him.

Her breath came in great gasps, and still she strained to have what he would give her. Her hands clutched at his back and her nails dug into his flesh, urging him ever onward until at last he plunged over that final edge. His cries and hers intermingled until, spent at last, they returned to earth together, their wet bodies entwined. It was a long time before either could breathe evenly.

He looked down to see her eyes were still closed. Her black hair lay about her head in a tangled halo against the pillow, and her forehead was beaded with perspiration. He must have been grinning, for when at last her eyes opened to meet his, her face reddened.

" 'Twas the ride of my life," he said simply.

Reluctantly, he separated from her and rolled onto his side. Sliding an arm over her, he pulled her closer and lay quietly for a time. She was silent, savoring the intimacy between them, the warmth of his body behind hers, the strength of his arm over hers. Even if she was not loved she was wanted, and that was more than she'd thought to get in this world. She closed her thighs tightly, holding what she could of his seed. God willing, she would conceive and have nothing left to prove to Reyner of Eury.

Giles wrapped his arms more closely about her, holding her. For this night at least, she had been his buckler against the demons that haunted his bed. He nuzzled her soft, fragrant hair, and murmured sleepily, "Ah, Elizabeth of Rivaux, but you are a marvel to me." When she made no answer he roused slightly to ask, "Would you that I aided you to clean yourself?"

"Nay. I'd not move yet—I'd not lose a babe, if there be a chance of one."

It was another reminder of what Ivo of Eury had done to her, and he could almost ache for her. "Nay, Elizabeth, I'd value you for more than that," he whispered against her ear. "From this night forward, you are flesh of my flesh."

She turned her face into the pillow that he would not see the tears that filled her eyes. The lump in her throat was almost too large for speech. "Every man would have a son of his blood," she managed to say despite the tightness there.

"Aye." He shifted his weight, propping himself up on an elbow to look at her. "Jesu, Elizabeth, but I'll not think you barren if you do not conceive forthwith."

"And if never?" She dared to look again at him.

"I think the fault was Ivo's. But if it was not, then I will accept it as God's punishment for my sins, not yours." He forced an encouraging smile and brushed her wet cheek with the back of his hand. "Nay, I'd not get a child so soon, sweeting, for then you would leave me."

"Giles, I swore—"

"I'd not hear it," he cut in impatiently. "I'd not speak of that." Abruptly he lay back down, this time to stare unseeing into the blackness of the canopy above them.

Thinking she'd angered him, she sighed. Finally, when he did not speak again, she turned to face him. "Then I'd speak of something else, my lord—I'd have you tell me of whence you are come."

" 'Tis overlate to ask. Holy Church will not set aside a marriage for that."

"I'd know."

She had the right to ask it of him, and she deserved

to know what she had wed. He nodded, then answered, "I cannot match you in blood, Elizabeth—nay, none could."

"Yet you have said you are as Norman as I," she reminded him.

It was his turn to sigh, for she would surely think she'd taken a man beneath her father's notice. "Aye. My mother was a distant kinswoman to the Morays on her father's side, and she was related to the Giroux on her mother's."

"And your father?"

There was a long silence before he responded. "My sire was a Scots borderer, and his sire before him but the son of a Norman knight come to make his fortune in the Conqueror's train. My mother's family said he was knighted for battle rather than blood, but I know not. All I know is that he was given Dunashie for his service." He met her eyes almost defiantly. "Is there aught else you would know?"

"Are you bastard-born?" Her words hung between them, and she wished as soon as she'd said it that she could call them back. "Nay, I did not mean—"

"Does it make any difference?"

"Nay."

"Well, I am not. My sire wed my mother much as I have done—he stole her from her family, and for that he died. She bore me in Moray's keep, hence I am called by the place."

"And she died?"

"Aye."

"And yet this is your patrimony. Surely the earl—"

He gave a harsh, mirthless laugh. "I was as naught there, Elizabeth. When King Henry would have surety of him, my mother's kinsman sent me for hostage to the English court, with naught but Willie for company. I lived, knowing that it mattered not to Moray if I died," he recalled bitterly. " 'Twas a jest that he sent me, but King Henry did not know of it. Had the peace been broken, they'd have shed no tears for me. As 'twas, I am left with no love for England's court."

Her heart went out to him as the image of a boy

alone in King Henry's court came to mind. "You were but a child then."

"I was but five and Willie ten when I went. I did not see the land of my birth, nor did I return for my patrimony until I was fourteen."

"And yet you took it back."

" 'Twas given to another in mine absence. Like a fool, I sued in royal court, thinking I would regain Dunashie because I had the right." His black eyes grew hard and distant, almost frightening her. "Kings and courts care not for that," he told her. " 'Tis their own interests they serve. 'Twas argued back and forth between us for nigh to two years, until I could see I would be an old man ere 'twas decided, if ever. Hamon of Blackleith boasted to me that he'd be dead ere Dunashie came to me, and in that at least, he had the truth. Willie and I gathered the malcontents from castles between here and Alnwick, and in the night, we burned him out of here."

"Holy Jesu—he died?"

"Aye."

"And King David let you keep it?"

"Hamon's family perished with him, every one of them, making the court case indisputable. And to a king, one strong vassal is not so different from another. I paid a fine to the crown, and what was left of Dunashie was mine."

"And so they called you Butcher," she said softly.

"Aye—for that and other things." Again, there was the bitter, derisive laugh. "What I have, I have taken—on both sides of the border. I gained enough power that de Guelle wished to ally himself with me. 'Twas wrong of me to agree to take Aveline, for she was there the night Hamon died."

She lay very still. What had he said of Aveline's father? That he'd perished over her dowry? Sweet Mary, but what manner of man had she wed? It did not matter now—it could not. He was her husband in fact and deed.

When she said nothing he took a deep breath, then

exhaled slowly. "Is there aught else you would know of me?" he asked again.

"Nay." Then, realizing that he watched her closely, she reached out to touch his face gently. "You were but a boy then, Giles, and 'tis done. If I asked, 'twas that I did but wish to know what we will give to our son."

His eyes searched her face, fearing that she lied to him, that she was afraid of him now, but she met his gaze steadily, satisfying him. "And you bear him, I will try to give to him all that I have won. I'd not have him do what I have done, Elizabeth—I'd not have him hear the cries I have heard."

"You did but what you had to do, my lord. In his time, he will do the same. God willing, his task will not be so great." Moving closer, she laid her head against his shoulder. "I fault you not for anything you have said this night."

His arms closed about her, holding her. " 'Tis why I chose you," he murmured.

Chapter Seventeen

Eleanor of Nantes' letter reached Guy of Rivaux outside Beaumont, where her messenger finally tracked him. There, surrounded by envoys from Geoffrey of Anjou and numerous Norman lords, he read it with disbelief. Not wanting to betray any weakness before the Angevins that might jeopardize the Empress's cause, he withdrew to his tent to consider how best to aid his daughter. In the end, he did what to him would have been unthinkable a scant two years before—he sent for his son.

Knowing only that something ill had befallen Elizabeth, Richard rode posthaste from Celesin, where he'd gone to issue his call to arms, to his father's side. Arriving shortly after dawn, after an arduous two-days' ride over mud-mired roads, he flung his tired body onto a bench in Guy's water-soaked tent. Guy, roused from sleep, handed him the letter.

At first he glanced over it impatiently, then as its meaning sank in he reread his grandmother's message aloud, his anger growing with every word.

My lord Guy, beloved son, I recommend me to you and send you greetings from Harlowe. May God grant your forbearance for the tidings I give.

Giles of Moray, lord of Dunashie, he who is called Butcher by many, was imprisoned unjustly by Elizabeth last month. Today he returned to ask for her, and may God forgive me, but I allowed him to present his suit directly to her, telling him that you would not give her where she would not go. I know not what she answered him, but it pleased him not, and he has taken her from here against her will.

Richard looked up, meeting his father's troubled eyes. "Jesu, Papa! I'd hang him for this—nay, I'd flay him! How can this be?" When Guy did not answer, he returned to the reading.

This lord of Dunashie is a proud, fierce man, like to her in temper if not in birth, my son. And by what he said to me, I do not in truth believe he means to harm her. It is my belief that he desires her for herself rather than for what she would bring him, for he spoke of the sons and daughters he would give her.

"The sons and daughters he would give her!" Richard exploded in disgust. "Afore God, but this Scot overreaches himself! Nay, but she is born of Guy of Rivaux and Catherine of the Condes, and I'd not see her given thus!"

Guy, who'd vented his own anger in much the same manner, shook his head. "He asked, and I denied him," he pointed out dryly. "This time, he came not to me."

"Aye."

Sucking in his breath to calm his temper, Richard realized that anger served them nothing now. To his father, for whom Elizabeth had long been the favorite, this was an even greater blow than the discovery that her earlier marriage had been a miserable one. He exhaled slowly, letting his fury escape, then he finished Eleanor's letter.

If it be your will, I will appeal in your name to Stephen and to David of Scotland, but I'd have the power of your writ ere I do so. In the case of Stephen, I am loath to say overmuch, for I count it a mercy that he has not yet declared Harlowe forfeit. In truth, I'd not gain his notice unless you wish it. As for King David, he may have no wish to anger a vassal who shares fealty with Stephen in England, for 'tis known that the lords of the border side where it best suits them.

Praying that you will give me your wishes in the matter, I remain Eleanor, lady and dowager countess, Harlowe, with the above subscribed by me and in mine own hand this 16th day of March, in the year of the lord, 1138.

He dropped the letter onto the small table as though it offended him. "She as much as says there is naught to be done," he said finally.

"Aye."

"What do you do? We cannot let this pass, Papa! I'd like to say that once he sees her temper, he'll send her back, but 'tis not likely. She is worth too much."

"I'd send you to Harlowe."

This time there was no question of what Guy meant. Richard looked into his father's strange, flecked eyes, and knew 'twas not a defensive move. "And if he has wed her?" he asked quietly.

"You have my leave to make her twice a widow." Guy walked to lift the tent flap, peering out into the steady rain. "I would that I could go, but I cannot. We invade England, and I'd not desert Gloucester now."

Another time Richard would have argued, but this time he understood what Guy entrusted to him. It was as though he would share the mantle of Rivaux with his son. It was a passing of sorts, a recognition of worth.

"If you should fall into Stephen's hands, I cannot aid you," Guy went on. "You will have to wait until he demands a ransom of me."

"I know."

Guy swung around to face him, his expression grave, and for once he looked nearly every one in his fifty-one years. "If you would not go I'd understand, my son."

"Nay, Papa. She is my sister and therefore dear to me."

"Aye, you were ever alike, you and she. Sometimes I think there is more of my sire in both of you than in me, mayhap because you fear not the blood he gave us."

"I did not know him."

"Nay, you did not."

"It haunts you still." It was a statement rather than a question.

"Aye." A harsh, derisive laugh escaped Guy. "These fools who would share my blood know not what they ask. This Butcher, no matter what he has done, cannot match the evil in my sire."

"They see not him, Papa—'tis Guy of Rivaux they see." Richard walked to face his father. "When would you that I leave?"

"Do you return to Celesin first?"

"Nay. Gilly will understand, for Elizabeth is as her own sister. By your leave, I'd go alone. Where Rivaux of Celesin would be challenged, a poor pilgrim will not."

" 'Tis a risk."

"Less so than I take fifty men that we cannot spare. There are men enough at Harlowe."

Despite the seriousness of the situation, Guy smiled. "The Scots are a treacherous lot."

"And I am Rivaux. Nay, but he'll not keep her, Papa—not if I have to meet this Butcher in combat."

"Aye, and there is treachery everywhere. If Reyner of Eury can turn against us, there's none but Gloucester I'd trust."

They'd both been surprised by Elizabeth's earlier letter, Guy more so than his son. For Richard, the greater shock lay not in the fact that Reyner had attacked his sister, but rather that he'd done so openly. He nodded. "I'd not count faces in council, Papa—I'd count those who came arrayed in full mail, ready for battle. 'Tis easy to promise that which will not be given."

"I'd thought I had a bond of blood with him."

"The bond was money and died with Ivo."

They had seldom mentioned Ivo of Eury, for they'd

never agreed on him. Elizabeth had returned to Rivaux, loath to speak of her husband to her father, saying only that there was no love between them. And Guy, perceiving that it was painful for her, had foreborne asking.

"Did she ever speak of him—Ivo, I mean?" he asked suddenly.

"Not overmuch."

"And yet you brought her home from Eury."

"All she ever said was that he was no husband to her—nothing more. But she greeted me as though I'd saved her from Hell." Richard's mouth twisted downward. " 'Twas why I could not leave her there. Now I think she feared Reyner."

"My lord . . ."

Both men looked up as a page lifted the tent flap. The boy hesitated, seeing that Guy was not alone, but Guy encouraged him: "Nay, speak up—'tis my son."

"My lord of Beaumont bids you come to him, for he has a message from the Scots king."

Guy nodded, then turned to Richard. "You'd best sleep—you look as though you have ridden from the fiery pit yourself."

"And you do not mind, I'd hear also. By the looks of it, I may find myself in Scotland ere I am done with the lord of Dunashie."

When they arrived, the Angevins were already there. One of them looked up and, seeing Guy, broke the news. "Heard you not? David of Scotland invades England when Gloucester lands in the South. The usurper will not know which way to run!" he gloated. "He promises to lay waste to the whole of the North, unleashing his Picts from Galloway even."

Richard and his father exchanged glances. "Holy Jesu," Richard muttered.

"Aye," Guy agreed grimly. "There will be no time to waste."

They sat on crude benches hastily produced from other tents, listening to Beaumont read David of Scotland's flowery promises of support for his niece, the Empress, hearing with misgiving his boasts of the toll he would take on Stephen's lands. Finally, when 'twas done, they rose and left.

Once inside his own tent, Guy wrote to King David himself—and to Giles of Moray. The name of Rivaux still had meaning, and he invoked it forcefully, demanding the return of his daughter and promising retribution. If they did not send her again to Harlowe, he would see the lord of Dunashie dead.

Richard read over his shoulder as his father's pen scratched across the parchment. "God's bones, Papa, but you give strong words," he murmured, smiling.

"Aye, and when Normandy is united beneath the Empress's banner, I will join you in England," Guy decided grimly. "I'd see you teach this beggar Scot my daughter's worth to me."

For a moment his son felt the old pain. "Nay, Papa, but I can take her back for you."

"Aye." The flecked eyes that looked up at him were almost green. "For me, too much depends on Gloucester now. I did but mean I would aid you when I can."

Chapter Eighteen

He watched from the end of the room, thinking she was more than he had ever expected, that she was the most exquisite thing he'd ever possessed. Aye, there was no queen in Christendom more beautiful than this woman he'd claimed for wife. His heart almost ached from the fullness every time he looked on her, and even after nearly two months of lying with her he still could not get his fill of her. It was as though she were as necessary to him as food. To stay with her he'd failed to answer his sovereign's call to arms, stalling, saying he needed time to raise his levies, risking royal wrath.

If he had any regret at all 'twas only that he did not match her in birth, that she could not compare him to her father or her brother. For despite the nights they shared, despite the passion between them, he suspected that she still longed for the luxury, for the power that was Rivaux.

She sat, her head bent low over the shimmering fabric, listening to the cloth merchant extol its merits. It was of crimson and embroidered in the French style, the Fleming pointed out proudly, and therefore quite dear. Resolutely, she pushed it aside and gestured toward the blue samite.

"I should like ten els of that, I think," she decided.

Nay, he'd not have her think she gave up too much to live in his house. Giles stepped forward. "She will have ten els of the other."

She shook her head. " 'Tis too costly, my lord."

The way she said it touched his pride. " 'Twill not

beggar me. And the blue also, if she would have it," he told the fellow.

Recognizing a lord who loved his lady, the merchant turned his attention from Elizabeth to Giles, bobbing obsequiously. "Would your lordship see the gold also? 'Twould trim the crimson finely. And for my lady's sleeves, there is a piece of flames-of-fire from Byzantium, my lord—as there is not enough for a whole gown, I would part with it for seven English pennies."

"Done."

"God's bones, but 'tis a waste! Nay, I—"

"I promised you bride clothes," Giles reminded her. " 'Twas what you asked at Wycklow."

"Aye, but—"

"I can keep Rivaux's daughter as befits her." He bent over the merchant's packs and picked up a heavy gold chain set with bloodstones. "How much for this?"

"For you"—the fellow calculated how much the borderer might pay—"thirty pennies."

"Jesu."

" 'Tis quite well wrought, my lord. 'Twas sold to me by a London goldsmith last year, and there's been none comely enough to wear it," he added slyly.

"He robs you," Elizabeth protested.

"She will take it also."

The cloth merchant broke into a black-toothed grin. "He values you right well, lady."

Giles reached to stroke the glossy black braid that hung down her back. "Get you some baudekin for your veils also."

" 'Twill be said Rivaux's daughter has airs above your station. Already they fault me for what I cost you."

His hand stilled. "Who faults you?"

"Willie."

"Nay, he does not."

"He does, but 'tis another tale." She looked again to the merchant. "Have done, ere there are no candles in the hall. I'd see needles and thimbles, rather."

Satisfied with what he'd bought her, Giles left them

to haggle over the price of Spanish needles and made his way down the stairs from her solar. "Where's Willie?" he asked Hob curtly.

"Disputing with a boy over the cleaning of his mail—he said there was nae enough vinegar in the bag."

Giles hesitated, then asked, "I'd have you tell me if Willie is disrespectful to my lady," he said finally.

Hob pursed his wrinkled lips for a moment, then spat onto the ground. "There's nae a man here as likes it she sits above ye."

"She is Guy of Rivaux's daughter."

"Aye, but—"

"I gave her the right to sit according to her rank, Hob. I'd have you tell any who disputes it—even Willie."

"Aye."

None of them understood the pride she gave him, and he knew it. None of them could know what it meant to lie beside the daughter of Rivaux, to have her return his passion, to hold her against the dreams that had plagued him for the past ten years. They could see only the airs and tempers that came with her birth. To Scots borderers used to rough keeps and the hard life of continual warfare, to rising and falling fortunes, Elizabeth of Rivaux had no more value than any other he could have taken. And from the beginning Willie had said as much, complaining that she cost him more than he could afford.

He found Willie in the rough armorer's shed that leaned within the inner wall. While a sullen boy looked on, the big man shook the leather bag with vigor, making it sound more like a hundred coins clinking together than like mail and sand. When he saw Giles he stopped, grinning.

"The fool put but a cup to the sand, my lord, and I'd show him how 'twas done ere it came to yours." Cuffing the boy affectionately, he handed him the heavy bag. "Here now—'tis ready to be rinsed and brushed off." Looking across at Giles, he perceived something was wrong, and his grin faded. "Och, 'tis vexed ye are wi' me."

"Aye."

Willie nodded. "Your lady complains of me."

"I'd walk the wall with you—I'd not speak before others."

Giles ducked through the tattered leather that covered the doorway and waited. The big man followed, his red hair gleaming in the spring sun. He straightened, squaring his shoulders, knowing what would come, then followed Giles along the base of the wall to the wooden steps that rose up the side. Wordlessly, they climbed to stand above Dunashie. The wind blew, whipping the golden bear that paced over them, while the land beneath them lay in neat, hedge-bound fields of green. There was a peace that belied the many battles fought over the land.

Giles sucked in the fresh, raw air, letting it fill his lungs, then exhaled fully. Willie waited warily. Finally, he could stand it no longer.

"What tales does she carry to you?" he asked.

"I'd hear from you."

The big man nodded, then looked downward, staring into distant, sheep-dotted hills. Clearing his throat, he tried to put into words what he felt. "Twenty-six years I have served ye, as exile in another land and here. And when we were come home again, I fought beside ye to gain what was yours."

"And I would have rewarded you for it," Giles reminded him.

"Nay, but I did it fer the blood I shared wi' ye. I canna be a laird like ye, fer me dam was but a village lass, and I've nae begrudged ye fer it," Willie protested.

"I know."

" 'Tis pride I have in ye, knowing I have aided ye to rise to yer own, but"—he stopped, groping for the words that would not anger Giles, then plunged on—"but a man who canna rule his wife canna rule his men."

"There's none to say I have led you where we have

lost, Will," Giles retorted. "And if there's any as would seek another lord, he may."

" 'Tisna right that she sits above ye at yer own table—aye, and there's many as thinks it, e'en if none dare to say."

"She is Elizabeth of Rivaux."

"And ye be lord of Dunashie! Sweet Jesu, but we are no Norman keep!" Then, perceiving that Giles' face had darkened, he tried again to explain. "Ye've wed one as brings us naught but a saddle fer our backs—'tis her consequence rather than ye or Dunashie she has a care fer. Aye, she came wi'out a dowry e'en." Meeting Giles' eyes almost defiantly, he dared to unburden himself of his resentment. "And if she nae breeds, ye'll be the last of yer blood here. 'Tis bewitched ye are."

"Aye."

He'd not expected his lord to admit it, and for a moment Willie stared. "Ye've not yet heard of Count Guy, have ye? And what if he comes fer her?" When Giles said nothing, he answered himself. "She'll cost ye Dunashie."

"I wed her, Will—not even Guy of Rivaux can change that."

"Nay, but he can put yer head on yon pike—he can reduce Dunashie to naught but rubble and ashes! And if he comes fer her, there's naught to say she'd choose ye over him, is there?" Willie argued. "Seems ter me as her pride is Rivaux—not Dunashie!"

His words touched a rawness within Giles, for far too often Giles himself had wondered if he could in truth hold her against her father. The big man saw and nodded. "Aye, and fool that ye be, ye think she'll come back from Harlowe to ye, and ye'll let her go. I say let her, and we'll see."

"Nay." Giles turned away, to stare unseeing toward the water directly below. "You will have to go to Wycklow, Will."

He spoke quietly, but his words hit Willie as hard as if he'd shouted them. Stunned, Will felt his throat tighten almost unbearably, as though he could not breathe, and his eyes welled with tears.

"I'll not allow any to gainsay her in mine house," Giles added quietly. "For the love I bear you, I'd have you stay in my service there."

The big man swallowed, then shook his head. "Nay . . . 'tis more meet that I leave ye."

"Will . . ."

"Think ye that ye be the only one as has need of me? Think ye I'd hang on yer purse? Nay, but I'll go to King David ere that!" Before Giles could block his way, Willie flung himself down the stairs.

"Willie!"

"Nay! When ye have need of aid, send to Rivaux!" he cried. "Ye'll be fortunate to sit at his table at all!"

All activity in the courtyard below ceased as everyone stared upward, shocked by the giant's display of defiance to their lord. Heedless of any, Willie strode toward the armorer's shed.

Giles considered going after him, of stopping him, but as he looked down into the disbelieving faces of his people, he decided against it. Nay, 'twas enough having them think Elizabeth ruled him—he'd not have it said that Willie did also.

Vaguely aware of the tension that seemed to permeate Dunashie, Elizabeth went about her daily tasks: supervising the women at their needles, inspecting the preparation of the afternoon meal, and seeing to the ordering of fresh rush mats for the floors. If those around her seemed more sullen than usual, she tried not to note it. But when one of the seamstresses pinned her rather than the cloth, she boxed her ears soundly. Instead of apologizing abjectly, the girl stared mutinously up at her.

"God's bones, but what ails everyone?" Elizabeth asked finally. "There is not a smile in this house."

"Wee Willie leaves," someone spoke behind her.

"And good enough riddance!" Then, perceiving that somehow this must be the source of their ill will, she sought an explanation. "Why is it that he goes?"

The girl she'd struck dropped her eyes, assuming her earlier sullen pose. As Elizabeth turned to the others, they also looked away.

"Jesu, but has none a tongue?" she demanded. Walking to confront one of the older women, she tapped her foot impatiently and waited. "Well?"

" 'Tisna right that one of his blood goes," the woman muttered.

"Whose blood? Can you not speak in aught but riddles? God's bones, but had you been at Rivaux, my mother would have had you beaten for insolence!"

" 'Tisna Rivaux," a seamstress murmured under her breath.

"Nay, of a certes, 'tis not," Elizabeth agreed dryly. "At Rivaux, there are none to dispute their lady, for my father would not brook such behavior." Turning her attention again to the woman before her, she asked more calmly, "Why is it that Willie goes? And what matters it to you?"

"He serves Lord Giles no more."

"He has not the right to decide that. A man serves where he swears."

"Willie was born here," the little seamstress volunteered. " 'Tisna right that he leaves."

"If he was born here, he cannot." Then, recalling that Hob had said Willie was not a villein, and that she'd never been quite certain just what the social order was in this strange keep, she tried again. "What is Willie's birth?"

"He is of the lord's blood—the old lord sired both."

"Willie is Lord Giles' brother?" Elizabeth asked incredulously. "Surely not."

"Aye. And when the young lord was sent fer hostage to King Henry's court, 'twas Willie as went wi' him." The woman's eyes accused Elizabeth. "He was as the young lord's ain hands before ye came to Dunashie."

Elizabeth spun to demand of the others, "Is this the truth? Is Willie of Lord Giles' blood?"

"Aye," one of them answered, looking away. "And he had a care fer him when there was nae other."

"Unpin me," Elizabeth ordered grimly. "And then you are dismissed. I'd have you leave me."

For the first time that day they worked quickly, the seamstress removing the pins and folding the pieces of the new gown, the others setting the solar in order for the night. Then, one by one, they slipped silently from the room. As the last footsteps sounded on the stone stairs, Elizabeth sank to a bench.

Hob's words, *Wee Willie is nae—*, cut off before he could finish them, came back to her again.

And what had Giles said of his giant? *Willie and I gathered the malcontents between here and Alnwick, and in the night, we burned them in their beds. My mother's kinsman sent me for hostage to the English court, with naught but Willie for company.*

Willie had been freeborn, as freeborn as a bastard could be, anyway, and he'd followed his brother into a hostile place, serving him from youth to manhood. And by the looks of it, he'd asked little for himself. He was Giles' brother. It explained so many things she'd scarce thought on. But most of all, it explained his attitude toward her. He saw her not so much as Giles' lady, but rather as the high-tempered daughter of Guy of Rivaux. And he perceived her as a threat not to himself, but to Giles. That she sat above Giles was to him an affront against his blood. As one born of the blood of Rivaux, she gloried in what her family was. Why should Willie, bastard or no, take less pride in his?

And finally she understood. For a long moment she sat, chewing absently at her thumbnail, pondering what she ought to do. At Rivaux, a bastard, had her father had any, would have been treated well, she was certain of that. Aye, he'd welcomed little Amia as a cherished granddaughter, never faulting her or her mother for the fact that Gilly had borne her out of wedlock. It was enough that Amia was born of his blood. And so it ought to be for Willie at Dunashie.

She rose quickly and made her way down the narrow, winding stone steps. "Where's Willie?" she demanded of the first man she saw, using the soft

"Wullie" of the Scots. He looked up in surprise, then his eyes were guarded.

"He is nae here."

"Has he ridden from Dunashie?" she asked with sinking heart. "Has he left?"

"Nay." The fellow shifted from one foot to the other uneasily, uncertain whether she meant to punish Willie or not. "Nay," he repeated.

"Then where is he?" Seeing that the man looked away, she snapped impatiently, "Out with it—I'd know that I may speak with him ere he leaves." It was as though he also meant to defy her. Goaded, she grasped his arm and pulled him back to face her. "Sweet Mary, but what is wrong with the lot of you? I am your lady!"

He stared sullenly, much in the manner of her women earlier. She raised her hand to slap him, then let it drop.

"Lady Elizabeth."

She turned to face the red-haired giant, seeing that he carried his bow and his leather pack over his shoulder. Already in mail and traveling cloak, he appeared ready to ride. Inexplicably, tears of relief welled in her eyes. He looked past her to the man behind her.

"Fer shame, Fairlie!" he scolded. " 'Tisna yer place to deny yer lady!"

"Willie . . ."

"Nay." He stepped past her to deliver a resounding cuff that sent the fellow sprawling. "Be thankful 'tis me as heard ye, fer when 'tis yer lord, he'll have yer head fer it." He stood over the cowering man, his anger evident. "Now, get ye up and make yer obeisance ter yer lady, Fairlie, else I tell 'im meself." His eyes traveled over those who watched silently. "What did Lord Giles tell ye the day he brought her here?" he demanded of them. " 'I give ye yer lady,' he said, 'her honor is mine own!' did he not?"

"Aye, but—"

"Nay, I'll not hear it!" He turned again to Elizabeth. "Yer ladyship was wishful o' speaking ter me?"

Elizabeth's throat ached and the tears burned in her

eyes, but she managed to nod as she whispered, "Aye."

"Then ye'd best walk apart wi' me, fer I'd not have any listen." He stood back respectfully to let her pass.

The small crowd parted for her, and she walked through their midst, looking at each in turn. They dropped their eyes and stood silently. It seemed as though she crossed the length of the inner bailey, when in truth 'twas but a short distance to the walled inner garden. He closed the wooden gate behind them, and waited.

"You have my thanks for that, Willie," she said, looking up at him.

"I didna do it fer ye," he admitted candidly. " 'Twas fer Lord Giles."

"Willie . . ." Again, she said it as "Wullie," hoping he'd note it. "I—I'd have you stay." The big man stared long, surprised by the tears that swam in her eyes. She swallowed and nodded. "Aye."

He exhaled heavily, then turned away. " 'Tisna yer place to ask, my lady."

"You belong here, Willie—more than I, you belong at Dunashie."

"Did he ask ye ter come ter me?"

"Nay. I ask for myself." She reached a tentative hand to touch the wide shoulder. "You are born of the blood of Dunashie, Willie—you have the right to be here, to sit at Giles' table."

It was as though he did not hear her, for he spoke again low. "Ye be born of the blood of Rivaux, and ye canna ken 'tis different here, I suppose. Here a man rules as much by what he takes as by who he is born. Fer six and twenty years I have served his lordship as I was bidden." He swung around to face her, his eyes troubled. "He was breeched into this world wi'out so much as a father's promise, Lady Elizabeth, born to the scorn of his dam's kinsmen, fer ter them the lord of Dunashie was as naught."

"Willie . . ."

"Nay, I'd speak fer oncet. The crows was pickin' out his sire's eyes whilst she bore him, and—"

"He was your sire also," she reminded him softly.

"Aye." His gaze grew distant, as though he could see across the intervening years. "Aye. Five I was when she birthed him, and my sire's last words ter me was ter have a care fer the babe. He died not knowin' 'twas a son she carried fer him, ye know." He settled his huge shoulders, then straightened before her. "And afore God, I swear I have tried, Lady Elizabeth. I swear it."

He said it as though he expected her to challenge him. Instead, she looked up through misted eyes. "I know."

" 'Twas hard fer a boy sent ter King Henry, but we managed to survive. And when the old earl raided, 'twas a near thing my lord was not blinded fer it."

"It must have been terrible for both of you."

"Terrible?" He snorted derisively. "Aye, but it tempered him as surely as the craftsmen of Toledo temper the blades. We dinna see Scotland again ere he had fourteen years, and then we came home ter naught." His eyes grew distant again, seeing what she could not see. "We had to sue fer Dunashie, ye know, fer it had been given to another."

"Hamon of Blackleith."

"Aye. And hell would hae frozen ere we got it back, but we took it, anyways. Burned it and all of them as was within."

"He told me."

"And did he tell ye he hears 'em cry out still? God's bones, but 'twas his, Elizabeth of Rivaux—his! More's the times I have awakened ter find him on his knees than I can count, and d'ye know why? Fer them! If them as calls him Butcher could see what I have seen . . ."

"You love him, do you not?" she asked quietly.

"Too much ter see him brought down."

"Stay, Willie."

He shook his head. "I saw what the Lady Aveline did ter him with her sniveling, weak ways. If he thought himself damned before, she confirmed it, fer she couldna bear the sight o'him. But he dinna kill her—he dinna."

"Of course he did not."

"Aye, but who's ter tell him so? The Church and King David absolved him, ye know, but it dinna make nae difference to him."

"Willie, you do not have to tell me this."

"Aye, I do, fer how else can ye ken what 'tis as ails him?" he asked sadly. "The hands festered, ye know. 'God damns me fer what I could nae be ter her,' he says ter me. 'Nay,' I tell him, ' 'tisna so. 'Twas the woman's own foolishness as killed her,' but he nae listened ter me." He met her eyes soberly, shaking his head. "He would have it as the Lady Aveline was God's punishment fer burning Dunashie."

She was silent for a moment, then she spoke softly. "I would make him forget her, Willie."

"Would ye now? And who's ter make him ferget ye?" He flexed his arms and shoulders beneath his mail. "Got leagues to ride to King David's town," he muttered, turning away.

"I'd put you at his table," she offered. "I'd honor you for the blood you bear."

He swung back around at that. " 'Tis nae where I sit as makes the difference ter me, Lady Elizabeth. I canna watch ye sit above him, don't ye see? A man as canna rule his wife canna rule his men," he repeated for her.

"He agreed to seat me by my rank," she retorted defensively.

"Because he would have ye! His head was ruled by his nether parts, if ye want the truth of it." He raised his hand, then let it fall. "Aarrghhh! There be no talking ter ye. Ye be born of the blood of Rivaux, and that's the end to it."

"My son will be lord of Dunashie."

"Born at Harlowe! God's bones, but ye would tell us all as Dunashie isna good enough fer ye!" Again, he looked away, muttering, "If there be a son, anyways." Resolutely, he moved toward the gate. "God grant ye joy of yer exalted place, Lady Elizabeth."

"There will be a son, Willie."

He stopped, not daring to turn back again. "Nay, ye canna know it."

"I know." She walked to stand before him, blocking the gate. "I am not barren." Meeting his incredulous gaze, she nodded. " 'Tis early days, but I know." She could see him figuring the weeks she'd been there. "I have missed the flow."

"Still . . ."

" 'Tis the first time ever." She watched as the possibility took root in his mind, then pressed her advantage. "I'd have you be to him what you have been to Giles. I'd have you love him also."

"Does Lord Giles know?" he asked suspiciously.

"Nay." She clasped her hands before her. "I am sworn to my father, Willie, yet I'd not go—not yet. I do not mean to tell Giles until I have missed my second course."

"A woman hasna the right to keep such from a man."

"I don't want to leave him yet," she answered simply. "I would be sure beyond doubt. Willie—"

"I canna stay," he maintained stubbornly. "I canna. 'Tisna yer place ter ask it."

"Jesu! I tell you what I have told no one, and still you deny me? The only thing wee about you, Willie, is your brain! Is it not enough that I'd not have you go?"

"The quarrel is nae wi' ye."

"But 'tis over me, is it not? God's bones, Will of Dunashie, but would you have me grovel at your feet?"

"Nay."

"You have more pride than I!" she shouted at him. "Can you not stay the night at least? Must you leave now?"

He wavered. " 'Tis unseemly fer ye to beg me," he muttered, looking downward. He didn't want to go, and she knew it. What he wanted was for Giles to ask.

"If you are of like mind on the morrow, I will send you off with a full stomach," she promised him.

A slow, almost grudging grin spread across his face. "Och, but I wonder that the merchants profit of ye, Lady Elizabeth, fer ye make a hard bargain."

"War comes, Willie, and my son will have need of every kinsman." She reached to take his leather pack from his shoulder. "Wear your better tunic to sup," she ordered.

"Nay, I—"

"The blue one."

He watched her go, then followed at a distance. Those she passed in the courtyard looked up, noting that she carried his pack. His grin broadened. A babe born of her would be fierce enough to hold anything. And, God willing, 'twould heal Giles' pain also. And then he remembered Guy of Rivaux. His grin faded to a frown. They'd not heard from Rivaux yet.

Chapter Nineteen

News reached Giles of what Elizabeth had done, angering him. Instead of feeling grateful that Willie stayed at all, he felt betrayed, for he'd confronted his half-brother for her.

"Jesu," he snapped when he saw her, "what is it that you would have of me? You complain of Willie and then have him stay!"

She looked up from the altar cloth she embroidered. "You did not tell me he was your brother," she responded. "I could not in conscience send one of your blood away."

" 'Twas not your right to interfere!"

Stung, she took refuge in her own temper. Rising to face him, she retorted, "I'd not be hated more. God's bones, but there was none who did not blame me for the quarrel between you! If there be any blame in this, 'tis that you did not tell me!" Looking past him, she saw that her maids watched. "I'd have you leave us," she ordered curtly, disappointing them. As they filed silently from the solar, she turned again to him. "At Rivaux, any born of the lord's blood are recognized. My father says bastardy is not the fault of the bastard, after all."

"Do you teach me how to order my keep?" he asked incredulously.

"Aye."

" 'Tis not Rivaux!"

"Do you wish him to leave?" she countered. "Is that how you would reward one who has served you well these twenty-six years past? Is that how you would recognize one who shared the misery of King Henry's household with you?"

"Nay, 'tis not. But that is between Willie and me, Elizabeth."

"You let me think him no better than a villein! He ought to share your table! He ought to have—"

"If he does not, 'tis by his own choice. Do you think I have not offered? ' 'Tis not meet,' he says, for his mother was but my father's leman. Willie is content to be what he is."

"He is born of the same blood as you, Giles, and I'd recognize him for it. I'd have him sup with us. Aye, and I'd have—"

"You have not the right to interfere in what you do not know," he muttered.

"I'd have his loyalty for my son."

"Willie's loyalty cannot be bought by a chair at my table. Jesu, but—" He stopped as her words took on meaning to him. "You cannot—'tis too soon—"

She nodded. "I have never missed my courses since they were begun." Moving closer, she smiled crookedly. "You were right when you said you were no Ivo."

"Sweet Jesu." Then, as the full import of her news came home to him, he turned away. "Nay, 'tis too early."

"I'd not wanted to tell you ere I passed the second month." She reached to caress his shoulder. "But I thought you would be pleased."

"Pleased? How can I be pleased that you mean to leave me?" he demanded harshly. "How can I be pleased that you will bear my son at Harlowe?"

"You agreed—'twas agreed between us," she reminded him.

"I did not think 'twould be so soon. What if you are wrong?"

"I am willing to wait until 'tis certain." She smoothed the soft wool of his tunic where it covered his arm. "I'd not quarrel these last weeks with you," she added softly.

As light as her touch was, it was enough to send a

wave of desire washing over him. Her fingers crept to the thick, black waves of his hair as she leaned her head against his back. The sweet smell of her rose water wafted over his shoulder, intoxicating him. He closed his eyes and swallowed, hoping she could not see the power she held over him. He stood very still.

She could feel his body tense beneath her head, and her answering desire made her almost weak. "There's none here but us," she whispered. "I'd have you hold me, Giles."

His anger and fear dissolved in his need. With a groan he turned into her arms, seeking her mouth eagerly. The now familiar heat between them sent his pulse racing as she returned his embrace. Her lips parted, yielding and demanding at the same time. It was as though liquid fire coursed through his veins, fueling his desire for her. He tasted deeply, exploring her mouth, as his hands moved over her hips, molding her body to his. This day at least he'd make her forget who she was and where she would go. Breathless, she broke away. "I'll bar the door," she gasped.

When she turned back around, he had divested himself of his clothing and stood like a stallion before her. Blood pounded in her ears as he reached to unhook the golden girdle that spanned her waist. His hands worked clumsily to release the jeweled hook. It fell away, dropping into a tangled chain at her feet.

Stepping back, she lifted her gown, ready to pull it over her head. His hands slid beneath, moving over her bare skin, feeling the heat of her flesh.

"Nay, I'd not wait, Giles," she panted, trying to twist away. Her protest died in a moan when he grasped her hips, holding her as he entered her with ease. She stiffened momentarily, shocked by what he did. And then he began to move, slowly at first, as though to test that he did not hurt her. Still guiding her hips, he rolled her against him in an undulating motion. As her embarrassment yielded to the pleasure of union, he released her, letting her move against him with abandon.

She clasped his arms tightly for balance and rose on

tiptoe. He watched as she moved, her eyes closed, her lower lip caught in her teeth while she concentrated on what she did. The soft sheen of perspiration damped her forehead as her breath came more quickly now, punctuated by the gasping cries that told him she was nearly there. Her hands dropped from his arms to his hips, urging him feverishly to join her. He rocked against her harder, faster, losing himself in her until he was mindless, aware now only of his own body. His cries joined hers until he exploded within her, giving him peace.

"Sweet Mary," she whispered, clinging to him.

"Aye." Very gently, he separated from her. Grinning, he let her gown drop between them. "You are the first woman tall enough for that."

"I'll warrant they heard us in the scullery."

"Do you think so?" he asked wickedly, turning her around. His fingers found the end of the gold cord that bound her single braid, loosening it.

"What are you doing?"

"I fancy seeing your hair on my pillow," he murmured, combing the heavy black hair with his fingers. "And this time, I'd see all of you."

"Again?" she asked faintly.

" 'Twas but the ale before the meal," he answered. Her green eyes widened for a moment, then she gave him an answering smile. This time, when she lifted her gown, he did not stop her from taking it off. It fell in a swoosh at her feet, where it was joined by the linen undertunic. She faced him, her pale body gleaming in the dimness of the solar, and his mouth went dry again with desire.

Still smiling, she backed to the bed. Her heart beat wildly as he stalked her, then pushed her gently down into the feather mattress. For a long moment he looked at her, his black eyes warm. Slowly, deliberately he eased his body into bed beside her and turned to face her.

"This time, Elizabeth of Rivaux, I'll see that they hear you in the cellar."

His gaze traveled hungrily over her body, taking in

the still-flat plain of her belly, the full swell of her breasts, the white curve of her throat, the glossy black hair that spilled over his pillow, the eyes as green as glass. She was, he knew, the most beautiful woman in Christendom. And for now at least she was his.

The previous lovemaking had taken the urgency away, leaving him the luxury of exploring her leisurely. He propped himself up on an elbow to watch as he traced over her body with his fingertips, beginning with her forehead. Intrigued, she met his gaze, blinking only when he would touch her eyelids ever so lightly. She felt his hand brush over her nose, dipping at the bridge, then skimming down to her lips.

"Art lovely, Elizabeth," he whispered, bending his head to kiss her. His breath, warm and light against her face, sent a new shiver of anticipation through her.

"Nay, I—"

"Shhhhhhh."

Even as his lips met hers, his hand moved lower, from her chin, down over her throat and neck to the hollow there. She would have twined her arms about his neck, but he shook his head. His mouth left hers to follow his hand's lead, nuzzling soft kisses that intensified the shivers.

His scar-roughened palm brushed her breasts lightly, first one and then the other, hardening her nipples. And she felt the now familiar tightening deep within her. She had to will herself to lie still before him. He eased his body down in the bed, laying his head against her breasts. She looked downward, seeing the thick, tousled black hair, and this time she could not resist burying her fingers within the waves. His tongue curved around her nipple, teasing it.

"Have done. I—"

"Sweet," he murmured, turning his attention to the other one.

"Mary, but I cannot stand this," she protested as his palm moved over her stomach and abdomen.

"I'd have you do the same for me," he murmured, lifting his head.

"Now? But I—"

Even as she spoke, he lay back, his dark eyes daring her.

"Touch me, Elizabeth."

"Where?"

"Everywhere."

It wasn't supposed to be like that. The priests had never said 'twas for anything but procreation. And yet there was that in his eyes that compelled her. She leaned over, letting her hair fall like a curtain of black silk over his bared body, and slowly, ever so slowly, she explored him in like manner, tracing over his profile to his lips.

The fragrant mass enveloped him as she bent to kiss him, gently at first, then with deepening passion. When she lifted her head, his dark eyes were so black that there were no pupils.

"Lower," he urged.

She drew in a breath and exhaled slowly as her fingers traced through the dark, curling hair that covered his chest, touching his nipples. His body was hard, rigid almost beneath her hand. Very gingerly, she moved lower, feeling the flatness of his belly, dipping below. As her fingers skimmed lightly over him, his whole body seemed to tauten. He was so big, so physically powerful that she was almost in awe of him.

Without warning, his leg twined over hers, pulling her down to him. "Would you ride?" he asked softly as he entered her again. As she settled over him, his hands found her breasts again, and the scars on his palms tantalized her nipples once more. "Ride, Elizabeth, ride," he urged, moving beneath her.

She moved slowly, tentatively at first, marveling at the freedom, the power she had over him, then as the old intensity returned she gave herself up to the feel of him, of what he did to her. He bucked and writhed beneath her as she moved harder and faster, riding as though she could master him. Her breath came in great sobs, mingling with primordial cries of ecstasy. There was no one, there was nothing beyond what he did to her as wave after wave of release flooded through her. Spent, she collapsed to lie still, savoring the moment, listening to his gasping breath beneath her head. Finally, she reluctantly rolled to lie beside him. His hand clasped hers.

"You are a wonder to me," he said, his fingers tightening on hers. Turning his head, he regarded her solemnly. "A wonder," he repeated softly.

She snuggled closer, resting her head against his shoulder. "And a wanton," she murmured.

His hand smoothed her tangled hair where it fell over her back. "A wanton wonder then." His arm closed around her, pulling her closer, and for a time he was silent.

Life was too good, too full, to last, and he supposed he'd always known it, but these last weeks with her had been the best of his life. For the first time in his memory he'd been content, daring to think he could keep her, that he could make her forget she was anything other than his wife. But such was not destined to be the lot of a mortal man, he supposed.

"I'd have my babe born at Dunashie," he said finally, giving voice to his thoughts. "If 'tis a son, 'tis his patrimony."

" 'Twill be a son," she answered with conviction. "I have prayed to the Virgin for a son."

"Your mother bore but one, and your grandmother none. Nay, Elizabeth, I'd not fault you for what you give me."

" 'Tis a son," she insisted. "I know it."

"I will leave him more than my sire left me, I swear it." He twisted his neck to look down on the crown of her head where it rested against his shoulder. "What I cannot give him in blood, I'd give him in land."

"Aye."

"Tell me—do you regret wedding me?" he asked suddenly. "Am I still as naught to you?"

"Nay. You are my husband," she answered, disappointing him.

There was that within him that wanted to know more than that, that wanted to know if she loved him beyond what he did to her. "When you face your father, will you be ashamed that I have taken you? That you have wed one who cannot match you in birth?" he persisted.

She hesitated, not certain she knew herself. In the beginning, she'd refused him because he was naught but a borderer, and then she'd taken him because she'd yearned to be as other women, because she'd yearned to be held by a strong, fierce man. But now . . .

" 'Twas wrong of me to ask," he decided finally, afraid to hear her answer. " 'Tis enough that I have you."

"I will tell my father that this babe I carry is born of his blood and yours, Giles, and that I'd have no quarrel between you. He will love our son for me."

"My mother's family hung my father on the gibbet for having her."

"I know."

"I'll not yield you, Elizabeth. If mine lands are soaked in blood, if the burns run red with it, I'll hold you, so help me God."

" 'Twill not happen, for I gave my consent to you."

"What if he will not allow your return to me once you are at Harlowe?" He had spoken his greatest fear. "I cannot take Harlowe."

"Sweet Mary, but what ails you? My father is in Normandy, and even if he hates you for what we have done, he'd not kill my babe's sire."

"He could hold you from me. 'Tis a worry to me that he has not answered your letter nor mine."

"I am not without influence with my father, Giles. I have but to say that I would return to you, and he will not stop me. Jesu! I tell you I carry your babe, and it means naught to you! You cannot even be glad of it, can you?"

"My gladness would be greater if you did not leave me. I'd see your belly grow, Elizabeth. I'd feel the child move within you."

"You will not be here to see it. You will answer King David's call to arms." She turned to slide an arm around him, holding him. "Can you not simply love me for the babe I bear?"

"Aye. There is no need to ask." But even as his arms tightened around her, he did not feel as though she'd answered him. And despite what he'd said when he wed her, it was no longer enough that she lay willing for him. He wanted her to love him for more than the child he gave her. "I'd love you for more than a son, Elizabeth."

She lay there, her head against his chest, listening to the steady, even beating of his heart. And she wondered if she had the will to leave him. But the words she'd given her father, the oath she'd sworn, echoed in her mind, haunting her. Nay, but she had to keep her fealty—she had to.

He pulled away from her and rolled to sit on the edge of the rope-hung bed. For a long moment he stared downward, seeing again the thick scars that crossed his palms, and once again he felt God's retribution for his sins. The awful thought that he'd been allowed to seize his dream only for the greater pain of losing it washed over him. She was, he feared, but another instrument of God's justice. With an effort, he heaved himself from the bed and moved to pick up his discarded clothes.

"Where are you going?" she asked behind him.

"To see Willie." He turned around, forcing a twisted smile. "I'll see he sups where you would have him today."

After he left, she rose to clean herself. And as she touched herself where he had been, she knew she regretted that she'd wanted to be different from other women. Now she wished only to be loved by him.

Chapter Twenty

The word Giles had dreaded since Harlowe finally came to Dunashie on the 9th of May. And Guy of Rivaux's message, couched in the harshest terms, bore testimony to his anger.

With shaking hands Giles received it of the red-shirted messenger, then withdrew alone to read Elizabeth's father's denunciation. Using his thumbnail to slit the wax that sealed the parchment case, he opened it and drew out the rolled letter. His heart sank as his eyes traveled down the page.

> To Giles, born at but not of Moray, who calls himself Lord of Dunashie, I demand the return of Elizabeth of Rivaux, widow of Ivo of Eury, daughter to mine house, taken from my keep at Harlowe. If she is wedded without mine consent, be it known that I shall seek remedy both in ecclesiastical court and of your sovereign lord. And if it be held that such wedding be lawful, I swear before God that she will be twice-widowed.
>
> When I come again into England, I come with the levies of my possessions to take she who is born of my flesh and my blood again to Harlowe. If you think to stand against me in this, I swear also that there will not be enough stone remaining at Dunashie to provide your burial crypt.
>
> Subscribed by me and in mine own hand this twelfth day of April, 1138, I am Guy, Count of Rivaux, Earl of Harlowe, Lord of the Condes and sundry lesser possessions, witness my affixed seal.

There was no mistaking the anger, nor was there any mistaking Guy of Rivaux's opinion of him. To Count Guy, he was utterly unworthy of Elizabeth, and every word conveyed his contempt. *Born at but not of Moray.* As though he were naught but a villein. *Who calls himself Lord of Dunashie.* As though he had not the right to his patrimony. *I swear afore God she will be twice-widowed. There will be not enough stone remaining at Dunashie to provide a burial crypt.*

The message was clear: Elizabeth's father would not treat with him, nor would he recognize a marriage contracted without his consent. There was no question of his accepting a fine or a payment for her. Giles' blood ran cold as he reread the words. In taking Elizabeth he'd gained an enemy feared by kings, an enemy who promised to lay waste his lands and his life. It was like a blow that one had seen before it struck—expected but nonetheless painful. The letters and the carefully copied marriage agreement they'd sent to Guy of Rivaux had meant nothing to him. She'd been wrong to believe that the choice was hers—her father might wish her to be happy, but he also would have her wed to an equal.

Closing his eyes, he could see again the blackened skull his grandsire had held before him more than twenty years before. Aside from his name and a doubtful patrimony, it was all he had of his father. Nay, but he'd leave his own son more than that. And yet he was loath to face Guy of Rivaux for his daughter, for he did not believe he could win against the man who'd taken Robert of Belesme. He feared to be another vacant, staring skull hung above Harlowe.

He'd never truly believed it would come to this. He'd thought that once Count Guy knew she'd consented, he'd accept what Giles had done. And now he realized that the widened ditch and the thicker walls would not deter Elizabeth's father. It had been but a futile gesture, one that would slow but not stop the inevitable should Rivaux attack.

And yet Giles knew he could not let her go. If he had to retreat northward, to withdraw further to his other Scots lands, he would, but he would hold her. He looked around him, seeing the whitewashed stone of Dunashie, knowing it would suffer heavily under siege. Nay, but he'd not see it fall—nor would he give up Elizabeth. It was time to join King David, for in doing so, he had hopes of aid there. With the weight of Scotland at his back, Giles would at least have a chance to hold her.

Stung, his mind still ringing with the words Count Guy had written, he answered Elizabeth's father. His own quill stroked boldly across the stiff page.

> To Guy, Count of Rivaux, Earl of Harlowe, Lord of the Condes and lesser possessions, I give greeting. In the matter of Elizabeth, once widow to Ivo of Eury, as she is now wedded to me of her own consent and pleases me well, she cannot be returned to Harlowe.
>
> As she has not proven to be barren as supposed, and as there will be issue from the marriage, I would have her dowry that it may be settled upon any daughters she will bear me, else I shall seek remedy in England's royal courts for what is due me. If there be not lands suitable, I am willing to accept not less than one thousand marks as husband to the said Elizabeth, born of and at your house of Rivaux.
>
> Subscribed by me and in mine own hand this 9th day of May, 1138, I am Giles, born at but not of Moray, Lord of Dunashie, Kilburnie, Wraybourn, Blackleith, Wycklow and lesser manors, witness my seal.

It was a singularly arrogant response, and Giles knew it, but it gave him a certain grim satisfaction to answer Guy of Rivaux in kind. If Count Guy would demand his daughter, Giles would demand her dowry instead. He had, in effect, thrown down his own gauntlet. He reread his letter, grateful that Elizabeth's father had never seen any of his keeps, for they were mean in comparison to those held by Rivaux.

"My lord . . . ? Giles . . . ?" Willie stood within the door, carrying a wineskin. And despite the fact that Elizabeth had accorded him a place of honor in the household, his manner was still diffident. " 'Tis ill news?"

"Aye."

"He beggars ye fer her," he decided, kicking the door closed behind him.

"It depends on the worth of my life." Giles smiled grimly, then held Guy of Rivaux's letter over the floating wick of the lamp. It darkened, smoked, and curled as the flame caught the parchment, and the words upon it were consumed by the fire. He leaned to drop it into the empty brazier beside the table. "The payment is my head."

"Jesu!" Willie sank down beside him and drank deeply from the wineskin itself. Wiping his mouth with the back of his hand, he met Giles' eyes soberly. "Do ye give her back?"

"Nay. I have demanded dowry for her."

Willie pursed his lips and whistled low. "Saint Andrew aid us—aye, and St. Columba also. Does he come after her?"

"Aye."

"When?"

"I know not. 'When I am come again into England, I come with the levies of my possessions,' he writes, but he says not when."

"Ye canna keep her and he comes here."

"Holy Church will hold she is mine. I have the agreement between us for proof." Giles reached for the wineskin and drank also. "I'd sooner lose mine arm, Will."

"Aye." The big man regarded him for a long moment, then sighed. "Well, ye canna say I didna warn ye she'd bring ye grief. Ye'll be an old man ere the Church can be brought to rule fer ye."

"She's not barren."

"Och, and what good does that do Dunashie and yer head's above yon gate?"

"Would you have me send her back? Would you have my babe born at Harlowe, mayhap to be there as I was at Moray? Nay, I fight for her."

"Ye agreed to let her go," Willie reminded him.

"To defend Harlowe. But if Rivaux himself comes again into England, as he says, ready to punish me for taking her, then it can be argued there is no need."

He stared unseeing into the cold brazier where the ashes of Count Guy's letter lay. What he could not put into words was the greater fear that if he let her go, she would not come back to him, that she would choose her father over him. That she was Rivaux gave her greater pride than anything he could give her. Even now he could remember her pulling off her veil, revealing that mass of black hair, saying he'd not dare to raise his eyes to her. *"I am born of the blood of counts,"* she'd declared proudly, *"daughter to this earl, Moray. 'Twas to the son of a count I was wed. Nay, I'd not have mixed my blood with the likes of you, sir."* Well, he'd dared and he'd gotten a babe of her.

"What do you do?" Willie asked finally, cutting into his thoughts. "Ye canna win against him, ye know."

"For all that is said of him, he is as mortal as I," Giles retorted almost angrily.

"Och, but there's not many as believes it, ye know. Fer langer than ye been alive, there's been none as has stood against him to tell the tale."

"He's got more than fifty years, Will—'tis not the same now. Besides, I mean to take her to Kilburnie and answer King David's call."

"Kilburnie!" Willie snorted. " 'Tis but a pile of wet rocks scarce fit fer the horses. Wraybourn or Blackleith are the better keeps. She'll sicken at Kilburnie."

"Aye, but Guy of Rivaux will have to invade Scotland to reach it," Giles answered. " 'Tis the northernmost of all I have. Were we not so far south here, I'd choose Dunashie above all of them."

"But ye canna break yer word to her—ye canna. She'll nae fergive ye fer it," his half-brother predicted.

Giles rose. "A woman is ruled by her husband, Will."

"Humph! If ye'd rule in yer household, ye got to sit above her."

"God's bones, but can you still complain of naught else? You forget she is higher-born than I," Giles snapped. " 'Tis her right."

Shaking his head, Willie watched him go. "Ye got to give her pride in what ye are," he muttered under his breath. "A woman's pride should be her husband."

Any hopes Giles had of his sovereign liege's support died the next day. The message from David of Scotland was brief and pointed, reading in part:

> It displeases us that you have chosen to disregard our counsel in the matter of Eury's widow, and we must now suppose in the absence of your attendance here that you have repudiated your oath to us. If that be not the case, we require your presence in Glasgow ere the 25th to answer why you have taken Rivaux's daughter against his will and ours, else we shall hold Dunashie, Kilburnie, Wraybourn, Blackleith and all manors held of us forfeit.

It was an unexpected coil. Giles had thought that his king, when faced with an accomplished fact, would support his man against a Norman lord, and he'd been wrong. Like Giles, David had lived overlong at the English court, and with different result: David admired all things Norman, whilst Giles despised many of them. Even as David imposed the Norman feudal system on Scotland, Giles still maintained his household loosely, relying on the personal loyalty of those he called by the familiar Scottish names. Instead of Sir William, Sir Gilbert, and Sir Robert, he knew his men as Willie, Lang Gib, and Hob, and they served him as well as any bound by oaths taken for land. But now that did not matter.

He faced giving up Elizabeth to her father, or losing the patrimony he'd fought so bitterly to regain. Mayhap. But he was not done yet—not yet. Reluctantly, he turned to his other source of support. Aye, if King David would not stand with him against Rivaux, he expected that King Stephen would. And as well as he knew David, if the war turned against the Empress the Scots king would be more than willing to negotiate with him for the return to his lands. If it did not, then he would lose Dunashie—until he could take it back. He'd taken it once and he could do so again, he told himself.

He stared again at the royal seal before he consigned the letter that pushed him to Stephen's cause into the fire. And like Guy of Rivaux's before it, it turned to ashes. Whether he welcomed the idea or not, he'd chosen his English possessions over his Scottish ones for now. Taking up his pen, he wrote out his own call to arms, asking whosoever would follow him to meet with him at Wycklow.

Willie, Hob, Lang Gib, and most of his household knights were speechless when he told them, and when they found their voices, they raised them in protest. They were, they declared hotly, borderers first, Scots second, and English last, and then only for the purpose of eluding the marcher lords who would pursue them. But Giles stood firm.

"We withdraw to Wycklow until we know which vassals join us there. I'd leave but twelve men here to hold Dunashie against King David. As he means to invade England again this summer, I doubt me he will attack." As he surveyed their incredulous faces, he exhaled heavily. "And if he does, we'll yield it, for I'd not see it pulled down. I gained it once, and I can do so again."

"But Wycklow's English!"

"I expect David to issue his writ declaring my patrimony forfeit, but I do not think he can enforce it ere autumn," Giles continued, ignoring Hob's baleful expression. "And if Stephen has turned him back,

David of Scotland will be glad enough to welcome me again. The task is to see that Dunashie survives."

"And yer lady?" Hob wished to know.

"Willie will see that she stays at Wycklow."

"Nay! Afore God, I'll not! I'd fight wi'ye!"

Giles shook his head. "If I should fall, I'd have you hold what you can for my son, Will. I'd have you keep her safe."

"Nay!"

"For the blood we share, Will—for the blood he will share also." Giles' black eyes met his half-brother's. "I ask of you what our sire asked before. I would trust you above all others," he added soberly.

"Ye'll come back ter Dunashie," the big man muttered, looking away. "Wycklow is naught but another keep ter ye."

"Aye, but for now I have the greater need of you there. Do you stand with me at Wycklow, or do you stay here?" Giles held his gaze. "Do you guard one who comes of our blood?"

Willie's eyes dropped, and he looked away. "Aarrghhh!" he spat in disgust, before he finally nodded. "I'd nae be there when ye tell her," he said grudgingly. " 'Tis the devil's own temper as will possess her, I'll be bound."

"I'll tell her in mine own time. For now, I'd have you prepare to ride."

But as he mounted the steps to his wife's solar, Giles was uncertain of what he would say to her. He'd meant to tell her the night before of her father's letter, but he hadn't, fearing she would choose Guy of Rivaux over him. Instead he'd lain in her arms, taking what ease he could of her, saying nothing of what Count Guy had written.

He found her holding her head over a basin held by the woman called Jonnet, whilst Helewise kept her hair from falling into her vomit. He watched helplessly as she retched again and again until it seemed that there could be no more. Finally, she leaned back to let Helewise wipe her face with a wet cloth. Then she saw him.

"You would have a sign, my lord—well, the sickness has come. Jesu, but it has come."

"I am sorry for it," he murmured, moving behind her to lay his hands on her shoulders. He rubbed gently, trying to comfort her. "Mayhap 'tis but what you have eaten."

" 'Tis the babe," she declared flatly. "And 'twill pass. Maman said Richard made her sicken more than the rest of us, so I must think it a son."

"A daughter would be as welcome."

" 'Tis a son," she insisted. "I'd have a daughter the next time."

His spirits rose, carried by the promise of what she said.

She clasped his hand where it touched her shoulder, then turned her head to rub her cheek against it. "Sweet Mary, I know not how I will ride to Harlowe if this does not pass."

It was as though she took away what she had just given him. He sucked in his breath, letting it out slowly, before he spoke. "Nay, Elizabeth, but we are for Wycklow."

"You do not need to ride with me. I—" She stopped and was suddenly still. "I'd not meant to stop at Wycklow."

"I'd have you safe there. David invades England, and the borders are like to be burned and soaked with blood on both sides. Wycklow is south enough that 'twill not be disputed."

"Harlowe will be safe enough. 'Tis a defensive position."

"Aye." His fingers tightened on hers for a moment, then he told her. "Your father comes again into England, so there is no need for you to go there."

It was as her blood had frozen. "When heard you from my father?" she asked, almost afraid to know.

"It matters not. You will not go to Harlowe."

"It matters not?" Her voice rose incredulously. "I am sworn to hold Harlowe, Giles—I am sworn! Unless I am absolved from my oath by him, I'll go! Nay, I cannot not go!"

"You are my wife."

She pulled away and rose to face him. "I was Rivaux's daughter first, Giles." Seeing the stubborn, almost hard cast to his jaw, she demanded, "What did he write to you? And why was I not given his letter? I can read as well as any, I'll warrant."

"Aye. Sweet Jesu, but I cannot let you go, Elizabeth." He looked again into her strange green eyes, seeing the disbelief there. He shook his head. "He demands your return else he makes you my widow. When he comes, there will not be enough stone left standing at Dunashie for my crypt, and so he has sworn," he repeated harshly.

"Sweet Mary, nay. Did he not receive our letters?"

"I sent the terms we agreed upon to Rivaux. Whether he had them there or no, I know not."

"He cannot have known—Giles, he cannot. My father . . ."

He sucked in his breath, let it out slowly, then gave her the rest of his news. "Aye, and King David would have me send you back, else Dunashie is forfeit."

"I'll write again to my father, Giles—I'll explain how it is that I have wed you. My grandmother—"

"Nay, 'tis overlate. I have already issued my call to arms, Elizabeth. We are met at Wycklow."

The significance of what he said was not lost on her. She searched his face, dreading what she saw there. "You fight for Stephen," she said finally, her voice flat and toneless. "You fight for the usurper."

"Aye."

"He has not the right to rule."

"Think you I care for that? Think you I care who sits on England's throne? Nay, I do not. I fight for us—and for the son you give me. 'Tis all that matters to me."

"If you set yourself against my father and my brother, you cannot win."

"Guy of Rivaux sets himself against me," he retorted, stung by her reaction to what he did for her. "If I would keep you, he gives me not the choice."

"Giles, it does not have to be this way," she reasoned, trying desperately to sway him. "I will write again to my father. I will tell him . . . I will make him understand how it is that—"

"Nay, I'd not hear it," he cut in curtly. "I'd not have you beg for me. I did but come to tell you to order what you would have packed for the journey. I'd leave as soon as I can."

Unwilling to further the quarrel with her, he turned to leave. Her anger rose with the realization that her oath to her father meant nothing to him. And her voice rose also.

"I'll not go—d'ye hear me? I'll not go! Sweet Jesu, but is mine honor as naught to you? You knew when we wed that I was sworn to Papa—aye, and you confirmed it!"

She followed him across the room, grasping his arm to make him listen to her. "So long as I came willing to your bed, you said, Giles! And you cannot say I have not!"

"He will absolve you, for the blame is mine."

"God's bones! Is there aught I can say to reason with you? Stephen is the usurper! Jesu, but where is your honor? Is it because you have none that you cannot see mine?" she asked hotly. Angry tears welled in her eyes, burning them. "I have done as we agreed, Giles of Moray—I carry this babe you have got of me! Nay, but I am for Harlowe!"

"I will come back when you are calmer," he said, pulling away, walking toward the stairs. "Helewise, you will pack for your lady."

"I do not go!"

"Aye, you will."

"I am ashamed of loving you!" she flung after him. "D'ye hear me? Ashamed! You have robbed me of mine honor!"

He stopped, but did not turn back to her. "It matters not, Elizabeth. I'd still keep you."

Chapter Twenty-One

The journey from Dunashie to Wycklow was a tense one, with Elizabeth riding in bitter silence and the borderers grumbling amongst themselves about what she cost them. Not even the fact that they stopped several times each day whilst she lost everything she ate gained her much sympathy from any but Willie and Giles.

At night, when they took refuge in religious houses along the way, she lay on Giles' pallet, her rigid back to him, pretending to sleep whilst he burned for want of her. Unable to do anything else, he clung stubbornly to the belief that she would be better once they reached Wycklow. He wanted to think that as the babe grew within her she would become more content.

But in the stony silence he lay awake, unable to blot out the echo of her words in his mind: *I am ashamed of loving you . . . d'ye hear me? I am ashamed of loving you. . . . ashamed . . . ashamed . . . ashamed* . . . Despite the fact that he had wed her, had taken her, had gotten the babe of her, he still felt as nothing to her. Even the memories that set his body afire could not make him forget what she'd said to him. She was ashamed of having wed him.

And that he had risen, from a small boy dispossessed of everything, to rule lands on both sides of the border became meaningless. To those who had been born to wealth beyond measure, to those born of the blood of Rivaux, it could not be forgiven him that he was born at but not of Moray. In their eyes, he could not make himself worthy of Elizabeth of Rivaux. And despite the fact that she had lain beneath him, that she had received his seed willingly, she took no pride in him.

They were a day late reaching Wycklow, owing to her sickness, and by the time the tower came into view he could see that already some of his vassals had gathered there. His eyes traveled over the standards that rose above the small encampment outside the wall of his keep. None of them belonged to any of the great families. Like him, those who had come were those who hoped to gain what they had not been born to.

Beside him Elizabeth was very pale, her face ashen and damp, betraying her physical misery. He reached to take her reins from her hands and led her horse across the wooden drawbridge. The dank, foul odor of a moat in need of cleaning wafted upward. For a moment she weaved in her saddle and closed her eyes, swallowing visibly.

"Nay, but we are nearly there," he murmured in encouragement.

It was as though she would take nothing from him, not even his words, for she straightened, holding herself rigid, and rode into the courtyard. He tossed his reins to a waiting boy, then dismounted to reach for her. She was stiff and unyielding in his arms, sliding to the ground against him. It was as though he lifted a statue. He held her to steady her.

"I am all right," she said finally, pushing away.

"Helewise, get her to bed," he ordered curtly, stepping back. "And see if there are any skilled in simples, for I'd have her able to eat."

Before he bathed, before he rested, he took bread and cheese in the curtained alcove of his hall and sat to write to King Stephen. With brutal frankness, he admitted that he'd taken Elizabeth of Rivaux without Count Guy's consent, and that he'd quarreled with David of Scotland over her. He was, he wrote, ready to serve Stephen without reservation. He did hope, however, that upon war's end, he would be rewarded with some of Guy of Rivaux's confiscated lands. As he dipped his carved ring in the melted wax to form his seal, he reflected that it would be ironic if Stephen should somehow be brought to give him Harlowe. It would not be without precedent to gain a possession through a wife's blood, but he knew that only extraordinary service would earn him a keep that was the envy of every baron. Still, he'd have it if he could—he'd have it to prove his worth to her.

The rest of the day he spent meeting with his vassals, promising them that whosoever would choose to follow him would share in whatever Stephen bestowed on him. After much posturing and haggling, those who held the bigger fiefs in Scotland left him, whilst those who held disputed lands on the border and south of it elected to ally themselves with the Butcher. As one Acelin de Marais, a distant kinsman, stated it, he'd burn in hell with Black Giles if Stephen paid him enough to do it. It was a telling remark, a reminder of how most viewed Giles of Moray. A Butcher destined for Hell.

They feasted in his hall on hastily slaughtered sheep and cattle, many expressing disappointment that Guy of Rivaux's daughter did not join them. It was as close as most of them could hope to get to the man whose name was legend even amongst his enemies. To make matters worse, the traveling jongleur tuned his lute and sang not of Roland but rather of how Count Guy had destroyed the Devil of Belesme, saying afterward that he had done it in honor of Giles' lady. Rising abruptly, Giles tossed him a coin, admonished the others to drink their fill, and made his way wearily up the winding steps to a single bedchamber.

Helewise snored on a pallet inside the door, rousing as he stepped over her. "She would not sleep upon the bed," she mumbled sleepily.

His eyes traveled to where the bed hangings had been pulled open. The thick tallow candles atop the iron spikes revealed that the covers were still smooth. Tired and heartsore, he felt his own anger rise. Muttering a curse, he strode to where the corner of a pallet could be seen in the small cutout in the damp wall. Her bared shoulder was visible above the woolen blanket.

"Get up!"

Elizabeth rolled over on the hard, straw-filled bag. He stood above her, an angry giant outlined by the faint light from the candles. His shadow filled the space.

When she did not answer him, he reached to pull her up roughly, shaking her until she thought her bones rattled. "Afore God, but I have had enough of this! Would you that I beat sense into you, as is my right?" he demanded angrily. In the semi-darkness her green eyes were as cold, black coals. He shook her again. "Answer me!"

"Beat me then," she retorted, her voice as cold as her eyes.

He dragged her roughly across the room and flung her onto the bed. "You await your lord there, Elizabeth—there."

Drawing off his tunic and his undertunic, he tossed them onto the floor. Then he bent to unfasten the cross-garters that held his chausses smooth against his legs. She rolled over, turning her back to him. He discarded his shoes and chausses, then climbed into bed. The ropes creaked with his weight as he reached for her. It was as though he touched one of the statues in his chapel. Still angry, he forced her shoulder down, turning her onto her back.

"Nay, Elizabeth, I'd lie with you this night," he told her as she tried to rise. "I'd not be treated thus."

His eyes glittered above the darkened planes of his face, and for a moment she knew fear. Despite the knotting of her stomach, she forced herself to stare upward at him. His face loomed closer, blotting out the faint light, as he bent his head to hers. She did not move.

He kissed her roughly, forcing her mouth open, and tasted stone. She lay still and unresponsive beneath him. He raised his head and lifted his hand as though he would hit her. "You swore you would lay willing for me—you swore it!"

"You accepted my terms," she answered evenly. "When you broke the one, you broke the other."

"Jesu! What manner of woman are you? 'Tis against the will of God to deny your husband!"

"I am Elizabeth of Rivaux."

"I can take you."

"And I cannot stop you."

For a moment she thought he meant to hit her, then he dropped his hand wearily. Rising from the bed, he walked to the window slit much as he had done that first night at Dunashie. But this time, he lay his head against the cold, damp stone. When he spoke again, his voice was hoarse.

"I burn for you, Elizabeth, I burn . . . but I'd not have you like this."

Despite her own anger, the ache was within her also. She drew up her knees, holding them, to deny it. Despite his betrayal, she knew she would still have him. She had to will herself to silence.

" 'Tis God's punishment for me to want that which I cannot have," he said slowly. "He gives and He takes away that I do not forget."

Only the distant sounds of revelry below broke the stillness between them. Finally, she could stand it no longer. She spoke across the chasm of silence that separated them.

"If you would have me, I do not deny you."

At first he did not move. "Nay, Elizabeth. I'd not have your pity."

" 'Tis not my pity that I give, Giles. And you do not burn alone."

The coolness he'd drawn from the stones could not still the heat that coursed through him. He pushed away from the wall and made his way back to his bed. Lying down behind her, he reached around her, and this time she did not resist. But neither did she respond. Holding her closely, he took advantage of her position to woo her, nuzzling her hair, her ear, and her neck even as his hand played upon her body, touching and teasing. He would have her more than willing.

The rush of his warm breath sent a shiver through her. His fingers brushed over her breasts lightly, then returned to rub her nipples as his body molded itself to her back. They hardened beneath his palm. And as angry as she'd been with him, the center of her being was once again under his hand as it moved to explore her possessively, cupping her breasts, tracing her rib cage, smoothing her belly, and dipping to the wetness below. Her legs fell slack, then closed over his fingers, holding them there, and she moaned low.

He rolled her onto her back and covered her body with his own, easing into her. Her arms embraced him as she gave herself up to him. For the moment the bitterness and anger were forgotten, lost in the mindless rhythm of their bodies. And if it was not the same fiery union between them, at least she did not deny him.

He raised himself on his elbows and looked down into her green eyes. "I'd not quarrel with you," he murmured softly. "Not now. Not ever."

It would do no good to ask him again to let her go, and she knew it. She turned her head away.

"Ever have I wanted you, Elizabeth—I think even from the first. It angered me that you were given to the Church." When she said nothing, he groped for words. "I cannot let you go—I cannot."

"I swore to my father, Giles—I swore to him."

"You swore to me! When you gave me your oath at the church door, you put me above him, Elizabeth!"

"He had my oath first," she maintained stubbornly, refusing to look at him.

"I'd have my son born at Dunashie—not Harlowe!" he all but shouted at her. "God's bones, woman, but you try me!"

"This is not Dunashie!" she yelled back. " 'Tis but a stinking pile of wet stone! Sweet Jesu, but how is it you think to keep me safe here when you could not there?"

"There's none to look for you here," he countered, lowering his voice. " 'Twill be expected I have taken you northward. I still have hopes of taking you back to Dunashie ere the babe comes."

The now familiar wave of nausea hit her again. "It matters not where he is born." She swallowed the gorge that rose in her throat and tried not to be sick.

"Aye, it does. A son of mine cannot look to Rivaux or Harlowe for his patrimony. He will have whatever else *I* can win for him—d'ye hear me? What *I* give him!"

"I've got to get up."

At first he mistook her meaning, but then she covered her mouth suddenly. He rolled from the bed and got the basin, returning to shove it under her face. He watched helplessly as she retched violently, bringing up almost nothing. With one hand he held the pan, with the other, he steadied her until she stopped.

When at last she looked up, she whispered, "Sweet Mary, but it has got to be a son." Seeing that he regarded her guiltily now, she remembered how she'd felt with Ivo. "Nay, 'tis not you—'tis the babe."

He started to take the basin, but she shook her head. " 'Tis not meet. Call Helewise."

Instead he carried it to the slitted window and, throwing open the shutters, emptied the contents into the water below. "God's bones," he muttered as the malodorous breeze wafted upward. "On the morrow, I mean to have the ditch drained and the garderobes sweetened. 'Tis not a wonder you sicken."

"Aye."

He brought a cloth and sat down to wipe her mouth. "Is it any better?"

"It passes until the next time." She lay back and closed her eyes. "Maman says it does not last above a month."

He tossed the cloth onto the floor and lay down beside her. When he would have drawn her into the crook of his arm she stiffened, reminding him again that the dispute still lay between them. She tried to turn away again, saying, "You have the right to lie with me, but I'll not forgive you for what you do."

Very deliberately, he pulled her rigid body against

him and held her. With his free hand, he brushed the tangled strands of hair back from her damp brow. And she lay against him, her body rigid. For a long time there was no sound between them, and the silence was heavy.

Finally he dozed, reaching the strange netherworld of tangled dreams, where his memory echoed again, *I am ashamed of loving you, . . . ashamed of loving you . . . ashamed of loving you,* until mercifully he slid deeper into sleep.

Beside him, she stared into the darkness. When he went to Stephen, she would go to Harlowe.

Chapter Twenty-Two

Elizabeth sat, her stool pulled as close as she dared to the slitted window without spotting her gown, her attention on the embroidery in her lap. Outside, the rain came down steadily from the grey sky. It seemed, she thought tiredly, as though it had been raining ever since the second day she'd been there.

He stood on the last step of the winding stairs, watching her as though he would commit her forever to his memory. And again he knew there was not another man in Christendom who could boast of having a woman like her. Her black braids, entwined with threads of gold, hung over her shoulders, nearly touching the ground as she bent forward over her work. And the sheen of her green silk gown gave a softness to the picture he would carry of her. She looked up and her smile froze briefly, then faded from her face. The silk she embroidered slid from her lap.

"Nay, do not rise," he said, stepping into the room.

Her eyes took in the polished mail that gleamed where the black silk of his surcoat fell away at his wrists and his neck, and she knew he'd come to say good-bye. And her throat was almost too tight for speech.

"I did not hear you," she whispered.

"I left my boots below. I'd not muddy the room."

"Aye. I'd thought you meant to wait for the weather to clear."

"I cannot."

"You go to Stephen." It was a statement rather than a question.

"Aye. If I delay longer, he will think I do not come."

He shut the door then crossed the room to her, standing above her. Reaching to touch the shining crown of her hair, he smoothed it with his palm. "I would go with peace between us, Elizabeth."

She closed her eyes and swallowed. "Nay."

"And your love."

She drew in a breath, then exhaled, nodding.

"I'd hear you say it."

"You'd have me say I love a fool."

"If 'tis foolish to guard mine own, then I am guilty." When she said nothing more, he knew he could not bridge the chasm between them. "I know you think me wrong, and mayhap I am, but I see no other way. With your father and King David against me, I cannot hold Dunashie unless Stephen wins."

She swallowed hard. "I'd not have my father kill you, Giles," she said softly.

It was as though she did not believe he could win. He felt bitter disappointment. "Mine enemies can tell you I do not die easily. If you would fear for one, fear for him." Almost as soon as he said the words, he wished them back. "Nay, Elizabeth, I pray 'twill not come to that."

"He took Belesme."

" 'Twas years ago. But I did not come to dispute with you, and well you know it." His hand dropped to her shoulder, squeezing it. "I'd have you smile for me ere I go." When she did not look up, he chided, "I know not when I am come home again."

"Godspeed you then."

"Jesu! You cannot make this easier, can you?" he demanded angrily. "I'd have something more than coldness of you ere I go! Give me your embrace at least!"

She slid her arms around his legs and held him tightly for a moment, feeling the links of his mail press into her cheek through the silk. And then she let him go. "You have my prayers, my lord."

It was not a satisfactory leave-taking, but there

seemed to be nothing else he could do. "And you have mine. Have a care for yourself and for the babe." He released her and started for the door, stopping ere he reached it. "If aught should happen, you have my leave to name the child what you will."

Despite her bitterness, she was afraid to see him go. "Giles . . ." She rose, wishing she could tell him she loved him still, but her pride would not let her. "Nay, you will come back," she said lamely as he turned briefly back to her.

He nodded, his black eyes bleak. "Aye, I will. Until we are meet again, Elizabeth."

She listened to his muffled footsteps in the stairwell, heard him stop to pull on his boots below, and then the tower door closed behind him. Heedless of the driving rain, she threw open the shutters wider and leaned into the deep slit to watch him cross the courtyard. The black silk clung wetly to his broad shoulders even before he swung up into his saddle. It would be ruined long ere he reached Winchester, but it did not matter. He took his helmet from Lang Gib and jammed it onto his head, adjusting the nasal. He looked up, raising his hand in one last salute. And then he was gone.

The pain in her breast was almost too much to bear. She lifted her hand to wave to his back. Despite everything, despite all she'd said to him, he'd gone to Stephen. A sense of utter desolation overwhelmed her. Always before, she'd been certain that the men of her family would come home, but not now. If Stephen won, the lives of Guy of Rivaux and his son would be forfeit. And if 'twas the Empress who prevailed, Giles of Moray would die. Either way, someone she loved would fall in battle or be judged for treason.

She leaned her head into the wet arrow slit, and the rain mingled with the tears that rolled down her face.

"Here now—he'd nae have ye weep fer him yet."

She spun around, surprised to see Willie there. "He'll die in Stephen's cause, Will—I know it."

The big man shook his head. "All of his life I have served him, and he's nae fallen once. Ye canna think like that, else ye'll mark yer bairn." He moved into the room, coming up behind her to watch as the blue-shirted men seemed to disappear into the low-hanging clouds, their helms blending into the greyness. "Ever have his enemies thought to kill him, and still he lives, Lady Elizabeth. Aye, but he's climbed out o' towers higher'n this one, and crossed the Cheviots wi'out so much as a horse ter carry him, and them as was looking fer him dinna find him."

"I would you were with him."

It was a sore point with him, for he wished much the same. Nonetheless, he'd not dwell on his disappointment. "He'll come back ter ye," he promised. "He disna need me ter live."

He bent down to pick up the silk she'd been working and folded it clumsily. "Now, do ye wish fer Jonnet or Helewise?"

"Nay." She looked again into the driving rain. "Sweet Mary, but I cannot stand this."

"Ye'll stand it as yer dam afore ye. 'Tis the lot of women ter wait." He turned to leave. "I did but want ye ter know I am here fer ye."

But as the loneliness settled over her, she did not wish to let him go. "Do you play chess, Will?"

"But poorly." Then he relented. "Aye—I learned at King Henry's court." He swung back to face her. "Did yer want ter stand me?"

"There's naught else to do."

"I canna afford to lose much. Three pennies at most."

"You have more than three pennies, and well I know it."

"Aye, but I'd nae lose them. I am not Rivaux's daughter." But even as he said it, he smiled almost slyly.

In the end it was her mind that strayed too often from the game, and she owed him six silver pennies. After nearly two hours he pushed away from the table, telling Helewise, "Ye'd best see as she rests."

"Nay." Elizabeth looked across to board at him. "I'd not lay abed and think."

"Ye'll make me a rich man," he teased, resetting the pieces. " 'Tis muckle gilt ye be losing."

"Tell me," she asked abruptly, "how is it that you speak so differently from Giles?"

"Och, ye noted that, eh?" he asked, regarding her with a grin.

"I could scarce help it," she muttered drily. "Half the time I have but guessed at what you say."

"I was born Scots, son to a northern woman, and when I was in England I dinna want to fergit it," he admitted. " 'Twas my pride, I suppose, fer there was them as would speak as Normans as soon as we crossed the border."

"Giles?"

"Nay. But 'twas what he heard, until 'twas my tongue as sounded strange ter him." His grin broadened. "Now if I was ter have ter, I'd speak like the rest, ye know." He leaned back. " 'Tisna the game but the company ye favor, I'm thinking."

"Aye. I tire of stitching and I tire of the rain." She looked around the room. "I know not why we are here, Will, for 'tis a mean place."

" 'Tis in England," he answered simply. "And he quarrels with King David fer ye. His enemies will not think to look fer ye here."

"Aye." She rose, stretching her arms behind her to ease her tired back, then moved restlessly again to the window. "It still rains. God's bones, but I hate this place, Will."

"It isna Dunashie," he agreed.

"Are the others like this?" she wondered, curious as to her child's patrimony. "Do the walls weep everywhere but Dunashie?"

He appeared to consider, then shook his head. "Nay. Well, mayhap Kilburnie, for 'tis seated above a burn as runs into it," he conceded, "and the clime's wet there."

" 'Tis wet here," she muttered.

" 'Tis wetter there. As fer Wraybourn, 'tis smaller than Dunashie, but as it sits high, 'tis dry. And the peel tower is of stone, but the walls and house are timbered and thatched below it. Nay, 'tis Blackleith as ye'd like," he decided.

"Why?"

"Ere it came ter Giles 'twas Hamon's, and there's gardens as blooms with gillyflowers. Aye, and the whole is rock within. If Dunashie hadna been disputed, Hamon would hae lived there, ye know. But it lies too close to Moray itself fer him ter take ye there now."

Her eyes traveled again over the streaked walls, and she sighed. "And so I am imprisoned here."

"Ye can give yerself misery anywhere."

"I could almost wish he had taken me with him to Stephen's court, even—'twould be better than this."

"He couldna know what King Stephen might do. Who's ter say he wouldna try to gain Count Guy's loyalty with ye?" His eyes met hers soberly. "And I can tell ye there is nae pleasure in England's court fer a hostage."

"Stephen of Blois would not dare," she declared haughtily.

"When a crown's ter be held, e'en a saft man like Stephen fears not to dare. Aye, he would. And there ye'd be without father nor husband ter hold fer ye."

"I cannot wait like this, Will—I cannot."

"And ye canna travel as ye are," he reminded her. " 'Tis time ter think on the bairn within ye, ye know. Seems ter me as if yer canna eat, he canna grow."

" 'Twill pass. It must."

She returned to sit again upon the small bench before the board. It did no good to argue with him over what she would do, and she knew it. Instead she reached to move her piece, then looked up at him.

"Tell me: how is it that you are called Wee Willie when you are even bigger than Giles?" she asked guilelessly.

He bent over the board to study what she had done, then moved his own piece before he answered. "I wasna supposed to be like this, ye know. I brought me dam ter her bed ere 'twas her time, and when I came out I was sich a wee thing that the priest dashed the water o'er me ere I was bundled fer fear I'd nae last ter christening." His smile lit his face and his eyes seemed to dance with the tale. "When he would know how she meant ter call me, she said 'twas Will o' Dunashie, and he held me up fer me sire the laird ter see, saying, 'May God keep Wee Willie then,' and he fair doused me wi' the Holy Water."

"And you grew."

His smile widened. "Aye, I grew until 'twas a jest, don't ye see? And the laird who sired me was used to say that by the time he got Giles of his lady, I was in a fair way ter being grown. 'Ye are a grit muckle knave,' he'd tell me when he cuffed me."

"Do you remember him well?"

"Summat. He was hanged when I had but five years on me."

"I am sorry."

"Aye," he said, sighing. "Stealing brides isna often punished so, but the Moray are overproud, and they dinna want the blood of one who held only Dunashie mixed with hers. In that they were much as the Rivaux."

It was her chance to make him think. "Willie, my father would listen to me. After Ivo—after my husband died, Papa swore he would not make me take another against my wish."

"Did he now? Och, but ter nae make ye take one isna the same thing as yer choosing one they canna like." He looked down to the board. "Do ye move or nae?"

"If I spoke with him, I could make him understand."

"But ye be here and him God knows where," he answered. "And if ye willna move, I'll take yer penny now."

It was enough that she'd planted the seed, she supposed. On the morrow she would press him further, for she still meant to go to Harlowe. She moved her piece.

He regarded it with disgust. "Och, and I liked ye better when yer mind was straying."

Chapter Twenty-Three

It was not that Willie wanted to let her go—it was that he was not proof against her wiles. For a week she played subtly on his fear that Giles would lose Dunashie, that her father would kill him, and that King David would confiscate her babe's patrimony. She would draw him out, asking of how it had been for him and Giles at the English court, reminding him of how much Dunashie had meant to the both of them, and then she would insist that if she could but face her father, she could persuade Guy of Rivaux to accept her choice of a husband. And when Willie maintained stoutly that they had no way of knowing when or if Count Guy in fact did come into England, she changed tactics, reminding him that the Countess Eleanor was a powerful ally who would side with her, who would add her written plea to Elizabeth's. And he, recalling that the dowager had shown kindness to Giles, wavered.

He knew that Giles' anger would be unbounded, that he would consider himself betrayed, but Willie weighed the greater good to Dunashie and capitulated, not without what he hoped would be sufficient warranty.

"D'ye swear by the Cross and on the soul of yer bairn ye'll return ter yer husband?" he asked her.

"Aye."

"I'd hear ye swear it."

"You have but to provide me a small escort."

"Aye, but I'd hear ye swear—I'd have yer oath ere I decide." Taking the dagger from his belt, he held it up by the blade. The light provided by the stinking pitch torch behind them cast the shadow of the Cross over her.

She placed her fingertips on the dagger's hilt and spoke clearly: "I, Elizabeth, daughter to Count Guy of Rivaux, do solemnly pledge that I will return to Giles, Lord of Dunashie, my lawful husband, upon the discharge of my oath to defend Harlowe."

"And that ye will intercede fer Giles with yer lord father," he prompted, still holding the dagger up.

"And that I will intercede on my husband's behalf before my father," she declared.

"You so swear before God?"

"I so swear before God on this symbol of His Cross," she intoned solemnly.

"At peril of yer and yer bairn's soul?"

She dropped her hand to her still-flat abdomen, pressing it. "On my soul and his, so help me God."

Still he hesitated. "But what if Count Guy in his anger holds ye?"

"He will not."

"Och, but he might in anger," he persisted. "It touches his pride to think ye've wed beneath ye."

"Sweet Mary!" she snapped in exasperation. "I have sworn on my soul—what more can I promise?" Then, realizing what he risked also, she relented. "Papa gave me the choice in my marriage, Will, and if he protests it, 'tis that he does not believe I have consented. When I am at Harlowe, he will see that I was not forced to wed." Touching her belly again, she added, "The child I bear is of his blood also, and he'd not deny it."

"I'd go wi' ye," he decided. "I swore I'd have a care fer ye and the bairn, and if aught was to happen, I'd nae be fergiven fer it." He eyed her dubiously. " 'Tis ter be hoped ye'll nae sicken more frae the journey."

In the end, after leaving but enough men to defend Wycklow, they took ten others and rode for Harlowe. And despite the almost constant nausea she managed to keep to the saddle, arriving before the great castle's walls on Whitsunday. Even as they drew up at the water they could hear the bells rung before the Mass.

Above, one of two sentries shouted a challenge to them. Before Willie could cup his hands to respond, Elizabeth stood in her stirrups to shout, " 'Tis I—Elizabeth of Rivaux!"

Both men disappeared, but they could be heard from the other side as they spread the word loudly. The bells stopped abruptly, followed by the appearance of her grandmother at the water gate. And behind Eleanor stood Richard.

"Sweet Jesu!" Elizabeth gasped when she saw him.

Willie followed her gaze and knew fear. Like most men who did not know Guy of Rivaux, who had listened for most of their lives to the bards sing of him as though he could vanquish the devil, Willie still thought of him as young and invincible. The conviction that he faced the legend made him speechless.

To his dismay, the black-haired man stepped into the barge; and as the canopied flatboat was poled into the water, Willie resisted the urge to flee. But the man who stepped ashore paid him no heed at all. He strode straight for Elizabeth and reached up to her.

"God's bones, Liza, but I'd thought to come for you at the head of an army," he said as she leaned into his arms. He lifted her easily, then set her down before him, grinning. "Art a welcome sight, sister." His grin faded as he took in her white face, and he looked to the man behind her. "Afore God, if she has been harmed, I'll hang you for it." His arm circled her protectively, as though he dared Willie to deny any complaint she made.

She turned into his arm and embraced him, holding him. "I'd not thought to find you here," she murmured in understatement. Then, "Where is Papa?"

"I left him at Beaumont, where he fought with Geoffrey of Anjou against Stephen's allies there. But now he is with Gloucester and the Empress, preparing to invade." He hugged her affectionately, then released her. "Had not you heard? Dover, Canterbury, Exeter, Dorchester, Shrewsbury, Ludlow, and Bristol are all declared for her—and that is but to name a few."

"The war begins?"

"Aye. Already Stephen has abandoned hope of taking Bristol and turned elsewhere. Had you heard naught of this?"

"Nay." The now familiar sickness washed over her, dizzying her, making her hold his arm for balance. "I know King David means to come from Scotland, and that Stephen has issued his call to arms, but—" She stopped to swallow.

"You look as though the Butcher starved you," he commented.

"Ye'd best get her inside ere she empties her stomach again," Willie muttered. "Though how there's ter be anything in her, I canna ken."

"Nay, I am all right—'tis but the babe."

Giving lie to her words, she turned and was heartily sick. Willie caught her and pushed her head away from her gown until she was done.

"The babe? Jesu, Liza!"

"Aye," she managed, straightening. "And I am sick enough for it to be a son."

Richard's eyes narrowed as he surveyed the redheaded giant, and for a moment he wondered if this were Moray. "I am come to hang the Butcher," he said provocatively. "I told Papa I would bring his head back to Rivaux for you."

"Well, you cannot, for he is with Stephen." She turned to Willie. " 'Tis Rivaux of Celesin," she explained, "my brother." To Richard she said, " 'Tis William of Dunashie, my lord husband's brother. He is called Wee Willie there."

"Wee Wullie?" Below his lifted brow, his eyes took in the extraordinary size of the man, measuring William of Dunashie's height and breadth against his own. "I'll warrant he is not. 'Tis a jest at best."

Before he could ask more of her, she started for the barge. "I'd see my grandmother ere she goes to chapel, and then I am for my bed. I am tired unto death, Richard." She let him assist her into the barge, where she sank back against the silk cushions, closing her eyes. "I'd have you welcome Willie, for I'd not have ridden so far without him and the others. I'd have them fed and palleted."

Worried by her pallor, he dropped down beside her, agreeing, "Aye. Anything else can wait until the morrow. Then I'd hear of this Butcher you have wed."

"I am come to keep mine oath to Papa, brother."

"And I am come to kill your husband for you."

"Nay." Reluctantly, she opened her eyes long enough to meet his. "He is not what you think him."

Richard faced Eleanor of Nantes in her solar. "I would write to Papa if I knew what to tell him. Did you have the tale of her?"

She shook her head. "There was naught to do but put her to bed. 'Tis early days, and the babe sits uneasily as yet."

"If there is any satisfaction to be had of this, 'tis that Reyner was wrong about her barrenness. But then from the time I brought her from Eury, I have thought the fault was Ivo's."

"The lord of Dunashie is very different from this Ivo, Richard." Eleanor, who'd attempted to reason with him from the moment of his arrival two days before, chose her words carefully. "When he came to Harlowe for her, he did not speak of what she would bring him, but rather of what he would give her. He knew, I think, the pain of her barrenness. He said he'd have no other."

He snorted derisively. "Aye, I'll warrant he would not. God's blood, Grandmere, but he aimed high for himself when he took Guy of Rivaux's daughter."

"Nay, 'twas more than that. Two things I remember above all else of what he said to me that day. One was that it was not in Elizabeth to fear, and the other was that he would give her what she lacked. He would give her the sons and daughters of her blood that Ivo had not."

"He carried her from here against her will."

"I did not hear her answer him, but knowing her,

I should suppose she provoked him," she said mildly. "Her temper is uneven."

That observation elicited a wry smile. "Aye, it is that," he conceded.

"And there are not many as would suffer it."

"William d'Evreux promised to beat her tongue from her, as I remember his words."

"Giles of Moray promised to win her by whatever means it took him."

"Jesu, but one would think you approved of this Scots Butcher," he complained. "Do you forget what he is? He cannot match her in blood."

"Do you forget whence you are come also?" she asked almost softly. "Do you forget the blood you bear?"

It was something that had never been spoken between them, not even after his grandsire of Harlowe had told him. "There's none to know of that, and none to dispute what Guy of Rivaux is," he answered tersely.

"It is a burden Guy carries with him with every breath he draws, Richard. Even now he fears the very blood within him."

" 'Tis not the same. None calls him Butcher."

"What do you think men would call him if they knew?"

"He is still Guy of Rivaux, Grandmere," he answered defensively. "And if his blood is tainted, he bears none of the blame. This Butcher is said to have murdered his own people—do you forget that?"

She looked up at her tall grandson and exhaled heavily. Anything else she would say would only serve to set his opinion further, and yet she wanted to try to make him see that 'twas Elizabeth that Giles must satisfy, not her family. "She did not say he misused her," she reminded him, rising. "And whether we will it or no, we now share the bond of blood with him. If she is content, then we must be also."

"She can scarce sit for weakness," he said almost angrily. "You cannot deny that."

"From the babe." Despite her advanced age, she moved unaided. "I'd look on her."

He could see that she would not be moved to condemn Giles of Moray, and like the rest of his family he valued her highly. He sighed. "Well, she is safe here now, and 'tis as well she comes," he decided, "for I'd join Papa at Bristol. If the lord of Dunashie fights for Stephen, we will punish him, anyway."

"God's bones, Liza, but what ails you? 'Tis two days and more since you are come here, and your face is still pulled to the ground," Richard chided. "As 'tis the first time you are up from your bed, I'd see you smile."

"Aye."

They walked among the neat beds of Eleanor's herb garden, taking in the late spring air. Above, the sun shone warmly and the breeze was soft, scarce disturbing the leaves of the oak tree that shaded the wooden bench at one end. He bent to pluck a young stalk of pennyroyal and broke the leaves on its top before he handed it to her. She tasted it almost absently, waiting whilst he did the same for himself.

He sucked his, savoring the minty flavor for a moment, then he spat it out. "Are you happy, Liza?" he asked quietly, turning again to her. "I'd see you content above all else."

"Nay, but not for the reason you would believe." Aware that his gold-flecked eyes regarded her with sympathy, she looked away. "He did not force me to wed him."

"He carried you from here against your will."

"The fault was mine, for I would not go."

"Jesu, but you make no sense! If you would not go, 'twas against your will. Papa sent me to punish him, you know."

"And I would that you did not."

"Because of the child? Liza, he is unworthy of you."

"Was Gilly worthy of you?" she countered. Then, before he could answer, she met his eyes again.

"Sometimes we do not choose where we would love, Richard. Can you make Papa understand that?"

"If he and I quarreled over Gilly, 'twas that I was not free to wed her. It went against his honor that I made her my leman."

"I see much of you in Giles," she said softly.

"There's been none to call me Butcher," he retorted. "If anything, they have thought me better than I am, for I am Rivaux's son."

Despite the fact that he'd reconciled with their father, his voice still betrayed a trace of the old bitterness. He still bore some small measure of resentment that most saw in him only the reflection of his renowned sire. It was not easy to forget the years of struggle between them, years when Guy had tried to protect his only son.

"Think you there is no pain in being daughter to him?" she demanded. "Think you I was not wed to Ivo for him?"

"Nay, he did not force you. You had but to tell him you would not."

" 'Twas not Papa—'twas Reyner, Richard. They did not want me—they wanted my dowry. They wanted to wed one of Guy of Rivaux's blood. It could have been Joanna or one of the others. It mattered not to them. They lied that they could ally themselves with him."

"You were overyoung."

" 'Twas more than that," she responded bitterly. "They lied about Ivo."

"You have said he was no husband to you," he acknowledged, ducking beneath a low branch, then turning to hold it for her. "But it matters not now, for he is dead."

"They made me think the fault was mine. God forgive them, for I cannot, Richard. For six years and more I believed I was not as other women, that I was unworthy to be loved."

"Jesu, Liza! You are Guy of Rivaux's daughter! What nonsense is this? If you were not loved, 'twas because of your accurst tongue."

" 'Twas easier to believe that than the truth," she said simply. "But now I know 'twas that I was not a man. He would have loved you better than me."

"What?" He stopped still. " 'Tis the first you have said of this, and I cannot—"

"I thought the fault was mine," she repeated. "I thought if he could not love me, 'twas that I failed him. He would not lie with me. It was not until later that I knew he lay with no other woman either."

He started to dispute her, but there was that in her green eyes that made him believe her. "Why did you not tell Papa? Why did you not tell me? By the Blessed Virgin, I would have slain him for it."

"I was ashamed that I could not make him have a care for me." She looked down, marking a circle in the dirt with the soft toe of her leather slipper. "And in the end I think he cared a little, for he warned me of Reyner. He sent me to chapel one night that Reyner would not lie with me to get a child for Eury."

"Holy Jesu!"

"They called me the mare of Rivaux, Richard—Count Guy's overtall daughter. I was naught—naught to any at Eury, and I thought I had failed. They whispered of me, saying I was barren, telling any who would listen that I was Rivaux's useless daughter."

"Nay, Liza, but we loved you."

"You were not there!" She breathed deeply, sucking in the fragrant air, letting it go slowly, before she could find the words to tell him what her husband meant to her. "And when Giles of Moray came to me, I was afraid of him. I was afraid that he would say I was useless also."

"Liza, you do not have to tell me this."

"Aye, I do. For he would not have nay for his answer, and so I went to him." Again she lifted her green eyes to meet his. "And naught's wrong with me, Richard. And naught's wrong with him, for we pleased each other right well." She touched her stomach. "It matters not to me now that my babe will not rule as much as Papa has. 'Tis enough that he will have Dunashie and whatever else Giles can win for him."

"You would live with this Butcher?"

"He is no more Butcher than Papa, for he has but fought for his own patrimony. And, aye, I would."

" 'Tis said he killed his wife, Liza."

"She was small and feared to bear his babe. She killed herself with her own simples."

"Art certain?"

"Aye. I do not wish to be Rivaux's proud daughter, not because I do not love Papa, but because I'd be Dunashie's lady," she said suddenly. "I would be as Gilly . . . as Catherine of the Condes . . . as Eleanor of Nantes. I'd be loved as they have been loved. Can you not understand that? I'd bear sons and daughters for Dunashie."

He stared at her for a long moment, and the change within her truly surprised him. And for the first time since she'd come home from Eury, he thought he understood her. "Then 'tis what you should do," he decided finally. "You should go home and bear your babe at this Dunashie."

She shook her head. "I gave mine oath to Papa, Richard. I cannot—I swore to him."

"Nay, I am here now."

"But you have no wish to be."

It was the truth, and he could not deny it. "It matters not, for the war will be here also. 'Tis meet that I defend Harlowe, for one day 'twill come to my son." A reluctant smile warmed his eyes, lightening them almost to gold. "Aye, you are not the only one who has hopes of giving her lord a son, Liza."

"Gilly?"

He nodded. "Before St. Cecilia's feast in September."

" 'Tis well. I am pleased for you. But I cannot go to Dunashie, for King David has called Giles to answer for taking me without Papa's consent. 'Tis why Giles fights for Stephen." Her gaze traveled up the stone walls that rose above the garden. "Nay, for good or ill, I am here now. All I ask of Papa is that he rescind his complaint to King David. I'd not have my son lose his patrimony."

"And your lord accepts this?"

"Nay, but he is at Stephen's court, and we have quarreled on it." She reached to pick a small rose from the bush that clung to the rough stones. " 'Tis enough that Papa forgives Giles."

"And if he does?"

"Then once this accurst war is done, I shall go to my husband. Until then, I can only pray he lives." Turning to tuck it into the neck of his tunic, she forced a smile. "Tell me you will not harm one I love as much as you and Papa."

"Aye."

Above them Willie walked the wall with a man of Harlowe, commiserating over the lot of those who must sit, waiting to defend. When he looked down into the neatly laid garden he saw Elizabeth and her brother embrace, and he knew it was right that they had come. Despite Richard of Rivaux's noted fierceness, there could not be any who did not know he loved his sister.

Chapter Twenty-Four

As news came each day of the disaffection and desertion of those who'd put Stephen on the throne, the arrival of Giles of Moray into his camp was welcome. They met, and Giles received the royal embrace beneath the shadow of Dorchester castle. And as was his custom, the beleaguered king presented his lately arrived liege man with a finely embroidered tunic of green sendal. It was the color Elizabeth favored.

"So you have wed the widow of Lord Ivo?" Stephen commented.

"Aye."

"I would that you had brought her as surety against her father, for he has repudiated his oath to me." He turned to one who stood beneath a spreading tree. "My lord of Eury," he called out loudly, "we would have you greet the husband of Rivaux's daughter."

The man to whom he spoke looked up, then made his way to them, favoring Giles with a smile that did not warm his eyes. "Art he who calls himself of Moray?" he asked. Then, before Giles could answer, he added, " 'Tis little joy you will have of her, my lord, and you have my pity for it."

" 'Tis Rivaux's daughter," a companion reminded him. "The one as was wed to Ivo."

"She gave my son naught," Reyner of Eury snapped. "She was worthless to us." To Giles he smiled again, revealing blackened teeth. "Alas, but you'll have no hope for her dowry, for the girl is barren."

There was a malevolence in the older man's voice that could not be missed. Giles fought the urge to tell him that Elizabeth would bear an heir for Dunashie ere Christmas, that he wronged her. Instead he merely said, "I have taken her dowerless, and I have hopes you are mistaken."

"Mistaken!" Eury snorted. "Four years she was wed to my son, and there was not even a stillbirth to show for it." He looked around for a moment. "Do you bring her?"

"She is safe elsewhere."

"Another pity, for 'twould have kept Rivaux from joining the Empress," the older man said sourly. "Aye, I would have written him myself had you brought her." He turned to Stephen. "Your Grace, 'tis not too late. You have but to send escort for her."

"Nay, but she is unwell," Giles said hastily. "She cannot travel yet. A complaint of the bones from the clime."

"Still . . ."

"And I'd not have her in an army's train."

" 'Tis enough that he holds her," Stephen decided. "If the need arises, we will send for her."

"Aye." Again, the Count of Eury's pale brown eyes rested on Giles. "But art sure you can hold her? If Count Guy should come for her, you'll need her safe."

"She is."

"This keep is well defended, I trust?"

There was a discernible contempt, a manner designed to make Giles feel as naught before him. Instead he felt angered. "Well enough," he answered curtly.

"Have done, Reyner," Stephen murmured, interceding between them. "I have said 'tis enough that he has her. When the lord of Dunashie's loyalty to me is known, Count Guy must consider it."

"We know not even where she is," Reyner protested. "And David of Scotland threatens already."

"My wife's safety is for me to determine," Giles told Stephen.

Reyner's manner changed abruptly, and he faced Stephen again. "Your Grace, I did but ask out of concern for her, for despite my disappointment in her, I'd not forget what she was to Eury." Clasping his hands before him, he continued smoothly, "There was the bond of blood between us. By your leave, I'd offer mine own keep at Halford, that she may recover from her sickness in greater comfort there."

Before Giles could lose his temper, the king shook his head. "Nay, she belongs to the lord of Dunashie and is his to do with as he will."

"She is content where she is," Giles growled.

Reyner's eyes narrowed for a moment, then his expression cleared. "When the clerk writes to her for you, I pray you will give her mine greetings and tell her that she is not forgotten at Eury."

"I have no need of a clerk—nine years I spent in King Henry's household."

Stephen, unwilling to further any dispute between his dwindling vassals, clapped the count on his shoulder, saying, "We would have you come that we may show you the gerfalcon Arnulph of Alton sent us when he made his submission to our queen."

They moved away, and those who'd gathered moved with them, ever eager for opportunities to ingratiate themselves with their overgenerous king. Several sidestepped Giles as though his presence there was an offense to them. And as they left the words "Butcher" and "border thief" floated back to him. A sense of loneliness and isolation washed over him, for this time he had not even Willie.

There was that about a siege that made men weary and tempers short from the enforced idleness. Many passed the wait by following Stephen to hunt in the New Forest, but Giles chose to spend his time sharpening his battle skills. Most mornings he and Lang Gib, called Gilbert of Kilburnie by the English, took his weaponry to the field where the squires, for want of much else to do, had set up their quintains. And when Gib complained of it Giles reminded him that there was more to a pitched battle than a border raid.

More used to battle-axe than either sword or lance, they practiced with the latter until both horses and men were lathered. It was not until Giles pulled off his plain overtunic to wipe his face with the linen beneath that he noted they were watched by Reyner of Eury. As Gib dropped down to rest, Giles picked up his axe, tested the edge, and swung it with the skill of a Scot.

The count moved closer as though he would speak to Giles, but the younger man ignored him until Reyner called out, "By the bones of God, but you make yourself scarce to Stephen's counsel, Giles of Moray! We noted your absence at the hunt this morning."

"Aye." Giles pushed back his dripping hair with his arm, then shielded his eyes against the sun. "I had naught of import to say."

"If you would rise you had best learn to flatter him, for he is a man who would think himself well liked."

"I rise well enough."

Reyner stopped before him. "Aye, for you have taken Rivaux's proud daughter, have you not?" When Giles said nothing, he smiled knowingly. "I'll warrant you stole her, else she'd not have stomached any but a count. God's blood, but the witch overvalues herself."

Giles grunted, and Reyner took it to be agreement. "What a cup of gall you have given Guy to drink, for she had her pride of him. Aye, they are alike in that. Alas, I envy you not the task of taming her. She vexed my poor Ivo right well."

"She suits me well enough."

"I have heard he quarrels with you for it," he went on, ignoring the set of Giles' jaw. "And if any knew the truth of it, he'd sit no higher than you." His eyes dropped to the axe, and he shook his head. " 'Tis not a weapon I'd choose, I think."

"It suits me also. And I care not where he sits."

Giles' black eyes were so cold that the count shivered. Thinking that Elizabeth must have what she deserved in this border lout, he still persevered, smiling slyly. "He has much, Count Guy—more than any but Gloucester, mayhap."

"Mayhap. And I care not for that either."

"Nay, you mistake me by your manner, Giles of

Moray," Reyner assured him. "If you have wed his daughter, you may yet profit of it." He waited expectantly and was disappointed. Finally he went on, saying, "When King Stephen wins this war, who is to say that the husband of Elizabeth shall not share in what he takes of Rivaux?"

"You forget that Count Guy has a son."

"The hawklet? Nay, when I am done, he will not have the right," he answered cryptically. "And Stephen will bestow his lands where he will. 'Twill be an easy thing to argue with a fool that some of them ought to go to the one who has wed the daughter in good faith." He leaned so close that Giles had to hold his breath. "Aye, aid me, and I will see 'tis you. What say you—would you have Harlowe? Or even the Condes?"

The hairs prickled at the back of the younger man's neck. "If I were fool enough to dream of such, I'd ask for Rivaux itself," he retorted.

"Nay. Rivaux will be mine."

He knew that Reyner tempted him, but he knew not why. He fingered the sharp blade as though to test its edge again, considering whether to lead on the Count of Eury or to walk away. "You waste your riddles, my lord, for Count Guy will hold his lands," he said finally.

"When I am done, there'll be none to stand for him," Reyner boasted. "When I am done, he will be as hated as his sire. Together, Butcher, we can bring him down." Again he leaned into Giles' face. "Would you join me to gain Stephen's favor? Would you join me to gain Harlowe?"

"Riddles gain me naught, my lord." He held the axe up before the sun, letting the reflection strike the older man's eyes. "Nay. And I'd not be called Butcher, my lord," he added coldly.

Reyner shielded his eyes. "He will come for her. Guy will come for his daughter. Think on it," he urged. "If he is delivered to Stephen, the reward will be great."

"Stephen would pardon him. He is Guy of Rivaux."

"Is he?" Reyner asked softly. "Mayhap your right is as great as his. Think on it," he repeated. "And if you would aid me, we will send for his daughter."

Giles raised the axe again, and the older man stepped back warily. For a moment Reyner's eyes betrayed fear as the blade flashed, a slash of silver cutting the air. He blenched visibly at the sound of metal biting wood, and when he dared to look the axehead was imbedded so deeply in a quintain that the post was nearly sundered. Beneath it, the straw slid from the sacking.

"Merciful Jesu! You would have cleaved a man in half!"

"Aye." Giles reached to retrieve his blade, wrenching it from the splintered wood. " 'Tis my weapon of choice." His black eyes met Reyner's. "And if you would take Guy of Rivaux, you'll have to do it yourself."

"I'd thought there was no bond between you," Reyner said stiffly. "He does not accept you."

"There is his daughter."

Giles leaned on his axe, watching Eury leave him, knowing he'd gained an enemy for naught. For a moment he considered sending word to Willie to take Elizabeth elsewhere, but the risk was too great. He looked down to his hands, seeing again the thick scars that lay across his palms. He'd placed those hands between Stephen's, setting himself against his own sovereign, jeopardizing all he had to keep Rivaux's green-eyed daughter. The image of her as she was when he left her came to mind, and his ears echoed her earlier words like a refrain: *I am ashamed of loving you . . . ashamed of loving you . . .*

"My lord, you have dulled your blade," Lang Gib said behind him.

Giles looked down as though he came from another place, then exhaled heavily. "Aye. We'd best see it sharpened, for I expect to have need of it. And tell the others I'd have none speak of Wycklow here."

Chapter Twenty-Five

For several weeks Eleanor watched her granddaughter, saying little. Despite the fact that the sickness passed, neither Elizabeth's appetite nor her spirits improved. Finally the old woman could stand it no longer.

" 'Tis time that she returned to her lord," she declared to Richard.

"He is with Stephen," he reminded her.

"Because we have pushed him there."

"She and I have both written Papa on it, but I know not if the letters have reached him. Stephen's queen blockades the ports, that Gloucester and the Empress cannot land." He swung around to face her. "Despite what she has said of him, I cannot like this Butcher."

"He is not unlike you, Richard."

"So she says also, and I can scarce be flattered," he retorted. "He had not the right to take her."

"You had not the right to take Gilliane de Lacey," she said softly. "And Guy had not the right to wed my Cat, nor Roger to wed me."

"God's bones, Grandmere, but we are above the lord of Dunashie!"

"Are you?"

His eyes met hers almost defiantly. "If you would speak of Papa's blood, I'd not have you forget that his sire was born a Norman count, so 'tis not the same."

"By that measure, Gilliane is beneath you also."

"What would you have me do? I wrote Papa for Liza, but afore God, I'll not send her to Stephen's court! 'Twould be delivering a hostage to him, Grandmere."

"I'd have you send to her husband—aye, and I'd have you send her where he would have her. She belongs to him. 'Tis to him you should write."

"I've naught to say to him. Besides, she will not go, for she does not forget her oath to Papa."

"She spoke to you of this?"

"Aye. And I told her that I would hold Harlowe, but she says 'twas she who swore." But even as he spoke it he knew he could make her go. Had she not as much as admitted that she wished she had not done it—that she wished she were but as other women? *I would be as Gilly . . . as Catherine of the Condes . . . as Eleanor of Nantes. I'd be loved as they have been loved,* she'd said. "I told her to go home and bear her babe at Dunashie."

"She must be absolved from her oath."

"Sweet Jesu, but I am not Papa!"

"You can take her place."

"I told her, but she refused."

"Did you?" She had to crane her neck to look up at him. " 'Tis not her place to defend Harlowe, oath or no, Richard. 'Twill be yours, not hers, one day." She lifted a thin, parchment-skinned hand to touch his cheek, brushing it lovingly. "And there's none as I'd rather had it, for you give me pride in you. Aye, Guy gave us what we lacked when he made a son in his image."

" 'Tis hard to be his son." Nonetheless he caught her hand and held it against his face, pressing a kiss into the small palm. " 'Tis fierce blood to be born to, Grandmere."

"The better to hold what we have won," she murmured softly. "And this Giles is such a one also."

"You like him?"

"Aye, for he has loved Elizabeth."

And it was as though he heard his sister's words again. *Tell me you will not harm one I love as much as you and Papa.* He was silent for a moment, then nodded, sighing. "I will speak to her," he promised. "I'll send her back whence she is come." He released her hand and stepped back, smiling ruefully at the tiny woman before him. " 'Tis not only the men who are strong-willed in this family. Full half the steel in me comes from the Cat, and I suspect she had it from you."

"Nay." She shook her head, smiling back mistily. " 'Twas from Roger. He showed her a woman's worth to a man."

" 'Twas a lesson well learned."

He found Elizabeth alone in the garden, her head bent over her embroidery, and closer inspection revealed she worked a fine gown suitable for a babe's christening. She held up the small garment and surveyed it critically, then she saw him. "Today I would that I had Gilly with me, for she sews better than I. And I'd have him look well when he is named."

He reached to run a fingertip along the rich embroidery that circled the tiny neck opening. "I'll warrant Dunashie has never seen anything half so rich, Liza."

"We are not so poor there as you would think," she retorted, pulling it back.

"Nay, you mistake me." He looked about the garden. "Where is your Scots giant?"

"Willie? When last I saw him, he was going to show your squire the proper employment of a battle-axe. It seems the poor fellow was convinced the lance was the superior weapon. Why?"

"If I were this Giles I'd be jealous of him, for he guards you like a mastiff his bone."

"He fears that if harm comes to me Giles will never let him see Dunashie again." She folded the small gown neatly in her lap, and smiled up at him. "I have sworn every oath he could think, even on his dagger, that I would return to his brother." Laying her hand over her stomach, she nodded. "Aye, on my soul and the soul of my babe as well."

His own face sobered. "Liza, I'd walk to the chapel with you."

"The chapel? 'Tis the last place I'd think to see you, save at Mass, brother."

"I pray often, and well you know it."

"Nay, I do not."

"Well, I'll warrant I pray more than your Butcher," he conceded. "Or is he overly pious?"

"Nay." She considered the matter briefly, then shook her head. "He has convinced himself his soul is lost, so he prays not at all that I have heard."

"And you have not been able to instill your piety in him?" he teased, ready to duck should she swing on him.

"He believes my piety to be lacking also," she answered mildly, rising. "But we hear Mass each morning, so our people will benefit from God's word. And Dunashie's confessor is not overly given to penance, so I do not mind it." One corner of her mouth twitched and her green eyes betrayed her amusement. "Indeed, but when I confessed to lying abed too long, I had only to say one prayer."

"I should have to confess that every morning when I am with Gilly," he admitted frankly. "Now I can only say that I burn."

She looked away, remembering that Giles had said much the same when she had denied him. "Well," she sighed, "if we are to pray over that, I will confess to it also."

"We are much alike, Liza," he decided, reaching to hold the gate for her. "We do nothing with half a heart."

Still carrying the small dress she made for her babe, she fell into step beside him, feeling this day as though she shared more than her blood with him. They *were* much alike, she conceded, as she measured her shoulder against his. If she'd been born male and given those flecked dark eyes, with another three stone she could have passed for him. And if they'd quarreled and disputed in the years since she'd been born, 'twas that they were both possessed of the same fiery temper.

Halfway across the cobbled yard he reached for her hand, holding it as he walked. And the warm strength in his fingers reminded her of her husband. "Would I like this Giles of Moray?" he asked suddenly, breaking into her reverie.

"I know not," she admitted frankly, "but I have hoped you would."

"Well, if you would tell me again that he is much like me, I'd not hear it. I'd hear instead why it is that you have taken him for husband. I'd hear why you have chosen to love him when you could have had a dozen others."

"In chapel?" A low, throaty chuckle escaped her. "Nay, 'twould not be the place."

He stopped to lean against the chapel wall, grinning again. "Surely there must be more to him than that." The gold flecks in his eyes seemed to dance as he faced her. "But you can tell me before we go in. Myself, I have never seen any sin in any of it. I always thought that God did not give us bodies without expecting us to use them."

"You never had that of Maman's confessor, or if you did he said not the same to me."

"Nay. When I came home to visit once from fostering in Gloucester's keep, he told me 'tis pious to burn, that it improves the soul. And now I must be paying for a multitude of sins, for when I am abed I can think of naught but Gilly."

"Did you never think to take another when you are away from her?" she asked curiously, wanting to know how a man really felt on such things.

"Do you?" he countered.

" 'Tis not the same. You are a man."

"When I heard that Gilly had wed Simon of Woodstock, in mine anger I tried to take another," he admitted, "but 'twas not the same. I lay with several, but I felt nothing. And after I knew she'd wed him to give my babe a name other than bastard, I wanted none other. But I asked of Giles of Moray, not me," he recalled. "I'd know, Liza. Tell me of this man who would make you forget you are Rivaux."

"What would you have me tell?"

"Anything that will make me like him."

"But you would not have me tell you he reminds me of you," she protested, teasing him. Then, realizing he'd sobered again, that he was indeed regarding her seriously, she considered the matter. "Twice he saved my life against Reyner, Richard—twice he fought against greater numbers when he did not know I was Rivaux's daughter."

"And yet you took him prisoner here."

"He pricked my pride." As was her wont when she would not look at him, when she would seek her thoughts, she drew a circle in the dirt with her toe, looking down on it. "And 'twas wrong that I did, but I am not sorry for it. It kept him here and gained his notice."

"Did it bother you not that men call him Butcher?" he wanted to know.

"Aye, and it weighs on his soul." She raised her eyes again to his. "But he is not as you would think, Richard—he is not unkind. Hard, aye—but not unkind. And he has fought for his patrimony when there was none to stand with him."

"He treats you well?"

The memory of how she'd railed at Giles, the insults she'd flung at him, the anger she'd shown him ere he left came to mind. "He did not beat me when he had the cause," she answered simply. "He honors me for my birth, and in his house I sit above him."

"Jesu! Above him, Liza? 'Tis not meet," he muttered.

"Not knowing if he could love me, I wanted to give him pride in me at the least." Her gaze dropped again to her feet. " 'Twas wrong of me also, but I know not how to remedy it now—nor if I will have the chance. Richard, I have cost him everything, and still he would love me."

The pain in her voice was unmistakable. "Nay," he said gently, taking her hand again, "let us pray over it."

" 'Twill not bring him back from Stephen's court, nor will it mend the quarrel with King David," she insisted as he led her inside the chapel. "God aids me not in this."

They walked past the carved chairs that lined the walls. Above them light filtered through stained glass, casting a pattern of red and blue upon the flagstone floor. Before them candles burned at the altar rail, their flickering lights carrying the prayers of those who'd been there earlier. Richard genuflected before the gilded crucifix behind the altar, then moved to kneel at the feet of the Blessed Virgin. Beneath him, under the stone, lay another Richard, his great-grandsire of Harlowe. Elizabeth, her hand still in his, knelt also over the crypt of Roger, once called the FitzGilbert ere he was acknowledged heir to Earl Richard.

For a time naught was said. Richard leaned forward, his head touching the rail, his eyes closed. Elizabeth tried to compose her thoughts into prayer also, doing as she had been taught in childhood, praying for others ere she asked intercession for herself. Then she was startled by her brother's words, clearly spoken.

"Holy Mary, Blessed Virgin Mother of God, I ask your intercession in the dissolution of the oath that exists between Elizabeth of Rivaux and our father that I may assume it."

"Richard—nay!" Elizabeth protested. "You cannot."

"And I ask you to witness mine own oath to him, that I will be his man in all and everything, that I will defend what is his against every man in his name, so help me God." Turning to Elizabeth, he said solemnly, "If it be your will, I am willing to take your place as our father's man, absolving you from all responsibility for the defense of Harlowe."

Tears welled in her eyes, for she knew what it cost him to do this for her. "Richard, I—"

"Say it, Liza."

"Nay, but—"

His flecked eyes were intent on her face. "Nay, I am not the martyr you think me, sister. And you agree, 'twill be my babe, not yours, who is born at Harlowe."

It suddenly seemed right that he who would one day rule this great keep should have a son born there. And she felt as great a certainty that her own child should come forth at Dunashie. To each his own patrimony. Her fingers tightened in her brother's stronger ones.

"I ask God for deliverance of my vow to Guy of Rivaux," she said clearly, "that I may cede responsibility for the defense of Harlowe to Richard of Rivaux, who will keep mine oath for me in our father's name against every man." Her eyes moved from him to the statue above. "As Mary who was without sin is my witness."

"So be it then."

She dropped her head to pray. "Merciful Father, I ask your blessing on me and all of mine house, but most of all I'd have peace between my husband and my father. Amen."

"Amen," he repeated. Rising, he pulled her up after him. With his free hand he tucked an errant strand of blue-black hair beneath her baudekin veil. "Ever would I stand for you, Liza—ever."

They emerged again into the June sun. "All of the rest of my days, I will remember what you do for me, Richard," she said, smiling through a mist of tears.

"Before you think me overgenerous, I did it for myself also. If 'tis possible, I mean to bring Gilly here."

"Through the Queen's blockade?"

"Nay, I'd bring her through Wales. Then, even if I join Papa, she will be here and I will know she is safe. She will be company for Grandmere also, and no matter where I am, here or elsewhere in England, the distance will not be great."

"Aye."

"You are freed to go or stay, Liza."

She nodded. "I return to Wycklow, and when Papa can be persuaded to intercede with King David I will go again to Dunashie." Her chin quivered dangerously. "Aye, you will like Giles—I know it."

He raised her chin with his knuckle. "If he treats you well, I am satisfied. Go with God, Liza."

She nodded. "My greatest prayer, Richard, is that neither you nor Papa will have to meet my husband over your buckler. I'd have no quarrel between you."

"Nay, 'twill not come to that," he promised.

Chapter Twenty-Six

Despite King Stephen's pleasantness to him, Giles knew his loyalty was suspect to the English barons. And he knew that they did not like him overmuch, for he was seldom consulted for his opinion on anything, and when he gave it it was usually greeted with thinly veiled disdain. He began to feel that his presence there was more political than military, but he kept his own counsel and waited for an opportunity to gain the English king's gratitude.

Stephen, he observed, was more than willing to bestow the lands of rebellious barons on his own allies. It was, however, left to the fortunate recipient to claim his new possession from the former owner, which made some of his gifts dependent on the final success of the war. Still, Giles had hopes of being able to rise above Guy of Rivaux's contempt for him.

It was not an easy thing that he did. By day, he watched the king attempt to be all things to all men, and he lost most of the respect he'd held for Stephen. As much as he had hated King Henry, as much as he would not be ruled by Henry's daughter, Giles reached the conclusion that the king he'd chosen was unfit to rule. Indeed, of all he'd seen, he felt that both Henry's illegitimate son, Robert of Gloucester, and Stephen's queen, Mathilda of Boulogne, were better suited than those they supported. But it mattered not, Giles told himself. For good or ill he'd placed his hands and his uncertain future in King Stephen's.

Yet the fact that his choice was one of expedience rather than honor weighed heavily on him, and far too often, when alone on his pallet, he had his doubts as to whether his wife would ever forgive him. There the words she'd said in anger haunted him, and he heard again *I am ashamed of loving you . . . ashamed of loving you . . . you'd have me say I love a fool . . . a fool . . . a fool . . . you fight for the usurper . . . he has not the right to rule . . . then you have no honor* . . . until he could not stand it. To one born of the blood of Rivaux, honor was everything. There was none to say that Guy of Rivaux had no honor.

The night was hot, the tent close, and this once Giles could not cross beyond the tortured meanderings of his troubled mind to the peace of sleep. He lay there, forcing himself to hear instead the steady, rhythmic snoring of Hob and Lang Gib, until he could stand it no longer. Pulling on his chausses and his overtunic, he went out for air.

The camp was silent save for the occasional challenge of a sentry. In the distance birds called and answered each other. He walked aimlessly, unwilling to think anymore, unwilling to reason within. The only thing he wanted was to live with Elizabeth in peace.

He knew not how far he walked nor where until he was brought out of his thought by voices. Beyond an opened tent flap he heard the word "Rivaux." He stopped, standing silently without, and listened.

"Aye, Stephen's spies bring word Count Guy has landed."

"Jesu! Can they be sure?"

"Aye, but he eluded the Queen's blockade, coming into Pevensey rather than Dover. He spent the night at Lewes with but thirty men, then escaped ere he could be arrested."

"I'd thought him with Gloucester."

"If Rivaux is come, can Gloucester be far behind?" a third voice asked.

"Nay. They say he is come for his daughter."

"The one stolen by the Scot?"

"Aye."

"What said Eury to the news?"

"Count Reyner departed in secret this morning with

Stephen's blessing, saying that he had the means to bring Rivaux down. He goes for Rivaux's daughter."

"And the Butcher does not know of it?"

"Nay, 'twas done whilst he yet slept. Eury's tent stands that none will suspect he is gone."

"Where?"

There was a derisive snort. "A mean place in the north, I am told. Reyner's squire overheard one of the Butcher's men speak to another of Wycklow, saying she is there, that he leaves her there that none will know it."

Despite the heat of the night, Giles' blood ran cold. Turning on his heel, he walked back through the camp, heedless of all else. And as surely as he'd heard it, he found Reyner's bright tent standing empty. Lifting the flap, he saw that nothing remained inside but the blackened pit that had held the fire.

This time, it was not Elizabeth's voice that haunted him. *Rivaux will be mine. . . . If you would aid me, we will send for his daughter.* He swore long and profanely, taking no satisfaction from the blasphemous words. Cursing himself for a fool, he realized he'd been duped by Reyner and by Stephen. The coldness spread, filling his body with foreboding as he considered the distance the Count of Eury already would have traveled. Morning was many hours ago.

With haste he sought his own tent again, roused Lang and Gib and Hob, then sent them in secret to the others who slept apart on pallets dragged into fields just beyond the encampment. For a brief time he considered taking all he'd brought to Stephen, but then decided the withdrawal of his entire levy would rouse the camp. In the end he took only the Scots he'd brought with him from Dunashie. Leaving his own tent standing also, he and his men moved with stealth through the sleeping camp, subduing sentries who would challenge them until, armed and mounted, they were spurring their horses and riding as though they fled hell.

It was not until the sun waxed high the next morning that Hob gave voice to their fears. "Nay, but

Wycklow canna hold against him, d'ye think? A good battering will bring down the far wall easily enough, and we are too few to stop him. Aye, and I canna like all the timber where ye'd been rebuilding yer wall."

It was a fact that Giles had faced ever since he knew Reyner went there. And it did no good to tell himself that he'd been too sure that none would count it worth the effort, for Elizabeth of Rivaux's presence had changed that. He'd not expected any to know she was there.

"Aye," Giles agreed grimly. "But if he takes her, I will see him punished. If it costs me all, I'll see him punished," he repeated.

"Nay, but it canna come to that," Lang Gib protested. "Willie will nae give her up."

"Och, but Will is but one man," said Hob, looking sideways to his master's set face. "D'ye send to Harlowe for aid?" he asked. "Whether they like ye or nae, the countess will nae want harm to come to Rivaux's daughter."

"Nay. Guy of Rivaux comes into England."

"Merciful Mary. Then God aid us all."

And as was his wont when any invoked God, Giles looked down to where his scarred hands held his reins. Aid him? Nay, but God punished him. For Aveline. For the souls that had perished unshriven at Dunashie. And he'd been a fool to hope otherwise. If God had given him Elizabeth, 'twas but so He could take her away.

For a moment Lang Gib glimpsed the pain in the black eyes. "I will pray for you, my lord."

Giles' jaw tightened and his eyes went hard and cold. "Save your words for yourself, Gilbert of Kilburnie," he said shortly.

"Och, but the priests say ye have but to ask."

"It matters not what the priests say, for they lie."

They exchanged glances behind him, then Gib made the sign of the Cross furtively over his breast. "Then I pray for your lady."

Hob, who blamed Elizabeth for much of the ill that had befallen them, nodded. "And while ye be about it, pray to mend her tongue, will ye? Say ye'd have her safe but a wee bit safter." He stole a glance again, but Giles appeared not to have heard him. "And ask for a son for Dunashie."

"One thing at a time," Gib answered. "If ye'd have aught else, bend your knees yourself."

But to Giles only two things mattered: that Reyner sought to take Elizabeth for Stephen, and that Guy of Rivaux came for him. Even if he saved her from the one, could he keep her from the other?

Lang Gib, seeing his lord's bleak countenance, sought to comfort him. Edging his horse closer to Giles, he murmured, "There's none as says Rivaux isna a fair man, my lord. There's none as says he isna good."

"And there's none as has gone against him and won," he responded.

"Then send him against the lord of Eury," Gib reasoned. "And when he sees ye have a care for her, mayhap he will relent. Aye, there's naught like a babe to be born as can change a man's mind."

"Like mine own grandsire? You forget I cost my sire his head, that he died the day I was born."

"Och, but your grandsire was not Guy of Rivaux."

"If anything, he was far weaker," Giles retorted, spurring ahead.

Gib fell back with the others, muttering beneath his breath, " 'Tis nae only the Rivaux as has pride, I'm thinking."

Tortured of mind, bereft of soul, Giles rode on, heedless of those who would shake their heads behind him. And as the day wore on with no sign of Reyner ahead, he gradually faced the fact that he'd rather see Elizabeth in the hands of her father than in the Count of Eury's. For despite all he'd said, when he looked back at those who rode with him he knew he had not the means to defeat a Norman count. They were but a few of his men, the best he had save Willie, but the rest of his power lay divided, separated to defend both Wycklow and what he held against his sovereign north of the border. Nay, but if he could not overtake him, if he had not the advantage of surprise, he could not win. And there was no sign of Reyner of Eury.

Finally, with the horses too exhausted to carry them further, they stopped at the Abbey of St. Cuthbert to rest, and there they received news that confirmed Giles' fear. The abbot protested that he was scarce able to adequately tend them, for much earlier in the day his larder had been depleted by the Count of Eury, his food carried off by those who rode away in haste after asking of a keep called Wycklow. Saddle-weary, with horses nearly lame, Giles knew he now had no hope of surprising Reyner ere he reached Elizabeth.

Denying himself the meager supper offered, he lay upon one of the narrow cots in a cell, staring at the crucifix that hung on the wall above him. Finally, unable to stand it any longer, he closed his eyes to the Cross and allowed himself to remember her, to see her again as he'd seen her in the beginning, a nun swinging an axe like a man. Even then, those unusual green eyes had drawn him. He could see her at Harlowe, surrounded by the wealth and power of her family, wearing a gown that glittered beneath the torchlight. Nay, but even then he'd known there was none other. And in his own arrogance he'd thought he could have her. That he could keep her.

Even now his mind could see her as clearly as if she were with him. But this time when she came to him there was no recrimination, no rancor or bitterness in her green eyes. She was as he would remember her, her pale body gleaming beneath the black silk curtain of her hair, her mouth parted and inviting. He could feel the warmth of her skin against his, he could smell the soft fragrance of rose water in the hair that brushed over him. And his whole body ached with remembered desire. But she was more than that to him, she was his life and his pride, and within her she carried his babe. No matter what happened, he would have a child born of the blood of Rivaux.

There's none as says he isna a fair man. . . . There's none as says he isna good. Aye, despite everything, even Giles' men revered Count Guy for long-ago deeds of valor, for had he not vanquished the Devil? Guy of Rivaux was more than a man.

When Giles opened his eyes again a stream of moonlight was slicing across the wall, illuminating nothing but the crucifix above him. Was it a sign? Was it a warning? He knew not, but for the first time in years, he dared to raise his voice to it.

"Nay, but if you will yet listen, I'd give Elizabeth of Rivaux back to her father, if you will keep her safe. Above all else, I'd have her safe. Give me a sign that 'tis right what I do."

There was no answer. He rolled to sit, and held his hands into the moonlight, seeing again the scars on them. They were his penance, the symbol of the burden he carried every day of his life, the outward manifestation of the guilt in his mind. For a long time he tried to make sense of it, and then he rose.

The bells sounding the first office, calling the monks to sing Matins, broke the midnight stillness, and as the sandaled feet scrambled down the stone-flagged floors outside his cell door, Giles hurried to catch the abbot. "Kind Brother, I'd have pen and parchment ere you go," he said quickly. Then, realizing he intruded on the priest's silence, he added, " 'Tis of some import, else I'd not ask. I'd send to Rivaux at Harlowe."

Chapter Twenty-Seven

Seen in sunshine, the small tower and wall that was Wycklow did not look nearly so grim, and for once Elizabeth did not dread going there. It was not Harlowe, it did not compare with even the smallest of her father's keeps, but it was here that Giles would return to her. And until he did she would busy herself cleaning it with lime and sweetening the floors, making it as habitable as she could.

As they neared the bridge she breathed deeply, grateful that before he'd left Giles had ordered the ditch drained and dredged. Although the green line of scum was still visible, the water that lapped beneath the wall no longer stunk with the refuse from the kitchen and garderobe.

Willie removed his helmet and waved to the man on the wall who watched silently, almost sullenly, as the weathered bridge creaked downward. "Afore God," he muttered, "but I'd teach the whore's son his manners." Looking up again, he called out, "Auld Wat, is this any greeting fer yer lady?" Instead of answering, Wat looked away. "God's bones, but what ails him?" Willie wondered out loud.

It was not until they were across the bridge, their horses entering the small, cobbled yard, that either of them noted the body of Dib's Jock on the gibbet, telling them something was very wrong. Elizabeth wheeled to flee, but she was too late. Already the spiked gate eased downward, separating Wycklow from the outside world, as Reyner of Eury swaggered toward her.

Willie lifted his axe, riding between her and the

count, ready to defend her, shouting, "For God and St. Andrew! Nay, but ye'll not take her!" Above him, an archer loosed his bolt. As Willie swung low, decapitating one who reached for him, he was struck. The arrow penetrated the boiled leather of his *cuir bouilli* with such force that he fell forward and was pulled from his saddle by two men of Eury. Reyner stepped over the headless body, ordering, "Kill the fool," curtly.

"Nay, he is William of Dunashie!" Elizabeth cried. "He is my lord husband's brother!"

She raised her whip, but Reyner caught her hand and brought it down, forcing her to drop it. "Spare the bastard then," he called out, "for I'd have surety against the Butcher." His eyes met Elizabeth's, and his grin revealed his uneven, blackened teeth. "So we are met again, daughter. And this time, you will be of some worth to me."

"Unhand me," she said coldly.

"Did the Butcher teach you no manners? Did Black Giles not beat that arrogance from you?" he gibed.

"He'll kill you for the insult you offer."

"Your border Scot?" he sneered. "Nay, but he is with Stephen." He leaned closer, and his strong breath sent a wave of nausea through her. "He'll not care, for we shall both profit of you. We are together in this."

For an awful moment she thought Giles had allowed this, that Reyner had come with his leave, but then she looked down to where Willie lay, his huge body held down by booted feet on his chest. "Nay, you lie," she decided, "else you'd not need surety. Nay, he would not risk his brother. Unhand me," she said again, "that I may tend him."

He twisted her wrist painfully before he released it and stepped back, still grinning. "Aye. You will see to him that he lives. It will please me to see Rivaux's proud daughter on her knees in the dirt." His gaze moved to the sullen men who sat their horses behind her. "Disarm them, and when she is done with the bastard, I'd have you bring her to what passes for the lord's chamber," he told his captain. His pale, almost yellow, brown eyes met hers again. "How your fortune has fallen, my daughter—nay, but I would have given you more than this." His hand reached to touch the braid that hung forward over her shoulder, smoothing it against her breast. "Aye, much more," he murmured.

Unable to control her fury, she spat into his face. "If you would think to touch me again, I will kill you myself."

His grin disappeared as he wiped his cheek with the back of his hand. "The Butcher does not beat you enough, but I'll remedy that. I'll put an end to your temper." He turned on his heel and started for the tower door.

"As craven as is King Stephen, he will not allow you to harm me!" she called out after him.

He stopped. "Harm you? Nay, you mistake me, daughter. I will but give you the meekness you have lacked. I have ordered your things moved to the hole in the wall. 'Tis a mean place, but you will survive."

She watched him disappear inside with sinking heart, then she dropped down to look at Willie. "Get your stinking boots off him," she snapped to one who held him. "I cannot see the wound." As he complied she touched the arrow shaft, testing it. " 'Twill have to be pulled out, Will, and I doubt I can do it."

"Aye," he gasped. " 'Tis sorry I—"

"The fault was mine," she said quickly. She looked up to Reyner's captain, and for a moment her heart paused. "Bevis of Lyons, I'd have your aid." When he did not move, she added evenly, "Or would you that I told Reyner what you were to Ivo?"

His face darkened, and she feared he meant to kick her with his spurred boot. Still she did not flinch. Finally, he nodded. "Carry him into the hall," he ordered. "And see that she has what she needs."

It was not until the arrow had been wrested from the big man's shoulder, until the wound had been burned with the poker and bandaged, that she would follow Bevis to the small solar. As his eyes moved contemptuously over the moss-streaked walls, she considered appealing to him.

"Bevis, if you will send to my lord, I'll hold you blameless."

"Nay."

"If I am harmed here, my lord will kill you—aye, and my father will come also."

"Nay."

She sucked in her breath, then exhaled fully. "I should not have said what I did. You know full well that my father will pay if I escape."

"Nay."

"Sweet Jesu! Why can you not see what you do? You cannot hold me and live." Then, realizing he regarded her with bitterness in his eyes, she could not help wanting to know: "Why? Do you hate me so much?"

"Nay."

Realizing she was gaining nothing, she tried a different approach to him. "Your lady—the Lady Bertrade—is well?"

"Well enough," he answered curtly. "She gives me one son—and I have called him Ivo." He reached to jerk open the heavy oak door at the top of the steep, winding steps.

"For the love you bore my husband . . . for the love of Ivo . . . I beg you will aid me, Bevis. I—"

But he'd already stepped ahead of her. "My lord," he said to Reyner, "I bring you the witch of Rivaux."

"Daughter." The lord of Eury nodded, then indicated a rough bench. "You behold I have not much to offer you, for 'tis a mean place," he said, smiling blandly as though he welcomed her, as though his anger were forgotten. " 'Tis not nearly so grand as Rivaux—or Harlowe."

"Nay, 'tis not." She remained standing. "Why are you come here?"

"For you." He pressed his fingertips against each other as he looked up at her. "Aye, I have not forgotten how you failed my son. I have not forgotten what you cost me. When you gave us no heir, you robbed me of your dower lands."

" 'Twas Ivo failed *me*," she snapped. "He gave *me* no son. The fault was his."

His smile never faded. "You were worthless to us."

"Nay, but if you believe the fault was mine, you believe a lie."

"And you took my son from me. You made him turn from me. I chose you for your father's wealth, and you did not let me keep it, daughter."

"If there be any fault, Reyner, 'tis yours," she retorted. "Sweet Jesu, but 'twas you who lied to us! You made my father believe that Ivo wanted me, when you knew he did not."

"You were to make him care for you, Elizabeth. I chose you with care, for you were a comely maid."

"I could not! Do you think I never tried? Nay, but when I wed, I did not know there were those such as he!"

"Naught was wrong with Ivo that you could not have cured had you tried," he answered, his eyes going cold.

"Naught was wrong with Ivo? *Naught was wrong with Ivo?*" she demanded incredulously. "Reyner of Eury, you knew what was wrong with Ivo! And if he turned from you, 'twas because you forced him to my bed! Aye, he said you beat him to make him lie with me!" She stood above him, her green eyes flashing with pent-up anger. "There was not a woman born as could tempt Ivo!"

"You lie! God's bones, witch, but you lie!" He rose, his fists clenched, his face dark and menacing. "If aught was wrong with my son, 'twas you!"

"Ivo lay with men, not me—and so you knew ere you made him wed me," she said, her voice suddenly dropping low, but forceful still. "Nay, but 'twas you—not I—who drove him from you. By the end he hated you for it!"

"Lying witch!" He struck her then, his blow sending her reeling against the small table where she'd played chess with Willie. "If you cannot still your lying tongue, I'll cut it from you! Think you I do not know you killed him?"

She righted herself and wiped the blood from her mouth. "He fell from his horse, and I was not there!"

"He died by his own deed, Elizabeth, and afore God I'll not forgive you for it! Think you I have not heard how it was between you? Think you that your women did not tell?"

She stared, scarce able to comprehend what he told her. "Nay, his quarrel was with you," she said finally.

"Witch!" He struck her again, and this time his heavy ring cut her chin. " 'Twas that you would not lie with him!"

Her green eyes smouldered, but she managed to keep her voice low. "Holy Jesu! You would believe that, knowing what he was? There was a time when I begged to lie with him, when I begged to bear an heir for Eury." Again she wiped the blood from her face. "And in the end he admitted he had not the will. He said that because he would not you would come to me, and he warned me to spend the night on my knees in Eury's chapel." She raised her chin and looked again into his eyes. "And if you hit me again I'll see you hang for it."

"You hated him! You would not be wife to him! 'Twas for you that he died! Deny the hate that was between you!"

"Hate?" Even as the word hung between them, she realized for the first time that it was not the truth. "Nay, Reyner, but I pitied him for you—d'you hear me? I *pitied* him for you! Because he was not what you would have him, you made for him a hell he could not escape!" Seeing the color drain from his face, she nodded. "In the end, he would have protected me from you. In the end, he cared more for me than for you."

"Nay, 'tis not so." He turned away that she could not see his face. "When they brought his body again to Eury, I was told his horse had fallen on him, that the beast had stumbled. 'Twas not until you were gone that I learned he had ridden off the rocks that he would break his neck. We quarreled over you."

"Did Bevis tell you the tale?" she asked suddenly.

"Aye."

"Sweet Mary." She moved in front of him, bending her cut face to his. "And you would believe him?"

"He had no reason to lie!"

"Art a fool, Reyner!" she told him furiously. "A fool!"

It was the wrong thing to say to him, for his anger blazed anew. And this time when he hit her the blow caught her above the ear. For a moment the room went black as she fell. Then he was standing above her, his face contorted hideously. "Had I no need of you, Elizabeth, I'd kill you now and be done," he muttered as he struggled to master himself. "Your words damn my son to eternal hell. The priests would not let him lie beneath the altar for what you say."

"Think you your words do not?" she demanded, defiant still. " 'Tis a sin to take your own life, Reyner!" He raised his hand, then dropped it. With an effort, she pulled herself up again. "Nay, but I have told no one, for the shame was too great to bear. But it matters not, anyway, for now Ivo answers only to God. If you would aid him, pray for his soul and leave me be, my lord," she added coldly.

"Nay, but I will have satisfaction of you yet, Elizabeth. I will have my due."

"Then ransom me to my father and be done." She turned and walked to the window slit, looking down onto the peaceful fields beyond the wall. "Ivo is dead, and I have ceased to care that he could not love me as his wife," she said finally.

But Reyner was not appeased. "Nay. You and he who sired you will pay me for what you did not give Eury. I'll have the dowry he took back—and more. And when I am done, men will spit on Rivaux even as you spat at me."

Her thumbs hooked in the gold girdle at her waist, she swung around to face him again, her green eyes cold. "Then you will fall before Rivaux, Reyner."

"Rivaux!" he spat contemptuously. "Do not threaten me with Rivaux, Elizabeth, for you are no more Rivaux than I—and neither is Count Guy!"

"Jesu, but I think you have gone mad."

He walked closer, his face betraying the exultation he felt as he told her. "Do you know who you are? Do you know what blood you bear?" he asked almost softly. "You have no right to your overweening pride."

"I am Elizabeth of Rivaux," she retorted. "And well you know it."

"Nay. Count Eudo was the last of his blood to rule Rivaux, and there is naught of him in you or Guy. And there is naught of Eudo in the whelp you call brother." He smiled nastily and nodded. "Ah, Elizabeth, but all will turn away from Guy when the truth is known. Even the Butcher will not want the blood you bear in his sons."

"Eudo was my grandsire."

He shook his head. "When you were gone from Eury, before any knew of the quarrel between us, a priest came to me, saying he had a tale that disturbed him greatly. And as I shared a bond of blood with the Count of Rivaux, would I aid him in the search of his conscience?" He waited expectantly for her attention, then went on, "He'd confessed a crone sent to the convent at Caen, and thinking herself on her deathbed, the woman told him that which she'd carried within her for nearly fifty years. 'Twas the matter of a man's patrimony."

Again he paused, hoping she would dispute him, but she said nothing. Finally he continued his tale. "She was but a young girl, maid to Count Eudo's lady, present at your sire's birth," he said softly. "Eudo had beaten Alys of Varanville much in the months ere she was delivered, so much so that she did not live past the bearing."

"Everyone knows my grandmother died birthing my father," she retorted.

"He beat her for lying with another, Elizabeth. And when she was delivered of Guy, a man called

William of Comminges saved the babe by stealing him." Reyner's light-brown eyes yellowed as he gloated over what he told her. "Would you know why? 'Twas that the babe she bore was got of her by a lover!" he answered triumphantly.

She did not flinch, despite the fact that his face was now but inches from hers. "My grandsire acknowledged my sire and secured his patrimony, Reyner. This woman, if there is one, bears false witness when she swears."

"So her confessor felt also, but she gave him proof."

"There can be no proof. A man born in wedlock is the husband's son."

"She gave him the letter Count Eudo sent to the Lady Alys' father, repudiating the child that was born, Elizabeth. She carried that letter when he returned the Lady Alys' household to Varanville. But William de Comminges would not let her give it. He demanded she destroy it, but 'twas a worthless scrap that she burned before him."

"And she kept this letter for fifty years?" she asked incredulously. "By the saints, any can see . . . Nay, 'tis but a forgery, Reyner, else she'd have brought it forth before."

"She was afraid, first of Comminges, then of the Lady Alys' father, and finally of Count Guy. She buried it in its case."

" 'Tis foolishness," she snapped. "If Eudo believed such, why did he give his lands to my father?"

" 'Twas only later, when sons born to Eudo by his first wife perished, when to deny Guy would be to admit to all that he'd been cuckolded—only then did he accept Guy as his heir rather than let Rivaux go to Curthose upon his death."

"A likely tale."

"But when the crone thought to die, what she had done weighed heavily on her soul, and she confessed it. Her priest, doubting her, asked for proof, and she directed him to where she'd buried the parchment—in the stone wall, just three paces beyond the gate at

Varanville. It was *there*, Elizabeth. There is still Count Eudo's seal to prove it." He leaned yet closer, and his breath overwhelmed her. "How many will hold for Guy of Rivaux when 'tis known he is born of the Devil?"

"God's bones, but you are mad!"

"Guy has not the right to Rivaux—nor to any of what he has," he announced gleefully. "Did he never tell you you were born of the blood of Belesme, Elizabeth? Did he never tell you his father was Count Robert?"

For a moment her blood ran cold, and she recalled the remarks that her grandmother and Richard had made: *You are like your grandsire. . . . Nay, 'twas the other one I meant. . . . 'Tis fierce blood to be born to. . . .* Merciful God, but had they meant Belesme? Still, she maintained an outward calm. "I believe you not—not until I have seen this letter from my grandsire."

"Think you I am a fool? 'Tis only to Stephen I will show it—when I give him Guy, who wrongly calls himself Rivaux. I will have more than your dowry of him, Elizabeth. Now he will give me the patrimony he stole. Stephen will rule he has not the right to it."

"The Condes and Harlowe come to him through my mother."

"Think you any will support one born of Belesme?" he countered, sneering again. "For twenty-five years and more, the minstrels have sung a lie. Guy did not bring Count Robert to Henry's justice. He merely let his own father die. Nay, when Stephen wins, he will give all that Guy has to those who have fought for him."

"He will have to defeat my father first—and he cannot. My father and my brother will win, Reyner."

"Guy has come into England, and when he comes for you, he will be arrested. And men will spit on him for the blood he bears."

"You cannot hold Wycklow against him."

"Wycklow?" He snorted derisively. "Nay, 'tis to

Halford I take you. This pile of sticks and rubble is worthless to any but the Butcher you call husband."

"My husband will stand against you also."

"Your Scot? Look around you, Elizabeth, and see that he has not the worth. He will stand with Stephen and hope that I let him have a piece of what Rivaux holds. When he discovers that your family is nothing, you will be fortunate if he decides to keep you."

"Nay," she declared proudly, "he will stand for me." Her green eyes met his steadily. "You see, Reyner, 'tis his heir I bear." This time, she dodged away as he swung furiously on her. As he staggered to keep his balance, she dared to taunt him, "And ere long the world will know I am not barren, Reyner—they will know the fault lay in Ivo."

"Devil's witch! Lying whore!"

"Butcher and witch—'tis fitting, is it not?" she asked softly. "Nay, Reyner, but you will pay for every mark you have put on me this day. You will face not one but three you fear."

"I'll kill you!" he shrieked.

She shook her head. "Even Stephen would punish you for it." Deliberately turning her back on him, she started for the tiny cutout in the wall. "Nay, but if you believe what you have said, then you must surely fear the blood I bear."

"I fear nothing—d'you hear? Nothing!" And yet even as he said it the words rang hollowly in his ears. Moving back to the nearly empty wineskin that lay upon a table, he lifted it to drink, draining it. As the last drops went down his throat, he flung the skin to the floor. Cursing, he went in search of another.

Lying on the straw-filled pallet where Giles had brought her that first night at Wycklow, she listened as Reyner's footsteps receded down the stairs. She was born of the hated blood of Belesme. Devil's blood, if the bards were to be believed. She waited for the horror that ought to have come with such knowledge, but it eluded her. The only fear she had of it was what it meant for her family, and what it would mean to Giles.

Would he turn from her with loathing? Would he who took such pride in the blood she carried to their son—would he think less of her when he discovered 'twas the blood of Belesme? Would he, when he surveyed what she'd cost him, feel cheated that she was not Rivaux? If men and Holy Church turned against her father in revulsion, would he stand with him for her sake? Or would he, remembering her father's insult to him, gloat with Reyner and Stephen over her family's downfall? Would he wish to profit from it?

What had he said of right and honor? That sword and battle-axe made right. That 'twas the sword that ruled. And when she'd gibed that he had no honor, he'd agreed. Yet when he'd brought her first to Dunashie, he'd held her up for his household and his vassals to see, saying so proudly, "Behold Elizabeth of Rivaux! Your lady!" And after what passed for their wedding Mass he'd told them all, "Her honor is mine own!" But he'd thought he'd wed into the house of Rivaux, not Belesme. Would he want her still?

She turned her face against the damp and musty straw and fought the urge to cry. If she'd not defied Giles, if she'd not left Wycklow nearly unprotected, mayhap she'd not have brought herself and Willie to this pass—mayhap she would have captured Reyner instead. And then none ever would have known. Self-recrimination and self-pity nearly overwhelmed her. She was not what she'd believed herself to be. She'd had no right to her great pride.

Nay, 'twas not true. In the dim grey light she could see the faint lines of the veins in her wrist, the veins through which flowed the blood of Belesme. Fierce blood, Richard had called it, and it was. It was her father's blood, and she was, no less now than ever, her father's daughter. And like him she would survive his enemies. She would live to bring forth fierce sons for her lord, and she would be loved for that. Strengthened now rather than defeated by what Reyner had told her, she exhaled deeply and tried to sleep.

But her last conscious thoughts were of the hard,

fierce Scot she'd wed. He would come for her, she knew it, for no matter how angered he might be with her, her captivity would touch his pride. And later she would tell him about her blood . . . later, after she'd given him a son. And when she finally slept, it was in the comfort of a remembered embrace.

Chapter Twenty-Eight

Called to the wall in the midst of his preparations to leave for Halford, Reyner stared down at the advancing mesnie in disbelief. "God's teeth, but 'tis the Scot! Nay, but we left him at Dorchester! Stephen was to hold him there—afore God, he was!"

Bevis of Lyons followed his gaze, then shook his head. " 'Twill make no difference, my lord, for there are not many. We can hold this keep against them until help arrives."

"Art a fool, Bevis! Think you I want to stay within these stinking walls? Nay, but I would await Guy of Rivaux in a safer place." He turned a baleful eye again on the row of shining helmets coming over the hill, and the significance of Giles' arrival was not lost on him. "Nay, they cannot take this pile without machines, 'tis true, but neither can we go."

"Send to Stephen for aid," his captain advised.

"By the blue eyes of God, deliver me!" Reyner raged. " 'Think you Stephen has the stomach for this? Nay, but 'twas agreed that I should do it! He will blow this way and that, saying there are other matters, and if he comes at all, 'twill be too late!" He stalked off, muttering, "I am surrounded by fools!"

"We can engage them outside," Bevis offered, following him. "We are more than they."

"And risk losing her?" his lord fairly howled. "Without her, I cannot ensnare Guy!"

"Then treat with the Butcher," the captain suggested reasonably. "Later, we can defeat him."

"Sweet Jesu, but—" Reyner stopped, then walked

again to the wall. "How many do you count?" he asked abruptly.

"No more than thirty. We have twice the number here."

The older man eyed his man with veiled dislike. Since he'd spoken with Elizabeth, her words echoed in his ears. *Did Bevis tell you the tale? Did Bevis tell you the tale?* Nay, but why had she asked that? *And you would believe him?* she'd wondered, as though there were more to it than he knew. His pale golden eyes raked over the captain, noting the slender comeliness that had eluded him before. Had it been Bevis who'd led his son astray? Nay, it could not be. The man before him could wield lance and sword with skill. Aye, and his lady had borne him a son. Named Ivo. There was no denying that he and Ivo had been much together. If it could even be thought . . . if it could be believed at all . . . he'd see Bevis of Lyons dead for it.

But not now, not with Rivaux coming, not with Giles of Moray at the gate. Later, he would discover what had passed between Bevis and his son. His gaze went again to the road beyond, and he cursed profanely.

Unaware of the change in his lord's opinion of him, Bevis argued, "We have but to offer to share Rivaux's lands with him."

"I have already said as much to no avail. The whoreson bastard told me if I would have Rivaux, I'd have to take him myself."

" 'Twas before we held his lady—'twas before we held his brother."

"Aye—I'd nigh forgotten the brother. How fares he?"

"In time, he will mend. For now, he can scarce stand unaided."

It went against Reyner's sense of his own worth to have to treat with anyone. If he chose to ally himself 'twas one thing, but if he was forced to 'twas another. An idea, unless it came from him, was less than worthless. And the Butcher's denial of what he'd offered still stung. Nonetheless he'd not tarry, to be caught like a game bird by the Hawk of Rivaux. Finally, he nodded.

"Aye, send for the priest that he may write him."

"And who's to read it to him?"

"He lived in Henry Beauclerc's household," was the terse reply. "Nine years, he said."

"Better preparation for a priest than a butcher," Bevis snorted. Nonetheless, he went down to seek Wycklow's chaplain.

Above him, Reyner watched. Aye, if Bevis had been more than companion in arms to Ivo, he'd pay for it. Like the others, he'd die slowly for what he'd made of Eury's son. For if 'twas true, the captain had used Reyner to gain the advantage over his rivals for the boy's affections. Nay, but the more he thought on it, the more inclined Reyner was to believe in the perfidy of Bevis of Lyons.

Reyner's disgust of everything was not improved by the arrival of the priest. In keeping with the meanness of the place, the fellow did not appear able to do more than recite his prayers by rote.

"Can you write?" Reyner demanded.

"The *Pater Noster* in Latin," he answered proudly.

"All of it?" Bevis sneered.

"The first several lines."

Furious, the count cuffed the chaplain, sending him sprawling on the wall. " 'Tis useless to me!" he shouted.

"The she-witch writes," Bevis reminded him.

"Aye, and who's to know what she'd say? I'd sooner trust a viper. Nay, you will send a man who has learned his message. I'd have him tell the Scots Butcher that if he joins us, he may have the Celesin."

"Lord Richard's keep?"

"Aye. I'd once thought to offer Harlowe, but on seeing this he cannot but be grateful for less. But it matters not what we offer, for I mean not to give any of it."

"I'd thought to ask for Celesin," Bevis admitted.

Reyner's nearly yellow eyes flicked over him. "Nay,

I'd give you more than that for the service you did Ivo," he answered. "I'd give you what you deserve for that."

"And the Butcher—what give we him?"

"Guy of Rivaux's Doomslayer in his back. But for now, we are in need of haste. I'd not meet Rivaux here."

The Doomslayer. Even now, the reminder of the sword Count Guy had carried against Belesme sent a chill down Bevis' spine. It was no light thing to go against Rivaux, no light thing at all, and when all was said, he was not certain he would not be damned for it. Like many, he too felt that God's grace shone on Elizabeth's father.

"Think you he will come for his daughter?" he asked for nigh the hundredth time. "Mayhap he is still with Gloucester. Mayhap Stephen's spies are mistaken."

"Nay, he will come. He has an uncommon love for the daughters his countess bore him. He will come," Reyner repeated definitely. "And I will take him."

Giles listened carefully to the fellow before him as Reyner of Eury's message was repeated. "My lord welcomes you, saying if you will swear to aid him against Count Guy, he will give you Celesin."

"The last time 'twas Harlowe," Giles retorted. "And if I am welcomed, how is it that I am kept from mine own keep?"

Remembering what his lord had had him rehearse, the messenger tried to explain. "Nay, but he'd have you swear on a piece of the True Cross first, and he'd have you wait without to attack Count Guy when he comes."

"The True Cross!" Giles snorted contemptuously. "Jesu, but 'tis blasphemy he would ask—an oath on holy relic to kill my wife's father!"

"He would have me remind you that there is the quarrel between you and Rivaux, and he says he would let you profit of it."

Giles' temper snapped. "Tell him I do not treat with dogs."

"Nay, the only dogs here are the Scots," the messenger retorted. "I'd not speak such to Eury."

"Nay?" One of Giles' eyebrows shot up, then he turned to Hob. "Give me your dagger, I pray you. I will send my message myself."

"Do ye send his ear or his knuckle?" Favoring the man of Eury with his empty grin, Hob tossed Giles his knife. "Meself, I'd send his head back to his master."

The fellow went white. "Nay, you do not dare!"

For answer, Giles advanced on him. "Both, I think—all three mayhap." He reached out as the man backed away, and his hand caught a handful of hair. Pulling Reyner's messenger back to face him, he raised the dagger to the ear, nicking it. "Which one would you keep?" he asked softly.

The man felt the warm trickle of his own blood as it coursed down his neck. "Merciful Jesu—nay! I am but the servant of Eury!"

"Or mayhap the tongue," Giles continued, considering it. " 'Twould cure his insolence. Which is it, do you think, Gib?"

"The ear." Lang Gib moved to watch. "Nay, the other one, I think, for 'tis uglier. Or mayhap both that the holes will match."

"If ye wouldna slay him, which ye ought, if 'twere me ye asked, I'd take the knuckle on his best hand," Hob declared. "A man without fingers canna earn his bread."

"Nay, if he would speak of holy relics, let him go back to Count Reyner as John the Baptist," another Scot suggested. "I'd send but his head." His eyes met the messenger's. "Did ye nae know Lord Giles is descended of the Picts of Galloway? The ones as spits babes on their pikes?"

Every tale of the horror inflicted by the Scots flooded the poor fellow's mind, and for a moment Giles feared he meant to swoon. "Mayhap the ears," he decided.

"Sweet Jesu—nay! Nay!" The man's plea rose to a shriek as he felt the knife prick deeper.

"How many men has Eury behind the walls?"

"I know not. Aiyyyyyeeeeeeee!" The trickle flowed freely now, dripping onto his dirty woolen tunic. "In the name of God, I beg you spare mine ear!"

"How many?" Giles repeated.

"More than fifty."

"How many more?"

"I know not. For the love of Mary, I pray that you will not—" The wet warmth was sticky where it touched his neck. "Sixty mayhap."

"Mounted?"

"Nay. Some are archers." The fellow tried to twist his head, but Giles held him by the hair. "Oh, Sweet Jesu, but he will kill me if I tell."

"How many of my men fell within?"

"I know not. One my lord hanged for his insolence."

"Where does Reyner go from here?" Giles asked tersely.

"To King Stephen."

"Where? He does not take her to Dorchester, I think."

"I know not," was again the sullen reply. As soon as he said it the fellow knew 'twas a mistake, for he felt the knife slit through his flesh, and he fainted.

"Och, but the men of Eury are women," Hob declared in disgust. "Ye did but take a slice from the top."

"Revive him."

Reyner's messenger regained consciousness, only to discover Giles of Moray's merciless eyes still on him, and he cringed. "Nay, no more, I pray you," he begged.

"Where?"

"H-Halford—he sends to Stephen from there." For an awful moment he thought he was doomed, that the man before him would slit his throat, but then the Scot palmed the dagger and proffered it to the one who'd given it.

"Send him back."

"Do you give Eury his answer, my lord?" Hob asked.

"Aye. Tell him I have asked Guy of Rivaux to come for his daughter. Tell him I do not betray the bond of blood between us."

"Ye hear that, ye filth of Eury?" the toothless one demanded. "Can ye remember it to Count Reyner?" To emphasize the point, he tickled the hapless fellow's chin with the sharp tip of the blade.

"A-Aye."

"Tell him that if either Elizabeth of Rivaux or William of Dunashie is harmed, his life is forfeit. Unless he sends them out now, I will hold him here for Count Guy. I may not have the men to retake Wycklow, but I can see that Reyner of Eury does not leave it alive," Giles promised grimly. "Tell him that I would see that my wife is unharmed, else he will discover how it is that I am called Butcher."

As Hob backed away to let him rise, the messenger felt gingerly of his ear and was gratified to discover that he still had it. He nodded. "I will tell him. I swear it."

Chapter Twenty-Nine

Boundless in his fury, Reyner pulled Elizabeth from the pallet, shouting, "The whoreson whelp dares to answer with an arrogance above your own! So he would see you, would he? Well, afore God, he shall!"

She came awake trying to defend herself as he tore at her clothes, and she thought he meant to ravish her. Not to be taken tamely, she raked his face with her nails, gouging for his eyes. He howled, then delivered a backhanded blow with one hand as he still held her with the other.

"Witch! Devil's spawn!" Over his shoulder, he ordered Bevis, "Take the clothes from her! Let the bastard see she is whole!" As he said it, he shoved her roughly toward his captain. "Aye, and I'd have a mastiff's collar for the bitch—and a stout chain."

"Nay, but—"

"D'you dare gainsay me?" Reyner demanded furiously. "Would you join her on the wall? God's bones, but if you have not the stomach for it, I'd have you hold her! Art more of a woman than Ivo!"

His last words hung between them across a gap of sudden silence, and the color drained from Bevis of Lyons' face. For an awful moment he thought to be sick, for the import was not lost on him: Reyner knew.

"Nay, I—" he protested weakly.

"Do you hold her or not?" his lord demanded coldly.

"Aye." Bevis' hand closed painfully on Elizabeth's arm, jerking her in front of him.

"And now, witch, we shall see how you are made,"

Reyner growled, reaching for the chain girdle at her waist. It fell to the rushes below.

She wrenched her arm suddenly, breaking away, and ran for the door. The older man's face darkened dangerously as Bevis started after her.

"If you would live, you'll catch her!"

But she was already on the narrow, winding stairs. In desperation Eury's captain flung himself after her, and together they stumbled and fell against the rough stone walls of the tower. Tears of pain welled in her eyes.

"He will kill you also," she panted, pulling away.

"There is no help for it," he gasped, catching her arm again.

"Go to Giles—go to my husband," she said low. "Tell him—" She looked up to where the count came down the steps above them, and she fell silent.

"I'd thought to spare you, daughter," Reyner said nastily, "but you would not have it. Now all will see Rivaux's proud daughter." This time, when his fingers found the neck of her gown, he pulled it so roughly that the fabric tore. When she struggled, Bevis held her arms tightly. Cursing that the silk was too closely woven, Reyner drew his dagger and cut the seam.

"Move, and I will carve you like a doe," he warned.

"Sweet Mary, but—"

The gown gave way, exposing the white undershift beneath. As Elizabeth closed her eyes to hide her humiliation, she felt the knife blade slice through the linen to touch her bare skin. She swallowed visibly, knowing that Reyner looked on her.

"Holy Jesu," Bevis muttered.

"Hold her." Reyner moved away, bellowing, "A bitch's collar and a stout chain!"

"Tell my lord to send for my brother," she whispered. "Tell him to send to Harlowe. Richard is there."

"Lady, I—"

"Else Reyner will kill us both."

"I have no sign," he protested low. "Nay, but I'd not be believed. And he will kill me ere I can leave."

She swallowed again. "Tell him there is no shame in loving him. He will know it for a sign." For the briefest moment, she opened her eyes and looked downward to where his arm circled her naked belly. Then she gambled. "Ivo would not wish me to die like this, Bevis. And Reyner will take your life slowly."

"Aye."

The Count of Eury, accompanied by two others, returned with collar and chain in hand. Elizabeth ran her tongue over suddenly parched lips. "Nay."

"Nay? But the Butcher would see you, daughter. He would see you are whole, and I'd not deny him." As he spoke, she felt his hands circle her neck, fastening the studded collar. And then the cold weight of the chain fell over her bare back.

"Art mad, Reyner."

"Nay, I do but show him the Devil bitch he wed." Turning to Bevis, he ordered, "Take her up and chain her to the top of the wall that he may see her. She will stay there until he withdraws." His eyes traveled over her body, taking in her firm breasts and her still-flat belly. " 'Tis to be hoped that he is not a fool, Elizabeth, for if he attacks, I will drop you over the side." He stepped back. " 'Tis fitting, is it not, Bevis?"

"Aye," the captain answered hollowly. Taking the chain in his hands, he nudged Elizabeth gently. "Lady."

It was not until they were again in the stairwell, away from the eyes of the others, that she halted. "I'd unbind my hair, Bevis—I'd be covered with that at least."

"Aye."

"Bevis?"

"Jesu—what? Tarry overlong, and they will come up also."

Her hands worked quickly, tearing at the gold threads that wrapped around her braids, and then her fingers combed through her hair, pulling the rippling waves down over her breasts. "How did Ivo die?"

"His horse fell."

"Why did you tell Reyner otherwise?"

There was a sharp intake of breath behind her, then he sighed heavily. "I wanted to punish him for what he did to Ivo," he answered finally. "Lady, I am heartily sorry for this."

"We will see him punished for it."

"Bevis!" Reyner roared from below. "Get her to the wall!"

"Lady . . ."

"Aye."

She walked with what little dignity she could muster, climbing the narrow, sloping, winding stairs to the top. The wind that whipped Giles' standard caught her hair, lifting it as she emerged onto the wide wall. She closed her eyes against the sudden nausea she felt, then opened them again and looked down. Across the moat, sheltered by the trees, she could see Hob, Lang Gib, and another watching her. Wordlessly, Hob turned away and disappeared into the dense woods. The others dropped their eyes.

Giles emerged to stare upward as Reyner joined her and Bevis on the wall. Very deliberately, the count lifted the thick curtain of her hair to expose her naked body. Humiliated, she felt the rush of blood to her face.

"Behold the bitch you have bred!" Reyner shouted at him. "The collar fits her, do you not think?" Turning to Bevis, he ordered, "Cut her hair that he may see she is whole."

But Bevis, feeling the snare tighten around himself, considered his chances of taking his lord. If Reyner had not held Elizabeth between them he would have attempted it, but the risk was too great. And if Reyner survived . . . he dared not think of his fate. Instead, the captain moved to the edge of the wall and looked down to the water below. And in that instant he made his decision. Before Reyner could stop him he plunged headlong over the side, parting the reeds to submerge himself in the murky water.

Cursing, Reyner dropped Elizabeth's hair and leaned

to call to his men-at-arms, "Kill the whore's son! Man the arrow slits!"

Bevis came up beneath the garderobe, caught at gnarled tree roots growing into the ditch, and pulled himself out. Then, as a dozen archers tightened the springs to their crossbows, he scrambled toward the Scot.

"Have mercy, my lord! I am come from your lady!" he shouted.

Elizabeth could not hear what Giles said, but Bevis was led away. Suddenly Reyner, his face already dark, stiffened as though he'd been struck. A low, guttural oath escaped him as she followed his gaze, and her humiliation was forgotten.

"You have tarried overlong," she told him triumphantly. "Behold the Hawk of Rivaux comes. You are lost, Reyner—lost."

"Hold your tongue, else I'll cut it from you," he muttered, pacing along the wall, his eyes counting the ever-lengthening line of helmets moving like ants over the distant hills. "I am not done yet—I will send to Stephen."

"And you think he will come?" she scoffed. "You yourself have said—"

He struck her hard in full view of Giles of Moray, then stood over her with clenched fists. "It matters not what I said! I can give him riches—aye, and I can aid him in breaking the Normans who stand against him, you fool! I can yet give him Guy of Rivaux!"

"The only fool on this wall is you," she retorted, wiping her face.

"Nay, I will break them—all of them. When you are here for all to see, when you shiver in the rain and bake in the sun, they will know they cannot take me. You are my shield, Elizabeth, and here you will stay until Stephen comes."

The import of his words sank in slowly. He was going to keep her chained like an animal to the tower above Wycklow's walls. Every man jack with eyes would look on her and see what none but Giles had the right to gaze upon. And in that moment of realization she hated him as much as he hated her.

"When you are taken, Reyner," she said evenly, "I will ask that you be killed with deliberation. I'd have you separated from life as my grandsire would have done."

"Roger of Harlowe? Nay, but he had not the stomach to mete out a cruel death."

"Nay. The other one—the Devil of Belesme." As if to emphasize her words she held out her arm, examining where his hand had bruised it. "And do not think men call my husband Butcher without reason." As she spoke her cold green eyes met his, sending a shiver through him. "Aye, Reyner, you will pay."

Chapter Thirty

Giles watched the wall with an impotent fury. It was not until Bevis of Lyons climbed out of the moat that he could be brought to tear his eyes away from Elizabeth. Then, ordering that the man of Eury be cleaned of the mud that clung to him, Giles turned his attention again to his wife.

The wind caught her long black hair, lifting it away from her face, and although he could not make out her features in the distance, he knew what her pride must be suffering. After Reyner left her she leaned forward, bowing her head that her hair might cover her nakedness. In another Giles would have taken the gesture for one of submission or despair, but not in Elizabeth. Her pride might allow her fear, but never cowardice.

It was he who despaired, for he'd been unable to keep Reyner from taking her, and he'd failed to persuade the count to give her up. Now he waited in uncertainty for Guy of Rivaux, who might well take her from him also. She raised her face to look again to where he stood, and he lifted his hand in salute. Nay, but no matter what happened after, he'd get her out.

"My lord, we are approached," Lang Gib murmured at his back.

He swung around. "How many?"

"Too many to count—and they wear the red of Rivaux."

Holy Jesu and the Blessed Virgin. So Count Guy came. It was as though his heart paused, for he knew not what would happen when they were met here, before the walls of Wycklow.

"My lord," Hob cut in, "the fellow would speak with you."

"Aye," Giles answered, his throat almost too tight for speech. He turned back to where the fellow still wiped mud and refuse from his face. "How is it that Eury let fly his arrows on you?" he asked curtly.

"I escaped ere he could kill me." There was that in the cold black eyes that watched him that made Bevis think of Elizabeth of Rivaux. Summoning his courage, he blurted out, "She would have me tell you to send to her brother—to send to Rivaux of Celesin at Harlowe. She says he is there."

Giles' eyes narrowed. "How is it that she knows that?" he demanded. "She cannot know."

"She came from there." Bevis licked his lips nervously, not wanting to sound foolish, then he blurted out, "And she also would have me tell you that there is no shame in loving you. She said you would recognize it for a sign," he added hopefully.

"Aye." Once again Giles looked to the wall above them, seeing her sitting there, her hair streaming over her shoulders to disappear behind the safety ledge. And despite his fears for her, he felt a surge of anger in the discovery that she'd defied him. She'd gone to Harlowe.

And he wondered: Did she think she had to offer him this to make him stand for her? Or did she truly recant the words she'd flung at him at Dunashie? Or had she hopes of appeasing his temper when he discovered what she'd done? He could not know, not until he faced her later.

Abruptly, he looked again to Bevis. "Aye," he said tersely. Then, "How fares my brother?"

"The big one? He took an arrow in the Lady Elizabeth's defense, but unless the wound festers he will mend."

"If he is harmed further there will not be a Eury man to leave mine lands alive. By the Rood of God,

I swear it." His eyes bore into those of Bevis. "How came you to serve such a man as Reyner?"

"I have but been with him since the Lord Ivo died. Ere then, I served the son." Bevis dropped the linen cloth and rose to face Giles. "There is something else I'd say, my lord."

"Say it."

"Reyner of Eury is mad."

Once again Giles' gaze strayed to the wall. "Aye," he agreed grimly. "I'd not dispute it."

"And if Stephen does not aid him, I think he will kill her."

"My lord, the outriders from Harlowe are come," someone cut in hurriedly. "Do you greet them?"

Giles favored Bevis with a twisted smile. "Elizabeth need not have asked, for I have already sent to Harlowe for Count Guy."

"My lord . . ." The captain hesitated, uncertain whether to ask the lord of Dunashie's favor just yet, and yet afraid if he did not, he would be forgotten.

"What?"

"I am without service now. Count Reyner will have all I hold of him, making me a penniless man with a wife and son." He could see the impatience in Giles' face, so he rushed on to ask, "Would you speak of me to Rivaux?"

A derisive snort escaped from the border lord. "Nay. My commendation would be more like to get you hanged with me. Speak for yourself, if 'tis your will."

The first riders came into the clearing and reined in. A tall knight, his surcoat blazoned with the black hawk of Rivaux, dismounted, asking, "Where is Giles of Moray?" As he spoke he tossed his reins to Hob, with the assurance of one used to being obeyed. "Tell him Rivaux is come." His eyes traveled over the silent Scots until they reached Giles. "Art he, I think, for you look to be the only one tall enough for Liza to favor."

One of Giles' black brows lifted. "Liza?"

"My sister." Richard strode to face him. "I am Rivaux of Celesin, come to answer your call to arms."

The two men stared, each measuring the other against his reputation, then the knight pushed off his heavy helmet to reveal thick black hair that reminded Giles of Elizabeth's, and handed it to one of those who'd ridden in with him. Despite the deep impression left on his face by the nasal, Richard of Rivaux bore an astonishing resemblance to his sister. But the eyes were different: where Elizabeth's were green, her brother's were brown flecked with gold. Incredibly, he smiled.

"Aye. Though I am the elder by some years, we look as though we could have shared the womb together." After he removed his heavy gloves, he took another step forward until he was directly before Giles. "Canst do naught but gape, Sir Scot? Afore God, but is this how you would greet one who has ridden night and day to aid you? Am I the only one to cry peace between us?" he demanded.

He even spoke with the same arrogant assurance as Elizabeth. Giles hesitated but briefly, then clasped him by the arms, leaning to give him the ceremonial kiss. "Peace," he choked out, overwhelmed that Richard of Rivaux accepted him.

The irony of it was not lost on Elizabeth's brother. His hands closed on Giles' shoulders briefly as he brushed the other man's cheek with his lips. Standing back, he nodded. "Aye, peace that we may make war together. I came in all haste, bringing but what I had at Harlowe, but the machines and pitch vats come after. At least I thought to bring tents." His eyes scanned the defenses of Wycklow without betraying his contempt for it. "He holds her there? Sweet Mary, but I know not if we will need the sap even." Then he saw her, and his jaw gaped momentarily. "Mother of God, but I will hang him for the insult he offers her!" he promised when he found his voice. " 'Tis not to be borne—I'll take his miserable life for this!"

Giles' jaw tightened as he stared upward, and he shook his head. "Nay," he said tersely. "He is mine alone to take. And anger serves us nothing now. Before all else, I'd have her safe."

On the instant, Richard was all business. "Aye. Do you know how many Reyner has there?"

"My lord, he has fifty-eight men now, thirty-five of whom are mounted knights, twenty archers, two heralds—and the Count of Eury himself," Bevis answered.

"Eh? Sweet Jesu, but who is this? Knave, you stink of offal," Richard complained.

"He comes from inside by way of the moat," Giles explained.

"Your man?"

"Reyner's. What of those I left here?" Giles asked Bevis suddenly. "How many survive?"

"Reyner hanged one, and there is the bastard wounded. The rest are but disarmed and confined with the rats in the storerooms."

" 'Twould seem that they did not mount much resistance," Richard observed sarcastically.

"As 'twas done by ruse, there was not a fight. When 'twas discovered that the lady was not there, my lord of Eury professed great friendship for her, saying she had been his dear daughter by marriage, and he'd come with your blessing to visit her there."

"Jesu! And Willie let him in?" Giles demanded incredulously.

"The giant with the red hair? Nay, he was at Harlowe with Elizabeth," Richard answered for Bevis. He looked again to the wall where Elizabeth sat chained, and he grimaced. " 'Tis as well Papa does not see this, for he would dispute your right to take Reyner of Eury." Shading his eyes against the sun, he studied again the weak defenses, then asked, "What does Eury expect from this?"

Again it was Bevis who answered. "He would deliver Count Guy to Stephen that he may have Rivaux itself. He says he has knowledge that will bring Count Guy down—that Rivaux has not the right to rule his lands. He claims he possesses proof, my lord." Then, perceiving that the younger Rivaux's hand rested on his sword hilt, he protested, "Nay, but 'tis not true—'tis but his madness that tells him so."

There was a momentary dread within him, a seeming pause of heart, then Richard shook it off. Exhaling, he turned to Giles. "Well, 'tis no matter what he thinks to do, I suppose. He is caught out as a wolf separated from pack and lair, and he'll not live to tell the tale."

"He sends to Stephen," Bevis added. "He tells him that Count Guy comes, and he hopes 'twill be enough to make the king aid him here."

That brought forth a derisive snort. "Then he is an even greater fool than I have thought him, for Stephen will not face my father. If he cannot bribe and smile, he will do nothing and hope. Were it not for his queen, the Empress and Gloucester would already be marching on London. When Stephen cannot be all things to all men, he is nothing." Richard's face sobered. "Well, what would you that we did whilst we wait?" he asked Giles. "Would you that I treat with him? I will tell him that if he does not take her down from there, he'll not live to leave this forsaken pile."

As much as it pained Giles to do it, he shook his head. "Nay, but as long as we can see her, we know where she is. When she is inside, she is in his hands." He drew a deep breath, then exhaled heavily. "I'd have him keep her there."

"For every man to see? Jesu, but she carries your heir—if you have not a care for her, think of that!" Richard reminded him angrily. "You let him shame her!"

Giles' jaw worked as he sought to control his own anger, not at Richard, but rather at Reyner of Eury. "Aye," he said tersely, "but at least I can see she lives."

"If you attack, he promises to drop her over the side," Bevis remembered. "He'll drown her ere he is taken."

"Nay, he will not." Unable to look up at her anymore, Giles started toward his small camp. "I mean to tell him I will flay him if she dies."

Furious that her husband could turn his back on Elizabeth, Richard strode after him, catching him by the shoulder. "If you will not treat for my sister, afore God, I will! What manner of man are you, Butcher?"

Giles shook him off and continued walking, his own anger almost too great to bear. Behind him Richard muttered a curse on the house of Eury. It was not until he reached the small circle of logs of his encampment that Giles spoke at all, and then it was to call for his ink and parchment.

As Richard watched, he sank into his low makeshift wall of timber, sharpened his quill, and began to write a message to Elizabeth's captor.

> To Reyner, Count of Eury, greetings from Giles, lord of Dunashie. You behold before you a force of men sufficient to take Wycklow forthwith, for I am joined by Rivaux of Celesin, who comes to demand the return of Elizabeth of Rivaux also. If she and all men held within are released unharmed, I give you safe passage through mine lands. If she or any others suffer at your hands, I will take Wycklow at any cost, and there will be no mercy granted to those who would stand against us. I swear on mine honor and the honor of Elizabeth of Rivaux that you will die unshriven should she perish at your hands.

Reading over his shoulder, Richard was impressed, but he shook his head. "Reyner cannot read. 'Twas the archbishop of Rouen as had to recount the marriage settlements to him."

"If there is none other in his service to do the task, then Elizabeth can read it to him."

Throughout what seemed an overlong night they kept a watch of the wall, but Reyner did not move Elizabeth, nor did he answer Giles' message. His only concession appeared to be a blanket, which he took back at dawn after waiting to be certain they saw. In his madness he taunted them, thinking they would not dare attack, that they would wait for Guy of Rivaux. And when he came Reyner would make him an offer for her freedom, an offer that Guy would take, for did he not love his proud daughter?

Shortly after midday he appeared again on the wall, this time to toss a torn loaf of bread at her, calling out for those who camped across the clearing to hear, "See that I do not starve her! 'Tis a crust for the Devil's bitch!"

Had Giles not physically held Richard, her brother would have been ready to climb the wall himself. But Giles held on, muttering, "Nay, but you give him that which he wishes."

"God's bones, but how can you stomach what he does? Have you no pride in her?" Richard demanded furiously. "I'd teach him a lesson he does not forget!"

"Aye." His arms still holding the other man, Giles dared not look up again, for his own anger was such that he feared to commit folly himself. "I'd not have her spend another night like this last. Nay, but if the pitch vats arrive, I mean to go after her. I dare not wait for Guy of Rivaux to come." Staring instead to the road, he asked abruptly, "Do you bring sulfur and naptha also?"

"Aye."

"And it arrives in time, tonight 'twill rain Greek fire on Reyner."

"If we mount an assault, he'll kill her."

"I pray he will not have the time," Giles answered tersely. "When I go, I do not mean to leave him time to think."

"By the Virgin, I think 'tis he!" Lang Gib cried out, and there was no need to ask who he believed came. " 'Tis more Rivaux red!"

"Does the hawk stand or fly?" Richard wanted to know. "If the wings are spread 'tis my sire, and if not 'tis but more from Harlowe." He forced a smile, then explained. " 'Tis more fitting that mine guards and waits, for is that not the lot of sons?"

"I canna tell—'tis too far. But there are not many."

"No wagons? No machines of war?"

"Nay."

"Then 'tis he."

Word that Guy of Rivaux came spread quickly amongst the borderers, and despite their fatigue many made haste to make themselves more presentable. There was a sudden air of apprehensive expectancy among them, an excitement born of the chance to see the great man, coupled with a fear for their lord.

"Papa must have arrived at Harlowe soon after I left," Richard decided. "I left word for him there."

"And he comes with no rest? Nay, but he could not," Giles muttered, unwilling to betray the tautness he felt within him. "He is but mortal, after all."

Despite the struggle there had always been between them, Richard could not deny the pride he felt in his sire. "Nay, but you do not know him. He can be a hard man, unsparing even to himself, when he has cause."

Scarce words of comfort to one whose own anger and fear and fatigue had strained his nerves until he felt his mind would shatter. Giles stood like stone, his face closed against the emotions warring in his breast. If Guy of Rivaux came, could Reyner doubt that he had lost? To Giles, the only other thought he held was that he himself would pay a terrible price. That at best Guy would take his daughter back; at worst, he would take Giles' life.

Richard thought he knew what ailed him. His earlier anger forgotten, he bent low that others could not hear, speaking to Elizabeth's husband alone. "If you love her, he will forgive."

Giles' gaze dropped to his scarred hands, and he shook his head. "If God cannot, why should he?"

"Because she loves you."

"He will fault me that I did not protect her."

"Nay, he will fault himself that he could not," Richard countered. "Jesu, but you worry for naught. She and I both wrote to him from Harlowe, telling him of the child."

The wait was an eternity, a purgatory that held Giles suspended above hell. Finally unable to stand it any longer, he bathed with a rag and a bowl of water, then donned a clean tunic. Nay, but he'd not have her father think him any more unworthy than he was.

The first outrider rode into their midst, and the standard in his stirrup unfurled in the wind, spreading the soaring black hawk above them. With a flourish he raised his horn and blew, shattering the air, then called out loudly: "Make way for Guy, Count of Rivaux, Earl of Harlowe, Lord of the Condes and lesser possessions! He is come amongst you!"

Lang Gib pulled the leather cap off and waited, his head bowed respectfully in honor of the man who'd taken Robert of Belesme. That Belesme had never raided so far as the Scots border mattered not, for there was still not a man amongst them as did not know by heart the story the jongleurs sang. Hastily, the other borderers followed suit. Giles sucked in his breath, savoring it, then exhaled slowly. Without thinking, he murmured a prayer under his breath.

"Mary, Mother of God, deliver me from his anger and grant peace between us."

"Amen," Lang Gib whispered beside him.

The small but well-equipped mesnie emerged into the clearing from the road beyond. As though he were in a trance Giles moved forward to greet the man who led it, daring to look up into his face. His flesh pebbled and the hair on his neck stood on end as he stared. This then was Guy of Rivaux.

Gold-flecked green eyes glittered above the polished nasal of Count Guy's helm. For a long moment they met Giles' and held.

"Art thou the lord of Dunashie? Art Giles, born at Moray?"

The voice was rich and resonant rather than cold, giving Giles hope despite the choice of words. He nodded. "Aye."

"The same as took my daughter from Harlowe?"

"Aye."

"Papa, did you not receive letters of us?" Richard asked, drawing his attention.

"Nay, but I have spoken with your grandmother,"

Guy answered shortly. "And I have seen the letter he sent to me at Harlowe. Now I would have speech with him." So saying, he swung heavily out of the saddle and placed a hand on his son's shoulder for balance. "I am horse-weary." He leaned forward and reached to remove his helmet, twisting it slightly to dislodge it.

Below straight black hair flecked with silver, a thin white scar dropped from his forehead to his cheek, dividing one eyebrow, surprising all who saw it that he'd kept the eye. His high, wide cheekbones, coupled with his straight nose, gave him the same arrogant appearance as his son and his daughter. Oddly, as Giles stared at him, he could not help wondering what Richard and Elizabeth had gotten of their mother. Those gold and green eyes rested on him again.

"So you think yourself worthy of Rivaux's daughter?" Guy asked almost softly. "You think yourself her equal?"

The spell was broken, for there was no way to answer that would not be an insult to the man before him. And yet Giles would not give Rivaux a greater contempt of him. Meeting the older man's gaze with a steadiness he did not feel, he replied, "If she were not your daughter, my lord, I should have taken her still. That she is gives me pride in the blood she brings my sons. 'Tis an honor to share a bond of blood with you, whether I am worthy of it or not."

"Aye, the blood." The divided eyebrow rose. "And that she is born of great wealth counted not, I suppose?"

"In my first letter to you, I accepted her dowerless; in my second, in answer to your demands, I asked for what she ought to bring to me."

The green seemed to recede from the flecked eyes, making them almost gold, and one corner of Rivaux's mouth quirked into a faint smile. "Which is it?"

"I want Elizabeth only." When Count Guy said nothing Giles felt compelled to add, "She wed willingly with me, my lord."

"Aye, so Eleanor says." The eyes narrowed. "She

tells me you would fight for Stephen—that you stand with the usurper."

"Papa . . ."

"Nay, Richard, but I would hear it of him."

"I swore to Stephen for mine English lands and to David for my Scottish ones. It was not until David demanded I give up my wife that I rode to Stephen," Giles responded evenly. "As I have reason to believe that the English king conspired with Reyner to take her, you behold a man who now serves only himself."

" 'Tis a matter for later," Guy decided. "For now, I'd hear of my daughter. How is it that Reyner holds her?"

"He holds her that you will come, Papa," Richard answered. Then, his expression sober, he added, "He says he has proof that will dispossess you of Rivaux."

It was as though a cloud passed over Guy's face for a moment, then he recovered. "Walk apart with me, both of you," he ordered tiredly. "I'd see this keep we are to take." It was as though, in the space of a moment, every one of his fifty-one years had come to weigh on him. "I'd consider how to get her back unharmed."

Giles looked up to where Elizabeth sat chained to the wall, and he could scarce speak. "He holds her like a dog," he managed through clenched teeth. "And tonight I mean to make him pay for it."

Guy lifted his eyes and saw her also. His hands clenched as he sought to control the temper that had plagued him all of his life. It was not until he'd mastered it that he dared to speak. " 'Tis not right to punish her for the sins of my sire," he said finally. "She cannot help the blood we are given any more than I." Turning to Giles he said harshly, " 'Tis a burden you would give your son, this blood you would have him share."

"Papa—nay."

Richard spoke quietly, but his father shook his head. "Nay. Ere he fights for her, I'd tell him. If Reyner knows, so will others." It was as though every line of his face deepened, giving him an almost frightening aspect. "Do you know what blood you would give your son, Butcher? Do you know what blood he will have of me?"

"Papa, it matters not."

"Aye, it matters," he retorted grimly, "it does. Aye, but 'tis curst blood I give him, for he will be born of the line of Robert of Belesme." He waited for Giles to flinch, but the younger man did not. "The Devil of Belesme was my sire."

Reyner's taunts suddenly took on a new meaning for Giles—the Devil's bitch, he'd called Elizabeth from the wall. He looked up at her again, seeing her sitting behind the short ledge that rimmed the wall, her pale body covered by naught but her long black hair. Then he faced her father, aware not of the arrogance but rather the pain in those green and gold eyes.

"If God sends me a son, I pray he will be much like Guy of Rivaux. Nay, but there's no other blood I'd rather have him bear," he said quietly. "He will have pride in you."

"Even if 'tis known?"

"Aye." Giles' mouth twisted wryly. "Devil and Butcher—'tis a fierce legacy for one small babe, is it not? Ere he is done, he ought to own the border."

Unable to acknowledge the other man's admiration, Guy again looked to the wall, asking suddenly, "If you are possessed of better, why did you bring her here? God's bones, but a ram and a catapult are all that is needed to take it. Jesu, but you have risked your wife and your heir needlessly, when she would have been safe at Harlowe."

Stung by the perceived rebuff, Giles retorted, "Aye, but I knew not that Guy of Rivaux would give her back to me. Had you not appealed to King David, she'd have been safe enough at Dunashie."

There was a distant rumble, much like thunder, but the sky above was clear. The three of them listened briefly, then Richard smiled. "Your pitch carts are arrived. I pray you know what it is that you do."

Chapter Thirty-One

"So he is come," Reyner murmured with satisfaction as he came up on the wall behind Elizabeth.

"Art a fool," she scoffed. "Aye, you'd best count what days you have, for they are numbered."

"My man has gone to Stephen, and when the king comes 'tis Guy of Rivaux who is done." He leaned over to taunt the men below. "You are come too late!" Jerking the chain until her neck nearly snapped, he forced her to rise. "Behold the one you seek! See that she is whole!" As though he would prove it he lifted her hair, baring her shoulder and breast. "See your daughter, Guy? Storm these walls, and I will throw her down! I have but to wait!"

Guy of Rivaux stepped forward, moving until he was but a few yards beyond the archers' range. "If you look to Stephen, he goes to lay siege to Gloucester's castle at Bristol!"

"You lie!"

"Treat with me and live, Reyner! Give her up, and I will let you depart in peace!"

"Nay!" He held the heavy chain above the wall. "Your life for hers, Guy! And you let me take you to Stephen, I will let her go!"

"I offer you safe passage and nothing more!"

"Then I'll see your soul in hell! I'll not be cheated again! I have but to wait for Stephen!"

"Jesu, but is he mad?" Richard muttered. "Stephen does not come."

"Aye," Giles answered grimly. "Bevis of Lyons says that yesterday he had no hopes of Stephen. His madness deludes him now."

"To bring me down he would go with me, I think," Guy murmured, looking away. " 'Twas folly on my part to give her to Ivo."

"You could not know what he was," his son consoled him. "Even I did not know until Elizabeth came to Harlowe."

"Still, a man does not lightly give his daughter, and I ought to have known."

"It matters not now," Giles cut in, his voice harsh. "Tonight we fire the pitch and retake my keep. To delay longer is folly."

"Nay. We negotiate her release. If the fire does not work, if the siege machines have to be brought in, he has days to torture and kill my daughter."

"Papa, I'd speak with you apart," Richard said urgently.

"Your life for hers, Guy!" Reyner shouted again.

Guy shook his head. "He'll kill her. Mayhap I ought—"

"There is too great a risk, and no warranty that he would not kill you both."

"It can be taken quickly with enough men," Giles declared grimly.

" 'Tis stone," Guy retorted. "The walls will not fall."

"I can take it," Giles repeated. "As long as we know where she is, as long as she remains on the wall, I can take it. There is enough timber shoring up the wall on the inside to turn Wycklow into a fire that will leave naught but the stones standing."

" 'Tis no border skirmish."

"I know how to burn a keep."

"Aye," Guy acknowledged grimly. " 'Tis why you are called Butcher, is it not?" As Giles flinched he added harshly, "Nay, I'd have my daughter live."

"Answer me, Guy! I give you her life for yours!" Reyner bellowed.

"Delay, Papa," Richard urged low. "Ask to set up a parley for the morrow. Give Giles time to act. I'd speak with you now, Papa—alone."

For a long moment Guy stared his son down, finding it incomprehensible that Richard, who'd struggled so long to be a man on his own, should defer to the Scots borderer. Finally, he nodded. "Aye," he muttered curtly. "But speak your mind before the Butcher, for I'd give Eury my answer."

"Reyner's hatred of her is too great. He'll not yield her even if you give him what he asks."

" 'Tis for me to decide! She is my daughter!"

"She is my wife!" Giles countered, his own temper rising. "Whether you like me or no, Elizabeth took me for husband, Rivaux! And ere she sickens or is harmed further, I mean to go after her!"

"Papa, he has the right to determine. She is his wife, and she bears his heir."

"Then why ask me to come?" Guy demanded hotly. "What good am I to her here, if he means to risk her anyway?"

"There is that about Guy of Rivaux that makes men fearful," Giles answered more calmly. "If not Reyner, then his men will not wish to face you. And," he conceded, "I had not the men to attack alone."

Guy's eyes scanned the wall critically, looking for a weakness. "He'll reach her ere we can, Butcher—I know not how it can be done."

"Ere I am through with Reyner, he will think he is in Hell's inferno."

"Guy!" Reyner cupped his hands to his mouth. "Answer me!"

"Give us time—tell him you will write him, setting out your terms," Giles suggested. "Tell him you will give him terms for parleying on the morrow."

Seeing that his son nodded assent, Guy exhaled slowly, then faced the son-in-law he'd not wanted. "And you cost me my daughter, I'll not forgive it," he muttered. Cupping his hands around his mouth, he shouted back to Reyner, "I will send you an agreement that we may speak on when I have slept!" Turning his head slightly, he spoke again to Giles, "I know not what it serves, for he cannot read beyond his name."

"It serves."

"Come out now, Guy! Look to the witch you have spawned! Would you see her dead before you?"

"Nay, I will write of my terms! I'd have your mark against treachery! I'd have your promise for all to see that she is not harmed further!"

Above them Reyner chortled to Elizabeth. "I *knew* he valued you more than his life! Did you hear him? Tomorrow I leave this hole, Elizabeth! Tomorrow I take him to Stephen, and the world will know him for Belesme's bastard." He'd relaxed his hold on the chain, letting her move slightly. She stood, heedless of her nakedness, to call out, "Nay, Papa, but he would keep us both!"

"You witch!" He jerked savagely, pulling her back, and in full view of the men below he hit her. "I'll kill you yet!"

Behind Guy, Giles of Moray uttered a long, furious oath, finishing with, "By the Blessed Virgin and all the saints, I'll take him—I swear it. I swear it."

"Send me your message that I may answer it!" Reyner shouted.

"I'd have your seal that she will be safe! I'd have the lord of Dunashie take it to Stephen!"

"Aye!"

Guy looked to Giles. "I know not what you mean to write, but I hope it appeases him."

"If it keeps her until the night, 'twill be enough." Turning on his heel, Giles walked back to the tent Richard had brought.

"I hope, Richard, that the Butcher knows what he is about."

Elizabeth looked at the parchment Reyner held beneath her nose and tried not to betray anything. " 'My lord of Eury,' " she read aloud, " 'it grieves me sorely that you would offer harm to one you have honored as a daughter in your house.' "

When she paused Reyner snorted contemptuously, then ordered, "Go on—go on. I'd hear the rest."

" 'If you would settle any dispute between us, I pray you will bring it before Stephen, that he may rule, for despite all that is said of him, he is inclined to fairness in matters save Henry's daughter.' " She looked up and caught Reyner's scowl before she went on. " 'I am ready to stand before him, but only if Elizabeth is released into the hands of Giles of Moray, her lawful husband, that she may be removed safely from Wycklow. I would that you would meet us unarmed and beyond archers' range when the sun is risen that the manner of her delivery unto his hands be agreed.' "

" 'Tis all he says?" he demanded.

"Nay."

"He is a fool! Guy of Rivaux is a fool—d'ye hear me? A fool! He would appear before Stephen a traitor, a forsworn traitor with no claim to what he holds! His honor will slay him yet!"

"Nay, the fool is Stephen, for he will let my father take his oath again and be grateful that Guy of Rivaux comes to him."

It was the wrong thing to say to him. He cast about for the means to beat her, and saw naught but the chain. Lifting it, he struck her across her back. "Worthless witch! Read the rest!"

"I hope he takes your hide for this, Reyner—I hope you die slowly."

"I said to read!"

"All else he says is that he would have you come unmailed and unhelmed, and he will do the same. If you agree, he would have your mark on this ere it is returned to him."

" 'Tis all?"

"Aye," she lied.

"God's blood, but I'd not thought it this easy." His sudden burst of anger forgotten, he rubbed his hands together in anticipation of success. "You have proven of worth to me after all is done, Elizabeth. What you did not bring me through Ivo, I will yet gain. Guy cheated me, and now I will have it all—Rivaux, the Condes, Harlowe—there will be none but Gloucester to rival me in what I hold." He looked at the parchment again. "Where would he have my mark?"

"Below—above his seal."

"Fetch the silly priest to discover if he has a quill and ink!" he shouted into the courtyard below.

She leaned back, resting her head against the cold stone, and tried not to think of another night on the wall. They would attack, and she must not sleep, the letter had said. And if she were pushed over the side there would be someone waiting by the ditch, ready to pull her from the water. She looked above to the sky, measuring the sun against the horizon. She had hours to wait.

The priest brought what passed for a quill, its point sadly blunted, and a small pot of seldom-used ink. Reyner handed them to her.

"Sweet Mary, but can you not make your own mark?" she asked.

"Aye, but I'd sign more than that."

"The quill is worthless—'twill not hold the ink. And the ink is too thick."

For once, he did not strike her. Still in good spirits, he demanded of the priest his small knife, then made a fair point with it. Laying the knife aside, he spat into the ink several times to thin it.

"There."

"What would you have me write?"

"Say I will meet him as he has said, but at the first sign of treachery, I have ordered that you be hanged from here. Aye, and I would have you sign it with 'Reyner, Count to Eury and Rivaux, Earl of Harlowe, and Lord of the Condes.' "

"Harlowe and the Condes come through my mother," she reminded him coldly.

For a moment his face darkened ominously, then it cleared. "Count to Eury and Rivaux then. Later, when Stephen cannot deny me, I will ask for Harlowe."

Her pen scratched across the bottom of the page briefly before she held it up for his inspection. He studied the words covetously, unable to read that she'd written "Reyner, fool that he is, suspects nothing. I would that you made all haste, for 'tis cold come night."

It was not until he'd left her alone on the wall that she spied the knife where he'd set it down on the ledge. She placed it on the stone beneath her and edged her body over it. If he came back she would tell him it had fallen into the moat. And if he thought to drown her when Giles attacked she would not go easily. It probably was not a big enough blade to kill him, but she would scar him for the rest of his miserable life.

And when night came she would work it against the hated collar. Her gaze dropped to the encampment beyond, seeking and finding Giles. He'd come for her, even though he had not enough men to face Reyner, and he'd held the Count of Eury for her brother and her father. A lump formed in her throat and tears stung her eyes as she looked at him, and her heart was full of what she felt for him. He'd risked all for her, leaving his patrimony to the uncertain mercy of King David, sending his levies where they were owed, taking the only side he believed would let him keep her. And he'd been betrayed by a liege unworthy of his service.

It had cost him to send to her father and she knew it, for Guy of Rivaux, slow though he was to anger, was a terrible, awesome force when he did give vent to his temper. And her sire had been angry—angry enough to cause Giles to go to Stephen. She prayed fervently that her letters and Richard's words had mollified him. Even now, as they stood looking back at her, she could not see what passed between them. Was it anger still? If she were there, she'd tell her father that Giles was far worthier of her than she of him, that he'd given her what Ivo had not, for he'd loved her.

And then she was afraid. What if she did not live to speak to any of them again? What if she did not live to lie in her husband's embrace again? She leaned forward again, covering her body with her hair, and her hand crept beneath the silken mass to touch her belly. Her child was there: a babe that bore the blood of Nantes, Harlowe, Varanville, and Dunashie. And

Belesme. Nay, she could not be afraid—not with such a one within her. She would survive for that babe, she would give her lord a son born of his pride.

She looked out over the ledge once more, willing Giles to look up at her, and when he did she smiled. She didn't know if he could see that, but it didn't matter. When she saw him next she would tell him she loved him.

Chapter Thirty-Two

The sun waned slowly, while those in the camp gave no sign of what they planned. From above it appeared that they merely waited for the morrow. That the huge tub disappeared into the tent was scarce noted, for it was to be expected that Count Guy would wish a bath. Behind the camp the siege machines sat unattended.

Inside, that tub proved to be a pitch vat, and those who'd appeared to be body servants outside scurried about mixing naptha, sulfur, and pitch to make the Greek fire that could not be doused by water. Some filled wooden casks with the mixture, while others soaked rags for arrows in it. Despite the heat the flap was kept closed to contain the smell as much as possible, while outside they gave the appearance of clearing the woods to make a bigger camp. The green wood burned, sending clouds of smoke into the air, masking the odor. Hob, surveying the work, allowed as it was God's will that they win, for the wind carried the escaping fumes the other way.

It was not until nearly dusk that it began to rain steadily, and Giles feared Reyner would relent and take Elizabeth from the wall. Instead the Count of Eury made great show of giving her a blanket again, shouting that he would have Guy see that she lived.

The wait was a long one, and nerves were strained, tempers taut, as Giles outlined what he expected from everyone. At first Guy still had been reluctant to give over the ordering of the attack to the borderer, but Giles had prevailed by pointing out that he better than any knew his own castle. And it was with a growing respect that Elizabeth's father heard his meticulous plans, the execution of which would require a carefully timed effort and not a little good fortune.

Bevis of Lyons, still eager for Rivaux's notice, listened as it was determined that Hob would climb inside through the garderobe discharge, an unwelcome duty that fell to him because of his small size. As scaling hooks were given to the toothless one in preparation for entry into the privy, Bevis suddenly volunteered to go with him, saying that it would take more than one to subdue any sentry who should discover them. It was with no small degree of suspicion that his offer was accepted.

"Once you are inside, Hob, you know where you are to go?" Giles asked.

"Aye. I am to throw the latch on the storeroom, that the men of Wycklow may escape."

Giles nodded. "And then?"

"My lord, I would cut the ropes that hold the bridge," Bevis offered, "for he cannot be two places at once."

It was a dangerous trust, for failure there could well doom Elizabeth and all the others held within. Bevis, seeing the hesitation in Richard of Rivaux's eyes, hastened to reassure him. "There is no love between me and Eury, my lord, for I cannot forgive him for what he did to his son. For the love I bore my lord Ivo, I'd see you take him."

"Nay, he is mine. But no matter," Giles decided. "Can you get from the garderobe to the gate undetected?"

"If they smell me not, they'll not discover me."

"What about the catapults? You dare not move them, or Reyner will know what we are about," Guy reminded Giles grimly.

"As they are not encumbered by the trees, I have hopes of hitting inside from there."

" 'Tis too far."

"For heavy loads, aye, but for the casks, nay."

"Jesu, and what if they fall short?"

"Then we are burnt."

It was not a thought to be faced, for the Greek fire

they would hurl could not be put out. Where it touched a man it clung, and even rolling in the dirt could not ease the burning. Only covering a man with sufficient sand would smother the flames. It was the one thing Giles could count on setting even wet thatch on fire.

"Whilst Hob opens the storerooms, and Bevis the gate, we cover the wall with the fire. The archers will take high places in the trees and shoot flaming arrows at those who would come upon the wall, taking care to shoot away from Elizabeth. The smoke should be thick enough to cover when we ride in." Giles paused, looking at the sober faces around him. "I would have Lord Richard take his men through the bridge as soon as it is down. And I would have Count Guy hold his without that none may escape."

Guy frowned, and his flecked eyes betrayed his misgiving. "And Elizabeth? She cannot escape. What if Reyner in his fury seeks revenge ere you are inside?"

Giles thought of his wife and her ordeal on the wall. "I have hopes that his first thought is to arm, for he has her on the other side from the tower," he answered soberly. "I mean to use the fire to keep him from her."

"And if Bevis of Lyons should betray us? Nay, I should rather go up the discharge myself."

"As would I, but 'tis too small for me or you." For a long moment Giles' eyes met Guy's and held. "Think you I do not consider the risks? Think you I would willingly risk more than I must? My wife is up there, chained to that wall, and my brother lies wounded within. And whether you choose to believe it or no, I hold them dearer than myself."

"Aye." Guy sighed heavily, and nodded. "Aye."

"And if Reyner is taken alive?" Richard wanted to know.

"I will make him fight for his miserable life."

It was decided then, and still they had to bide their time until darkness covered them. They sat, everything seeming to have been said between them, their faces grim, their bodies unable to rest. Finally Richard went to a corner and picked up the scabbard that held his heavy broadsword. Drawing it out, he held it up to the grey light that came through the tent vent.

Giles dropped to a bench beside him and leaned forward to see it. " 'Tis a fine weapon," he murmured in understatement as his eyes focused on the strange lettering on the burnished blade. "I have seen none better."

"Aye." Richard balanced it lovingly, scanning along the exquisite gold-inlaid tang and quillon. " 'Twas Robert of Belesme's. The writing is Viking runes, and the message is 'To all who would test me, I bring Hell.' 'Tis why 'tis called Hellbringer." When Giles showed no inclination to make the sign of the Cross over his breast, Richard proffered it to him hilt-first. "Belief would have it that he who wields it is charmed against defeat, and he who faces it is doomed."

The Hellbringer of legend. Giles took it with both hands, weighing it as he cut the air. " 'Tis a magnificent blade, but 'twould seem that it did not save Belesme."

"Nay, it was not in his hand when he was taken," Guy answered shortly. "He had not the time to reach it."

It came home again to Giles that the man who stood beside him was the one who'd taken the Devil of Belesme, the one the bards praised in more than one land. The man who now said he was born of Belesme himself. Even as he held Hellbringer, Giles could hear the verses of the song in his mind. And he fought the urge to ask the truth of the story.

"There are those who count the Doomslayer better, for 'tis carried by Guy of Rivaux," he said softly.

"Nay." The older man walked to where his own scabbard lay and, picking it up, carried it back to Giles. "Try it for yourself."

Richard received his own sword back, and waited while Giles withdrew the Doomslayer almost reverently from the gold-stamped sheath. " 'Tis a well-tempered blade," Guy admitted, "but if 'tis possessed of any charms, I've not noted them. 'Tis no better than the skill of the one who wields it, no matter what the jongleurs say." His mouth twisted wryly for a moment. "You behold a man well into his fifty-second year, Butcher, and the time will come when any younger man is a match for my sword."

"Nay, Papa—as long as you draw breath, you are Rivaux," Richard told him.

Giles sheathed the weapon and handed it back. "Like Rivaux, I have mine own pride, my lord, and I'd not be called Butcher by Elizabeth's family."

There was a brief, strained silence, then, "How came you by the name?" For a moment the question hung between them, almost like a challenge, until Guy shook his head. "Nay, I should not have asked."

But Giles let out a deep breath before nodding. "You have the right to know who it is that Elizabeth has wedded," he acknowledged finally. "I was born at Moray of the second daughter of the earl's cousin and the lord of Dunashie. My sire stole my mother from her father's keep near Lanark ere she was wed to Duncan of Ayrie."

"Bride-stealing seems to be a fault of the lords of Dunashie," Guy murmured.

Giles ignored the barb. "For five months my grandsire lay siege to Dunashie, and when it fell he took my mother back and imprisoned her husband. He would have sought an annulment for her, but 'twas difficult to deny the consummation of the marriage, for she carried me. Duncan of Ayrie renounced his claim ere I was born, and my grandsire in his anger hanged my sire the day I came forth. 'Twas years ere I knew I was not a bastard." Giles shrugged as though it mattered not, then went on, "And when England's King Henry would have surety of the Earl of Moray I was sent into his keeping, for it mattered not what happened to me. 'Twas nine years ere I saw Scotland again," he recalled, this time betraying his bitterness in his voice. "And in mine absence, my patrimony was given to Hamon of Blackleith."

"And so you returned to naught?"

"Aye, I was not Rivaux. I sued in King David's

courts for what was mine and waited two years to hear that Hamon had greater right than a boy." His black eyes met Rivaux's steadily. "And so I took what was mine, and for it I am called Butcher," he finished evenly. "Since then, I have held not only Dunashie, but also Blackleith, Kilburnie, and Wraybourn above the border, as well as this pile of stone you see."

"But you brought her here," Guy observed abruptly. "Surely the worst of what you have."

"King David would have me give her back," Giles reminded him again. "And I'd not do it. To have remained in Scotland would have brought royal wrath on Dunashie." Mistaking Guy's silence for condemnation, he bristled. "Though I am not her equal in rank, my lord, I am possessed of more than ten thousand hides of land, so the husband she has taken is not worthless. And when this accursed war is done, I mean to make my peace with King David, that my son will hold all I have won."

One corner of Guy's mouth lifted, and the small scar on his cheek wrinkled. In the dimness of the tent, his eyes betrayed a glint of humor. "Nay, her husband is not worthless," he admitted. "He is the lord of Dunashie. And if she is well pleased, I must accept it."

Chapter Thirty-Three

Elizabeth shivered beneath the damp blanket and huddled against the low ledge for warmth. The rain had passed, leaving a star-studded sky, and only a single cloud remained to hang from the bottom cusp of the crescent moon. Below, within the keep and without, there was an almost unearthly silence, as though the world held a collective breath while waiting with her. At the other end of the wall one of Eury's men walked, his soft leather shoes making no sound.

She eased the small knife from beneath her body and, turning her head away from him, she began to saw at the mastiff's collar. Across the clearing, a lone raven called once. She stared hard into the darkness, looking for movement, and detected nothing. Sighing, she worked the knife harder, and the point pricked her neck. The raven called again, this time closer.

Somewhere below, a fish flopped in the water. And another. The guard at the other end of the wall peered across the way, then sat back down. Holding the blanket high against her cheek to hide what she did, Elizabeth managed to cut through the collar. The chain hit the wall, and the sentry rose nervously again, this time to pace.

"Art all right, lady?"

"Nay. I freeze and I thirst."

He returned to the corner, then came back with a half-filled wineskin. His eyes glittered in the darkness as he loomed over her. "Uncover yourself, and I will share."

"Nay," she said coldly.

His roughened hand tugged at the corner of her

blanket. "I'd see Rivaux's daughter." His breath reeked of onions and sour wine as he leaned closer. "My lord promises us sport of you ere you die, and I'd be the first." As he spoke, he groped beneath the woolen cloth to touch her skin.

She tensed, and her hand tightened on the writing knife as his fingers moved to her breast. She pulled back, letting the collar fall between them, and brought up the small blade, slicing across his face. And before he could even cry out in pain he fell forward across her knees, a dagger buried to the hilt in his back. She bit her lip to stifle the scream that formed within as Bevis of Lyons bent to draw out the blade. His clothing bore the stench of offal. He stood and made the raven's call again.

"Crouch low, for there will be fire," he whispered hurriedly. "And stay here, lest you be harmed."

"Reyner . . ."

He glanced down to his bloody knife and shook his head. "Had I no need of this I'd give it to you, but there is the gate and bridge. I am overlate already, for the small Scot fell coming up."

"Nay, 'twill take an axe for that," she whispered back.

He hesitated, then proffered the dagger. "For the love of your lord, stay down."

"Aye. Bevis . . . ?"

He'd moved already for the stairs that went down the wall on the inside. His voice betrayed his haste. "What?"

"My thanks."

"Nay. I do it for Ivo." With that, he was gone.

There was a faint scraping sound at the other end, then someone else emerged. She eased her knees from beneath the dead man, and crouched, Bevis' knife ready.

"Och, but he got 'im already," he muttered.

"Hob!"

"Aye." Even in the darkness, she could see his gaping grin. "Don't leave the wall."

"Where do you go?"

"To seek Willie and the others."

"Aye."

"Ye be all right, lady?"

"Aye." She held up the dagger. "If Reyner comes, I have this."

His grin faded. "And he wears mail, strike for his throat, pulling yer blade from ear to ear," he advised. "And if ye cannot, hit him directly beneath his chin."

"Sweet Jesu, but lean closer," she whispered as someone came onto the wall. As she spoke, she whimpered and made as though she struggled with an assailant.

"Baldwin . . . ? God's bones, but not yet! Would you have Rivaux know you despoil his daughter?" the newcomer demanded. " 'Tis later we sport." He laid a hand on Hob's back to pull him away, then he smelled the waste. "What . . . ?"

The wiry Scot ducked beneath him, coming up with his knife as he'd told Elizabeth, striking the neck in the center. There was a surprised cough, then a gurgle as the man of Eury fell, clutching his throat. Hob leaned over him to finish the task.

" 'Tis how ye do it," he told her cheerfully as he stood again.

After he also had disappeared, she was left with the two bodies. For a moment she considered pushing them over the side, then feared the noise would be too great. Instead, she pulled the blood-soaked corner of her blanket from beneath them and knelt in the shelter of the low ledge. In the distance the clearing was suddenly alight with torches, and the smell of burning sulphur and pitch wafted across the ditch.

There were shouts in the courtyard below even before the first casks of fire rained over the side. Then the sky was bright with the macabre beauty of flaming missiles. She heard the first ones hit, followed by the screams of those who ran out to see and were splashed by the burning kegs. In a matter of minutes there were dozens of blazes coming from the roofs of the granaries, the stables, and the tower. Men still befuddled with sleep pulled on mail and poured into the courtyard to defend themselves.

Reyner of Eury, his body outlined by the flames shooting from the tower, lurched through the doorway shouting curses at her. From the trees there came a hail of burning arrows, driving him back inside.

The bridge banged down and those within rushed for it, only to be crushed beneath the horses of those who charged in. Thick, acrid smoke now rose from everything that would burn, and the courtyard was filled with the clash of arms, the cries of the wounded, and the shouts of those who fought.

Elizabeth's eyes burned and her throat was raw. Gasping for breath, she held her head low to avoid the billowing clouds of soot the wind carried her way. "Please, Father in Heaven, have mercy and love for my husband, my father, and my brother, that they do not perish in this," she whispered, choking. "Aye, and Willie also—and all the men of Rivaux and Dunashie. Holy Mary, pray for us all."

The wooden steps up the side of the wall cracked loudly as they too were consumed in voracious flames. As she looked down into the courtyard, she did not know how any survived.

"Elizabeth!"

Incredibly, Giles came through the tower door at the other end of the wall. Behind him, the room was ablaze. His face was sooty beneath his nasal and his surcoat was gone, probably to keep him from catching fire himself. Sweet Mary, but he looked as though he'd come through Hell for her.

She rose stiffly, clutching the blanket as best she could, and stumbled toward him. He caught her, and the metal links of his mail burned where they touched her, so much so that she had to draw away. "Aye," he said grimly, "I've got to get you down from here." He turned back whence he had come, and at that moment the roof of the tower collapsed into the room, sending a great *whoosh* of flames shooting through the door.

She managed a twisted smile. "At least Reyner does

not come up." Her eyes saw the bloody sword he still carried. "Is he . . . ?"

"I know not, for I could not see much. I did but hack my way through the yard."

"Willie . . ."

"Hob got him out. But the wind shifts, and there is no time for speech." His gaze dropped to where the wooden stairs had burned. He laid aside the sword and removed his heavy gloves. "There is no help for it, Elizabeth—we'll have to jump into the water," he said tersely, working at the hooks of his hauberk. "Can you swim?"

"Like a dog."

" 'Tis good enough." He pulled at the neck of the heavy mail shirt to no avail, and when she reached to aid him he shook his head. "There is not time." His hand grasped hers, squeezing it, and then he pulled her after him. "I'd jump at the other end—as far away from the garderobe as 'tis possible."

"Aye." She tried to hold the blanket about her.

The blast of hot air coming from the tower nearly overwhelmed her, reminding her of the great furnace where the armorer tempered blades. Sweat poured from her face as she peered over the side into the dark, murky water. It was a long way down.

"I'll go first, and when I shout you jump after," he ordered. When she made no answer, he met her eyes. "I'll try to hold your head above the water, if you are afraid."

"Nay."

"Keep your mouth closed and do not breathe until you come up. Aye, and jump out that you do not hit the wall."

With that, he released her hand and went over the small ledge. There was a splash, then a yell. She dropped the blanket and stepped where he'd stood. Closing her eyes, she whispered, "Mary, aid me now," and she jumped.

The cold water closed over her, swirling her hair about her like a net, and the mud below was soft beneath her feet. Then he caught her arm and pulled her up. As her head broke the surface he gasped, "Come on."

Despite the encumbrance of his mail and padded gambeson, he was strong enough to swim and hold her up. She caught another breath and began to paddle. The bank on the other side was slick, so much so that she had to use her hands like claws to scramble up it. For a moment she lay there, muddy, wet, and naked, staring at the orange sky. She was out of Wycklow, she was away from Reyner.

With water and weeds dripping from his mailed arm, he managed to pull himself up to sit beside her. "Art all right?" he asked anxiously.

"Aye. And you?"

"Aye." He stood with an effort and pressed the water from his sagging gambeson. "Get you to the tent and dry yourself ere you are ill."

"Giles . . ."

"Nay, you do not have to say what you think I would hear, Elizabeth. 'Tis enough that you are safe."

"I went to Harlowe, Giles."

"Aye, I know."

Guy of Rivaux rode up to them, shouting, "You have her?"

"Aye!"

He swung down out of the saddle, and Elizabeth was suddenly conscious of her nakedness, of the humiliation inflicted on her by Reyner of Eury. She pulled her wet hair down over her breasts. "Sweet Mary, Papa, but I never thought to see you again," she whispered. "I failed you."

"Nay, you did not." He took off his embroidered surcoat and awkwardly hung it over her head. "Here—'twill cover you better than that." The water from the moat spotted the fine silk when she tugged it down over her wet body. His smile twisted downward as he held out his arms. "Ah, Liza . . . Liza," he murmured as she stepped into his embrace.

And it was as though all she'd endured had finally broken her. Her whole body shaking, she clutched his mailed arms and leaned into his chest. "Oh, Papa!" she sobbed against him.

"Nay, sweeting, but there is no need for tears now. You are safe. God's blood, Liza, but 'tis to a fierce lord you are wed."

Giles looked at her in her father's arms and felt a pang of envy still. Despite all, 'twas to Guy of Rivaux she'd turned, not to him. He pushed his wet hair off his face and started back toward his burning keep.

"Giles!"

She'd broken away from Guy and was running after him. He hesitated, then went on, lengthening his stride.

"Giles! Sweet Mary, but can you not wait?" she cried, catching up to him, reaching for his arm.

It was as though every nerve of his pride were raw. He shook her off. "Nay. I'd look to the others," he muttered. "Get you back with your sire."

"Did Bevis not give you my words, Giles?"

"Aye." He stopped and waited warily. "Why?"

"I was never ashamed of loving you, my lord—'twas only mine anger that spoke."

The flames that licked the sky gave an eerie orange-yellow hue to her pale face, while the wet hair that tangled over her shoulders seemed even blacker than the darkness at her back. The green eyes that searched his face reflected the fire behind him. She bit her lip to still its trembling.

"Please, Giles," she whispered, "I'd have naught but love between us."

"You went to Harlowe," he lashed out, finally betraying his pain. "You chose your father over me."

"Nay. I tried to keep my oath—nothing more. And I came back, Giles—I came back to you. Sweet Mary, but can you not understand? 'Twas mine honor!"

"Watch out!" a red-shirted knight shouted as the mounted men bore down upon them.

They had not the time to run, for Reyner of Eury was leaning from his saddle to swing his sword at her. "Witch! Lying witch! You betrayed me!" he screamed.

Giles, who'd left helm, sword, and gloves on the wall, caught Elizabeth by the waist and threw her to the ground, rolling from beneath the horse's pounding hooves. In his fury Reyner slashed through the air, nearly unseating himself. He reined in sharply and the horse reared, coming down within inches of Elizabeth's head. Giles scrambled to cover her with his body.

"Reyner!"

Richard of Rivaux pursued at the head of several men. Cursing, the count of Eury spurred his lunging mount, cutting across the clearing toward Guy of Rivaux instead. But Guy, who had been running toward his fallen daughter, had drawn his broadsword and now waited.

"Afore God, but I am not done with you!" Reyner called out, wheeling to flee rather than face the Doomslayer. "I'll see you dispossessed yet!"

Richard pulled up and leaned from his horse. "Art both all right?" he demanded of Giles. "God's bones, but I thought you dead!" He shouted rapidly, breathlessly, "We had him taken, but he felled one of your Scots and took his beast!" Waiting only for Giles to rise and reach for Elizabeth, he started after Reyner.

Giles dashed for Guy's destrier. Behind him Elizabeth screamed, "You are unarmed! Sweet Jesu, but you are unarmed! *Papa*!"

But Guy took off his helm and held it out to Giles. As the younger man jammed it on his head, he unbuckled his sword belt also. "May God give you good aim, my son," he said, sliding it around the border lord's hauberk. He proffered the Doomslayer hilt-first, then held out the reins. "He is called Baucent."

Giles sheathed the blade, nodding grimly, and swung up into the saddle. Elizabeth reached him, clutching at his mail-covered thigh. Tears streamed down her upturned face. "If not for me, have a care for your son, my lord—he will need you."

His palm brushed over her wet cheek lightly, and his smile twisted. "Nay, Elizabeth, 'tis for you—'twas always for you."

Her father's arms closed around her, pulling her away. And from above the helmet nasal Giles' black eyes glittered, reminding her of their first meeting. She caught her lip with her teeth and forced a smile.

"May God keep you, Giles!" she cried as he put the spurs to the horse's flank. "Sweet Mary, but without you, I'd not survive!"

There was no destrier bred that could sustain a gallop, but Rivaux's horse was fresh. The huge animal lunged forward in pursuit, pounding the packed mud. Giles prayed silently that the darkness would force Reyner to keep to the road. After about two furlongs Baucent slowed to a hard trot.

Giles knew not how long or how far he rode at the bone-jarring pace, but he'd almost despaired of catching them when finally he saw the ghostly reflection of pale moonlight on mail. 'Twas Rivaux of Celesin, at least.

Richard raised his arm to acknowledge him, then shouted, "His horse tires—he is just ahead!"

Giles removed the count's helm to listen and he could hear Reyner in the distance, his voice carrying as he abused his beast, urging it beyond its endurance. Grimly, the lord of Dunashie replaced the helmet, adjusting the nasal to suit him. His hand closed over the hilt of Guy of Rivaux's sword.

Cornered and on a horse that was spent, Reyner tried to dismount and offer his surrender, but Giles was not to be denied. Riding ahead now, he called out clearly, "I give no quarter, Reyner! I am not called Butcher without reason!"

The Count of Eury licked his dry lips and turned to appeal to Richard. "I'd yield myself to Count Guy! I'd have him ransom me!"

The younger Rivaux shook his head. "He is not here—and the lord of Dunashie would have satisfaction for his wife's honor! You are his to take!"

The message was clear: Reyner had but the choice of how he would die. The memory of Giles swinging the broad-axe sent a shiver down his spine. "In the name of God, messire," he addressed Richard again,

"I'd remind you of the bond of blood that was between us!" When he received no answer, he appealed to Giles. "There was no quarrel between us, my lord!"

"You shamed my wife!"

The red-shirted knights circled, leaving the count no means of escape. The destrier's lather soaked his boots. A sense of desperation overwhelmed him.

"Swords then!" he yelled defiantly. "And I win, I am free!"

"Aye."

"You behold I have no buckler!"

"Nor do I! 'Twill be a quick fight!"

Reyner dismounted first, testing his legs, then drew his sword. As Giles swung down from Rivaux's saddle, the older man lunged, slashing at him ere he could draw his weapon.

"Foul!" Richard shouted.

But Reyner was beyond the proprieties of contest—he'd wound ere the other man could defend himself. Giles backed away, his right hand still on the pommel of Guy of Rivaux's sword, when Richard thrust Hellbringer into his left. He shifted it quickly, bringing it up to block Reyner's thrust, and the duel was joined.

The Count of Eury, though far shorter in stature, was possessed of long arms. As Giles circled him warily, waiting for an opening, Reyner tested his defense, swinging low. The Viking sword came up quickly, deflecting the blow, and the moonlight showed the runes written on the blade. For a moment Reyner was paralyzed with fear, and 'twas the end. The blow caught him beneath the rib cage, ripping upward through his mail.

He looked down in disbelief as the hot pain spread through him, then he staggered to fall at Richard of Rivaux's feet. He coughed, and foamy blood spewed from his mouth. "A priest . . . Must have a priest. Cannot die . . . without a priest," he gasped.

Giles dislodged the Count of Rivaux's heavy helmet and leaned over, his black eyes glittering. "What proof is it that dispossesses Guy?" he asked brutally.

"Sweet Jesu . . . a priest," Reyner begged. "I'd be shriven."

"What proof?" Giles demanded again.

"In the name of God . . ."

"Nay."

Reyner coughed again, and the foam flowed also from his nostrils. And he knew an even greater fear. It was as though he could see hell. "Letter from Eudo . . . case in my . . . box . . ."

"Where? On peril of your soul—where?"

"Wycklow. Brought it . . . to take . . . to Stephen. Oh, Sweet Jesu . . ."

Giles nodded. Kicking aside Reyner's sword, he knelt beside the Count of Eury. "Confess then, and be shriven." He held Hellbringer above Reyner, that the tang and quillon would represent the Cross to the dying man.

There was so little time. Reyner caught at Giles' hand, holding it. "Father in heaven, forgive me, for . . . my sins have . . . been many . . . and I'd ask . . . forgiveness for my . . . poor Ivo. He . . ." His fingers tightening on Giles, he struggled as though he would sit, stiffened suddenly, then fell back to stare, his eyes open but unseeing, at the stars.

Giles picked up the count's discarded sword and laid it over his breast, folding his hands over it. "Father, receive the soul of Reyner of Eury, that he may be judged according to Thy will."

There was a hesitation behind him, then Giles heard Richard murmur, "Amen."

He stood and wiped the blood from Hellbringer ere he tendered it back to its owner. "I'd send a cart for him," he said soberly. Then, as though he would explain why he'd done what he'd done, he added, " 'Tis for God to consider his madness."

"Aye. Papa would have a box made for him that it may be sealed. As he is the last of his line, he should be buried beside Ivo at Eury." He sheathed the sword, then lay a hand on Giles' shoulder. "Art Butcher no more to me, brother."

They rode back slowly to spare the horses, every

man silent as though each contemplated his own mortality. At the edge of the camp, Elizabeth waited with Guy of Rivaux. Her face was streaked with soot, her hair was still tangled over her father's surcoat, and her legs and feet were bare, like those of a serf just come in from a summer field. Above her, the sky was still aglow with the burning rubble behind the stone walls of Wycklow. Yet when she smiled at him Giles knew her for the most beautiful woman in Christendom.

He eased his body from the high saddle, then walked unsteadily to face her. "Reyner of Eury is no more, Elizabeth," he said quietly. "You have naught to fear of him ever again."

Tears welled in her eyes as she nodded and stepped into his embrace. She held him, heedless of the hardness of mail or the dampness of the padded gambeson beneath. "I'd go home, Giles," she whispered. For an awful moment he thought it had all been for naught, and he tensed against her with a greater fear than any in battle. Then she added, "To Dunashie. I'd have my babe born at Dunashie."

His arms closed around her, pressing her against him, rocking her. "I have to go to King David first," he murmured, smoothing her hair against her back. "But, aye, 'tis meet that he be born at Dunashie."

"Och, 'twas a good fight, and me nae able to partake of it," Willie observed sorrowfully.

"Will!"

Supported by Lang Gib and Hob, the bastard giant wobbled over to his brother. For a long moment he eyed Giles with misgiving. " 'Tis sorry I am fer taking her to Harlowe, but I could nae stand before her honor."

With one arm still around Elizabeth, Giles held out the other to Willie. "It matters not now—'tis enough you are safe also."

" 'Twas fierce inside, my lord," Lang Gib admitted. "Six were lost, including Auld Wat and Dickon o' the Weir, and another five wounded sorely. But," he added proudly, "there's nae a man of Eury as don't know he's been in a battle, for there are but twenty of them as survived."

"Jesu."

"I had the priest shrive all he could ere they were dead," Bevis of Lyons reported. "But some perished in the flames, and they could not be reached."

"I will pay for masses for the dead," Guy offered.

" 'Tis more meet that I do it," Giles answered. He looked to the fire that still licked the blackened walls. " 'Twas in my keep that they perished."

"Aye, I am sorry for it." Guy hesitated, then sighed. "I'd help you rebuild it, and you would let me." When Giles would have refused him, he shook his head. "There is the matter of my daughter's dowry between us."

"Papa . . ."

"But we will speak of that on the morrow. Sweet Jesu, but I am tired. 'Tis ten days since I left Normandy, and not more than one night in the same place." He flexed his shoulders as though to ease them, then turned back toward the tents.

"My lord . . ."

He swung around again. "Aye?"

Giles unbuckled the sword belt and held it out to him. "My thanks—'twas an honor to wear it."

The older man nodded. And as tired as he was he managed to smile. "Give me a strong grandson, and I will save it for him."

Chapter Thirty-Four

For two days they buried the dead, tended the wounded, and sifted through the rubble of Wycklow, clearing away what could not be saved. What was believed to have once been Reyner's box was found beneath the collapsed second floor of the tower. A charred parchment case, its contents destroyed, its seal melted, lay under a hasp and lock, all that remained of the wooden box frame. The case disintegrated as Guy of Rivaux lifted it. It was, as Richard observed pithily, the ashes of the Count of Eury's mad dream.

A stout coffin had been fashioned for Reyner, and after his body was placed within, it was sealed with a thick layer of pitch for the hot journey back to Eury. By agreement 'twas Bevis of Lyons chosen to accompany it, for his wife and son still remained there.

As he packed for the less than welcome task, he wiped the soap from his newly shaved face. He checked a nick on his chin in his crude mirror, and was startled by the reflection there. He turned to face the woman he'd once feared as rival.

"So you depart this morn?" she asked quietly.

"Aye." He eyed her warily, wondering what it was that she held in her hand. "As much as it pains me, he will be buried next to Ivo."

"For all the bitterness that was between them, Reyner loved his son."

He folded the towel and laid it upon his neat stack of clothing. "Love? Is it love to beat a boy for what he cannot be?" he asked bitterly.

"Holy Church teaches 'tis a sin to be like Ivo," she reminded him.

"And you—are you like the rest?" he demanded savagely. "Could you see no kindness in Ivo? Nay, lady, if he loved you not as you would have it, he came to love you still." When she said nothing, he shook his head. "Did you think he paid no price for protecting you from Reyner?"

"I have come to accept what he was," she answered finally, lifting her hand to hold out a leather bag. "I'd have you take this, Bevis."

The weight of it surprised him. " 'Tis money? Nay, I—"

"For Ivo. Sweet Jesu, Bevis, but I know not what God thinks of his sin, but I'd give silver for masses for his soul." Her smile twisted almost hideously and her eyes welled. "I have come to see there was goodness in him, and I'd not have his soul burn in hell."

Overwhelmed, he groped for words, speaking haltingly. "He never meant to pain you, lady. If at first he allowed others to taunt you, 'twas his anger at his sire. And later he was sorely sorry for it."

"Aye." She swallowed the lump that had formed in her throat. "There are one hundred marks in the bag. Give the priest at Eury half for masses for Ivo, and keep the rest for saving me."

For a long moment their eyes met, then he looked away. "I would that it had been different for you."

"It matters not—God gives me Giles and this babe, and I am content. The love between my husband and myself has healed us both, I think."

He nodded. "Aye. You are blessed."

She hesitated, then blurted out, "Give my good wishes to Bertrade and to your son."

"I will."

"Bevis . . ."

"Aye?"

"I have spoken naught to any of what was between you and Ivo. I'd ask Giles to give you service if you would have me do it, but . . ."

He understood. "I'd like that. And if you are feared

that you will regret it, I can only say that there was but one Ivo for me."

"Would you bring Bertrade to me at Dunashie?"

"If you would wish her company."

"Aye."

He did not see her again ere he rode out with those that remained of Eury's men, but Giles bade him farewell in her stead. The lord of Dunashie, his head bared in the summer's sun, walked to where Bevis sat his horse. "I did not speak to Rivaux for you," he admitted, "for it does not seem as though there is much chance for advancement there. Count Guy and the lord of Celesin are served by many." A slow smile curved his mouth, and the black eyes were almost merry. "My lady points out that I, unlike her father and brother, must surely have a place for a captain of some experience." Bevis' mouth was almost dry, his breath in abeyance as the borderer nodded. "Aye. If you would return when you are done at Eury, I am more than willing to accept your service."

"I would bring my wife and son to the Lady Elizabeth at Dunashie."

" 'Tis a hard life, for we are borderers first, Scots second, and English only when it serves," Giles added as his smile widened into a grin.

"You behold a man not unwilling to fight, my lord," Bevis answered, smiling also.

"So be it, then."

The slow procession filed from the camp, the horses walking to keep pace with the rumbling cart that carried Reyner of Eury home. Guy shaded his eyes against the sun to watch them disappear over the hill. Behind him the men of Harlowe loaded the tents and prepared to leave.

"So you take my daughter to Dunashie," he said finally.

"Aye."

" 'Tis as well. She has no need of me now, I think, and 'tis as it should be," he conceded. "A woman belongs to her husband rather than to her father." He squinted into the sun again. "She is a strong woman, my Liza."

"She is that," Giles agreed.

"I know not when I will see her again, if ever."

"Nay, you must not think it, my lord. The gates of Dunashie or any other keep I hold will always open to Guy of Rivaux or his son."

" 'Tis war now."

"Aye." Giles' expression sobered. "I take her to Dunashie, then I go to King David. The next time I am come into England, 'twill be to fight against Stephen."

Guy shifted his weight and looked away. "I'd aid you with your overlord—I'd send mine own message to King David. This time, I'd tell him that Elizabeth's husband pleases me well. I'd tell him that I acknowledge the bond of blood between us."

Giles' eyes were hot with unshed tears. " 'Twould please me greatly." Then, inexplicably, he found himself saying, "I never had a sire." And as soon as the words left his mouth he felt the greatest fool in Christendom.

But Guy turned back to him, his own eyes strangely red. "I pray you will think you have one now." He clasped the younger man by both shoulders and leaned to kiss his cheek. "May you love me even as I learned to love Earl Roger." One corner of his mouth went down as his eyes sought Giles'. "He was the Guy of Rivaux in my time, you know—'twas he who was the first to fight Robert of Belesme and live. God only knows what the bards will sing ere you are done, my son."

"Papa, we are nearly ready to leave," Richard said, interrupting them. "Do you bid farewell to Liza?"

"Aye."

Giles waited until Guy disappeared into the last tent still standing before he dared to speak to Richard. "I pray you will not mistake my words to him—he has but one true son."

"Holy Jesu, but what maudlin men we are ere we part," Elizabeth's brother chided, grinning. "Nay, but

I welcome you, for now I am not the only one who must please him." Abruptly, the grin faded. "He casts a long enough shadow to cover both of us, you know. Men will treat you differently for what you are to Rivaux."

"Mayhap in Normandy and in England," Giles admitted, "but probably not in Scotland."

"Nay? Wait and see, brother, for you gain the love of those who love him and the hatred of those who do not. Unless you make your own mark before the world, you are judged by what you are to him." His gaze caught his father and sister emerging from the tent. "Ask Liza. 'Tis a bittersweet burden you will share with us."

"So, brother, we are parted again," Elizabeth murmured, leaning to kiss Richard.

His arms closed, clasping her tightly for a moment, then he released her. "I will send to you when Gilly is delivered, Liza, and I'd have word of you also. May God keep you and your fierce Scot." Almost as an afterthought, he added, "Name your son anything but Roger, for I've a mind to call mine after our grandsire of Harlowe."

"Aye."

Giles got his first taste of Richard's prophetic words when they broke their northward journey at St. Olaf's. When the fat abbot had protested before the weary, dust-covered mesnie that he had little room, Elizabeth had risen imperiously in her saddle to announce, "You behold before you the lord of Dunashie, son-in-law to Guy of Rivaux, who carries his wounded brother home. Would you have it said you turned him away?"

There was but a brief hesitation as the abbot counted, then he capitulated. "The men will have to sleep in a common room, my lady, but you are most welcome to partake of our humble hospitality."

Humble indeed. While the others shared ale and bread and cheese in the dormitory hall, Elizabeth and Giles were feted at the abbot's own table, dining on fish, venison, partridge, lampreys, and half a dozen other dishes, all washed down by the sweet wine of Aquitaine.

A bath was drawn in the abbot's own chamber "to ease your bones of the ride," he explained, leading them there. "You have but to summon your body servant to tend you. And if your lordship should not mind it, would you have a care and not put your boots upon my mattress?" he added as he showed them his great curtained bed.

"Jesu, but I am tired," she muttered after he left them.

" 'Tis rather fine for a churchman," Giles observed, admiring the rich hangings that covered the stone walls.

"Nay, there are many like this, save the Cistercians—for full half and more are ruled by noble sons." She pulled off her veil and lay down upon the feather mattress for a moment.

"I thought you would not be second into the bath water," he teased.

She turned onto her stomach and parted the bed curtains to watch him undress. His eyes met hers, and what she saw there sent a shiver that had naught to do with cold down her spine. He favored her with a lopsided grin. "Aye," he said softly, " 'tis the first time we are alone since I went to Stephen. And there are not a dozen men-at-arms snoring about us this time." As he spoke, he removed his boots.

It was a reminder that sent a flush to her face, for in the two nights past they'd lain together on his pallet, covered thickly despite the heat, and explored each other's bodies silently lest they waken those about them. And while no coupling between them had ever been distasteful, she could not say she'd had full enjoyment of what they'd done then. Knowing that most never had any more privacy than that did not lessen her embarrassment. This time was going to be different. Already she could hear the bells ringing, calling the brothers to prayer. Across the way, in the chapter house, they would be assembling to form the procession to the chapel, where they would chant

Complines. There'd be none to hear her moan and cry out with abandon.

He pulled his tunic and overtunic over his head and turned to fold them together neatly. The muscles of his back and shoulders gleamed in the light from the two cresset lamps on a low table. Sweet Mary, but he was a well-formed man.

"Well, do you go first—or do I?"

"Aye." She rolled from the bed and stood to unhook the girdle at her waist.

He came up behind her and slid the silk cases from her plaits, freeing them, then combed the loosening braids with his fingers. Her hair fell over her shoulders and cascaded in ripples past her waist. The soft smell of the crushed flowers she'd used when she'd washed the soot and moat water from her hair floated up. His hands moved beneath her arms to work the laces that gave the fit to her gown, and already she thought she would break into pieces beneath his touch.

She stood very still, not wanting to play the wanton yet. The gown came loose.

"Is the water hot or cold?" she asked weakly.

"Warm and perfumed with oil," he whispered, bending to kiss her neck where her hair fell away at the center.

She ducked away, unwilling to let him know what he did to her. Turning her back that he could not see the desire in her eyes, she pulled the gown over her head, then lifted the plain undergown beneath. Her breath caught as his hands slid around her again, this time to cup her breasts in his scar-roughened palms. His thumbs massaged her nipples, hardening them.

"Art bigger than I remember," he murmured, leaning to nibble at her ear.

The rush of warm breath sent yet another shiver through her. " 'Tis the babe," she whispered back.

"Aye."

Even a simple word such as that, spoken against her ear, made her tremble against him. Closing her eyes, she leaned back, feeling the rise of his desire, and heat spread through her. One rough palm slid lower, gliding over her belly, stopping there. She caught his hand and held it.

"One day I will be fat and ugly with this babe."

"Never ugly, Elizabeth." Eluding her grasp, he smoothed the soft skin, dipping lower.

"Not yet—I'd not hurry."

His hand stopped in the thatch. The other one continued to massage a breast. "Aye—'tis the woman as keeps the gate, but I'd sound the approach." His mouth moved from her ear to trace a fiery trail of kisses down her neck. She leaned her head back, giving him access to her throat, and a low moan of pleasure escaped her as his lips found the sensitive skin there. His fingers sought the wetness below, touching the fold, then withdrew as he murmured, "I'd test the defense ere the siege begins."

She swallowed, then forced herself to remind him, "The water awaits, my lord."

"Aye." In one swift motion, he leaned her over his arm and pulled the undergown over her head, then he released her to untie his chausses. When she turned around his gaze traveled over her eagerly, giving her a sense of power over him. "Get into the water," he said thickly, "else you'll not get a bath."

The wooden tub was large, with a seat on either side. Next to it a bench had been pulled up to hold soap, ewers of clean water for rinsing, and a stoppered bottle of the scented oil. Taking care to keep her hair over the side that it did not get wet, she eased her body into the warm water and leaned back to savor the smell. "Maman had some of this once," she murmured dreamily, closing her eyes. " 'Twas from the East."

There was a rustle as his chausses fell to the floor, then her eyes flew open with the realization that he was joining her in the tub. "Sweet Mary, but I've bathed with none but my sister when we were small."

"I did not wish to be second in the bath water either," he said softly, "and 'twill be nothing like bathing with your sister."

The displaced water sloshed over the side, spilling

onto the woven mat beneath. He reached for the bottle and removed the stopper to pour the oil into his hand. Before she knew what he was about, he'd leaned to smooth it over her shoulders and down over her body.

"Stand up."

"You'll use it all."

"Then I will pay for another." He poured more into his palm and waited for her to rise. Then he rubbed it over her hips, down her thighs, and between.

"Now 'tis my turn." Bemused but fascinated, she watched him stand to face her. Keeping her eyes averted, she covered him with the oil also, savoring the feel of his strong, hard body beneath her hands. "The waste must surely be a sin," she managed as her fingers stroked the muscles that outlined his hips. The awareness of his body was almost too much to bear.

"Aye."

His arms came up to embrace her as they stood in the water, and his mouth sought hers hungrily, eliciting an answering desire that matched his own. She dropped the bottle and clutched his shoulders, pressing her wet body against his as he explored her mouth. His hands slid over her oiled skin, tantalizing the flesh beneath his scarred palms as the heat between them released the exotic scent.

Somewhere in the distance, two hundred monks chanted an ancient prayer while the lord of Dunashie eased his wife down into the tub. The water lapped about them, wetting her hair, but she no longer cared. His hands caressed wet breasts as she arched her back above him, teasing him until his mouth found a nipple, and a new wave of desire flooded through her. This time, when his fingers moved lower, she was ready.

"The gate is open," she whispered against his mouth.

For answer, he grasped her hips and entered her.

Later, as she sat pressing the oily water from her hair, she looked at the wet floor, then at the empty bottle, and wondered aloud, "Do you think Brother Aumeri will know?"

Her husband lay abed watching her lazily. "Nay," he reassured her, "thoughts like that would require him to do penance."

Satisfied she'd gotten most of it, she rose to stare at the flames that glowed on the floating wicks in the cressets, then she bent to snuff them. As she eased her body into the feather mattress, he moved over to make room for her. She snuggled against him, laying her head on his shoulder.

"Giles?"

"What?"

"If there were no other time for us, if this was all that we had, I should still thank God for it."

There was a pause, as though he hesitated to breathe, then he sighed. "There is no help for it, Elizabeth—I have to go. If you would have Dunashie for our son—or for our daughter's husband, if 'tis the will of God—then you will not ask me to deny King David my service."

"I am Rivaux's daughter—I know what you must do." she shifted slightly, trying to see him in the darkness. "But as I have not borne a babe before, I'd see you home when my time comes." Then, realizing she had not the right to expect him to promise that which he might not be able to keep, she shook her head. "Nay, I should not ask it."

"Art afraid, Elizabeth?"

"Nay . . . aye."

"As am I. Aye, unless there is no possible way, I mean to be there when you are brought to bed." His hand crept to smooth her hair where it lay over him. "You are dearer than my life to me, you know."

It was enough that he'd said it. She turned to a much nearer problem than her lying-in. "Will King David forgive you, do you think?"

"If I go to war for him, he will." Then, not wanting to worry her further, he spoke more lightly. "But I'd not dwell on duty, love—I'd dream of what I will win for this son you say you will give me."

" 'Tis a son," she insisted. "I know it."

"And if 'tis a daughter?" he teased. "I'd have tall, dark-haired daughters also."

"If 'tis a daughter, I will love her dearly. But this one is a son, Giles. The daughters will come later."

It was not until she'd turned over to sleep that she heard him murmur drowsily behind her, "I'd always wanted to do that."

She roused. "What?"

"The oil."

Chapter Thirty-Five

The day was warm, even for late August, prompting Elizabeth to sit with Bertrade and Bertrade's young son in the coolness of the garden. Willie, chafing that he'd been unable to go with Giles, amused himself by carving strange creatures of green ash for the child. It was there that they received first word of King David's terrible defeat by an English army led by the Archbishop of York.

The laird of Ayrie, fleeing as though hell pursued him, stopped but long enough to tell the awful tale. The Scottish army—a horde of Highland clansmen, mounted knights from nearly every keep in the Lowlands and the Uplands, borderers, and the wild Picts of Galloway—had poured across the English border a month before, laying waste deep into Yorkshire. And the English had fallen back in terror before their savage advance. Families like the mighty Mowbrays and the Percies, upon seeing the small company of knights sent by Stephen, gathered hastily in York to consider terms likely to save themselves from the barbarians. But Old Thurstan, half-blind and so sick he had to be carried in a litter, had stood up, saying he would order every parish priest to lead his congregation into battle, shaming those who would surrender. It was not a matter of Stephen or Mathilda or which had the right to rule, he told them, but rather a holy war against the heathen Scots.

By the time David's wild army had advanced almost to York, the ailing archbishop had stiffened the barons' resolve to resist. A hastily-made standard, contrived of a ship's mast on a wagon, flew the banners of three saints and the minster of York above the pennons of the northern barons. And atop it all, in a silver casket, rode the communion host, symbolizing Christ's presence there. Amid much praying, singing, and casting of holy water, the old man was carried at the head of the army that went forth to meet King David on the plain beyond Northallerton.

The Scots would have won the day, the laird maintained bitterly, had not the wild Galwegians charged foolishly, then fallen back to impede the mounted assault. Thrown into disarray by the undisciplined Picts, they'd been routed in a battle so bloody that many of Scotland's finest had fallen.

Elizabeth flinched as he described the terrible retreat, and yet she had to know. "How fared my lord—how fared Dunashie?" she asked with sinking heart.

"I know not. His standard went down—'twas all I could see. The flower of Scotland's nobility is dead," he declared.

"And ye canna see much from yer back, can ye?" Willie asked contemptuously. "Nay, begone with ye, fer ye be nae a Scot but a coward ter me."

She sat still as stone, her hand over her rounding abdomen, feeling the stirring of the son within, thinking the babe could well be all she had of Giles. She did not even hear Willie tell the laird he'd burn Ayrie if the child was marked. The terror she knew then was greater than any before it, even that when she'd been chained to Wycklow's wall.

"Sweet lady, would you that I took you to your bed?" the gentle Bertrade asked softly.

"Nay, leave her be." Willie walked to stand behind her, and his big hand closed over her shoulder, holding it. "Och, but ye know 'twill take more than a few priests playing soldier to harm him, don't ye?" Then, "I wish I'd ha' been there to have a care fer him, ye know."

"Aye," she whispered, turning into him. Her arms slid around his legs, holding him, and she buried her head against his fine linen tunic. His hand smoothed the shimmering baudekin veil over her hair awkwardly.

"Whether he is well or no, ye got ter think on yer babe," he reminded her. "There's time enow ter weep when we know, and none before."

The small, fair-haired boy climbed onto her knee, and sticking his thumb in his mouth, stared at her uncomprehendingly. "Here now," Willie growled at him, "get ye down ere I skelp ye."

She straightened up and drew in a deep breath. Her arm dropped to cradle the child against her swelling belly. "Nay, he is all right," she said. For a long moment she looked down on the small, curl-covered head of the boy named for another Ivo. "And you are right—'twill take more than the English to kill him." She stood awkwardly, shifting the child onto her shoulder. "What say you, little one—would you look on the flowers with me?"

He giggled happily, unaware of the awful dread in those around him, and leaned in her arms to wave at the stand of gillyflowers that lined the garden wall. She let him down to pull some, then took his hand and walked the length of the bed. But despite the boy's determined tugging, she could not blot the image of Giles as last she'd seen him from her mind.

She'd armed him herself when he'd ridden to King David, and still she could feel the broad shoulders she'd laced into the linen *shert*, the padded gambeson, the stiffened leather *cuir bouilli*, and the mail hauberk and coif. Sweet Mary, but despite the heat, he'd even worn the mail chausses to protect his powerful thighs, for his enemies were many on both sides of the border and there was no certain welcome in Edinburgh.

Nay, he was too alive, too full of love and hope, this son of the border, to be gone from this world. And yet Duncan of Ayrie's words rang in her ears. *His standard went down—'twas all I could see . . . the flower of Scottish nobility is dead . . . his standard went down . . . his standard went down . . .*

'Twas Hob's saddle that carried it—did that mean Hob had perished also? Nay, not also, she told herself fiercely. Mayhap poor Hob had gone down alone. Heedless that the child's small feet trampled her flowers, she leaned her head against the coolness of the wall and wept for Giles' faithful toothless one. And she never noted when Bertrade gently led away little Ivo.

Willie pulled her away from the wall and put his arms about her. "I'd pray fer his safety, Elizabeth," he said gruffly. "Would ye join me?"

"Aye." She straightened and wiped at her wet cheeks with the back of her hand. Sniffling, she managed a weak smile. "Jesu, I know not what ails me—it must be the babe. I am not usually overgiven to weeping, Will."

Glaring at any who dared to raise an eyebrow, he held her hand as they walked the courtyard to Dunashie's chapel. It was cooler inside, but possessed of the musty smell of closeness. The blue and gold window above admitted a peaceful light. Moving to the altar rail, he reached to the box that held lint, tinder, and flint, and while she watched he sparked the lint, then lit a fine wax candle to place beneath the statue of Mary and the infant Christ. The two of them knelt before the altar, its richly embroidered satin cloth gleaming beneath the golden chalice, reflecting some of the blue of the precious window that had been Aveline de Guelle's pride.

He lifted his eyes to the Virgin, praying, "Mother of Heaven, I'd ask ye ter have a care fer the lord of Dunashie, ter watch o'er him, and see him safely home. 'Tisna right fer him ter perish, not when he's paid fer his sins and is deserving of better. And being as ye be a mother yerself, I pray ye will look on the Lady Elizabeth, who bears Dunashie's child, and have mercy upon her now." His great shoulders shook momentarily, then he regained his composure. " 'Tis all I'd ask o' ye this year," he promised solemnly. "And the next," he added.

But Elizabeth could not give voice to her prayers. Leaning her forehead against the rail, she clasped her hands tightly before her breasts as her mind repeated over and over, *Holy Mary, Blessed Virgin Mother, deliver my husband safely again to me. This love I have found is dearer to me than my life.* Finally, when she could stand it no longer, she raised her eyes to the statue, scanning the carved face for some sign. And the painted eyes seemed soft, the painted smile more gentle. She felt a surge of hope on this, the twenty-seventh day of August in the year 1138, the day that Giles, wherever he was, turned twenty-seven.

As more and more stragglers, none with word of Giles of Moray, passed by Dunashie's gates, the hopes and fears of an entire household rose and fell within the keep. Yet in the days that followed, all maintained a cheerful mien before their lady. Jonnet and those women who'd been sullen and resistant in what seemed like another time now, joined in their effort to keep her busy with one thing and another, inventing matters that must have the lady's attention, no matter how petty.

But it was to the woodcrafter, of all people within, that Elizabeth turned, leaving the others to puzzle over it. Having spoken with him shortly after she and Willie had gone to the chapel, he withdrew into his shed with orders to admit none. And five or six times per day, she visited him there. Finally, Willie, his curiosity piqued, chided her about it.

"Och, but if Daft Jock were nae so wizened, I'd be telling Giles on ye."

"The day my lord comes home, Will, you will discover what I am about, but not before," she answered.

"I hope ye've nae commissioned his coffin," he retorted.

"Nay." For a brief moment her green eyes brightened as she promised him, " 'Twill please you."

" 'Twould please me more and I knew."

Finally, unable to discover more, he decided she'd ordered a cradle. It had to be—there was naught else they needed.

It was as she inspected the project that she'd commissioned on that early September morn that she heard yet another horn signal an approach. This time she ignored it, for she'd dashed hopefully too many times to the wall, only to discover it was but another beaten mesnie returning from York. And when no one summoned her, she knew it.

" 'Tis as fine as any," she decided, pressing a silver mark into the craftsman's reluctant hand. "Aye—I'd have it carried inside."

She emerged into what for Scotland passed as blazing sunlight, too blinded to see the smiles of those around her, and turned to walk toward the corner tower. The gate behind her creaked upward, and for a moment she was almost angered. Did Willie not know they could not house every beaten warrior who fled north? Nay, she'd not quarrel with him over it.

She met Bertrade and Ivo and several of the women on the winding stairs, and instead of backing up as was required, they continued downward. "God's bones!" she snapped irritably, betraying a hint of her old temper, "but I'd have you make way for your lady!"

Jonnet stopped, then blurted out, "Do you not go to greet him?"

"I've greeted enough—nay, I'd leave Willie the—" Him? She stopped mid-sentence and turned to run into the courtyard again.

Already the horses clattered into the cobblestoned yard, their battle harnesses jingling. She stood rooted, her whole body trembling with the intensity of what she felt when she saw him. Merciful Mary, he was whole—he was whole. And the black silk banner flew proudly from Hob's stirrup holster.

His face had been dark and impassive, his black eyes expressionless as they sought her on the wall. It was not until he was well within the yard that he found her and saw the love and fear betrayed in her white face. Aye, as long as he would ever live, this would be the memory he would carry of her—standing there in her green gown, its gold banding shining in the sun.

Pushing off his heavy helmet, he handed it and his

gloves to Hob, then swung down to hold out his arms. And the fear disappeared, leaving only the love in her face. She ran, flinging herself into his embrace, clasping him so tightly that he was afraid she'd be cut by his mail. His arms closed around her, holding her, as tears streamed down his face. His hand caught in her veil, pulling it from her shining hair, and it fell at their feet.

He was there. He was whole. And everything she'd felt for him this week past, everything she'd held within her, was too much to bear. She shivered uncontrollably, sobbing against him. Finally, her rational mind ruled. *He was there. He was whole.* She leaned back in his arms to look at him. Hiccuping and sniffling, she smiled radiantly, and her green eyes were warm with the love she felt.

"I am overlate, Elizabeth, and I apologize for it, but 'twas my duty to cover David's retreat all the way from York." His hand smoothed her long braid against her back lovingly. "And in return for it, you behold one who holds more now than when he left." He waited for her to comprehend before he went on. "Aye. He enfiefs me himself. The babe you give me will be heir to much, Elizabeth of Rivaux."

"All that matters to me is that you are unharmed."

He sobered, then nodded. "Too many perished." Clasping her hand, he turned to the others. "Ah, Will—would you rule at Blackleith? And you take it, I have found a lady for you." He held out his free hand, drawing his brother against him. "Aye, she is widowed, but not childless, daughter to the laird of Byrum. He is desirous of allying himself with Dunashie."

"Och, and I've nothing against widows," Willie declared, winking at his brother's wife.

Elizabeth's gaze traveled to Bertrade, who held little Ivo closely and whose own eyes were on Bevis of Lyons. He hesitated, then embraced his wife and son. If there was no passion there, at least there was affection. She looked again to her own husband.

Sniffing, she smelled the strong odors of leather,

oil, and sweat, and she wrinkled her nose. "My lord, you stink," she told him, grinning. "I'd say you are in much need of a bath."

"Aye," he agreed, matching her tone. He fumbled with the pouch that hung from his belt, then drew out a sealed bottle. "I have even brought oil—'tis a present from King David." His eyes dropped to her rounding belly. "But mayhap we ought to save it."

"Only if you think me too ugly," she retorted.

His own grin broadened. "Nay, Elizabeth. Never ugly—never."

As they passed, hand in hand, to go up the tower stairs, she leaned to speak low to Willie alone. "I'd have the new chair in the hall tonight—that I may sit beside the lord of Dunashie."

The big man's face broke into a wide smile of understanding. "Aye. And 'tis pleased I am fer the both of ye."

Epilogue

Dunashie, Scotland
January 20, 1139

The mood within the castle was festive, as much so as if it were still Christmas. Elizabeth of Rivaux had given her lord not one son but rather two, born within minutes of each other. And now, as vassals and family proceeded to the christening of the fifteen-day-old infants, it seemed to her as though her world was nearly perfect, that she had all she could ever ask for.

If there was one small regret, 'twas that neither her mother nor her brother had come with Guy to see her sons. But she understood why they did not—the week before Elizabeth had been brought to bed, Richard's Gilly had presented him with young Roger of Harlowe, and Cat could not leave Rivaux. Her brother too had his son. Her father called the babe Red Roger, saying he was a lusty little fellow. But Gilly's lying-in had been a difficult one, and Richard was loath to leave his wife ere he must.

Yet Elizabeth could not repine overmuch, not in this, her own moment of triumph. This day, full half the border came to see Guy of Rivaux hold his namesake over the baptismal font, while the rest journeyed to watch the curious sight of the lord of Dunashie's bastard brother standing godfather to the other twin.

Willie had demurred at first, saying it was not meet, but Elizabeth had held firm—she would have the new lord of Blackleith and none other. And so, amid a full week of feasting, there was this formal christening.

Guy, Count of Rivaux, Earl of Harlowe, lord of the Condes and lesser possessions, carried his grandson proudly into Dunashie's chapel, swearing to uphold him in the faith, giving him his name. Everyone strained to see the priest pour the water onto the tiny head.

"I baptize thee, Guy of Dunashie, in the name of the Father, the Son, and the Holy Spirit, that your soul may be in the hands and care of God," Father Wigand intoned. "May you grow worthy of the name you bear."

Then it was time for the other. "Who stands godfather to this babe?" he asked.

"William, lord of Blackleith, his uncle," Will answered loudly, holding the other boy over the font.

There was the sound of water hitting water, giving everyone else pause, but the priest chose to ignore it, while Willie reddened, almost too embarrassed to answer, "I will," when asked to swear to uphold the babe in matters of religion.

The chaplain turned to Giles. "And what name do you give this babe?"

"David," the proud father answered clearly. The choice had been a political one, a recognition of Giles' reconciliation with his sovereign overlord, and the king had sent a lavish gift to his namesake also.

Wigand nodded, then dipped of the now less than pure water to drip it over the babe's face. "I baptize thee, David of Dunashie, in the name of the Father, the Son, and the Holy Spirit."

"Nay, Father," Willie protested low, "but ye forgot ter commend him into the care of God."

The priest, irritated to be reminded of his lapse, shook his head. " 'Tis enough that he is sprinkled and named," he muttered.

Outside, Lang Gib asked curiously, "What was it that I heard ere he was named?"

"Och," Willie answered, reddening again, "He passed water into the font, and my hand could not hold it." He frowned. " 'Tis to be hoped that forgotten words are not an ill omen," he observed cryptically.

Elizabeth took the younger twin from him and smiled proudly into the babe's face. "Nay, how could they be, when one son is as like to the other as if they were cast of the same mold? Sweet Mary, but they are both fine sons."

"Aye."

What she felt, looking into that small face, was beyond anything she could have imagined. In the words of the psalmist, her cup truly runneth over. She was loved beyond any of her girlhood dreams, and she'd proven to the world that she was not barren. She had more, she thought as she took her husband's arm, than any other woman in Christendom. Not even the Cat had given her lord two strong sons.

Throughout the christening day many passed by the double cradle to admire the twins of Dunashie, so many that she feared they would sicken from so much attention. Yet Guy could scarce tear himself away from his namesake. Already he'd bestowed a gift of one thousand marks, generously including a like amount for the second boy, saying he would have need of it to buy what he could not inherit.

He leaned over the babe's face to rub his finger across a soft, pink cheek. One small hand reached to grasp it. Smiling indulgently, Elizabeth's father tried to pull away but the babe held on tightly, so much so that he rose up in the cradle ere he let go.

"Afore God, but he is strong," Guy murmured with approval. "This one will hold all we can win for him."

Elizabeth looked over his shoulder to the beaded band on the tiny ankle. "Nay, Papa, you have the wrong one, for that is David. 'Tis Guy who will rule Dunashie and all else we have one day."

The babe's small fingers closed into a fist as Willie watched behind her. "Och," he said, grinning. "Ye'd best make provision for this one, else he'll take what he would have." He regarded his godson for a long moment, and his expression sobered. "Already I doubt me that David of Dunashie is destined fer the Church."

At that moment, the small face contorted, and the

babe began to wail loudly. The girl chosen for wet-nurse pushed between them to lift him, saying, " 'Tis a lusty appetite he has, my lady, and always he would be first at the milk."

Giles caught Elizabeth at the waist, pulling her back against him. As she turned her head, he murmured above her ear, " 'Tis two warriors you have given me, love."

The warmth of his breath sent the familiar rush of desire through her. Heedless of the others, she leaned back, savoring the feel of his strong hard body against hers. "There will be more," she predicted.

"Aye, but let us hope that some are high-spirited daughters, Elizabeth—I'd have at least one like you."

ABOUT THE AUTHOR

Anita Mills lives in Kansas City, Missouri, with her husband, four children, and seven cats in a restored turn-of-the-century house. A former English and history teacher, she has turned a lifelong passion for both into a writing career.